Autorin Thea Harris  Teil ihrer *New York Times*-L_____ _____ *Monaschauen* ...

Musikerin Sidonie Martel wird auf Tournee gekidnappt und ins mystische Land Avalon entführt. Als Mensch ohne magische Fähigkeiten ist sie den tödlichen Kräften um sie herum völlig schutzlos ausgeliefert.

Sie widersetzt sich ihren Kidnappern zwar und weigert sich, für sie zu spielen, doch ein Akt grausamer Brutalität bricht ihren Widerstand. Vielleicht wird sie niemals wieder Musik machen. Ihre einzige Hoffnung ist ein Flüstern in der Dunkelheit, sanfte Hände, die ihr Heilung bringen, und ein Mann, der ihr sein Gesicht nicht zeigen will und ihr trotzdem Hinweise gibt, die sie nicht zu ignorieren wagt.

Morgan le Fae, einer der gefürchtetsten und mächtigsten Hexer aller Zeiten, dient einer Königin, die er verabscheut – Isabeau vom Hellen Hof. Einst war er berühmt als Barde und Berater von Königen, aber Morgan ist seit hunderten Jahren Isabeaus Sklave, den sie als Vollstrecker und Befehlshaber ihrer tödlichen Jagdhunde einsetzt.

Sidonies Musik schlägt eine Saite in Morgan an, die er schon vor Jahrhunderten aufgegeben hat, und ihre feurige Art lässt Gefühle aufleben, die er längst für abgestorben hielt. Für Sidonie bietet die Leidenschaft in ihrem Kerker einen Trost, dem sie sich nicht entziehen kann.

Doch Isabeau hält Morgan in magischen Ketten gefesselt, die nur der Tod brechen kann. Und am Hof einer grausamen, eifersüchtigen Königin brennt nichts heißer als die Liebe – bis auf Rache ...

Stimmen zu Mondschatten

„*Mondschatten* ist genau das, was ich von Thea Harrison erwarte – ein Buch, das man nicht mehr aus der Hand legen kann. Sensationelle Figuren, viel Action und Romantik und genau die richtige Prise Humor. Das kommt ins Lieblingsregal. Ich hatte so viel Spaß mit diesem Buch."
~ Patricia Briggs – auf Platz 1 der Bestsellerliste der *New York Times* mit der *Mercy-Thompson*- Reihe

„*Mondschatten* bietet alles, was gute Romantasy für mich haben muss: einen Alpha-Helden, eine Heldin, die auf den Putz haut, einen Weltenbau, der stetig besser wird, und eine erotische Geschichte, die mich von der ersten Seite an reinzieht!"
~ Carrie Ann Ryan – *NYT*-Bestsellerautorin von *Wolf Betrayed*

„Dieses Buch war toll. *Mondschatten* ist Thea Harrisons Spitzenleistung. Seit *Im Bann des Drachen* war ich nicht mehr so aufgeregt!"
~ Kristen Callihan – *USA Today*-Bestsellerautorin

„Ein geniales neues Kapitel in einer faszinierenden Saga! *Mondschatten* ist der Auftakt einer neuen Trilogie in Thea Harrisons fantastischer Reihe um die Welt der *Alten Völker*. Mit einer unwiderstehlichen Heldin, die in diese Welt eintritt, ist es die perfekte Gelegenheit für Leser, um in die fortlaufende Geschichte einzusteigen. Der Held ist intensiv, die Heldin klug, und die erotische Spannung prickelt. Ich muss unbedingt wissen, wie es weitergeht!"
~ Jeffe Kennedy, ausgezeichnete Autorin von *The Twelve Kingdoms* und *The Uncharted Realms*

„Ich bin jetzt schon süchtig nach Thea Harrisons neuer Welt voller Alpha-Krieger aus der Artus-Sage – vor allem, weil ihnen eine knallharte amerikanische Heldin eine Lektion über Frauen des 21. Jahrhunderts erteilt!"

~ Eloisa James, NYT-Bestsellerautorin von *In einem fernen Schloss*

„Glühende Chemie, perfektes Tempo und beeindruckende Figuren haben mich auf eine Achterbahnfahrt der Gefühle mitgenommen! Ich will in der Welt von *Mondschatten* leben!"

~ Katie Reus, NYT-Bestsellerautorin von *Breaking Her Rules*

„*Mondschatten* ist ein wunderbares Buch und genau das, was ich gebraucht habe – mit heißer Romantik, wildem Sex und einem Happy End. Lasst euch bloß nichts aus Thea Harrisons Feder entgehen. Sie ist unvergleichlich."

~ Ann Aguirre, NYT-Bestsellerautorin

„Spannend und köstlich sexy, klug und actionreich läutet *Mondschatten* ein neues Abenteuer in Harrisons komplexer und unwiderstehlicher Welt der *Alten Völker* ein. Intrigen und süchtig machende Romantik stehen nebeneinander und werden neue und alte Leser gleichermaßen verzaubern. Ich bin so gespannt auf den nächsten Band."

~ Elizabeth Hunter, Bestsellerautorin der *Elemental Mysteries*-Reihe

„Die Geschichte ist wie eine atemberaubende Achterbahnfahrt mit einer kämpferischen Heldin, die sich zu helfen weiß, und einem starken, mächtigen Helden, der ihrer in jeder Hinsicht würdig ist. Die Bande von Liebe, Vertrauen und Freundschaft werden auf die Probe gestellt und reißen bisweilen in einem zermürbenden Krieg, der Zeiten und Welten überspannt. In *Mondschatten* übertrifft Thea Harrison sich selbst mit einem unglaublich guten Erzähltalent."

~ Grace Draven – USA Today-Bestsellerautorin von *Radiance*

Bannknüpfer

Band 2 der Mondschatten-Trilogie

THEA HARRISON

Roman

Ins Deutsche übertragen von Simone Heller

Bannknüpfer, Band 2 der Mondschatten-Trilogie

Originaltitel: Spellbinder © 2017 by Teddy Harrison LLC

Copyright für die deutsche Übersetzung: Mondschatten © 2017 Simone Heller

Lektorat: Hannah Brosch
Cover-Gestaltung: © Gene Mollica Studio, LLC

Deutsche Erstausgabe

ISBN 13: 978-1-947046-88-7

Alle Rechte vorbehalten. Kein Teil dieses Buches darf ohne Zustimmung der Autorin nachgedruckt oder anderweitig verwendet werden.

Die Ereignisse dieses Romans sind frei erfunden. Namen, Figuren, Orte und Geschehnisse sind Erfindungen der Autorin oder wurden in einen fiktiven Kontext gesetzt und bilden nicht die Wirklichkeit ab. Jede Ähnlichkeit mit lebenden oder toten Personen, tatsächlichen Ereignissen, Orten oder Organisationen ist rein zufällig.

Kapitel 1

MORGAN BETRAT DIE persönliche Empfangskammer der Königin, sein scharfer Blick schweifte durch den Raum. Inzwischen war es Teil seines Daseins, automatisch nach Bedrohungen Ausschau zu halten.

Genau ein Feind lauerte ihm auf.

Die Königin persönlich.

Isabeau stand mit verschränkten Armen da, beobachtete ihn, tödlich wie eine Schlange, die bereit zum Zubeißen war. Sie trug ein blaues Seidenkleid, passend zu ihren Augen, und ihr langes, goldenes Haar floss in makellosen Locken über ihren Rücken hinab. Auf solche Einzelheiten gab sie Acht.

Eine Goldkette lag um ihre schlanke Taille geschlungen. Die Kette war verzaubert und dadurch so gut wie unzerbrechlich. Morgan hatte sie auf ihren Befehl hin angefertigt. An der Kette hing eine Scheide aus altem, schwarzem Leder.

Oben ragte ein Messergriff heraus, umhüllt von demselben bescheidenen, abgetragenen Leder wie die Scheide. Tödliche Macht pulsierte wie eine ebenholzschwarze Supernova in Morgans Gedanken, wann immer er einen Blick darauf warf.

Isabeau traf sich niemals mit Morgan, ohne Azraels Athame zu tragen – nicht, seit sie ihn gefangen genommen hatte. Das wagte sie nicht. Ohne die Kontrolle, die des

Todes eigenes Messer über ihn ausübte, würde sie zu seiner Beute werden.

Wie sehr er sich danach sehnte, sie sich zur Beute zu machen. Ganz gleich, wie viele Jahrhunderte verstrichen, dieses Verlangen ließ niemals nach. Es war zu seinem Lebenszweck geworden, während alles andere verblasst war.

Er musterte sie leidenschaftslos. Sie bewaffnete sich zwar, wann immer er vor sie trat, doch seine wirksamste Waffe gegen sie war Ruhe, gelangweilte Gleichgültigkeit. Er empfand eine kalte Befriedigung in dem Wissen, dass sie seine Gleichgültigkeit beinahe mehr verabscheute als alles andere.

„Schließ die Tür", befahl sie. Er hob eine Augenbraue und tat, was sie ihm aufgetragen hatte. Privataudienzen mit Isabeau liefen selten gut, aber er hatte nichts anderes erwartet.

Sobald die massive Tür geschlossen war, schnappte sie sich eine unbezahlbare antike Porzellanschale und schleuderte sie auf ihn. Gemächlich trat er zur Seite, und die Schale segelte an ihm vorbei und zerbarst an der getäfelten Wand.

„Ich kann nicht glauben, dass du zugelassen hast, dass Oberons Bastarde einen Weg zurück zur Erde finden!", tobte sie. Sie zerrte an ihren Haaren, ihr schönes Gesicht von Zorn durchdrungen. *„Wie konntest du mir das antun?"*

„Denn wie wir wissen", murmelte er, „dreht sich alles immer nur um Euch, Isabeau."

Wenn sie sich so verhielt, konnte man nicht vernünftig mit ihr reden. Die Königin des Hellen Hofs ertrug es nicht, auf irgendeine Weise verärgert oder enttäuscht zu werden. Wenn alles so lief, wie Isabeau es wollte, war sie die reine Anmut und ein einziges kokettes, hübsches Lächeln.

Ergaben sich die Dinge aber nicht, wie sie es sich wünschte, bekam sie unkontrollierbare Wutanfälle. Sie war dann überzeugt, dass alles, was geschah, sogar die allerzufälligsten Schicksalswendungen, einen persönlichen Affront gegen sie darstellte.

Sie hatte das Abbild makelloser Schönheit zerstört, für das sie sich so ins Zeug gelegt hatte. Ihr wirres Haar teilte sich, so dass er einen Blick auf die Wut in ihren wunderschönen blauen Augen erhaschte.

Sie stürzte nach vorn und hob eine Hand, um ihn zu ohrfeigen. Er trat ihr entgegen und stellte sich. Schmerz flammte bei der plötzlichen Bewegung auf, und er hielt sich die frische Wunde in seiner Seite.

„Vorsicht, Isabeau", sagte er sanft, während er auf ihr Gesicht hinabblickte. „Denk daran, was letztes Mal geschah, als du mich geschlagen hast."

Sie hatte ihn nur einmal geohrfeigt, und zur Vergeltung hatte er Avalons Ackerland mit einer Fäule belegt und die komplette Ernte zerstört. Der folgende Winter war so erbärmlich karg gewesen, dass sogar der Hof es zu spüren bekommen hatte, und Isabeau hatte tief in die Schatztruhen der Krone greifen müssen, um genug Nahrung zu importieren, dass sie nach wie vor den Luxus genießen konnte, den sie liebte, und ihr Volk nicht verhungerte.

Seitdem hatte sie ihm verboten, in dieser Weise gegen sie tätig zu werden, aber er hatte bereits einmal eine Möglichkeit gefunden, die Bedingungen des Bannes zu umgehen, der ihn hielt, also konnte er es wieder tun, und das wusste sie.

Angst flammte in ihren Augen auf, und sie packte den Griff des Messers. Sie hatte schon Leute ausgeweidet, die sie sehr viel weniger enttäuscht hatten als er.

Aber es erforderte große Anstrengung, Azraels Athame zu ziehen, geschweige denn einzusetzen, und sie hatte es schon lange nicht mehr getan. Soweit er wusste, hatte sie es nur einmal benutzt.

Er musterte sie mit emotionslosem Interesse. Hatte sie die Kraft, das Messer noch einmal zu ziehen? Im Grunde spielte es keine Rolle. Beim einzigen Mal, als sie das Athame gezogen hatte, hatte sie ihn damit getroffen, und mehr als einmal war nicht nötig, um ihn in ihrer Falle zu fangen.

Ihre Finger verkrampften sich, aber das Messer blieb in der Scheide. „Du hast gesagt, es wäre unmöglich, dass sie die Erde wieder erreichen", fauchte sie.

„Offenbar", erwiderte er süffisant, „hatte ich unrecht."

„Was ist passiert?!"

„Die Ritter des Dunklen Hofes kamen im alten Anwesen der Shaws zusammen. Obwohl das Haus auf einem zerstörten Übergang errichtet wurde, haben Nikolas Sevigny und seine Menschen-Hexe irgendwie einen Weg hinüber nach Lyonesse gefunden. Sie brachten hunderte Kämpfer als Verstärkung mit zurück. Ich hätte es nicht für möglich gehalten, und ich weiß nicht, wie sie es geschafft haben, aber wenn sie durchbrechen konnten, indem sie den einen zerstörten Übergang nutzten, könnten sie auch herausfinden, wie man die anderen zerstörten Übergänge nutzt."

„Warum hast du sie nicht aufgehalten!"

„Ich habe es versucht, konnte es aber nicht", fuhr er sie an. „Ich bin nicht mit der Magie vertraut, die sie benutzt haben. Falls die Hexe auf Übergänge spezialisiert ist, könnten sie sogar die Übergänge finden, die ich mit Verhüllungszaubern versteckt habe – darunter auch die verborgenen Übergänge des Hellen Hofs. Stellt Euch den

Fakten, Isabeau. Lyonesse ist nicht mehr von der Erde abgeschnitten. Das Blatt in diesem Krieg hat sich gewendet, und das nicht zu Euren Gunsten."

„Du hättest die Frau töten sollen! Warum hast du sie nicht getötet?!"

Er hob eine Augenbraue. „Ich hatte nicht die entsprechenden Befehle, um eine Amerikanerin zu töten."

„Du wusstest, dass sie dafür verantwortlich war."

„Falsch. Ich vermutete, dass sie verantwortlich sein *könnte*. Vieles von dem, was ich Euch eben erzählt habe, ist reine Spekulation. Ich weiß nichts sicher."

Wie ein Raubvogel drehte sie ab, um in der Kammer auf und ab zu gehen. Dann wirbelte sie herum und stolzierte wieder zu ihm zurück, das vor Zorn verzerrte Gesicht ihm zugewandt. „Ich sollte dir dafür das Herz herausreißen", zischte sie.

Seine Lippen zogen sich in einer instinktiven, tierhaften Reaktion auf diese Bedrohung zurück. Er begegnete ihrem Blick, und in seinem Gesicht sah sie etwas, das sie zurückzucken ließ.

„Ihr könntet es versuchen", knurrte er. „Und selbst wenn es Euch gelänge, möchte ich sehen, wie lange Ihr überlebt in diesem Krieg, den Ihr heraufbeschworen habt, wenn ich nicht mehr unter Eurem Zwang stehe."

Sie genoss die Kontrolle, die sie über ihn hatte, aber zugleich verabscheute und fürchtete sie ihn. Sie verabscheute die Tatsache, dass sie ihn brauchte. Es war gewissermaßen das Einzige, worin sie sich einig waren, denn er verabscheute diese Tatsache ebenso.

Er beobachtete, wie sie mit widersprüchlichen Gefühlen kämpfte. Sie ließ ihren Blick über seine Gestalt hinabgleiten, und der Ausdruck in ihren hübschen Augen veränderte sich.

Sie gehörte zu den schönsten Fae, denen er je begegnet war, aber ihre Schönheit ließ ihn kalt. Nachdem sie ihn gefangen hatte, hatte sie sich niemals die Mühe gemacht, in seiner Gegenwart ihr wahres Wesen zu verbergen. Er kannte die tödliche Kreatur, die hinter der bezaubernden Fassade hauste, nur zu gut.

„Du hast eine Audienz bei deiner Königin verlangt, obwohl du noch schmutzig bist und blutest", stieß sie plötzlich hervor. „Was ist los mit dir? Warum bist du noch nicht geheilt?"

Er seufzte. „Ich bin noch nicht geheilt, weil sie mit Silberpfeilen auf mich geschossen haben, und Silber ist für Lykanthropen ein Unding. Ich bin sowieso nur um Haaresbreite entkommen. Ohne die Schnelligkeit eines Lykanthropen und ein in der Nähe geparktes Auto hätten sie mich erwischt."

Sie deutete auf seine Seite. „Na, dann heil es!"

„Bei solchen Verletzungen funktionieren Zaubersprüche nicht, und ich kann mich nicht beschleunigt heilen. Da ich mich nicht verwandeln kann, solange das Silber in meinem Körper steckt, ist meine Zauberfähigkeit vermindert." Mit gebleckten Zähnen fügte er hinzu: „Und ich bin hier, weil Ihr mir befohlen habt, Euch auf dem Laufenden zu halten, sobald ich nur kann. Ich bin so schnell wie möglich hergekommen."

Er musste ihre Befehle buchstabengetreu befolgen. So wollte es das Hexenwerk, in dem sie ihn gefangen hielt. Er hatte sie schon mehrmals ermahnt, darauf achtzugeben, wie sie die Befehle an ihn formulierte, aber das dumme Weib lernte einfach nicht dazu.

Eines Tages könnten ihn diese völlige Selbstversessenheit und ungestüme Sorglosigkeit durchaus das Leben kosten. Er lebte für die Hoffnung auf eine andere Möglichkeit – dass ein sorglos geäußerter Befehl ihm die Chance bieten würde, das ihre zu beenden.

Zorn und Empörung übernahmen wieder die Kontrolle auf Isabeaus Zügen. „Wozu bist du mir so zunutze?", keifte sie. „Geh mir aus den Augen. Ich will dich nicht wiedersehen, bis du vollständig geheilt bist."

Er erstarrte, denn er konnte nicht recht glauben, was er da gerade gehört hatte. Isabeau war eine Helle Fae. Sie verstand nicht richtig, wie lange Menschen brauchten, um sich von wirklich schlimmen Verletzungen zu erholen, und er war einst ein Mensch gewesen. Seine übernatürlichen Eigenschaften nutzten ihm nichts, wenn er Wunden heilte, die durch Silber verursacht waren. Er würde sich auf die langsame, harte Weise erholen müssen. Auf die menschliche Weise.

Er senkte die Lider, um den aufflackernden Triumph in seinem Blick zu verbergen, und murmelte: „Wie Ihr befehlt."

Ihr Blick schoss durch die Kammer und fiel auf eine Marmorstatuette. Sie nahm sie und schleuderte sie ihm heftig an den Kopf.

Er zog den Kopf ein, um der Figur zu entgehen, während seine Gedanken rasten. Er merkte kaum, wie Isabeau aus der Empfangskammer stürmte und die Tür zuknallte.

Wenn ihr Gemüt sich weit genug abkühlte, dass sie wieder nachdenken konnte, würde sie vielleicht erkennen, was sie getan hatte. Er musste gehen, bevor sie ihn suchen und ihren überstürzten Befehl zurücknehmen konnte.

Mit zusammengepressten Lippen wegen der aufblühenden, zerrenden Schmerzen in seiner Seite machte er sich auf den Weg durch die Burg, wobei er seine Magie nutzte, um von seiner Anwesenheit abzulenken.

Normalerweise strömte seine Macht wie ein übervoller, nahezu unerschöpflicher Fluss. Da aber das Silber seinen Organismus vergiftete, brachte er kaum genug für einen Abschreckungszauber zustande.

Er hielt nicht bei der Krankenstube an, um sich medizinisch betreuen zu lassen, und machte sich auch nicht die Mühe, seine Gemächer zu betreten, um Kleidung einzupacken. Er hatte es zu sehr darauf abgesehen, Avalon so schnell wie möglich zu verlassen.

Einmal liefen Wächter den Gang entlang. Er hörte sie rechtzeitig kommen, um in eine Nische zu treten. Vielleicht suchten sie nach ihm, oder sie waren mit einem anderen dringenden Auftrag unterwegs. Er wusste es nicht, und es war ihm egal. Er würde nicht riskieren, es herauszufinden.

Ich will dich nicht wiedersehen, bis du vollständig geheilt bist.

Solange er es vermeiden konnte, einen anderslautenden Befehl zu hören, standen ihm Wochen der Freiheit bevor, etwas, das unter dem Joch von Isabeaus Bann bisher noch nie geschehen war.

Wochen.

Seine Vorstellungskraft raste ihm voraus, jagte durch die Möglichkeiten.

Wenn er sich eine weitere Verletzung zuziehen konnte, bevor er ganz geheilt war, ließ sich die Pause womöglich noch verlängern, vielleicht sogar endlos. Leider konnte er sich nicht selbst erneut verletzen. Vor langer Zeit hatte Isabeau ihm jeglichen Akt der Selbstschädigung verboten.

Was, wenn er jemanden fand, der die Tat für ihn ausführte? Jemanden, dem er vertrauen konnte, eine Silberwaffe zu führen, ohne ihn zu töten?

Würde der Bann das zulassen? Er würde es verdammt nochmal herausfinden. Wenn der Bann es nur gestattete, würde er sich mit Freuden immer wieder ein Silbermesser in die Eingeweide jagen lassen, nur um vermeiden zu können, nach Avalon zurückzukehren und als Isabeaus Sklave leben zu müssen.

Er konnte Zeit schinden. Zeit für sich.

Zeit, um alte Texte zu studieren und alles zu erfahren, was sich über Azraels Athame herausfinden ließ. Zeit, um zu sehen, ob er die magischen Bande, die ihn hielten, umgehen und gleichzeitig einen Weg finden konnte, Isabeau und Modred zu vernichten.

Der Bann würde ihm nicht gestatten, sie persönlich zu töten – Isabeaus erster Befehl vor langer Zeit hatte ihm verboten, ihr oder Modred Schaden zuzufügen –, aber was, wenn er gewisse Ereignisse in Bewegung setzen konnte, die sie für ihn vernichteten?

Was die Verletzung betraf... das Leben war voller Schmerz. Damit würde er klarkommen.

Erst musste er jedoch Avalon verlassen.

Seine Kraft strömte in einem langsamen, steten Rinnsal aus ihm heraus. Er hielt nur lange genug inne, um unten aus seinem Jackett Streifen herauszureißen und den Stoff zu einem Polster zu falten, das er über der Wunde befestigte. Bald war der Stoff durchtränkt, und er kam am nächstgelegenen Übergang an, benebelt von Blutverlust und Schmerz. Am Übergang standen verdoppelte Wachen, und seine Vermutung verfestigte sich.

Sie suchten nach ihm. Er musste warten, bis es Nacht wurde, und dann nutzte er seine letzte magische Kraft, um die Wächter mit einem Schlafzauber zu belegen. Als sie schnarchend auf dem Boden lagen, schlich er sich an ihnen vorbei.

Hinein in den Übergang nach England, wo ihn die Kühle eines verregneten Sommerabends begrüßte.

Morgan hatte auf der Erde Geld und Ressourcen. Autos, Zufluchtsstätten und Notfalltaschen voller Kreditkarten, Kleider, Waffen und anderer Notwendigkeiten.

Niemand würde ihn finden, wenn er das nicht wollte.

Als er am großen Landhaus eines Arztes ankam, den er auf Honorarbasis beschäftigte, war er fiebrig, und seine Lunge fühlte sich wund an.

Es war spät, und er musste an die Vordertür hämmern, bis unten die Lichter angingen. Der Arzt, ein langgliedriger Mensch mit zurückweichendem Haaransatz und nervösem Gesicht, kam persönlich an die Tür.

„Sie können nicht mitten in der Nacht an meiner Tür auftauchen!", rief der Arzt. „Meine Frau weiß nichts von unserer Abmachung."

Morgans Lippen verzogen sich zu einem wilden Fauchen, und er musste seine Reaktion bremsen. Seine lykanthropischen Fähigkeiten waren zwar gerade gehemmt, doch seine Instinkte nicht.

„Wenn Sie unser Arrangement beenden wollen, soll mir das recht sein", fuhr er den Arzt an. „Ich zahle Ihnen kein Honorar mehr – nachdem Sie mich behandelt haben."

„Wer ist da, Giles?", rief eine Frau vom oberen Ende einer Treppe herab.

Der Arzt erhob die Stimme. „Niemand, Liebling. Nur jemand, der nach dem Weg fragt. Geh wieder ins Bett. Ich bin in ein paar Minuten da."

„In Ordnung." Schritte verklangen.

Morgan versteifte die Knie, um nicht zu stürzen. Er hatte seine letzten magischen Fähigkeiten aufgebraucht, um den Schlafzauber über die Wachen am Übergang zu legen, daher hatte er sich eine Beretta in den Jeansbund gesteckt.

Ein leichtes Beben lief durch seine Muskeln, während er abwartete, was der Arzt tun würde. Er verfügte nicht über die Ressourcen, um sich anderswo medizinisch versorgen zu lassen. Wenn es sein musste, würde er den Arzt mit Waffengewalt zwingen.

Giles wandte sich wieder an ihn. „Kein Grund, das Honorar einzustellen", murmelte er und wich seinem Blick aus. „Nächstes Mal schicken Sie mir eine Nachricht, und ich treffe mich mit Ihnen. Kommen Sie in Gottes Namen nicht zu meinem Haus."

Morgan begann sein Hemd aufzuknöpfen. „Bringen wir es einfach hinter uns. Wir können die Einzelheiten unseres weiteren Arrangements später besprechen."

Giles führte ihn in eine große, stilvoll renovierte Bauernküche, und als Morgan sich auf einem Hocker am einen Ende einer Kochinsel niederließ, musterte der Arzt ihn ganz ähnlich wie Isabeau zuvor. „Verletzungen durch Silber?"

„Ja." Lykanthropen heilten zwar übernatürlich schnell, aber manchmal brauchten Verletzungen dennoch Betreuung. Gebrochene Knochen musste man richten – oder oft noch einmal brechen und richten –, und durch Silber zugefügte Wunden musste man behandeln wie die Verletzung eines jeden Menschen. Morgan schlüpfte mit dem heilen Arm aus dem Ärmel. „Nachdem Sie die Wunden gesäubert haben, müssen sie genäht werden, und ich brauche Schmerzmittel und Antibiotika."

„Sagen Sie mir nicht, wie ich meine Arbeit tun soll." Trotz seiner verstimmten Antwort ging Giles genauso vor, wie Morgan es gesagt hatte.

Sobald er beide Verletzungen gereinigt hatte, gab er Morgan eine Spritze gegen Schmerzen und eine mit Antibiotika. Nachdem er die Wunden genäht und verbunden hatte, verließ er die Küche. Morgan nahm sein durchlöchertes Hemd und sein Jackett und folgte dem Arzt in sein Büro, wo er zusah, wie Giles einen Eckschrank öffnete.

Giles holte mehrere Fläschchen heraus und drehte sich zu ihm um. „Ich gebe Ihnen zwei Schmerzmittel. Eines ist ein Betäubungsmittel, also setzen Sie es sparsam ein. Nehmen Sie die gesamten Antibiotika, bis sie aufgebraucht sind."

„Verstanden." Morgan schlüpfte wieder in das Hemd.

Giles musterte ihn mit gerunzelter Stirn. „Das gefällt mir nicht", sagte er abrupt. „Diese Verletzung in Ihrer Seite ist besonders besorgniserregend. Sie sollten im Krankenhaus eine Infusion bekommen."

Morgan nahm die Fläschchen und steckte sie in seine Jackettasche, ohne zu antworten. Je weniger Giles wusste, desto schlechter konnte der Arzt ihn verraten.

Was immer Giles sonst war, dumm war er nicht. „Die Schwierigkeiten, in denen Sie da stecken", murmelte er, „die kommen nicht hierher, oder?"

„Ich weiß es nicht." Morgan wandte sich ab. Wenn er auch nur ein Tröpfchen Macht übrig gehabt hätte, hätte er Giles verzaubert, so dass dieser seinen Besuch hier vergaß, aber seine Magie war völlig ausgetrocknet, und nur Ruhe und Heilung würden sie zurückbringen. „Vermutlich nicht, aber nichts ist unmöglich. Sie könnten etwas von dem exorbitanten Honorar nehmen, das ich Ihnen zahle, und mit Ihrer Frau Urlaub machen."

Der Arzt folgte ihm zur Haustür. Das Letzte, was Morgan von ihm sah, war ein blasses, verängstigtes Gesicht, während Giles im Eingang stand und beobachtete, wie er in den Volvo stieg.

So viele Menschen hatten Morgan im Laufe der Jahrhunderte mit demselben verängstigten Ausdruck betrachtet, dass er schon längst immun dagegen war. Er legte einen höheren Gang ein und fuhr über die lange, kurvenreiche Auffahrt zurück.

Dann fuhr er weiter, bis ihn die Erschöpfung zum Anhalten zwang. Er suchte sich einen ruhigen, abgeschiedenen Ort zum Parken und schlief im Auto, und als es dämmerte, kaufte er sich Kaffee und ein warmes Frühstück und fuhr weiter, bis er nicht mehr konnte.

Morgan hatte etliche Zufluchtsstätten, aber keine davon suchte er auf. Stattdessen fuhr er weiter nach Norden, bis er nach Glasgow kam. Erst dort suchte er sich einen Ort, an dem er bleiben konnte.

Er checkte in einem Hotel im angesagten West End ein – einem Haus, das groß genug war, um ihm sein unorthodoxes Verhalten durchgehen zu lassen – und nahm einen seiner alternativen Ausweise sowie eine neue, bisher ungenutzte Kreditkarte, um für einen einwöchigen Aufenthalt zu bezahlen.

Als er endlich seine Tasche ins Hotelzimmer brachte, trat er seine Stiefel von sich, schlüpfte aus den Kleidern, hängte das „Bitte nicht stören"-Schild an die Tür und fiel ins Bett, wo er sechsunddreißig Stunden durchschlief.

Die nächsten paar Tage zogen verschwommen vorbei. Er schlief, erwachte nur, um seine Medikamente zu nehmen, etwas zu essen aufs Zimmer zu bestellen und die Mahlzeit hinunterzuschlingen.

Nach dem dritten Tag ließ das Fieber nach. Am vierten spürte er, wie ein Rinnsal seiner Magie zurückkehrte und der

Machtfluss stetig zunahm. Am Morgen des fünften Tages zeigte er sich unten im Frühstücksraum, sauber und frisch rasiert, wenn auch mit etwas steifen Bewegungen.

Das Fieber und sein nicht-menschlicher Stoffwechsel hatten seinen Zügen Schärfe verliehen. Er wusste, dass er hagerer und härter wirkte als sonst, nicht allzu freundlich, und daher nicht annähernd so leicht zu vergessen war. Darum bemühte er sich, besonders nett zu den Angestellten zu sein.

Nach dem Frühstück ging er zum Hoteltresen, um kurz die Geschichte zu erzählen, dass er eine Erkältung auskurierte, eine Zimmerreinigung zu beauftragen und im Voraus für eine weitere Woche zu bezahlen.

Die Geschäftsführerin kam ihm nur zu gern entgegen, *und meine Güte, Erkältung!* Es tat ihr leid zu hören, dass Morgans Besuch in Glasgow so erbärmlich begonnen hatte, und gab es noch etwas, was sie für ihn tun konnte?

Er winkte milde ab, er wollte nichts weiter, und alles im Hotel war ganz wunderbar, danke sehr. Um wie ein Mann im Urlaub zu erscheinen, hielt er im vorderen Eingangsbereich inne, um alle Flyer mit Sightseeing-Touren und örtlichen Attraktionen aufzulesen. Dann ging er zum nächstbesten Café, wo er einen Kaffee bestellte und sich an einem Ecktisch niederließ, um die Zeit totzuschlagen, bis sein Zimmer fertig war.

Er spürte, dass einige von Isabeaus Jagdhunden nach ihm suchten. Sie waren im selben unsterblichen Bann gefangen wie er, wie in Bernstein gegossene Monster, deren Leben in dem Augenblick erstarrt war, als man sie eingeschlossen hatte.

Unter normalen Umständen war Morgan ihr Hauptmann. Die Jagdhunde unterstanden seinem Befehl, im

Dienste Ihrer Majestät. Jetzt jagten sie ihn, um den abtrünnigen Hauptmann der Königin zu ihr zurückzubringen.

Im Geiste ging er seine Handlungen durch, seit er Avalon verlassen hatte. Der Regen war ihm zugutegekommen und hatte jede Spur seines Geruchs fortgespült. Sie würden bei Giles vorbeischauen, und bei allen anderen Ärzten und Unterschlüpfen, von denen bekannt war, dass er sie schon einmal genutzt hatte.

Aber er hatte Giles nichts verraten, und vermutlich hatte der Arzt Morgans Rat beherzigt und machte mit seiner Frau Urlaub. Und Morgan war viel zu weit gefahren, als dass die Jagdhunde die Chance hatten, seine Fährte irgendwo aufzunehmen.

Er hatte nicht gemerkt, dass er in völlige Reglosigkeit verfallen war, bis er ein paar Seitenblicke des jungen Paares am Nachbartisch auffing. In einem Versuch, normaler zu wirken, blätterte er durch die Flyer, die er neben seine Kaffeetasse gelegt hatte.

Einer fiel ihm auf. Gleichgültig überflog er das Blatt.

Der Titel *Wildfire* dominierte den oberen Abschnitt. Darunter befand sich ein großes, glänzendes Foto einer weiblichen Silhouette auf einer Bühne. Auf dem Bild spielte sie vor einer Menschenmenge Geige, ihr Körper so gespannt wie der Bogen, den sie in schlanken Fingern hielt. Unter dem Foto standen etliche lobende Zitate.

Standard: „Genre-übergreifend."

Rolling Stone: „Einfach metaphysisch."

Telegraph: „Sidonie Martel war atemberaubend!"

Ein kleiner Teil von Morgans Aufmerksamkeit biss sich fest.

Aber der Großteil nicht. Einst war er ein berühmter

Barde und Ratgeber von Königen gewesen, aber es war viele, viele Jahre her, dass er selbst Musik gemacht hatte.

Der Bann hatte das Verlangen zu spielen aus ihm herausgebrannt, und mit ihm hatte auch das Verlangen nachgelassen, zum Vergnügen Musik zu hören. Er hatte nie viel von modernen Sängern und Musikern mitbekommen. Der Name Sidonie Martel sagte ihm nichts.

Dennoch hielt etwas an dem Foto seinen Blick gefangen. Die Haltung der Frau, ihre Spannung, vibrierte über das glänzende Papier. Er konnte sich nicht erinnern, wann er zum letzten Mal eine so leuchtende kreative Freude gespürt hatte.

Eine junge Frau vom Nachbartisch beugte sich zu ihm. „Ich kann nicht anders, mir ist der Flyer aufgefallen, den Sie da haben", sagte sie freundlich.

Morgan hob den Blick. „Ach ja."

Die Frau grinste ihn an. „Wenn Sie darüber nachdenken, hinzugehen, sollten Sie sich ein Ticket besorgen. Wir waren letzten Abend da, und es war großartig."

„Stimmt, Alter", schaltete sich ihr Begleiter ein. „Wir würden nochmal gehen, wenn wir es uns leisten könnten."

„Danke, dass Sie mir das sagen." Vielleicht waren die Hotelangestellten inzwischen mit seinem Zimmer fertig. Er nippte ein letztes Mal an seinem Kaffee, lächelte dem Pärchen nett zu, und als er das Café verließ, legte er den Stapel Flyer auf einen Tisch an der Tür.

Auf dem Weg zurück zum Hotel machte er eine Bestandsaufnahme seiner Verletzungen. Die Wunde in seinem Bizeps war nicht so schwer und würde recht schnell abheilen, aber der Pfeil, den er in den Bauch bekommen hatte, war tief eingedrungen, das würde länger dauern. Die ganze Seite brannte, und der nagende Schmerz rief ihm die

Wunde ständig in Erinnerung.

Wie lange würde es dauern, bis er so weit genesen war, dass der Bann wieder in Kraft trat? Noch zwei Wochen? Drei? Er musste versuchen, jemanden zu finden, der ihn vorher mit einem Silbermesser verletzte, oder er würde gezwungen sein, an Isabeaus Seite zurückzukehren.

Er hatte bereits Silberwaffen, das war also kein Hinderungsgrund, aber er konnte sich nicht an seine üblichen Kontaktleute wenden, nicht, wenn die Jagdhunde nach ihm suchten. Er musste jemand neuen rekrutieren.

Als er das Hotel betrat, wurde sein Blick von dem Tisch mit den Flyern angezogen, und das *Wildfire*-Foto fiel ihm wieder ins Auge. Diesmal hielt er mit schiefgelegtem Kopf inne.

Auf einem Konzert mochte er einige Gelegenheiten finden, die er auskundschaften konnte. Wie seine körperliche Kraft war seine Magie noch nicht in voller Stärke zurück, aber mit dem richtigen Dreh und einem subtilen Überzeugungszauber könnte er jemandes Interesse wecken und herausfinden, wie weit er den Bann dehnen konnte.

Er nahm noch einen Flyer mit auf sein Zimmer und vergewisserte sich mit einem raschen Anruf, dass das Konzert heute Abend noch nicht ausverkauft war. Die Vorführung begann um sieben. Er kaufte eine Karte, ruhte sich aus, bis es Zeit zum Aufbruch war, und nahm dann ein Taxi zur großen Arena am Scottish Exhibition and Conference Center.

Als er fromm zu seinem Platz pilgerte, nur einer unter vielen, strömte die fröhliche Erwartungshaltung der Menge über ihn hinweg. Er blieb davon unbewegt.

Er sah sich um und bemerkte verschiedene Gestalten, bei denen sich eine Annäherung womöglich lohnte – ein grob wirkender Mann, der anscheinend zum Bühnenpersonal gehörte, oder vielleicht die paar Typen, die am Ausgang herumhingen.

Seine feine Lykanthropen-Nase hatte den Geruch von Drogen aufgeschnappt, als er an ihnen vorbeigekommen war, aber als er den Blick über seine Kandidaten schweifen ließ, hatte er nicht das Gefühl, dass es drängte. Die Nacht war jung. In der Pause und im Anschluss würde noch Zeit sein, um Kontakt aufzunehmen, wenn er es wollte, und so oder so war es nicht nötig, dass er heute Abend jemanden fand.

Obwohl auf dem Foto eine Frau mit Geige abgebildet gewesen war, sah der Bühnenaufbau aus wie für ein Rockkonzert. Der *Standard* hatte ja auch etwas Genre-Übergreifendes versprochen. Gelangweilt unterdrückte er ein Gähnen.

Es gab eine Vorgruppe. Alle um ihn herum schienen deren Musik zu genießen. Seine empfindlichen Ohren fühlten sich attackiert, aber er blieb standhaft.

Als die Vorgruppe fertig war und die Lichter gedimmt wurden, strömten ein paar unsichtbare Entitäten in die Konzerthalle. Morgans Aufmerksamkeit verschärfte sich. Er verfolgte die Entitäten mit seinem Magiesinn, während sie sich zu den Seiten der Bühne niederließen. Der Großteil der Menge ahnte wohl nicht, dass sie da waren.

Weitere Dschinn strömten herein, bis sich die Arena vom donnernden Eindruck ihrer Anwesenheit aufgeladen anfühlte. Es gab nicht viel, das Dschinn mehr bewunderten als Musik. Die Anwesenheit so vieler war an sich schon ein großes Lob. Trotz seiner Langeweile ließ ein Hauch Neugier Morgan gemeinsam mit den übrigen Zuhörern aufstehen.

Mit einer Farbexplosion leuchteten die Lichter auf, und

die Menge brüllte, als *sie* scheinbar lodernd die Bühne betrat. Andere folgten ihr, ein Schlagzeuger, ein Bassist und weitere Musiker, aber sie verschwammen mit dem Hintergrund, als *sie*, die Frau mit Geige und Bogen, die Aufmerksamkeit aller auf sich zog.

Sogar die von Morgan.

Sie ging weniger über die Bühne, als dass sie tanzte. Vielleicht stürmte sie die Bühne auch. Während sie den Raum eroberte und offenbar kaum Kontakt mit dem Boden hatte, war sie so von Energie erfüllt, dass sie überlebensgroß wirkte.

Instinktiv prüfte er seine Eindrücke erneut. Obwohl sie acht bis zehn Zentimeter hohe Absätze trug, reichte sie dem Schlagzeuger neben ihr gerade einmal bis zur Schulter. Sie musste klein sein, nicht größer als eins fünfundfünfzig oder eins sechzig.

Sein Blick hob sich zu den Großbildschirmen, obwohl er ihre Gesichtszüge kaum wahrnahm. Sie war hübsch oder erschien zumindest so, aber sie trug so viel Bühnen-Make-up, dass jede Linie betont wurde, und es war schwer zu sagen, wie sie wirklich aussah. Er bekam den Eindruck hoher Wangenknochen, eines vollen Mundes und womöglich asiatischer Abstammung mit länglichen, eleganten Augen.

Dann legte sie sich die Geige an den Hals und hob den Bogen. Erwartungsvolle Stille flutete durch die Arena. Sie begann zu spielen.

Die ersten Melodien rasten einander nach wie Falken, die durch die Luft jagten, und Morgans gesamte Langeweile fiel in sich zusammen. Sein Hass auf Isabeau, die Verletzungen und seine unerträgliche Lage waren vergessen, seine ganze emotionale Distanzierung lag in Trümmern.

Das kam ihm nicht gelegen. Ein Teil von ihm stand unter Schock. Dieser Teil von ihm verabscheute es, verabscheute *sie*, weil sie ihm das antat.

Er spürte dennoch Leidenschaft, aber vor langer Zeit war diese Leidenschaft düster geworden und hatte sich scharlachrot eingefärbt. Sie war bis auf einen einzelnen Faden abgestorben, ein brennendes Verlangen, jene zu vernichten, die sein Heimatland in Schutt und Asche gelegt und ihn versklavt hatten. Das war zu seiner Lebensmission geworden.

Hier. Dieses schwebende Crescendo des Klangs.

Es hatte keinen Platz in seinem Leben. Er hatte anderes auf der Agenda. Wichtige, blutdurchtränkte Dinge, nach denen er sich schon seit Jahrhunderten sehnte.

Er hatte keinen Raum für diese Musik. *Keine Zeit dafür.*

Doch er konnte sich dem Griff, in dem sie ihn festhielt, nicht entziehen.

Sie war alles, was die Werbezitate versprochen hatten, alles und noch mehr. Metaphysisch. Genre-übergreifend. Ihre Musik lief mit elektrischer Energie durch ihn hindurch, freudiger als alles, an das er sich erinnern konnte, und schmerzhafter als Silber. Kein Wunder, dass die Dschinn sich versammelten, um ihr zuzuhören. Er glaubte, dass es schon seit Generationen keine Musikerin wie sie gegeben hatte.

Er setzte sich nicht hin. Keiner setzte sich. Das ganze Konzert über blieb seine Aufmerksamkeit auf ihr vergrößertes Bild geheftet, und als es vorbei war, fühlte er sich leer, ausgelaugt.

Er versuchte nicht, Kontakt mit jemandem von den Leuten aufzunehmen, die er vorher in Betracht gezogen hatte. Stattdessen begab er sich zu seinem Hotel, und sobald er zurück in seinem Zimmer war, rief er die Ticketagentur an, um ein weiteres Konzert zu buchen. Und noch eines.

Während er anrief, gab er auf seinem Handy „Sidonie Martel" in die Suchmaschine ein. Französischer, kanadischer und vietnamesischer Abstammung, dreißig Jahre alt und mit einem Abschluss der Juilliard School. Fünf ihrer Alben hatten Platin-Status, und sie hatte drei Grammys gewonnen.

Er starrte auf ein Porträtfoto auf ihrer Website, auf die hohen Wangenknochen, das Funkeln der Intelligenz in den länglichen, eleganten Augen, und diesen vollen, sinnlichen Mund. Der Eindruck ihrer Persönlichkeit sprang ihn vom Bildschirm an. Ihr dichtes, schwarzes Haar fiel wie ein gerader Wasserfall über schlanke, wohlgeformte Schultern hinab.

Als er ein Ticket für ein viertes Konzert erwerben wollte, erklärte der Verkäufer: „Tut mir leid, das ist das letzte Konzert in Glasgow. Ich fürchte, das nächste ist dann in London."

„Ist es schon ausverkauft?"

„Nicht ganz, aber fast. Der Großteil ihrer Europatournee ist ausverkauft."

Er tippte mit den Fingern auf den Tisch und ergab sich dieser neuen, unerwünschten Obsession.

„Ich kaufe eine Karte für jedes Konzert von ihr, das noch verfügbar ist."

Kapitel 2

SIDONIE HATTE EINEN Stalker. Schon wieder. Sie spürte es genau.

Während sie frühmorgens durch den Hyde Park und die Kensington Gardens in London joggte, hielt ihre Security mit ihr Schritt. Es waren zwei knackige Männer, extrem kompetente Magieanwender und frühere Navy SEALs. Das war auch überhaupt nicht auffällig.

Sids Mutter war als junge Frau aus Vietnam nach Nova Scotia ausgewandert. Hätte ihre Mutter noch gelebt, hätte sie zwischen Stolz und Missbilligung geschwankt, was die Richtung betraf, die Sids Leben eingeschlagen hatte.

Sie wäre sehr zufrieden gewesen, dass Sids Karriere so weit gediehen war, dass sie Bodyguards brauchte, hätte sich aber gewünscht, dass Sid etwas diskreter auftrat. Von Sids Abkehr von der rein klassischen Musik hätte sie nichts gehalten, wäre aber froh gewesen, dass so viele Leute sich daran erfreuten.

Auf jeden Fall, ob auffällig oder nicht, waren die Bodyguards ein notwendiges Übel, wenn Sid auf Tournee ging. Sie war nicht die berühmteste Musikerin der Welt, bei weitem nicht, aber sie zog auch ihren Haufen Irre an.

„Dieser Nebel gefällt mir nicht", sagte Vincent rechts von ihr, während er die Umgebung musterte.

Er musste laut sprechen, denn Sid konnte keine

Telepathie. Sie war ein „Hohlkopf", wie der Slang Menschen bezeichnete, die kein Quäntchen Magie besaßen.

Obwohl sie keinen Beweis hatte, dass es einen Stalker gab, war nichts Ungewöhnliches an ihrem Gefühl, dass jemand sie beobachtete. Es war ein Gefühl tief in den Knochen, das Prickeln im Nacken, wenn sie sicher war, dass jemand herschaute, sogar wenn sie allein war oder sich offensichtlich niemand in der Nähe befand. Einfach nur gute, alte menschliche Intuition.

„Ach ja?", fragte sie, während sie sich ebenfalls umsah. Sie waren eine Weile gejoggt, daher war sie etwas außer Atem. „Mir gefällt's irgendwie. Ist anständiger Londoner Nebel. Da fühlt sich alles gleich ganz unheimlich und andersweltlich an."

„Er verdeckt auch die Sicht", erwiderte Vincent trocken.

Sie runzelte die Stirn. Ihren Bodyguards Probleme zu machen gehörte zu den letzten Dingen, die sie wollte. Sie kosteten ein Vermögen, und sie waren gut in ihrem Job.

Vincent hatte während der letzten fünf Tourneen ihre Security geleitet, und er hatte die beiden anderen Stalker erwischt. Der erste saß immer noch. Dem zweiten hatte Vincent einen so großen Schrecken eingejagt, dass er heim nach Texas geflogen war, und als sie es zum letzten Mal überprüft hatten, war er von dort auch nicht wieder weggegangen.

Sie kamen ans Albert Memorial, Königin Victorias Liebesbeweis an ihren Ehemann. Die Spitze des hohen Turms wirkte dünn und irgendwie unwirklich im grauen, feuchten Morgenlicht. Als Sid hinaufblickte, fragte sie: „Wollt ihr zurück zum Hotel?"

„Nein", erwiderte Vincent einen Augenblick später. „Gerade geht es noch. Aber wenn der Nebel dichter wird, sollten wir wahrscheinlich umkehren."

„Klar." Sie verbiss sich ihre Enttäuschung, damit ihre Antwort locker und vernünftig klang.

Sie spielte den beiden etwas vor. Ihre zwangsneurotischen Tendenzen machten sich bemerkbar, wenn sie auf Tournee war. Wirklich schlimme Zwangsneurosen. Der belastende Terminplan und die ständigen Bühnenauftritte stellten etwas mit ihrem Kopf an, und das Ergebnis war nicht gerade hübsch.

Sie *musste* ihre fünf Kilometer joggen. Sie musste jeden Tag dasselbe zum Frühstück essen. Ihre Schuhe waren in jedem Schrank in jedem Hotel immer genau gleich aufgestellt, ihre Kleider nach Farbe und Stil geordnet, und das Kissen, das sie von zu Hause mitbrachte, war ein eigenes Gepäckstück. Sie konnte nicht einschlafen, wenn ihre Geige sich nicht im selben Zimmer befand wie sie, und vor dem Auftritt musste sie dreimal an jedem Ort üben, den sie bespielte. Alles unter dreimal war inakzeptabel.

Sie schnitt eine Grimasse vor der Statue von Prinz Albert, als sie daran vorbeikam. Kein Wunder, dass sie Single war. Sie war genauso irre wie jeder Irre, den sie je angezogen hatte.

Plötzlich verschob sich ihr Blickwinkel, als sie über Vincents Worte nachdachte. Anstatt den kühlen, dichten Nebel zu genießen, der den Park umfing, sah sie jetzt, wie er die nahen Büsche verhüllte, und wie der Weg, auf dem sie gerade liefen, vor ihnen in einem formlosen weißen Film zu verschwinden schien.

Sie wurde langsamer und blieb stehen, und Vincent und Tony wurden ebenfalls langsamer. Die beiden Männer plauderten nicht, wenn sie unterwegs waren, was eines der Dinge war, die sie besonders an ihnen schätzte. Sie waren zwar durchaus freundlich, und sie mochte und respektierte sie, aber sie waren keine Freunde.

Sie machten einen Job, den sie sehr ernst nahmen, und den machten sie gut. Ihre professionelle Haltung gestattete es unter normalen Umständen, dass Sid sich in ihren eigenen Kopf zurückzog. Jetzt wanderte ihr Blick von der lässigen, aufmerksamen Haltung der Männer über ihre neblige Umgebung, und sie runzelte abermals die Stirn.

Nach einem Augenblick wandte Vincent seinen Körper halb ihr zu, während er weiterhin die Umgebung musterte. Beiläufig fragte er: „Stimmt was nicht?"

Sie rieb sich mit beiden Händen übers Gesicht. Diese verdammte Tournee machte sie noch fertig. Warum hatte sie auf ihre Managerin Rikki gehört und so viele Konzerte gebucht? Es würde Monate dauern, bis sie wieder heim nach New York kam.

Sie mochte New York sehr. Es war einer der buntesten Orte der Welt, und sie spürte, dass sie sich in der ausufernden Großstadt entspannen und in der Anonymität versinken konnte.

Wenn sie auf Tournee war, verlor sie diese Entspannung und das Gefühl der Zugehörigkeit. Sie war nicht gut im Umgang mit Menschen. Da sie als *Hapa* aufgewachsen war – das war die Slangbezeichnung für jemanden, der halb asiatisch, halb „weiß" war –, hatte sie sich oft gefühlt, als würde sie weder der einen noch der anderen Kultur angehören.

Darüber hinaus hatte sie den Großteil ihrer Kindheit mit dem Studium der Musik und dem Üben verbracht, anstatt mit anderen Kindern zu spielen, und weder ihre perfektionistische Mutter noch ihr Akademiker-Vater hatten soziale Interaktion für wichtig oder notwendig erachtet.

Als Folge davon war sie ein zurückhaltender Mensch. Es fiel ihr schwer, sich von dieser frühen Konditionierung zu lösen, und oft musste sie sich Strategien überlegen, um sich zu Leuten in Beziehung zu setzen.

Es war anstrengend, ständig alles durchdenken zu müssen. Sie konnte nie einfach lockerlassen und mit der übrigen Band und den Roadies Karten spielen. Während sie auf Tournee war, hatte sie nur echten Spaß, wenn sie in ihrer Musik aufging.

Und sie machte das alles willentlich mit — die seltsamen Betten, die Einsamkeit, den ständigen Druck —, damit sie ihre Geige nehmen und spielen konnte.

Wie sollte sie auf Vincents Frage reagieren? *Du weißt nichts,* hätte ihre Mutter gesagt. *Also beschwer dich nicht. Sag nichts.*

Bevor sie sich zu viele Gedanken über ihren Impuls machen konnte, zwang sie sich, zuzugeben: „Ich glaube, ich habe wieder einen Stalker."

Vincents Blick huschte zu ihrem Gesicht. „Warum?", wollte er wissen. „Hast du Post gekriegt? Was gesehen?"

„Nein. Und nein, oder Julie hätte es uns gesagt." Julie, Sids Publizistin drüben in New York und ihre beste Freundin, kümmerte sich um ihre Post und ihre Mails.

„Was ist dann passiert?"

Sie ließ das morgendliche Joggen sausen, seufzte und machte sich auf den Weg zurück ins Hotel. Reibungslos änderten die Männer die Richtung und hielten mit ihr Schritt. „Ihr werdet mich für neurotisch oder verrückt halten, aber nichts ist passiert. Ich habe nur so ein Bauchgefühl. Ich spüre, wie ich beobachtet werde, wenn niemand mich beobachten sollte. Ich rede nicht von den Konzerten — bei den Konzerten schaut jeder auf mich." Sie stöhnte. Vielleicht hätte sie auf den Rat ihrer Mutter in ihrem Kopf hören sollen. „Ich klinge sogar für mich verrückt. Vergesst es."

„Auf keinen Fall", sagte Tony, kam einen Schritt näher neben sie. „Wir nehmen Instinkte sehr ernst."

„Wie lange fühlt es sich schon so an?", fragte Vincent.

Sie schaute von einem Mann zum anderen. Es erschütterte sie, dass sie ihre Sorgen ausgedrückt hatte und die beiden sie wie eine echte Bedrohung behandelten.

Sie musste zurückdenken. Hatte sie schon in Glasgow irgendwas gespürt? Sie erinnerte sich nicht. Zögerlich sagte sie: „Seit wir nach London gekommen sind, glaube ich."

„Ok." Vincent hielt inne und dachte nach. „Heute Abend ist dein letzter Auftritt in Großbritannien. Wieso machen wir uns nicht direkt nach dem Konzert davon, statt morgen früh nach Paris aufzubrechen? Wir können aus der Arena verschwinden, wenn du fertig bist, und den Rest der Band morgen wie geplant nach Paris fahren lassen. Vielleicht ist der Typ ortsgebunden und wir schütteln ihn in Frankreich ab."

Sid runzelte die Stirn. Sie versuchte, nicht getrennt von ihrer Band zu reisen. Es fiel ihr schon schwer genug, ein harmonisches Verhältnis aufzubauen, und getrenntes Reisen konnte Distanz zwischen ihnen aufkommen lassen und zu unnötigen Spannungen führen, aber sie glaubte nicht, dass es dieses eine Mal schaden würde.

„Klar", sagte sie. „Machen wir es so."

„Ich schaue, ob ich Flüge bekomme. Oder noch besser, vielleicht kann ich ein Flugzeug chartern. Tony wird heute Nachmittag dein Gepäck aus dem Hotel verschwinden lassen." Vincent lächelte ihr zu. „Es wird alles gut."

Sidonie lächelte zurück und spürte einen kleinen Stich

wegen des Eherings, den er trug. Wäre Vince nicht verheiratet, wäre sie an ihm interessiert gewesen, aber seine Frau Terri leitete die Security-Firma und war der netteste, ehrlichste Mensch überhaupt, genauso wie er. Sie waren auch wie füreinander geschaffen und einander innig ergeben.

„Danke, Vince", sagte sie.

„Klar doch." Er lächelte sie entspannt an. „Ich bin froh, dass du was gesagt hast."

Sie zögerte. „Dir ist nichts aufgefallen, oder?"

„Nein, aber wie Tony sagte, nehmen wir Instinkte ernst, und du bist nicht emotional bedürftig. Du willst keine Aufmerksamkeit auf dich lenken. Wir arbeiten jetzt schon eine Weile zusammen, und das ist das erste Mal, dass du sowas zu mir gesagt hast."

„Ok, gut." Da sie diesen Stein vom Herzen hatte, wurde sie wieder schneller, und sie beendeten den restlichen Weg zurück zum Hotel in einem leichten Lauf. Sie bekam zwar heute Vormittag nicht ihre fünf Kilometer zusammen, aber zumindest fühlte sie sich besser.

Erfolgreiche Tourneen erforderten harte Arbeit, Entschlossenheit und Durchhaltevermögen, und die aktuelle hatte sie erst zu einem Drittel hinter sich. Das war gerade lange genug, um ihre Lebensentscheidungen in Frage zu stellen.

Trotzdem, nachdem sie in Großbritannien fertig waren, würde der Rhythmus sich kurzzeitig ändern. In Paris hatte sie ein paar Tage Ruhe eingeplant, dann die unausweichlichen drei Proben an einem neuen Spielort, bevor sie die nächste Runde Auftritte hinlegte. Sie konnte es kaum erwarten, den nächsten Reiseabschnitt hinter sich zu bringen und in Paris einzutreffen, um die paar freien Tage zu genießen.

Nachdem Tony und Vincent sie an der Tür zu ihrer Suite zurückgelassen hatten, ließ Sid sich Mittagessen liefern, aß und packte. Dann rief sie Julie an, während sie bäuchlings auf dem Bett lag. Als Julie abnahm, fragte Sid: „Was machst du gerade?"

„Ich habe gerade ein großes Frühstück mit Bacon und Waffeln mit Erdbeeren und Sahne verdrückt", sagte Julie. „Ein Riesenberg Arbeit liegt vor mir, aber ich kann mich nicht bewegen. Jemand muss mich mit der Schubkarre ins Büro fahren."

„Ich will auch Bacon und Waffeln mit Erdbeeren und Sahne." Sid seufzte. „Oder eine riesige Schüssel Pho-Suppe."

„Na, dann bestell dir doch was", sagte Julie mit wenig Mitleid. „Du hast zwei ansehnliche Männer, die du herumkommandieren kannst. Schick einen los und lass dir Pho holen."

„Kann ich nicht", stöhnte sie. „Ich trete heute Abend auf. Wenn ich zu voll bin, habe ich auf der Bühne keine Energie."

Sie konnte das Lächeln in Julies Stimme hören. „Ich wette, heute Morgen hast du deine Haferflocken gegessen wie ein braves Mädchen?"

„Klar habe ich das. Ich sage doch, ich muss jeden Morgen genau dasselbe essen", erwiderte Sid. „Es macht mich wahnsinnig."

„Eines Tages begleite ich dich mal", drohte Julie. „Ich werde dich zum Frühstücken rausschleppen und dir was Schockierendes unterschieben, Rührei zum Beispiel."

„Ja!", rief Sid. „Hol mich raus aus diesem Blödsinn ... solange ich Haferbrei kriege."

„Du bist ein hoffnungsloser Fall! Hör mal, ich muss los.

Ich muss, ach, du weißt schon, Leute anrufen und Mails beantworten oder dieses Frühstückskoma ausschlafen."

„Ok." Sid warf sich herum, um an die Decke zu starren. „Du könntest immer noch für ein oder zwei Tage nach Paris fliegen. Bei uns kommt jetzt diese Pause."

Julies Stimme wurde wärmer. „Das ist eine tolle Idee! Ich schau mir die Flüge an. Es würde riesig Spaß machen, dir persönlich ein anderes Frühstück aufzudrängen. Hör mal, ich weiß, dass du nicht gerne Kritiken liest, deswegen sage ich es dir – du machst es gut, Kleine. Wirklich, wirklich gut. Ich lese sie alle, und überall ist man nur voll des Lobes. Sie lieben dieses neue Album."

Die Zufriedenheit fühlte sich hell und warm an, wie Sonne auf ihrer Haut. Sid lächelte. „Danke."

Kurz nachdem sie aufgelegt hatte, schrieb ihr Vince eine Nachricht, um sie wissen zu lassen, dass er ein Flugzeug gechartert hatte, das nach dem Konzert auf sie warten würde. Sie würden im Auto zu einem kleinen, eher geschäftlichen Flughafen namens London Biggin Hill fahren.

Sie biss sich auf die Lippe, während sie die Nachricht las. Die einzigen Flughäfen, die sie im Umfeld von London kannte, waren Gatwick und Heathrow, aber sie war daran gewöhnt, kleinere Flughäfen mit Privatflugzeugen zu nutzen. Das war keine ungewöhnliche Vereinbarung, nur teurer, aber Vincent hätte es nicht gebucht, wenn ein kommerzieller Flug verfügbar gewesen wäre.

Sie schickte eine Antwort, um das Vorhaben zu bestätigen, und dann nahm sie sich einige Minuten, um ihrer Band zu schreiben, dass sie schon vorausfliegen und sich um ein paar Geschäftsangelegenheiten kümmern und sie in Paris wiedertreffen würde. Die Antworten waren locker und unbeschwert, und sie lächelte, als sie sie las. Die Gruppe, die sie für diese Tournee zusammengestellt hatte, war solide.

Danach zwang sie sich dazu, sich hinzulegen und ein Nickerchen zu machen. Da sie sich entschlossen hatten, gleich nach dem Konzert aufzubrechen, würde es eine lange Nacht werden.

Beim Konzert an diesem Abend prickelte die typische Aufregung vor dem Auftritt in ihren Adern, während die Vorgruppe spielte, und sie musste sich zusammenreißen, um sich zurückzuhalten, bis es Zeit war, auf die Bühne zu treten. Während sie darauf wartete, dass die anderen ihr letztes Stück spielten, schaute sie hinter den Kulissen hervor über die Menge.

Wegen der heißen, hellen Scheinwerfer konnte sie keine einzelnen Gesichter ausmachen, doch trotzdem glitt ein Gefühl der Überzeugung über ihre Haut wie Eiswasser. Ihr Stalker befand sich im Publikum. Sie spürte es. Spürte ihn.

Beinahe atemlos betrachtete sie dieses Gefühl der Gewissheit. Er war da, unbewegt durch die Musik, und seine Absicht war beinahe spürbar. Der Trost, den sie aus dem Gespräch mit Vincent vorhin gezogen hatte, löste sich auf, und auf ihren Armen bildete sich Gänsehaut. Sie zitterte.

Der Lärm aus der Menge veränderte sich und wurde lauter, aber sie merkte es kaum. Erst als Dustin, ihr Schlagzeuger, ihr auf die Schulter tippte, zuckte sie zusammen und fand wieder zurück.

Er beugte sich vor, sein Blick scharf, und sagte ihr ins Ohr: „Showtime, Sid. Alles klar?"

„Ja, alles gut bei mir", erwiderte sie. Mit Mühe schüttelte sie die dunkle Wolke ab, die sich über sie gelegt hatte, grinste ihn an und schritt auf die Bühne. Ein Luftzug strich ihr über die Wange, und sie sah auf in ein durchsichtiges, grob umrissenes Gesicht, das auf sie herablächelte, als es vorbeischwebte.

Die Dschinn waren wieder da. Dieser eine hatte sich gerade so weit materialisiert, dass sie ihn sehen konnte. Sie hatten mit ihr verhandelt, um auf ihre Konzerte zu kommen, und sie verfügte nun über einen Reichtum an Dschinn-Gefallen.

Lächelnd nickte sie der merkwürdigen Kreatur zu, und der blasse Umriss des Gesichts verschwamm. Dann hob sie die Geige und den Bogen, und die Musik brach über sie herein wie eine Flutwelle und trug sie fort.

Sie nahm Sid jedes Mal mit. Sie brachte sie an einen Ort von solch stechender Reinheit, solch roher Erhabenheit, dass ihre Adern davon erfüllt waren und flüssiges Feuer aus ihr herausströmte.

Sie stellte ihre Lebensentscheidungen nie in Frage, nicht, wenn sie mit der Musik im Fluss war. Zweifelte nie an ihren jahrelangen Opfern, dem strengen Regiment, dem Lernen und dem fleißigen Üben. Sie fühlte sich niemals einsam oder besorgt oder ängstlich, denn die Musik war alles, Liebhaber, Freund und Familie, und ihr anspruchsvollster unsichtbarer Gefährte.

Sie nährte sie und wurde von ihr genährt, die Energie ging hin und her, baute sich zu einem aufragenden Klanggebilde auf, zu ihrer ureigenen Zitadelle strahlender Schwingungen.

Niemand sonst konnte diese strahlende Zitadelle erreichen. Niemand sie berühren. Sie erhaschten lediglich einen Blick darauf, wenn sie spielte, hörten es nur, weil sie es ihnen gestattete.

Nach einer zeitlosen Frist raste das Konzert plötzlich seinem Ende entgegen. Der hohe, erhabene Gipfel der

Energie war erreicht, die letzten Saiten schwangen, die letzten Noten durchdrangen die Stille.

Schweiß lief Sids Hals hinab, und sie warf einen Blick auf die beiden Seiten der Bühne. Als wäre das ihr Einsatz, materialisierten sich die Dschinn so weit, dass sie sie sehen konnte. Sie lächelten und verbeugten sich vor ihr, während das Publikum stehenden Applaus gab.

Im Anschluss brauchte sie ein wenig, um sich loszueisen. Man brachte ihr Blumen, der Geschäftsführer der Arena wollte sich bei ihr bedanken, und drei Bandmitglieder hatten etwas mit ihr zu besprechen, bevor sie aufbrach. Sie kümmerte sich um alles, während die Überreste des Feuers noch durch ihre Adern loderten. Erst als Vincent und Tony sie wegdrängten, senkte sich die Müdigkeit auf sie herab.

Das Auto wartete am Hintereingang. Tony fuhr vorne mit, sie saß mit Vincent hinten. Der Fahrer brachte sie aus der Arena und durch unbekannte Straßen.

Sie ließ die leise, gelassene Unterhaltung der Männer über sich hinwegströmen, lehnte die Stirn ans Fenster und blinzelte müde, während sie die Umgebung vorbeiziehen sah – Wohnviertel und Geschäftszeilen, zwischen denen immer wieder dicht begrünte Gebiete auftauchten.

Obwohl es in England Hochsommer war, hatte sich an diesem kühlen, feuchten Tag der Nebel nie ganz aufgelöst. Jetzt schien er lebendig, und geisterhafte Ranken krochen über die Straße. Inzwischen war es weit nach Mitternacht, und auf ihrer Route herrschte so gut wie kein Verkehr.

Schläfrigkeit ergriff von Sid Besitz, doch sie kämpfte dagegen an. Sie würde nur in etwa zwanzig Minuten wieder aufwachen müssen, sobald sie den Flugplatz erreichten, und dann wäre jede Chance auf Schlaf in dieser Nacht dahin.

Trotz ihrer Anstrengungen musste sie weggedöst sein. Abruptes Fluchen entriss ihr den Frieden, der sie umhüllt hatte. Sie fuhr hoch.

Ein riesiges schwarzes Pferd füllte die gesamte Windschutzscheibe vor dem Auto aus. Als es stieg, tanzten Flammen auf seiner Mähne, und Funken stoben von seinen gigantischen Hufen.

Der Fahrer verriss das Steuer, brutal hart. Vincent stieß einen Arm vor, um sie zu stützen, als sie beide zur Seite geschleudert wurden. Reifen quietschten. Das Auto traf auf den Randstein und rollte einen Hang hinab. Schmerz flammte auf, als der Sicherheitsgurt ihr in Schulter und Brüste schnitt. Sie suchte etwas, an dem sie sich festhalten konnte, und packte den Türgriff.

Nicht nur der Fahrer fluchte jetzt, sondern auch Tony und Vincent. Sids Ohren waren von ihren rauen Stimmen erfüllt, von einem kreischenden Geräusch.

Das Pferd? Hatten sie es erwischt?

Metall. Es war das Metall des Autos, das kreischte, als wäre es lebendig.

Die Welt stellte sich auf den Kopf, wirbelte in einem irren Kaleidoskop vor den Fenstern. Dann rammte sich der Boden mit einem gewaltigen Knirschen in das Auto. Erneut flammte Schmerz auf, als Sid sich irgendwo den Kopf stieß, ehe alles schwarz wurde.

TRÜB KEHRTE IHR Bewusstsein zurück, als frische, klamme Luft über ihre Haut strich. Die Bewegung über den holprigen Boden ließ ihren ganzen Körper vor Schmerz pochen. Jemand zog sie aus dem Auto.

Aus dem Wrack.

Jemand ...

Sie blinzelte gegen die Nässe an, die ihr in die Augen floss, und versuchte zu der Person hinauf zu spähen, die ihre Handgelenke umklammert hielt.

Wer immer es war, ein Mensch war er nicht. Er war etwa so groß wie sie oder etwas größer, und mager, mit schmaler Brust, abstehenden kastanienbraunen Haaren und einem dünnen Dreiecksgesicht.

Es war ein wildes Gesicht, und es hatte wilde, tierische Augen, in denen Entschlossenheit brannte.

Sie hustete feucht und wollte etwas sagen. „Vince – Vincent. Tony. Der Fahrer."

„Bewusstlos, aber sie werden es überleben", erwiderte die Kreatur. „Genau wie du."

„Das Pferd?"

„Unversehrt."

Sie hustete noch einmal, spuckte Blut und flüsterte: „Danke, dass du hilfst."

„Das tue ich nicht." Er berührte ihre Stirn mit dem Zeigefinger. Sie konzentrierte sich auf seine Hand. Er hatte zu viele Finger. „Schlaf jetzt."

Bewusstlosigkeit breitete sich in ihren Gedanken aus wie schwarze Tinte, die über eine Leinwand floss.

SCHMERZ LIEß SIE erwachen, der Schmerz von Prellungen, die rhythmisch durchgerüttelt wurden, während ihr Kopf pochte. Sie ritt auf einem riesigen schwarzen Pferd. Vielmehr lag sie auf dem Rücken eines Pferdes, das durch die Landschaft galoppierte.

Sie versuchte, sich bemerkbar zu machen, sich zu bewegen. Raue Abschürfungen brannten an ihren Handgelenken. Sie starrte ungläubig hinab. Ihre Hände waren an ein Seil gebunden, das um den Hals des Pferdes lag.

Das konnte nicht stimmen. Sie hatte doch eben noch einen Autounfall erlebt. Sie konnte nicht auf einem Pferd sitzen. Das musste eine Halluzination sein, oder vielleicht träumte sie.

Ihr entglitt das Bewusstsein.

ALS SIE ZUM dritten Mal erwachte, hing ihr Kopf immer noch in einem merkwürdigen Winkel nach unten, und ihr Nacken schmerzte. Alles schmerzte. Um sie herum befand sich ein stiller, kühler Wald, in nächtliches Dunkel getaucht.

Jemand trug sie in mageren, starken Armen. Sie wollte sich bewegen, aber sie war an den Hand- und Fußgelenken gefesselt. Eine neue, scharfe Spitze des Schmerzes bohrte sich in ihren Kopf, über dem rechten Auge, das verklebt war. Trotz der ständigen Schwindelgefühle und ihrer Desorientierung ließ sich in ihren Knochen eine panische Gewissheit nieder wie Eis.

Sie wurde entführt.

Sie neigte das Kinn und öffnete probehalber den Mund. Sie war nicht geknebelt. Wenn sie irgendwo bei London war, musste es Häuser geben ... irgendein Wohngebiet in der Nähe. Sie holte tief Luft und wollte schreien.

Heraus kam ein atemloses, dünnes Murmeln. „Hilfe."

Derjenige, der sie trug, schaute auf sie herab. Sie erhaschte einen Blick auf wilde, unmenschliche Augen, während er sagte: „Du schläfst einfach nicht dauerhaft, oder?"

„Damit kommen Sie nicht durch", krächzte sie. „Lassen Sie mich los."

Die Kreatur hob den Kopf und blickte direkt nach vorne. „Ich komme damit durch", gab sie grimmig zurück.

Als diesmal die Welt um Sid herum grau wurde, versank

sie nicht ganz. Ihr Kopf füllte sich mit Watte, was abscheulich wehtat.

Ich muss eine Gehirnerschütterung haben, dachte sie trübe, während sie sich bemühte, sich zu konzentrieren. Es gab einen Grund, warum sie nicht bewusstlos werden durfte, irgendeine Gefahr. Das musste ihr wieder einfallen.

Wie aus großer Entfernung spürte sie, dass sie anhielten. Ihr volles Bewusstsein kehrte wieder zurück, als die Kreatur sie auf einer harten, rauen Oberfläche absetzte. Kalte Feuchtigkeit sickerte in ihre Jeans, und sie roch üppige, lehmige Erde. Er hatte sie auf den Boden gelegt.

Während er sie eine Weile zurückließ, kämpfte sie heftig gegen ihre Fesseln, aber sie waren zu fest verschnürt. Als er zurückkehrte, hob er ihren Kopf und die Schultern, um ihr das Gesicht mit einem nassen Tuch abzuwischen, das unangenehm roch, als hätte er es in einen Fluss getaucht.

Sobald er das verklebte Blut um Sids Augen wegwischte, klärte sich ihre Sicht. Sie blickte sich um. Sie waren auf einer Lichtung, und über den Wipfeln der umstehenden Bäume begann sich die nächtliche Dunkelheit zu lichten.

Panik huschte über Sidonies Haut wie Mäusepfoten. Der Unfall lag lange zurück. Stunden. Wie weit waren sie auf dem Pferd geritten? Wo befanden sie sich?

War sie überhaupt noch in London?

Plötzlich ebbte der Schmerz in ihrem Kopf ab, und sie konnte wieder denken. Ein Prickeln breitete sich in ihrem Körper aus, und auch andere Schmerzen ließen nach. Sie hatte zwar kein Magiegefühl, aber sie war schon früher mit Magie behandelt worden. Die Kreatur hatte irgendeinen Zauber gewirkt, um sie zu heilen.

Das musste ein gutes Zeichen sein, oder? Er wollte sie sicher nicht im Wald ermorden, wenn er sich so sehr um sie sorgte, dass er sie heilte.

Sie blickte auf in sein merkwürdiges, im Schatten liegendes Gesicht. „Du warst es. Du warst der Stalker."

„Nein", erwiderte er. Er legte das Tuch beiseite und hob sie in seine Arme. „Ich habe jemand anderen verfolgt. In Glasgow habe ich ihn gefunden und bin ihm nach. Als er nach London ging, folgte ich ihm auch dorthin. Er hat immer wieder deine Konzerte besucht, und das war ungewöhnlich. Passt so gar nicht zu ihm. Aus irgendeinem Grund bist du ... ihm wichtig. Also habe ich dich geholt."

Sie versuchte nachzuvollziehen, was er da sagte, aber obwohl er deutlich Englisch sprach, klang es verrückt. „Aber warum?"

Sein Gesicht verzog sich, und Tränen begannen über seine Wangen zu laufen. Schluchzend wiegte er sich vor und zurück. „Weil du perfekt bist. Du bist so perfekt, dass ich keine bessere Waffe hätte finden können, selbst wenn ich danach gesucht hätte."

„Ich bin keine Waffe", flüsterte sie und starrte ihn an. „Ich bin nur eine Musikerin."

„Ich übergebe dich ihr, und sie wird *schrecklich* zu dir sein. Und das wird ihm etwas ausmachen. Mit dir treibe ich einen Keil zwischen sie, so tief, dass er sie auseinanderreißt. Und auseinanderreißen muss man sie. Du hast keine Ahnung, wie viel Schaden sie angerichtet haben, oder wie viele Leute sie im Lauf der Jahre getötet haben. Du hast keine Ahnung, welchen Schaden *sie* mir zugefügt hat. Wenn sie nicht aufgehalten wird, greift sie eine Freundin von mir an, und meiner Sophie lasse ich keinen Schaden zukommen."

Getötet?

Sidonie war müde, und sie fror, und sie hatte solche

Angst, dass auch aus ihren Augenwinkeln Tränen strömten. Diese Kreatur war nicht menschlich. Sie konnte nicht in menschlichen Begriffen denken. Vielleicht war sie tatsächlich verrückt. War ihr überhaupt klar, dass sie ein Verbrechen begangen hatte?

Obwohl es sinnlos war, drehte sie die Hände, versuchte gegen die Seile anzukommen, die ihre Handgelenke fesselten, während sie sich zwang, mit sanfter, schmeichelnder Stimme zu sagen: „Kannst du mir bitte zuhören? Nur zuhören. Was immer du vorhast, ich sehe, dass es dir sehr wichtig ist, aber du musst das nicht durchziehen. Du hast Zeit, alles noch einmal zu überdenken, und – ich helfe dir. Ich verspreche es. Aber du musst mich erst gehen lassen. Ich kann dir nur helfen, wenn du mich gehen lässt."

Die Kreatur fixierte sie. In diesen merkwürdigen Augen standen so viele Gefühle, so viel Kummer und Zorn, dass ihr Blick Sid erstarren ließ. „Ich erwarte nicht, dass du mir vergibst."

Neuerliche Panik zuckte durch sie hindurch. „Es gibt keinen Grund, so zu reden. Du bist noch nicht zu weit gegangen und hast noch nichts getan, was man nicht wieder in Ordnung bringen könnte. Wir können – ich kann – ich habe Geld. Ressourcen. Wer immer deine Feindin ist, wir können sie uns zusammen vornehmen."

Was zum Teufel sagte sie da? Sie hatte sich noch nie in ihrem Leben jemanden „vorgenommen". Ihre schlimmsten Feinde waren Schulrivalen gewesen, und ihre wichtigsten Kämpfe hatte sie bei Musikwettbewerben und benotetem Vorspielen gewonnen.

Aber an seinem versteinerten, unbewegten Ausdruck las sie ab, dass nichts, was sie sagte, zu ihm durchdrang.

Was konnte sie ihm sonst versprechen? Ihn trieb der

Drang nach Rache an. Sie ging alle berühmten Racheszenarien durch, die ihr einfallen wollten, aber alle basierten auf erfundenen Figuren. Sie ließ diesen Gedanken fallen und konzentrierte sich auf einen anderen.

Seine Freundin war ihm wichtig.

„Du machst dir Sorgen um deine Sophie", sagte sie rasch. „Wir können deiner Freundin Schutz verschaffen. Ich habe Verträge mit einer guten Security-Firma."

Er schaute ihr in die Augen. „Haben sie dich vor mir geschützt?"

Ihr Atem stockte. Bevor sie ein weiteres Argument vorbringen konnte, wischte er sich mit dem Handrücken das Gesicht ab und zog ein Messer heraus. Während ihre Panik neue Stufen erklomm, schnitt er mit dem Messer einen Streifen Stoff unten aus ihrem Shirt und stopfte ihn ihr als Knebel zwischen die Zähne. Immer noch liefen ihm Tränen über die Wangen, aber sein Gesicht war vor Entschlossenheit versteinert.

„Hör mir zu", sagte er rau. Sein merkwürdiger Blick war von einem fiebrigen Licht erfüllt. „Nimm meinen Rat an, was immer er bringt. Erzähl ihr nicht von mir, oder warum ich dich mitgenommen habe. Wenn sie in dir eine Bedrohung sieht, wird sie dich umbringen lassen. Wenn sie glaubt, dass du irgendwelche Informationen hast, die ihr nützlich sind, wird sie sehr viel Schlimmeres tun, als dich nur umzubringen. Und wenn du schlauer bist als ich, wenn du das Zeug dazu hast, dich ihrem Willen zu beugen und jeder ihrer Launen entgegenzukommen, wird es leichter für dich werden. Denn obwohl ich es bedauere, das tun zu müssen, bist du nur ein einziger Mensch, und dein Opfer wird für so viele andere so viel bedeuten. *Du wirst jetzt leider eine harte Zeit durchmachen.*"

kapitel 3

DER ALPTRAUM, IN den Sid gestolpert war, war so seltsam, dass sie keine Ahnung hatte, wie sie sich daraus hervorwühlen sollte. Während sie noch starrte, ließ die Kreatur sie los und erhob sich. Ihr Körper schimmerte und wich einem riesigen, stämmigen Wesen mit winzigen Äuglein und Haut in der Farbe von grauem Fels.

Er hatte die Gestalt verändert zu einem ... einem ... Troll?

Als menschlicher Hohlkopf wusste Sid so gut wie nichts über Magie, außer das, was sie in Zeitschriften gelesen oder in den Nachrichten gesehen hatte. Aber nach allem, was sie in lockeren Unterhaltungen mit anderen aufgeschnappt hatte, war sie sich einer Sache ziemlich sicher.

Man brauchte erhebliche Macht, um sich in eine Gestalt zu verwandeln, die entweder größer oder kleiner war als die ursprüngliche Person. Die Wyr mit ihren beiden Daseinsformen erreichten diese Veränderung am mühelosesten, da ihre Tiergestalt im Grunde ihr zweites Wesen darstellte.

Aber was immer diese Kreatur war, sie war kein Wyr, und dieser Troll war viel größer als das Wesen, das sie durch den Wald getragen hatte, was wiederum bedeutete, dass es Macht besaß, und zwar viel.

Ihr kam eine Erkenntnis. Das Wesen war vermutlich auch das schwarze Pferd gewesen, das den Unfall verursacht und sie an diesen unbekannten Ort gebracht hatte. Die Berechnung, die in ihre Entführung eingeflossen war, fühlte sich ernüchternd an.

Sid zog sich zurück, als der riesige Troll sich über sie beugte, aber da sie so fest verschnürt war, konnte sie nichts dagegen tun, dass er sie wieder hochnahm.

Er trottete weiter, folgte einem schmalen Pfad, der sich durch den Wald schlängelte, bis Sidonie eine Spur Holzrauch im Wind wahrnahm, der sanft durch die Bäume wehte. Bald betrat der Troll eine große Lichtung, auf der mehrere Gebäude standen – ein größeres, langes Gebäude und ein paar typisch englisch wirkende Bauernhäuser.

Sids Sicht war eingeschränkt, und es machte sie wahnsinnig, dass sie überhaupt nichts dagegen tun konnte, aber sie hörte plötzlich rasche Bewegungen und einen barschen Ruf. Als sie den Kopf neigte, sah sie, dass sie von etlichen hochgewachsenen Leuten umzingelt waren.

Die Neuankömmlinge waren genauso wenig menschlich wie die Kreatur, die sie entführt hatte. Sie trugen alle graubraune und grüne Uniformen, Farben, die im Wald leicht zu übersehen waren, und sie waren bewaffnet. Einige trugen sowohl Schusswaffen als auch Schwerter.

Sid bemerkte den harten, misstrauischen Ausdruck in ihren scharf geschnittenen Gesichtern und auch das auffällig goldblonde Haar, das allen gemein war, aber erst als einer von ihnen sich umdrehte, um den anderen einen Befehl zuzurufen, erhaschte sie einen Blick auf ein spitzes Ohr und konnte ihre Spezies einordnen. Es waren Helle Fae.

„Was machst du hier?", fragte der Befehlshaber scharf.

Der falsche Troll blieb stehen. Ohne Vorwarnung ließ er Sidonie fallen. Da sie nichts tun konnte, um den Sturz abzufedern, stöhnte sie, als sie schmerzhaft auf dem Boden aufkam.

Mit tiefer Stimme, die nach mahlenden Felsen klang, sagte der Troll: „Tribut für die Königin."

Sidonie zwang sich dazu, gleichmäßig zu atmen und klammerte sich an das Wort.

Königin. Die Königin musste die Frau sein, von der die Kreatur gesprochen hatte. Sie würde eine Helle Fae sein, wie ihre Soldaten. Eine Frau der Alten Völker.

Die Alten Völker waren magische Wesen, die neben den Menschen existierten, in Domänen, die sich oft mit menschlichen Grenzen überlagerten. Dann gab es noch die Anderländer, die durch eine Reihe von Übergängen mit der Erde verbunden waren. Die meiste moderne Technik funktionierte in Anderländern nicht, denn es waren intensiv magische Orte, aber Sid hatte interessante Artikel darüber gelesen, wie einfallsreich man dort viele moderne Annehmlichkeiten adaptiert hatte.

Als nichtmagischer Mensch kannte Sidonie nur die Grundlagen der Politik und Terminologie der Akten Völker – größtenteils Konzepte, die sie aus der Schule mitgenommen hatte. Einmal war sie eingeladen worden, ein Konzert für Niniane Lorelle zu geben, die Königin der Dunklen Fae im Anderland Adriyel, das durch Übergänge mit Chicago verbunden war.

Obwohl die Königin bereit gewesen war, eine exorbitante Summe zu zahlen, um den Zeitverlust zwischen Adriyel und der Erde auszugleichen, hatte die Reise nicht in Sidonies diesjährigen Terminplan gepasst, daher hatte sie widerstrebend abgesagt. Der charmante und überzeugende Botschafter der Dunklen Fae hatte ihr das Versprechen abgerungen, die Reise für die Zukunft in Betracht zu ziehen, sie hatten sich allerdings noch nicht auf einen Termin geeinigt.

In Großbritannien musste es sehr viele Domänen der Alten Völker mit ihren jeweiligen Herrschern geben, aber Sidonie wusste nur von der Königin der Hellen Fae – Königin Isabeau vom Hellen Hof.

Während die Gedanken durch ihren Kopf jagten, wartete sie darauf, dass der Anführer der Hellen Fae anprangerte, einen *Menschen* als Tribut für egal was anzubieten.

Stattdessen fragte der Mann ungeduldig: „Was soll das? Der Trollclan hat seinen Tribut bereits überbracht. Wir haben die Lieferung heute Vormittag erhalten."

Moment, *was?* Kein Anprangern? Das war völliger Irrsinn. Niemand bot ein denkendes, lebendes Wesen als Tribut, zumindest nicht in der modernen Gesellschaft, die sie kannte. Entgeisterter Zorn tobte durch sie hindurch, und sie kaute auf ihrem Knebel, während sich in ihrem Kopf wütende Worte zu Raketenwerfern zusammensetzten, bereit für die Zündung.

„Wir haben die da mitliefern wollen", murmelte der Troll. „Haben sie aber erst spät gekriegt. Spielt echt gut Musik."

„Und jetzt hat sie wegen eurer Stümperei dieses Lager gesehen. Aber sie ist Musikerin, sagst du?" Der Helle Fae blickte auf Sid herab und seufzte. „Ach, na gut. Zahlt nächstes Mal euren Tribut in Gegenständen, die leichter zu transportieren sind." Während er sich wegdrehte, befahl er einem seiner Männer: „Steck sie in eine Zelle, bis wir zum Aufbruch bereit sind."

Einer der Männer zog sie auf die Beine. Der falsche Troll warf einen letzten unergründlichen Blick auf Sidonie und wandte sich dann ab. Sie schaute der riesigen Gestalt nach, wie sie auf dem Weg, den sie gekommen waren, zurück in den Wald schlurfte.

Als der Troll verschwand, dachte Sidonie: *Ich werde nicht vergessen, was du mir angetan hast.* Sie drehte sich zu dem Anführer der Hellen Fae um und musterte seine Züge. *Ich werde keinen von euch vergessen.*

Ich weiß nicht, wie, und ich weiß nicht, wann, aber ihr werdet es noch bereuen, dass ihr mir das angetan habt.

Dafür sorge ich.

✧ ✧ ✧

NACHDEM DER TROLL verschwunden war, warf der Soldat sich Sidonie über eine harte Schulter und trug sie einen Weg entlang zu einer anderen Lichtung mit weiteren Gebäuden. Dann steckte er sie in eine primitive Gefängniszelle, mit waschechten Gitterstäben, einer groben Pritsche, blankem Steinboden und einer dreckigen, schrecklich einfachen Latrine, die überhaupt keine Privatsphäre bot. Es gab ein kleines, hohes, vergittertes Fenster, das Sonne hereinließ, aber keine Aussicht nach draußen gewährte, und sonst nichts.

Zumindest hatte der Soldat der Hellen Fae ihre Hand- und Fußgelenke losgebunden, so dass sie sich bewegen konnte. Sobald Sids Hände frei waren, musste sie den Drang niederkämpfen, auf ihn einzuschlagen. Der gewalttätige Impuls mochte zwar die Wut und Angst mindern, die durch ihre Adern pochten, aber letztlich war es eine Strategie, die für sie kein gutes Ende nehmen konnte.

Statt ihren Gefühlen nachzugeben, stand sie auf und rieb sich die Handgelenke, um die Durchblutung wieder in Gang zu bringen, während sie beobachtete, wie er die Zellentür abschloss.

An dich werde ich mich auch erinnern, dachte sie.

Nachdem er sie allein gelassen hatte, blickte sie sich um. Die Pritsche bestand aus Lederstreifen, die gitterartig fest über einen Rahmen gespannt waren. Kein Kissen, keine Decke.

Es gab kein fließendes Wasser und offenbar auch keine Elektrizität oder Heizung, wie sie entdeckte, als sie einen Blick zur Decke warf, wo keinerlei Lichtquelle zu sehen war. Dieser Ort war seltsam und verstörend, beinahe, als hätte er gar nichts mit dem modernen England zu tun, durch das sie erst gestern gefahren war.

Ihre Hände prickelten schmerzhaft, sobald sie wieder stärker durchblutet wurden. Sie ließ die Handgelenke vorerst in Ruhe und rieb sich über die Arme, um es etwas wärmer zu haben. Obwohl der Tag sonnig geworden war, sorgte der dichte Baumbewuchs dafür, dass die Temperatur lau blieb, und die Wände des Gebäudes waren aus dickem Stein, von dem eine feuchte Kühle ausging.

Sie war froh, dass sie immer noch den weichen Kapuzenpulli aus Kaschmir sowie die Jeans und Sneakers anhatte, in die sie für die Fahrt zum Flughafen geschlüpft war. Das T-Shirt unter dem dreckverschmierten Kapuzenpulli war bei den Aktionen ihres Kidnappers zerrissen, und auf ihrer Jeans prangten Gras- und Blutflecken, aber hätte sie immer noch das dünne Spandex-Outfit getragen, das sie beim Konzert angehabt hatte, hätte sie sich den Hintern abgefroren.

Ihr Entführer hatte gesagt, dass Vincent, Tony und der Fahrer es überleben würden, und sie glaubte nicht, dass er sie angelogen hatte. Er hatte furchterregendes, irres Zeug geredet, doch – soweit sie wusste – nichts, was nicht der Wahrheit entsprach.

„Kopf hoch, Sid", flüsterte sie. „Vince und Tony werden nach dir suchen."

Zumindest würden sie suchen, sobald es ihnen möglich war. Wie schlimm waren sie bei dem Unfall verletzt worden? Wie lange würde es dauern, bis die Nachricht von Sids Verschwinden in den Boulevardzeitungen stand?

Vor einiger Zeit hatten sie, Vince und seine Frau Terri Strategien für eine Reihe von Extremszenarien durchgesprochen.

Falls sie verschwand (und wie sie darüber gekichert hatten, wie unwahrscheinlich das doch war), war die Security-Firma ermächtigt, eine Belohnung für alle glaubwürdigen Informationen zu ihrem Aufenthaltsort anzubieten.

Sie war ebenfalls ermächtigt, Transaktionen durchzuführen, falls sie entführt wurde und jemand Lösegeld erpresste. Nach den ersten beiden Stalkern war sie Vincents Rat gefolgt und hatte nun einen Versicherungsschein bei sich, der für jedes Lösegeld bis zu fünf Millionen Dollar aufkommen würde.

Es gab also Mechanismen, die beinahe jede Situation abdeckten, aber nichts davon war Sid ein Trost, denn was tatsächlich passiert war, war völlig anders als jedes Szenario, das sie diskutiert hatten.

Sie hatten sich keine Vorgehensweise für den Umgang mit irren magischen Kreaturen überlegt, die darauf aus waren, eine ausgeklügelte, manipulative Rache-Intrige abzuziehen. Keine Vorkehrmaßnahme konnte so etwas abdecken.

Menschenhandel war ein Verbrechen und traf meistens Opfer, die zu arm oder zu verletzlich waren, um sich dagegen zu schützen. Sids Leben war so vollkommen aus allem entgleist, was auch nur ansatzweise plausibel schien, dass sie sich völlig losgelöst fühlte, und so einsam wie seit vielen Jahren nicht mehr.

Eines Tages werde ich darauf zurückblicken, sagte sie sich. *Und wenn ich auch nie über das lachen werde, was passiert ist, werde ich dankbar sein, dass ich es lebend überstanden habe. Eines Tages wird diese Erfahrung der Vergangenheit angehören, und ich werde selbst wissen, wie es sich anfühlt, Rache zu üben.*

So fremd ihr diese Konzepte waren, war es doch sehr viel besser, ihren Zorn zu nähren, als in Depressionen zu versinken oder aufzugeben. Dadurch konnte sie sich auf etwas konzentrieren, ihre Wut irgendwohin leiten.

Da sie verzweifelt etwas tun wollte, fing sie an, die Lederstreifen im Gitter der Pritsche zu zählen. Es gab zwölf Streifen längs und sechsunddreißig quer. Nervosität sorgte dafür, dass sich ihr Magen zusammenkrampfte. Hatte sie richtig gezählt? Sie begann von vorn. Zwölf und sechsunddreißig.

Dann noch einmal. Zwölf und sechsunddreißig.

Vielleicht musste sie sie berühren, um sicher zu sein. Wie an einem Seil wurde sie nach vorne gezogen, bewegte die Finger über das Gitter, flüsterte vor sich hin, während sie zählte. Nachdem sie fünfzehn Mal die Lederstreifen durchgezählt hatte, drückte sie sich beide geballten Fäuste an die Stirn und zwang sich dazu, von der Pritsche abzurücken.

Falls sie gedacht hatte, eine Tournee wäre stressig, war das nichts im Vergleich hierzu. Um sich abzulenken und nicht weiter in zwanghaftes Verhalten abzugleiten, musterte sie die Details ihrer Umgebung genauer. Eine Gänsehaut bildete sich auf ihren Armen.

Alles wirkte ... historisch. War das das richtige Wort?

Als sie hinüber zu den Gitterstäben ihrer Zelle ging, ließ

sie versuchsweise den Finger über einen Stab gleiten. Die leicht raue Oberfläche verstörte sie mehr als alles andere. Die Stäbe waren hart, handwerklich einwandfrei und robust, aber sie waren nicht von modernen Maschinen geschaffen.

Es gab vierzehn Stäbe.

Vierzehn.

Vierzehn. *Argh!*

Sie riss sich los und trat zurück, um sich im Kreis zu drehen. Das Schloss der Zellentür, die Pritsche, das Fenster – nichts davon wirkte glatt oder wie Massenware, oder als käme es aus dem Industriezeitalter.

Sie fühlte sich beinahe, als wäre sie in der Zeit zurück gereist, oder … oder als wäre sie nicht mehr ganz auf der Erde, die sie kannte.

Als wäre sie überhaupt nicht mehr auf der Erde.

Ihr schnürte sich die Kehle zu vor Panik, die über sie herzufallen drohte.

Wie würde es sich anfühlen, durch einen Übergang zu reisen? Das hatte sie sich schon immer gefragt, wusste es aber nicht. Sie hatte Erfahrungsberichte darüber gelesen, wie man als Hohlkopf-Mensch die Übergänge wahrnahm, aber sie hatte noch kein Anderland besucht. Sie hatte damit gerechnet, es bei ihrer hypothetischen Reise nach Adriyel zum ersten Mal zu erleben.

Da sie keine Magie besaß, konnte sie den Übergang nicht allein vollziehen. Als Hohlkopf musste man dafür eine Person mit magischen Fähigkeiten berühren, und sie hatte immer gewusst, dass sie sich auf jemanden mit Magie würde verlassen müssen, der sie durch den Übergang führte. Am häufigsten hielt man sich an den Händen.

Die Geschichten erzählten von einer merkwürdigen, surrealen Erfahrung, wenn Reisende sahen, wie sich alles um sie herum veränderte, während sie durch den Übergang reisten. Aber hätte sie diese Erfahrung auch gemacht, wenn es nur von der Mitte einer Waldlichtung zur nächsten ging?

Der Soldat hatte sie sich über die Schulter gelegt, und ihr Kopf hatte nach unten gehangen. Sie hatte es nicht gerade darauf abgesehen gehabt, ihre Umgebung genau zu mustern, als er sie den Weg entlang getragen hatte. Sie war zu sehr damit beschäftigt gewesen, ihm auf den Hintern zu starren und sich zu wünschen, sie hätte den Mut oder die mangelnde Vernunft, ihn zu beißen.

Falls er sie wirklich durch einen Übergang in ein Anderland gebracht hatte, brauchten sie sie nicht in eine Zelle zu stecken, denn sie hatte nicht die Fähigkeit, alleine zur Erde zurückzukehren. Sie konnte keinen der Dschinn kontaktieren, die ihr einen Gefallen schuldeten – ohne Telepathie erreichte sie ihre Dschinn-Bekannten nur per Telefon, und auch wenn sie ihr Handy noch hatte, funktionierten Telefone in Anderländern nicht.

Plötzlich konnte sie die aufkommende Panik nicht mehr niederkämpfen. Sie rannte zur Zellentür und rief: „Hey! *Hey!* Ist euch klar, wie viele Verbrechen ihr begeht, wenn ihr mich gegen meinen Willen in diese Zelle steckt? Ihr könnt mich nicht hier festhalten – ich bin kanadische Staatsbürgerin!"

Niemand kam. Als sie innehielt, legte sich eine drückende Stille auf ihr Trommelfell. Soweit sie beurteilen konnte, war sie allein in diesem schrecklichen kleinen Gebäude. Sie war ihnen nicht wichtig genug für eine Antwort, und das machte sie wütender und ängstlicher als alles andere.

Stunden vergingen. Schließlich zwangen sie die Bedürfnisse ihres Körpers dazu, die Latrine zu benutzen. Sie machte schnell, für den Fall, dass jemand kam, und danach warf sie sich auf die Pritsche. Von dort aus zählte sie immer wieder die Gitterstäbe der Zellentür und beobachtete, wie der Lichtschein, der durchs Fenster fiel, wanderte und schließlich verblasste.

Ihre Geige war im Kofferraum des Autos gewesen. War sie noch heil?

Diese Geige war ihr wertvollster Besitz. Geschaffen vom berühmten französischen Geigenbauer Jean-Baptiste Vuillaume und beinahe hundert Jahre alt. Es war einer der größten Triumphmomente ihres Lebens gewesen, als sie sie von ihrem eigenen schwerverdienten Geld gekauft hatte.

Sie wollte einen der mächtigeren Dschinn, die ihr einen Gefallen schuldeten, um eine sehr viel seltenere Stradivari bitten, aber sie hatte den Mut noch nicht aufgebracht, und es würde ohnehin nicht dasselbe Gefühl auslösen, das aufgekommen war, als sie sich die Vuillaume gekauft hatte.

Sie kaute sich die Lippe blutig, während sie sich um ihre Geige sorgte, aber sie konnte in dieser Angelegenheit nichts tun und keinerlei Auskünfte erhalten.

Schließlich kam der Hunger, zusammen mit Langeweile, Kälte und Erschöpfung. Sie rollte sich zu einem kleinen, wütenden Ball zusammen, während sie auf ihrem Dilemma herumkaute wie ein Hund auf einem Knochen.

Auch wenn ihr Kidnapper Isabeau als gefährlich beschrieben hatte, grausam sogar, wie sehr konnte Sid seinen Worten trauen?

Er war nicht beeindruckt gewesen, als sie das Geld erwähnt hatte, aber vielleicht war die Königin ja anders. Beinahe jeder liebte Geld und häufte gern mehr davon an. Die Möglichkeit, fünf Millionen Dollar Lösegeld einzustreichen, sollte etwas zu bedeuten haben, verdammt.

Die Versicherung war auf jeden Fall teuer genug.

Und wem hatte ihr Entführer eigentlich nachgestellt? Sie wusste nichts über Isabeau und den Hellen Hof, bis auf die Tatsache, dass ein Dunkler Hof als Gegenpart dazu existierte. Ihr Kidnapper hatte keinen Namen erwähnt, sondern nur von *er* und *ihm* gesprochen.

Wer immer *er* war, ihm gefielen Sids Konzerte. Er könnte ein Verbündeter für sie sein.

Sie musste sich einigen kalten, harten Fakten stellen. Wenn man sie wirklich in ein Anderland gebracht hatte, könnte es schwierig für sie werden, Gerechtigkeit für ihre Entführung einzufordern. Die Domänen auf der Erde kümmerten sich stark um ihre Interaktion mit menschlichen Gesellschaften, aber die Domänen der Anderländer waren wesentlich eigenständiger.

Zumindest konnte ihr dieser Mann vielleicht helfen, den Übergang zurück zur Erde zu benutzen und wieder nach Hause zu gelangen. Das war das Wichtigste.

Als die Nacht kam und ihre Zelle in Dunkelheit getaucht wurde, kühlte sich die Luft noch weiter ab. Sie war jetzt hungrig, extrem hungrig und zitterte vor Kälte, daher dachte sie, sie würde niemals einschlafen, aber letztlich glitt sie in ein unruhiges, elendes Dämmern weg.

Ein scharfes, metallisches Klirren an den Gitterstäben ließ sie hochfahren. Mit hämmerndem Herzen starrte sie um sich herum, völlig desorientiert.

„Wach auf, Mensch."

Sie richtete den Blick auf den Hellen Fae auf der anderen Seite der Gitterstäbe. Sie hatte ihn bisher noch nicht gesehen. Er trug eine abgenutzte Metallschale und einen Becher, den er durch eine Lücke am unteren Ende der Gitterstäbe schob.

„Kann ich mit jemandem reden, der hier etwas zu sagen hat?", fragte sie.

Er warf ihr einen gleichgültigen Blick zu. „Du wirst noch früh genug mit jemandem reden, der etwas zu sagen hat. Iss. Wir brechen bald zur Burg auf."

Burg? Sie hätte ihre Einkünfte des Folgejahrs darauf verwettet, dass er nicht von einer Burg sprach, die auf der Liste historischer Stätten in Großbritannien stand.

Sie schluckte, um ihre trockene Kehle zu befeuchten. „Sind wir in einem Anderland?"

Er hatte sich schon abwenden wollen und hielt inne, um sie genauer zu mustern, dann stieß er ein bellendes Lachen aus. Es klang abfällig. „Das weißt du nicht? Ich werde die Information weitergeben, dass du keine Macht besitzt."

Da sie sich getroffen fühlte, biss sie die Zähne zusammen. „Das beantwortet meine Frage nicht."

„Ja, Mensch", erklärte er ungeduldig. „Du bist jetzt in Avalon, und du unterstehst unseren Gesetzen, unserer Königin. Je eher du damit deinen Frieden machst, desto besser wird es für dich laufen."

Damit marschierte er hinaus, und sie konnte ihm nur nachstarren. Der Boden unter ihren Füßen schien zu schwanken, als die Gewaltigkeit dessen, was er gesagt hatte, in ihren Ohren schrillte.

Sie war wirklich nicht mehr auf der Erde. Sie war nicht nur in ein Anderland gebracht worden, sie war in Avalon.

Avalon, das Land der Äpfel und Feen, gerühmt für seine Schönheit und seine Gefahren. Sie hatte noch gewusst, dass Isabeau eine Herrscherin der Hellen Fae war, aber ihr war nicht einmal klar gewesen, dass sie die Königin von Avalon war. So spärlich war ihr Wissen über die Domänen der Alten Völker in Großbritannien. Wütend über ihr Unwissen ballte sie die Fäuste.

Und ohne jegliche Magie hatte sie keine Möglichkeit heimzukehren, zumindest nicht ohne Hilfe. Sosehr sie diesen Wächter für seine Abfälligkeit verabscheute, hatte er recht. Sie würde dieses Unwissen ablegen und so viel herausfinden müssen, wie sie konnte, wenn sie überhaupt eine Chance haben wollte, mit ihrer neuen Wirklichkeit zurechtzukommen.

Sie zitterte immer noch, als der Hunger sie dazu trieb, den Inhalt der Metallschale zu inspizieren. Darin lagen ein blanker Kanten Brot und ein Stück Hartkäse. Der Becher enthielt Wasser. Sie trug beides zu ihrer Pritsche, aß jeden Krümel auf und trank auch das ganze Wasser.

Nach dem Essen war sie gerade erst fertig mit ihren Privatangelegenheiten, als derselbe Wächter zur Zellentür kam. Während er aufsperrte, erklärte Sid beinahe im Plauderton: „Ich wurde entführt und illegal hierhergebracht, wissen Sie?"

„Raus", sagte er, wobei er zurücktrat und die Zellentür weit aufhielt. Er hatte sie nicht gefesselt oder mit irgendeiner anderen Art des Arrests bedroht.

Das musste er auch nicht, oder? Sie kochte wieder vor Zorn, als sie hinausging. „Möchten Sie irgendwie auf das reagieren, was ich gerade gesagt habe?"

„Ist nicht an mir, zu reagieren. Ich befolge nur Befehle." Er legte ihr eine Hand auf den Rücken und schubste sie so fest, dass sie stolperte. „Bewegung."

Wie viel Böses war bereits geschehen, weil jemand behauptete, er befolge nur Befehle? Sie fing sich wieder, ballte die Fäuste und hielt sich knapp davon ab, nach ihm zu schlagen. Wenn sie sich wehrte, würde man sie wieder fesseln. Vielleicht würde man sie sogar schlagen.

Das war schon in Ordnung. Wenn er Befehlen folgte, war er sowieso nicht derjenige, mit dem sie sprechen wollte. Sie wollte mit demjenigen sprechen, der die Befehle gab. Das wäre der einzige Weg, um ihre Situation zu verändern.

Er führte sie zur Rückseite eines leeren Wagens und hieß sie einsteigen. Sie setzte sich in eine Ecke, schlang die Arme um die Knie, während sie zusah, wie sich eine ganze Schar Wächter versammelte. Die meisten hatten Pferde, und einige fuhren Wagen, auf denen sich Fässer und Kisten türmten. Einiges davon, wenn nicht alles, musste der Tribut der echten Trolle sein.

Ihr Entführer hatte genug über die Hellen Fae gewusst, um zu wissen, wann der Tribut geliefert werden würde, und wohin, und er hatte dieses Wissen genutzt, um sie einzuschleusen, ohne Verdacht zu erregen. Die kalte Berechnung dahinter ließ einen frösteln. Er mochte zwar geweint haben, als er sie getragen hatte, aber das hatte ihn nicht davon abgehalten, die Einzelheiten ihrer Entführung ganz genau zu planen.

Trotz ihrer ständigen Müdigkeit und Sorge wuchs ihre Faszination, während sie die Hellen Fae beim Zusammenstellen des Wagenzugs beobachtete. Sie hatte so etwas noch nie gesehen.

Falls jemand ein Startsignal gegeben hatte, war es ihr nicht aufgefallen, denn plötzlich fuhr ein Wagen vor, dann noch einer. Schließlich fuhr auch der Wagen, der sie als einzige Fracht enthielt, ruckelnd an und reihte sich hinter den anderen ein. Die berittenen Wächter bezogen entweder an der Spitze des Zuges oder an seinem Ende Stellung.

Den Großteil des Tages fuhren sie durch dichten Wald. Da Sid die eintönige Landschaft schnell langweilig wurde und das stetige Ruckeln sie ganz wund werden ließ, zählte sie alle Holzbretter auf dem Wagenkasten etliche Male durch, dann versuchte sie sich in eine Ecke zu klemmen und etwas zu dösen.

Mittags rasteten sie, und sie bekam wieder ein Stück Käse und einen Kanten Brot, mit einem weiteren Becher Wasser.

Am Nachmittag hielten sie bei ein paar Dörfern an, wo knapp außerhalb ihrer Hörweite eine Unterhaltung stattfand, zwischen dem Hellen Fae, den sie als Anführer des Wagenzugs identifiziert hatte, und anderen, die offenbar Dorfbewohner waren.

Nach den Gesprächen führten einige Soldaten Leute zu ihrem Wagen. Als diese einstiegen, musterte Sid sie ebenso neugierig, wie diese Leute auch sie anstarrten. Größtenteils handelte es sich um junge Mädchen, aber es gab auch ein paar Jungen. Alle waren Helle Fae, und sie waren ein gutes Stück jünger als sie. Waren sie ebenfalls Tribut?

Ein paar Mal versuchte Sid, sie anzusprechen, und die jungen Fae warfen einander zwar Blicke zu und regten sich unruhig, doch ihre Versuche, eine Unterhaltung anzufangen, resultierten nur in Schweigen. Einige Mädchen starrten sie ungeniert an, ihre Gesichter erfüllt von einem faszinierten Abscheu, der Sid verblüffte.

Während sie sich umschaute, dämmerte es ihr – sie war praktisch die Einzige hier mit dunklem Haar und dunklen Augen. Ihre Haut war blass und cremefarben, ganz anders als der gebräunte Farbton der Gesichter um sie herum. Sie mochte vielleicht sogar die erste Person mit einem solchen Äußeren sein, der diese Jugendlichen je begegnet waren. Vielleicht war sie der erste Mensch, den sie sahen.

Sie presste die Lippen zusammen und sank in ihre harte, ungemütliche Ecke des Wagens zurück, um von da an für sich zu bleiben. Die vorbeiziehende Landschaft mochte hübsch sein, aber bisher gingen ihr die ersten Eindrücke von Avalon ziemlich auf den Zeiger.

In dieser Nacht lagerten sie an einem breiten, träge wirkenden Fluss, und trotz all ihrer Probleme war es wunderbar, ein paar Minuten am Ufer für sich zu haben, um sich zu waschen. Das Abendessen war dasselbe wie das Mittagessen und Frühstück. Dicht an einem warmen Lagerfeuer fand sie einen Platz für die Nacht. Sie griff sich eine Handvoll Kieselsteine und rollte sich fest zusammen, um warm zu bleiben, während sie sie zählte und wilde Szenarien durch ihren Kopf jagten.

Sie könnte ein Pferd stehlen (sie hatte den Großteil ihres Lebens in New York verbracht und keine Ahnung, wie man ein Pferd ritt). Und sie könnte Waffen stehlen (von erfahrenen Kämpfern, die wussten, wie man sie gebrauchte). Dann könnte sie zurück zum Übergang galoppieren (den sie allein weder spüren noch nutzen konnte).

Dann musste sie irgendwie einen der Soldaten dort kidnappen und dazu zwingen, mit ihr zurück zur Erde zu gehen, an den Truppen vorbeischleichen, die auf der anderen Seite stationiert waren, und weitergehen, bis sie in Kontakt mit der normalen Zivilisation kam.

Sie beherrschte ein wenig Selbstverteidigung und wusste das eine oder andere über waffenlosen Kampf, aber das waren alles Fähigkeiten, die sie sich in einem Trainingsumfeld angeeignet hatte. Sie hatte nie die Gelegenheit gehabt, das Gelernte in einem echten Kampf anzuwenden.

Die Wahrscheinlichkeit, dass sie es lebend aus dem Wagenzug schaffte, war klein bis nicht vorhanden, ganz zu schweigen von der langen Liste unwahrscheinlicher Ereignisse im Anschluss. Nein, ihre einzige wahre

Hoffnung, wieder nach Hause zu kommen, bestand darin, dass sie sich an jemanden wandte, der das Sagen hatte.

Am Morgen, als sie versuchte, Kontakt mit dem Anführer des Wagenzugs aufzunehmen, trat ein Soldat vor sie und zwang sie dazu, zurück in den Bereich zu gehen, in dem sich ihre anderen Reisegefährten aufhielten.

Kochend vor Ärger fügte sie sich. Ganz gleich, wie groß der Zeitverlust zwischen Avalon und der Erde war, ihre Konzerttournee war ziemlich sicher inzwischen Geschichte. Julie musste sich furchtbare Sorgen machen, und sie und Rikki standen vor einem bürokratischen Alptraum. Allein der Gedanke daran bewirkte, dass Sids Magen sich fest zusammenkrampfte. Noch nie hatte sie eine Tournee abbrechen müssen.

Aber trotz der vielen Zeit, die sie auf dieser Reise verlieren würde, schien es, als würde sie warten müssen, bis sie die Burg erreichten, um mit jemandem reden zu können, der die Macht hatte, sie freizulassen.

Nachdem sie ihre Kieselsteine sortiert hatte, warf sie diejenigen weg, die ihr nicht gefielen, und ließ einundzwanzig kleine, glatte Steine in ihre Tasche gleiten. Der zweite Reisetag war heiß und langweilig. Sie konzentrierte sich auf ihre Kiesel und zählte sie immer wieder, reihte sie gerade auf einer Handfläche auf, der Größe nach.

Dann der Form nach. Dann der Farbe nach.

Einundzwanzig. Einundzwanzig. Einundzwanzig.

Gegen Ende des Tages fuhr der Wagenzug im zunehmend düsteren Gold des Abendlichts einen langen, kurvenreichen Hang empor. Sid unternahm noch ein paar Versuche, mit ihren jungen Gefährten ins Gespräch zu kommen, hatte aber kein Glück. Sie legte den Kopf auf die angezogenen Knie und hielt Mund und Nase bedeckt, um nicht den Staub einatmen zu müssen, der von den Pferden und Wagen vor ihnen aufgewirbelt wurde.

Noch während sie zum fünfzehnten Mal dachte, dass sie jetzt bestimmt bald stehenbleiben mussten, ertönte ein Ruf von vorne, und der Wagen kam rumpelnd zum Stillstand. Gespannt sprangen ihre Mitfahrer auf. Während sie den Kopf reckten, sich auf die Zehenspitzen stellten und etwas riefen, erhob sich auch Sid, langsamer. Sie beschattete ihre Augen und schaute in die Richtung, in die alle anderen starrten.

Der Boden fiel neben der Straße in einem langgezogenen, sanften Schwung ab. In der Ferne, über einem üppigen, smaragdgrünen Land, lag eine gigantische Burg wie ein großer, lohfarbener Drache. Reichtum, Alter und Macht waren in ihre Steine eingeprägt.

Eine Stadt kauerte sich unterwürfig zu ihren Füßen, und hinter beiden erstreckte sich ein glitzernd blaues Gewässer.

Unwillentlich beeindruckt und zugleich verängstigt schlang Sid die Arme um ihren Körper. Es schien, als stünden sie kurz vor dem Ende ihrer Reise, und sie sollte bald mit jemandem reden können, der Macht besaß.

Kapitel 4

Das lange Silbermesser glitt tief in Morgans Seite, drang durch das immer noch heilende Gewebe der ursprünglichen Verletzung. Ein Speer aus Schmerz spießte ihn auf. Er schnappte heftig nach Luft und sackte nach vorne, während er die Hand des anderen Mannes wegstieß, um den Griff zu packen und die Klinge herauszuziehen. Sie löste sich in einem Strom aus frischem, rotem Blut.

Bei diesem Schmerz fiel es ihm schwer, seine Lykanthropen-Instinkte zu beherrschen, und das Silber aus der Waffe war noch nicht tief genug in seinen Körper eingedrungen, um seine Fähigkeiten zu schwächen. Er spürte, wie seine Zähne länger wurden und sein Gesicht sich verformte.

„Zurück!", fauchte er.

Der Ghul, der ihm das Messer in den Leib gestoßen hatte, sprang zurück, als hätte er sich verbrüht, und das graue Gesicht verzerrte sich. In beleidigtem Cockney-Englisch beschwerte er sich: „Mann, ey, das is' nich' grade freundlich. Und ich hab dir auch noch 'nen Gefallen getan."

„Du hast mir keinerlei Gefallen getan", blaffte Morgan. „Ich habe dich sehr üppig dafür bezahlt, mir ein Messer in den Bauch zu rammen."

Er spürte, wie das Gift des Silbers in seinen Adern brannte, und seine Züge normalisierten sich wieder. Er hatte seine Beretta bereitgehalten, falls der Ghul ihm in den Rücken fallen wollte, aber das Wesen wirkte verängstigt und schien kurz davor, aus der Gasse zu fliehen.

„Du bist mir mal 'n irrer Wichser", rief der Ghul. „Hast nich' durchblicken lassen, dass du 'n Lykanthrop bist! Was, wenn du mir die Hand abgebissen hättest dafür, dass ich dich verletze, wie wir 's abgemacht hatten?"

„Habe ich aber nicht, oder?" Morgan drückte fest zu, um die Blutung zu stillen. Hochgefühl mischte sich in den Schmerz. Der Bannspruch hatte sich nicht eingeschaltet, um ihn zur Verteidigung zu zwingen. Er hatte gerade weitere Wochen der Freiheit errungen. „Lass mich wissen, ob du nächsten Monat auch nochmal so viel dazuverdienen willst."

Gier kämpfte auf dem langen, kummervollen Gesicht des Ghuls gegen Vorsicht an, und einen Augenblick lang hatte er eine erstaunliche Ähnlichkeit mit Giles beim letzten Mal, als Morgan den Arzt gesehen hatte.

„Weiß nich'", murmelte der Ghul. „Was, wenn du nächstes Mal deine innere Bestie nich' so ganz beherrschst?"

„Liegt bei dir", sagte Morgan, der das Interesse an der Kreatur verlor. Da er sich weitere Zeit erkauft hatte, konnte er sich immer noch jemand anderen suchen, der sich für die Tat anheuern ließ.

„Mann, ey, ich hab' doch nich' gesagt, ich mach's nich'." Berechnung glitzerte in den Augen des Ghuls. „Aber ich denk' schon, dass ich den Preis für meine Dienste hochziehen könnte. So'n bisschen Gefahrenzulage als Absicherung, ne?"

Morgan hustete ein Lachen bar jeder Heiterkeit heraus und machte sich nicht die Mühe zu antworten. Er hatte dem Ghul bereits mehr als genug gezahlt. Er humpelte aus der Gasse und sah sich vorsichtig um. Es war früh am Morgen, und der Londoner Straßenzug war menschenleer.

Mit vorsichtigen Schritten ging er zu seinem geparkten Audi und glitt hinter das Steuer, um zu der Unterkunft zu fahren, die er gemietet hatte. Das kleine möblierte Apartment war ruhig und abgeschieden, am Ende ehemaliger Stallungen, die man zu Wohnungen umgebaut hatte, in einem behaglichen Viertel.

Als er anfangs die umliegenden Straßen abgelaufen war, hatte er keinerlei Hinweis auf eine größere Macht in der Nähe gefunden, und die Gerüche, die er aufgeschnappt hatte, waren überwiegend menschlich. Der Ort war perfekt für seine Zwecke, unauffällig in jeglicher Hinsicht.

Während seine magischen Fähigkeiten nach und nach zurückgekehrt waren, hatte er subtile Verhüllungszauber um den Bereich gelegt, die alle bis auf die intelligentesten und entschlossensten Passanten davon abhalten würden, die rote Eingangstür zu bemerken, die zu seiner Wohnung führte.

Dann hatte er angefangen, alle Texte zu sammeln, von denen es hieß, dass sie Azraels Athame erwähnten, selbst wenn sie das nur beiläufig taten. Spät eines Nachts war er nach Oxford gefahren, um sich in die Bodleian Library zu schleichen. Als eine der ältesten Bibliotheken Europas hatte die Bodleian einen weitläufigen Flügel, der Geschichte, Politik, Folklore, Religionen und Magiesystemen der Alten Völker gewidmet war.

Die Bibliothek wurde von Gargoyles bewacht und war in magische Schutzzauber gehüllt, aber keine dieser Schutzmaßnahmen konnte es mit Morgans Fähigkeiten aufnehmen. Er holte sich alles, was mit Azrael, dem Herrn des Todes, zu tun hatte, zusammen mit den Büchern, die von den ältesten magischen Gegenständen handelten.

In den Pausen der langen Recherchestunden baute er

sich ein Arsenal – er wirkte Blindheitssprüche, schuf Schilde, die stark genug waren, um gegen das Feuer eines Drachen zu bestehen, Todesflüche, Fleischzersetzung, die tödlichen Feuerbälle, die als Morgensterne bekannt waren, Verwirrungszauber und Chaos-Beschwörungen, die dafür sorgen konnten, dass Armeen die Kontrolle verloren und untereinander kämpften.

Er hatte sie alle in Juwelen der Magieklasse eingelassen, damit er sich immer noch verteidigen konnte, wenn die neue Verletzung seine magischen Fähigkeiten minderte. Als er fertig war, hatte er eine Fülle von Waffen zur Hand, und sie passten alle in einen Samtbeutel, der verzaubert war, um die tödliche Macht zu verbergen, die er enthielt.

Er hatte auch Heiltränke geschaffen, und diese wertvolle Flüssigkeit goss er in Phiolen mit Korkenverschluss. Die Tränke würden nicht bei Wunden helfen, die durch Silber verursacht worden waren, aber seiner Erfahrung nach war es immer praktisch, einen Heiltrank zur Hand zu haben. Man wusste nie, wann man ihn brauchen konnte.

Er hatte die Küche auch mit proteinreichen Nahrungsmitteln und Alkohol ausgestattet, und mit etlichen Arzneimitteln – weiteren Antibiotika, Verbänden und diversen Schmerzmitteln, Infusionen sowie einem Metallständer, einem doppelseitigen Schminkspiegel mit Vergrößerungsfunktion und Nähmaterial. Diesmal hatte er den Luxus gehabt, im Voraus planen zu können, um sich seiner jüngsten Verletzung ordentlich anzunehmen.

Als er wieder in die Wohnung kam, humpelte er in die Küche, wo er auf dem Tisch alles ausgebreitet hatte, was er brauchen würde, nachdem er sich mit dem Ghul getroffen hatte. Er sank auf einen Stuhl, öffnete die Flasche Scotch, die dastand, nahm einen kräftigen Schluck und machte sich dann an die Arbeit.

Zunächst musste er sich eine Spritze geben, um den Bereich rund um die Verletzung zu betäuben. Danach wurde alles einfacher.

Mit Zugriff auf das richtige Zubehör und der Möglichkeit, die Verletzung sofort zu behandeln anstatt unter Blutverlust zu leiden, konnte er sich selbst nähen. Das hatte er schon öfter gemacht.

Er distanzierte sich von sich selbst und betrachtete sich mit klinischem Abstand, während er den Schminkspiegel neigte, damit die Vergrößerungsseite den Eintrittspunkt des Messers spiegelte.

Sorgfältig nähte er die Wunde, und als er fertig war, verband er sie. Auch wenn er Betäubungsmittel verabscheute, schüttete er ein paar der stärksten Schmerzmittel aus einem Fläschchen und spülte sie mit einem weiteren großen Schluck aus der Whiskey-Flasche hinunter.

Dann schob er eine Infusionsnadel in die Ader an seinem Handgelenk, befestigte daran einen Beutel Kochsalzlösung und trug sie ins Schlafzimmer, wo er sie an den Metallständer hängte, den er neben dem Bett aufgestellt hatte. Vorsichtig glitt er auf die Matratze.

Als er den Kopf zurück auf das Kissen legte, trat ein grimmig triumphierendes Lächeln auf seine Lippen.

Er hatte gerade mehrere Wochen Freiheit gewonnen. Wochen, in denen er Isabeau nicht in die Augen und Modred nicht ins hübsche, verabscheuungswürdige Gesicht blicken musste. Wochen, in denen er nach Möglichkeiten suchen konnte, den Griff zu lösen, in dem der Bannspruch ihn hielt, oder nach Wegen, ihn zu umgehen.

Vor nicht allzu langer Zeit hatte er sich nach genau einer solchen Chance gesehnt, aber er hatte nicht gewagt, darauf zu hoffen. Nun gehörte sie ihm.

Einer nach dem anderen entspannten sich seine Muskeln, als das Medikament zu wirken begann.

In ein paar Tagen konnte er sogar nach Paris aufbrechen. Im Louvre gab es ein elfisches Buch über die sieben Urmächte, von dem es hieß, es würde jeden der vielen Aspekte der Götter der Alten Völker gründlich beleuchten. Er musste das Buch durchblättern, um zu sehen, ob es Azraels Athame erwähnte.

Er konnte über die Avenue des Champs-Élysées schlendern und in einem Café an der Seine frühstücken. Er konnte ein weiteres Konzert von Sidonie Martel besuchen.

Die Erinnerung an ihre leidenschaftliche Musik war wie ein zweites Messer tief in ihm und erfüllte ihn mit einem süßen, durchdringenden Schmerz. Mit fester Konzentration atmete er ihn weg.

Das Leben war voller Schmerz. Damit würde er fertig werden.

Die Betäubungsmittel und der Whiskey taten ihr Werk. Er schlief weniger ein, als dass er in die Bewusstlosigkeit glitt, wo sich Träume und Erinnerungen wie die dunklen, nackten Zweige von Bäumen im Winter verflochten.

„Wie ist das, Morgan? Stimmt das so?" Die Stimme des Jungen brach, ein erster Hinweis auf den Mann, der er einst werden würde.

„Nicht so. Hier, lass es mich dir zeigen." Er passte den Griff des Jungen am Schwert an. „So. Du bist zu nett. Wenn du dein Schwert ziehen musst, dann halte es auch, als wärst du bereit, es zu benutzen. Du willst deinen Gegner doch nicht mit der flachen Klinge schlagen. Es sei denn, du willst, dass er dich auslacht, während er dich tötet."

Das Grinsen des Jungen war fröhlich und verlegen.

Wenn er lächelte, wurde alles um ihn herum heller. „So machen es Kay und ich, wenn wir gegeneinander kämpfen."

„Kay ist dein Bruder." Morgan lächelte. „Natürlich wollt ihr einander nicht wirklich verletzen."

Dann passierte etwas, und ihre Kampfübung wurde unterbrochen. Morgan erinnerte sich nie, was es war. Vielleicht hatte jemand den Namen des Jungen gerufen, und er war weggelaufen, um sich um etwas anderes zu kümmern, das sich ergeben hatte, weil nun die Bürde des neuen Königtums auf seinen allzu jungen Schultern ruhte.

Noch während Morgan das Gespräch festhalten wollte, verblich es zur fernen Vergangenheit, um von einem weiteren Traum eines Ereignisses abgelöst zu werden, das sehr viel später stattgefunden hatte.

Der Tag hatte vielversprechend begonnen. Das Klirren von Pferdegeschirren und das Stampfen der Hufe mischten sich unter das erfreute Bellen der Hunde. Die frostig kalte Luft brannte auf Morgans Wangen.

Er blickte auf, als gerade der König vorbeiritt und über etwas lachte, das seine Männer gesagt hatten. Genau wie sein Lächeln erhellte auch sein Lachen alles um ihn herum. Morgan lächelte, wie immer, wenn er es hörte.

Er war noch nicht auf seinen Wallach gestiegen und stand locker da, die Zügel um die Finger geschlungen. Es war noch Zeit. Die Gäste versammelten sich, die Jagd hatte noch nicht begonnen.

„Guten Morgen." Die Frauenstimme ertönte hinter ihm, und er wandte sich um und stand vor einer schönen Adligen der Hellen Fae, die ihn anlächelte. Ihren eigenen Zelter führte sie am Zügel und war in warme Reitkleidung aus Wolle und Pelz gehüllt. Edelsteine funkelten an ihren Handgelenken und dem anmutigen Hals. „Ihr müsst Morgan sein. Den Merlin des Königs nennen sie Euch. Den berühmten Falken auf seiner Hand."

„Guten Morgen, Mylady." Morgan verbeugte sich. „Da habt Ihr Recht. Ich bin Morgan. Seid Ihr bereit für die wilde Jagd des Königs?"

„Nur der Tod darf die wahre Wilde Jagd anführen", erwiderte sie mit einer hochgezogenen, makellosen Augenbraue. „Und wenn Lord Azrael reitet, ist niemand bereit."

Er neigte den Kopf. „Das stimmt. Aber dies ist ein Hof der Menschen, und die wilde Jagd des Königs findet als Teil des Julfestes zu Ehren von Azrael statt. Damit sollte sie größtenteils sehr viel angenehmer sein als die Wilde Jagd des Herrn des Todes."

„Ich liebe die Jagd. Ich bin Isabeau." Sie streckte eine schlanke Hand aus. Als er sie nahm, prüfte er ihre Macht. Sie war eine starke Zauberin, aber Morgan hatte ein seltenes, wildes Talent für Magie, und an ihn reichte sie nicht heran.

Hätte sie Azraels Athame getragen, hätte sich diese Präsenz in sein geistiges Auge gebrannt, und er hätte Isabeau nie so locker abgetan. Aber dessen war sie sich nur zu bewusst gewesen, daher hatte sie das Messer bei der Vorbereitung des Treffens versteckt. Selbst damals hatte sie ihren Kurs schon penibel festgelegt.

Höflich verbeugte er sich, um die Luft über ihrer Hand mit den Lippen zu streifen.

„Eure Majestät", murmelte Morgan. Er hatte die Königin des Hellen Hofs mit einer ihrer Dienerinnen verwechselt.

Als er sich aufrichtete, kam ein hübscher Heller Fae herüberspaziert. Isabeau deutete auf ihn, während er sich ihnen anschloss. „Das ist Modred. Mein Begleiter an diesem

Morgen. Wir sind sehr angetan von eurem menschlichen Hof."

„Seine Majestät wird sich freuen, das zu hören", erklärte Morgan, seine Stimme entspannt und sorglos. Damals, als er zum ersten Mal ihr Verhängnis erblickt hatte, war er so zufrieden gewesen. „Es ist ihm eine Freude, dass Vertreter des Hellen Hofs zu Besuch kommen, und er fühlte sich äußerst geehrt, als Ihr entschieden habt, uns Eure Anwesenheit zu gönnen."

Sowohl Modred als auch Isabeau drehten sich um, um den König zu betrachten. Etwas regte sich in Modreds Blick, Abschätzung vielleicht, oder Berechnung. „Er ist sehr jung für einen König, nicht?", merkte er an. „Er muss dankbar sein, Euch an seiner Seite zu haben."

Morgan erwiderte nichts. Sein Blick blieb auf Isabeau gerichtet, die ihre Aufmerksamkeit wieder ihm zuwandte. Sie lächelte ihn hübsch und charmant an. „Was gäbe ich nicht für einen Merlin wie Euch auf meinem Handgelenk."

Auf dem Bett in der stillen Wohnung in London regte sich Morgan unruhig.

Töte sie, versuchte er dem sehr viel jüngeren Mann zu sagen, der er einst gewesen war, einem jungen Mann, der den Höhepunkt seiner Macht erreicht hatte, als sein junger König auf dem Höhepunkt der seinen stand.

Sie sind Raubtiere, die die Höflinge des Königs betrachten wie Schafe. Töte sie, bevor sie zu stark werden. Töte sie, solange du kannst.

Aber sosehr er es auch im Lauf der Jahrhunderte versucht hatte, er hatte nie herausgefunden, wie er die Zeit erobern konnte, damit sein jüngeres Ich hörte, was er rief.

Und Modred war der Botschafter der Hellen Fae am Hof des Königs geworden, während Isabeau ihre Pläne für

Morgan ersann wie eine Spinne, die geduldig ihr Netz wob.

Er erwachte schwitzend und lag da, während er an die im Schatten liegende Decke schaute, bis er spürte, wie das frühe Morgenlicht draußen heller wurde und die rastlosen Erinnerungen in die lange zurückliegende Vergangenheit davonzogen, wo sie auch hingehörten.

Erst dann regte er sich. Für seine empfindliche Nase stank er, roch nach Chemikalien und Blut, daher stand er vorsichtig vom Bett auf und nahm den Metallständer mit der Infusion mit ins Bad, wo er sich wusch.

Etwas, ein leises Geräusch, ließ ihn die Wasserhähne abrupt abdrehen. Er hielt den Atem an, neigte den Kopf und lauschte aufmerksam, aber was immer er gehört hatte, es war nicht mehr da.

Trotzdem zog er sich die Infusionsnadel aus dem Handgelenk und bewegte sich zum Nachttisch, wo er seine Beretta abgelegt hatte. Dann pirschte er durch die leere Wohnung, prüfte die Fenster und öffnete die Vordertür, um entlang der ehemaligen Stallungen die Straße hinabzuschauen.

Eine Zeitung lag auf der Türschwelle. Alles wirkte ruhig und friedlich, ganz wie es am frühen Morgen sein sollte, doch als er Luft holte, erkannte er einen vertrauten Geruch – den Geruch eines Wesens, das vor Wochen von Isabeaus Hof verschwunden war.

Jemand, den sie so sehr zurückgewollt hatte, dass sie Morgan losgeschickt hatte, um ihn zu jagen und wieder zu ihr zu bringen. Diese Aufgabe hatte Morgan in die Konfrontation mit den Rittern von Oberons Dunklem Hof geführt, und daraus waren die Verletzungen hervorgegangen, die ihn letztlich befreit hatten.

Er hatte seine Spuren nicht so erfolgreich verwischt, wie

er gedacht hatte. Der Puck Robin hatte ihn gefunden.

Unruhig regte sich der Bann, wie die Schlingen eines Python um den Körper eines Menschen. Angespannt wartete Morgan ab, was passieren würde. Würde der Bann ihn zwingen, Isabeaus früherem Befehl Folge zu leisten und Robin zu jagen und zu ihr zurückzubringen? Oder würden ihre letzten Worte größeres Gewicht haben?

Als der Bann nachließ, wusste er es. Ihre letzten Worte an ihn waren bedeutsamer. Er war immer noch frei, vorerst.

Mit scharfem Blick musterte er jede Einzelheit der Szenerie vor sich – die Dachkanten, den schattigen Eingang eines Ladens auf der anderen Straßenseite am Ende der Stallungen –, aber es gab keine Spur vom Puck und keine Anzeichen oder Gerüche, die auf jemand anderen hingewiesen hätten.

Dann fiel ihm doch etwas auf. Keine der anderen Wohnungen in den ehemaligen Stallungen hatte eine gefaltete Zeitung erhalten. Vorsichtig bückte er sich, die Waffe bereit, und klappte die Zeitung auf. Entgegen seiner Erwartung war nichts darin verborgen.

Stattdessen sprang ihn ein Schwarzweiß-Foto von Sidonie Martel von der Titelseite an. Unter dem Foto stand die Schlagzeile: BERÜHMTE MUSIKERIN NACH AUTOUNFALL VERSCHWUNDEN.

Über die ganze Seite war mit schwarzer Tinte eine Nachricht geschrieben.

Die Königin hat sie.

Die Worte waren wie ein Schlag ins Gesicht. Morgans Atmung kam ins Stocken, dann brüllte Zorn in ihm auf.

Der Puck hatte ihn nicht nur gesucht. Robin hatte ihn genau beobachtet und einen berechneten Schlag ausgeführt.

Er hob die Zeitung auf, trug sie nach drinnen und

schleuderte sie mit solcher Macht durchs Wohnzimmer, das sie mit einem Knall wie ein Peitschenschlag auf die andere Wand traf. Er marschierte in der kleinen Wohnung auf und ab.

Nein, dachte er. *Bei den Göttern, nein. ICH WERDE MICH NICHT AUF DIESE WEISE MANIPULIEREN LASSEN!*

Nach Jahrhunderten – Jahrhunderten – hatte er gerade erst eine prekäre Ahnung von Freiheit gewonnen, und er wusste nicht, wie lange er daran festhalten konnte. Wenn er darauf hoffen wollte, Isabeau und Modred einen Schlag zu versetzen, war es lebenswichtig, dass er jedem Forschungsansatz zum Bann des Athames nachging, den er fand. Er konnte nicht riskieren, all das für eine Fremde wegzuwerfen.

Ungebeten kam ihm ein Bild von Sidonie Martel in den Sinn, mit ihrer freudigen, leidenschaftlichen Musik. Sie war so schön, so überbordend talentiert.

Allein schon für diese beiden Dinge würde Isabeau sie grausam behandeln. Robin war das bewusst gewesen.

Rau atmend fuhr sich Morgan mit den Fingern durchs Haar, während widersprüchliche Impulse ihn zerrissen.

Sidonie Martel bedeutet mir nichts, dachte er heftig. *Ich genieße ihre Musik, aber das war es auch schon. Ich schulde ihr nichts. Kein verdammtes bisschen.*

Stille war alles, was die Wohnung antwortete. Nachdem er dieser stillen Leere eine ganze Weile genauestens gelauscht hatte, ging er ins Schlafzimmer, holte seinen Rucksack heraus und begann zu packen.

✧ ✧ ✧

SOBALD DER WAGENZUG den kurvenreichen Weg hinab zur Burg hinter sich hatte, löste er sich auf wie die Segmente eines Riesentausendfüßlers, der zerfiel, da etliche Einzelteile in unterschiedliche Richtungen aufbrachen.

Sid sprang mit ihren Mitreisenden aus dem Wagen, aber als sie ihnen folgen wollte, ließ ein scharfer Pfiff sie innehalten.

Sie gestatteten ihr nicht, zu den jungen Hellen Fae gehen, die sie unterwegs eingesammelt hatten. Stattdessen stellten sie sie zu einem großen Stapel Fässer und Holzkisten, die sie in den Ställen aufschichteten, und ketteten eines ihrer Handgelenke an einen Metallring, der an einen Holzbalken genietet war.

Sie war dort, um mit dem Tribut der Trolle gezählt zu werden, vermutete sie.

Dann vergaßen sie, ihr etwas zu essen zu bringen.

Bis das Licht des Tages zu Dunkelheit wurde und dann zu einem neuen Morgen erblühte, war sie weggedämmert, bis sie sich jenseits von Angst und bloßem Ärger befand, in einer Art erboster Erschöpfung.

Die Kette ließ ihr genug Raum, um einen Eimer zu erreichen, der in der Nähe abgestellt war. Er war ein Stück weit mit nicht allzu sauberem Wasser gefüllt, und vermutlich übersät von Pferdekot, aber ab einem gewissen Punkt war sie zu durstig, um sich darum Gedanken zu machen. Als das Wasser leer war, nahm sie den Eimer, um sich darin zu erleichtern.

Der Klang von Stimmen weckte sie, und sie erhob sich steif von einer dünnen Lage Stroh, die ihr Bett gewesen war. Es gab drei Stimmen, alle männlich, und eine klang, als hätte sie eindeutig das Kommando, denn sie stellte Fragen, die die anderen beiden beantworteten. Sie schienen eine lange Liste von Gegenständen durchzugehen.

„Hey", rief Sid, ihre Stimme heiser, weil sie sie nicht genutzt hatte. Sie stand auf und riss zornig an der Kette um ihr Handgelenk. „*Hey!* Was ist mit euch eigentlich los?!"

Stille folgte auf ihren Ruf. Dann näherten sich Schritte, und nicht weit entfernt wurden Türen geöffnet. Als helles Sonnenlicht hereinfiel, musste Sid blinzeln und das Gesicht abwenden.

Drei Männer marschierten herein, angeführt von einer hochgewachsenen Gestalt. Der Anführer blieb vor ihr stehen und fragte mit kultivierter, angenehmer Stimme: „Was ist das?"

Die beiden Männer hinter ihm traten von einem Fuß auf den anderen. „Ah, Mylord", sagte einer, während er die Papiere begutachtete, die er hielt, „das ist der halbjährliche Tribut der Trolle."

„Die Trolle haben der Königin einen Menschen geschickt?" Der erste Mann hob eine Augenbraue. Er war geschmackvoll gekleidet und gutaussehend, das charakteristisch blonde Haar war in seinem Nacken zu einem Zopf gebunden, und er hatte ein scharfgeschnittenes Gesicht mit ironischem Blick.

„Ich bin entführt und unrechtmäßig festgehalten worden", stieß Sidonie zwischen den Zähnen hervor. „Ich bin kanadische Staatsbürgerin, und ihr kettet mich an wie ein Tier. Nein, das stimmt nicht. Tiere werden normalerweise besser behandelt. Zumindest füttert man sie. Ich werde seit gestern ohne Nahrung und lediglich mit abgestandenem Pferdewasser zum Trinken so festgehalten."

„O je", sagte der Mann. Er drehte sich zu seinen beiden Gefährten um. „Wie ist es dazu gekommen?"

Unter seinem steten Blick versuchten die beiden, eine Erklärung hervorzubringen. Einer hatte vergessen, dem anderen von ihrer Anwesenheit zu erzählen. Oder vielleicht war sie nicht ins Inventar aufgenommen worden. Konnte gar nicht aufgenommen worden sein, oder es wäre ihm aufgefallen.

Oh ... oh, doch, Mylord, da stand es ja auf der Inventarliste: eine Musikerin. Keine Magie.

Während sie sich ihre Ausflüchte anhörte, hing Sids Geduld am seidenen Faden. Schließlich fuhr sie sie an: „Spielt das denn an dieser Stelle eine Rolle?"

Der gut gekleidete Helle Fae neigte ihr wieder den Kopf zu. „Hm, nein. Ich schätze, das tut es nicht."

Sie hielt ihr Handgelenk hin. „Würdet ihr mich bitte losmachen?"

Der Adlige Helle Fae machte eine Geste. „Harkin, wenn du die Dame bitte von ihren Fesseln befreien würdest."

Einer der anderen Männer gehorchte eilig. Als er die Handschelle aufschloss und sie von Sids Hand fiel, durchströmte sie eine Erleichterung, die sie ganz benommen machte. Endlich redete sie mit einem Verantwortlichen, und mehr noch, er hörte ihr zu. Es schien, als könne dieser ganze lange Alptraum bald vorbei sein.

„Bist du wirklich Musikerin?", fragte der Adlige mit einem Lächeln. „Oder haben die Trolle das auch verbockt?"

„Ja, ich bin Musikerin", erwiderte sie und rieb sich übers Handgelenk. Sollte sie ihm erzählen, dass der Troll, der sie entführt hatte, kein richtiger Troll gewesen war? Oder sollte sie auf die Warnung ihres Entführers hören und über seinen Anteil an diesem Debakel Schweigen bewahren?

Interessiert musterte sie der Adlige und fragte: „Taugst du was?"

Stirnrunzelnd warf sie ihm einen Blick zu. „Wie es der Zufall so will, ja, tue ich, aber das Einzige, worauf es wirklich ankommt, ist die Tatsache, dass ich gegen meinen Willen gefangen genommen und festgehalten wurde. Ich muss zum Übergang gebracht werden, damit ich wieder nach Hause zurückkehren kann. Wenn ihr für die Reisekosten Erstattung braucht, kann ich euch dafür bezahlen."

Auch wenn ihr mich eigentlich auf eigene Kosten zurückbringen solltet, mit einer ausgiebigen Entschuldigung. Gerade so schaffte sie es, sich diesen scharfen Kommentar zu verbeißen.

„Verstehe." Der Adlige blickte auf die beiden Männer. „Wie lange noch, bis wir die Überprüfung des Inventars abgeschlossen haben?"

Der Mann namens Harkin blickte auf seine Zettel. „Wir sind beinahe fertig, Mylord. Eigentlich müssen wir nur noch den Tribut der Trolle zählen."

Der Adlige drehte sich, um die aufgestapelten Kisten und Fässer zu betrachten, die sie umgaben. „Na, das ist alles hier, also würde ich sagen, wir sind durch." Er schaute Sid an. „Komm mit mir, Musikerin."

„Gerne", erwiderte Sid.

Sie warf den anderen beiden Männern einen Blick reinen Hasses zu und folgte dem Adligen aus den Stallungen. Sicher würden sie ihr bald etwas zu essen geben. Das letzte, was sie gegessen hatte, war die übliche Brot-und-Käse-Ration am Mittag zuvor gewesen. Sie fühlte sich schwindlig und benommen, konnte sich nicht konzentrieren, und ihr leerer Magen schien von innen an ihr zu nagen.

Sie hatte Fragen, die sie stellen wollte, beginnend mit dem Namen des Adligen und wo er sie hinbrachte, aber er marschierte durch den Hof zu einem Burgtor, dann mehrere Gänge entlang, und das so schnell, dass es ihr schwerfiel, Schritt zu halten. Nach Tagen voller Stress und unzureichender Versorgung war sie bald so außer Atem, dass sie nicht sprechen konnte.

Die Gänge wurden breiter und waren reicher ausgestattet, und sie kamen an Dienern, uniformierten Wächtern und verschiedenen anderen Personen vorbei, die unterwegs waren und miteinander redeten. Einige hielten an, um sie anzustarren, sobald sie vorbeikam, die Gesichter erfüllt von unterschiedlichen Ausprägungen von Faszination und Ekel, und Sid war sich bald nur zu bewusst, dass sie den Schmutz von mehreren Reisetagen angesammelt hatte und wie ein Hühnerstall roch.

Erst Essen. Dann ein Bad. Vielleicht würden sie ihr saubere Kleider geben oder zumindest die waschen, die sie hatte. Sie könnte sogar ein Bett für die Nacht bekommen und dann eine Reise nach Hause. Es war ihr sogar egal, ob es dieselben Soldaten waren, die sie nach Hause brachten. Sie wünschte sich nur sehr, dass all das wahr wurde.

Schließlich hielt der Adlige an hohen, hölzernen Doppeltüren inne, fein geschnitzt und mit etwas verziert, das nach Gold aussah. Wachen flankierten die Tür.

Sid wurde langsamer und blieb neben dem Adligen stehen, wo sie zu Atem zu kommen versuchte. Bevor sie eine ihrer Fragen stellen konnte, klopfte er auf ein Türpaneel, dann öffnete er die Tür und marschierte hinein, ohne auf Antwort zu warten.

Mit einem verhaltenen Blick auf die Wachen folgte Sid ihm auf dem Fuß und betrat einen großen, edel aussehenden Raum mit hohen Decken und Fenstern, durch die breite Blöcke aus Sonnenlicht auf die polierten, goldenen Eichenböden fielen.

Sie blickte sich mit großen Augen um, sah leuchtende Wandbehänge und Gemälde, die die Wände zierten, elegante Skulpturen und Möbel aus Mahagoni und Samt. Während sie sich innerlich über die kaum verhüllten Vorurteile aufgeregt hatte, die ihr die Hellen Fae unterwegs entgegengebracht hatten, zeigten der Anblick der Burg aus der Ferne zusammen mit dem Marsch durch ihr Inneres, dass Sid ihre eigenen vorgefertigten Ansichten hatte, die sie ablegen musste. Das war keine provinzielle Domäne. Es gab hier echten Reichtum und Kultur, und die Anmutung einer hohen, entwickelten Geschichte.

An einem großen, reichverzierten Schreibtisch saß eine Helle Fae, ihr goldener Kopf über Papiere gebeugt. Sie trug ein opulentes gelbes Kleid, bestickt mit grünen Ranken und weißen Lilien, und ihr langes, lockiges Haar war so frisiert, dass es als üppige Mähne über ihren schmalen Rücken strömte.

Die Frau blickte kaum auf, als sie eintraten. Mit ungeduldiger Stimme sagte sie: „Mein Tag hat nicht sonderlich gut begonnen, Modred. Ich habe Kopfschmerzen, und ich weiß diese Unterbrechung nicht zu schätzen. Was willst du?"

„Das tut mir leid zu hören, meine Liebste", erwiderte der Adlige in leichtfertigem Tonfall. „Vielleicht kann ich etwas tun, um deinen Tag aufzuhellen. Hier ist ein Teil des Tributs der Trolle. Eine neue Musikerin. Offenbar hat sie keine Magie."

Bei seinen Worten geriet Sids müder Verstand ins Trudeln. *Moment.* Seine Ausführungen klangen nicht ganz korrekt. Sie war niemandes Tribut – sie war *entführt* worden.

Die Frau legte ihren Stift ab und erhob sich, um Sid zum ersten Mal anzuschauen. Als sie hinter dem Schreibtisch hervorkam und sich näherte, verzog sich ihr Gesicht zu einem Ausdruck von Ekel, ganz wie bei den anderen, die Sid in der Burg gesehen hatte.

„Keine Magie?" Die Frau klang ungläubig. „Gar keine?"

„Sie hat nicht reagiert, als ich vorhin versucht habe, telepathisch mit ihr Kontakt aufnehmen, daher würde ich sagen, gar keine", gab Modred zurück.

„Na, sie ist kaum besser als ein Tier", merkte die Frau an. „Sie ist außerdem dreckig und abscheulich. Schau dir nur ihre Augenform an, diese teigig weiße Haut und das schreckliche schwarze Haar."

Sids Mund öffnete sich. Einen Augenblick lang konnte sie nicht glauben, was sie da gehört hatte. Sie hatte gelesen, dass manche der Alten Völker nicht viel von jenen hielten, die keine Magie besaßen, aber sie war niemals von Angesicht zu Angesicht einer so himmelschreienden Intoleranz begegnet. Die Wut, die in den letzten Tag in ihr gebrodelt hatte, kochte langsam über.

„Isabeau", sagte Modred mit belustigter Stimme. „Sie ist ein Mensch. Daher sieht sie überhaupt nicht aus wie eine Helle Fae, und sie hatten sie über Nacht in den Ställen angekettet, also ist sie natürlich schmutzig."

Isabeau war ein Name, an den Sid sich erinnern sollte. Zornig schob sie ihn beiseite. „So hat noch nie jemand mit mir geredet", erboste sie sich.

„Ich habe nicht mit dir gesprochen, Mädchen." Eine Augenbraue der Hellen Fae hob sich. „Und ich habe dir nicht die Erlaubnis zum Sprechen erteilt."

„Ich bin kein *Mädchen* oder *Tier*", hielt Sid dagegen. „Und Ihre Erlaubnis hat für mich keine Relevanz."

„Sollte sie aber", sagte Isabeau trocken. „Sollte sie sogar sehr." Sie wandte sich an Modred. „Bring Musikinstrumente. Wollen wir sehen, ob das Mädchen Talent hat. Vielleicht kompensiert das ihr hässliches Aussehen und ihre schlechten Manieren."

Noch während die Frau redete, fügten sich die

Einzelteile in Sids Gedanken zusammen. Isabeau. Das reich ausgestattete Umfeld, das prächtige Gewand, die Wachen an der Tür. Das war die Königin des Hellen Hofs.

Dann nahm Isabeau eine Strähne von Sids Haar und betastete sie mit gerümpfter Nase, und alle Gedanken an Vorsicht und den Versuch, eine Heimreise herauszuhandeln, vergingen in einem zornigen Sturm.

Schweratmend schlug Sid die Hand weg. Zwischen den Zähnen stieß sie hervor: „Ich spiele nicht für Kidnapper und Rassisten."

Der Blick der anderen Frau wurde frostig. „Dann hast du für mich überhaupt keinen Nutzen." Sie schaute Modred an. „Wenn die Schlampe nicht für mich spielt, soll sie auch für niemanden sonst spielen. Brich ihr alle Finger. Vielleicht lernt sie dann Manieren."

„So gut wie erledigt", sagte Modred lächelnd.

Entsetzen fegte durch Sid, gefolgt von einem Sturm der Panik, der so mächtig war, dass er ihre Muskeln zu Wasser werden ließ.

„Wartet", sagte sie. „Wartet, bitte. Das ist alles ein riesiges, alptraumhaftes Versehen – wenn Sie mir nur einen Augenblick geben könnten, um zu erklären, wie ich hierherkam – es gibt eine große Belohnung, wenn man mich zurückbringt ..."

Plötzlich hatte ihre Stimme keinen Ton mehr. Sie legte sich die Hände an die Kehle und wollte schreien, aber nichts kam heraus.

„Der Klang deiner Stimme beleidigt mich. Ich bin fertig mit dir, hässliches braunhaariges Mädchen." Isabeau warf ihr einen letzten giftigen Blick zu und wandte sich dann ab. „Schaff sie mir aus den Augen."

„Natürlich, Liebste."

Als Modred Sid an den Armen packte, begann sie sich unter stummen Schreien zu wehren. Dann kamen die Wächter in den Raum und brachten sie fort. Fort von den reich verzierten Gängen. Fort von den sonnendurchfluteten Fenstern.

Sie brachten sie eine abgenutzte Treppe hinab in einen heißen, fensterlosen Raum, in dem ein Feuer auf einem Eisengitter brannte. Es gab auch andere Dinge aus Eisen in diesem Raum – Stühle, Werkzeuge, Handschellen und einen Käfig. Ein Holztisch war, genauso wie der Boden darunter, dunkel verschmiert.

Ganz gleich, wie sehr sie sich wehrte, die Wächter, die sie hielten, waren zu stark. Ein Mann hielt ihre Hände auf dem Tisch fest, während Modred die Werkzeuge durchsuchte, bis er einen Hammer fand. Als er zu ihr herüberkam, lächelte er sie an. „Nimm es nicht persönlich, Kleine."

Er brach ihr alle Finger, auch die Daumen. Als er fertig war, schleiften sie sie hinab an einen kalten Ort aus Stein. Sie sperrten eine verriegelte Tür auf und warfen sie in einen Raum. Hinter ihr fiel die Tür klirrend ins Schloss.

Das Licht schwand, als die Wächter sich entfernten und sie in tiefen Schatten und einer Stille zurückließen, die so umfassend war, dass sie sich lebendig anfühlte.

Bebend, im Schockzustand, brach sie zusammen, wo sie stand, wie eine kaputte Marionette, und barg die zerstörten Hände an der Brust. Der Schmerz war so groß, dass er ihre Gedanken erhellte wie rotglühende Sterne.

Nach einer Weile ließ der Zauber nach, der ihre Stimme dämpfte, und sie konnte sich wieder schreien hören, bis ihre Stimmbänder rau wurden und sie ein zweites Mal die Stimme verlor. Dann herrschte erneut Stille, und sie lag zusammengerollt auf dem unebenen Steinboden.

Die Wachen hatten die Knochen nicht gerichtet, nachdem Modred sie gebrochen hatte.

Nie wieder würde sie auch nur ansatzweise geschickt eine Geige halten. Sie würde nie wieder spielen können.

Das Ergebnis all der Jahre stetiger Hingabe an ihre Musik war weg, ihr Lebenszweck zerstört. Sie würde nie wieder ihre einzigartige Zitadelle der strahlenden Schwingungen errichten, und genau das hatte die Königin auch beabsichtigt.

Danach spielte es keine Rolle, wie lange ihr Körper überleben konnte.

Sie hatten sie bereits getötet, dachte sie.

Kapitel 5

Ihre Zelle war eisig, der steinerne Boden stand vor Schmutz. In einer Ecke gab es eine Pritsche, ähnlich wie in der ersten Zelle, in der man sie festgehalten hatte, und dem Geruch nach zu urteilen schätzte sie, dass sich in der anderen Ecke eine primitive Latrine in Form eines Lochs im Boden befand.

Nach einer Weile verdüsterten sich die tiefgrauen Schatten zu tintiger Schwärze. Dann milderte sich die Schwärze wieder zu Grau ab.

Ein Stück entfernt, sodass sie es gerade noch hören konnte, stöhnte und weinte eine Kreatur in einer Zelle. Das Geräusch war leise und klang müde, als würde sie schon sehr lange weinen. Es gab noch mehr Geräusche, ein Schlurfen, das Tröpfeln von Wasser in der Nähe und manchmal ein rhythmisches Schaben, als würde etwas seinen Körper über die Steine schleifen, immer wieder vor und zurück.

Als die Schwärze wieder grau wurde, näherte sich ein blendendes Licht, das für Sids überempfindliche Augen beinahe unerträglich leuchtete. Das Licht kam von einer Fackel in der Hand eines Wächters, der unter dem Gitter ein Tablett durchschob und weiterging.

Die Stunden glitten dahin, und als sich das Grau wieder zur Schwärze zusammenzuballen begann, kehrte das Licht zurück. Der Wächter nahm das unberührte Tablett mit und schob ein neues herein.

Nichts spielte eine Rolle. Sie verließ ihre Embryohaltung nicht. Es gab keinen Grund dafür. Sie konnte nirgends hin. Sie konnte nichts tun. Es war egal, ob sie fror. Nach einer Weile hörte sie auf zu zittern. Die Hungerschmerzen waren verschwunden, ließen sie ausgehöhlter zurück als zuvor, bis sich ihre Haut anfühlte wie ein leerer Kokon.

Der Schmerz in ihren zerstörten Händen war roh und akut, ein stetiges Pochen, das sie an ihre Dummheit erinnerte. Ihr aufbrausendes Temperament war genauso sehr für ihren Tod verantwortlich wie alles andere. Sie hatte eine Warnung erhalten, dass Isabeau gefährlich war, und sie hatte sie in den Wind geschlagen, hatte zugelassen, dass ihre Entrüstung über die Art, wie sie behandelt worden war, sich über ihren vernünftigen Selbsterhaltungstrieb hinwegsetzte.

Sie hatte immer gewusst, dass sie ein privilegiertes Leben geführt hatte. Sie hatte Talent gehabt, das ihre Eltern schon erkannt hatten, als sie sehr klein gewesen war, und bis zu ihrem Tod gefördert hatten. Sie hatte in ihrer Karriere sehr viel Geld verdient, und sie hatte sich einer gewissen Macht erfreut, die mit Geld einherging.

Sie hätte geglaubt, dass sie all das nicht als selbstverständlich nahm. Aber sie wäre nie auf die Idee gekommen, dass eine der Folgen des Lebens, das sie geführt hatte, darin bestehen würde, dass sie sich weigerte, es zu akzeptieren, wenn die Dinge nicht in ihrem Sinn liefen, bis es zu spät war.

Wie lange würde es dauern, bis sie aufhörte zu atmen? Zu lange, zu lange. Durch halbgeschlossene Augen sah sie zu, wie die Dunkelheit kam, und dann nickte sie trotz der Kälte und der Schmerzen unruhig ein.

Etwas weckte sie. Es war ihr schon zuwider, noch während sie herauszufinden versuchte, was es gewesen war. Ein Geräusch? Eine Bewegung? Eine frische Luftströmung, die sie vorher nicht bemerkt hatte?

Etwas berührte sie.

Sie brach aus und wollte schreien, aber ihre Stimmbänder waren noch immer rau, und es kam nur ein heiseres Krächzen heraus.

Hände legten sich auf ihre Schultern, starke Hände. „*Schhh*, ruhig! Ich bin hier, um zu helfen."

Sie bemerkte die geflüsterten Worte kaum. Panisch kämpfte sie gegen den Griff an. Blendende Qualen explodierten, als sie die Hände wegschlagen wollte, und sie schrie auf.

Dann wurde sie ohnmächtig und wusste nichts mehr.

Als sie wieder aufwachte, geschah es unvermittelt, das Bewusstsein rauschte in sie hinein, rein, scharf und vollständig, als hätte ihr jemand einen Eimer kaltes Wasser über den Kopf gekippt. Sie lag ausgestreckt auf dem Stein, und eine große, harte Hand bedeckte ihren Mund. Eine Männerhand.

Magie! Obwohl sie Zauber nicht spüren konnte, wusste sie sehr genau, wie sich magische Betäubung anfühlte. Das war ihr bei jedem Zahnarztbesuch lieber als Medikamente. Jemand hatte sie betäubt. *Was hatte er mit ihr angestellt?*

Sie fuhr wieder hoch, um sich zu wehren, tat alles, was sie konnte, um den Griff des unbekannten Angreifers zu brechen, der sie festgenagelt hielt. Sie schlug und boxte ihn mit aller Kraft, aber sie konnte ihn nicht wegschlagen, obwohl er scharf aufkeuchte, nachdem sie ihn in die Rippen getroffen hatte, als hätte sie ihn ernsthaft verletzt.

„Hör auf, dich zu wehren. Ich bin nicht hier, um dir

weh zu tun!" Diesmal kam die Ermahnung gepresst heraus, als würde er sie durch zusammengebissene Zähne flüstern.

Seine Worte registrierte sie kaum, als ihr auffiel, was sie tat. Merkte, was passiert war.

Sie hatte ihn geschlagen ... geboxt ...

Mit den Händen.

Schluchzend rang sie die Hände, tastete panisch jeden Finger und die Daumen ab, bemerkte kaum die Hand, die noch immer über ihrem Mund lag, und die gedämpften Geräusche, die sie von sich gab.

Ihre Hände waren schmerzfrei, heil, voll funktionstüchtig. Sie konnte es kaum fassen.

Sie brach zusammen, war völlig, restlos von Sinnen. Unbeherrschbare Schluchzer rüttelten ihren Körper durch, während sie die Hände immer wieder öffnete und schloss. Sie konnte kaum nachvollziehen, was ihr da Barbarisches widerfahren war, und schon gar nicht das Wunder, das sie wieder ins Leben zurückgeholt hatte.

Der Mann, der sich über sie beugte, fluchte leise. Er verlagerte sein Gewicht und kam ihr näher, so nahe, dass sie seine Körperwärme spüren konnte. Er flüsterte ihr ins Ohr: „Du hast keine Telepathie."

Sie schüttelte den Kopf, während ihr Tränen aus den Augen liefen und ihr Haar durchtränkten. Warum waren alle so versessen auf Telepathie?

„Du musst mir zuhören", sagte er so leise, dass seine Worte kaum mehr als Luft waren, die über ihre Wangen strich. Sie roch Minze in seinem Atem. „Versuch dich zu beruhigen. Du musst leise sein, hörst du? Ich sollte nicht hier sein, und du solltest nicht geheilt sein. Jetzt werde ich die Hand von deinem Mund nehmen. Nicke, wenn du das verstehst."

Sie nickte, und die Hand hob sich von ihr weg. Danach berührte er sie überhaupt nicht mehr, aber seine Körperwärme spürte sie immer noch. Er lag neben ihr auf dem Boden. Ein weiteres Schluchzen ging durch sie hindurch, und sie hielt sich ihre eigenen Hände vor den Mund, um es zu dämpfen.

Ihre schmerzfreien Hände.

„Weinen ist in Ordnung", sagte der Mann zu ihr, wieder so leise, dass sie sich zusammennehmen musste, um ihn zu hören. „Mit diesem Geräusch rechnen sie, aber du solltest allein in dieser Zelle sein. Sie dürfen uns nicht sprechen hören, und sie hören außerordentlich gut. Verstanden?"

Mit Mühe schaffte sie es, die Schleusentore weit genug zu schließen, um ein „Ja" hervorzustoßen.

„Gut. Zum Glück höre ich auch außerordentlich gut, und ich sollte es mitbekommen, wenn einer der Wächter sich nähert."

„Du h…hast mich geheilt", flüsterte sie mit belegter Stimme. Ihr Körper bebte immer noch, und die Tränen wollten nicht aufhören. „Wer bist du? Ich kann dir nicht genug danken. Du hast mir das Leben gerettet. Ich dachte, sie hätten mich getötet. Ohne meine Hände kann ich nicht leben."

Die Dunkelheit war so absolut, dass sie nichts sehen konnte, doch das leise Rascheln von Stoff verriet ihr, dass er zu einer Bewegung angesetzt hatte. Das Rascheln hörte auf, und einen Augenblick lang war die Stille so intensiv, dass sie beinahe bezweifelte, dass er echt war, dass sie bei Verstand war, bis sie panisch noch einmal an allen Fingern entlangtastete und feststellte, dass sie heil waren. Schmerzfrei. Beweglich.

Warme Finger legten sich über ihre und drückten zu. Sie

drehte die Hände um und packte fest seine Hand.

Alles andere verschwand. Nichts sonst existierte – es gab kein Licht, überhaupt keine Wärme, sie kannte seinen Namen nicht, wusste nicht, wie er aussah, oder sonst etwas über ihn, aber in diesem Augenblick fühlte sich seine Hand in ihrer an, als wäre sie ein Rettungsanker.

Er ließ es zu, dann löste er sich sanft. „Kannst du sitzen?"

Sie nickte und kam sich sofort dumm vor. „Ja."

„Ich habe Essen und Wasser dabei. Nicht die Brühe, die sie den Gefangenen geben. Saubere, gesunde Nahrung."

„Eine Gefangene." Sie stieß ein bitteres Husten aus, als sie sich hochkämpfte. Es war sehr viel mühsamer, als sie erwartet hatte. Sie war so zittrig, dass sie kaum aufrecht sitzen konnte. „Ich schätze, das bin ich nun. Außer – außer – kannst du mir womöglich bei der Flucht helfen?"

„Nein", erwiderte er tonlos.

Die Hoffnung war kaum geboren gewesen, und trotzdem fühlte sich diese knappe Absage so zermalmend an, dass sie schwankte. „Aber", flüsterte sie mit bebenden Lippen, „aber du hast mir geholfen. Du bist in diese Zelle gelangt, was heißt, dass du auch wieder hinauskommst. Richtig? Du musst hinaus. Du kannst nicht hier sein, wenn am Morgen der Wächter kommt. Willst du mich nicht mitnehmen?"

„Ich habe nicht gesagt, dass ich das nicht will. Ich sagte, ich kann nicht. Ich bin ... gebunden."

Sie rieb sich übers nasse Gesicht. „Ich verstehe nicht."

„Ich weiß, dass du es nicht verstehst. Glaub mir nur so viel: Ich würde dich hier herausholen, wenn ich könnte, und ich werde dir helfen, sosehr ich kann. Hier, nimm das."

Finger schlossen sich um ihr Handgelenk, und sie

erschrak darüber. Er legte etwas unter ihre Finger. Sie hob die andere Hand und tastete über einen runden Rand und glatte Seiten hinab. Der Gegenstand fühlte sich metallisch an. „Was ist das für ein Gefäß?"

„Es ist Suppe drin. Sie ist nicht zu heiß zum Essen."

„Danke", hauchte sie.

Sie öffnete den Deckel, zog das Gefäß dicht heran und atmete den üppigen, fleischigen Duft ein. Feuchte Wärme streifte ihre Wange, und plötzlich war sie so heißhungrig, dass sie sich kaum beherrschen konnte. Vorsichtig nippte sie an der warmen Flüssigkeit. Er hatte recht. Sie war nicht zu heiß, und sie war ausgesprochen köstlich.

Sie krümmte die Schultern, konzentrierte sich vollständig darauf, die leckere Flüssigkeit zu genießen. Sie hatte in einigen der teuersten, exklusivsten Restaurants der Welt gegessen, aber sie hatte noch nie etwas so Wunderbares wie diese Suppe gekostet.

Etwas Hartes und Gerades wurde ihr an die Finger gedrückt, so dass sie erneut erschrak. Der Mann flüsterte: „Tut mir leid. Es ist ein Löffel."

Sie wisperte ein weiteres Dankeschön, nahm ihn und hielt den Rand des Gefäßes an ihre Lippen, während sie sich Gemüsestücke, Fleisch und Nudeln in den Mund löffelte. Als sie alle festen Bestandteile verschlungen hatte, neigte sie das Gefäß und trank den Rest der Brühe.

Er sprach nicht, während sie aß, und bewegte sich auch nicht, bis sie sich schon wieder gefragt hätte, wie es um seine Anwesenheit und ihre geistige Gesundheit stand, hätte sie nicht das Gefäß als soliden Beweis in heilen, geschickten Fingern gehalten.

Als sie mit der Suppe fertig war, berührte er ihren Handrücken, ließ leicht einen Finger an dem Gefäß entlanggleiten und nahm es ihr ab. Seine Handlungen schienen so zielsicher, es war fast, als könne er sie sehen.

Sie runzelte die Stirn. Der Gedanke gefiel ihr nicht. Sie fühlte sich in der Schwärze vollkommen blind und extrem verletzlich, und die Möglichkeit, dass er sie sehen konnte, obwohl sie ihn nicht sah, war verstörend.

Das Gefäß kam auf keinen Fall von hier, was bedeutete, dass er vermutlich auch andere Dinge von der Erde besaß. Trug er ein Nachtsichtgerät?

„Ich kann hier drin überhaupt nichts sehen", flüsterte sie vorsichtig. „Aber bei dir scheint das anders zu sein."

„Es ist sehr dunkel hier drinnen, aber ich sehe auch außerordentlich gut." Seine Antwort war ruhig und unbesorgt. Selbstsicher. „Du bist mehr oder weniger eine Ansammlung von Schatten für mich, aber ich kann ungefähr ahnen, wie du dasitzt und wo du bist."

Aus allem, was er gesagt hatte, schloss sie, dass er nicht menschlich war, doch das war keine großartige Schlussfolgerung. Sie war seit Tagen in Avalon und hatte noch keinen anderen Menschen gesehen.

Während sie darüber nachdachte, sagte er: „Hier – ich habe Wasser, Obst und auch Brot."

Dabei legte er ihr die Gegenstände in den Schoß, und sie identifizierte alle durch Betasten. Einer war eine Wasserflasche. Der andere ein kleiner Brotlaib. Anders als das harte, unappetitliche Brot, das sie unterwegs bekommen hatte, hatte dieses Brot eine Kruste, die leicht aufbrach, als sie an einer Stelle zupfte, und innen war es weich und roch nach Hefe. Er legte ihr auch ein Bündel Weintrauben aufs Knie.

Nachdem sie so lange nichts zu essen gehabt hatte, fühlte sie sich überwältigt, und Tränen prickelten wieder hinten in ihrer Nase. Sie drängte sie zurück.

„Das ist unglaublich", flüsterte sie mit belegter Stimme. „I…ich weiß nicht, was ich sagen soll."

„Es ist nicht nötig, etwas zu sagen. Die Flasche muss ich wieder mitnehmen, wenn ich gehe, aber beim Brot und dem Obst kannst du die Beweisstücke aufessen. Ich habe das Wasser aus dem Becher geschüttet, der auf dem Tablett war, ihn ausgewischt und frisches Wasser eingeschenkt. Das kannst du jetzt auch gefahrlos trinken. Ich würde den Lebensmitteln, die sie dir geben, nicht trauen. Sie sind nicht sonderlich hygienisch, und du könntest dir etwas holen, besonders, da du nicht daran gewöhnt bist."

Sie hatte so wenig gegessen, ihr Magen musste geschrumpft sein, denn die Suppe hatte sie schon völlig gesättigt. Trotzdem ließ sie die Finger locker auf allen Gaben liegen. Mit echter Nahrung fühlte sie sich bereits kräftiger und klarer im Kopf. Nicht gerade stabil, das noch nicht – der Abgrund der Verzweiflung, in den sie gestürzt war, war dafür immer noch zu nahe. Aber trotzdem … besser.

„Du hast mir so sehr geholfen, und ich weiß nicht einmal, wer du bist", flüsterte sie. „Wie heißt du? Woher kommst du?"

Er holte tief Luft. Wie alles andere war es ein leises Geräusch, aber etwas daran erzeugte den Anschein, dass er sich für etwas stählte. „Das kann ich dir nicht sagen."

Sie dachte darüber nach. „Kannst du nicht?", fragte sie. „Oder willst du nicht?"

Eine kleine Stille senkte sich herab. Da sie nichts sah, fühlte sich alles besonders schwer an, besonders bedeutungsschwangerer.

Dann erwiderte er: „Ich will nicht."

Das erschütterte sie. Sie wusste nicht einmal genau,

warum es sie so aus der Fassung brachte, aber das tat es, und ihre Vorstellungskraft raste von einem Gedanken zum nächsten wie ein Auto, das ungebremst einen Berg hinabbrauste.

Warum wollte er ihr seinen Namen nicht sagen? Was hielt ihn davon ab, ihr bei der Flucht zu helfen? Wer war er? Warum war er hier?

Sie hatte sich bei ihm entspannt, und das nur, weil er ihre Hände geheilt hatte. Sie hatte die Nahrung gegessen, die er ihr gegeben hatte, aber was, wenn sie irgendwelche Betäubungsmittel oder Gift enthalten hatte? Was, wenn er für die Königin arbeitete, und es alles ein furchtbar grausames Spiel war? Was, wenn – was, wenn –

Was, wenn sie ihre Finger nur geheilt hatten, um zurückzukommen und sie erneut zu brechen?

Die Schwärze senkte sich überall um sie herum herab. Plötzlich fühlte sie sich zermalmend schwer an, beinahe wie ein lebendes Wesen, das sie ersticken wollte. Sids Atem wurde flach und abgehackt, als ihr die Panik die Kehle zuschnürte.

„Ganz ruhig", flüsterte er.

Finger berührten die nackte Haut ihres Unterarms. Sie schleuderte das Essen und die Wasserflasche von sich und kroch blind von ihm weg, krabbelte auf Händen und Knien. Schmerz explodierte in ihrem Kopf und ihrer einen Schulter, als sie gegen etwas Hartes knallte. Sie prallte zurück, streckte die Hände aus und spürte harten Stein. Sie war gegen eine Wand gekracht.

Starke Hände legten sich auf ihre Schultern. „Hör auf, bevor du dich ernsthaft verletzt", flüsterte der Mann.

Immer noch von Panik ergriffen und aus reinem Instinkt stieß sie ihren Ellbogen nach hinten, traf auf harten, festen Muskel und entzog sich seiner Berührung.

Er gab ein leises, abgewürgtes Stöhnen von sich. Es klang so seltsam, dass sie unsicher innehielt, aber diesmal folgte er ihr nicht und versuchte nicht noch einmal, sie zu berühren. Nun kam sein Atem abgehackt.

Nach einem Augenblick keuchte er: „Ich verstehe, dass du ... unter außerordentlichem Stress stehst, aber mir ... geht es nicht allzu gut. Mach das ... nicht noch einmal."

Die Anstrengung, die in seiner Atmung und den geflüsterten Worten hörbar war, brachte Sid wieder zu Sinnen. Sie rutschte herum und tastete sich mit ausgestreckter Hand zurück in Richtung seiner Stimme. Ihre Finger berührten Kleidung. Leicht und rasch ließ sie die Hände über den Umriss seines Körpers gleiten, und er hinderte sie nicht daran.

Der Eindruck, den ihr seine Hände vermittelt hatten, bestätigte sich. Er war groß, viel größer als sie, auch kniend, mit breiten, gebeugten Schultern. Er neigte sich etwas auf eine Seite, und sie fuhr mit den Fingern an seinem Hals entlang nach oben, um kurz sein Gesicht zu berühren, bevor sie sie wieder wegzog. Seine Haut war leicht kalt und feucht.

„Das habe ich nicht gewusst", flüsterte sie. „Ich wollte nur weg. Ich wollte dich nicht verletzen."

„Ich weiß", erwiderte er knapp.

„Es ist nur – du willst mir weder deinen Namen sagen, noch wer du bist, und diese unnachgiebige Dunkelheit macht mich wahnsinnig, und ich dachte, was, wenn das Essen vergiftet war? Ich kenne dich nicht, ich habe es einfach gegessen, ohne etwas in Frage zu stellen, und was, wenn ... was, wenn sie z...zurückkommen und mir wieder die Finger brechen?"

Mit einer abrupten, kräftigen Bewegung packte er eine

ihrer Hände und hielt sie fest. Wie vorhin verschwand alles andere – die kühle Feuchte, die Dunkelheit –, und das Einzige, was sich echt und fest anfühlte, war die Wärme seiner harten Finger, die sich an ihre drückten.

„Schon in Ordnung", sagte er. „Ich verstehe das."

Sie packte ihn genau so fest, klammerte sich an ihn, als ginge es um ihr Leben. „Ich habe dich zweimal an den Rippen erwischt. Alles in Ordnung?"

„Mach dir darum keine Sorgen. Es geht mir gut." Seine Atmung wurde ruhiger. „Hör mir zu. Ich sage dir nicht, wer ich bin, weil Unwissen dein einziger Schutz ist, wenn sie entdecken, dass deine Verletzungen geheilt sind, und sie dich ausfragen."

Sie ließ den Kopf hängen. „Daran hatte ich nicht gedacht."

Er fuhr fort. „Es ist sehr wahrscheinlich, dass Isabeau dich hier hereingeworfen hat, damit du verfaulst, und wenn sonst nichts passiert, wird sie dich vergessen, aber darauf kannst du nicht zählen. Eines Tages will sie vielleicht selbst sehen, wie dreckig es dir geht. Wenn jemand fragt, wie deine Hände geheilt wurden, sag ihnen die Wahrheit – du weißt es nicht. Du bist eingeschlafen, und als du aufgewacht bist, warst du geheilt. Du weißt nicht, wie es passiert ist, und du weißt nicht, wer es getan hat. Das ist alles. Biete ihnen keine Informationen. Ich nehme an, sie wissen, dass du keinerlei Magie besitzt?"

„Ja." Sie sollte ihn loslassen, aber sie schien es nicht über sich zu bringen, ihren Griff zu lösen.

„Gut. Isabeau ist eine der borniertesten Rassistinnen, die du je treffen wirst. Sie setzt fehlende Magie mit fehlender Intelligenz gleich. Wenn sie herausfindet, was passiert ist, wird sie wütend sein, dass jemand sich ihren Befehlen widersetzt hat, um dich zu heilen, aber es wird ihr nicht in den Sinn kommen, dass du ihren Wahrheitssinn umgehen könntest."

Da die Panik jetzt nachließ, konnte Sid wieder denken. Sein Vorgehen war also die einzige Möglichkeit, ihn vor Isabeaus Zorn zu bewahren. Was Sid nicht wusste, würde sie auch niemandem verraten können.

„Ok", flüsterte sie. „Ich verstehe."

Damit lockerte er seinen Griff. Er hätte sie losgelassen, aber sie hielt ihn fest.

„Warum hast du mir geholfen?"

Er seufzte. „Es ist zu gefährlich, dir etwas zu verraten. Ich weiß, dass es in deiner gegenwärtigen Situation so gut wie unmöglich sein muss, aber wenn du kannst, versuch mir nur in dieser einen Sache zu trauen: Ich will dir nicht schaden, und ich will dir so sehr helfen, wie ich nur kann."

Er schien vergessen zu haben, dass sie immer noch seine Hand hielt, aber sie würde nicht loslassen. Während sie an den Beginn dieses ganzen Alptraums zurückdachte, sagte sie langsam: „Ich wurde von einer Kreatur entführt, die den Hellen Fae schaden möchte."

„Du hast mit ihm gesprochen?" Sein Flüstern wurde schärfer.

„Ja. Er sah seltsam aus, wie ein Teenager, bis man ihm ins Gesicht sah. Und er konnte die Gestalt verändern."

Das Seufzen des Mannes klang schwer. „Ich weiß, wer er ist."

„Er hat meinem Fahrzeug aufgelauert, und wir hatten einen Unfall. Während die anderen entweder verletzt oder bewusstlos waren, hat er mich mitgenommen", flüsterte sie.

„Und als ich wieder zu mir kam, hat er geweint. Ich dachte, er hätte mich gestalkt, aber er sagte, er hätte jemand anderem nachgestellt. Einem Mann, sagte er, der immer wieder zu meinen Konzerten kam. Da dieser Mann an mir interessiert war, nahm mein Entführer mich mit und übergab mich Isabeau. Ich dachte, er wäre irre. Aber das war er nicht, oder?"

Durch ihren Griff um seine Hand spürte sie, wie sein Körper sich anspannte. „Nein. Robin ist gefährlich und stark angeschlagen, aber ich glaube nicht, dass er irre ist."

Er kannte den Namen der Kreatur. Sie schluckte den Kloß in der Kehle hinunter. „Bist du der Mann, von dem er sprach?"

„Stell mir diese Frage nicht, Sidonie."

Dass der Mann ihren Namen benutzte, den sie weder ihm noch sonst jemandem in Avalon verraten hatte, schickte neuerliches Entsetzen durch ihren Körper.

Sie hatte die Antwort bereits gekannt, bevor sie die Frage gestellt hatte, denn wen sonst in dieser gottverlassenen Domäne würde es auch nur ansatzweise kümmern, was mit ihr geschah, wer sonst würde ihre Hände heilen, ihr etwas zu essen bringen und ihr Trost bieten?

Sie drückte die Augen fest zu, konzentrierte sich darauf, gleichmäßig zu atmen, während Tränen ihr Gesicht hinabliefen und sie die Hand des Mannes hielt, der all das Schreckliche, das ihr widerfahren war, zu verantworten hatte.

Als sie sich wieder ausreichend unter Kontrolle hatte, um zu sprechen, flüsterte sie: „Also gefällt dir meine Musik?"

„*Gefallen* ist nicht ganz das richtige Wort." Seine Ausführungen kamen langsam, es war offensichtlich, dass er nicht antworten wollte. „Deine Musik schmerzt, so wie die Sonne schmerzt, wenn man zu lange in der Dunkelheit gelebt hat."

Sie dachte an das unerträglich stechende Fackellicht, wenn der Wächter kam. Obwohl sie wusste, dass er es vermutlich nicht sehen konnte, nickte sie und wischte sich übers Gesicht. Ok.

Ihr Griff löste sich, und sie ließ ihn los.

Stoff raschelte leicht, als er sich bewegte. Er musste aufgestanden sein, denn als er erneut etwas sagte, kam es von über ihrem Kopf, während er ihr die Wasserflasche in die Hände drückte. „Trink, so viel du kannst. Das muss, zusammen mit dem Wasser in deinem Becher, den ganzen Tag reichen. Ich hole die Weintrauben und das Brot. Ich bezweifle, dass sich jemand die Mühe macht, in deine Zelle zu kommen. Wenn du dich auf die Pritsche legst, solltest du sie daher zwischen dir und der Wand verstecken können. Falls du dir aus irgendeinem Grund deswegen Sorgen machst, kannst du sie entweder essen, bevor die Wache herkommt, oder sie in die Latrine werfen."

Er bereitete sich zum Aufbruch vor. Sie wusste nicht, wie sie zu ihm stand – sie hatte keine Zeit gehabt, um zu verarbeiten, dass er der Grund war, weshalb sie in diesem Teufelsloch festsaß –, aber der Gedanke, dass er sie wieder allein lassen würde, brachte die Panik zurück. Sie pochte durch ihre Adern, erschütterte ihren Körper mit einem Beben und ließ ihren Atem flach werden.

Sie konnte sich nicht dazu zwingen, etwas von dem Wasser zu trinken, bis eine Hand sich auf ihre Schulter legte und er sie wieder in demselben festen Griff hielt wie schon vorhin. Das erdete sie auf eine Weise, die ihr half, die Panik zurückzudrängen. Dann kippte sie die Flasche und trank, bis sie leer war. Als sie fertig war, reichte sie ihm die Flasche zurück und umschlang ihren Körper.

„Ich komme wieder, Sidonie", sagte er.

„Bist du sicher, dass du mich nicht einfach hier zurücklässt?" Ihre Stimme bebte so schlimm wie der ganze Rest von ihr.

Denn das konnte er. Er konnte weggehen und nie zurückkommen, und obwohl es ein unglaubliches Wunder war, dass er ihre Hände geheilt hatte, war sie immer noch in Kälte und Dunkelheit gefangen, immer noch in diesen endlosen Alptraum verstrickt.

„Ich verspreche dir, ich werde dich nie einfach hier lassen." Er kam näher, bis sie spürte, wie seine Kleider ihren Arm streiften, und seine Körperwärme wahrnehmen konnte. Auf die ruhige, zuversichtliche Art, mit der er ihr alles andere versichert hatte, sagte er: „Der Morgen dämmert schon fast, daher muss ich fürs erste gehen. In weniger als einer halben Stunde wird deine Zelle heller, und der Wächter kommt mit Nahrung und Wasser vorbei. Du musst die Nahrung, die sie dir geben, irgendwann in die Latrine werfen, oder sie werden erwarten, hier drin früher oder später eine Leiche vorzufinden. Nachdem der Tag vergangen ist und sie bei ihrer Abendrunde durchgekommen sind, werde ich zurück sein. Ich lasse dich nicht im Stich."

Sie atmete schwer und konzentrierte sich darauf, seine Worte aufzunehmen. Nachdem er geendet hatte, rang sie sich eine Antwort ab. „Danke. Für alles."

Sie war ziemlich stolz, weil sie sich davon abhalten konnte, darum zu betteln, dass er blieb, denn er das konnte er ohnehin nicht, und sie würde nicht zulassen, dass sie noch einmal so unvernünftig klang.

„Danke mir nicht." Sein Flüstern wurde hart. „Es ist das Mindeste, was ich tun kann. Bis heute Abend."

Aber was, wenn er nicht zurückkam? Manchmal

versprachen die Leute Dinge, die sie nicht halten konnten. Was, wenn er es sich anders überlegte? Was, wenn er ohne eigenes Verschulden aufgehalten wurde?

Nach allem, was ihr Entführer Robin gesagt hatte, hatten dieser Mann und Isabeau sehr viele Leute auf dem Gewissen. Dass er ihr geholfen hatte, bedeutete noch lange nicht, dass er ein guter Mensch war, oder vertrauenswürdig.

Sie ballte die Fäuste und drückte sie sich an die Schläfen. Die Zweifel und Sorgen würden sie wahnsinnig machen.

Noch einmal raschelte leise Stoff, und Metall quietschte zart. Die Luft um Sidonie herum veränderte sich und wurde kalt und leer, und sie wusste, dass er weg war. Vorsichtig hielt sie das Essen, das er ihr gegeben hatte.

Ein kleiner Laib Brot.

Zweiunddreißig Weintrauben. Zweiunddreißig.

Zweiunddreißig.

✧ ✧ ✧

Die Messerwunde in Morgans Seite schmerzte unablässig, während er durch die Gefängnistunnel schlich. Sidonie hatte ein paar satte Treffer gelandet. Er war froh, dass sie so viel Kampfgeist hatte. Den würde sie brauchen.

Trotz der Dunkelheit sah er gut genug, um den Weg zu finden, und er kannte diese Route wie seine Westentasche.

Isabeaus Burg befand sich über einem Netzwerk natürlicher Tunnel, die vor über tausend Jahren in einen Kerker umgewandelt worden waren. Einige Teile hatte man zugeschüttet, während in anderen Zellen ausgehoben worden waren, und man hatte Schächte für die Belüftung gegraben. Ohne das indirekte Tageslicht aus diesen Schächten hätte sich Sidonies Zelle nie zu einem grauen Farbton erhellt, und sie hätte in ständiger Dunkelheit existiert.

Die Wachstuben des Kerkers und die Baracken lagen gleich über den Zellen. Dieser Bereich hatte etliche oberirdische Ausgänge. Er umging ihn komplett und schlängelte sich weiter nach unten, zu einem Tunnel, der zu dem Bereich gehörte, der einst zugeschüttet worden war.

Vor sehr langer Zeit hatte Morgan langsam erkannt, dass er sich von dem Bann nicht würde befreien können, und er hatte seine Anstrengungen darauf fokussiert, sich Rückzugsräume in Avalon zu schaffen.

Mithilfe von Erdmagie hatte er Fels und Schiefer verschoben, ein paar alte Durchgänge geräumt und sie mit Felsplatten verborgen gehalten. Dieser Tunnel war einer von etlichen Geheimgängen, die er hatte, um in der Burg ein und aus zu gehen.

Der erste Treffer von Sidonie war lediglich lästig gewesen, aber beim zweiten Mal hatte sie direkt die frische Verletzung erwischt. Er hatte gespürt, wie etwas riss, ein paar Nähte zweifellos, und es war nass durch den Verband gesickert.

Er übte Druck auf die Wunde aus. Als er kurz die Hand wegnahm, fühlte sich die Haut klebrig und feucht an. Er würde die Stelle noch einmal nähen müssen, bevor er sich ausruhen konnte, und dabei die ganze Zeit verhindern müssen, dass ihn jemand entdeckte, damit Isabeau ihn nicht zurück an ihre Seite befehlen konnte.

Unter normalen Umständen wäre es relativ einfach gewesen, sich vor den Hellen Fae zu verstecken. Zwar sahen und hörten sie gut, und viele von ihnen waren geübt in der Magie, aber keiner war so geübt wie er.

Diesmal liefen die Dinge nicht normal. Sobald er die Entscheidung getroffen hatte, nach Avalon zurückzukehren, war er so schnell hergeeilt, wie er nur konnte. Mit der frischen Silbervergiftung im Körper war Morgan sehr viel schwächer als üblich, seine Magie gedämpft, und er hatte keine Zeit gehabt, sich so zu erholen, wie er es geplant hatte.

Sidonies Hände zu heilen hatte alles erfordert, was er besessen hatte, und dann noch etwas darüber hinaus. Um sicher zu gehen, dass die Aufgabe ordentlich ausgeführt wurde, hatte er einige Heiltränke nutzen müssen, die das schwache Tröpfeln seiner zurückkehrenden Macht stützten.

Darüber hinaus waren Isabeaus Jagdhunde auch Lykanthropen, genau wie er, und sie hatten die Fähigkeit, ihn durch seinen Geruch aufzuspüren.

Er hatte sich auf diese Eventualität vorbereitet, indem er ein chemisches Geruchstarnungsspray für Jäger benutzte, das auf der Erde entwickelt worden war. Wenn es zum Schlimmsten kam und Isabeau versuchte, von einem ihrer Jagdhunde die Person aufspüren zu lassen, die in Sidonies Zelle eingedrungen war und sie geheilt hatte, würden sie keinerlei Informationen gewinnen können.

Er hoffte, dass er genug von diesem Spray dabei hatte, um eine Weile zurechtzukommen, denn ihm wollte keine Möglichkeit einfallen, wie er Sidonies Lage verbessern konnte. Er konnte ihr zwar Nahrung und Vorräte bringen und ihr Heilung und das bisschen Trost bieten, das sie annehmen wollte, aber er konnte keine Gefangenen freilassen oder ihnen bei der Flucht helfen. Das hatte Isabeau vor langer Zeit verboten, nachdem sie Morgan in ihren Bann geschlagen hatte.

Er schob die Erinnerung beiseite und konzentrierte sich auf die Herausforderungen der Gegenwart. Als er durch die schmale Öffnung schlüpfte, die er vor langer Zeit mit eleganten Verhüllungszaubern verborgen hatte, blickte er grimmig hinauf zum heller werdenden Himmel.

Er hatte nicht erwartet, Sidonie so schwer verletzt vorzufinden, und er war länger bei ihr geblieben, als er vorgehabt hatte. Der Tunnelausgang lag tief in den Schatten eines steinernen Pfeilers, aber er musste einen offenen Bereich durchqueren, der im stärker werdenden Morgenlicht deutlich sichtbar dalag, während er auch noch blutete und seine Macht fast erschöpft war.

Die andere Möglichkeit war, sich ein paar Schritte weit im Tunneleingang zu verstecken, aber der Gang war so schmal, dass jemand von seiner Größe dort nicht die Beine anwinkeln und sich hinsetzen konnte. Er musste zu seinen Vorräten, um seine Verletzung noch einmal zu nähen, und er musste selbst etwas essen, Schmerzmittel und Antibiotika einnehmen und sich ausruhen. Seine überstürzte Reise von London zurück nach Avalon forderte ihren Tribut, und er fühlte sich wieder fiebrig und schwach wie ein neugeborenes Kätzchen.

Im Prinzip hatte er keine andere Wahl. Irgendwo musste er Macht hervorzerren. Er hatte einen solchen Schatz an Kriegszaubern in seinem Rucksack, dass er die ganze Domäne hätte zerstören können, wenn der Bann ihn nur gelassen hätte, aber bei dem einen Spruch, den er brauchte, hatte er nicht daran gedacht, ihn in einen magischen Gegenstand zu wirken.

Er grub tief und rang sich durch schiere Willenskraft Macht ab, um einen Abwehrzauber auf sich selbst zu wirken. Dann durchquerte er den offenen Bereich, so schnell er konnte. Seine Muskeln zitterten vor Anstrengung, als sie einen Zauber aufrechterhalten mussten, der so einfach war, dass ihn ein Magieschüler wirken konnte, und einen Augenblick lang war er versucht, ihn fallenzulassen. Der

Morgen war noch jung, es dämmerte noch nicht richtig, und es würden nur wenige Leute unterwegs sein.

Genau in diesem Augenblick rief eine junge Stimme etwas, und eine weitere antwortete, und zwei Jünglinge liefen zur Küche. Vielleicht würden sie ihn nicht sehen, aber falls doch, war er sehr leicht zu erkennen. Mit zusammengebissenen Zähnen hielt Morgan den Spruch fest.

Als er die Stallungen erreichte, erkannte er, dass er es nicht zu seinem Ziel schaffen würde. Er glitt nach drinnen und ließ den Spruch fallen, als ihn der Schwindel übermannte. Wankend wäre er beinahe zu Boden gegangen, konnte sich aber gerade noch an der Tür des nächstbesten Verschlags abfangen.

Unsicher passierte er die geräumigsten Verschläge, in denen die Rösser der Adligen und Isabeaus weißer Zelter standen. Er wollte bis zur Rückseite des Stalls kommen, wo es, wie er wusste, leere Verschläge gab, aber als schwarze Punkte vor seinen Augen tanzten, änderte er den Kurs, um in den Verschlag des graugefleckten Wallachs zu schlüpfen, den er ritt, wenn er in Avalon war.

Ein leises Schnauben begrüßte ihn, und der Wallach schnüffelte an ihm und suchte nach Leckerbissen. „Tut mir leid", flüsterte er. „Heute nichts für dich."

Als er den Geruch frischen Blutes wahrnahm, zog sich der Wallach zurück und stampfte unruhig mit den Hufen. Morgan schaffte es, die Tür des Verschlags zu schließen, dann wurde die Welt grau und formlos, und er spürte, wie seine Beine unter ihm nachgaben.

Kapitel 6

EIN RHYTHMISCHES, DUMPFES Geräusch und Stimmen weckten ihn. Isabeaus Stimme, die wortlos aufschrie.

Als sein Bewusstsein sich wieder zusammenfügte, erkannte er, dass er ausgestreckt im Verschlag seines Wallachs lag. Das Pferd hatte beschlossen, ihn zu ignorieren und stand mit den Nüstern in einer Kiste voller Heu, so weit entfernt von Morgan wie möglich.

Adrenalin trieb ihn zum Handeln. Er hatte keine Ahnung, wie lange er bewusstlos gewesen war, aber für jeden, der einen Blick in den Verschlag geworfen haben mochte, war er mühelos zu sehen gewesen. Er schob sich in eine sitzende Position hoch und rückte wieder in den Schatten der Tür.

Ihm schwirrte der Kopf, schwarze Punkte tanzten vor seinen Augen, und die Verletzung an seiner Seite versetzte ihm einen warnenden Stich. Er drückte eine Hand darauf und schaute an sich hinab. Flüssiges Rot hatte sein Hemd und den oberen Teil seiner Hose durchtränkt. Er hatte die ganze Zeit geblutet, während er bewusstlos gewesen war.

Das dumpfe Pochen wurde schneller, und Isabeau schrie erneut auf. Ekel ließ Morgan die Lippen verziehen. Sie vögelte jemanden in den Stallungen. Der Mann murmelte etwas Unverständliches und gab dann ein langes, tiefes Stöhnen von sich. Offenbar war zumindest einer von ihnen zum Höhepunkt gekommen.

Isabeau und Modred führten schon lange eine Beziehung, in der sie beide untreu waren. Modred drängte Isabeau seit Ewigkeiten, ihn zu heiraten, aber sie weigerte sich. Sie würde Modred niemals so dicht an die Macht ihres Thrones lassen. Er war endlos ehrgeizig, und sie hatte bereits mehr als einmal zu Morgan gesagt, dass Modred auch so schon dicht genug am Thron war.

Und so umtänzelten sich Isabeau und Modred durch die Jahrhunderte, sowohl Liebende als auch gegeneinander verschworen, ein ewiges Intrigieren, das sowohl dem eigenen als auch dem gemeinsamen Gewinn diente.

Morgan wünschte, sie würden einander vernichten, aber solange Isabeau Azraels Athame besaß, das ihr die Kontrolle über Morgan und alle anderen Jagdhunde verlieh, würde Modred niemals gegen sie vorgehen. Abgesehen von ihrer politischen Macht besaß sie zu viel persönliche Macht und war eine tödliche Gegnerin.

Morgan hatte beobachtet, wie sie mit ihren Dramen und Eifersüchteleien andere Freunde und Liebhaber vernichteten. Sie zerbrachen Leute, wie Kinder Spielzeug zerbrachen und warfen sie sorglos weg, nachdem sie sie zerstört hatten, um nach anderen, hübscheren Spielsachen zu streben. Dieser Mann, wer immer er war, gehörte gewiss dazu.

Nach dem Stöhnen des Mannes hörte das Pochen auf. Stoff raschelte.

„Wann können wir die Ankündigung machen?", fragte der Mann. „Ich will nicht mehr, dass wir verbergen, wie wir zueinander stehen."

Morgan erkannte die Stimme. Der Mann war Valentin, ein hochrangiger Adliger aus Arkadia, einer Domäne der Hellen Fae, deren Übergang sich in der Nähe des Berges

Elbrus in Russland befand.

Valentin war vor einigen Monaten eingetroffen, um den Handel und die Verbindungen zwischen den beiden Domänen zu stärken. Da die Herrscher von Arkadia beinahe so xenophob wie Isabeau waren und ähnliche Ansichten über die Bewahrung der Rassenreinheit hegten, hatte sie Valentin mit offenen Armen willkommen geheißen. Buchstäblich, wie es schien.

„Wir müssen uns Zeit lassen, mein Liebster", schnurrte Isabeau. „Nähere dich den Dingen sachte und lass zu, dass mein Hof sich an deine Anwesenheit gewöhnt. Lass sie lernen, dich zu lieben, so wie ich es gelernt habe. Ich gestatte nur wenigen Botschaftern anderer Domänen den Besuch hier, am Sitz meiner Macht. Du bist vielen von uns immer noch fremd."

„Ich bin schon seit Monaten hier", beharrte Valentin. „Mehr als genug Zeit, dass wir uns ineinander verlieben konnten."

Valentin war nur ein weiteres Spielzeug, das bald kaputtgehen würde. Da ihm die Einsicht fehlte, um Modreds dauerhaften Status am Hof wahrzunehmen, würde er es entweder mit Isabeau oder Modred zu weit treiben, und Modred würde niemals zulassen, dass ihn ein fremder Adliger ersetzte.

Valentins Tod würde man auf Gift schieben, oder vielleicht einen tödlichen Sturz beim Reiten – etwas, das man den Herrschern in Arkadia als Unfall verkaufen konnte. Entweder das, oder er würde in Ungnade von Isabeaus Hof vertrieben werden.

„Aber Liebling, ich habe bereits so viel zu tun." Isabeaus Schnute war in ihrer Stimme zu hören. „Oberons Dunkler Hof wird stärker. Ich dachte, ich hätte ihren

Zugang zur Erde blockiert, aber während wir hier sprechen, wächst ihre Präsenz in England. Das macht die Übergänge und Grenzen verletzlicher denn je in diesem endlosen Krieg. Und der Hauptmann meiner Jagdhunde ist immer noch verschollen."

„Wenn einer meiner Hauptleute verschollen wäre, würde ich ihn jagen lassen und als Deserteur aufknüpfen", sagte Valentin. Aber Valentin war auch die wahre Beschaffenheit der Verbindung zwischen Morgan und Isabeau nicht bewusst.

„So einfach ist die Lage nicht", erwiderte Isabeau ungeduldig. Ein verletzter Tonfall schwang in ihrer Stimme mit. „Niemand scheint richtig zu verstehen, womit ich mich herumschlagen muss!"

Während er lauschte, kam Morgan der Gedanke, dass seine Situation am seidenen Faden hing. Ganz gleich, was sie vorher gesagt hatte: Wenn sie seinen Namen erwähnte – wenn sie einen Satz so formulierte, dass klar wurde, dass sie ihn zurück haben wollte, und er diesen Satz hörte –, dann wäre seine neu errungene Freiheit dahin, und er würde zu ihr gehen müssen. Dafür würde der Bann sorgen.

Er hatte nichts, das er nutzen konnte, um sich die Ohren zuzustopfen und ihre Stimme nicht zu hören. Wenn er nur etwas Bienenwachs gehabt hätte, irgendwas. Verkrampft wartete er auf die Worte, die seine neuerliche Gefangenschaft bewirken würden.

„Ich verstehe es, meine Liebste!", sagte Valentin. „Ich weiß zu schätzen, um wie viel du dich kümmerst!"

„Wenn du es wirklich verstehen würdest, würdest du mich nicht so drängen", heulte Isabeau. Sie war schön, wenn sie weinte. Ihre Augen schwollen nicht an und wurden nicht rot, während glänzende Tränen ihre Wangen hinabliefen.

„Allein schon die Herrschaft über eine Domäne kann zermürbend sein. Ich schwöre, manchmal ist es beinahe zu viel!"

„Wenn es etwas gibt, das ich für dich tun kann, brauchst du es nur zu sagen!", bettelte Valentin. „Deswegen will ich in Wort und Tat dein Partner werden – damit ich einen Teil der Last schultern kann, die du trägst. Lass mich dir helfen!"

Eher würde in der Hölle ein eisiger Tag aufziehen, als dass Isabeau oder Modred so etwas zuließen, dachte Morgan zynisch. Er stützte einen Ellbogen auf ein angewinkeltes Knie und rieb sich mit Daumen und Zeigefinger die müden Augen, während er belauschte, wie Isabeau den Mann manipulierte. Valentin drängte eindeutig nach einem Vorteil, doch jedes Wort, das er äußerte, verriet seine wahren Absichten.

Isabeau schnaubte. „Du *kannst* mir helfen! Lass nur in deinem Beharren nach, dass wir unsere Beziehung öffentlich machen. Lass mich erledigen, was ich erledigen muss. Wenn mein Hauptmann ganz geheilt ist, wird er keine Wahl haben, als zu mir zurückzukehren. Meine Grenzen sind dann gestärkt, und ich werde in diesem Krieg wieder die Oberhand gewinnen. Dann kann ich dir – kann ich *uns* – die volle Aufmerksamkeit widmen, die wir verdienen. Hab vorerst einfach Geduld mit mir!"

„Natürlich, das werde ich", erwiderte Valentin knapp. In Morgans Ohren klang der Mann trotzig. „Ich werde so geduldig sein, wie ich für dich sein muss."

Zufriedenheit säumte Isabeaus Stimme, während sie gurrte: „Ich wusste, dass ich auf dich zählen kann. Komm, mein Liebster. Ich verhungere. Lass uns auf der Terrasse mit Blick aufs Wasser zu Mittag essen."

„Also gut."

Nach und nach entspannte sich Morgan, als ihre

Stimmen leiser wurden.

Er schätzte grimmig seine gegenwärtige Lage ein. Früher oder später würde im Lauf des Tages ein Stalljunge herkommen, um die Pferde draußen zu bewegen, ihnen frisches Wasser zu geben und die Ställe zu reinigen.

Ihm war zwischenzeitlich immer noch schwindlig und er fühlte sich ausgelaugt, und es war Mittag. Er musste an seinen Zufluchtsort und zu seinen Vorräten gelangen, aber er konnte nicht. Im Augenblick hatte er nicht genug Macht für einen Zauber, der stark genug war, um einen Menschen zu verhüllen, der im hellen Tageslicht durch einen offenen Bereich marschierte.

Er würde rasten und auf seine Gelegenheit warten müssen. Wenn ein Stalljunge kam, um sich um den Wallach zu kümmern, konnte er vielleicht einen Schattenzauber in einer Ecke des Verschlags wirken. Wenn nicht, konnte er womöglich den Stalljungen so verzaubern, dass er die Begegnung vergaß.

Enttäuschung nagte an ihm. Er würde bis zur Dämmerung warten müssen, bis er seine Vorräte erreichte. Dann würde er essen und trinken, seine Medizin nehmen und sich um seine Verletzung kümmern müssen, bevor er irgendetwas sonst anstellte.

Er würde sein Versprechen an Sidonie brechen müssen. Es war nicht möglich, sie kurz nach dem Abendessen für die Gefangenen zu erreichen.

Er lehnte sich in die Ecke des Verschlags, schloss die Augen und übte sich in Geduld.

BALD NACHDEM IHR mysteriöser Heiler gegangen war, erhellte sich das Licht in Sids Zelle zu einem Grauton, und der Wächter kam mit der vormittäglichen Mahlzeit vorbei. Während er das Tablett durch den Schlitz unter ihrer verriegelten Tür schob, nutzte Sid die Gelegenheit, um sich ganz in ihrer Zelle umzuschauen.

Sie war so trostlos, wie sie es von ihrer Ankunft hier unten in Erinnerung hatte. Auf der einfachen Pritsche mit Lederbezug gab es keine Decken. Das Loch in der gegenüberliegenden Ecke war tatsächlich die Toilette. Die Wände, Decke und der Boden bestanden aus massivem, behauenem Fels, überall grau und braun. Sie warfen das feurige Licht von der Fackel des Wächters zurück.

Der Wächter machte keinerlei Anmerkung zu der Tatsache, dass sie nicht mehr zusammengerollt auf dem Boden lag. Stattdessen ging er wortlos weiter. Bevor das Fackellicht ganz verblasste, schnellte sie vor, um sich das Tablett zu schnappen und den Inhalt der angeschlagenen Schüssel – es sah aus wie ein wässriger Eintopf, in dem nicht identifizierbare Stücke schwammen – und des Bechers in das Toilettenloch zu kippen. Dann stellte sie das Tablett neben die Tür.

Als das Licht wieder geschwunden war, brauchten ihre Augen eine Weile, um sich an das dunklere Grau zu gewöhnen. Ein Geräusch erklang, ein leises, verstohlenes Wuseln in der Nähe, und Sids Vorstellungskraft bot ihr nur zu gerne eine Erklärung.

Es war eine Ratte. Oder Plural, Ratten. Natürlich gab es hier unten Ratten. Bebend wandten sich ihre Gedanken der verborgenen Nahrung zu, die ihr Wohltäter ihr gegeben hatte. Sie hatte sie in ihren Kapuzenpulli eingewickelt und in einer Ecke versteckt. Schnell holte sie alles hervor und setzte sich auf die Pritsche.

Die Trauben würden ihr etwas dringend benötigte

Flüssigkeit geben, und sie wusste, dass sie später durstig sein würde, daher stellte sie sie beiseite und aß zunächst das Brot. Es war so lecker, wie es roch, ein simpler Traum aus Hefe. Tränen prickelten weit hinten in ihren Augen, als sie an der Kruste knabberte. Sie glaubte nicht, dass sie jemals so dankbar für so wenig gewesen war.

Privilegiert.

Darüber hatte sie bisher nicht viel nachgedacht. In Gesprächen und in Gedanken beschäftigte sie sich oft damit, wie hart sie gearbeitet hatte (sie arbeitete extrem hart) und wie viel Zeit sie in ihre Musik investiert hatte (endlose Stunden). Sie verdiente jedes bisschen Erfolg, das sie erreicht hatte.

Aber in Wahrheit hatten auch viele andere Leute endlose Stunden in die Entwicklung ihrer Kunst, ihrer Fähigkeiten, ihres Geschäfts oder ihrer Leidenschaft investiert, und sie erreichten keineswegs den Erfolg, der ihr zuteil geworden war. Die meisten Leute genossen nicht die Unterstützung, die Sid von ihren Eltern erhalten hatte, die alles getan hatten, was sie konnten, um ihre Gabe zu fördern.

Als sie eine Vorstellung davon bekommen hatten, wie musikalisch begabt Sid war, hatte ihr Vater seine Stelle an der Dalhousie University in Nova Scotia aufgegeben und einen Job an der NYU angenommen. Sie waren aus Kanada weggezogen, nur damit Sid schon von Kindesbeinen an auf die Juilliard gehen konnte.

Als sie an der Juilliard den Abschluss mit einem Master in Musik gemacht hatte, hatte sie nie einen Studentenkredit aufnehmen müssen. Sie hatte ihr Erwachsenenleben mit Talent, hoher Bildung und ohne Schulden begonnen, und wenn das kein Privileg war, wusste sie auch nicht mehr.

Jetzt trieb ihr die einfache Schmackhaftigkeit eines gut gebackenen Brotes Tränen in die Augen.

Die Suppe, das Brot und das Obst boten nicht genug Kalorien für einen Tag. Sie würde später Hunger bekommen. Sie brachte sich mühsam dazu, mit dem Essen aufzuhören, und legte den halben Laib Brot sorgsam zu den Weintrauben. Dann zählte sie die gekreuzten Lederstreifen auf der Pritsche.

Dieses Bett hatte elf Streifen längs und fünfunddreißig quer. Wie lästig! Das passte überhaupt nicht zur ersten Pritsche! Sie zählte sie noch einmal, um sicher zu gehen. Elf und fünfunddreißig. Dann noch einmal. Elf und fünfunddreißig. Dann zog sie die Kiesel aus ihrer Tasche und zählte sie. Einundzwanzig. Einundzwanzig. Einundzwanzig.

Schließlich zwang sie sich dazu, die Kiesel zurück in die Tasche zu schieben. Es fiel ihr sehr viel schwerer, als sie erwartet hatte. Sie schaffte es nur, indem sie sich versprach, dass sie ihre Weintrauben erneut zählen konnte.

Ihre Zwangsneurose war noch nie so schlimm gewesen. Wenn sie in New York zu Hause war und es komfortabel hatte, war sie lediglich etwas lästig. Sie musste zurück in ihre Wohnung, nachdem sie aufgebrochen war, um noch einmal nachzusehen, ob alle Geräte und Lichter sicher ausgeschaltet waren. Sie nahm nie ein Taxi auf der linken Straßenseite, auch wenn es eine Einbahnstraße war. Sie zählte immer die Laternenpfosten in jedem Block, den sie ablief. Aber es war alles machbar.

Nun hatte sie Stress, eine Angst, die nie zurückging, und sie hatte nichts zu tun. Nirgendwo hinzugehen. Nichts zu sehen, niemanden zum Reden.

Aber sie hatte ihre Hände, und das verlieh ihr wieder

Lebenswillen.

Ich werde nicht in die Dunkelheit entschwinden, dachte sie. *Nein.*

Also muss ich entscheiden, was *ich tun werde. Sonst degeneriere ich zu jemandem, der ununterbrochen in der Dunkelheit Kiesel zählt.*

Ich werde fit bleiben. Irgendwie werde ich irgendwann eine Gelegenheit erhalten, hier herauszukommen, und ich werde bereit sein müssen.

Ich werde meine Musik üben. Ich habe keine Instrumente zum Spielen, und ich kann keine Noten aufschreiben, aber ich kann immer noch in Gedanken Lieder komponieren.

Ich habe mein Gedächtnis. Ich habe meinen Willen.

Ich habe meinen Intellekt und meine Vorstellungskraft.

Das erste, was sie jeden Morgen tat, war trainieren. Als professionelle Musikerin hatte sie einen anstrengenden Job, und wenn sie nicht auf ihren Körper achtete, bekam sie Rücken- und Nackenschmerzen. Ihr Laufrhythmus war in etwa tausendzwanzig Schritte pro Kilometer, wenn sie also fünf Kilometer laufen wollte, musste sie fünftausendeinhundert Schritte schaffen, bevor sie etwas anderes anfing.

(Außerdem hatte sie dann etwas zu zählen! ... *AGGGHHH!* Wenn sie aus diesem Alptraum freikam, würde sie ordentlich Therapie brauchen.)

Sie stand auf und machte zunächst etwas Stretching. Dann joggte sie im Kreis durch ihre Zelle, wobei sie darauf achtete, dem Bett, den Wänden und der Toilette in der Ecke auszuweichen.

Als sie bei der richtigen Anzahl an Schritten angekommen war, hielt sie an und genehmigte sich zur Belohnung einige Weintrauben. Sie aß einundzwanzig, während sie ihre einundzwanzig Kiesel betastete. Dann begann sie mit den Fingern Tonleitern durchzugehen, wobei sie den Klang ihrer

Geige in Gedanken heraufbeschwor.

Während sie das tat, musste sie an das letzte Konzert zurückdenken. Brandons Tempo war im dritten Lied lahm gewesen, und Derrick musste den Bass zurücknehmen. Sie merkte sich die Dinge, die sie mit ihrer Band in Paris besprechen wollte.

Falls ... ihre Gedanken stürzten zusammen. *Wenn* sie aus diesem Höllenloch kam, würde der Zeitverlust hoffentlich nicht allzu schwerwiegend sein. Sie hatte sehr lange arbeiten müssen, um das richtige Back-up mit der passenden Chemie aufzutreiben. Sie musste unbedingt mit ihnen Kontakt aufnehmen, sobald sie konnte, bevor sie andere Gigs fanden.

Der Schwung, den sie aufgebaut hatte, bröselte.

Sie hatte elf Weintrauben übrig, zusammen mit einer Hälfte des kleinen Brots, und der graue, formlose Tag war endlos. Manchmal hörte sie in der Nähe das weiche, leise Wuseln von etwas Kleinem, und der ferne Klang des müden Schluchzens hörte nie auf. Mitgefühl für das Wesen, was immer es war, kämpfte gegen das anwachsende Verlangen an, es anzubrüllen, dass es den Mund halten solle, bis sie das Gefühl hatte, ihr Schädel würde explodieren.

Schließlich wurde der Hunger so unangenehm, dass sie die letzten Essensvorräte aufaß und ihren dreckigen Kapuzenpulli überzog, um alles an Wärme und Behaglichkeit mitzunehmen, was er ihr spenden konnte. Sie hatte irgendwo einmal gelesen, dass die Temperatur unter der Erde konstant bei dreizehn Grad Celsius blieb. Das war zwar sicher überlebbar, aber gemütlich war es nicht, besonders wenn man nicht ausreichend Kalorien als Brennstoff verheizen konnte.

Es schien ewig zu dauern, bis das helle Feuer der Fackel

die Wände ihrer Zelle zu beleuchten begann und der Wächter ein weiteres ungenießbares Mahl brachte. Wie vorher wartete sie, bis der Wächter wegging, bevor sie die Schale und den Becher zur Toilette brachte.

Diesmal war es sehr viel schwerer, den Eintopf und das Wasser wegzukippen, aber sie tat es. Danach stieg sie auf die Pritsche, rollte sich zusammen, schlang die Arme um die Beine und wartete. Und wartete.

Er kam nicht. Er kam nicht.

Er kam nicht.

Nach einer langen, formlosen Wartezeit kamen ihr die Tränen und liefen ihr übers Gesicht. Es hatte all ihre Kraft gebraucht, einen dunklen Tag zu überstehen, und obwohl sie nicht so verzweifelt darauf hatte bauen wollen, dass er auftauchte, hatte sie es doch getan.

Vielleicht war ihm etwas passiert. Vielleicht war das alles nur ein grausamer, gemeiner Scherz.

Vielleicht war er Modred. Modred war eng mit Isabeau verbunden – vielleicht war das der Mann, auf den sich ihr Entführer Robin bezogen hatte. Als sie ihn zum ersten Mal getroffen hatte, war Modred vollkommen akzeptabel erschienen, charmant sogar, bevor er sich völlig gleichgültig gegenüber der Grausamkeit von Isabeaus Befehl gezeigt und sich persönlich um dessen Ausführung gekümmert hatte.

Bei der Erinnerung, wie er ihr die Finger gebrochen hatte, wurde ihr übel, und sie wollte sich übergeben, nur dass sie sich weigerte, das wertvolle bisschen Flüssigkeit und Nahrung herauszulassen, das sie im Magen hatte. Sie holte tief und gleichmäßig Luft, bis die Übelkeit verging.

Gerade als sie dachte, sie könnte nicht noch mehr Unsicherheit, Verzweiflung und Paranoia ertragen, entschied ihr überbeanspruchter Körper, dass es reichte, und außerdem gab es keinen Grund, es nicht zu tun, daher trieb sie hinab in den Schlaf und träumte, dass Modred ihr mit lächelnder Effizienz alle Finger brach, ganz gleich, wie sehr sie schrie und bettelte. Und auch ihre Daumen.

Sie erwachte schlagartig, weil sich eine harte Hand auf ihren Mund drückte. Adrenalin brüllte ihr zu, sie solle sich bewegen. Als sie sich wehren wollte, stellte sie fest, dass etwas Hartes und Unnachgiebiges einen ihrer Arme an die Pritsche nagelte, während eine weitere Hand ihr anderes Handgelenk umfasste.

„Schlag mich nicht."

Das leise Knurren kam von oben. Trotz der Dunkelheit und der Tatsache, dass sie von ihm noch nie etwas anderes als ein Flüstern gehört hatte, erkannte sie es. Erkannte ihn.

Erleichterung und Freude folgten auf den Adrenalinsturm. Noch während sie herauszufinden versuchte, wie genau er sie festhielt, nickte sie rasch zur Erwiderung. Langsam ließ er ihr Handgelenk los, während die andere Hand sich von ihrem Mund löste. Der harte Druck, der ihren anderen Arm an die Pritsche presste, verschwand, und sie erkannte, dass er das Gewicht eines Knies genutzt hatte, um sie bewegungsunfähig zu machen.

Sie schoss in eine sitzende Position hoch und schwang die Beine von der Pritsche. Die Lederstreifen quietschten, als er sich neben sie setzte. Erneut stachen rasch aufkommende Tränen in ihren Augen. Voll wilder Dankbarkeit darüber, dass er sie nicht sehen konnte, flüsterte sie: „Ich habe getan, was du gesagt hast, und das Essen und Wasser weggekippt. Dann dachte ich, du würdest nicht kommen."

Es gab eine Pause, während er zu verarbeiten schien,

was alles in diesem Satz mitschwang. Dann erklärte er: „Ich wurde aufgehalten. Leider gab es Komplikationen."

Was für Komplikationen? Als er zum letzten Mal hier gewesen war, war es ihm nicht gut gegangen. Sie verschränkte ihre bebenden Finger ineinander und rang sie. Wer immer er war, er war buchstäblich ihre einzige Verbindung zum Überleben. „Geht ... geht es dir gut?"

Als er antwortete, wurde sein Flüstern wärmer, sanfter. „Jetzt ja. Ich wette, du bist bereit für etwas Essen und Wasser."

„O Gott, ja."

Sie lauschte genau und hörte das Rascheln von Stoff und das leise Geräusch eines Reißverschlusses.

Er drückte ihr eine Flasche in die Hand. „Alles der Reihe nach. Hier ist Wasser."

Sie griff danach, kämpfte mit dem Deckel und trank durstig, bis die Flasche leer war. Als sie fertig war, nahm er ihr die Flasche ab, dann griff er nach ihren Fingern, um ihre Hand nach vorne zu führen und hinab in etwas, das sich wie eine offene Stofftasche oder ein Rucksack anfühlte.

„Beim letzten Mal habe ich mich beeilt, um so schnell wie möglich herzukommen. Diesmal war ich besser vorbereitet", murmelte er. Während er sprach, leitete seine Hand ihre Finger zu allem, was in der Tasche war. „Es gibt nochmal Brot und Obst – Weintrauben, Kirschen und einen Apfel. Außerdem gekochte Eier. Sie sind bereits geschält. Es gibt Weichkäse, der dir vielleicht zum Brot schmeckt, ein halbes gebratenes Hühnchen und eine Pastete mit Honig und Nüssen. Ich habe auch noch ein paar Wasserflaschen. Du kannst dir das Essen für den Tag aufheben, die Reste kannst du ja den Abtritt hinabwerfen, aber ich darf keine Flasche oder Tasche bei dir lassen, deswegen solltest du so viel wie möglich trinken."

Die allzu schnell aufwallenden Tränen liefen ihr wieder übers Gesicht, als sie spürte, was für einen Reichtum die Tasche enthielt. Sie nahm eines der Eier, biss hinein, kaute und schluckte. Es war unbeschreiblich lecker.

„Ich habe die Trauben für den Tag aufgehoben", flüsterte sie, „weil sie so viel Flüssigkeit enthalten."

„Das war klug", erwiderte er. „Wenn du dir die Früchte aufhebst, wird dir das helfen, durch den Tag zu kommen."

„Ich weiß nicht, was ich sagen soll, außer noch einmal, vielen, vielen Dank." Sie schob sich das restliche Ei in den Mund.

Seine leichte Berührung zog sich von ihrem Handgelenk zurück. „Wie ich schon letzte Nacht sagte, danke mir nicht. Es ist das Mindeste, was ich tun kann."

Sie begann das nächste Ei zu essen, während sie darüber nachdachte. Vielleicht stimmte es. Vielleicht war es zum Teil seine Schuld, dass sie hier war. Aber größtenteils, dachte sie, war es die Schuld ihres Entführers Robin. Und die Schuld jedes Hellen Fae, den sie getroffen hatte, seit sie in ihrem Lager angekommen war.

„Du hättest nichts tun müssen", erklärte sie. „Und ich wäre trotzdem hier, in der Dunkelheit gefangen, würde diese schreckliche Nahrung und das Wasser zu mir nehmen. Ich hätte inzwischen wahrscheinlich Durchfall. Daher ja ... vielen Dank."

„Na dann, gut", erwiderte er mit einer gewichtigen Höflichkeit, die es ihr ganz warm werden ließ. „Gern geschehen."

Sie zögerte, dachte nach. Sie musste ihm Dinge sagen, ihn Dinge fragen, aber sie war noch hungrig und wollte sich ihre einzige Freude nicht verderben. Sie aß das zweite Ei auf und dachte darüber nach, was sie als nächstes essen könnte. Von Süßigkeiten konnte man Durst bekommen, also sollte sie die Honigpastete essen, solange sie Zugang zu genug sauberem Trinkwasser hatte. Sie suchte die Pastete, biss in eine Ecke und stöhnte beinahe. Sie war locker, weich und oben mit Pekannüssen bestreut. Sie war unfassbar köstlich.

Während sie sie aß, fragte sie: „Wo hast du das Essen her? Das ist frisch."

„Es gibt einen Nachtmarkt in der Stadt", erklärte er. „Bestimmte Stände sind bis Mitternacht offen."

Das klang belebt, faszinierend. In einem Anderland konnte man auf einem solchen Markt bestimmt allerhand Exotisches hören und sehen und interessante Waren finden. Sie wäre dort vielleicht gern einkaufen gegangen, wenn sie sich nicht bereits gewünscht hätte, dass Avalon im Höllenfeuer verging.

Achtsam, ihre gesamte Aufmerksamkeit der Pastete gewidmet, aß sie auf und seufzte. „Das war herrlich."

Ein Lächeln schwang in seiner Stimme mit. „Ich mag sie auch ziemlich gern."

Also mochte er Süßigkeiten. Gemeinsam mit der Tatsache, dass er magisch begabt war, war das buchstäblich das Einzige, was sie über ihn wusste.

Sie aß einen Hühnerflügel, und als sie damit fertig war, ging sie vorsichtig hinüber zum Abtritt und warf die Knochen hinein. Ihr kam eine weitere Frage in den Sinn. „Graben sie je den Inhalt dieser Löcher aus?" Wenn ja, war das jenseits von schrecklich.

„Den Abtritt? Nein. Das Loch führt zu einem unterirdischen Fluss. Es gibt Gitter über dem Fluss, wo er ins Meer fließt, darum kannst du keine Flaschen oder die

Tasche in das Loch stopfen, denn das wird früher oder später jemand finden."

Obwohl er es nicht sehen konnte, nickte sie nachdenklich. Die Ratten nutzten das unterirdische Flusssystem vermutlich, um von einem Ort zum anderen zu kommen. Sie hatte keine gehört, seit ihr Wohltäter eingetroffen war. Vielleicht hatte er sie verscheucht.

„Wenn ich die Macht hätte, die Gestalt von etwas Kleinem anzunehmen", flüsterte sie, „etwa einer Maus oder Ratte, könnte ich dieses Loch nach unten nutzen."

„Könntest du, wenn dein Magen mitspielt. Es würde etwas Kleines sein müssen, oder du würdest im Gitter hängenbleiben und ertrinken. Aber du hast nicht die Macht zum Gestaltwandel."

„Nein." Nun kannte sie ein drittes Detail über ihn – er wusste eine Menge über das unterirdische Gefängnis. Sie wandte sich vom Loch ab und begab sich zurück zu ihrem Bett.

„Besser?", fragte er.

„Ja." Sie holte tief Luft und machte sich dafür bereit, weitere unangenehme Fragen zu stellen, aber er kam ihr zuvor.

„Ich habe noch etwas für dich." Die Tasche auf dem Boden raschelte, als er darin herumwühlte, dann nahm er ihre Hand und drückte etwas hinein. Dann noch etwas.

Neugierig betastete sie die Gegenstände. Einer war lang, dünn und hatte Borsten an einem Ende, und der andere fühlte sich an wie eine Röhre. „O mein Gott", flüsterte sie. „Du hast mir eine Zahnbürste und Zahnpasta gebracht."

„Ich habe ein Gefäß mit Lavendel, der mit Pfeilwurz vermischt ist. Das kannst du dir in die Haare reiben und auskämmen. Funktioniert wie Trockenshampoo. Die

Pfeilwurz saugt die Fette auf, während der Lavendel für etwas Frische sorgt. Und es gibt einen Behälter mit feuchten Tüchern." Obwohl sie ihn nicht kannte, hörte sie das Lächeln in seiner Stimme. „Es ist nicht dasselbe wie Baden oder Duschen, aber es ist immerhin etwas."

Die Tränen kamen wieder, und einen Augenblick lang konnte sie nichts sagen. Als es wieder ging, war ihr Flüstern belegt und erstickt: „Jetzt gehen mir die Worte aus."

„Ich weiß, was du fühlst", sagte er sanft. „Vor vielen Jahren habe ich einige Zeit in einer dieser Zellen verbracht."

Ihr stockte der Atem. „Wirklich? Wie lange warst du hier unten?"

Es war so schwer, seinen Gesichtsausdruck aus dem Flüstern zu deuten, aber seine Antwort schien ihr flach und ausdruckslos, als er erklärte: „Über ein Jahr."

Ein Jahr. Sie wurde schon nach ein paar Tagen verrückt, und er hatte ein Jahr hier in der Dunkelheit verbracht, ohne zusätzliche Speisen, Wasser oder Trost, und er klang immer noch geistig gesund. Sie würde kein Jahr hier unten überstehen, nicht einmal mit seiner Hilfe.

Ihre Lippen bebten. „Ich kann es mir nicht vorstellen."

Eine kleine Stille senkte sich herab. Schließlich sagte er, immer noch in diesem gleichgültigen, ausdruckslosen Tonfall: „Einen Tag nach dem anderen, Sidonie. Das ist alles, was wir beide tun können."

Er hatte Flaschen von der Erde, feuchte Tücher, Zahnpastatuben und Reisezahnbürsten. Das bedeutete, dass er Zugang zu den Übergängen hatte. Und er hatte über ein Jahr in Gefangenschaft verbracht und hatte nicht nur überlebt, sondern war wieder freigelassen worden. Das bedeutete, dass Isabeau ihn wertschätzte und ihm bis zu einem gewissen Grad trotz seiner Gefangenschaft vertraute.

Ihre Schultern spannten sich an, aber sie war immer noch nicht bereit, die heftigeren Fragen anzugehen. Stattdessen wandte sie ihre Aufmerksamkeit den Schätzen zu, die er ihr mitgebracht hatte.

„Und du kannst mich nicht sehen, richtig?", fragte sie.

„Ich sehe besser als du", sagte er. „Ich sehe, wo du bist, und wie du ungefähr dasitzt. Ich kann erkennen, ob du stehst oder kniest, doch du bist für mich nicht mehr als eine Gestalt im Schatten."

Sie dachte darüber nach. Glaubte sie ihm oder vertraute sie ihm? Es lag etwas Unheimliches in dem Gedanken, dass er sie beäugte, wenn sie sich auszog, während sie ihn nicht sehen konnte, aber machte ihr das im Augenblick noch etwas aus?

Er sagte vermutlich die Wahrheit, doch selbst wenn er log, entschied sie, dass sie mehr als alles andere sauber sein wollte, also zog sie ihre dreckigen Kleider aus und nahm die Waschartikel mit zum Abtritt.

Es hatte sich noch nie so wunderbar angefühlt, sich die Zähne zu putzen. Es war ein bisschen seltsam, sich das Trockenshampoo ins Haar zu reiben und es auszukämmen, aber sie musste zugeben, dass sich ihre Haare danach sehr viel besser anfühlten, und der Lavendelgeruch war herrlich.

Sie benutzte die feuchten Tücher fürs Gesicht und jeden Quadratzentimeter ihres Körpers, zögerte nur kurz, um zu fragen: „Soll ich diese Tücher in den Abtritt werfen?"

„Nein, mach das nicht", erwiderte er. „Sie werden nicht schnell genug abgebaut. Ich nehme sie mit, wenn ich gehe."

„Ok, danke."

Als sie fertig war und sich zurück zu ihrer Pritsche begab, wartete eine weitere Überraschung auf sie. „Ich habe deine Kleider verzaubert", sagte er, als er sie ihr in einem gefalteten Bündel reichte. „Sie sind so sauber, wie ich sie ohne Seife und Wasser kriegen kann."

Sie vergrub das Gesicht in den Kleidern und atmete ein. Vorher hatten sie sogar für ihren eigenen Geruchssinn gestunken, nun rochen sie nur noch etwas staubig. „Noch ein Wunder", murmelte sie. „Ich hatte mich nicht darauf gefreut, meine Kleider wieder anzuziehen, nachdem ich mich sauber gemacht habe."

Diesmal war das Lächeln zurück in seinem Flüstern. „Das habe ich mir schon gedacht."

Da sie zu zittern anfing, zog sie sich schnell an, während er sich in der Zelle bewegte, vermutlich, um die benutzten Tücher einzusammeln, die sie in einem kleinen Haufen neben dem Abtritt hatte liegen lassen. Als er zum Bett zurückkam, wartete sie auf ihn, saß mit dem Rücken an der Wand, die Arme um die angezogenen Knie geschlungen.

Es war unglaublich, was gutes Essen, Wasser und Sauberkeit leisten konnten, um Geist und Verstand zu stärken. Sie bedauerte beinahe, was sie als nächstes tun würde.

Als er sich neben sie setzte, fragte sie: „Bist du Modred?"

Kapitel 7

DIE LUFT LUD sich auf und wurde explosiv. Als Sid hörte, wie sich seine Atmung veränderte, spannte sie sich an.

Aber was immer sie erwartete, es war nicht das, was als nächstes kam. Anstatt es zu bestätigen oder heftig zu leugnen, blieb er einige Augenblicke still.

Dann fragte er in gemäßigtem Tonfall: „Was, wenn es so wäre?"

Sie lauschte fest auf eine Nuance, auf alles, was ihr einen Hinweis darauf geben mochte, wie seine Reaktion ausfiel, aber der einzige Eindruck, den sie aus seinem gemurmelten Flüstern gewann, war enorme Selbstbeherrschung. Er war entschlossen, ihr überhaupt keine Informationen zu überlassen, und trotzdem, trotz der paranoiden Gedanken und Fragen, die sie den ganzen Tag gequält hatten, war sie bis ins Mark überzeugt.

„Es spielt keine Rolle", erklärte sie. „Denn du bist nicht er."

„Woher weißt du das?" Ehrliche Neugier schwang in seiner Frage mit.

Sie versuchte, die richtigen Worte zu fassen zu bekommen. „Modred ist ... charmant, bis er es nicht mehr ist. Er hat eine gewisse Art zu sprechen. Ich weiß nicht genau, wie ich es ausdrücken soll. Vielleicht ist es ironisch?

Es ist eine Affektiertheit, die du nicht besitzt. Er hatte eine leichtherzige, beinahe liebevolle Art, die etwas sehr viel Dunkleres verbarg. Du bist nicht annähernd so leichtherzig, zumindest nicht mir gegenüber. Modred ist derjenige, der Isabeaus Befehl ausgeführt hat. Er hat mir die Hände gebrochen." Ein Beben durchlief sie. Ihr Körper würde Modreds Berührung erkennen. Sie wusste, dass es so war. „Du hast mir das nicht angetan. Ich würde mein Leben darauf setzen, dass du und er zwei völlig unterschiedliche Personen sind."

Wieder überraschte er sie, denn er bestätigte weder, noch leugnete er, was sie gesagt hatte. Stattdessen erklärte er nüchtern: „Sidonie, du musst aufhören, diese Fragen zu stellen."

Sie richtete sich auf und schwang herum, um ihm gegenüber zu sein oder zumindest in die Richtung zu schauen, in der er neben ihr saß.

„Warum?"

Seine Hand legte sich auf ihr Knie, lange Finger griffen zu. Sie war so daran gewöhnt, dass er sie im Dunkeln berührte, dass sie bei dem Kontakt nicht zurückzuckte. „Weil sie nicht nur für dich gefährlich sind. Sie sind auch für mich gefährlich. Du weißt bereits zu viel."

Sie schnaubte abschätzig. Sie wusste gar nichts. Wenn sie sich die Mühe gemacht hätte, etwas über die Domänen der Alten Völker zu lesen, bevor ihre Welttournee sie nach Großbritannien führte, hätte sie sich seine Identität vielleicht zusammenreimen können. So, wie Robin von ihm gesprochen hatte, lag nahe, dass er irgendwie wichtig war, und tödlich. Ihr Unwissen und Desinteresse hatten sie genauso in diese Lage manövriert wie alles andere.

„Ich wünschte, ich könnte die Dinge zurücknehmen, die

wir gestern Nacht besprochen haben", sagte er. „Wenn ich nach deiner Heilung nicht so ausgelaugt gewesen wäre, hätte ich einen Vergessenszauber auf dich gelegt. Jetzt ist es zu spät. Das Erlebte hat sich zu fest in deinem Gedächtnis verankert."

Sie zuckte zusammen und entzog ihm ihr Knie. „Natürlich kann ich dich nicht davon abhalten, so etwas zu tun. Aber wenn ich je herausfinden sollte, dass du noch einmal Magie auf mich gewirkt hast, ohne dass ich eingewilligt habe, werde ich alles tun, was ich kann, um eine Möglichkeit zu finden, dir ebenfalls wehzutun. Denn das machst du, wenn du jemanden ohne Zustimmung verzauberst. Du verletzt ihn oder sie. Es gibt einen Grund, warum das in beinahe jedem Land der Erde illegal ist. Man vergewaltigt damit den Willen anderer."

Die explosive Ladung lag wieder in der Luft, durchzog die Dunkelheit mit einem Gefühl drohender Gefahr. Als er antwortete, war sein Flüstern so heftig und gereizt wie ihres zuvor. „Ich weiß nur zu gut, was für eine Vergewaltigung des Willens Magie für jene sein kann, die ihr nicht zugestimmt haben. Trotzdem hätte ich es gestern Nacht tun können und hätte es getan, denn hätte ich dich vergessen lassen, könnte dir das das Leben retten. Ich versuche dich zu schützen, indem ich dir nicht verrate, wer ich bin. Du hast bereits eine Ahnung, wozu Isabeau womöglich fähig ist, wenn sie Verdruss spürt oder sich verraten fühlt."

Ja, die hatte sie. Sie rückte von ihm ab und schlang die Arme um den Körper. Nach einem Augenblick sagte sie mit verbissener Entschlossenheit: „Du behauptest, du kannst mir nicht bei der Flucht helfen. Kannst nicht, nicht willst nicht."

„Sidonie", erwiderte er warnend.

Sie pflügte voran. „Heißt das, du hast zu viel Angst, noch mehr zu tun, als du schon getan hast? Hast du Angst, du könntest bestraft werden?"

Noch während sie sie stellte, klang die Frage falsch. Wenn er sich zu sehr vor der Strafe gefürchtet hätte, hätte er ihr gar nicht erst geholfen.

Aber sie musste versuchen, das Ganze zu enträtseln. Sie musste besser verstehen lernen, was um sie herum wirklich vorging, wenn sie Hoffnung haben wollte, hier herauszukommen. Außerdem machte es sie wahnsinnig, überhaupt nichts zu wissen.

Als er diesmal ihren Namen sagte, kam er durch zusammengebissene Zähne. „Sidonie!"

Blind griff sie vor. Ihre Finger bekamen die Falten seines Hemds zu fassen, das sich über seine Brust spannte. Sie vergrub beide Fäuste darin.

„Du *kannst* nicht, hast du gesagt", drängte sie. „Nicht du *willst* nicht. Du sagtest, du seist gebunden. Was bedeutet das?"

Sie spürte, wie die Anspannung durch seinen langen Körper pochte. „Ich kann. Dir. Das. Nicht sagen."

Wieder konnte sie sich nur auf ihr Gehör verlassen, und seine Stimme stockte bei den Worten wie noch nie zuvor.

Kann nicht. Nicht will nicht. Gebunden.

Das waren alles seine Worte, nicht ihre.

Und dann war da auch noch das gewesen:

Ich weiß nur zu gut, was für eine Vergewaltigung des Willens Magie für jene sein kann, die ihr nicht zugestimmt haben.

„Stehst du unter irgendeiner Art magischem Zwang?", flüsterte sie.

Seine Hände umfassten ihre Handgelenke in einem schmerzhaften Griff, aber er antwortete nicht.

Er leugnete es auch nicht.

Ihr Herz hämmerte. Sie leckte sich die Lippen und fragte: „Darfst du nicht darüber sprechen?"

Seine Finger spannten sich so stark an, dass es wehtat. Dann schien er zu erkennen, was er da tat, denn sein Griff lockerte sich. Aber er leugnete es nicht. Sein Puls trommelte an ihren Fingerspitzen. Ihr Herz hämmerte fest.

„Und es ist dir verboten, Gefangenen bei der Flucht zu helfen", sagte sie.

Wieder spannten sich seine Hände um ihre Handgelenke an, dann lösten sie sich. Ohne den Einsatz von Worten war es doch unverkennbar eine Bestätigung.

Sie ließ sein Hemd los und strich den Stoff über seiner Brust glatt. „In Ordnung", flüsterte sie. „Ich glaube, ich verstehe es langsam. Wenn sie herausfinden, dass du mir hilfst, befehlen sie dir vielleicht, damit aufzuhören. Und dann müsstest du aufhören, nicht? Du hättest keine Wahl."

„Denk noch weiter", erwiderte er sanft. „Wenn man mir befiehlt, dich zu verletzen oder zu töten, werde ich es tun. Sie dürfen nie erfahren, wer dir geholfen hat. Hast du verstanden? Sie dürfen nie von unserer Verbindung erfahren. Wenn du verhört wirst, tu alles in deiner Macht Stehende, um zu verhindern, dass du ihnen Informationen gibst. Lüge nicht – das wäre das Schlimmste, was du tun könntest –, und du müsstest ihnen irgendetwas erzählen, aber überlege dir Möglichkeiten, sie in die Irre zu führen. Übe diese Antworten, bis sie natürlich und gelassen kommen. Schaffe deine eigene Version der Wahrheit, und *hör auf, herausfinden zu wollen, wer ich bin.*"

Ihr Herz hämmerte so fest wie seines. Sie schluckte. „Verstanden", brachte sie heraus. „Ich habe eine Weile gebraucht, aber ich kapiere es jetzt."

Seine Brust hob sich unter ihren Händen, als er tief Luft holte. „Ich muss gehen. Ich bin spät hergekommen und so lange geblieben, wie ich konnte."

Ihr wurde das Herz schwer. Trotz ihrer Zweifel und Ängste war seine Anwesenheit so lebendig und tröstlich, dass er damit die kalte Dunkelheit zurückdrängte, solange er hier war. Sie konnte sogar seine Körperwärme spüren, wenn sie nebeneinander auf der Pritsche saßen. Der Gedanke, dass er wieder aufbrach, war beinahe unerträglich.

„Du bist sicher, dass du nicht unabsichtlich die Tür unverschlossen lassen kannst, wenn du gehst?", versuchte sie sich an einem Scherz.

Der kam sehr viel angespannter und verzweifelter heraus, als sie beabsichtigt hatte.

Er umfing eine Seite ihres Kopfes. Seine Berührung war warm und sanft. „Glaube mir, wenn ich es könnte, würde ich es tun."

Eine Träne lief ihr über die Wange. Sie biss sich auf die Lippe und war dankbar für den Schleier der Dunkelheit, als sie sie wegwischte. „Ach, na ja, ich musste fragen."

Er strich ihr einmal übers Haar, eine leichte, kurze Sanftheit, und dann hob er die Stofftasche zu ihren Füßen auf und stand auf.

Sie glitt ebenfalls von der Pritsche und folgte ihm zur Tür. Als er stehenblieb, stolperte sie und stieß gegen ihn. Sobald sie spürte, wie er sich zu ihr umdrehte, trat sie absichtlich vor, um ihm die Arme um die Taille zu schlingen.

„Ich weiß alles zu schätzen, was du getan hast, so sehr", flüsterte sie. „Ich schätze besonders, dass du es trotz der Gefahr für dich getan hast."

Sein Körper wurde steif, als sie ihn umarmte. Dann legte er langsam seine Arme um sie. Als sie sich anspannten, bettete sie einen Augenblick lang den Kopf an ihn.

Sie hatte bereits gewusst, dass er größer war als sie, aber das war nicht überraschend, denn das galt für die meisten Männer. Nun, da sie direkt an ihm stand, bekam sie ein echtes Gefühl für die Größe und Breite seines langen Körpers. Er war hochgewachsen und kräftig gebaut. Die Brust unter ihrer Wange war breit und muskulös, genau wie sein Bizeps. Ihr Kopf passte gut unter sein Kinn.

Ein Gewicht senkte sich auf sie. Sie glaubte, es müsse seine Wange sein.

„Gern geschehen, Sidonie. Nachdem dir der Wächter dein Frühstück gebracht hat, versuch ein bisschen zu schlafen. Ich komme nach der Abendrunde zurück, sobald ich kann."

Als sie ihn rasch drückte, spürte sie eine seltsame Verdickung unter seinem Hemd nahe der Taille und ließ leicht die Finger darübergleiten. Es fühlte sich an wie ein Verband, als ob er sich die Rippen verbunden hätte. Sie dachte daran zurück, wie sie nach ihm geschlagen hatte, und an seine Reaktion.

Er hatte gesagt, dass es ihm nicht gut ging. Es schien, als sei er auf irgendeine Weise verletzt, und sie hatte ihn dort getroffen, zweimal. Sie spürte kurz Bedauern, dann schob sie es beiseite. Zu der Zeit hatte sie gedacht, sie würde sich verteidigen.

Sie trat zurück und flüsterte: „Bis heute Abend. Sei vorsichtig."

„Immer." Er ging durch die Tür.

Nachdem sie ein leises, mechanisches Klicken gehört hatte, als er das Schloss drehte, legte sie die Hände auf die Tür.

Es mochte ihm ja verboten sein, Gefangenen bei der

Flucht zu helfen, aber das bedeutete nicht, dass sie nicht selbst fliehen konnte. Hätte sie doch nur eine Möglichkeit, zu verhindern, dass der Riegel in das Loch im Rahmen glitt, wenn er die Zellentür abschloss.

Wenn sie sehr schnell war, konnte sie vielleicht etwas in das Loch schmuggeln, während er kam oder ging. Ein großes Stück Kaugummi könnte helfen, nur dass sie keinen Kaugummi hatte. Alles, was sie hatte, war die Nahrung, die er ihr dagelassen hatte, und die Kleider, die sie trug. Und ihre Schuhe.

Es würden Kerne übrig bleiben, wenn sie die Kirschen aß, aber das schien zweifelhaft. Sie könnte versuchen, Kirschkerne in das Loch zu stopfen, doch sie würde sehr schnell handeln müssen, und sie würden vermutlich wieder herausfallen.

Ihre Tennisschuhe hatten Gummisohlen, aber die Schuhe waren dafür gemacht, ihr Gewicht über beinahe jedes Gelände zu tragen, monate-, wenn nicht jahrelang. Sie hatte nichts, um den Gummi zu schneiden, und sie bezweifelte, dass sie sich durch ein Stück davon durchnagen konnte, nicht einmal durch den dünneren Bereich vorne an den Zehen.

Sie konnte versuchen, ihn k.o. zu schlagen. Davor schreckte sie zurück. Es fühlte sich treulos an, besonders, nachdem er sie geheilt und ihr Nahrung und Wasser gebracht hatte, mit einem gewissen Risiko für ihn. Er tat so viel für sie, und nun dachte sie über einen Akt der Gewalt ihm gegenüber nach.

Dann schob sie entschlossen all das Unbehagen beiseite, das ihr der Gedanke bereitete, um richtig darüber nachzudenken. Ja, er half ihr, so viel er konnte. Ja, es würde ihr leidtun, ihn zu verletzen. Aber sie musste an Möglichkeiten denken, ihr Leben zu retten, denn trotz seiner Hilfe würde sie früher oder später hier unten in der Dunkelheit sterben, wenn sie keinen Weg hinaus fand. Daran hatte sie keinen Zweifel.

Sobald sie mit den Emotionen abgeschlossen hatte, wurde sie berechnend. Konnte sie es schaffen? Konnte sie ihn außer Gefecht setzen?

Nach ihrem ersten Stalker hatte sie auf Vinces Drängen hin Selbstverteidigungsstunden genommen und festgestellt, dass ihr Tae Kwon Do gefiel. Die Bewegungen passten zu ihrer schlanken Körperform. Da sie schon lange Laufen ging, hatte sie ausreichend Kraft aufgebaut, um bei den Sprüngen hoch genug zu kommen. Sie war gut mit der Beinarbeit und bei Drehkicks, und es mochte das eine Talent sein, das ihr etwas nutzte, während sie hier in Avalon gefangen war.

Aber sie hatte Tae Kwon Do nur im Studio geübt. Sie hatte es nie im echten Leben anwenden müssen. Sie war entscheidend behindert durch ihre fehlende Sicht, wohingegen ihr Wohltäter hochgewachsen und muskulös war und in der Finsternis besser sah als sie.

Außerdem, auch wenn er so nett zu ihr war, wie er es unter den ihm auferlegten Banden nur sein konnte, hielt ihr Entführer Robin ihn für tödlich. Da Sid Robin für tödlich hielt, ließ dieser Gedanke sie ernsthaft zaudern.

Nein, der Versuch, ihren Wohltäter in der Dunkelheit anzugreifen, war so ähnlich wie der Gedanke, einen bewaffneten Soldaten im Wagenzug anzugreifen ... reiner Selbstmord. Wenn sie ihn angriff und Erfolg hatte, riskierte sie damit, den buchstäblich einzigen Verbündeten zu verlieren, den sie hatte.

Und selbst wenn sie eine Möglichkeit fand, das

Türschloss zu blockieren, ihn auszuschalten und zu flüchten, was dann? Sie sah überhaupt nichts.

Er hatte nie eine Fackel dabei, wenn er kam. Das Licht hätte ihn sofort verraten. Er schlich herein und hinaus, verstohlen und leise wie ein Dieb. Falls sie es aus der Zelle schaffte, würde sie ihm nicht folgen können, wenn er ging. Sie sah überhaupt nichts, und sie konnte nicht seinem Geruch folgen, wie es einigen Wesen der Alten Völker möglich war.

Sie hatte keine Ahnung, wie die Gefängnistunnel angelegt waren oder wo sich die Wachstube befand. Wahrscheinlicher würde sie sich einfach wieder erwischen lassen, während sie durch die Dunkelheit stolperte, und sie würden ihr womöglich erneut die Hände brechen.

Sie trommelte mit den Fingern an die Tür und dachte, *nein, so werde ich nicht fliehen können. Und wer immer er ist, er wird mir bestimmt nicht helfen.*

Entschlossenheit verhärtete sich in ihrer Brust zu einem brennenden Knoten.

Ich werde einen anderen Weg hinaus finden müssen.
Auf die eine oder andere Weise werde ich überleben.
Ich werde Erfolg haben.

✧ ✧ ✧

ALS MORGAN DIESMAL aus dem unterirdischen Gang schlüpfte, stand die Morgendämmerung kurz bevor. Die offenen Bereiche, die er durchqueren musste, waren noch dunkel, und es war sehr viel unwahrscheinlicher, dass bis auf den Nachtwächter jemand wach und auf den Beinen war.

Morgan hatte auch genug Energie, um einen starken Verhüllungszauber auf sich zu wirken, daher marschierte er mit einer gewissen Zuversicht zu der kleinen Pforte, die er vor Jahrhunderten in einem entlegenen Winkel der Burgwälle angelegt hatte.

Wie den Eingang zu dem Tunnel, der unter die Erde führte, hielt er die Pforte mit subtilen Zaubern verborgen, die den Blick dazu anspornten, über den Bereich hinweg zu etwas Interessanterem zu wandern.

Sobald er durch das Tor gegangen war, musste er eine Meile weit marschieren, um die kleine Hütte mit nur einem Zimmer zu erreichen, die in einem tiefen Gewirr aus Dornenbüschen hoch in den Hügeln eines verwilderten Bereichs über der weitläufigen Burg und der Stadt versteckt lag. Normalerweise war der Marsch einen steilen, schmalen Weg entlang einfach, aber im Augenblick gestaltete die Verletzung in Morgans Seite den Aufstieg etwas schwierig.

Weitere Verhüllungszauber umgaben die Hütte wie eine dicke Schicht aus unsichtbaren Spinnweben. Er selbst hatte die Hütte errichtet, vor sehr langer Zeit schon, und niemand war je darauf gestoßen.

Isabeau wusste, dass er ein Meister der Verhüllungsfertigkeiten war. Sie hatte ihm befohlen, die Übergänge nach Lyonesse zu verschleiern, um Oberons Dunklen Hof festzusetzen, und zur Verteidigung auch die Übergänge nach Avalon. Trotz alldem wurde sie durch ihre völlige Selbstbezogenheit manchmal seltsam kurzsichtig.

Sie war verschlagen und unausgeglichen, doch es mangelte ihr an einer gewissen Tiefe der Einsicht in alles, was nicht sie betraf. Sie hatte anscheinend kein einziges Mal in Betracht gezogen, ihm zu befehlen, die Dinge zu offenbaren, die er womöglich vor ihr verborgen hielt.

Zumindest noch nicht.

Im Inneren der Hütte entfachte er ein Feuer im Kamin und hängte einen Wasserkessel an einem Eisenstab über die höher schlagenden Flammen. Während er darauf wartete, dass das Wasser kochte, aß er.

Er hatte die andere Hälfte des Hühnchens zusammen mit Obst, Brot und etwas von dem Weichkäse für sich selbst aufgehoben. Bis die hohle Anspannung in seinem Bauch gelindert war, kochte das Wasser im Kessel bereits.

Er wickelte ein Tuch um den Griff und trug den Kessel zu dem kleinen Tisch. Dann schlüpfte er aus seinem Hemd, löste die Verbände um seine Taille und untersuchte den Bereich darunter.

Die Haut rund um die Verletzung war ein Wirrwarr aus aufgeworfenem Narbengewebe, das sich leuchtend rot verfärbt hatte. Dunkle Streifen strahlten vom vernähten Eintrittspunkt aus. Er betastete mit gerunzelter Stirn einen der Streifen. Wurde die Haut um eine Verletzung schwarz, bedeutete das normalerweise, dass das Fleisch abgestorben war. Dann konnte man die Heilung der Wunde nur durch ein Débridement unterstützen, indem man das tote Gewebe entfernte.

Aber er spürte keine absterbende Haut. Er hatte die frische Verletzung von Anfang an peinlich sauber gehalten, bis hin zum Sterilisieren des Silbermessers, bevor der Ghul damit auf ihn eingestochen hatte, und er nahm Antibiotika, die stark genug waren, um ein Pferd wieder aufzurichten.

Nein, das war keine normale bakterielle Infektion. Es hatte etwas mit dem Silber in seinem Körper zu tun. Die einzige Heilungschance war, es durchzustehen. Vielleicht erholte er sich beim zweiten Mal langsamer, aber letztlich würde sein Körper die Auswirkungen des Silbergifts überwinden.

Zumindest dieses Mal würde es klappen.

Wenn er sich weiterhin verletzte und seinem Körper nie

die Gelegenheit gab, ganz zu heilen, würde er die Silbervergiftung nie loswerden. Beim nächsten Mal würde die Wunde nicht so schnell oder gut heilen, und beim übernächsten Mal würde die Genesung noch langsamer von statten gehen.

Er atmete mit einem langen Seufzen aus und stellte sich der Wahrheit. Das hier war nur eine vorübergehende Galgenfrist. Früher oder später würde er eine Wahl treffen müssen – sich entweder wieder dem Bann von Isabeau unterwerfen oder sich von der Silbervergiftung dahinraffen lassen.

Er musste seinen Weg in die Freiheit finden, bevor es so weit war.

Zunächst widmete er sich dem, was vor ihm lag, und säuberte und verband die Verletzung, dann bangagierte er sich wieder die Rippen und schluckte Schmerzmittel und Antibiotika. Mit Nahrung, Wasser, medizinischer Versorgung und einem Dach über dem Kopf hatte er sich um das Überlebensnotwendige gekümmert.

Er hatte die Bücher dabei, die er für die Recherche zusammengetragen hatte. Sie lagen in einem Stapel auf dem Tisch und warteten auf seine Aufmerksamkeit, aber sie würden noch einen oder zwei Tage länger warten müssen. Er streckte sich auf dem Bett in einer Ecke aus und ließ zu, dass er sich entspannte. Wie der Rest der Hütte war die Matratze muffig und musste eigentlich draußen ausgeklopft werden, aber das konnte warten.

Zum ersten Mal, seit der Ghul ihn verletzt hatte, konnte er einen ganzen Tag lang ausruhen. Heute Abend würde er zurück zum Nachtmarkt schleichen und weitere Lebensmittel kaufen, und er würde wieder zu Sidonie gehen. Er konnte sie heilen und versorgen, und er konnte ihr sogar allen Trost bieten, den sie annehmen mochte, allerdings gab es dabei auch für sie keinerlei langfristige Lösung. Doch wenn er sich genug Freiheit vom Bann erarbeiten konnte, würde er vielleicht auch einen Weg um Isabeaus Befehle herum finden, so dass er Sidonie ebenfalls befreien konnte.

Irgendwann im Lauf der letzten paar Tage hatte sich sein Fokus verlagert, und es war an der Zeit, das zu akzeptieren. Anstatt gegen den Drang anzukämpfen, ihr zu helfen, wollte er es inzwischen. Er musste es sogar.

Als er sie in der Gefängniszelle entdeckt hatte, war ihre völlige Verzweiflung überall seine Barrieren hinweggeschossen. Jener Geist, der eine so freudige, lebendige kreative Energie versprüht hatte, war zermalmt worden. Nachdem er ihr mit einem Zauber das Bewusstsein genommen hatte, war er mit ihren gebrochenen Händen im Schoß dagesessen und hatte die Gewaltigkeit dessen aufgenommen, was passiert war: die Schläue in Isabeaus Grausamkeit, die unfassbare Tiefe von Sidonies Schmerz.

Er würde seine Queste nicht aufgeben. Konnte nicht. Aber jetzt war seine Rache an Isabeau und Modred nicht mehr genug. Es reichte nicht mehr, sie um derentwillen zu vernichten, die Isabeau und Modred vor langer Zeit getötet hatten.

Nun musste er um Sidonies willen kämpfen.

Die Medikamente begannen zu wirken, und er schloss die Augen. Als die Schmerzmittel seinen Verstand durchlässig werden ließen und Türen öffneten, die besser geschlossen blieben, verbrachte er die Hitze des Tages damit, sich in ruhelosem Schlummer zu wälzen, während er von Menschen und Ereignissen träumte, die lange vergangen waren.

Töte sie.
Töte sie, bevor sie deinen König und alles zerstören, was du liebst.
Töte sie, bevor sie Sidonie wahrhaft vernichten.

DIE ERFRISCHENDE KÜHLE der Abendluft weckte ihn.

Steif erhob er sich aus dem staubigen Bett, versorgte seinen Körper mit Nahrung, Wasser und weiteren Tabletten. Diesmal nahm er nur die Antibiotika. Im Augenblick war es besser, mit dem Unwohlsein fertig zu werden, als weitere von den Schmerzmitteln hervorgerufene Träume zu durchleben.

Er holte mehr Wasser aus dem Brunnen draußen, wusch sich, zog sich an und sprühte sich mit dem Spray zur Geruchstarnung ein, dann begab er sich in die Stadt unterhalb, um saubere Kleider für sich und ausreichend Essen für sich und Sidonie zu stehlen.

Es gefiel ihm nicht, den hart arbeitenden Händlern etwas zu nehmen, und er hatte genug Geld, aber er war auch zu bekannt. Er wusste nicht, was für Befehle in die Stadt geschickt worden sein mochten, und er konnte es nicht riskieren, auf Burgwachen oder vielleicht sogar Jagdhunde zu stoßen.

Also stahl er.

Wie immer war der Nachtmarkt gut besucht. Fackeln und Laternen gaben ausreichend goldenes Licht ab, um alles in tiefe Schatten zu tauchen und Taschendieben eine helle Freude zu bereiten. Das Aroma von Speisen, Gewürzen und duftenden Ölen mischte sich mit den Gerüchen der stärker wärmenden Fae-Körper, zusammen mit Menschen, Ogern, Jagdhunden und Kobolden hier und da.

Nachdem er so lange als Lykanthrop gelebt hatte, hatte er sich daran gewöhnt, wie solche Orte seine empfindliche

Nase in Beschlag nahmen, und er hatte gelernt, die Mischung aus hunderten Gerüchen zu filtern und einzelne zu identifizieren, ohne groß bewusst darüber nachzudenken.

Aber dann erreichte ihn ein feiner Hauch, der ihn innehalten ließ.

Dieser Geruch.

Der sollte hier nicht sein. Nicht unten auf dem Nachtmarkt.

Genau wie in London konnte er spüren, wie sich die Magie, die ihn fesselte, ruhelos regte, als die verschiedenen Befehle aufeinanderprallten, die ihm Isabeau gegeben hatte. Da er die Belastung gewohnt war, versteifte er sich und wartete ab, welcher die Oberhand gewinnen würde.

Als der Bann sich wieder beruhigte, entspannte er sich, denn sein Auftrag blieb eindeutig. Isabeaus letzter Befehl war immer noch der stärkste. Er musste keine älteren Befehle befolgen.

Er versuchte den Geruch zu seiner Quelle zu verfolgen, doch er stellte sich als schwer fassbar heraus. Entweder hatte sich die Quelle vor einiger Zeit entfernt, oder sie war erstaunlich klug und wusste, wie man Morgan aus dem Weg ging, wenn er auf der Jagd war, sogar verhüllt, wie er war.

Nach einiger Zeit gab er die Mühen auf. Jeder Moment, den er auf dem Markt verbrachte, war ein kalkuliertes Risiko. Sobald er alles beisammen hatte, was er brauchte, machte er sich auf den Weg zurück zur Hütte, um die Stofftasche zu packen, die sauberen Kleider für sich zurückzulassen, noch einmal das Geruchstarnungs-Spray zu benutzen und die Wasserflaschen aufzufüllen. Dann ging er hinab, um durch die Pforte im Burgwall und in seinen Tunnel zu huschen.

Sidonie wartete an der Zellentür, als er ankam. Sobald er das Schloss geknackt hatte und hineingeschlüpft war, rannte sie auf ihn zu, berührte ihn mit schnellen, aufgebrachten Bewegungen an der Wange, den Schultern und vorne am Hemd.

„Ich weiß nicht, wie du dich hier unten ein ganzes Jahr lang geistig gesund gehalten hast. Ich werde wahnsinnig!", platzte es flüsternd aus ihr heraus.

Einer seiner Mundwinkel hob sich. Das angenehme Gefühl, als sie ihn berührte, schien nicht zu ihrer Umgebung zu passen und wirkte unangemessen, aber er hatte nicht die Absicht, es in den Staub zu stampfen.

„Ich habe nie behauptet, geistig gesund zu sein", erwiderte er trocken.

Ihr Schnauben war niedlich. „Du bist im Augenblick sehr viel zurechnungsfähiger als ich. Ich kann nicht aufhören, mir alle möglichen Monster vorzustellen, die in den Zellen eingesperrt sind. Es gibt etwas hier unten, das nicht aufhört zu schluchzen, und ich höre immer wieder Ratten." Sie wandte den Kopf, als würde sie lauschen. „Ich glaube, du verjagst sie. Ich höre sie nie, wenn du da bist."

Er war das schlimmste, gefährlichste Monster, dem sie in der Dunkelheit hier unten je gegenüberstehen konnte, aber das verriet er ihr nicht. Stattdessen fing er eine ihrer Hände ein, um sich ihre Finger an den Mund zu drücken. Sie waren lang und schlank, ihre klugen, starken Finger, und an manchen Stellen hatte sie Hornhaut. Das gefiel ihm, er schätzte den Beweis, wie hart sie an ihrer Kunst arbeitete.

Als seine Lippen ihre Haut berührten, erstarrte sie.

Er erstarrte ebenfalls, lauschte, während ihr Atem stockte, und dann holte ihn auch schon sein Gewissen ein.

Was tat er da nur? Sie war eine Gefangene an diesem furchtbaren Ort, und er war ihr einziger Rettungsanker. Das Machtgefälle zwischen ihnen war ziemlich steil. Solche

Gesten seinerseits hatten hier nichts verloren. Sie würde wahrscheinlich das Gefühl haben, dass sie keine Wahl hatte, als sie zu akzeptieren oder zu riskieren, ihn so sehr zu verärgern, dass er nicht wiederkam.

Sein Griff löste sich, und ihre Hand glitt weg.

„Ich habe überlebt, weil ich keine andere Wahl hatte", erklärte er und wandte sich zur Pritsche um. „Du wirst auch überleben, aus demselben Grund."

Er setzte sich, öffnete die Stofftasche und holte eine Flasche heraus. Als sie sich neben ihn setzte, stieß er damit ihre Hand an. „Als erstes Wasser."

Sie widersprach nicht. Sie öffnete die Flasche und trank, bis sie leer war. Mit einem Seufzen verschloss sie die Flasche und reichte sie ihm zurück. „Es hilft, tagsüber das Obst zu haben, aber ich bin nicht daran gewöhnt, so lange keinen Zugang zu Wasser zu haben", sagte sie. „Besonders, nachdem ich trainiert habe."

Er nickte anerkennend. Hervorragend. Sie ergab sich nicht der Verzweiflung. „Ich habe auch jeden Tag trainiert, als ich hier unten war."

„Diesmal habe ich es clever angestellt", erklärte sie. „Ich habe den ersten Teil des Tages verschlafen und bis zum Abend gewartet, um meine fünftausendeinhundert Schritte zu joggen."

Er legte den Kopf schief. „Warum fünftausendeinhundert? Warum nicht einfach fünftausend?"

„Laut meiner Schrittweite sind fünftausendeinhundert Schritte fünf Kilometer", erklärte sie trocken. „Und Gott helfe mir, dass ich daran in irgendeiner Form rüttle, etwa mit fünftausendneunundneunzig Schritten. Da ich abends gejoggt bin, musste ich nicht so lange auf das Wasser warten."

„Gut durchdacht." Er lächelte.

Trotz ihres musikalischen Genies war sie in vielerlei Hinsicht einfach ein Mensch. Sie war alldem hier nicht gewachsen, wie jeder normale Mensch, aber sie nutzte immer noch ihren Verstand, dachte immer noch an Möglichkeiten, um die riskante Lage für sich erträglich zu machen. Sie war stärker, als er gedacht hatte, und klüger, als ihm klar gewesen war.

Diesmal war sie auch nicht ganz so begierig auf das Essen und beschloss, sich zuerst zu reinigen. Er hatte nicht gewollt, dass sie sich unwohl fühlte, wenn sie sich vor einem Fremden auszog, und wenn er sie auch nicht direkt angelogen hatte – nicht direkt –, sah er sehr viel besser im Dunkeln, als er sie ahnen ließ.

An die kühle Steinwand gelehnt genoss er das Spiel von Schatten auf Schatten, das lediglich andeutete, anstatt ihre schmale, zierliche Gestalt zu enthüllen. Er wandelte auf einem schmalen Grat zwischen seinen niederen Instinkten und seinem besseren Selbst. Wenn er nur ein bisschen mehr hätte erkennen können, hätte ihn sein Gewissen gezwungen, ihr entweder Bescheid zu sagen oder wegzuschauen.

Als sie fertig war, setzte sie sich im Schneidersitz ihm gegenüber auf die Pritsche. Dann holte er die Speisen hervor, die er dabei hatte – Pasteten mit Fleisch und Kartoffeln, weiteres Obst, gekochte Eier, eine einfache gebackene Kartoffel, die er ihr dalassen konnte, und klebrige Ahorn-Pekanuss-Süßigkeiten.

„Ich hatte noch kein Abendessen", erklärte er. „Ich hoffe, es macht dir nichts, wenn ich mitesse."

Ihre Stimme wurde warm. „Nein, natürlich nicht."

Er hatte genug Pasteten mitgebracht, um sogar seinen Appetit zu besänftigen, und sie waren immer noch leicht warm vom Ofen. Die Kruste außen war weich und luftig, während innen eine dicke, duftende Soße die Füllung aus Fleisch und Kartoffeln umhüllte.

Seltsam, dachte er. Trotz der Tatsache, dass sie beide in einer schrecklichen Lage steckten, Sidonie in ihrer Falle und er in seiner, saßen sie beisammen und teilten sich eine Mahlzeit, und die Stille war beinahe kameradschaftlich. Angenehm.

Er hatte keine Freunde mehr. All seine Freunde waren lange tot. Zum Großteil hatte er jetzt ein Sammelsurium von Feinden, von jenen am Hellen Hof, die ihn mit Furcht betrachteten, bis hin zu Isabeau und Modred selbst, die er mit unverwüstlicher Leidenschaft hasste.

Dann gab es die Mitglieder von Oberons Dunklem Hof, die ihn alle verabscheuten und fürchteten, und das aus gutem Grund, sowie eine ganze Reihe unglückseliger Personen überall auf der Welt, die durch ihn erfahren hatten, was es bedeutete, mit Isabeau aneinander zu geraten.

Ein paar von Isabeaus Jagdhunden waren anständige Männer gewesen, bevor sie ihm befohlen hatte, sie zu verwandeln, so wie sie sich Morgan geholt und ihn verwandelt hatte. Aber häufig waren die Jagdhunde schlimme Typen und widerwärtige Kämpfer gewesen, und die Verwandlung in Lykanthropen hatte beide Merkmale verstärkt.

Als ihr Hauptmann hatte Morgan oft mit Gewalt durchgreifen müssen. Es war seine Verantwortung, dafür zu sorgen, dass sie Befehlen folgten, und er musste die Jagdhunde einschläfern, wenn sie sich weigerten zu lernen, wie sie ihre Bestien in Schach hielten. Diese Dynamik sorgte nicht gerade für kuschlige Verhältnisse.

Er war so lange ohne ausgekommen, dass sein Mangel

an Freunden ihm bis zu diesem Augenblick nicht einmal aufgefallen war. Sorgsam wischte er sich die Krümel von den Fingern, nachdem er mit seiner letzten Pastete fertig war.

„Danke", flüsterte sie.

Er seufzte. „Es ist mir ein Vergnügen. Du musst mir nicht nach jeder Mahlzeit danken, Sidonie."

„Du kannst mich Sid nennen. Das machen die meisten Leute."

Sid. Das gefiel ihm. Es war verschroben. Er mochte auch ihren vollständigen Namen. Er klang nach ihr, feminin und elegant.

Als er sie anstieß, damit sie eine der Süßigkeiten nahm, tat sie es und steckte sie sich in den Mund. Nach einem Augenblick regte sie sich. „Du hast mir noch immer nicht gesagt, warum du mir hilfst."

Er nahm keine Süßigkeit. Stattdessen flüsterte er in gemäßigtem Ton: „Erinnere dich an das, was ich dir gesagt habe."

Sie machte eine ungeduldige Geste. „Ja, ich weiß. Es ist zu gefährlich für dich, mir etwas zu verraten. Ich soll nicht wissen, wer du bist. Nur kaufe ich dir das nicht ab."

„Gerade erst habe ich mir gedacht, wie schlau du bist", murmelte er. „Beweis mir nicht das Gegenteil."

Ihr im Schatten liegendes Gesicht hob sich zu seinem. „Ich bitte dich nicht darum, mir deine Identität zu verraten. Ich bitte dich um etwas Persönliches, um mehr als ein Etikett oder einen Namen. Ich frage nur, warum. Warum hilfst du mir? Hier unten zu sein muss bei dir doch böse Erinnerungen wachrufen. Du könntest jetzt irgendwo anders sein. Warum bist du hier, sitzt da und isst mit mir an diesem schrecklichen Ort?"

Kapitel 8

Es war eine faire Frage, aber er wollte sie nicht beantworten.

Die Alternative war, dass er wegging, doch er stellte fest, dass ihm das widerstrebte. Dann würde sie fast einen ganzen Tag lang allein bleiben, und er verabscheute den Gedanken, dass sie allein in dieser Zelle saß. Er stützte den Ellbogen auf ein angewinkeltes Knie, rieb sich über die Stirn und rang mit seinen widerspenstigen Gefühlen.

„Du solltest nicht hier sein", sagte er ganz leise. „Du solltest nichts von Avalon wissen, du solltest nicht im Gefängnis sitzen, und man hätte dich nie foltern sollen. Du hättest nie Modred und Isabeau begegnen sollen, oder auch mir, was das angeht. Du solltest frei sein, ein völlig unwissendes Leben leben. Deine Musik spielen, dich in einen schlauen, netten und gebildeten Mann verlieben, dir die ganze Schönheit der Welt ansehen. Deine Musik ist genial, leidenschaftlich und ungestüm. Sie ist mit das Beste, was ich seit Generationen gehört habe. Alles an dir leuchtet in strahlenden Farben, und schau doch, wo du jetzt bist. Es ist ein Unding."

Während er sprach, stahl sich ihre Hand auf sein Knie.

Bei ihrer Berührung blieben ihm die Worte im Hals stecken, und er brauchte einen Augenblick, bis er wieder sprechen konnte, durch zusammengebissene Zähne. „Deine

Anwesenheit hier kränkt mich. Es widerstrebt mir zutiefst. Dass ich jedes Mal weggehen muss, und weiß, dass ich dich zurücklasse. Zu wissen, dass ich nichts tun kann, um dich hieraus zu befreien. Robin hat allzu gute Arbeit geleistet."

„Was hast du ihm angetan?"

Er stieß wütend die Luft aus. Bitterkeit säumte seine Antwort. „Ich habe alles getan, was man mir befohlen hat."

„Alles", wiederholte sie tonlos. Dann kam nur ein winziger Klangfetzen bei ihm an: „Hast du ihn gefoltert?"

Sie fragte, als hätte sie Angst, die Antwort zu hören, doch die ganze Zeit über zog sich ihre Hand nie von seinem Knie zurück. Er zwang sich dazu, gleichmäßig zu atmen, doch es war ein schweres, hörbares Geräusch.

„Nein", antwortete er. „Meine Dienste wurden an anderer Stelle benötigt. Aber ich habe ihn gefangen, und ich hätte ihn gefoltert, wenn ich den Befehl dazu erhalten hätte. Würde Isabeau mir befehlen, ihr als Bettgenosse zu Diensten zu sein, würde ich gehorchen – und es wäre völlig egal, dass mir schon bei ihrem Anblick vor Wut schlecht wird."

Ihre Finger spannten sich an, bis er jeden einzeln spürte, bohrten sich in seine Haut. „Das ist furchtbar", hauchte sie. „Dieser Gedanke ist mir nie gekommen."

„Zum Glück ist ihr dieser Gedanke auch nie gekommen." Er wischte sich den Mund ab, versuchte die Vorstellung aus dem Kopf zu bekommen.

„Oder falls doch, würde sie ihn nie in die Tat umsetzen. Sie ist zu rassistisch. Es wäre für sie so etwas wie Sodomie, mit mir ins Bett zu gehen. Sie würde eher mit einem ihrer Hunde schlafen, und obwohl sie ihre abwegigen Verhaltensweisen hat, ist sie dieser speziellen Perversion nicht verfallen. Außerdem, wenn sie so etwas versuchen würde, müsste ich zwar gehorchen, aber sie weiß, dass ich eine Möglichkeit finden würde, es ihr heimzuzahlen. Das Problem bei einem solchen Bann ist, dass man nie ganz die nötige Anzahl an Befehlen ausgeben kann, um jede aufkommende Eventualität abzudecken." Ein düsterer Ton schwang in seiner Stimme mit. „Sie hat diese Lektion ein paar Mal auf die harte Tour gelernt."

„Wer einen Tiger reitet, kann nicht mehr absteigen", murmelte sie.

Seine Neugier regte sich. „Wo hast du das gehört?"

„Es ist ein altes chinesisches Sprichwort. Heutzutage sagt man, dass jemand den Tiger am Schwanz packt, um eine schwierige oder gefährliche Lage zu beschreiben. Es klingt, als habe Isabeau dich am Schwanz und wage es nicht, loszulassen." Obwohl er wusste, dass sie ihn nicht sehen konnte, drehte sie sich, um ihm gegenüber zu sitzen. „Ist dir etwas aufgefallen? Auch wenn du mir nichts über den Zwang verraten durftest, konntest du darüber reden, sobald ich es erraten hatte."

„So ist der Bann", erwiderte er. „Manchmal kann ich die Befehle umgehen und dadurch gewisse Freiheiten erlangen. Mir wurde ausdrücklich verboten, Gefangenen bei der Flucht zu helfen, aber das bedeutet nicht, dass ich ihnen nicht bisweilen so helfen kann, wie ich es mit dir mache. Ich habe den Befehl, nie jemandem zu verraten, dass ich unter einem Bann stehe, aber du und ich können über etwas sprechen, das du bereits weißt. Wenn sie mir befohlen hätte, mit niemandem je über den Bann zu reden, wäre ich jetzt stumm. Einer ihrer größten Fehler ist ihre Sorglosigkeit. Ich hoffe, dass sie eines Tages ihr Untergang sein wird."

„Auf kleine Details kommt es an", flüsterte sie. „Wie man Dinge formuliert, welche Elemente man in einen

Zauber oder Handel einbringt oder weglässt. Ich weiß nichts sonst über Magie, aber die Verhandlungen mit den Dschinn haben mich das gelehrt. Als der erste Dschinn zu mir kam und aushandeln wollte, eines meiner Konzerte zu besuchen, habe ich mich von einer Verhandlungsexpertin beraten lassen, bevor ich einen Handel abschloss. Von ihr habe ich einiges gelernt."

Trotz des schwierigen Themas erwischte er sich abermals beim Lächeln. „Das war klug."

„Jetzt schulden mir etliche Dschinn Gefallen." Sie gab ein geisterhaftes Lachen von sich. „Ich hebe sie mir als Sicherheitsnetz auf. Der Witz ist, sie hätten einfach nur materiell werden und ein Konzertticket wie jeder andere kaufen müssen."

Er kicherte leise. „Ich erinnere mich daran, wie ein paar Dschinn mit mir verhandelt haben, um meiner Musik zu lauschen. Bei den Göttern, ich habe ewig nicht mehr daran gedacht. Es ist so lange her. Einer von ihnen erzählte mir, dass sie Musik anders wahrnehmen, wenn sie körperlos in ihrer natürlichen Gestalt sind. Die Vibration des Klangs erfüllt sie vollständig. Sie haben eine Art, Musik zu schätzen, die uns völlig fremd ist. Ich bezweifle, dass auch nur ein Dschinn es in Betracht ziehen würde, ein Konzert in körperlicher Form zu besuchen. Das wäre, als würde man mit zugestopften Ohren Musik hören oder ein Kunstwerk mit einer Augenbinde betrachten. Es ist einfach undenkbar, wenn man die Alternative hat."

Er war so tief in seine Träumerei verstrickt, dass ihre Überraschung wie ein Schwall kaltes Wasser ins Gesicht kam. „Du hast nie erzählt, dass du Musiker bist!", rief sie. „Was spielst du?"

Sein Behagen schwand. „Bin ich nicht, zumindest nicht

mehr. Ich habe schon seit Jahrhunderten nichts mehr gespielt."

„Das würde mich umbringen." Ihr Flüstern bebte. „*Sie* haben mich umgebracht, als sie mir die Hände gebrochen haben. Ich kann ohne meine Musik nicht leben."

Er legte eine Hand über ihre beiden, als sie sie in ihrem Schoß rang. „Du bist stärker, als du dir zutraust. Du hast keine Ahnung, was du überleben kannst, bis du gezwungen wirst, es herauszufinden."

Unter seiner Handfläche öffneten sich ihre verkrampften Hände, entfalteten sich wie eine Blüte. Sie schloss seine Hand zwischen ihren ein, und in einer Geste, die ihn bis ins Innerste erschütterte, glitt sie an seine Seite und legte den Kopf an seine Schulter. „Ich kann dir wirklich nicht vertrauen, oder?"

Er ließ die Traurigkeit in diesem Flüstern auf sich wirken, atmete durch Schmerz, wie er durch jeden anderen Schmerz geatmet hatte, den er in seinem sehr langen Leben erfahren hatte.

Er hätte ihr sagen können, dass sie ihm vertrauen sollte, dass er alles in seiner Macht Stehende tat, um gegen den Bann anzukämpfen und sich um direkte Befehle herum zu lavieren, um für sie zu tun, was immer er konnte, und gewissermaßen wäre das alles wahr gewesen.

Aber es würde ihr nichts nützen, wenn er falsche Hoffnungen säte. Er legte einen Arm um sie, zog sie an sich.

„Nein", sagte er sanft. „Das kannst du wirklich nicht."

✧ ✧ ✧

WAS UM HIMMELS willen tat sie da?

Warum schmiegte sie sich an einen Mann, der gerade zugegeben hatte, dass sie ihm nicht vertrauen konnte?

Einen Mann, der darauf hingewiesen hatte, dass man ihm befehlen konnte, monströse Dinge zu tun – und der solche Dinge zweifelsohne schon getan hatte?

Er könnte den Befehl erhalten, sie zu foltern, zu töten, und er würde es tun. Alles.

Welche Magie hatte ihn so schrecklich im Griff?

„Ich weiß nicht, wie du noch atmen kannst." Die Worte entschlüpften ihr, als sie versuchte, sich vorzustellen, wie sein Leben sein musste.

„Ich atme noch, weil man es mir befohlen hat." Eine dunkle, sardonische Note schwang in seinem Flüstern mit. „Und ich bin zufällig extrem schwer zu töten, daher hat dieses Kunststück noch niemand vollbracht."

Sie versank in dem Grauen, sich seine selbstmörderische Verzweiflung vorzustellen, während ihm verboten war, entsprechend zu handeln, ein Recht, das so grundlegend war, dass sie nie daran gedacht hatte, es in Frage zu stellen. Sein Leben gehörte buchstäblich nicht mehr ihm.

Eine solche Fessel konnte die Musik in einem Menschen erdrücken. Sie konnte auch sämtlichen Anstand, Moralvorstellungen und Mitgefühl zermalmen, aber irgendwie hatte er es geschafft, an diesen Dingen festzuhalten, und er handelte entsprechend, zumindest, soweit er konnte.

Sie schmiegte sich an ihn, legte ihr Gesicht an sein Hemd. „Mir tut leid, was dir widerfahren ist."

Etwas fiel rasch auf ihre Stirn. Hatte er sie gerade geküsst?

Während sie das Gefühl hatte, um seinetwillen schreien zu müssen, klang er völlig gemessen. „Anstatt traurig zu sein, solltest du vorsichtig sein."

Die volle Bedeutung dieser Aussage drang langsam zu ihr durch. Sie stand im Kontrast zu all ihren Sinneseindrücken.

Das schwere Gewicht seines Armes um ihre Schultern war ein schockierender Trost. Nachdem sie die meiste Zeit in dieser Zelle fror, strahlte er eine Hitze aus, die sie mit einem Gefühl des Wohlbefindens erfüllte. Sie genoss die einfache, kreatürliche Befriedigung, seinen muskulösen Körper an ihrem zu spüren, das harte Kissen seiner Schulter unter ihrer Wange.

Sie kannte seinen Namen nicht, wusste nicht, wie er aussah. Sie wusste so gut wie gar nichts über ihn, das er nicht selbst erzählt hatte, bis auf die Tatsache, dass Robin ihn für schrecklich gefährlich hielt.

Er hatte sich sehr bemüht, sie ebenfalls zu warnen, aber er hatte sie auch geheilt. Er brachte ihr Nahrung und Wasser, und er hielt sein Wort, sofern er konnte, und noch wichtiger als all das, er hatte ihr Hoffnung und Ermutigung an einem Punkt geboten, an dem sie so verzweifelt gewesen war, dass sie es nicht einmal mehr über sich gebracht hatte, vom Boden aufzustehen.

Ganz gleich, was er getan hatte – oder zu tun gezwungen gewesen war –, das waren nicht die Taten eines bösen Menschen. Und auch wenn sie ihm nicht vertrauen konnte, war ihr Leben so vollkommen zertrümmert, dass sie lernte, sich an jedes Quäntchen zu klammern, das sich gut anfühlte, ganz gleich, wie klein oder flüchtig es war.

Dieser Augenblick, in dem ihr Bauch voll war und ihr Leib gewärmt, in dem sie jemandem Geheimnisse zuflüsterte, der sie nicht beurteilte, in dem sie sich an einen starken Körper lehnte, der ihre Anwesenheit zu mögen schien – dieser Augenblick war so gut, dass er ans Wunderbare grenzte. Sie konzentrierte sich fest darauf, jeden Eindruck aufzusaugen, um sich in der Zeit daran zu laben, in der sie allein war und fror.

Aber wenn sie überhaupt eine Zukunft haben sollte, war es auch an der Zeit, ihre Pläne zu schmieden.

„Erzähl mir mehr über Isabeau", flüsterte sie.

Er regte sich, sein ruheloser Körper ließ eindeutig die Abneigung erkennen, die er gegen das Thema empfand. Trotzdem antwortete er. „Moderne Psychologen würden sie vermutlich narzisstisch nennen. Bei jedem Gedanken, den sie fasst, jeder Regung, die sie ausführt, geht es allein um sie. Sie lügt, manipuliert, stiehlt, tötet, tut, was immer sie tun muss, um das zu bekommen, was sie will. Wenn man sich mit ihr gut stellt, ist sie ganz die lieblich Lächelnde. Aber wenn man mit ihr aneinander gerät ... Naja, du weißt ja, was dann passieren kann."

„Ja." Sie rieb sich die Augen. „Es muss schrecklich sein, mit ihr zu tun zu haben."

„Ich bin oft weg, führe ihre Befehle aus, was mir etwas Erleichterung verschafft. Vor langer Zeit zog sie auf einen Kreuzzug, um eine andere Domäne mit Übergängen in der Nähe der Übergänge von Avalon zu vernichten – die von Oberon und seinem Dunklen Hof."

„Was für ein Altes Volk sind sie?"

„Offiziell nennt man sie Dunkle Fae, deshalb ist Oberons Hof der Dunkle Hof im Gegensatz zu Isabeaus Hellem Hof. Aber in Wahrheit ist Lyonesse eine Gesellschaft aus verschiedenen Rassen. Sie sind eine Beleidigung für Isabeaus rassistische und fremdenfeindliche Tendenzen."

„Ich bin Halbvietnamesin", murmelte Sid, schon allein vom Konzept angewidert. „Also muss ich ihr wirklich gegen den Strich gehen."

Er legte ihr den Arm fester um die Schultern. „Sie hat keine Ahnung, was Vietnamesen sind. Du beleidigst sie, weil du ein dunkelhaariger Mensch bist, und sie glaubt, dass die Hellen Fae die überlegene Rasse sind. Und obwohl es ihr schwerfallen muss, das zuzugeben, da du eindeutig von niederer Art bist und so anders aussiehst als eine Helle Fae, bist du doch atemberaubend schön, und andere Schönheiten machen sie immer eifersüchtig."

Na.

Also so was.

Er hielt sie für atemberaubend schön, ja?

Sid spürte, wie ihre Wangen vor Wohlbefinden warm wurden, und sie war froh um die Dunkelheit, die ihre Röte verbarg.

Bevor ihr einfiel, was sie antworten könnte, fuhr er fort. „Sie – *wir* – vertrieben Oberons Volk aus Großbritannien und setzten sie in ihren eigenen Ländereien gefangen, das dachten wir zumindest. Es blieben nur ein paar Ritter des Dunklen Hofs in England zurück, bis sie eine Möglichkeit fanden, einen der Übergänge wieder zu öffnen, um ihre Domäne zu erreichen und Verstärkung zu holen. Den ganzen Sommer über haben sie ihre Präsenz in den Welsh Marches in England verstärkt. Es war ein großer Rückschlag für Isabeau, und ihre Launen sind gefährlicher und explosiver denn je."

Während er sprach, wickelte er sich eine Haarsträhne von Sid um den Finger. Diese kleine Geste wogte sanft durch ihren Körper. Verstohlen rieb sie die Wange an seinem weichen Hemd, genoss das Gefühl der starken, breiten Muskeln darunter.

Sie wurde ... sie wurde ...

Sie musste definitiv durch den Wind sein, denn sie wurde von ihm angezogen.

Sie wusste nicht einmal, wie seine Stimme klang, nicht

wirklich. Der einzige Hinweis, den sie aufschnappen konnte, war das dunkle, üppige Timbre seines Flüsterns, das nahelegte, dass sie tief war.

Und sein Geruch war ... merkwürdig. Leicht chemisch, aber das mochte an den Medikamenten liegen, mit denen er die Verletzung behandelte, die diesen Verband benötigte. Nun, da sie darüber nachdachte, war das Einzige, was sie roch, ein Hauch von frischer Luft auf seinem Hemd, als hätte er es in der Sonne zum Trocknen aufgehängt, zusammen mit dem verbliebenen Aroma der Fleischpasteten, die sie gerade gegessen hatten.

Was, wenn sie darum bat, über sein Gesicht tasten zu dürfen, damit sie eine Vorstellung davon bekam, wie er aussah? Sie hätte beinahe gefragt, als ihr klar wurde, dass das Wissen um Einzelheiten ihr Hinweise auf seine Identität liefern konnte, und sie wusste instinktiv, dass er diese Möglichkeit zurückweisen würde.

Außerdem würde sie das nicht aus dieser Zelle bringen.

Sie brachte ihre ungebärdigen Gedanken wieder zurück auf Kurs und fragte: „Wie passt Modred da hinein?"

Seine Brust hob sich, als er stumm schnaubte. „Modred ist genau wie Isabeau ein vollkommener Opportunist, der nur auf das eigene Vorankommen aus ist. Sie sind sozusagen ein Paar. Wenn man das Beziehung nennen will. Sie sind sich nicht treu, aber sie tun so, und sie hecken oft zusammen Übles aus."

„Modred ist derjenige, der mich in den Ställen angekettet gefunden hat", flüsterte sie, eine Hand in sein Hemd gekrampft, als sie sich daran erinnerte. „Ich war mit dem restlichen Tribut der Trolle angekettet worden, aber dann haben sie mich bis zum nächsten Tag vergessen. Als er mich zur Burg brachte, dachte ich erst, er würde mir helfen – mir etwas zu essen geben, mir eine Gelegenheit geben, mich zu waschen oder mich zu jemandem bringen, der sich meine Geschichte anhört, so dass ich darum bitten könnte, nach Hause zu gelangen."

„Es war eine völlig vernünftige Erwartung." Seine Stimme klang abgehackt, wütend. „Es ist auch das, was ein anständiger Mensch getan hätte."

Leichter Schweiß trat ihr auf die Haut, als sie daran dachte, und ein Beben lief durch ihre Muskeln. „Stattdessen brachte er mich direkt zu Isabeau. Ich wusste anfangs nicht, wer sie war, obwohl ihr prächtiges Gewand und ihre Umgebung mir ein Hinweis hätten sein können. Rückblickend gab es allerhand Warnzeichen, aber ich habe nicht auf sie geachtet. Sie hat sogar gesagt, ihr Tag hätte schlecht angefangen, dass sie Kopfschmerzen hätte ... aber so ging es mir eben auch. Mir war übel vor Hunger, ich hatte Angst und war erschöpft, und ich befand mich seit Tagen in einem stetigen Zustand der Empörung. Sie warf mir vor, hässlich zu sein und keine Manieren zu haben, und sie hat meine Haare betatscht, als wäre ich ein Pferd oder Hund. Nachdem ich entführt worden war, etliche Tage auf der Straße verbracht hatte und wie jemandes Eigentum behandelt worden war, habe ich die Beherrschung verloren. Und den Rest kennst du."

Sein Griff verfestigte sich um sie. Er umfing ihren Nacken und drückte ihr die Lippen auf die Stirn. Diese Position hielt er einen langen Augenblick, bevor er sich entspannte. Als er etwas sagte, klang sein Murmeln pragmatisch. „Modred hat das mit Absicht getan."

Sie hob den Kopf. „Was meinst du?"

„Es gab sogar weitere Hinweise in deiner Erzählung, wenn man weiß, wonach man zu suchen hat. Du hast selbst gesagt, du seist erschöpft und hungrig gewesen, und es klingt, als wärst du am Ende deiner Kräfte gewesen."

Sie seufzte. „Ich war auch schmutzig, und ich habe nach Stall gestunken."

„Was er getan hat, war völlig unangemessen", erklärte er. „Man sollte so nie in eine Audienz mit der Königin gehen, außer es gibt einen Grund, der alles in den Wind schlägt, oder es ist ein Notfall. Ich musste mich kürzlich in genau einem solchen Zustand mit ihr treffen, und sie war ziemlich ungehalten … bis ich ihr in Erinnerung rief, dass ich aufgrund ihrer Befehle da war, und dass sie mir keine andere Wahl gelassen hatte. Du sagtest, sie hätte einen schlechten Tagesbeginn und Kopfschmerzen gehabt?"

„Ja."

„Modred beobachtet ihre Launen mit derselben Aufmerksamkeit, mit der ein Fischer das Meer im Auge behält. Er hat bestimmt gewusst, dass sie einen schlechten Tag hatte. Als er dich zu ihr brachte, konnte er gar nicht verlieren. Isabeau liebt Musik, wenn sie dich also trotz allem behalten hätte, wäre es ihm angerechnet worden, sie von ihrer schlechten Laune befreit zu haben. Falls die Dinge nicht gut liefen, hätte er ihr jemanden geliefert, an dem sie ihre schlechte Laune auslassen konnte. Es ist ihm immer egal, wer Isabeaus Ausfälle abbekommt, so lange es nicht er selbst ist."

„Und genau das ist passiert." Ihre Hände ballten sich zu Fäusten. Sie hätte viel darum gegeben, eine Faust in Modreds hübsches, lächelndes Gesicht pflanzen zu können.

„Ja. Isabeau ist zwar manipulativ, aber sie fällt auch auf Manipulationen herein, wenn man weiß, wie man sie zu nehmen hat, und Modred weiß das schon seit geraumer Zeit." Er verlagerte sich etwas und bewegte sich von ihr weg. „Ich sollte gehen."

Sie verzog das Gesicht. Sie hatten sich beim Essen Zeit gelassen, aber bestimmt hatten sie nicht die ganze Nacht verplaudert. Und außerdem, wie konnte er wissen, wie spät es hier unten war? „Wenn es sein muss."

„Ich will nicht, aber ich muss etwas erledigen, solange es noch dunkel ist", flüsterte er. Als er aufstand, tat sie es ihm nach. „Hier, trink so viel, wie du kannst, bevor ich gehe."

Widerstrebend nahm sie die Flasche und trank, bis sie dachte, sie würde platzen. Nachdem sie sie ihm zurückgereicht hatte, schob er sie in die Stofftasche.

Sie folgte ihm zur Zellentür und berührte ihn an der Schulter. Er drehte sich um, woraufhin sie absichtlich vortrat, um ihn noch einmal zu umarmen.

Während seine Arme sich um sie legten, sagte sie stockend: „Tadle mich nicht wieder dafür, dass ich das sage, aber noch einmal Danke für alles. Und sei vorsichtig, ja? Ich merke, dass du einen Verband um die Rippen trägst, und ich mache mir Sorgen um dich, wenn du gehst."

Seine Arme spannten sich an. „Es gibt kein Problem mit meinen Rippen, das nicht wieder heilen würde. Mach dir keine Sorgen um mich. Ich werde heute Abend zurück sein."

Mit etwas Glück würde sie heute Abend nicht mehr hier sein, um ihn zu begrüßen, aber das verriet sie ihm nicht.

Schließlich konnte sie ihm nicht vertrauen.

Nachdem er sich entfernt hatte, lauschte Sid darauf, wie der Bolzen einrastete. Sobald das Geräusch bestätigte, dass er wirklich fort war, drehte sie sich um, um in der Enge ihrer Zelle Runden zu gehen, eine Hand ausgestreckt und die Fingerspitzen leicht an der Wand, damit sie nicht dagegen lief.

Übe deine Wahrheit, hatte er gesagt. *Übe sie, bis du sie glaubst.*

Also begann sie sich eine Geschichte zu erzählen.

Keine Geschichte dessen, was tatsächlich passiert war, sondern eine Geschichte dessen, wie sie die Wahrheit haben wollte. Wie die Wahrheit für sie sein musste, damit sie aus dieser Zelle und wieder an die Sonne gelangte. Sie flüsterte sie immer wieder vor sich hin, ging auf und ab und wiederholte sie, bis sie sie richtig verinnerlicht hatte.

An der Juilliard hatte es ihr gefallen. Auch wenn die meiste Zeit für ihre musikalische Obsession draufgegangen war, hatte sie mit ein paar Wahlfächern herumgespielt und einige Schauspielkurse absolviert. Diese Kurse hatten ihr geholfen, eine Möglichkeit zu finden, die soziale Isolation zu überbrücken, mit der sie aufgewachsen war.

Schauspielern auf der Bühne oder vor einer Kamera war nicht dasselbe wie Schauspielern, um das eigene Leben zu retten, aber wenn sie eines wusste, dann, wie man sich dem Druck zur Leistung stellte, und wie man die Angst vor einem manchmal gnadenlosen Publikum verbarg.

Nachdem sie ihre Geschichte so auswendig gelernt hatte, wie sie sie erzählen wollte, setzte sie sich im Schneidersitz an eine Wand und ruinierte den Reißverschluss ihrer Kapuzenjacke, indem sie die Metallzähne über den Stein zog, bis sie kleine, flüchtige Funken sah.

Da sie keinen einzigen wertvollen Farbblitz verpassen wollte, blinzelte sie nicht. Bis auf die Fackel des Wächters waren diese Funken das erste, was sie seit Tagen sah.

Die Schwärze in ihrer Zelle fing an, sich zu Grau aufzuhellen. Dann erschien das Licht eines weit entfernten Feuers und kam näher. Sie horchte auf die quietschenden Räder des Karrens und das metallische Klirren, wenn der Wächter Essenstabletts in die Zellen anderer Gefangener im selben Gang schob.

Weine, sagte sie sich. Sie biss sich auf die Innenseiten der Wangen, bis sie bluteten, und der Schmerz wurde so schlimm, dass er ihr Tränen in die Augen trieb.

Dann war der Wächter an ihrer Tür, beugte sich hinab, um das leere Tablett zu nehmen und ein volles durch den Schlitz zu schieben. Es war immer derselbe Wächter, ein trübäugiger Heller Fae mit vernarbtem Gesicht. Sie hatte sich jedes Mal gefragt, was er getan hatte, um mit einer solchen Aufgabe bestraft zu werden.

Sie sprang auf, rannte an die Zellentür und packte die Stäbe, während sie schluchzte: „Danke! Danke!"

Er verzog die Lippen und höhnte: „Was für einen Schwachsinn brabbelst du da?"

„Meine Hände. Sie sind geheilt!" Sie schob die Arme durch die Stäbe, hielt die Hände vor, damit er sie inspizieren konnte, während sie sich noch fester in die Wange biss, damit ihr die Tränen übers Gesicht liefen. „Jemand ist gekommen, um mich zu heilen, während ich schlief. Die Königin muss doch entschieden haben, mir Gnade zu gewähren. Bitte gebt mir die Gelegenheit, ihr auf die eine oder andere Weise zu danken!"

Der Wächter hielt inne, in seinem trüben Blick blitzte Überraschung auf. Er starrte auf ihre Finger, während sie damit wackelte, und sagte langsam: „Du glaubst, die Königin hat das getan?"

„Nun", erwiderte sie, „wer sonst hätte es tun sollen? Ich habe keine Magie. Ich habe sie sicher nicht selbst heilen können. Wenn es nur eine Möglichkeit gäbe, mich erkenntlich zu zeigen. Ich wäre so geehrt, wenn sie mir eine weitere Gelegenheit geben würde, für sie zu spielen, aber selbst wenn das nicht möglich ist, möchte ich nur die

Gelegenheit, mich zu entschuldigen."

Er lachte – ein zynischer, harter Klang. „Als ob sie mit jemandem wie dir noch mehr Zeit verschwenden würde."

„Ich weiß, ich weiß, aber... schaut einfach meine Hände an", sagte sie, während sie sie vor seinem Gesicht öffnete und schloss. „Jeder weiß, wie sehr sie Musik liebt. Was, wenn sie mir eine zweite Chance zum Spielen geben möchte?"

„Du bist eine riesige Närrin, wenn du das glaubst", schnaubte der Wächter.

Aber sein Blick blieb einen langen Augenblick an ihren Händen hängen, die Stirn gerunzelt, bis er den Karren wegschob.

Danach gab es nichts zu tun außer warten. Solange sie noch sehen konnte, entsorgte sie das schlechte Essen im Abtritt, und nachdem sie nachdenklich auf ihren Lippen gekaut hatte, entsorgte sie auch das gute Essen.

Das bekannte dunkle Grau des Tages zeigte sich um sie herum. Da sie ihre Nachtsicht verloren hatte, tastete sie sich zurück zu einer Wand, wo sie sich im Schneidersitz hinsetzte, um wieder den Reißverschluss über den Stein zu ziehen und die Funken zu betrachten.

Ich komme hier heraus, dachte sie. *Vielleicht werden die Dinge besser, oder vielleicht werden sie wieder richtig schlecht, aber auf die eine oder andere Weise verlasse ich diese Hölle hier unten.*

Obwohl sie keine Möglichkeit hatte, die Zeit zu messen, erhellte bald das Leuchten sich nähernder Fackeln wieder ihre Zelle, viel zu früh für das Abendessen. Sie lauschte auf den Klang von Schritten, die näherkamen. Es waren drei Wächter, vielleicht vier.

Als sie direkt vor ihrer Zelle stehenblieben, schlang sie bebend die Kapuzenjacke um ihre Mitte.

Los geht's.

Ein Schlüssel klirrte im Schloss, und ihre Zellentür wurde aufgestoßen. Während die anderen Wächter draußen warteten, trat ein kräftiger Mann ein, packte sie am Arm und riss sie hoch.

„Auf die Beine", befahl er. „Ich habe Fragen."

Es war zu spät, um es sich noch einmal anders zu überlegen. Das gnadenlose Publikum war in Erscheinung getreten, und jetzt musste sie den Auftritt ihres Lebens hinlegen.

Kapitel 9

SIE BRACHTEN SIE in denselben Raum, in dem sie ihr die Finger gebrochen hatten. Ihr Atem stockte, als sie die düstere Kammer betrachtete. Sie musste die Beinmuskeln versteifen, um sich aufrecht zu halten.

Hier waren schlimme Dinge geschehen. Hier wurden Leute gefoltert und getötet.

Der Wächter, der die Mahlzeiten brachte, war da, aber er hielt sich im Hintergrund, während der kräftig gebaute Mann, der Sid aus der Zelle geschleift hatte, sie herumwirbelte, so dass sie vor ihm stand.

„Wer hat das getan?" Er packte sie an den Handgelenken, damit er ihre Hände begutachten konnte, die sie zu Fäusten geballt hatte.

„Ich weiß es nicht!", schleuderte sie ihm entgegen und legte so viel leidenschaftliche Überzeugung wie nur möglich in ihren Tonfall. „Ich habe geschlafen, als es geschah. Als ich aufgewacht bin, waren meine Hände komplett geheilt."

„Du hast geschlafen, während jemand wie durch ein Wunder deine gebrochenen Hände geheilt hat", sagte der Mann mit skeptischer Stimme und zusammengekniffenen Augen. „In einem unterirdischen Gefängnis."

Ihr Blick huschte umher. Das war der Raum, in dem Leute verhört wurden, während man sie folterte. Jemand hier musste über den Wahrheitssinn verfügen.

„Na, selbst hätte ich mich ja nicht heilen können", gab sie ausdruckslos zurück. „Ich kann nicht mal Telepathie. Ihr könnt *ihn* fragen, wenn ihr wollt." Sie deutete mit dem Kinn auf den Wächter, der die Mahlzeiten brachte. „Habe ich mich nicht bedankt? Ich bin Musikerin. Das ist meine einzige Fähigkeit, die Ihre Majestät interessieren könnte. Die Königin muss es befohlen haben, richtig? Wer sonst hätte es sein können? Wie ihr schon sagtet, es ist ein unterirdisches Gefängnis."

Fragen waren keine Lügen. Darauf setzte sie ihre Zukunft. Sie stützten ihre Aussagen nur zusätzlich, während sie sie anbrachte.

Als der harte Blick des Vernehmenden sich zu dem Wächter mit den Mahlzeiten hob, gab dieser zu: „Der Teil stimmt schon. Sie hat geweint und keine Ruhe gegeben und darauf bestanden, dass sie die Gelegenheit bekommt, sich bei Ihrer Majestät zu entschuldigen und es ihr zu vergelten."

Der Mann, der die Fragen stellte, lockerte den schmerzhaften Griff um ihre Handgelenke. „Behaltet sie hier, während ich Seine Lordschaft in Kenntnis setze", befahl er den Wächtern.

Als der Mann hinausmarschierte, ging Sid rückwärts an einen Holztisch, um sich daran zu lehnen, während sie ihre Handgelenke massierte.

Nachdem sie so viel Zeit in der Dunkelheit verbracht hatte, hatte sie das Gefühl, dass ihre Sicht schwach und überempfindlich war. Die Beleuchtung in dieser Kammer kam fast nur von einem Feuer auf einem Eisengitter, doch alles schien übermäßig hell, und ihre Augen tränten, ohne dass sie sich dafür in die Wangen beißen musste. Sie vermied es, die drei Wächter anzuschauen, die im Raum verblieben waren.

Seine Lordschaft. Meinte er Modred?

Na, ihr war klar, dass es schlimmer werden musste, bevor es besser wurde.

Falls es besser wurde.

Sie wusste nicht, ob sie noch einen weiteren Abend erleben würde, und sie bedauerte ...

Sie bedauerte so Vieles. Es tat ihr leid, dass sie nie die Gelegenheit erhalten hatte, mit Julie in Paris zu frühstücken. Sie wünschte, sie könnte noch einen Sonnenaufgang sehen. Sie bedauerte, dass sie Vince nicht würde erzählen können, was mit ihr passiert war, denn sie wusste, dass ihr Verschwinden ihm zusetzen würde.

Aber besonders bedauerte sie, dass sie ihrem Wohltäter nicht in die Augen schauen und sich von ihm verabschieden und sich ein letztes Mal bei ihm bedanken konnte. Sie wünschte, sie hätte ihm nur ein einziges Mal in die Augen geschaut.

Das Warten fühlte sich endlos an, ihre Geduld wurde durch ihre Nervosität zusätzlich strapaziert. Diesmal klangen die näherkommenden Schritte schnell. Die Tür wurde aufgestoßen, und Modred marschierte herein.

Er sah genauso aus wie bei ihrem ersten Treffen, ein prächtig gekleideter, gutaussehender Heller Fae, aber nun stand nichts Angenehmes mehr in seinem harten Gesicht. Er schritt herüber, ergriff eines ihrer Handgelenke und riss die Hand hoch, um sie anzustarren.

Sie hatte recht gehabt. Ihr Körper kannte ihn, und jeder Nerv begehrte gegen seine Berührung auf. Unter seinem stechenden Blick öffnete und schloss sie die Finger.

Er schüttelte ihre Hand unter ihrer Nase und zischte: „Wer war das?"

„Ich weiß es nicht!", rief sie. Mit einem heftigen Ruck

überraschte sie ihn und entzog sich seinem Griff. Bevor er sich ihre Handgelenke erneut schnappen konnte, verbarg sie die Hände schützend in den Achselhöhlen, die Arme in einer klassischen Verteidigungsgeste um den Körper geschlungen. „Ich habe nie gesehen, wer es getan hat, oder eine Stimme gehört. Ich kann in dieser Zelle natürlich gar nichts sehen, und als es passiert ist, war ich nicht wach." Sie blickte den anderen Mann an, der sie vernommen hatte. „Jemand in diesem Raum muss doch wissen, dass ich die Wahrheit sage."

Als Modred ebenfalls zu ihm aufblickte, hob der Fragesteller die Augenbrauen und zuckte ganz leicht die Schultern.

Ohne den Blick von dem anderen zu wenden, sagte Modred über die Schulter: „Wie viele Jagdhunde befinden sich auf dem Burggelände?"

„Nicht viele, Mylord", erwiderte der Mann hinter ihm. „Die meisten sind auf der Suche, auf der Erde. Vielleicht drei oder vier?"

„Bring ein paar von ihnen hier herab, um zu sehen, ob sie einen Geruch aufnehmen können." Modred wandte sich ab. „Komm", sagte er zu dem Mann, der sie befragt hatte. „Und bring sie mit."

„Ja, Mylord."

Oh, toll! Sie brachten sie woanders hin. Beinahe jeder Ort war besser als dieser schreckliche Raum voller Blut und Qual. Bis auf ihre Zelle. Die war nicht besser. Aber wie es klang, hatten sie ein anderes Ziel im Sinn.

Mach dir keine zu großen Hoffnungen, sagte sie sich, als der Mann, der ihr die Fragen gestellt hatte, sie am Arm packte und sie hinter Modred her schleifte, der rasch durch die Gänge ging, wie er es auch bei ihrem ersten Treffen getan hatte.

Sie würde etliche blaue Flecken an den Armen bekommen, weil man sie so herumschubste. „Ich kooperiere übrigens", erklärte sie dem Wächter. „Ihr müsst mich nicht so herumschleifen. Ich halte schon Schritt."

Er warf ihr einen verächtlichen Blick zu, ließ sie aber los. „Dann mach das auch", fuhr er sie an. „Oder dir geht es am Ende noch schlimmer als vorher."

„Dessen bin ich mir sehr bewusst", murmelte sie durch zusammengebissene Zähne, während sie ihre Kapuzenjacke und das abgetragene T-Shirt richtete. So schlimm ihre Wärter waren, ihr schlimmster Feind waren ihre eigenen Launen. Sie durfte nichts und niemanden so dicht an sich heranlassen, dass sie ihre Ziele aus den Augen verlor, denn wenn sie das zuließ, war sie erledigt.

Modred führte sie die Treppen hinauf, und wie beim ersten Mal ging es durch einen Irrgarten aus Gängen. Entzückt von dem schwindelerregenden Kaleidoskop der Farben, Strukturen, Anblicke und Gerüche konnte Sid nicht aufhören, alles um sich herum anzustarren. Nach tagelangem Entzug aller Sinneswahrnehmungen war die üppige Umgebung beinahe zu viel zum Verarbeiten.

Modred führte sie an Wächtern vorbei auf eine Veranda, die sich zu einem von Mauern umschlossenen Garten mit smaragdgrünem Gras, blühenden Bäumen und Kletterrosen öffnete. Travertinmarmor bildete einen kühlen, eleganten Boden, während Travertinsäulen den Raum unterteilten.

Isabeau saß im Schatten eines Apfelbaums auf dem Marmorrand eines großen, runden Brunnens und warf Brotkrumen ins Wasser, wo sich kleine Wellen ausbreiteten, als Fische nach den Bissen schnappten.

Wie zuvor wirkte die Königin ausnehmend schön, ihr

langes, goldenes Haar war zu Locken gedreht. Sie trug ein leichtes, ärmelloses Kleid aus blassblauer Seide mit einem tiefen Ausschnitt. Der Stoff war so dünn, dass die Umrisse ihrer schlanken Beine darunter sichtbar waren.

Als die Königin zu ihnen schaute, zogen sich ihre feinen Augenbrauen zu einem Stirnrunzeln zusammen. „Modred", erklärte sie mit gereizter Stimme, „ich dachte, ich hätte dir gesagt, dass ich diesen Nachmittag für mich sein will."

„Natürlich hast du das, meine Liebste", erwiderte er. „Aber vertrau mir, das hier wirst du hören wollen." Er drehte sich um, gab dem Fae-Wächter einen Wink, und dieser griff wieder nach Sids Arm.

Doch Sid ahnte es im Voraus und entzog sich geschickt seinem Griff.

Sie warf sich nach vorn, landete auf den Knien vor der Königin der Hellen Fae, verbeugte sich so tief, dass ihr Kinn beinahe den gepflegten Rasen berührte. Sie richtete den Blick auf die zarten Lederschuhe vor sich.

„Eure Majestät, ich entschuldige mich aus tiefstem Herzen", sagte sie. „Als ich Euch zum ersten Mal begegnete, hatte ich keine Ahnung, wer Ihr seid. Niemand hat mir etwas gesagt oder mir beigebracht, wie man sich richtig an Euch wendet. Jetzt, da ich es *weiß*, ist es mir peinlich, in einem solchen Zustand vor Euch gebracht zu werden – schmutzig, ungewaschen und in zerlumpter Kleidung. Das ist kein angemessenes Auftreten für eine Audienz bei einer Königin. Wenn es in meiner Macht läge, mich anders zu entscheiden, hätte ich mich auf eine Art und Weise präsentiert, die sehr viel mehr Respekt für Eure Person gezeigt hätte."

Mit gebeugtem Kopf konnte sie nur Modreds lange Beine aus dem Augenwinkel sehen. Während sie sprach, regte er sich abrupt. Die Luft um ihn herum schien scharf zu werden, als wäre sie voller unsichtbarer Messer.

Du hast mich über die Klinge springen lassen, sagte sie stumm zu Modred. *Ich kann dich auch über die Klinge springen lassen.*

Isabeaus Tonfall war leichtfertig und gemäßigt. „Nun, zumindest einer scheint ja an das korrekte Protokoll zu denken. Selbst wenn es das hässliche braunhaarige Mädchen ist."

Und du, sagte Sid zur Königin. *Wenn ich dir ein Bein abbeißen und damit auf dich einprügeln könnte, würde ich es tun. Vielleicht bekomme ich eines Tages die Chance. Im Augenblick strebe ich ein anderes Ziel an.*

„Vertrau mir, meine Liebste. Das ist zu dringend, um aufs Protokoll zu warten." Modreds Antwort klang verärgert.

„Galt das auch für das erste Mal, als du sie zu mir gebracht hast?", wollte Isabeau wissen.

„Ich habe nach Scheune gestunken", murmelte Sid, beugte den Kopf noch mehr. „Ich hatte Angst, und ich hatte seit Tagen nicht mehr anständig gegessen. Nicht, dass etwas davon eine Entschuldigung ist, aber aus diesen Gründen habe ich um mich geschlagen. Eine Monarchin sollte man mit Eleganz und Diplomatie begrüßen. Eure Majestät, bitte vergebt mir."

Stille senkte sich über die Szenerie, voller Details und dem reifen Geruch des Sommers. Gefahr hauchte sanft über Sids Nacken.

Dann murmelte Isabeau verhalten: „Vielleicht lasse ich es mir durch den Kopf gehen. Nun, warum bist du hier? Modred, warum ist sie hier? Warum bist *du* hier, wo ich dir doch ausdrücklich gesagt habe, dass ich allein sein will?"

„Zeig es ihr, hässliches braunhaariges Mädchen", befahl

Modred.

Sid hob die Hände, wandte sie und öffnete und schloss die Finger. Die Stille wurde schwerer, als würde ihr ein Messer an die Kehle gedrückt.

„Was ist das?", fragte Isabeau.

Sid konnte nur mit Fragen antworten. „Ist es nicht Gnade?", fragte sie. „Habt Ihr das nicht selbst befohlen? Der Augenblick, als ich erwachte und entdeckte, dass meine Hände geheilt waren, war unbeschreiblich. Eure Majestät, ich bin so froh, die Gelegenheit zu erhalten, mich zu entschuldigen."

Während sie wartete, hämmerte ihr Puls in ihren Ohren. Isabeau sagte so lange nichts, dass die Gewissheit auf Sid einstürzte. Sie würden sie töten und die Sache beenden. Eine Hitzewoge durchlief ihren Körper, gefolgt von einem Übelkeitsanfall.

Dann wurde sie an ihrem Entsetzen vorbei zu der Erkenntnis katapultiert, dass Isabeaus verlängerte Stille wohl bedeutete, dass sie telepathisch mit jemandem sprach. Vielleicht mit Modred. Vielleicht mit dem Mann, der Sid verhört hatte. Isabeau würde eine Erklärung von ihren Leuten verlangen und sich deren Version der Wahrheit besorgen.

Sid nahm an, dass sie den ersten Wächter davon überzeugt hatte, dass sie nichts wusste, aber sie hatte keine Ahnung, was Modred glaubte.

Sie spannte jeden Muskel ihres Oberkörpers an, zwang die Übelkeit hinaus und wartete.

Mit einem Rascheln von Seide verließ Isabeau ihren Platz. Lange, mit Juwelen geschmückte Finger legten sich um eine von Sids Händen, drehten sie erst in eine Richtung, dann in die andere.

„Man schaue sich das an", murmelte Isabeau. „Sie sind perfekt geheilt, oder?"

Glaubte ihr die Königin, dass sie nichts wusste? Würde sie die Heilung als ihren Verdienst ausgeben? Sid wagte es nicht, aufzuschauen. Sie hatte nicht die Erlaubnis dazu erhalten.

„Ich bin aus tiefstem Herzen dankbar", sagte sie und ließ abermals all ihre Überzeugung in ihre Stimme strömen.

Isabeau befahl: „Schau mich an."

Sid hob den Kopf und schaute in den intensiven Blick aus den zusammengekniffenen Augen der Königin.

Isabeau musterte sie genau und fragte: „Wirst du jetzt Musik für mich machen, hässliches braunhaariges Mädchen?"

Und hier war sie, die Gelegenheit zu ihrem entscheidenden Auftritt. Ihre Chance, das finale Statement zu liefern, den Deal zu unterzeichnen.

Sie füllte ihren Verstand mit der Erinnerung an die endlose Ödnis der unterirdischen Zelle und sagte mit vollkommener, von Herzen kommender Ehrlichkeit: „Eure Majestät, es gibt nichts auf der Welt, das ich mehr will, als für Euch die beste Musik zu spielen, die ich zustande bringe."

Ein Lächeln breitete sich auf Isabeaus hübschem Gesicht aus wie die tödliche Blüte einer Giftpflanze.

„Hervorragend", sagte die Königin, ließ ihre Hand los und erhob sich. „Zu deinem Glück ist mein Musikmeister Olwen zwei Wochen lang fort, daher kann ich dir wohl eine weitere Chance geben. Aber du wirst nicht spielen, solange du in diesem Zustand bist. Dein Geruch beleidigt mich. Nächstes Mal, wenn ich dich sehe, will ich, dass du gebadet und angemessen gekleidet bist. Du darfst heute Abend zu mir kommen."

Die Woge der Erleichterung, die Sid traf, war so stark, dass ihr schwarze Punkte vor den Augen tanzten. Wankend murmelte sie: „Es tut mir leid, Eure Majestät, aber –"

Isabeaus Stimme war leicht gereizt. „Aber – *was – jetzt?*"

Sid hatte einfach keine Kraft mehr, um noch unterwürfig zu spielen. Sie rollte sich auf die Fersen zurück, schaute zur Königin auf und sagte offen: „Wenn Ihr wollt, dass ich heute Abend für Euch spiele, werde ich mein Bestes geben und alle Leidenschaft meines Herzens hineinlegen. Aber wenn Ihr mir zumindest bis morgen gebt, wird die Musik sehr, sehr viel besser sein. Meine Hände sind zwar geheilt, aber ich habe die Beweglichkeit in den Fingern verloren, und ich habe das letzte Mal vor meiner Verletzung gespielt." Während sie sich alles durch den Kopf gehen ließ, was ihr Wohltäter über Isabeau gesagt hatte, fügte sie an: „Man würde doch auch kein Pferd direkt nach einer Verletzung ins Rennen schicken, oder? Das Pferd könnte kaum gewinnen, und man würde es nur erneut verletzen."

Sie musste den richtigen Ton getroffen haben, indem sie sich mit einem Tier verglich, denn die Gereiztheit auf Isabeaus Gesicht ließ nach. „Ich schätze, da ist was dran."

Sid beobachtete sie genau und sagte: „Vertraut mir, es wird das Warten wert sein."

„Ach, na gut." Isabeau hob eine makellose blonde Augenbraue. „Du hast drei Tage. Ich erwarte dann etwas Spektakuläres von dir, und wenn es das nicht ist, kann man Geheiltes auch wieder brechen, und dort unten wartet immer deine Zelle auf dich. Jetzt bin ich aber fertig mit dieser Angelegenheit." Sie schnippte mit den Fingern, und eine elegant gekleidete Frau mit schlichten Zügen erschien. „Kallah, kümmere dich darum, dass diese Kreatur alles bekommt, was sie braucht, und bring sie mir am Abend des dritten Tages."

„Natürlich, Eure Majestät", murmelte Kallah.

Als Isabeau innehielt, um einen letzten Blick auf Sid zu werfen, trat ein Glitzern in ihre Augen. „Und schneid diese dunklen Haare ab", fügte sie hinzu. „Sie beleidigen mich."

Gerade als Sid gedacht hatte, sie könnte nicht noch empörter und entsetzter sein, kam etwas Neues. Wut raste durch sie hindurch wie eine Feuersbrunst. Nachdem der Zorn durchgezogen war, blieb Sid bebend zurück.

Es gab für Isabeau keinerlei Grund, den Befehl zu geben, ihr die Haare abzuschneiden. Es war eine gemeine, kleinliche Grausamkeit und eine Zurschaustellung absoluter Macht.

Sie schaute in die Augen der Königin, ohne zu blinzeln, und sagte im Geiste: *Nachdem ich für dich all mein Herzblut in mein Spiel gesteckt habe, werde ich einen Weg finden, dich zu vernichten. Ich weiß nicht, wann, und ich habe kein Ahnung, wie. Aber ich habe meine Mutter und meinen Vater begraben, nachdem sie bei einem Flugzeugabsturz ums Leben kamen. Ich habe als Klassenbeste mit einem Master in Musik an einer der anspruchsvollsten und konkurrenzstärksten Hochschulen der Welt abgeschlossen. Ich bin eine erfolgreiche Musikerin, Geschäftsfrau und Multimillionärin, und wenn ich einen Weg finden konnte, all das zu erreichen, finde ich auch dazu eine Möglichkeit.*

Der Gedanke machte sie glücklich. Sie schenkte Isabeau ein kleines, trockenes, duldsames Lächeln und neigte den Kopf, als Kallah sagte: „Wie Ihr wünscht. Komm mit, Mensch."

Mit jeglichem Anschein von Demut tat Sid, was man ihr aufgetragen hatte, und als sie der Hellen Fae zurück nach drinnen folgte, schien es zu ihrer Beunruhigung, als würde die Burg sie ganz verschlingen.

Kallah führte sie durch das riesige Labyrinth an der Küche vorbei zu einem Bereich, in dem sowohl Gänge als auch Zimmer aus einfachem, grobem Stein waren. Sie hielt an einem kleinen Raum am Ende des Ganges an. „Das sind die Dienerschaftsunterkünfte, und das wird vorerst dein Zimmer. Hast du dir gemerkt, wie wir hierher gelangt sind?"

„Ich glaube schon", erwiderte Sid, während sie das Zimmer genauer begutachtete.

Es gab nicht viel zu sehen. Es war mit einem schmalen Bett, einem einfachen Tisch mit einer Art Lampe und etwas eingerichtet, das wie ein schlichter Kleiderschrank aussah. Es gab auch ein kleines Fenster mit einem Holzladen.

Das Bett hatte eine echte Matratze, die Lampe war ein Wunder, und *das Fenster!*

Es würde Licht geben und frische Luft. Sie spürte den Drang, aus reiner Erleichterung zu weinen, zügelte sich jedoch. Sie weigerte sich, einen Ansatz von Schwäche vor der gefassten, eleganten Frau zu zeigen, die sie so genau beobachtete.

„Gut", sagte Kallah. „Ich will dir den Weg nicht noch einmal zeigen müssen. Folge mir."

Sie führte Sid zu den Bädern der Bediensteten und ließ sie allein, damit sie sich waschen konnte. Die Räume waren eindeutig Gemeinschaftsräume, mit großen Becken und Rohren mit stetig fließendem Wasser, deshalb ging Sid rasch ans Werk, griff in eine Holzschale mit einer weichen, geruchsneutralen Seife, um sich Körper, Gesicht und Haare einzureiben.

Sie spülte sie mit dem kalten Wasser ab, das aus einem Rohr floss. Es war eiskalt, und bald zitterte sie, war aber nicht in der Stimmung für Beschwerden. Sie war zum ersten

Mal, seit sie sich erinnern konnte, richtig sauber. Da sie sonst nichts hatte, trocknete sie sich mit ihrem schmutzigen Kapuzenpulli ab. Sie hatte gerade erst Jeans, T-Shirt und Schuhe angezogen, als Kallah wieder erschien, mit einem dicken Stapel, der nach gefalteter Wäsche aussah.

Sid folgte Kallah zurück in ihr Zimmer, und Kallah legte ihre Bürde auf dem Bett ab. Eine Schere lag oben auf dem Stapel. „Hier sind Bettzeug, ein Handtuch, wenn du dich in Zukunft wäschst, und Kleider. Du hast zwei Garnituren, ein Kleid und eine Tunika mit Hose. Pass auf die Sachen auf und halte sie sauber. Das ist einfach, denn der Stoff ist verzaubert. Du musst sie nur auswaschen."

Sid hob fasziniert die Augenbrauen. „Trifft das auch auf die Decke zu?"

„Ja. Das Wasser wird vom Stoff abperlen und jegliche Verschmutzung wegspülen. Wenn du deine Decke oder Kleidung ruinierst, wirst du für diese Dinge vor der Wäschemeisterin Rechenschaft ablegen müssen. Sie ist nicht begeistert von Leuten, die ihr unnötig Arbeit machen, verstanden? Und ich werde nicht begeistert sein, wenn sich jemand bei mir über dich beschwert."

„Ich verstehe", gab Sid zurück.

Kallah musterte sie mit verhaltenem Blick. „Gut. Sobald du diese schrecklichen Kleider ausgezogen hast, schneide ich dir die Haare. Dann zeige ich dir den Musiksaal, damit du anfangen kannst."

Mit zusammengebissenen Zähnen tat Sid wie geheißen. Beide neuen Garnituren waren von einem trüben Braun, daher entschied sie sich für das Kleid und die Lederpantoffeln. Ihr war nicht ganz klar, wie ein so einfaches Kleid so hässlich sein konnte, aber es hätte ihr nicht gleichgültiger sein können, wie es aussah. Es war sauber, und die

Pantoffeln waren zwar getragen, aber sie passten gut genug, um an den Füßen zu bleiben.

Als sie ihr schmutziges Outfit von der Erde zusammenfaltete, ließ sie verstohlen die Hand in die Jeanstasche gleiten und holte ihre einundzwanzig Kiesel heraus. Während sie sie in die Tasche ihres Kleides steckte, streckte Kallah die Hände aus. „Gib mir diese Kleider."

Diesmal war es Sid, die ihr einen Blick aus zusammengekniffenen Augen zuwarf. „Warum?"

Kallahs Nasenflügel zogen sich angewidert zusammen. „Sie sind ekelhaft. Ich werde sie verbrennen lassen."

Zorn raste erneut durch Sids Körper. So schmutzig sie auch waren, die Jeans, das T-Shirt, die Schuhe und die Unterwäsche waren das Einzige an diesem Ort, das wirklich ihr gehörte.

Sie wollte so sehr um sich schlagen, dass sie schon wieder bebte, aber jetzt war nicht die Zeit für einen Anflug von Rebellion. Sie hatte sich schließlich gerade erst aus dem Gefängnis befreit.

Als sie das Gefühl hatte, wieder ruhig sprechen zu können, warf sie den Kleiderstapel in eine Ecke des Raums, während sie vorschlug: „Warum überlasst Ihr das nicht mir? Ich kann mich später darum kümmern. Je schneller Ihr mir die Haare schneidet und mir Musikinstrumente zeigt, desto eher kann ich mit dem Üben anfangen, und Ihr könnt zurück an Eure üblichen Pflichten."

Kallah zögerte kurz, während sie das überdachte. Dann zuckte die Helle Fae mit den Schultern und griff nach der Schere. „Also gut. Setz dich."

Sobald Sid sich auf der Bettkante niedergelassen hatte, schnitt Kallah ihr die schulterlangen Haare ab.

Sid hatte ihren Moment der Empörung bereits hinter

sich. Jetzt fühlte sie sich unbewegt, während sie zusah, wie die langen, seidig schwarzen Strähnen zu Boden fielen. Isabeau hatte diesen Befehl als Angriff auf ihre Eigenständigkeit geplant, und diesen Sieg gönnte Sid ihr nicht. Was mit ihren Haaren passierte, spielte von allem die geringste Rolle. Sie würden nur zu bald nachwachsen, wenn sie es wollte.

Kallah gönnte ihr keinen zusätzlichen Zentimeter, sondern schnitt das Haar so kurz rund um ihren Kopf ab, wie sie es hinbekam. Als sie fertig war, strich Sid mit den Fingern durch die kurzen Strähnen. Sie hatte schon früher kurzes Haar gehabt, und ihr fiel wieder ein, wie sehr sie das Gefühl genossen hatte, wie es sich um die Wölbung ihres Kopfes legte. Kürzere Haarschnitte stellten die Vorzüge ihres Gesichts heraus, ließen die Augen größer erscheinen, während die Wangenknochen, die Mundform und die Halskrümmung betont wurden.

Als sie aufschaute, erwischte sie Kallah dabei, sie mit einem merkwürdigen Gesichtsausdruck zu betrachten. Sid kannte die andere Frau nicht, aber hätte sie raten sollen, hätte sie gesagt, dass Kallah besorgt aussah, beinahe mitleidig.

„Was ist los?", fragte Sid. „Seid Ihr nicht fertig?"

„Ich glaube nicht, dass Ihre Majestät so zufrieden mit dem neuen Aussehen sein wird, wie sie es sich vorgestellt hat", murmelte Kallah.

Ach du Schande, wie schlimm!

„Warum nicht?", wollte Sid wissen. „Sie sagte, sie wollte die Haare nicht mehr sehen, und Ihr habt Ihre Befehle genau befolgt. Ihr habt mir kaum was drangelassen, um mit dem Finger durchzufahren."

Kallahs Gesichtsausdruck verhärtete sich. „Egal. Ja, ich

bin fertig. Du wirst das später saubermachen, wenn du deine Kleider verbrennst. Der Großteil der Burg wird magisch gesäubert, aber die Unterkünfte der Dienerschaft unterliegen deren eigener Verantwortung."

Die Burg wurde *magisch* gereinigt? Aber sie schafften es nicht, etwas davon mit den Dienern zu teilen?

„Gut", sagte Sid verärgert.

Sie stand auf, schüttelte das Kleid aus, um es von den letzten losen Haaren zu befreien, und wischte sich über den Nacken. Als sie fertig war, führte Kallah sie zurück in den edleren Teil der Burg.

„Merk dir diesen Weg, Mensch", sagte Kallah. „Die nächsten paar Tage wirst du entweder im Musiksaal oder in deinem Zimmer verbringen. Deine Mahlzeiten nimmst du in den Dienerschaftsunterkünften ein. Ich erwarte nicht, dass mir zu Ohren kommt, dass du dich irgendwo sonst herumtreibst, verstanden? Du bist für genau diese eine Sache aus dem Gefängnis entlassen. Vergeude diese Gelegenheit nicht."

„Ich verstehe", murmelte Sid grimmig. Sie hatte sich ihren Weg aus der Zelle noch nicht verdient. Sie hatte nur die Gelegenheit gewonnen, dem Gefängnis fernzubleiben. „Glaubt mir, ich habe nicht die Absicht, etwas anderes zu tun, als mich auf meine nächste Audienz bei der Königin vorzubereiten."

„Wie du es auch tun solltest."

Kallah hielt an hohen Doppeltüren aus opulentem, poliertem Holz an. Sie öffnete eine Tür und trat zurück, um Sid hineinzulassen.

Sid trat in den Musiksaal und ließ den Blick neugierig durch den Raum schweifen. Unvorbereitet traf sie Entsetzen, gefolgt von einem Aufblitzen von Panik.

Die Tür ging hinter ihr zu. Kallah hatte sich nicht die Mühe gemacht, den Raum zu betreten. Stattdessen hörte Sid das rasche Klacken von Schritten, die durch den Korridor verklangen, als die Helle Fae sie ihrem Schicksal überließ.

Die reiche Ausstattung des Musiksaals zeigte deutlich, wie wichtig der Königin Musik tatsächlich war. Der Raum war groß und schön, mit Gemälden, detaillierten Wandbehängen und Bücherregalen gestaltet, und mit etwas, das wie Kristallkugeln aussah, die in Eisenleuchtern an der Wand befestigt waren.

Hohe Fenster ließen große Mengen Licht ein, und es gab bequeme Möbel, die rund um eine große Feuerstelle standen – Sofas und Sessel, einen Tisch, auf dem Pergamentpapier lag, Tintenfässer und Federn. Eine Reihe Musikinstrumente standen auf Holzständern – hohe, imposante Standharfen, Reiseharfen und Leiern, Flöten, Hackbretter und Lauten.

Sids Hauptinstrument war die Geige. Das war ihr Auftrittsinstrument, dort lag ihre Expertise, und sie wusste, dass sie dazu immer greifen und ein aufwühlendes Crescendo schaffen konnte. Sie kam auch mit Bratsche, Cello oder Gitarre gut zurecht, und sie komponierte oft auf dem Klavier.

Ihr Selbstvertrauen hatte sich in einem Leben des Lernens, Übens, Ausprobierens und Auftretens herausgebildet. Es hatte sich von Kindesbeinen an aufgebaut, seit ihre Mutter sie zum Üben gezwungen hatte, ob sie nun wollte oder nicht, und Wache gestanden hatte, um dafür zu sorgen, dass sie es auch tat. Dann hatte sie entdeckt, wie sehr sie die Musik liebte, und aus eigenem Antrieb geübt, während ihre Eltern sie mit Lob und Ermutigung überhäuft hatten.

Ihr war nie der Gedanke gekommen, ihre Befähigung in Frage zu stellen, oder darüber nachzudenken, welche Art Musik die Königin der Hellen Fae mögen mochte, denn in ihrem Kopf gab es eine ganze Bibliothek der Musik.

Abgesehen von ihrem eigenen wachsenden Werk an Originalen kannte sie ganze Konzerte von Bach, Brahms, Saint-Saëns, Vivaldi, Mendelssohn, Tschaikowski, Beethoven, Paganini und Mozart auswendig. Sie kannte auch Pop und Jazz und konnte ihre Geige zum Weinen bringen, wenn sie Blues spielte.

Aber sie hatte noch nie eines der Instrumente gespielt, die in Isabeaus Musiksaal standen.

Wie eine Schlafwandlerin ging sie zu einem Sofa, setzte sich hin, barg das Gesicht in den Händen und hauchte: „Ich bin so im Arsch."

✧ ✧ ✧

NACHDEM ER ZUR Hütte zurückgekehrt war, um seine Vorräte dort zu verstauen, ging Morgan auf die Jagd nach der Quelle des Geruchs, der eigentlich nicht auf dem Nachtmarkt hätte sein sollen und trotzdem dort gewesen war.

Er wusste, dass das bedeutete, dass der Geruch auch anderswo sein musste, dass seine Quelle an Orten herumstöberte, an denen sie nichts verloren hatte, schnüffelnd und spionierend. Dass sie gefährlichen Unfug anstellte, ohne sich um die Konsequenzen zu kümmern. Unschuldige verletzte.

Er nahm den Geruch zwei Meilen außerhalb der Stadt wieder auf. Die Quelle hatte ihre Spur mit einer üppigen Abfolge von Verhüllungs- und Abwehrzaubern verborgen, aber Morgan war der bessere Zauberer. Er zerriss die Sprüche, als wären sie nur aus Zellophan.

Schließlich erreichte er ein kaltes Lager im dichten Dickicht von Bäumen und verwachsenem Unterholz. Kein Rauch verriet diesen Ort. So hätte auch Morgan gelagert, wenn er seine Anwesenheit geheim halten wollte.

Das Lager schien verlassen zu sein, aber sein scharfer, nicht-menschlicher Blick erhaschte das feine, verstohlene Schlängeln einer Schlange, die ins Unterholz davonglitt.

Er machte sich zum Sprung bereit und erwischte die Schlange am Schwanz. Zischend schnellte sie herum und hätte ihn gebissen, wenn er sie nicht am Hals gefasst hätte. Der Körper der Schlange zuckte und bog sich in seinen Händen, veränderte sich, und plötzlich griff er einem Löwen an die Kehle. Das Tier brüllte ihm ins Gesicht und stieß seinen mächtigen Körper zum Todesbiss vor.

Morgan wandte seinen ganzen Körper herum, was in seiner verletzten Seite neuerliches Feuer ausbrechen ließ, um den Löwen ganz in die Luft zu heben und zu Boden zu werfen. Magie gleißte, ein rascher, verzweifelter Zersetzungszauber. Morgan riss den Kopf zurück und stieß einen Auflösungszauber hervor, während unter seinen Händen der Löwe wegschmolz und er an seiner Stelle einen Alligator mit einer langen, fiesen Schnauze voller rasiermesserscharfer Zähne hielt.

Der Alligator wand sich, um nach Morgans Beinen zu schnappen. Mit einer weiteren Drehung des ganzen Körpers warf Morgan ihn auf den Rücken, schlang ihm einen Arm um den Hals und setzte ihn mit dem anderen Arm fest. Während er zudrückte, stieß er keuchend einen Annullierungszauber aus.

Stille senkte sich über die Szene, durchbrochen vom Wühlen des Alligators in der Erde, mit offenstehendem Maul, während beide Körper sich abmühten. „Gib auf, bevor ich dir den Hals breche", knurrte Morgan. „Ich tue es."

Während er sprach, spürte er, wie sich der Annullierungszauber auflöste. Bevor sein Gegner erneut mit weiteren Zaubern angreifen konnte, knüpfte Morgan drei Fäden der Macht um ihn, um die Magie seines Gegners an sich selbst zu fesseln.

Plötzlich brach der Alligatorkörper zusammen und verschwand, und stattdessen hielt Morgan eine schlanke, drahtige Gestalt, so groß wie ein menschlicher Teenager, nur dass es kein Mensch war. Es war etwas Älteres und sehr viel Gefährlicheres.

Mit einem Heulen, das gleichermaßen erzürnt und verzweifelt klang, gab es den Kampf auf. Wieder einmal hatte Morgan Robin den Puck gefangen.

Kapitel 10

KEUCHEND LIEẞ MORGAN locker, rollte vom Rücken des Pucks und kam steif auf die Beine. Frische Flüssigkeit sickerte durch die Bandagen, die die Verletzung an seiner Seite schützten. Sie war erneut aufgerissen. Er drückte mit dem Handrücken darauf.

Wenn er so weitermachte, würde er nie genesen, und eigentlich war das für ihn in Ordnung. Je mehr Zeit er zwischen den Messerstichen verstreichen lassen konnte, desto länger konnte er die endgültige, unausweichliche Entscheidung aufschieben, und desto mehr Zeit mochte er haben, um eine Möglichkeit zu finden, sich von Isabeau zu befreien.

Als Morgan sein Gewicht weggenommen hatte, rollte sich Robin zusammen, beide Fäuste in hilfloser Wut an den Kopf gedrückt. Da seine Magie gebunden war, war Robin Morgan körperlich nicht gewachsen. Morgan war schneller und stärker. Wenn der Puck weglaufen wollte, würde Morgan ihn nur wieder einfangen.

„Was machst du hier?", stieß er heiser hervor. „Willst du dich umbringen? Du weißt doch, dass die Königin mir befohlen hat, dich zu finden und zu ihr zurückzuholen."

Robin hob sein wildes Gesicht. Das Leuchten des abnehmenden Mondes erhellte seinen Blick, als er zischte: „Und du tust immer, was deine Herrin will, ganz wie der

Hund, der du geworden bist."

Die Beleidigung perlte von Morgans Schultern ab. Da hatte er schon sehr viel Schlimmeres gehört. Er erwog, den Puck auch richtig zu fesseln, aber plötzlich hatte er alles so satt, dass er sich die Mühe nicht machte.

„Nenn mir einen Grund, warum ich dich nicht töten und die Sache beenden sollte", fuhr er ihn an.

Robins schmales, wildes Gesicht veränderte sich. Plötzlich wirkte er verloren. „Kann ich nicht", winselte der Puck. „Ich kann dir keinen guten Grund nennen. Sie wird mich wieder mit dem brennenden Seil fesseln und mich Dinge tun lassen, die ich nicht tun will."

In einem Zornesausbruch beugte Morgan sich hinab, packte den Puck an der Jacke und riss ihn auf die Beine. *„Warum sie?"*, brüllte er.

„Sag mir, dass die Königin meine Sophie nicht töten will." Robins Gesicht verzerrte sich. „Sag mir nur das, Hexer, und zwar so, dass ich es glauben kann."

Ein Herzschlag verging, dann noch einer. Morgan spürte, wie sein Puls in den geballten Fäusten pochte. „Du weißt, dass ich dir das nicht sagen kann."

Bitterkeit schwang in der Stimme des Pucks mit. „Und du würdest es tun, oder nicht?

„Wenn sie mir einen direkten Befehl gibt, es zu tun, werde ich es tun."

„Trotzdem wunderst du dich noch, warum ich getan habe, was ich getan habe?" Ein Hauch gerissener Schläue blitzte in Robins vom Mond beleuchtetem Blick auf. „Die Musikerin bringt dich dazu, dass du dich widersetzen willst, nicht wahr? Sie ist vielleicht das Einzige, womit man das erreicht. Isabeau wird ihr wehtun und immer weiter wehtun, so wie sie mir wehgetan hat, wenn du sie nicht aufhältst. Ihr

Schicksal liegt in deiner Hand, Hexer."

„Du Narr!", fauchte Morgan. Der Drang zur Gewalt war übermächtig, und er schüttelte Robin. „Du hast keine Ahnung, was du angerichtet hast. Du hast keine Ahnung, was wirklich vorgeht."

Der Puck lachte. „Nein? Ich weiß genug. Einst warst du ein Königsmacher, und was für ein König er war. Er war dein bestes, brillantestes Werk, der hellste Stern am Nachthimmel."

Morgan ging an einen inneren Ort, der dunkler war als das unterirdische Gefängnis, blutrot gesäumt. „Du bist nicht würdig, seinen Namen auszusprechen", stieß er hervor.

„Genauso wenig bist du es noch", erwiderte Robin schlicht. „Jetzt bist du nur Morgan le Fae. Ein Mann ohne wahre Heimat und ohne Gewissen, ein Mann, der nur für seine Verbindung zu Leuten bekannt ist, die nicht die Seinen sind. Warum hast du dich derart gegen ihn gewandt?"

„Das habe ich nie", flüsterte Morgan.

Der Schmerz dahinter ließ nie nach, ging nie weg. Im Lauf der Jahrhunderte hatte er ein Leben rund um den Schmerz entwickelt. Mehr aber auch nicht.

„Aber so muss es gewesen sein. Du hast ihn im Stich gelassen. Er zog in den Krieg und verlor, und du hast nichts getan, um ihn aufzuhalten oder zu retten. Was hat sie dir geboten, das dir so viel bedeutet hat? Wie konnte deine Zuneigung zu einem Jungen versiegen, den du ausgebildet hattest, zum Mann und Monarchen, einem Jungen, den du wie einen eigenen Sohn aufgezogen hattest?"

„Meine Zuneigung ist nie versiegt." Seine Kehle zog sich zusammen, als sich der Bann darum schloss. Nach einem Augenblick sagte er: „Und wenn du mir diese Frage stellen kannst, weißt du immer noch nichts. So umnachtet du auch bist, dein Unwissen ist deine tödlichste Eigenschaft. Weißt du, was Isabeau Sidonie angetan hat? Sie hat ihr alle Finger gebrochen und sie in den Kerker geworfen."

„Ich weiß." Während Morgan noch starrte, hob Robin eine schmale Schulter und erklärte trocken: „Ich gebe eine ganz hervorragende Ratte ab."

Zorn wütete in Morgan, so strahlend wie eine Atomexplosion. „Du hast es gewusst", knurrte er, „du bist hinab in den Kerker gegangen und hast sie gesehen, und – *du hast trotzdem nichts getan?"*

„Ich musste nichts tun", erklärte Robin. „Du hast es getan. Genauso wie du derjenige sein musst, der deiner Königin trotzt, wenn du sie befreien willst. Ich plane, dadurch einen Keil zwischen dich und Isabeau zu treiben, der so tief ist, dass er euch beide letztlich auseinanderzwingt."

Der Bann verfestigte sich. Einen Augenblick lang raubte er Morgan den Atem.

Um uns alle ist ein Bann geknüpft, dachte er. Sidonie kann Avalon allein nicht verlassen, und ich kann ihr nicht bei der Flucht helfen. Und ich habe Robin wieder gefangen genommen, während Isabeau mich gefangen hält.

Als er wieder sprechen konnte, sagte er: „Isabeau hat mir befohlen, dich wieder einzufangen und zu ihr zu bringen. Zu deinem Glück hat ein weiterer Befehl ihrerseits Vorrang. Ich werde dich freilassen, wenn du –"

Wenn du ihr bei der Flucht hilfst.

Es waren sieben einfache Worte, aber der Bann drückte zu, und er konnte sie nicht aussprechen.

„Scheiß drauf", brachte er schließlich als abgewürgtes Flüstern hervor. Er lockerte den Griff um Robins Jacke. Der Puck hatte mehr als genug erlitten. Wenn Morgan eine Wahl hatte – und genau jetzt hatte er sie –, würde er ihm nicht noch mehr antun. Außerdem, wenn Robin frei war, mochte er vielleicht einlenken und sich entscheiden, Sidonie aus eigenem Antrieb zu helfen. „Jemand anders wird dich fangen und töten müssen. Robin, mir tut leid, was dir widerfahren ist, aber was du Sidonie angetan hast, war hässlich. Es war falsch. Du irrst in fast jeder Hinsicht."

Der Puck richtete seine Jacke, während er Morgan unsicher anstarrte. „Ist das so? Dann beweis es mir. Ändere dich. Wenn du Sidonie frei sehen willst, dann befreie sie. Brich mit deiner Königin und werde wieder ein besserer Mensch. Du warst ... Ist dir überhaupt klar, wie viele Legenden man sich über dich erzählt? Wie die Wahrheit von den Winden der Zeit verdreht wurde?"

Morgan rieb sich die Augen. „Scher dich weg, bevor ich es mir anders überlege. Und, Puck?" Robin verdrückte sich bereits von der Lichtung. Als er innehielt und über die Schulter schaute, erklärte Morgan: „Nächstes Mal bin ich vielleicht nicht so nachgiebig. Wenn du weißt, was gut für dich ist, verlässt du Avalon und kehrst niemals zurück."

Robins Mund verzog sich. „Das sind die vielleicht weisesten Worte, die du heute Abend von dir gegeben hast. Aber, Hexer, ich wusste noch nie, was gut für mich ist."

Bevor Morgan noch etwas erwidern konnte, verschwand der Puck im Unterholz. Es raschelte kurz, dann hörte er nur noch den Wind durch die Bäume wehen.

All die Mühe, die er sich gemacht hatte, um Robin aufzustöbern. Letztlich war es verschwendete Energie gewesen, und er hätte in der Zeit auch die Texte durchgehen können, die er zusammengetragen hatte, um etwas über Azraels Athame zu erfahren.

Langsam begab er sich zurück zu der versteckten Hütte,

wo er wieder die Mechanik des Überlebens durchexerzierte. Essen. Wasser. Die verdammte Wunde erneut reinigen. Die Tatsache, dass sie nicht heilen konnte – dass er sie nicht heilen lassen konnte – war irgendeine gottverdammte Metapher, die er nicht allzu genau unter die Lupe nehmen wollte.

Als er sich schließlich auf sein staubiges Bett legte, schaffte er es, in einen leichten, unruhigen Schlaf zu fallen, und er erwachte erst, als die Sonne schon tief am Himmel stand.

Dann kam abermals die Mechanik des Überlebens. Der Einsatz des Geruchstarnungssprays. Diebstähle auf dem Nachtmarkt. Frisches, sauberes Wasser in Flaschen füllen. Diesmal stahl er Silberohrringe und Kirschkuchen.

Als er durch seinen Geheimtunnel schlich, flüsterte er einen Zauber, der die Fingerspitzen einer Hand schwach zum Leuchten brachte. Er wollte kein so helles Licht, dass es seine Nachtsicht beeinträchtigte. Er begab sich zum Ende des Tunnels, wo er die Erdmagie eingesetzt hatte, um eine dünne Felsplatte über den Eingang zu ziehen und ihn vor Entdeckung zu verbergen.

Er legte eine Handfläche auf den Fels, schob ihn sanft zur Seite und betrat den Gefängnistunnel, der auf der anderen Seite lag. Mit weiterhin gedämpftem Licht ging er rasch zu Sidonies Zelle.

Als er näherkam, hielt er inne. Es waren zu viele Gerüche im Tunnel, sehr viel mehr, als beim letzten Mal dagewesen waren. Etwas war passiert. Verstohlen bewegte er sich weiter zur Zellentür, lauschte konzentriert.

Sein feines Gehör nahm die verhaltenen Atemgeräusche drinnen auf, von zu vielen Leuten. Es waren vier, vielleicht fünf Personen in der Zelle, die sich kaum regten, bis auf das leichte Rascheln von Stoff und das leise Kratzen eines Stiefels auf dem Steinboden.

Die Erkenntnis war wie ein weiterer Messerstich in den Bauch.

Sidonie war weg. Die Gefängniswache wusste, dass er – oder jemand – hier gewesen war, und sie hatte eine Falle vorbereitet.

Wut brandete durch ihn hindurch, die zu großen Teilen aus Angst rührte. Bevor er bewusst den Entschluss dazu gefasst hatte, sprang er vor. Der Kampf mit Robin hatte ihn einiges gekostet, daher musste er tief nach der Kraft graben, um einen Betäubungszauber in die Zelle zu sprechen, der stark genug war, um etliche Krieger umzuhauen. Es blitzte strahlend weiß auf, tauchte die fünf Wächter in der Zelle in Licht.

Sie brachen auf dem Boden zusammen. Schnell schloss er die Zelle auf und marschierte hinein. Er stellte seinen Rucksack ab, nahm sich den nächstbesten Wächter vor, legte die Handfläche auf die Stirn des Mannes und zwang ihn mit einem weiteren Zauber zum Aufwachen.

Als der Mann mit einem gedämpften Stöhnen zu sich kam, nagelte Morgan ihn fest und zischte ihm ins Ohr: „Was ist mit der Frau passiert?"

„Der F...frau?", stammelte der Wächter.

Er war das Opfer zweier gegensätzlicher Zauber, sowohl betäubt als auch wach, aber Morgan hatte keine Geduld für die Verwirrung des Mannes. „Die Gefangene aus dieser Zelle. *Ist sie tot?*", fauchte er.

„Nein ... nein, nicht tot. Ich weiß nicht, was mit ihr passiert ist ... aber ich habe gehört, dass sie in ein paar Tagen wieder da sein könnte."

Christos. Die Erleichterung, als er hörte, dass Sidonie

noch lebte, erschütterte ihn.

Nur die Götter wussten, was Isabeau ihr angetan hatte, aber wo Leben war, war auch Hoffnung.

Während er den Spruch flüsterte, der die Erinnerung des Wächters löschen würde, richtete Morgan sich auf. Sollte er seine nachlassende Energie vergeuden, um herauszufinden, was die anderen Wächter womöglich wussten? Einer von ihnen, Hoel, war ein Sergeant. Hoel war wohl der Anführer der Gruppe.

Er wusste vielleicht etwas, aber jedes Mal, wenn Morgan mit einem von ihnen sprach, bestand das Risiko, dass er sie etwas sagen hörte, das den Bann auslöste und ihn zurück zu Isabeau zwang. Sie wussten, dass jemand in Sidonies Gefängniszelle gelangt war und sie geheilt hatte, und die Auswahl war begrenzt.

Robin hätte es tun können, und natürlich Morgan selbst. Aber nach ihrem Wissensstand mussten sie davon ausgehen, dass Robin und Morgan sich beide auf der Erde befanden.

Robin war Isabeau früher in diesem Sommer in der Nähe der Welsh Marches von der Leine geschlüpft, und es war der gröbste Unfug, auch nur in Betracht zu ziehen, der Puck könne so unbedacht sein, dass er aus eigenem Antrieb nach Avalon zurückkehrte.

Keiner von ihnen würde so etwas glauben. Zum Teufel, Morgan selbst hätte es auch nicht geglaubt, wenn er Robin nicht aufgespürt und es mit eigenen Augen gesehen hätte.

Und Morgan war verletzt und nachlässig gewesen, als er Avalon direkt nach Isabeaus Befehl verlassen hatte. Er hatte die Wachen am Übergang zum Einschlafen gebracht und eine deutliche Spur hinterlassen. Als er vor ein paar Tagen zurückgekehrt war, hatte er seine Spuren sehr viel besser verdeckt.

Also konnten sie nicht sicher wissen, wer Sidonie geheilt hatte. Wenn sie wirklich glaubten, dass es entweder Robin oder Morgan gewesen war, hätten hier unten einige von Isabeaus mächtigsten Magieanwendern gewartet, vielleicht sogar Modred selbst. Und Morgan hatte keine Geruchsspuren hinterlassen, außerdem hatte er vor die Tunnelöffnung eine Felsplatte geschoben.

Sidonie würde ihnen nichts verraten können. Soweit es sie betraf, war das Ganze wie ein Mordfall in einem verschlossenen Raum – aber Sidonie war die Schwachstelle des Rätsels. Ein ungelöstes Rätsel im Keller würde Isabeau nicht gefallen. Also hatte sie eine Falle gestellt, um zu sehen, was ins Netz ging.

Und sie würde Sidonie in ihrer Nähe halten, so dass sie sie jederzeit erneut verhören konnte.

Gewissheit festigte sich in Morgan. Sidonie war hier noch irgendwo, in der Burg.

Morgan musste das Rätsel lösen, so dass niemand einen Grund haben würde, Sidonie noch einmal ausführlich zu verhören.

Er schritt über die Körper hinweg, kam bei Hoel an und sprach den Zauber, der ihn wecken würde. Mit einem Fingerschnippen rief er das Licht zurück in seine Hand. Während Hoel sich regte und stöhnte, drückte ihm Morgan eine Hand auf den Mund.

„Wach auf", sagte Morgan. „Schau mich an."

Der Sergeant blinzelte ihn benommen an. Erkenntnis ließ seine Augen groß werden.

Als Morgan sicher war, dass Hoel ihn erkannt hatte, sagte er mit von Macht gesäumter Stimme: „Du wirst nicht sprechen, außer, um direkte Fragen zu beantworten. Ist das klar?"

Hoel nickte.

Morgan zog die Hand weg und fragte: „Wo habt ihr die Gefangene hingebracht?"

„Die Königin hat sie hinausgelassen, um sich auf ein Probespiel vorzubereiten, während wir auf der Jagd nach – während wir herausfinden, wer sie geheilt haben könnte." Schweiß brach auf Hoels Stirn aus. „Mylord, i-i-ich soll Euch mitteilen ..."

Morgan legte die Hand wieder über Hoels Mund. „Ich habe dir befohlen, nur zu sprechen, um direkte Fragen zu beantworten", fuhr er ihn an.

Befehlen, die mit Macht gesäumt waren, konnte man sich nur sehr schwer widersetzen. Hoel musste einen dringlichen Grund haben, sich gegen Morgans Weisung zu wehren, und Morgan hatte das Gefühl, dass es wohl etwas damit zu tun hatte, dass Isabeau ihn zurück haben wollte, ob er nun geheilt war oder nicht.

Sollte er sich die Mühe machen, Hoel weitere Fragen zu stellen? War es das Risiko wert?

Nach einem Augenblick entschied er, dass dem nicht so war. Wenn Sidonie nicht tot war, konnte er sie finden.

Es war Zeit, den Wächtern eine andere Geschichte vorzusetzen, die sie der Königin präsentieren konnten, eine, die gerade plausibel genug war, um ihren Argwohn einzulullen.

Während er Hoel in die Augen sah, sagte er: „Wehr dich nicht gegen mich. Wenn du allzu fest kämpfst, breche ich vielleicht deinen Verstand. Entspann dich, Sergeant. Entspanne jeden Muskel deines Körpers, und entspanne deinen Verstand. Entspanne deine Gedanken. Lass sie wegtreiben. Es gibt nichts, was du dringend erledigen müsstest, und es gibt nichts, das dir Sorgen bereiten müsste.

Alles ist gut. Es gibt nur die Wahrheit, die du gleich entdecken wirst."

Während er sprach, wühlte er tief im Verstand des Mannes, bis er sicher war, dass er ihn fest im Griff hatte. Instinktiv kämpfte Hoel gegen die Kontrolle an, zumindest anfangs, aber der Betäubungszauber, den Morgan ursprünglich eingesetzt hatte, arbeitete zu seinen Gunsten, und Hoel verlor den Kampf rasch.

„Ein freundlicher Wassergeist hörte Sidonies Schmerzensschreie", flüsterte er dem Sergeant zu. „Sie kam durch das Loch im Boden herauf, um zu sehen, was los war. Als sie Sidonie gebrochen vorfand, ließ sie sie einschlafen und heilte ihre Hände. Während ihr hier in der Zelle gewartet habt, kam der Geist zurück, um nach seinem Werk zu sehen. Sie legte einen Schlafzauber auf die Wachen und wäre geflohen, aber du hast sie überzeugt, hier zu bleiben und mit dir zu sprechen – zumindest ein paar Minuten lang. Denk daran, sie erkundigte sich nach Sidonie und war wütend und besorgt, als sie sie nicht in der Zelle fand. Wassergeister geben nicht leicht auf, wenn sie sich an etwas gebunden haben."

„Ein Wassergeist", murmelte Hoel, der sich in der Geschichte wohlzufühlen begann. „Das würde es erklären."

„Das erklärt alles", ergänzte Morgan, der immer noch mit seiner Magie die Erinnerung des Mannes bearbeitete. „Dass es keinen Geruch gibt und keine anderen Hinweise auf einen Eindringling in den Tunneln. Ihr habt hier unten überall gesucht, und ihr wisst sicher, dass es keinen anderen Weg hinaus oder hinein gibt."

„Den gibt es wirklich nicht." Hoel schüttelte lächelnd den Kopf. „Wir haben jeden Quadratzentimeter der Tunnel abgesucht, jeden Winkel und jede Nische in den Zellen. Sie war schön, dieser Wassergeist, oder?"

Jetzt arbeitete Hoels Verstand mit Morgan zusammen daran, die Geschichte weiterzuknüpfen. „Sie war außergewöhnlich", murmelte Morgan. „Zart und schimmernd, und sie schien ganz aus Wasser zu bestehen. Sie passte mühelos durch das Loch – immerhin ist sie ein Wasserelementar und kann schrumpfen oder wachsen, je nachdem, wie viel Raum sie hat. Du weißt doch, dass Wassergeister diesen Abschnitt des Flusses besiedeln, und die Meeresufer dahinter. Sie sind zwar scheu gegenüber den Hellen Fae, aber sie sind trotzdem hier."

Hoel seufzte. „Ich wollte immer schon einen sehen."

„Sie wird in ein paar Minuten verschwinden, und wenn sie das tut, weckst du deine Männer. Du hast jetzt eine Geschichte, die die Königin hören will." Morgan berührte mit den Fingern Hoels Stirn. „Aber zunächst wirst du dich in die Erfahrung versenken, mit dem Geist zu sprechen."

„Aye, sie ist gerissen, wenn sie so durch das Loch heraufkommt", sagte Hoel grinsend. „Wer hätte daran je gedacht? Das ist eine widerliche Route, wenn man mich fragt ... aber sie besteht aus Wasser, also könnte sie den Unrat einfach abschütteln."

„So ist es", erklärte Morgan, während er die Wasserflaschen aus seinem Rucksack zog und sie rund um den Abtritt ausschüttete. „Nichts bleibt an ihr hängen, solange sie fließt. Halt jetzt nach ihr Ausschau ... Schau, sie mag dich."

Mit diesen Worten ging er aus der Zelle, verschloss die Tür und begab sich zurück zu seinem Tunnel. Nachdem er hineingegangen war, schob er die Felsplatte wieder an ihren Platz.

Die Ereignisse des vergangenen Tages und der Nacht

hatten für seinen Geschmack viel zu nah an der Katastrophe gekratzt. Robin war frei, um jegliches Unheil zu stiften, das ihm in den Sinn kam, und Morgan hatte ausgeschöpft, was er an magischer Kraft hatte ansammeln können, während er genas.

Aber zumindest hatte er eine Chance gehabt, eine Geschichte zu knüpfen, wie Sidonie geheilt worden war, und diese sollte auch einem genauen Blick standhalten. Es war immer noch Nacht, was für ihn die beste Zeit war, um sich ungesehen zu bewegen, und er wusste nicht, wo sie Sidonie untergebracht hatten.

Er reckte das Kinn und ging durch den Tunnel. Es lag immer noch Arbeit vor ihm.

✧ ✧ ✧

SID VERBRACHTE DEN restlichen Tag damit, die Klänge zu erkunden, die jedes Instrument hervorbrachte, und mechanisch ging sie Hand- und Fingerübungen durch, um die Beweglichkeit ihre Hände zurückzubringen. Da sie die Übungen in der Gefängniszelle begonnen hatte, hatte sie immerhin schon einen Vorsprung, aber diese Übungen waren nicht so effektiv wie das Anspielen gegen die Spannung eines Saiteninstruments.

Nicht, dass ihre Mühen irgendetwas genützt hätten. Selbst wenn sie sich beibrachte, eines der Instrumente zu spielen – und das konnte sie –, gab es keine Möglichkeit, rechtzeitig bereit zu sein, um vor der Königin zu spielen.

Das Instrument, zu dem sie sich am meisten hingezogen fühlte, war die Laute. Sie ähnelte einer Gitarre, und Sid dachte, dass sie sie in ein paar Wochen gut genug würde spielen können, um ungezwungen aufzutreten.

Nicht in drei Tagen. Nicht für eine Frau, die einen

anspruchsvollen Geschmack hatte, einen erwiesenen Mangel an Toleranz und sehr wenig Grund, ihr Fehler zu vergeben.

Schließlich setzte sie sich an den Tisch und stellte die Laute ab. Sie hatte sich nicht die Mühe gemacht, sich in der Küche etwas zu essen zu holen. Sie fühlte sich zu entmutigt zum Essen.

Allzu lebhaft erinnerte sie sich an die Geräusche, die ihre Finger gemacht hatten, als Modred sie nacheinander gebrochen hatte, gefolgt von dem blendenden Schock und der Verzweiflung.

Sie hatte gehofft, sie würde der Dunkelheit dieser schrecklichen Zelle entkommen, aber es stellte sich heraus, dass sie die Zelle mitgenommen hatte. Jede öde Einzelheit lauerte in ihrem Inneren, wartete auf einen Moment der Schwäche, so dass die Erinnerungen durch ihre Gedanken strömen konnten.

Erschöpfung zog sie abwärts. Früher am Abend hatte sie ein Feuer entzündet, eher wegen der Behaglichkeit und des Lichts als wegen der Wärme, und die Flammen erstarben inzwischen, tauchten den Musiksaal in tiefe Schatten. Sie hatte nur vor, kurz die Augen zu schließen, legte den Kopf auf die verschränkten Arme und stürzte in den Schlaf.

Etwas weckte sie, ein leichtes Geräusch von einer Bewegung und Veränderung in der Luft. Eine große, breite Hand legte sich zwischen ihre Schulterblätter.

„Sidonie."

Ein Teil von ihr kannte seine Berührung, noch bevor sie das Flüstern erkannte.

Ihr Wohltäter. Der Zauberer.

Sie fuhr hoch und starrte auf die breite, hochgewachsene Silhouette eines Mannes, der neben ihr stand.

Die Flammen im Kamin waren ganz erloschen, aber

durch die Wandfenster kam ein blasses, unbestimmtes Leuchten vom Mond, der von schweren Wolken verhüllt war. Das flüchtige Schimmern ließ sie die groben Umrisse der Möbel im Raum erahnen und lag auf dem Hinterkopf und den Schultern ihres Wohltäters.

„Du hast mich gefunden", sagte sie dümmlich, ihre Stimme immer noch undeutlich vom Schlaf. „Ich wünschte, ich hätte dir eine Nachricht hinterlassen können."

Etwas änderte sich. Die Luft wurde schwerer und drückender, wie in einem Sturm vor einem Blitzschlag. Die Hand, die er ihr auf den Rücken gelegt hatte, drückte sie nach unten, und durch diese Berührung spürte sie die Anspannung, die ihn überkam.

Dann verließ das harte, drückende Gewicht ihren Rücken. Leicht strich er ihr mit den Fingern über den Kopf. „Was ist mit deinen Haaren passiert?"

Die geflüsterte Frage klang ruhig, sanft sogar, aber plötzlich wusste sie, dass es gespielt war. Er war unfassbar zornig. Sie zuckte ungeduldig mit den Schultern. „Es spielt keine Rolle."

Diese leichte, flüchtige Bewegung strich über ihren unbedeckten Nacken. Das Gefühl der schwieligen Finger ließ ein Beben ihr Rückgrat hinablaufen. „Für mich spielt es eine Rolle."

„Isabeau hat befohlen, dass sie abgeschnitten werden." Sie schob sich vom Tisch zurück und stand auf. „Es war rachsüchtig und kindisch, aber es war das Unwichtigste, was heute passiert ist." Mit großen Augen musterte sie den Umriss seines Kopfes, seine im Schatten liegenden Züge, aber sie bekam nur grobe Eindrücke.

Sein Haar war kurz, oder zumindest nicht lang, und es schien braun zu sein, oder sogar dunkler, vielleicht sogar schwarz wie ihres. Wenn er dunkleres Haar hatte, bedeutete das, dass er kein Heller Fae war. Obwohl sie keine Einzelheiten in seinen Zügen ausmachen konnte, schien er einen starken Knochenbau zu besitzen, der zu seiner hochgewachsenen, breitschultrigen Statur passte.

Sie sah immer noch nicht genug, um ihn identifizieren zu können, sollte sie ihm bei Tageslicht begegnen. Sie war sich nicht einmal bezüglich der Haarfarbe sicher. Vielleicht war sein Haar doch blond, nur von den Schatten verdunkelt. Wenn der Mond hinter den Wolken hervorkommen würde, könnte sie einen guten Blick auf ihn erhaschen.

„Weise das, was geschehen ist, nicht so schnell von der Hand", gab er zurück. Die sanfte Berührung strich über ihre Kehle zum Kinn, und er wandte ihr Gesicht nach oben. „Isabeau hat versucht, dir deine Schönheit zu nehmen, und es ist ihr misslungen. Mit kurzem Haar bist du ein bemerkenswerter Anblick. Das wird ihr nicht gefallen."

Sie stieß einen heftigen Seufzer aus. „Das spielt auch keine Rolle. Ich hab's versaut. Tatsächlich habe ich es so sehr versaut, dass man es nicht mehr in Ordnung bringen kann. Nichts anderes spielt eine Rolle."

Er legte ruckartig den Kopf schief. „Was meinst du? Was ist passiert?"

Die Ereignisse des Tages fielen über sie her, der endlose Stress, die Angst, und sie spürte, wie ihr ihre Gesichtszüge entglitten. Plötzlich erinnerte sie sich daran, dass er bei Nacht schärfer sah als sie, und sie senkte den Kopf und bohrte sich die Handballen in die trockenen, müden Augen.

„Ich habe alles getan", stieß sie hervor. „Habe meine Version der Wahrheit erzählt und sie mit Vorschlägen und Fragen gestützt, und ich bin an dem Wächter im Gefängnis vorbeigekommen, an Modred, ich habe sogar ein zweites

Treffen mit der Königin überlebt. Ich habe eine zweite Chance bekommen, für sie zu spielen, und sie hat mir drei Tage gegeben, um mich vorzubereiten." Ihre Stimme brach. „Mir ist nie in den Sinn gekommen, dass ich nicht wissen könnte, wie man hier ein Instrument spielt. Ich spiele fünf Instrumente wirklich gut. *Wirklich gut.* Keines dieser Instrumente befindet sich in diesem Saal."

Er holte tief, hörbar Luft, dann ließ er sie langsam entweichen. Er nahm sie an den Schultern und zog sie in seine Arme. „Ok", murmelte er. „Wir bekommen das hin."

„Es gibt nichts hinzubekommen", sagte sie an seiner Brust. „Ich kann nicht magisch lernen, wie man ein neues Instrument gut genug spielt, um eine Musikliebhaberin zufriedenzustellen, nicht in den nächsten … heute ist rum. Jetzt sind es nur noch zwei Tage, nicht drei. Sie wird mich wieder ins Gefängnis werfen, und nächstes Mal werde ich keine schlaue Geschichte haben, um die ich herumsteppen kann, um jemandes Aufmerksamkeit zu erlangen."

„Sei dir da nicht so sicher", erwiderte er. „Es kommt in Ordnung, Sidonie. Vertrau mir einfach und entspann dich kurz, während ich nachdenke."

Aus einer solch irren Isolation und einem solchen Stress zu kommen und plötzlich jemanden zu haben, dem es tatsächlich wichtig genug war, die Arme um sie zu legen, war eine beinahe unmögliche Gefühlsachterbahn. Ihr Atem bebte in ihrer Kehle, und sie kämpfte darum, ihre Fassung wiederzufinden.

Er rieb ihr über den Rücken, bis sie langsam, Muskel für Muskel, in den Schutz seines langen, harten Körpers glitt und ihm die Arme um die Taille schlang. Er trug immer noch den Verband um die Rippen, stellte sie fest.

„Ich soll dir nicht vertrauen", flüsterte sie.

„Das stimmt schon", erwiderte er trocken. „Aber lass uns das vorerst neu formulieren, ja? Vorerst – für heute Nacht – kannst du mir vertrauen. Isabeau weiß noch immer nicht, dass ich dir geholfen habe, also hat sie keinen gegenläufigen Befehl ausgegeben."

Das feste Gewicht seiner Arme um sie fühlte sich zu gut an. Sie konnte sich nicht darauf verlassen, und sie sollte es nicht so sehr genießen, wie sie es tat.

Aber sie genoss es, enorm. Behaglichkeit stahl sich in sie hinein wie ein Dieb und richtete sich häuslich ein. Sie vergrub das Gesicht an seiner Brust. „Also habe ich dir keine Probleme gemacht, als ich aus dem Gefängnis ausgebrochen bin?"

Er drückte sein Gesicht in ihre kurzen Haare. Sie spürte, wie er lächelte. „Du hast mir nichts als Probleme bereitet, von dem Augenblick an, in dem ich herausfand, dass es dich gibt."

„Das klingt bedauerlich", murmelte sie, zum Teil verdrossen, doch vor allem einfach dankbar, dass es ihm irgendwie wichtig war, was mit ihr passierte. Die Einsamkeit, die sie gespürt hatte, seit sie entführt worden war, war stärker, als ihr klar gewesen war.

Eine seiner Hände bewegte sich hinauf zu ihrem Nacken. „Es war kein guter Moment, als ich entdeckte, dass statt dir fünf Wächter in der Zelle waren."

Ihr Kopf fuhr hoch. „O nein."

„O doch." Er umfing ihr Gesicht, rieb mit den Daumen über die runde Wölbung ihrer Unterlippe. „Ich sollte dir das nicht erzählen", fügte er hinzu, fast im Selbstgespräch. „Du erfährst immer noch zu viel über mich."

Sie packte seine Handgelenke. „Du kannst jetzt nicht aufhören. Was ist passiert? Sie haben dich nicht angegriffen, oder?"

„Mach dir keinen Kopf. Ich hatte dadurch die Gelegenheit, eine Geschichte zu knüpfen, wie du geheilt wurdest. Es war zwar etwas weit hergeholt, aber sie haben keine andere Erklärung – oder einen Beweis – für das, was wirklich passiert ist."

Aber ihre Gedanken hatten einen anderen Pfad eingeschlagen. „Du weißt, dass ich herausfinden werde, wer du bist, oder?", sagte sie langsam. „Also, wenn ich die nächsten beiden Tage überlebe. Du hast dich doch nur vor mir versteckt gehalten, damit ich niemandem von dir erzählen konnte, oder von dem, was du für mich getan hast."

„Wir sind noch nicht auf sicherem Boden", erklärte er leise. „Du könntest immer noch verhört werden. Isabeau hat dich genau aus diesem Grund in ihrer Nähe gehalten. Falls sie dich verhören lässt und die Wahrheit mit Gewalt aus dir herausholt, ist im Augenblick das Einzige, was du ihr sagen kannst, dass dir ein Unbekannter geholfen hat."

Ihre Finger spannten sich um seine Handgelenke an. „Ich weiß, dass sie dich mit einem Bann festsetzt", sagte sie steif. „Wie viele Leute kontrolliert sie auf diese Weise?"

Kapitel 11

„**G**ENUG DAVON." SEIN Griff löste sich. „Ich habe ein Geschenk für dich, wenn du es annehmen magst."

„Was?" Das kam nun völlig aus dem Nichts, und sie geriet einen Augenblick lang ins Schwimmen. „Ich – danke dir. Was ist es?"

Er griff in seine Tasche. „Es sind Ohrringe. Hast du Ohrlöcher?"

„Ja ..." Sie blinzelte ihn verwirrt an. Wie um Himmels willen konnte es ihm wichtig sein, ihr in diesem Augenblick Ohrringe zu schenken?

Er nahm eine ihrer Hände und ließ die Ohrringe in ihre Handfläche fallen. Sie betastete sie mit gerunzelter Stirn. Sie fühlten sich klein und immer noch warm an, weil sie in seiner Tasche gewesen waren, und schienen einfache, runde Stecker mit gerundeten Stoppern aus Metall zu sein.

Während sie sie mit den Fingern erkundete, sagte er zu ihr: „Sie sind leider sehr bescheiden und einfach. Sie sind aus Silber und ziemlich klein. Sie sehen aus wie etwas, das eine Dienerin tragen könnte, ich habe sie allerdings mit Telepathie verzaubert."

„Telepathie-Ohrringe ...", hauchte sie.

Sie wusste nicht, wie es in Avalon war, aber auf der Erde gab es einen boomenden Markt für magische Gegenstände. Nicht wenige Magieanwender nutzten

Gegenstände, um ihre Fähigkeiten zu erweitern oder zu verbessern, und viele menschliche Hohlköpfe probierten gerne mit magischen Gegenständen herum. Telepathie-Ohrringe waren einer der am weitesten verbreiteten und günstigsten Artikel auf dem Markt.

Sid hatte neugierig welche gekauft und sie einmal ausprobiert, doch sie fand das Gefühl, eine andere Stimme im Kopf zu hören, so unangenehm, dass sie sie nie trug.

„Mir gefällt nicht, dass ich mich nicht telepathisch mit dir unterhalten kann", sagte er. „Es gibt feine Ohren in der Burg. Vorerst ist es noch in Ordnung. Der Großteil der Burg schläft gerade, und im Augenblick ist niemand in der Nähe dieses Raums. Aber es kommt vielleicht eine Zeit, in der wir reden müssen, während sich jemand in der Nähe befindet. Würdest du in Betracht ziehen, sie zu tragen?"

Sie drehte sie in den Händen. „Ich habe mich mit solchen Ohrringen nicht so toll angestellt, als ich sie zum ersten Mal getestet habe. Telepathie hat sich so seltsam und bedrängend angefühlt, damals war es allerdings egal, ob ich mich daran gewöhne oder nicht. Ich möchte sie auf jeden Fall noch einmal ausprobieren, aber wird das nicht jemandem auffallen?"

Das Lächeln war wieder in seiner Stimme. Sie liebte es, wenn sie ihn lächeln hörte. Es wärmte sein tiefes Flüstern. „Vertrau mir, der Spruch, den ich in diese Ohrringe eingefügt habe, ist so fein und unbedeutend, dass ihn niemand bemerken wird. Telepathie beherrscht bei den Hellen Fae jedes kleine Kind, und außerdem gibt es hier überall aufflammende Magie, die die Sinne erfüllt. Die Kunstwerke, Waffen, manchmal auch Utensilien, die Hexenlichter – diese Kugeln, die an den Wänden befestigt sind – enthalten alle Magie, und die meisten Adligen tragen sehr viel mächtigere

Schmuckstücke. Viele, darunter auch Isabeau, tragen mehrere Stücke gleichzeitig."

„Was machen die Hexenlichter?" Ihr Blick huschte zur Seite, um eines davon neugierig zu beäugen.

„Es sind einfach Beleuchtungszauber. Man aktiviert sie mit einer Berührung." Er hielt inne. „Zumindest jene mit einem Funken Magie können sie aktivieren. Aber mach dir keine Sorgen, in den meisten Zimmern gibt es auch ein paar Kerzen."

Sie seufzte. „Normalerweise macht es mir nichts aus, ohne Magie zu sein, aber so, wie du alles beschreibst, erkenne ich, wie wenig ich von der Welt um mich herum wahrnehme."

Er umfing ihren Kopf mit beiden Händen. „Du bist von deiner eigenen Art der Magie erfüllt, und sie ist sehr viel seltener und schöner als alle anderen Zauber um dich herum. Sie sind alle gewöhnlich. Du bist einzigartig."

Sie wurde von oben bis unten rot, als sie seine Worte hörte, ihr Körper erwärmte sich vor Behagen. „Danke", flüsterte sie. „Wenn du glaubst, wir kommen damit durch, probiere ich die Ohrringe gern aus."

„Hervorragend." Er hielt inne. „Haben sie dich durchsucht oder irgendein Interesse an den Sachen gezeigt, die du bei dir haben könntest?"

Sie schnaubte. „Nicht im Geringsten. Sie haben mich vermutlich auf gefährliche Magie untersucht, ohne dass ich es gemerkt habe. Aber ich habe immer noch meine Sorgensteine, die ich auf der Reise mit den Wagenzug aufgesammelt habe. Niemand hat überprüft, was ich in den Taschen habe oder auch nur gefragt, wie ich heiße. Diese Gleichgültigkeit war erschütternd. Wenn ich ein aufgeblasenes Ego hätte, wäre das schon vor Tagen zu Tode getrampelt worden." Sie dachte einen Augenblick nach. „Die Einzige, der es auffallen könnte, wäre die Frau, die mir die Haare geschnitten hat. Ihr Name ist Kallah. Sie ist Isabeaus ... wie nennen es die Hellen Fae? Kammerzofe?"

„Man nennt sie hier Hofdamen", erklärte er. „Kallah ist schlau und wachsam. Du musst vielleicht vorsichtig mit den Ohrringen sein, wenn sie die Gelegenheit hat, dich zu bemerken, zumindest bis du eine plausible Ausrede dafür hast, wie du sie erworben haben könntest. Ansonsten wird es, denke ich, kein Problem. Jeder weiß, dass du keine Magie besitzt."

„Ok. Probieren wir sie aus!" Sie wollte gerne herausfinden, wie seine telepathische Stimme klang, und zog den kleinen Stopper aus Metall von einem der Stäbe, den sie über die Haut schob, bis sie spürte, wie er ins Ohrloch glitt. Rasch befestigte sie den Stopper und nahm sich den anderen Ohrring vor.

„Dran?", fragte er.

Sie nickte. „Dran."

„Gut. Lass es mich wissen, wenn du bereit bist."

Warum war sie plötzlich so nervös? Sie verschränkte die Hände ineinander und sagte: „Bereit. Glaube ich."

Er ließ beide Hände auf ihre Schultern sinken. Dann erklang eine tiefe, mächtige Stimme in ihrem Kopf. *Hallo, Sidonie.*

Keuchend packte sie seine Unterarme, und ihre Beine wankten.

Seine Finger griffen fester zu. *Ist alles gut?*

Sie keuchte wieder, während die Welt sich um sie herum zu drehen schien. „Ja", hauchte sie. „Deine Stimme in meinem Kopf ... sie ist so *intim*. Wie erträgst du es, das die ganze Zeit über mit fast jedem zu machen?"

Ein leises Lachen entschlüpfte ihm. *So habe ich das bisher nie betrachtet,* erklärte er. *Jetzt, da du es gesagt hast, ergibt es einen Sinn, aber wenn man von klein auf Telepathie nutzt, wird es nur eine weitere Art zu sprechen.*

Während sie ihm zuhörte, musste sie sich beide Hände vor den Mund halten, um das zusammenhanglose Geräusch der Freude zu unterdrücken, das herauskam. Seine telepathische Stimme ließ es ihr kalt den Rücken hinablaufen. *Sie war begeistert.* Begeistert!

Nach leichtem Zögern fragte er: *Ist es ok?*

Sollte sie zugeben, wie sehr sie sich freute, oder dass sie wollte, dass er niemals aufhörte, mit ihr zu sprechen? Sie würde allem lauschen, was er sagte. Er hätte ihr das Telefonbuch vorlesen können, und sie wäre begeistert gewesen.

„Es ist toll", sagte sie unsicher. „Ich muss mich nur wirklich stark umgewöhnen. Beim letzten Mal, als ich Telepathie-Ohrringe probiert habe, konnte ich den Verkäufer gar nicht schnell genug aus meinem Kopf kriegen, aber du bist anders. Ich ... ich vertraue dir." Obwohl sie es leise gesagt hatte, schienen die letzten drei Worte im Musiksaal widerzuhallen. Er wurde still und angespannt. Als sie den Implikationen dessen lauschte, was sie gerade gesagt hatte, fügte sie lahm an: „Zumindest heute Nacht tue ich das."

Er stieß den Atem aus, von dem sie gespürt hatte, dass er ihn anhielt. *Gut. Jetzt versuche, mit mir zu reden. Greif einfach hinaus, wie du es machen würdest, wenn du durch einen Raum schaust und versuchst, meinen Blick einzufangen.*

Sie dachte einen Augenblick darüber nach. Dann brüllte sie: *HALLO? BIST DU DA?*

Er zuckte zurück, als hätte sie ihn geohrfeigt. Dann

brach er in Gelächter aus. Das Geräusch war so anders als alles bisherige, was sie miteinander geteilt hatten, dass sie ihn nur anstarren konnte.

Aber natürlich. Seine telepathische Stimme klang abgehackt. *Ich bin in der Tat genau hier, und du hast gerade einen Höllenlärm veranstaltet. Versuche es beim nächsten Mal leiser.*

Tut mir leid, sagte sie laut, das Gesicht verkniffen, weil sie sich so fest konzentrieren musste. *Ist das besser?*

Er lachte noch mehr. *Es ist nicht nötig, sich anzustrengen oder zu rufen, und schneide in Gottes Namen keine solchen Grimassen! Du kannst im Grunde telepathisch flüstern, und ich werde dich bestens hören.*

Ihr Gesicht verzog sich noch mehr, aber es machte ihr eigentlich nichts aus, dass er sie auslachte. Es klang gut und gesund, beinahe als hätten sie Spaß, während sie eine normale Unterhaltung über normale Dinge führten.

Gott, sie wünschte, sie könnten eine normale Unterhaltung über normale Dinge führen. Was immer *normal* für ihn bedeuten mochte. Sie war sich sicher, dass jegliche Unterhaltung, die sie mit ihm führen mochte, so exotisch sein würde wie diejenigen, die sie bereits geführt hatten. Sie wollte einfach nur mit ihm reden und es gemeinsam locker angehen lassen, ohne dass sich alles anfühlte, als wäre es von drohendem Unheil beladen. Der kurze Moment des Gelächters machte ihr klar, wie ausgehungert sie nach mehr war.

Mit einem stürmischen Seufzer flüsterte sie: *Wie ist das?*

Immer noch intensiv, aber viel besser, sagte er. *Wir können so viel üben, wie du möchtest.*

„Das wäre gut", sagte sie laut, mit gesenkter Stimme. „Ich muss sicher sein, dass ich nicht wie ein Witzbold aussehe, wenn ich telepathisch spreche, aber woher weiß ich, dass ich *dich* anstelle von jemand anderem erreiche?"

Auch er verlegte sich aufs laute Sprechen. „Das ist leichter, als du dir vielleicht vorstellst. Wenn du dich auf mich konzentrierst, wirst du mich kontaktieren. Konzentrierst du dich auf jemand anderen – zum Beispiel Kallah, Modred, Isabeau, einen Wächter oder einen der Hunde – würdest du sie kontaktieren. Aber natürlich haben die Hunde keine Telepathie, daher würdest du keine Antwort erhalten."

„Ja, natürlich", wiederholte sie mit leichtem Sarkasmus, da sie so etwas eigentlich überhaupt nicht wusste. Soweit es sie betraf, hätte auch jeder Hund in Avalon telepathisch und des Sprechens mächtig sein können.

„Denk nur daran, die Reichweite dieser Ohrringe ist in etwa doppelt so groß wie dieser Musiksaal", erklärte er. „Eher in der Größenordnung des großen Burgsaals. Wenn du mich nicht kontaktieren kannst, bin ich nicht in Reichweite. Wir können so viel üben, wie du willst, bis du dich ganz behaglich damit fühlst."

„Vielleicht später. Ich bekomme Kopfschmerzen", murmelte sie, als ihr Blick auf die Laute auf dem Tisch fiel. Ihre kurze Freude löste sich auf, ließ sie mit einem beklommenen, ängstlichen Gefühl zurück. „Die Ohrringe sind wunderbar, und ich bin froh, dass du sie mir mitgebracht hast, aber sie werden mein konkretes Problem nicht lösen."

Die ganze Sache mit dem drohenden Verhängnis hatte ja wieder ihr hässliches Haupt heben müssen.

„Nein, das werden sie nicht, oder?" Er ging hinüber zum Tisch und betastete die Laute. „Aber ich glaube, ich weiß, was funktioniert."

Es war ihr ein Gräuel, dass sie nicht wusste, wie sie ihn

nennen sollte. Es nervte sie immer mehr, je mehr Zeit verstrich. Sie verabscheute es sogar noch mehr, als ihn nicht erkennen zu können. Sie hatte sich an das Schattenspiel auf seinem Gesicht gewöhnt, hatte sich mit den Feinheiten und den wechselnden Emotionen in seiner Körpersprache und seinen leise gemurmelten Worten abgefunden.

So seltsam es klang, sie hatte sich sogar daran gewöhnt, ihn zu berühren und von ihm berührt zu werden. Sie hatte sich mehr als nur daran gewöhnt. Sie freute sich darauf. Sie ... sehnte sich danach. Seine Berührung brachte Trost und Sicherheit in einer Zeit, in der sie beides dringend brauchte.

Jedes Mal, wenn seine Finger über ihre Haut strichen, war es wie Sonnenlicht und frisches, sprudelndes Wasser für eine sterbende Pflanze. Sie brauchte Nahrung zum Überleben, aber wenn er sie berührte, wurde sie auf eine Weise genährt wie nie zuvor.

Im Vergleich dazu war die Tatsache, dass sie seinen Namen nicht kannte, langsam ein Gefühl wie Sand in einer oberflächlichen Schnittwunde. Es scheuerte und war falsch. Und ihm einen beliebigen Namen zu geben, brachte gar nichts.

Fred. John. Thomas. Alles leere Silben, die keine Bedeutung trugen.

Zauberer. Das *hatte* zumindest Bedeutung.

„Ok, Zauberer", sagte sie, als sie neben ihn trat. „Was jetzt?"

✧ ✧ ✧

ZAUBERER.

Als er den Spitznamen hörte, den sie ihm verliehen hatte, lächelte er.

Sie war traumatisiert worden, wie es nur wenige Leute je durchmachten. Sie war immer noch in Gefahr, hatte Angst und war den bösen Kräften überall um sie herum ausgeliefert, und doch kam sie auf ihn zu und war bereit, sich anzuhören, was er zu sagen hatte.

Mut bedeutete nicht, sich etwas zu stellen, von dem man wusste, dass man es überwinden konnte, dachte er. Mut bedeutete, sich dem Unmöglichen zu stellen und zu fragen: *Was jetzt?*

„Ich kenne einen Zauber", erklärte er.

Sie lachte leise und berührte seine Schulter in einer raschen, liebevollen Geste. „Natürlich, was sonst. Was ist es?"

„Eigentlich ist es ein Kampfzauber", erwiderte er. „Man kann die eigenen Fähigkeiten für den Kampf auf eine andere Person übertragen. Die Wirkung ist zeitlich begrenzt, und der Zauber laugt beide aus, daher ist es nichts, was man leichtfertig wirken würde. Im Kampf ist sein Einsatz meistens ein Verzweiflungsakt, in einem Alles-oder-Nichts-Szenario, denn wenn man sich in einer Situation befindet, in der man ihn wirken muss, ist es ohnehin unwahrscheinlich, dass einer der Teilnehmer überlebt. Die wenigen Male, als ich ihn im Einsatz gesehen habe, kämpften Krieger für das Wohl aller. Ein schwer verwundeter Soldat hat den Spruch gewirkt, um seine Fähigkeiten auf einen Jüngeren zu übertragen. Sie sind an diesem Tag beide gestorben, aber sie konnten einen schmalen Pass so lange halten, bis die Verstärkung eintraf und so ihre Siedlung vor einer eindringenden Streitmacht retten."

Sie schlang sich die Arme um den Leib, und er spürte, wie sie zitterte. „Klingt düster."

Er legte einen Arm um sie und zog sie an seine Seite.

„Ist es auch, ziemlich. Es ist nur so – ich habe früher sowohl Laute als auch Harfe gespielt. Einst habe ich richtig gut gespielt. Aber das ist schon ziemlich lange her."

Als sie den Kopf zurücklegte, erhaschte er einen schattigen Blick auf ihre funkelnden, eleganten Augen. „Wie alt bist du genau?"

„Sehr alt", gab er zurück. „Ich habe mit siebenunddreißig aufgehört zu altern. Damals fing mich Isabeau mit dem Bann."

Sie lehnte sich an ihn, barg das Gesicht an seiner Schulter und seufzte. „Ich habe Tagträume davon, ihr das Gesicht aufzureißen."

Das war so unerwartet blutrünstig, dass er ein bellendes Lachen ausstieß. „Genau wie ich", erklärte er. Einem Impuls folgend, den er nicht allzu genau unter die Lupe nehmen wollte, drückte er ihr die Lippen auf die Stirn und murmelte an ihrer weichen, cremefarbenen Haut: „Genau wie ich."

Wann immer sie ihm nahekam, wollte er sie berühren, ihr übers Gesicht streichen, ihren schlanken Körper an seinem bergen, die Wange an ihren Scheitel schmiegen. Die Berührungen hatten einen Hunger geweckt, den er seit Jahrhunderten nicht verspürt hatte, vielleicht auch nie.

In seinem menschlichen Leben war er eigenständig und unabhängig gewesen, getrieben von seinen intellektuellen Leidenschaften, dem Drang nach Magie und der genialen Umsetzung politischer Ambitionen. Sex hatte Spaß gemacht, war aber nichts gewesen, von dem er besessen gewesen wäre, und er hatte niemals jene Art körperlicher Zurschaustellung von Zuneigung gebraucht, die so viele andere von ihren Geliebten zu benötigen schienen.

Dieser Drang, Sidonie zu berühren, war ihm völlig fremd. Er verstand nicht, warum er das plötzlich brauchte, oder warum es sie sein musste, die er berührte.

Aber es musste sie sein. Er hatte kein Interesse daran, an anderer Stelle Trost zu bieten oder zu suchen.

Mit gerunzelter Stirn ließ er ihre Schultern los. „Die einzige Möglichkeit, um herauszufinden, ob der Spruch funktioniert, ist ein Testlauf. Auf welches Instrument möchtest du dich konzentrieren?"

Sie stieß einen Seufzer aus. „Es sollte die Laute sein. Damit habe die beste Chance, schnell genug lernen, wie man spielt – oder zumindest schneller als die anderen Instrumente. Es würde mir Spaß machen, die Harfe kennenzulernen, aber das wird länger dauern."

Das Selbstvertrauen, mit dem sie über ihre musikalische Fertigkeit sprach, während sie die Herausforderungen vor ihr einschätzte, und das, was sie tun konnte, um sie zu meistern, rang ihm Respekt und Gefallen ab. Wenn es um Musik ging, kannte sie sich sehr gut. In diesem Augenblick ähnelte ihre Haltung der eines Schwertmeisters, der ein Schlachtfeld einschätzte.

Er griff um sie herum nach der Laute. „Komm mit mir."

Sie folgte ihm, als er hinüber zu einem Ende des Sofas ging und sich setzte. Er griff nach einem Schemel, zog ihn herüber, um ihn zwischen seine Knie zu stellen. „Setz dich hier hin und wende mir den Rücken zu."

„Ok." Sie ließ sich auf dem Schemel nieder, von ihm abgewandt.

Er beugte sich vor und griff um ihre Taille, um ihr die Laute auf den Schoß zu legen. „Ich glaube, du hast recht", sagte er ihr ins Ohr. „Vieles von dem, was du bereits von der Gitarre weißt, ist auch auf die Laute übertragbar, also war es eine gute Wahl. Aber es ist auch vieles anders."

Ein feines, kaum merkliches Beben durchlief sie. Sie lehnte sich an ihn. „Zum einen hat eine Gitarre sechs Saiten, und hier sind es fünfzehn."

„Das ist eine Renaissancelaute. Barocklauten haben sogar noch mehr Saiten. Du spielst sie auch nicht mit einem Nagel. Du nimmst die Finger, um die Saiten anzuschlagen, bei manchen Liedern nimmst du auch Doppelsaiten. Die Bünde auf dem Hals kannst du ebenfalls bewegen – sie sind nicht fest."

„Faszinierend", murmelte sie. „Das ist mir nicht aufgefallen."

„Außerdem hältst du sie anders als eine Gitarre." Er legte die Arme um sie, positionierte die Laute an ihrer Brust und richtete ihre Arme und Hände aus. „So."

„Verstanden", erwiderte sie etwas atemlos. „Was ist mit der rechten Hand?"

„Taste dich in deine Haltung vor, indem du die Resonanzdecke mit dem kleinen Finger berührst, und ziehe den Daumen ein, was genau umgekehrt ist wie bei der Gitarre." Er strich ihr mit den Fingern über die Hand und verbesserte ihre Haltung, wenn es nötig war. „Eher so."

„Ah. Das ist ganz anders."

Das Gefühl, wie sie sich an seine Brust zurücklehnte, verwässerte seine Konzentration. Ihr schlanker, zierlicher Körper fühlte sich an, als würde er perfekt in seine Arme passen. Mit rauer Stimme sagte er: „Leg deine Hand über meine, dann spürst du, wie sich meine in der korrekten Haltung anfühlt."

Bereitwillig machte sie mit, hob eine Hand. Als er die Hand auf die Saiten legte, platzierte sie ihre leicht darüber, und ihre empfindsamen, klugen Finger passten sich an die Rückseiten seiner Finger an.

Er spielte langsam eine einfache Melodie, die ihr gestattete, zu spüren, wie sich seine Hand auf den Saiten bewegte, während er sie einzeln und doppelt anschlug. „Verstehst du?"

„Ja." Ihre Antwort klang heiser. Sie räusperte sich. „Es ist eine ganz andere Technik, als ich sie gewohnt bin."

„Du wirst in zwei Tagen keine Technik entwickeln, die richtig sitzt", murmelte er. „Ich kann mir vorstellen, dass das frustrierend wird, besonders, da dein Geigenspiel so makellos und überragend ist. Aber wir müssen dich nur so weit bringen, dass du etwas spielen kannst, das für jemanden angenehm klingt, der nicht weiß, wie man Laute spielt. An der Perfektion deiner Technik kann man später arbeiten."

„Ich bin es nicht gewöhnt, dass der Hals so kurz ist", beschwerte sie sich. „Daran kann ich mich nur gewöhnen, wenn ich übe, und genug üben kann man nur mit Zeit."

„Stimmt", erwiderte er. „Aber hier sollte der Kampfzauber aushelfen. Er sollte dir ein Gefühl der Erleuchtung geben, während die Fähigkeit, zu spielen, deinen Geist und Körper durchdringt. Es wird nicht von Dauer sein, und anschließend bist du erschöpft, aber wenn Isabeau will, dass du abends spielst, solltest du bald danach ins Bett gehen können."

„Falls dein Zauber funktioniert", sagte Sidonie düster. „Du sagtest, du wärst nicht einmal sicher, dass du dich erinnerst, wie man spielt."

„Die Erinnerungen sind da", erwiderte er. „Ich muss bloß auf sie zugreifen. Außerdem werden wird das nur erfahren, wenn wir es versuchen. Bist du bereit?"

Ihre Schultern spannten sich an. „Ja. Wird es wehtun?"

„Was, der Zauber an sich?" Da er sein ganzes Leben lang in der Magie aufgegangen war, vergaß er sehr leicht, wie wenig sie über Magie, Zauber und Macht wusste. „Nein, überhaupt nicht. Es sollte sich beglückend anfühlen, wie ein Adrenalinschwall."

„Ok, gut." Sie entspannte sich wieder.

Um den Zauber zu wirken, musste er zurückdenken und sich in die Erinnerung des Spielens versenken. Abgesehen von dieser Nacht war er sich nicht sicher, wann er zum letzten Mal zur Laute gegriffen, geschweige denn darauf gespielt hatte.

Zum Glück musste der Spruch nicht auf dem letzten Mal beruhen. Er konnte auch auf eine frühere Erinnerung zurückgehen.

Als er weit genug zurückgriff, trieb eine Erinnerung nach oben.

Es war ein heißer Nachmittag, und der Großteil des Hofes hatte sich an der Kühle eines tiefen Flusses entspannt. Es hatte Essen und Wein gegeben, die Leute hatten geschlummert, gelesen und sich unterhalten, während Morgan, mit dem Rücken am Stamm einer Weide, über das silberne Funkeln auf dem sonnenbeschienen Wasser hinausgeblickt und die Gedanken träge hatte wandern lassen, während er die Noten eines seiner Lieblingslieder anschlug.

Damals war er glücklich gewesen, im Frieden mit sich und entspannt. Obwohl es gewiss Herausforderungen gegeben hatte, denen man sich stellen musste, hatte er vollste Zuversicht gehabt, dass er sie meistern würde. Sie hatten noch so viel in ihrem aufblühenden, jungen Reich aufzubauen …

Ihm war nicht aufgefallen, dass er sich angespannt hatte und seine Atmung flach geworden war, bis Sidonie den Kopf an seine Schultern lehnte und ihm das Gesicht zuwandte.

„Was ist los?", fragte sie.

Ihr Atem streifte in warmen Wölkchen seine Wange. Er musste sich zum Schlucken zwingen, bevor er beinahe tonlos antworten konnte: „Das ist schwierig für mich."

„Ist der Spruch schwer zu wirken?", fragte sie mitfühlend und legte die Wange an seine.

Er hatte peinlich dafür gesorgt, dass sie keine Ahnung hatte, wer er war; trotzdem entwich ihm ein kleines Schnauben. „Nein", sagte er. „Es ist nicht der Zauber. Es sind die Erinnerungen. Ich war ... damals glücklich."

Sofort schob sie die Laute weg, beugte sich zu ihm, drehte sich herum. Als sie ihm direkt gegenüber saß, legte sie ihm die Arme um den Hals und umarmte ihn.

„Wenn dir das schwerfällt, machen wir es nicht", erklärte sie. „Ich werde mir etwas anderes ausdenken. Ich kann mich eine Treppe hinabstürzen oder sowas. Wenn ich einen Unfall habe, kann sie nicht von mir erwarten, so bald zu spielen, oder?"

Erwärmt von ihrer Sorge und alarmiert von der Richtung, die ihre Gedanken einschlugen, ließ er die Laute auf ein Kissen in der Nähe fallen und zog sie dichter an sich. „Sei nicht albern. Du wirst dich nicht verletzen, nur weil ich nicht zurückschauen will. Die Vergangenheit ist vorbei, und es gibt nichts, was ich tun kann, um sie zu ändern. Was jetzt passiert, ist das wichtigste – die Gegenwart, und was wir für die Zukunft tun können. Und dafür können wir etwas tun."

„Mit gefällt der Gedanke nicht, dass du leidest", hielt sie stur fest. „Du hast schon so viel getan, um mir zu helfen, wo du mir in Wahrheit doch gar nichts schuldest."

„Um Himmels willen, Sidonie", sagte er frustriert, während er ihren Hinterkopf umfing. „Jetzt ist nicht der

Zeitpunkt, um plötzlich meine Hilfe abzulehnen. Sonst riskierst du, alles ungeschehen zu machen, was ich bereits für dich getan habe. Nun hör auf, darum zu streiten, und lass mich wieder ans Wirken des Spruchs gehen."

Ihr Körper fühlte sich steif vor Stress an. „Und mir gefällt die Tatsache nicht, dass ich nach allem, was du für mich getan hast, noch immer nicht deinen Namen weiß. Du nennst mich ständig beim Namen, und ich kann dasselbe nicht mit dir machen."

Seine Arme spannten sich an. „Wir sprechen nicht schon wieder darüber."

„Ich verstehe nicht, warum nicht. Du solltest mir zumindest versprechen, es mir zu sagen, nachdem wir wissen, dass Isabeau die miese Story akzeptiert hat, die du ihr aufgetischt hast, um zu erklären, wie ich in einem unterirdischen Gefängnis geheilt wurde."

„Bist du immer so stur und beharrlich?", wollte er wissen.

Noch während sie stritten, erkannte er, dass er nicht wollte, dass sie wusste, wer er war. Er wollte nicht, dass sie ihn mit der Furcht betrachtete, die er in anderen Gesichtern sah, wenn sie ihn anschauten.

Der Mann, der Musik am Fluss spielte, war so tot wie alle anderen in seiner Erinnerung. Er war zu jemand Härterem geworden, jemand Grausamerem und Rücksichtsloserem. Die Schatten verliehen ihm eine gewisse Anonymität, eine gewisse Distanz zu dem Mann, der er geworden war, und er hatte es nicht eilig damit, diese Distanz aufzugeben.

Als sie lachte, klang sie ehrlich erheitert. „*Stur* und *hartnäckig* sind mein zweiter und dritter Vorname. Ich habe auch ein zunehmendes Problem mit einer Zwangsneurose, und weißt du, warum? Weil ich Dinge nicht auf sich beruhen lassen kann, und ich kann nicht lockerlassen. Ich gebe niemals etwas auf, niemals."

Das glaubte er gern. All diese Qualitäten hatten sie dorthin gebracht, wo sie war. Sie war zäh, hatten einen starken Willen, brachte ihn zum Verzweifeln. Sie war talentiert.

Liebenswert.

Auf ihrem zu ihm emporgewandten Gesicht legte sich ein feiner Schimmer des Mondlichts auf den Rand eines hohen Wangenknochens, den schrägen Umriss eines Auges und diese wunderschönen, verlockenden Lippen. Einem Impuls folgend, den er nicht in Worte fassen konnte, senkte er den Kopf und bedeckte ihren Mund mit seinem.

Als seine Lippen ihre berührten, spürte er, wie sie rasch nach Luft schnappte. Dann verlor er sich in dem Schock puren Vergnügens, während er diesen vollen, sinnlichen Mund küsste.

Ein Beben ging durch sie hindurch, dann spannten sich ihre Arme an, und sie erwiderte den Kuss.

Sie erwiderte den Kuss.

Ihr Mund bewegte sich unter seinem, ihre Lippen teilten sich, um ihm Zugang zu gewähren. Euphorie stürmte auf ihn ein, rein, scharf, alles umfassend. Er bog sie nach hinten und verlor sich beinahe in unersättlichem Genuss, stieß seine Zunge in sie, während er ihren üppigen, gewölbten Mund verzehrte.

Sie gab ein leises Geräusch von sich. Es war gleichzeitig heiser und überrascht, und es drang direkt bis zu seinem Schwanz vor. Als er steif wurde, kam er mit einem Ruck wieder zu sich.

Wann hatte er zum letzten Mal eine solche sexuelle

Spannung gespürt, einen solch sinnlichen Genuss?

Er konnte sich nicht erinnern.

Aber er erinnerte sich, wie unangemessen es war. Er hatte kein Recht, sie hier so zu küssen. Er hatte kein Recht, sie zu berühren oder so von ihr zu denken. Sie war gefangen und in Gefahr, und sein Leben gehörte buchstäblich nicht ihm selbst.

Sie war nicht die Einzige, die ihm nicht vertrauen konnte. Er konnte sich selbst nicht vertrauen.

Es war fast unmöglich, sich von ihrer freigiebigen Reaktionsfreudigkeit zurückzuziehen. Mit heftigen Atemzügen hob er den Kopf und sagte heiser: „Vergib mir. Ich hätte das nicht tun sollen."

Mit einem leisen Knurren vergrub sie die Finger in seinen Haaren und zog sich hoch, so dass sie seinen Kuss erwidern konnte. Diesmal war sie die Aggressive, und als sie die Zunge in seinen Mund stieß, wurde seine Erektion so hart, dass sie fast schmerzte. Jeder ihrer Finger schickte ein Prickeln über seine Kopfhaut, während ihre Lippen sich in einem unwiderstehlichen Sirenengesang auf seinem Mund bewegten.

Lange Augenblicke verlor er sich in ihr. Als er eine Hand an ihrer Seite hinabstreifen ließ, bog sie sich der Berührung entgegen wie eine Katze, die gestreichelt werden wollte. Er wollte – musste – ihr die Kleider vom Leib reißen und sich in der sinnlichen Hitze ihres schmalen, muskulösen Körpers verlieren.

Aber in einem fernen Winkel seines Verstandes rasselte Unbehagen. Es wurde rasch lauter.

Sie hatten sich von einem impulsiven Kuss auf eine Ebene roher, drängender Bedürfnisse katapultiert, und das war unausgewogen und gefährlich. Wenn ihm nur eingefallen wäre, warum es gefährlich war ...

Er zog seinen Mund von ihrem zurück. Beim zweiten Mal war es sehr viel mühsamer zu bewerkstelligen, und sie atmeten beide schwer.

Lange Augenblicke hielten sie einander noch fest. Er konnte seine Finger nicht dazu zwingen, sich zu lockern und sie loszulassen.

Er wollte sie niemals loslassen.

Dieser letzte Gedanke war wie ein Eimer kaltes Wasser, der ihn ins Gesicht traf.

Wenn es irgendwo auf der Welt jemanden gab, der solche Gedanken nicht haben sollte, war es er.

Als seine Hände lockerließen, gab sie ein Phantomlachen von sich. „Das ist schnell aus dem Ruder gelaufen", flüsterte sie erschüttert.

„Zu schnell", stieß er hervor. „Ich hatte kein Recht, dich so zu küssen."

„Na, ich habe nicht gerade Einwände erhoben, oder?", erklärte sie. Sie ließ die Finger mit einer langsamen Sinnlichkeit aus seinem Haar gleiten, die sein Blut erhitzte.

Er griff nach einer ihrer Hände und küsste sie. „Nein", sagte er zustimmend zu ihren Fingern. „Hast du nicht. Und ich wollte nicht aufhören. Aber das wird dich nicht durch deine Audienz bei Isabeau bringen. Darauf müssen wir uns im Augenblick konzentrieren."

Sie richtete sich auf dem Schemel auf, holte tief Luft und spannte die Schultern an. „Natürlich müssen wir das", stimmte sie mit ausdrucksloser, gedämpfter Stimme zu.

Hatte er ihre Gefühle verletzt? Er rieb sich übers Gesicht, dann entschied er, es auf sich beruhen zu lassen, denn selbst wenn er es getan hatte, spielte es keine Rolle.

Er griff nach der Laute und schob sie ihr in die Hände.

„Es ist Zeit, herauszufinden, ob dieser Zauber wirklich funktioniert", erklärte er.

Sie schmiegte die Laute an ihre Brust und fragte: „Und falls nicht?"

Falls nicht, hatte er keine Ahnung, was er als nächstes versuchen sollte.

Er legte eine Zuversicht in seine Stimme, die er nicht verspürte, und sagte: „Damit beschäftigen wir uns, wenn der Fall eintritt."

Kapitel 12

SID WAR KLAR, dass sie immer noch in einen Kampf verwickelt war, um dem Gefängnis fernzubleiben. Einen Kampf, um ihr Leben zu retten. Sie wusste, dass sie nicht wie ein Teenager mit einem Mann knutschen sollte, über den sie so wenig wusste.

Aber dieser Kuss war das Beste gewesen, was ihr seit langer Zeit widerfahren war. Das absolut Beste.

Und als sie auf ihr von der Arbeit bestimmtes Leben zurückblickte, erkannte sie, dass sie damit nicht nur das Beste meinte, seit sie entführt worden war. Ihn zu küssen, war das Beste gewesen, was ihr seit sehr, *sehr* langer Zeit widerfahren war.

Sie hatte sich in ihrem Leben auf ganze vier Männer ernsthaft eingelassen, und mit zweien davon war sie intim geworden. Das war nicht gerade eine erinnerungswürdige Dating-Biografie, aber soziale Interaktionen fielen ihr ohnehin schwer, daher hatte sie sich nie zu sehr deswegen gegrämt.

Sie war hübsch, und das wusste sie. Sie wusste auch, dass die meisten Männer, die anfangs von ihrem Äußeren angezogen wurden, der intensive, laserscharfe Fokus auf ihre Karriere abstieß. Der Zauberer hatte recht – sie *war* stur und hartnäckig.

Sie war auch ehrgeizig, und das alles bedeutete, dass sie

keine allzu gute Ehefrau oder Mutter abgegeben hätte. Sie hatte nie richtig verstanden, warum andere Frauen davon sprachen, dass ihre biologischen Uhren tickten. Sie war nicht ganz überzeugt, dass sie eine biologische Uhr hatte.

Bei keinem ihrer vorherigen Partner war sie entflammt wie beim Zauberer. Es war egal, was er sagte, oder sogar worauf ihr Verstand beharrte. Ihr Körper vertraute ihm. Wenn er sie berührte, entspannte sie sich. Als er über ihre Seite gestrichen hatte, hatten seine Finger eine langsame Feuerwoge der Leidenschaft nach sich gezogen.

Und sie hatte festgestellt, dass es keine Rolle spielte, wie er letztlich aussah. Für ihre Fingerspitzen sah er gut aus, und sein Körper fühlte sich stark und mächtig an, wenn er an ihrem lag. Man konnte sich mühelos mit ihm unterhalten, ihm etwas zuflüstern, und er hatte jene Art Vertrauen in seine Fähigkeiten, seien es magische oder sonstige, die ihn unglaublich sexy machte. Seine Berührung war fest und sicher, während seine Hände sanft und empfindsam waren. Und er war nicht nur erfahren, er war intelligent – vermutlich sehr viel intelligenter als sie.

Bis auf die Tatsache, dass Isabeau ihn magisch im Griff hatte, ohne sein Einverständnis, wusste sie nichts über das, was er tat, oder was seine Aufgabe war. Sie kannte seinen Namen nicht. Sie wusste nicht, wie er aussah oder wer seine Freunde waren, an welche Orte er gern ging, was er für Hobbys hatte ... oder ob er überhaupt Hobbys hatte.

Unter normalen Umständen hätte sie nie in Betracht gezogen, sich von ihm küssen zu lassen oder den Kuss zu erwidern. Aber derzeit steckte sie in einer Situation, die alles andere als normal war. Normal traf auf ihr Leben einfach nicht mehr zu.

Genau jetzt wollte sie nur im Dunkeln mit einem Mann

knutschen, den sie nicht kannte, und als er die Bremse gezogen hatte – *und zwar zu recht* –, wollte sie nur noch trotzig sein. Sie war es leid, in diesem Krisenzustand zu denken, leid, in diesem Stress zu leben.

Ihr Körper sehnte sich nach Genuss, und er wusste instinktiv, dass er ihn ihr verschaffen konnte. Ihre Seele sehnte sich nach Trost, und es war unglaublich tröstlich, ihn zu berühren und sich von ihm berühren zu lassen. Ihr Verstand wollte sich einfach abschalten.

Aber nein, sie mussten sich darauf konzentrieren, dass sie heil und ungebrochen blieb, dass ihr Hintern nicht wieder in der Zelle landete.

Bah!

Der Zauberer zog sie nicht erneut an seine Brust, obwohl sie es wirklich irgendwie wollte.

Vielleicht mehr als nur *irgendwie*.

Vielleicht wirklich, *wirklich* wollte.

Vermutlich konnte er so klar an das denken, was sie tun sollten, weil er ... nicht auf dieselbe Weise von ihrem Kuss vereinnahmt gewesen war wie sie. *(BAH!)*

Anstatt sie in die Arme zu nehmen, legte er ihr eine breite Hand in den Nacken, die andere an die Stirn. Dann begann er zu flüstern.

Als sie versuchte, sich auf die Worte zu konzentrieren, wollten sie ihr nicht im Kopf bleiben. Stattdessen fühlte es sich an, als würden sie wie ein warmer Regen auf ihre Haut fallen ... und dann wurde sie von den Worten durchtränkt.

Druck baute sich auf, wie das Gefühl eines nahenden Sturms, oder das Gefühl, das sie hatte, kurz bevor sie die Bühne betrat. Sie wurde gereizt und ruhelos, musste sich bewegen.

Da sie nicht stillsitzen konnte, bewegte sie sich unter

seinen Händen und murmelte: „Soll das denn so unangenehm sein?"

Er antwortete nicht. Stattdessen ging sein stetiges, eindringliches Flüstern weiter, bis er schließlich abbrach. Danach nahm er die Hände weg und tippte ihr fest mit zwei Fingern auf die Stirn.

Und *Klick*.

Sie spürte die Offenbarung.

Natürlich spielte man so Laute. *Natürlich*.

Sie schnappte sich das Instrument, zupfte an allen Saiten, richtete die Bünde und begann zu spielen. Sie kapierte es. Ihr war vollkommen klar, wie man gut spielte, und das Wissen kam mühelos zu ihr.

Sie kannte keines der Lieder, die er vor so langer Zeit gekannt haben musste. Stattdessen spielte sie ihre Musik, adaptierte ihre Songs beim Spielen für Laute mit fünfzehn Saiten, summte vor Glück, dass sie ein Instrument hatte, egal welches Instrument, um wieder spielen zu können, fügte Riffs hinzu, schlug die Doppelseiten stilvoll an.

Der im Schatten liegende Musiksaal wurde von harmonischen Klängen erleuchtet. Sie liefen sie wie feuriges Gold durch sie, und es spielte keine Rolle, was um sie herum vorging oder was die Zukunft bereithalten mochte. Die Welt war in Ordnung. Alles stimmte, und mehr als nur das ...

Sie verlor jegliches Zeitgefühl, und auch das spielte keine Rolle, bis eine unbestimmte Zeitspanne später die Offenbarung aus ihr herausströmte, wie die Ebbe, mit der sich das Wasser von der Küste zurückzog.

Ihre Finger blieben an der Saite hängen. Müdigkeit verschlang sie. „Oh, wow", murmelte sie unsicher. „Das war einfach unfassbar. Wenn du das in Flaschen abfüllen könntest, würden die Süchtigen auf der Straße Schlange stehen."

"Das war eine Kombination aus meinem Zauber und deinem Talent." Sein Flüstern klang rau vor Erschöpfung. "Diese Süchtigen würden nie so spielen können wie du gerade."

"Aber wie wirst du diesen Zauber auf mich wirken?" Sie biss sich auf die Lippen, während sie sich um dieses Problem sorgte. "Ich glaube nicht, dass ich zu sehr dramatisiere, wenn ich sage, dass mein Leben davon abhängt."

"Ich schwöre, ich werde eine Lösung finden. Irgendwie bringe ich ihn zu dir." Die eiserne Entschlossenheit in seiner Stimme besänftigte ihre Furcht. "Sidonie, es war ein Höllentag, bevor ich zu dir gekommen bin, und ich kann mich nicht hier erwischen lassen. Ich muss gehen, bevor ich zusammenbreche."

"Natürlich", sagte sie und wankte auf dem Schemel, wo sie saß. "Ist bei mir auch so. Ich bin völlig erledigt."

Seine Hand senkte sich schwer auf ihre Schulter, als er aufstand. Er wühlte in dem Rucksack, den er auf dem Tisch zurückgelassen hatte, und drückte ihr etwas in die Hand. "Hier, iss das vor dem Schlafengehen, oder du wirst es morgen büßen."

Ihre Finger pochten. Sie hatte nicht gelogen, als sie gesagt hatte, sie hätte die Beweglichkeit ihrer Finger eingebüßt, und sie hatte keine Hornhaut, die sie sich an der Laute erarbeitet hatte.

Sie griff mit einer steifen, schmerzenden Hand nach dem, was er ihr gab. "Ok, danke."

Ehe sie die beiden Worte herausbrachte, wehte ein frischer Luftzug durch den großen Raum, und sie wusste, dass er weg war.

Mit einem Akt der Willenskraft zwang sie sich, aufrecht zu bleiben und schnupperte an dem, was er ihr gegeben hatte. Irgendeine Pastete. Als sie hineinbiss, füllte der süße, herbe Geschmack von Kirschen ihren Mund, ausgeglichen durch die zuckrige Köstlichkeit der Kruste. Es schmeckte hervorragend.

Ihr wurde plötzlich klar, dass sie seit der vorigen Nacht nichts mehr gegessen hatte, und sie hörte nicht auf, bis sie das ganze Ding verspeist hatte.

Dann, mit etwas mehr Sicherheit, tippte sie mit den Fingern auf den Tisch, während sie nachdachte. Wie könnte sie erklären, dass sie an diese Ohrringe gekommen war, falls man sie fragte?

Sie nahm sie sorgsam ab und ließ sie in die Tasche ihres hässlichen braunen Kleides gleiten, während sie flüsterte: „Manchmal trage ich meine Ohrringe, und manchmal habe ich sie in der Tasche."

Würde das reichen, um an Kallahs Wahrheitssinn vorbeizukommen? Wie zum Teufel sollte sie das wissen, wo sie doch in ihrem ganzen Leben nie gespürt hatte, wie der Wahrheitssinn sich anfühlte?

Sie holte die Ohrringe heraus und legte sie auf den Tisch. *Jetzt sind sie nicht in meiner Tasche.*

Dann steckte sie sie wieder in die Tasche. *Jetzt schon.*

In meiner Tasche. Raus. Rein. Und wieder raus.

Hatte sie am Ende gar einen Nutzen für ihre Zwangsneurose gefunden?

Sie befestigte die Ohrringe in den Ohren und sagte vor sich hin: „Jetzt trage ich sie. Denn manchmal trage ich meine Ohrringe, und manchmal habe ich sie in der Tasche."

Das musste reichen. Sie war zu müde für alles Weitere. Sie stolperte hinüber zum Sofa und rollte sich auf einem

Ende zusammen. Treibend glitt ihr Verstand Richtung Schlaf.

Die Lippen des Zauberers waren fest, warm und hungrig gewesen. Als sie daran dachte, wie er sie geküsst hatte, pulsierte ihr ganzer Körper in der Erinnerung an die Hitze. Seine Haut war heiß gewesen, und die Muskeln in seinem Arm angespannt. Sein Haar hatte sich dicht, sauber und seidig angefühlt, als sie mit den Fingern hindurch gestrichen war.

Und seine Ohren waren rund gewesen, nicht spitz.

Sie öffnete die Augen und starrte hinauf zu der im Schatten liegenden Decke, als es ihr klar wurde.

Der Zauberer war kein Heller Fae.

„WAS MACHST DU da?!"

Kallahs scharfe Stimme drang durch die dichte Decke des Schlafs, die Sid einhüllte. Mühsam richtete sie sich auf, blinzelte ins helle Morgenlicht, das durch die hohen Fenster strömte. Es fühlte sich nach Kopfschmerzen an, ganz dumpf, als hätte sie einen Kater.

Die Helle Fae stand steif vor Zorn über ihrer daliegenden Gestalt. Kallah war makellos gekleidet, in ein einfaches, rosafarbenes Kleid mit gutem Schnitt gehüllt, ihr blondes Haar war im Nacken festgesteckt.

Sid schloss ein Auge und blinzelte zu Kallah hinauf. „Habe ich etwas falsch verstanden? Ich habe letzte Nacht geübt, bis ich zu müde war, um zurück in die Dienerschaftsunterkünfte zu gehen", sagte sie mit eingerosteter Stimme. „Ihr habt gesagt, ich könne mich entweder hier oder da aufhalten, nicht?"

Kallahs steife Haltung löste sich etwas, und sie schaute Sid finster an. „Der Koch sagte, du seist nicht zum Essen gekommen, und sowohl deine schmutzigen Kleider als auch der Haufen Haare sind noch in deinem Zimmer. Du kannst nicht einfach im Musiksaal dösen, wann immer dir danach ist!"

Sid schwang die Beine vom Sofa, blickte hinab auf ihre wunden Hände. Ihre Finger waren gerötet, und an den Kuppen zeigten sich Blutblasen. Sie hatte letzte Nacht unter Einfluss von des Zauberers sehr lange gespielt. Sie rieb mit den Fingerspitzen sanft über die Daumenwurzeln. Es gab wohl keine noch so kleine Kleinigkeit, die einfach werden würde, was?

„Verstanden", seufzte sie. „Ich werde versuchen, nicht so spät in die Nacht hinein zu üben."

„Was ist das?", fragte Kallah abrupt. Als Sid fragend aufschaute, nickte die Frau zu ihren Händen hin. „Diese roten Male."

„Das sind Blutblasen vom Üben", erklärte Sid. „Sie werden platzen und eine Weile wehtun, aber letztlich werde ich dort Hornhaut bekommen."

Kallahs Stirn runzelte sich noch tiefer. „Ich vergesse, dass Menschen nicht so schnell genesen wie Helle Fae. Würdest du so immer noch spielen?"

Sid schob sich hoch und sagte düster: „Ich werde alles tun, was ich tun muss, um morgen Abend für Ihre Majestät gut zu spielen. Ich werde alles tun, was ich nur tun kann, um nicht wieder in diesem Gefängnis zu landen. Ich werde spielen, während mir die Finger bluten, wenn ich muss. Seid Ihr je dort unten gewesen?"

Kallah zögerte, dann erwiderte sie leise: „Nein."

„Vertraut mir, da wollt Ihr auch nie hin." Sid schaute ihr in die Augen. „Nie im Leben."

Kallah musterte sie einen Augenblick lang, dann presste

sie die Lippen fest aufeinander. Schließlich befahl sie: „Komm mit."

Na toll. Dieser Tag fing ja schon hervorragend an. Was für eine neuerliche Hölle erwartete sie nun?

Mit vorgerecktem Kinn folgte sie Kallah, die sie durch die Burg an einen Ort führte, an dem Sid noch nie gewesen war. Neugier vertrieb ihre schlechte Laune, während sie sich in einem großen, sauberen Raum mit einer Reihe von Gefäßen und Töpfen umschaute. Verschiedene Kräuterdüfte rangen um die Oberhand. Menthol, Eukalyptus und andere Gerüche, die Sid nicht benennen konnte.

Eine ältere Helle Fae betrat durch eine andere Tür den Raum. „Ja, Kallah? Was kann ich für dich tun?"

„Myrrah, kannst du die Hände dieser Menschenfrau heilen? Sie hat sich selbst beschädigt." Kallah deutete rasch auf Sid. „Zeig es ihr."

Mit erhobenen Augenbrauen fügte sich Sid, hielt die Hände vor, damit die seltsame Frau sie inspizieren konnte.

„Natürlich kann ich die heilen", sagte Myrrah. Als sie Sid anlächelte, erschienen Lachfältchen in ihren Augenwinkeln. „Das ist eine kleine Verletzung, aber es muss unangenehm und schmerzhaft sein."

„Ja, ich hatte schon früher Blasen", erwiderte Sid.

„Ein einfacher Zauber wird das Problem aus der Welt schaffen", erklärte Myrrah. „Wie heißt du denn, Liebes?"

„Sid", erwiderte sie, nicht ganz sicher, worüber sie mehr staunte – Kallahs brüsken Akt der Freundlichkeit oder Myrrahs freundliches Verhalten. Trotzdem verriet sie ihnen nicht ihren vollen Namen. Sie wollte den Hellen Fae nicht mehr von sich überlassen, als sie sich bereits genommen hatten. Sie konnte auch nicht anders und fügte betont hinzu: „Ich kann nicht fassen, dass mich doch noch jemand fragt, wie ich heiße, nach ... ich weiß nicht mehr, wie vielen Tagen, die ich bereits hier bin."

Kallahs Mund verzog sich angesäuert, während Myrrah sanft Luft holte und sie einfach mit einem trockenen Lächeln wieder ausstieß. Sie bedeckte Sids Hände mit ihren beiden und sprach einen kurzen Heilspruch.

Ein Prickeln lief durch Sids Arme, und als Myrrah die Hände wegnahm, waren die Blutblasen völlig verschwunden. Wo sie gewesen waren, bedeckte eine frische, dünne Hornhautschicht die Fingerspitzen genau an den richtigen Stellen, um Laute zu spielen.

„Das ist wunderbar", sagte Sid zu der Heilerin. „Wenn Ihr nicht gewesen wärt, hätte ich Tage gebraucht, um diesen Punkt zu erreichen."

„Ich kann dir eine Salbe geben, die die Hautverdickung aufweicht, wenn du willst."

„Ich weiß das Angebot zu schätzen, aber nein." Sie rieb die Finger aneinander und lächelte. „Ich brauche sie ganz genau so."

„Ich verstehe. Falls du es dir anders überlegst, bist du hier immer willkommen, wenn du zurückkehren willst."

„Vielen Dank", sagte Sid ehrlich. Sie blickte an der Heilerin vorbei, um Kallahs Blick aufzufangen. „Euch beiden."

„Gern geschehen", erwiderte Myrrah. „Jetzt werde ich wieder in der Krankenstube gebraucht. Ihr findet selbst hinaus."

„Ja, natürlich", sagte Kallah. Nachdem die Heilerin sie verlassen hatte, musterte sie Sid einen Augenblick lang. „Nun denn ... äh, Sid. Was für ein seltsamer Name das doch ist."

„Deiner ist für mich genauso seltsam", erklärte Sid.

„Kann ich mir vorstellen", murmelte Kallah. Sie tippte mit dem Fuß auf den Boden. Dann schien sie zu einer Entscheidung zu gelangen, und ihre Aufmerksamkeit schärfte sich erneut. „Also gut. Du wirst tun, was dir befohlen wurde, und deinen Raum säubern. Danach wirst du ein Frühstück einnehmen. Ich will nicht hören, dass du zurück in den Musiksaal gehst, bevor du dich nicht um deine Bedürfnisse gekümmert und dich angemessen erfrischt hast. Und im Namen der Götter, schlaf nicht wieder im Saal ein! Es ist völlig unangemessen, den Musiksaal als Schlafzimmer zu nutzen! Du hast die Erlaubnis, dort vorübergehend zu üben, und nicht mehr."

Sid schaute sie einen Augenblick lang einfach an. „Ihr könnt Euren Akt der Freundlichkeit nicht ohne eine Lektion durchgehen lassen, was?" Dann, als Kallahs Gesicht sich rötete, lenkte sie mit einem leisen Lachen ein. „Schon gut. Ich weiß zu schätzen, was Ihr getan habt, und ich werde jeden einzelnen Eurer Befehle befolgen. Ich werde mein Zimmer reinigen, essen und den Musiksaal von jetzt an nur zum Üben benutzen."

„Sieh zu, dass du es so machst", fuhr Kallah sie an. „Die Dienerschaftsunterkünfte sind dort entlang, rechts von dir. Jetzt hast du aber für diesen Vormittag genug von meiner wertvollen Zeit gestohlen. Ich will heute nicht wieder von dir oder über dich hören. Ist das klar?"

Es musste eine ganz spezielle endlose Hölle sein, als Isabeaus Hofdame zu arbeiten, dachte Sid, während sie Kallahs Tadel lauschte. Klar, es ging vielleicht ein gewisser Respekt mit dieser Stellung einher, aber lieber Gott, wenn man Tag um Tag mit dieser irren Zicke fertigwerden musste … Jahr für Jahr …

„Völlig klar", erwiderte sie sanft. „Noch einmal vielen

Dank, Kallah."

Kurz schaute Kallah ihr in die Augen und nickte Sid knapp zu. Dann wirbelte sie auf dem Absatz herum und marschierte davon.

„Denn dass man ‚gern geschehen' sagt, ist ja auch viel zu gefährlich und schwierig hier in diesen Gefilden", flüsterte Sid vor sich hin.

Sie hatte vergessen, das gute Gehör der Hellen Fae zu bedenken. Ein Stück entfernt im Gang drehte Kallah sich um und warf ihr einen finsteren Blick zu.

Mit einem bellenden Lachen hob Sid eine Hand. „Tut mir leid", brachte sie hervor. „Einen schönen Tag wünsche ich."

Kallah starrte noch finsterer. „Gern geschehen", keifte sie. Dann wirbelte sie erneut herum und preschte durch den Gang, bis sie außer Sicht war.

O Herrgott, dachte Sid. *Dieser Ort ist so furchtbar, dass alles, was nicht ganz so entsetzlich ist, richtig hervorsticht.* Die Neckerei mit Kallah war eines der lustigsten Dinge gewesen, die sich seit Tagen zugetragen hatten. Seit Wochen.

Sie rieb sich übers Gesicht und machte sich auf die Suche nach ihrem Zimmer. Dort angekommen, schaffte sie den Haarhaufen auf dem Boden weg, machte das Bett mit der Decke und stellte ihre Turnschuhe in den einfachen Schrank.

Dann betrachtete sie ihre verdreckten Sachen von der Erde. Irgendwie schienen die Kleider nicht mehr so wichtig wie am Vortag. Die wichtigen Dinge waren in ihrer Tasche – ihre einundzwanzig Sorgensteine und ihre Telepathie-Ohrringe.

Falls ... *wenn* sie es zurück zur Erde schaffte, hatte sie einen ganzen begehbaren Schrank mit allen möglichen

Klamotten und jedem vorstellbaren Schuhtyp. Sie brauchte dieses Outfit nicht. Trotzdem brachte sie es nicht ganz über sich, es zu verbrennen.

Mit einem Seufzen nahm sie ihre saubere Tunika und die Hose aus dem Schrank, sammelte die dreckige Jeans und den Kapuzenpulli auf und nahm ihr Handtuch mit in die Baderäume. Nachdem sie eine anstrengende Zeit damit verbracht hatte, ihre Kleider in den Wannen mit warmem Wasser zu waschen, wrang sie sie so gut wie möglich aus und wusch sich dann schnell selbst.

Wieder hatte sie Glück und begegnete niemandem, während sie bei der Arbeit war. Es war wohl die falsche Tageszeit, als dass viel Betrieb in den Bädern geherrscht hätte. Sie war froh um die Privatsphäre und merkte sich vor, Morgenstunden und Abende zu meiden, wann immer es möglich war.

Auf den Regalen mit der weichen, geruchlosen Seife lagen stapelweise Stöcke mit steifen Borsten an einem Ende, die neben Gefäßen mit nach Minze duftendem Pulver standen, das ihr, nachdem sie vorsichtig davon probiert hatte, eine Art Natron zu sein schien.

Nachdem sie beide Gegenstände untersucht hatte, schloss sie, dass die Stöcke wohl so eine Art Zahnbürsten darstellten. Sie nahm eine und benutzte sie mit einer kleinen Menge des Minzpulvers, das sie in ihre Handfläche schüttete, um sich die Zähne zu putzen.

Als letztes wusch sie noch das Kleid, das sie angehabt hatte. Das ging sehr viel leichter als das Waschen der Erdenkleidung vorhin. Kallah hatte die Wahrheit gesagt. Nachdem sie das Kleid ein paar Mal untergetaucht hatte, hielt sie es hoch, und das Wasser lief aus dem Stoff. Innerhalb weniger Augenblicke war das Kleid wieder sauber und beinahe völlig getrocknet.

Bis sie ihre Reinigungsrituale beendet hatte, fror sie und hatte großen Hunger. Sie ging zurück in ihr Zimmer, hängte die nassen Kleider auf und drapierte den trocknenden Stoff über ihrer Schranktür. Die Kleider wären schneller getrocknet, wenn sie sie hinaus an die Sonne hätte bringen können, aber sie wusste nicht, wo sie draußen Wäsche aufhängen konnte, und sie hatte nicht die Erlaubnis, nach draußen zu gehen.

Es war klar, dass ihr Verhalten überwacht wurde, und sie wollte das Risiko eines weiteren Tadels nicht eingehen. Sie und Kallah hatten zwar eine nicht völlig verbissene Interaktion hinter sich, aber das verwechselte Sid nicht mit der Annahme, dass sie eine echte Verbindung aufgebaut hatten, und sie wollte die Geduld der Hellen Fae nicht noch stärker strapazieren, als sie es ohnehin schon getan hatte, vor allem, da Kallah das Gehör der Königin hatte.

Sobald sie mit ihren persönlichen Aufgaben fertig war, machte sie sich auf die Suche nach der Küche. Da von dort eine Explosion aus Hitze, Lärm und Energie ausging, war sie leicht zu finden. Etliche Leute arbeiteten an diversen Gerichten gleichzeitig, während ein ernst wirkender Mann Befehle brüllte.

Sid hatte sich schon mehrmals in Hotels hinein- und aus ihnen herausgeschlichen, indem sie die Küche benutzt hatte, um übereifrigen Fans und der Presse zu entwischen, und als sie sich interessiert umschaute, fand sie, dass diese Küche jenen Hotelküchen recht nahe kam. Man musste hier jeden Tag viele Leute mit Essen versorgen.

Dem ernsten Mann fiel auf, dass sie da war, und er unterbrach seine Tätigkeit und marschierte herüber. „Ja?", fuhr er sie an. „Was willst du?"

„Ich habe das Frühstück versäumt", erklärte Sid. „Ich hoffe, es wäre keine zu große Mühe, etwas Einfaches zu bekommen, sowas wie eine Scheibe Brot und Butter vielleicht?"

Er zeigte auf sie. „Wenn du eine Mahlzeit verpasst, ist das deine Sache. Ich bereite jeden Tag Hofmahlzeiten zu, und ich sorge dafür, dass auch die Diener zu essen haben. Ich habe keine Zeit für irgendwen, der einfach hier auftaucht, um einen Happen abzugreifen."

Sid kniff die Augen zusammen. Es gab in dieser Burg eindeutig eine Hackordnung, und sie war es leid, diejenige zu sein, auf der man herumhackte.

„Ich verstehe", sagte sie mit weicher, gemäßigter Stimme. „Ich habe so intensiv geübt, um für die Königin zu spielen, dass ich es noch nicht zu den Essenszeiten geschafft habe. Vielleicht macht Ihr nur dieses eine Mal eine Ausnahme. Wenn ich nicht die Energie habe, ordentlich zu üben, bin ich sicher, dass Ihre Majestät nicht mit dem Ergebnis zufrieden ist – oder Nachsicht walten lässt, was den Grund dafür betrifft."

Da sich seine Augen leicht weiteten, wusste sie, dass sie getroffen hatte. „Also gut", erwiderte er steif. „Ich mache in deinem Fall eine Ausnahme."

„Das weiß ich zu schätzen." Sie lächelte.

Die Begeisterung der Königin für Musik musste wohlbekannt sein. Vielleicht konnte sie daraus einen Vorteil ziehen. Das würde Sid zwar wohl nicht zur Freiheit verhelfen, aber sie konnte sich das Leben um einiges angenehmer gestalten, bis sie eine Möglichkeit fand, um nach Hause zu kommen. Und es war nichts Falsches daran, alles zu tun, was in ihrer Macht stand, um sich in der Zwischenzeit das Leben zu erleichtern.

Der Mann entfernte sich. Sie beobachtete, wie er einen kleinen, runden, goldenen Brotlaib von einem Stapel nahm, der auf einem großen Tablett lag. Dann ging er zu einem dampfenden Topf hinüber, der über einem Feuer in einem riesigen Kamin hing.

Er hatte ihr den Rücken zugewandt, deswegen sah sie nicht, was er als nächstes tat. Als er zurückkehrte, schob er ihr den Laib in die Hände und reichte ihr einen einfachen Metalllöffel. Ein appetitanregender Duft stieg von dem Laib auf. Als Sid hinschaute, sah sie, dass er die Oberseite abgeschnitten, den Laib ausgehöhlt und mit einem dicken, fleischigen Eintopf gefüllt hatte.

Es war so viel mehr, als sie sich erhofft hatte, dass sie nur starren konnte. „Das ist wunderbar", erklärte sie. „Und es riecht köstlich."

Sie hatte wohl einen Nerv getroffen, denn seine Steifheit ließ nach. Er lächelte sie zwar nicht ganz an, aber er nickte ihr knapp zu, um das Kompliment anzunehmen.

„Sorg dafür, dass du Ihre Majestät wissen lässt, wie geehrt ich mich fühle, ihre Liebe zu den Künsten zu unterstützen", sagte er. „Und du kannst so viel zu essen haben, wie du willst, wann immer du willst. Frag einfach nach mir."

Wenn Sid nur mit allen eine so einfache Übereinkunft hätte treffen können. Sie nickte im Gegenzug. „Das werde ich", erwiderte sie. „Ich werde auf jeden Fall Euren Namen in den Mund nehmen."

„Ich bin Triddick. Und du?"

„Sid."

Neugier trat in seinen Blick. „Wann spielst du für Ihre Majestät?"

„Bald", erklärte sie. „Morgen Abend."

„Sie hat einen anspruchsvollen Geschmack", sagte er, nicht ohne eine ordentliche Portion Stolz, da das auch auf ihn zurückfiel. „Du musst ziemlich nervös sein."

„Gestern war ich das", erwiderte sie mit einem Lächeln. „Jetzt freue ich mich darauf."

Er hob eine Augenbraue und musterte sie mit einem intensiven Blick aus zusammengekniffenen Augen. „Da Olwen, ihr Musikmeister, auf Familienbesuch ist, hast du da eine seltene Gelegenheit. Viel Glück wünsche ich dir, junge Dame."

„Vielen Dank", sagte sie. Mit einem Nicken zu dem Brotlaib hin fügte sie an: „Und danke für das Frühstück."

Er neigte zur Antwort den Kopf. Als sie sich abwandte, stieß sie beinahe gegen einen Mann, der hinter ihr dazu getreten war.

Sie sah auf und wollte sich entschuldigen, erstarrte aber und gaffte ihn an.

Der Mann war offenkundig ein Mensch, oder zumindest menschenartig, mit dunklem Haar, einem wettergegerbten, zynischen Gesicht und wölfischen Augen. Er war kraftvoll gebaut und trug Lederrüstung, dazu ein Messer und ein Schwert.

Als er den Blick über ihre Gestalt herabwandern ließ, glomm kaltes Interesse in seinen Augen auf. „Sieh an", sagte er. „Was für einen köstlichen Leckerbissen haben wir denn hier?"

Hinter ihr fuhr Triddick ihn an: „Sie ist nicht für deinesgleichen, Warrick."

„Ich beurteile selbst, was für meinesgleichen ist", gab der Mann namens Warrick mit einem leisen Knurren zurück, während er harte, weiße Zähne in einer Art Lächeln zeigte. „Wie heißt du, Schatz? Und wo kann ich dich finden?"

Während sie dem Austausch der beiden Männer lauschte, zog sich Sids Magen zusammen. Mit hämmerndem Herzen suchte sie in Warricks kaltem Blick nach irgendeinem Hinweis darauf, dass er ihr Zauberer war. Er schien die richtige Größe und Figur zu haben, aber sie glaubte nicht, dass sie es sicher wissen konnte, wenn sie ihn nicht berührte.

Doch der Gedanke, ihn zu berühren oder ihm zu erlauben, sie zu berühren, ließ sie zurückweichen. Sein Blick war so raubtierhaft. Das konnte nicht der Mann sein, der sie geheilt hatte, der so leidenschaftlich mit ihr gesprochen und ihr Hilfe aus einem Quell seiner schmerzhaften Erinnerungen angeboten hatte.

Das konnte nicht der Mann sein, dessen Hände so sanft über ihren Körper gestrichen waren, während er sie so leidenschaftlich geküsst hatte ... Oder?

Wenn sie die Telepathie-Ohrringe getragen hätte, hätte sie ihn fragen können. Aber sie hatte sie zusammen mit ihren Steinen sicher in ihrer Tasche verstaut. Vielleicht funktionierten sie, wenn sie Hautkontakt zu ihnen hatte?

Während sie schon die Hand in die Tasche bewegte, um es herauszufinden, keifte Triddick: „Sie ist die neue Musikerin der Königin, und du *wirst* sie in Frieden lassen! Und das hier ist mein Reich, und du bist hier nicht willkommen. Weg mit dir!"

Warricks Interesse an ihr wandelte sich zu einem sehr viel frostigeren Gesichtsausdruck. Er legte eine Hand auf den Messergriff und sagte leise zu Triddick: „Eines schönen Tages wirst du mich einmal zu oft angefahren haben, alter Mann. Und ich verspreche, dir wird nicht gefallen, was dann geschieht."

Die Aktivität in der Küche war zum Stillstand

gekommen. Sid fiel auf, dass alle sie anschauten.

„Wow", sagte sie zu Warrick, so laut, dass es alle hören konnten. „Wie wütend wird die Königin wohl sein, wenn man ihren Mahlzeiten in die Quere kommt, was meinst du?"

Das gefiel ihm nicht. Sie sah, wie er die Augen zusammenkniff, in denen kurz etwas aufglühte, rasch und heiß. Aber er sagte nichts mehr. Stattdessen drehte er sich nach einem langsamen, kalten Blick in die Runde auf dem Absatz um und ging.

Während sie ihm nachsah, murmelte sie zu Triddick: „Was für ein Arschloch."

Aber was, wenn das alles nur geschauspielert war? Warrick war buchstäblich der Einzige, den sie bisher gesehen hatte, der kein Heller Fae war.

Triddick verlegte seine Aufmerksamkeit auf sie. „Warrick ist einer Jagdhunde der Königin, und er ist sehr gefährlich", erklärte er mit leiser Stimme, die nur für ihre Ohren bestimmt war. „Er würde es nie wagen, sich so zu benehmen, wenn Morgan hier wäre. Du hältst dich von ihm fern, wenn du weißt, was gut für dich ist."

Sehr gefährlich, *hmm*? Das Herz wurde ihr schwer, als sie erkannte, dass das zu allem passen würde, was Robin zu ihr gesagt hatte. Sie wollte es nicht, aber es passte.

Und wer war dieser Morgan?

Gerade als sie Triddick fragen wollte, ging er weg, keifte seine Gehilfen an, und der kurze Augenblick der Verbundenheit war vorüber.

Vielleicht würde Kallah einige ihrer Fragen beantworten, wenn Sid sie in der richtigen Laune antraf. Oder noch besser, vielleicht Myrrah.

Oder vielleicht sollte sie einfach den Mund halten, ihre Mahlzeit zu sich nehmen und zurück zum Musiksaal gehen.

Sie durfte nicht vergessen, dass all diese Leute schon lange hier gelebt hatten, bevor sie aufgetaucht war. Sie hatten bestimmt einiges an Loyalitäten, Groll und Motivationen aufgebaut, von denen sie überhaupt nichts wissen konnte.

Sie durfte auch nicht vergessen, dass sie sie alle immer noch beobachteten.

Mehr als nur ein bisschen erschüttert nahm sie ihr Mahl in den Musiksaal mit. Unterwegs musste sie etlichen Dienern in braunen Gewändern ausweichen. Einer stand still, mit geschlossenen Augen, während ein Wirbelwind wie ein kleiner Tornado systematisch vorwärts und rückwärts über den Hallenboden zog.

Während Sid hinstarrte, wurde Schmutz in den Wirbelwind gezogen, und sie erinnerte sich daran, dass Kallah gesagt hatte, die Burg würde mit Magie gereinigt. Sogar das Reinigungspersonal besaß einen großzügigen Schuss Magie.

Nachdem sie ein paar Augenblicke zugesehen hatte, glitt sie an dem Arbeitenden vorbei und eilte zum Musiksaal. Sobald sie gegessen hatte, machte sie sich wieder an die Arbeit.

Sie hatte nicht genug geschlafen. Immer noch fühlte sie sich träge und verkatert, aber Jahre der Disziplin hatten ihr vor langer Zeit beigebracht, wie man dranblieb.

Außerdem konnte sie schlafen, wenn sie tot war.

Kapitel 13

MORGAN SCHLIEF AM nächsten Morgen lange aus, und als er aufwachte, wusste er, dass er über den Berg war. Obwohl die Verletzung sich im Kampf gegen Robin erneut geöffnet hatte, fühlte er sich kräftiger und sicherer, und er hatte sich zwar am Tag zuvor völlig verausgabt, doch spürte er, dass im Schlaf seine Magie noch stärker zu ihm zurückgekehrt war.

Seit er von Sids Entführung erfahren hatte, war es eine stetige, verzweifelte Strapaze gewesen. Nun hatte er zum ersten Mal das Gefühl, über ausreichend Energie zu verfügen, um sich in den Büchern zu vergraben, die er mitgebracht hatte. Begierig, damit loszulegen, stand er auf, wusch sich und nahm ein rasches Frühstück ein, dann ließ er sich vor den Büchern am Tisch nieder.

Er hatte eine großzügige Mischung aus allem, was nützliche Informationen enthalten könnte, aus der Bodleian Library gestohlen, daher war er darauf vorbereitet, auf Sackgassen und Unbedeutendes zu stoßen.

Trotzdem war es entmutigend, stundenlang über den Büchern zu brüten und esoterische Abschnitte über die Deus Machinae zu lesen, die Gott-Maschinen. Die Deus Machinae waren legendäre Gegenstände von erheblicher Macht, die der Legende nach von den sieben Göttern der Alten Völker in die Welt entlassen worden waren, um sicherzustellen, dass ihr Wille zu allen Zeiten weiterhin umgesetzt wurde. Doch nichts, was er las, stellte eine Verbindung zwischen diesen Legenden und Azraels Athame her.

Eigentlich fand er in keinem der Abschnitte, die er las, einen Hinweis auf des Todes Messer. Persönlich hatte er vor jener Nacht, in der Isabeau damit auf ihn eingestochen hatte, noch nie von dem Messer gehört. Seither hatte er es sorgsam studiert, wenn auch aus der Ferne, da er es über Jahre hinweg an Isabeaus Taille hatte hängen sehen.

Es war ein Gegenstand von erheblicher Macht und hohem Alter, daher konnte es theoretisch eine der Gott-Maschinen sein. Wenn dem so war, wäre es unzerstörbar.

War es keine dieser Maschinen, bestand Hoffnung darauf, es zu zerstören. Aber er konnte nicht in Erfahrung bringen, wie man das anstellte, wenn er nicht mehr über die Herkunft und den Ursprung des Messers herausfand.

Er musste dem Louvre einen Besuch abstatten, solange er noch die Freiheit dazu hatte, und das Elfenbuch heranziehen. Aber er wagte es nicht, Sidonie zu verlassen, während ihr Schicksal noch am seidenen Faden hing. Vielleicht konnte er sich nach ihrer Audienz bei der Königin wegschleichen, auch wenn er das Gesicht verzog, als er darüber nachdachte.

Ihm missfiel der Gedanke, sie zu verlassen, Punkt. Sie wusste nicht, wie sie sich am Hof bewegen musste, und sie war den Nattern ausgeliefert, die durch Manipulation in Machtpositionen gelangt waren.

Einen Schritt nach dem anderen. Ein Hindernis nach dem anderen.

Vorerst war der nächste Schritt, den folgenden Abend zu überstehen.

Ruhelos nach einem Tag der körperlichen Untätigkeit pirschte er an diesem Abend durch die nahen Hügel, um herauszufinden, ob sich der Geruch des Pucks aufschnappen ließ, aber entweder hatte Robin beschlossen, zur Erde zurückzukehren, oder er bewegte sich verstohlener, seitdem Morgan ihn zur Rede gestellt hatte. Er fand keinen Hinweis auf Robins Anwesenheit.

Nicht ganz überzeugt von einem so deutlichen und offenen Mangel an Beweisen kehrte Morgan in seine Hütte zurück, wo er sich um die Verletzung kümmerte, sie neu verband und sich abermals mit dem Geruchstarnungsspray einsprühte.

Als er sich diesmal hinab zum Nachtmarkt schlich, war es nicht mehr so dringend erforderlich, Nahrung zu stehlen. Sidonie würde zumindest bis morgen Abend versorgt sein, und er war nicht hungrig.

Diesmal war er an Informationen interessiert.

Er verhüllte sich so stark wie immer und schlängelte sich wie ein Geist durch belebte Straßen und vorbei an von Laternen beleuchteten Ständen. Am Stand des Stoffhändlers Gardin schnappte er Sidonies Namen auf und hielt inne, um sich darauf zu konzentrieren.

„Ich habe gehört, eine Menschenfrau namens Sid hat einen Weg an den Hof gefunden, um bei der Königin eine Audienz zu erbitten", erzählte Gardin der Adligen, die ein Stück Seidendamast betastete, während sie lauschte.

Morgan kannte die Adlige, Freya – eine berüchtigte Plaudertasche. Freya beugte sich dicht heran, ihr Blick leuchtete. „Der Musikmeister wird nicht erfreut sein, wenn er zurückkehrt und herausfindet, dass ein menschlicher Emporkömmling in seinen Saal eingedrungen ist", sagte sie zu Gardin.

Der Stoffhändler zuckte mit den Schultern. „Ach, Olwen muss sich nicht sorgen. Kein Menschenmusiker, egal wie ehrgeizig, kann sich Hoffnungen machen, einen Meistermusiker der Hellen Fae zu ersetzen, der schon seit Jahrhunderten an der Vervollkommnung seiner Kunst arbeitet."

„Stimmt", pflichtete Freya ihm bei. „Falls diese Frau sich eine Position bei Hofe erhofft, bin ich sicher, dass sie eine böse Enttäuschung erlebt."

Morgan unterdrückte ein verächtliches Schnauben. Sidonies Talent war Olwens um Lichtjahre überlegen. Sobald sie die Hürde der morgigen Abendaudienz hinter sich hatten, hätte sie, wenn sie gewollt hätte, rasch in Isabeaus Gunst aufsteigen und eine echte Machtposition bei Hofe erringen können.

Nicht, dass sie es darauf irgendwie angelegt hätte. Sie wollte nur in das Leben zurückkehren, das ihr rechtmäßig zustand.

„Ich wette, sie wird ihre Sachen packen, bevor der morgige Abend vorüber ist", erklärte Gardin.

Freya lachte. „Du hast bestimmt recht."

Die beiden hatten keine Ahnung. Das einzig Bemerkenswerte an dieser Unterhaltung war, dass die Nachricht von Sidonies Anwesenheit und ihrer bevorstehenden Audienz bei Isabeau die Stadt erreicht hatte. Morgan zog weiter.

Als er um eine Ecke bog, hielt er abrupt inne. Keine zwei Meter entfernt hatten sich drei Jagdhunde vor Zacharias' Bude versammelt. Zacharias verkaufte dunkles Hefebier in Humpen, gebratenes Fleisch, gekochte Eier, Fisch und Kartoffeln. Die drei Männer saßen essend und trinkend auf einer groben Holzbank.

Warrick, Johan und Harrow. Sie hatten wohl drüben auf der Erde die Jagd nach Morgan angeführt. Wenn sie nach Avalon zurückgekehrt waren, bedeutete das, dass auch die anderen Jagdhunde zurückkehren würden, und das hieß, das es gerade sehr viel schwieriger geworden war, sich durch die Burg zu schleichen.

Ihm ging auch das Jägerspray aus. Ob er nun entschied, zum Louvre zu reisen oder nicht, er musste eine rasche Exkursion zur Erde unternehmen, um Nachschub zu holen. Wenn die Jagdhunde zurückkehrten, brauchte er das Spray dringender denn je.

Morgan zog seinen Verhüllungszauber dichter an sich, bis er wie eine schwere, heiße Gummischicht auf seiner Haut lag und alles andere blockierte, selbst den leisesten Lufthauch. Er wollte unbedingt nach vorne treten, um die Unterhaltung der Männer zu belauschen. Aber wenn es jemanden gab, der einfach so Worte aussprach, die den Bann aktivieren könnten, waren es diese drei.

Und er wagte es nicht, jemanden anzuheuern, um für ihn zu lauschen. Da niemand wusste, welche Auslöser man vermeiden musste, könnte derjenige einfach wiederholen, was die anderen gesagt hatten, und Morgan säße trotzdem wieder in der Falle. Brodelnd vor hilflosem Groll ging er rückwärts und verließ den Nachtmarkt ganz.

Es war an der Zeit, weiterzuziehen und zu sehen, wie es Sidonie an diesem Tag ergangen war.

Auf seinem Weg nach draußen hielt er bei einem Honighändler an, um ein Stück Wabe zu stehlen. Sobald er den süßen Honig aus der Wabe gesaugt hatte, würde er Bienenwachs haben, mit dem er sich die Ohren verstopfen konnte.

Er blieb nur lange genug stehen, um an der Wabe zu

saugen, und genoss die schwere, goldene Süße, während er das Wachs kaute, bis es weich und formbar genug war, dass er daraus Ohrstopfen rollen konnte. Dann begab er sich in die Burg.

Diesmal war es schwieriger. Beim letzten Mal hatte er sich mitten in der Nacht durchgeschlichen. Jetzt war es früher am Abend, alle Hexenlichter leuchteten, und mehr Leute waren wach und unterwegs. Er musste sich darauf konzentrieren, seine magischen Sinne anzuwenden, um der Enttarnung zu entgehen, nicht sein Gehör.

Schließlich kam er an den Türen des Musiksaals an, nur um zu entdecken, dass der Saal dunkel und leer war. Sidonie war nicht da.

Mit einem tonlosen Knurren begab er sich auf die Jagd, um sie aufzustöbern. Ihr Geruch war deutlich und ließ sich leicht verfolgen. Er führte zurück in die Dienerschaftsunterkünfte. Dieser Bereich war sehr viel dunkler als die restliche Burg, da die meisten der vernünftigen, hart arbeitenden Diener schon im Bett waren.

Aus einem Zimmer schien Kerzenlicht durch die Ritze unter der Tür. Kerzenlicht, nicht der kühlere Schein von Hexenlicht.

Der Bereich vor dem Zimmer roch auch nach Sidonie. Er hielt vor der Tür inne und sagte telepathisch: *Ich bin hier. Lösche deine Kerze.*

Einen Augenblick lang war er nicht sicher, ob er die telepathische Verbindung hergestellt hatte, und er zog sich das Wachs aus den Ohren, damit er hören konnte, was auf der anderen Seite der Tür vorging.

Dann fragte sie zögerlich: *Was, wenn ich das nicht will?*

Er rieb sich übers Gesicht, neuerlich frustriert. Ein Teil von ihm wollte durch diese Tür brechen und sie in die Arme nehmen, aber der andere Teil hielt ihn zurück. *Wir haben doch schon mehr als einmal darüber gesprochen. Es ist nicht sicher.*

Nicht sicher für wen?, fragte sie. Ihre telepathische Stimme klang angespannt. *Mich oder dich?*

Die Anspannung hätte ihrem Unbehagen mit dem für sie neuen Einsatz der Telepathie geschuldet sein können, aber er glaubte, dass er sie inzwischen besser kannte. Leise gab er zurück: *Nicht sicher für uns beide. Was ist los?*

Ich fühle mich mit unserer Übereinkunft nicht mehr wohl, flüsterte sie.

Warum?, wollte er wissen. Hatte sie herausgefunden, wer er war? Der Drang, durch die Tür zu brechen, wurde stärker. *Was ist passiert?*

Bist du Warrick?, fragte sie.

Die Frage traf ihn völlig aus dem Nichts, und sie ließ ihn zurückprallen. *Bei den Göttern, nein!*, rief er heftig. *Warum fragst du denn so etwas?!*

Schwörst du, dass du die Wahrheit sagst? Sie ahnte vermutlich nicht, dass telepathische Sprache die gesprochene Sprache nachempfand. Bestimmt war ihr nicht klar, wie zittrig sie diese Frage gerade gestellt hatte.

Aber Morgan hörte es, und wütende Sorge donnerte durch ihn hindurch. Was hatte ihr der Bastard angetan? Mit weicher, völlig gemäßigter Stimme sagte er: *Wenn Warrick etwas getan hat, das dich verletzt oder dir Angst eingejagt hat, schwöre ich, dass ich ihm das Herz herausschneide und es ihm zum Fraß vorwerfe.*

Genauer betrachtet hatte das vermutlich nicht ganz so beruhigend geklungen, wie er es sich wünschte. Er drückte eine Faust an die Holztür und wollte, dass sie ihm glaubte.

Ein Schatten zog vor dem Kerzenlicht vorbei, das unter der Tür durchschien, und ein verhaltenes, kaum vernehmliches Geräusch erklang in der Nähe.

Ruhiger sagte sie: *Er hat mir nichts getan. Er hat sich daneben benommen und zweideutige Anspielungen gemacht, und er ist bewaffnet. Das ist keine gute Kombination. Er hat auch Triddick bedroht, der sich für mich eingesetzt und ihn vertrieben hat.*

Morgan würde Warrick umbringen. Er wusste nicht, wie, und er wusste nicht, wann, aber es würde bald sein. Ihm war klar gewesen, dass Warrick ein grober Kerl war, aber früher war es ihm immer gelungen, den Mann in Schach zu halten. Nun, da Morgan scheinbar nicht mehr in Avalon war, kam Warricks wahres Wesen zum Vorschein.

Halblaut fragte er: *Warum um Himmels willen denkst du, dass ich Warrick bin? Habe ich mich irgendwie daneben benommen oder dich belästigt?*

Nein!, rief sie. Dann fügte sie leiser hinzu: *Nein, hast du nicht. Du ... du warst großartig. Ich glaube wirklich nicht, dass ich noch leben würde, wenn du nicht gewesen wärst, und du hast mir nicht bloß das Leben gerettet. Du hilfst mir immer noch. Ich verlasse mich inzwischen auf dich. Aber du bist derjenige, der mich davor warnt, dir zu vertrauen, und ich weiß, dass du kein Heller Fae bist. Warrick ist der erste Nicht-Fae, der mir begegnet ist, seit ich hier bin. Und als ich daran dachte, wie wenig ich über dich weiß, bin ich ein bisschen ausgeflippt.*

Er nahm das alles schweigend auf. Schließlich sagte er: *Du weißt, dass ich nicht für das garantieren kann, was ich unter dem Einfluss des Banns womöglich tue, aber ich werde dir nie wehtun. Ich – der Mensch – werde dich nie verletzen. Ich werde nie eine Barriere einreißen, die du errichtet hast, oder dich zu etwas zwingen, das du nicht willst. Ich werde dich immer unterstützen, respektieren und verteidigen.*

Wie ritterlich, flüsterte sie.

Nun ... ja. Seine Lippen verzogen sich zu einem

trockenen Lächeln.

Dein Wohlergehen ist mir wichtig, sagte er. *Die Musik, die dein kreativer Geist schafft … sie ist mir wichtig. Wenn du dich durch eine geschlossene Tür mit mir unterhalten willst, und wenn du deine Kerze brennen lassen willst, damit du nicht im Dunkeln bist, werde ich nichts tun, um das zu ändern. Und wenn du mir sagst, ich soll weggehen und dich in Frieden lassen, gehe ich. Nur … um deinetwillen sollten wir uns für morgen verabreden, damit ich den Kampfzauber auf dich wirken kann, bevor du für die Königin spielst.*

Auf der anderen Seite der Tür hörte er ein leises, dumpfes Geräusch, als hätte sie die Stirn an ein Brett geschlagen. Sie sagte: *Danke, dass du das alles sagst. Ich glaube dir. Warte kurz.*

Ein Augenblick verging, dann erlosch das Licht in ihrem Zimmer. Keiner der Dienerschaftsräume hatte ein Türschloss, aber er machte keine Anstalten, ihre Tür zu öffnen. Mit geballten Fäusten zwang er sich dazu zu warten, bis *sie* aufmachte.

Als sie es tat, trat er vor und griff nach ihr. Im selben Moment sprang sie auf ihn zu, warf ihm die Arme um den Hals, und etwas Rohes, Zorniges in seinem Inneren beruhigte sich. Er war es so müde, darüber nachzudenken, was er tun sollte und was nicht, dass er alle Bedenken über Bord warf, sie hochhob und küsste.

Sie wandte ihm das Gesicht zu und kam ihm entgegen. Ihre Lippen prallten aufeinander, nicht gerade sanft. Ihr entwich ein gedämpftes Lachen, dann teilte sie die Lippen, und er stieß so tief vor, wie er nur konnte.

Ein Kuss mit ihr war eine euphorische Erfahrung. Ihr feuchter Mund war so weich, die Erwiderung des Kusses so begierig, das Gefühl, wie ihre Zunge über seine glitt, so samtig.

Sein Gewissen bäumte sich in einem letzten Kraftakt auf. Er hob den Kopf ein wenig und flüsterte an ihrem Mund: „Wir sollten das nicht tun."

„Halt den Mund und komm rein, damit wir die Tür schließen können", antwortete sie flüsternd.

Rasch fügte er sich und schob die Tür sacht mit einem Fuß an, damit sie zufiel. Er schaute sich um. Die Wände der Dienerschaftsräume bestanden aus dickem Stein, aber es konnte immer noch jemand am Fenster oder der Tür lauschen. Mit einer raschen Geste seiner Finger wirkte er einen Dämpfungszauber in den Raum, damit sämtliche Geräusche im Inneren blieben.

„Ich habe den Raum verzaubert", erklärte er. „Wir können frei reden. Niemand draußen wird etwas hören."

„Ok, gut zu wissen. Warte mal." Im schwachen Licht des Mondes, das durch ihr kleines Fenster fiel, sah er, wie sie den Kopf schieflegte. „Warum hast du so einen Zauber nicht gewirkt, als du mich im Kerker besucht hast?", fragte sie. „Stattdessen sagtest du, o nein, wir müssten flüstern."

„Ohne den Dämpfungszauber müssen wir auch flüstern", fuhr er sie an. „Entweder das, oder Telepathie benutzen. Ich hatte mit einer Verletzung zu tun, und nachdem ich dich in der ersten Nacht geheilt hatte, hatte ich keine Magie mehr übrig. Außerdem wollte ich nicht, dass du meine Stimme wiedererkennst. Aber die Katze habe ich schon aus dem Sack gelassen, als ich dir die Telepathie-Ohrringe geschenkt habe."

Sie fuchtelte wütend mit den Händen. „Was um Himmels willen willst du damit sagen? Vergiss nicht, ich weiß so gut wie nichts über magische Gegenstände."

„Die telepathische Stimme klingt genauso wie die körperliche Stimme einer Person", erklärte er. „Sobald du mich telepathisch gehört hattest, hättest du mich an der Stimme erkennen können. Aber da du aus dem Kerker entkommen konntest, dachte ich, wir sollten auf jede mögliche Weise kommunizieren können, daher habe ich die Ohrringe gemacht. Und in diesem Augenblick spielt es keine Rolle, ob wir flüstern oder nicht. Es spielt nur eine Rolle, dass man uns nicht belauscht – aber ich werde den Dämpfungszauber auch noch oft genug nicht sprechen können."

„Ok, ich beiße an", erwiderte sie mit einem gequälten Seufzen. „Warum nicht?"

„Weil er in einer Menschenmenge niemals unbemerkt bleiben würde. Dämpfungszauber wirkt man auf Bereiche, nicht auf Personen, und sobald jemand einen gedämpften Bereich betritt, merkt er es." Groll brodelte in ihm hoch. „Ich kann nicht glauben, dass du dachtest, ich könne Warrick sein", warf er ihr vor.

„Oh, jetzt verstehe ich", warf sie ein. Dunkler Humor schwang in ihrer Stimme mit. „Du hast den Raum verzaubert, damit wir uns streiten können."

„Kannst du mir das übelnehmen?", fuhr er sie an.

„Schön – nur zu, sei sauer auf mich. Aber ich wusste nicht, was ich glauben soll!", rief sie. „Du bist so darauf versessen, mir keine Einzelheiten über dich zu erzählen … Oder zumindest so wenige Einzelheiten wie möglich. Selbst jetzt hast du mir das mit den telepathischen Stimmen, die wie echte Stimmen klingen, nur erzählt, weil du musstest."

Bei diesem Vorwurf spannte er die Kiefermuskeln an, sagte aber nichts, weil sie recht hatte.

Leiser fuhr sie fort: „Manchmal ist es wirklich schwer, darauf zu vertrauen. Wenn wir uns in einer auch nur annähernd normalen Situation daheim in New York befänden, hätte ich keine zwei Sätze mit dir gewechselt. Ich hätte vermutlich beim ersten Anzeichen geheimnisumwitterten Gebarens die Polizei gerufen."

„Ich weiß", murmelte er. „Das liegt so weit jenseits von sämtlichen Dingen, mit denen du bisher fertig werden musstest, dass ich es dir nicht übelnehme, wenn du zweifelst. Und ich war derjenige, der zu dir gesagt hat, du solltest dich vor mir in Acht nehmen."

„Ja", murmelte sie. Sie strich ihm mit den Händen über die Brust. „Trotzdem, trotz der Tatsache, dass du Informationen über dich unter Verschluss hältst, habe ich dir letztlich vertraut."

Und trotz der Tatsache, dass er versuchte, Informationen über sich unter Verschluss zu halten, entwischten ihm hier und da immer wieder kleine Schnipsel. Manches, wie die Telepathie, waren Puzzleteile, die sie noch nicht zusammensetzen konnte, aber sie war schlau, neugierig und hartnäckig, und sie hatte recht. Früher oder später würden all die Puzzleteile zusammenkommen, und sie würde herausfinden, wer er war, aber er war entschlossen, diesen Augenblick so lange wie möglich hinauszuzögern.

Wenn sie seine Identität entdeckte, hielt er es für sehr wahrscheinlich, dass sie nichts mehr mit ihm zu tun haben wollte. Und selbst falls sie es durch irgendein Wunder doch wollte, würden sie ihre Beziehung geheim halten müssen.

Isabeau durfte sie nie miteinander in Verbindung bringen oder erkennen, wie viel ihm Sidonie inzwischen bedeutete. Wenn sie das je herausfand, wäre er ihr wahrhaft völlig ausgeliefert. Sie würde nur androhen müssen, Sidonie zu foltern oder zu töten, und Morgan würde ohne Gegenwehr alles tun, was sie wollte.

Und solange Isabeau Sidonie gefangen hielt, könnte er

niemals Möglichkeiten finden, sich an ihr zu rächen. Er würde jenen letzten Winkel seiner Seele verlieren, den er sich so hart erkämpft hatte.

Ihre Hand glitt hinab zu seiner Taille. Sie strich über die Ränder seiner Verbände und murmelte: „Was macht deine Verletzung?"

„Es wird besser", sagte er. „Sie heilt gut."

„Gut."

So beruhigend Sidonies Berührung war, er konnte ihren Streit immer noch nicht auf sich beruhen lassen. „Aber Warrick!", rief er vorwurfsvoll.

Sie lachte leise, doch es klang nicht amüsiert. „Glaub mir, mir hat das auch nicht sonderlich geschmeckt."

Er musste seiner Sucht nachkommen. Flüchtig berührte er sie am Nacken, rieb ihr mit der Daumenwurzel über die Wange. Ihre Haut fühlte sich weicher an als eine Rosenblüte. Plötzlich wollte er sie überall lecken, er wollte es so sehr, dass sein ganzer Körper sich verhärtete.

Um sich von der Versuchung abzulenken, fragte er: „Wie hast du herausgefunden, dass ich kein Heller Fae bin? Was habe ich getan, um mich zu verraten?"

„Es war bei unserem Kuss gestern Nacht." Sie schlang die Arme um seine Taille, lehnte sich an ihn und legte ihm den Kopf an die Brust. „Ich bin dir mit den Fingern durch die Haare gefahren, weißt du noch?"

„Ich weiß." Die Erinnerung heizte sein Blut auf.

„Erst nachdem du weggegangen warst, fiel mir auf, dass du keine spitzen Ohren hast", erklärte sie, ihre Stimme gedämpft an seinem Hemd. „Du kannst kein Heller Fae sein."

Da er über ihre Klugheit noch immer nicht richtig lächeln konnte, drückte er ihr die Lippen an die Stirn. „Und dein ruheloser Verstand hat den Rest erledigt."

„Natürlich. Ich habe dir doch gesagt, dass ich nicht lockerlassen kann. Dann bin ich Warrick begegnet." Sie erschauerte. „Ich wollte mir nicht vorstellen, dass du und er derselbe Mensch wärt, aber ich hatte auch nichts, was dagegen sprach."

Seine Arme spannten sich an. „Na gut, Punkt für dich", sagte er. „Zu deiner Information, in der Burg und in der Stadt gibt es etliche Männer, die menschlich aussehen, es aber nicht sind, und in den nächsten Wochen sollten noch weitere eintreffen. Pass in ihrer Gegenwart auf, denn sie sind alle gefährlich."

„Oh, toll."

Er konnte sich das Gesicht, das sie dabei machte, richtig gut vorstellen. Er verbiss sich ein Lächeln und fügte an: „In der Stadt sind auch ein paar Menschen verstreut. Sie sind die letzten überlebenden Nachfahren eines einst blühenden Menschenkönigreichs in Avalon. Es gibt außerdem noch ein paar andere Völker, die Bevölkerung besteht nicht rein aus Hellen Fae. Du hast die anderen nur noch nicht gesehen."

Sie regte sich in seinen Armen. „Was ist mit dem Menschenreich passiert?"

„Isabeau und Modred sind passiert", gab er knapp zurück. „Sie haben die Herrscher getötet und den Großteil der Bevölkerung entweder vernichtet oder vertrieben. Viele sind nach Großbritannien geflohen. Isabeau war immer schon sehr darauf erpicht, ihre Machtbasis zu festigen. Einige Jahre vorher hatte sie ihre Zwillingsschwester vertrieben, gemeinsam mit allen, die sie unterstützten, und sobald die Menschen bezwungen waren, erklärte sie Avalon zu ihrem alleinigen Besitz."

„Gibt es überhaupt irgendetwas, das für sie spricht?",

wollte Sid wissen.

Ein leises Schnauben entwich ihm. „Ich bin der Falsche, um diese Frage zu beantworten", sagte er trocken. Nachdem er einen Augenblick überlegt hatte, setzte er hinzu: „Ich schätze, es gibt vielleicht Eines: Sie toleriert keine Vergewaltigung, erst recht nicht zu Kriegszeiten – zumindest toleriert sie keine körperliche Vergewaltigung. Mit magischem Zwang hat sie offensichtlich keine Probleme. Aber körperliche Vergewaltigung ist ein Kapitalverbrechen, und Soldaten, die man für schuldig befindet, werden enthauptet."

Sid schüttelte den Kopf. „Sie toleriert zwar keine Vergewaltigung, aber sie ist trotzdem offen für Folter und anscheinend auch Völkermord. Ebenso hat sie kein Problem damit, Leute gefangen zu halten, sie sich ihrem Willen untertan zu machen und sie in den Kerker zu werfen, wann immer ihr etwas quer vor dem Solarplexus liegt. Ich verspüre keinen sonderlichen Drang, mich schnell mit ihr anzufreunden."

„Ich auch nicht, aber verschwenden wir keine Zeit mehr damit, über sie zu sprechen." Er ließ los und nahm sie an einer Hand, um sie zu dem schmalen Bett zu führen, wo er sich hinsetzte und den Rücken an die Wand lehnte. „Wir haben sowieso so wenig Zeit zusammen."

„Stimmt." Sie kam bereitwillig ebenfalls zum Bett und schmiegte sich an seine Seite.

Er zog sie dicht an sich und vergrub die Nase in ihren kurzen, sauberen Haaren. Es gab keine Parfümstoffe, die beim Einatmen seine Nebenhöhlen verstopften, nur ihren reinen, femininen Duft.

Die Tatsache, dass sie so bereitwillig in seine Arme kam, war ein gewaltiges Wunder. Dass sie diesen einen Augenblick des Friedens teilten, hatte Seltenheitswert und war so zerbrechlich und kostbar, dass es beinahe unbeschreiblich war.

Nur dumm, dass er es ruinieren musste.

Er bereitete sich innerlich vor und sagte: „Ich habe Neuigkeiten. Ich hätte es dir gestern sagen sollen, aber wir hatten so viel zu bewältigen, und das Wichtigste war, dass wir eine Möglichkeit fanden, wie du morgen für Isabeau spielen kannst."

Und die Wahrheit war, er hatte es ihr nicht erzählen wollen. Es war ein weiteres Puzzleteil über ihn, das er ihr überlassen musste. Aber das Risiko war zu hoch, und er konnte nicht länger schweigen.

Ihr Kopf hob sich von seiner Schulter. „Was ist?"

„Robin ist in Avalon", erwiderte er. Er spürte, wie seine Worte Entsetzen durch ihren Körper wogen ließen. „Zumindest war er gestern hier, und ich glaube nicht, dass sein Selbsterhaltungstrieb stark genug ist, um ihn inzwischen nach Hause geführt zu haben."

Die Wogen, die von ihrer schmalen Gestalt ausgingen, wurden stärker. Er packte sie fester und zwang das Beben zum Nachlassen. Obwohl er gewusst hatte, dass diese Nachricht für sie bedeutsam war, hatte er nicht erkannt, was für eine tiefe Verstörung sie in ihr auslösen würde. Wenn er genauer darüber nachdachte, hätte er es ahnen sollen.

Sie flüsterte mehr oder weniger vor sich hin: „Die Hölle ist leer, und alle Teufel sind hier."

Er erkannte das Zitat aus Shakespeares *Der Sturm*. Dann dachte er an all die Teufel, denen sie unglücklicherweise begegnet war – Robin, Isabeau, Modred, die Wächter im Kerker tief unten, den Befehlshaber der Hellen Fae, der sich geweigert hatte, sie freizulassen, und der sie stattdessen nach Avalon gebracht hatte.

Und nicht der geringste unter diesen Teufeln, auch wenn sie das nicht wissen konnte, war er.

„Leider", erwiderte er so sanft, wie er nur konnte, „ist das wohl so."

✧ ✧ ✧

SID BEBTE, ALS fieberheiße Erinnerungen durch ihre Gedanken rasten.

Joggen im Hyde Park im Morgennebel.

Starr hinter den Kulissen stehen, wohl wissend, dass ihr Stalker im Konzertpublikum saß und sie beobachtete.

Das riesige, steigende schwarze Pferd, das sie durch die Windschutzscheibe des Autos sah, während Feuer an seinen Hufen loderte, und das gequälte Kreischen des Metalls, als das Auto sich drehte.

Aus dem Wrack gezogen werden, über den Boden geschleift, und auf den Rücken des Pferdes gebunden. Robin, der ihr Hände und Füße fesselte, sie heilte, sie knebelte.

Über ihr schluchzte, als wäre sein Herz gebrochen. *Der Bastard.*

Ihre Lippen waren taub geworden. Sie musste darüber lecken, bevor sie flüstern konnte: „Hast du mit ihm gesprochen?"

„Ja", sagte er, was sie noch mehr erschütterte. „Es war eher eine Konfrontation, weniger eine vernünftige Unterhaltung. Ich habe mich entschieden, ihn nicht zu töten, als ich die Gelegenheit hatte, und ich hoffe, dass ich das nicht bereue." Er seufzte. „Robin versteht überhaupt nichts, nicht die wahren Gründe für die Dinge, die geschehen sind, noch, wozu ich wirklich fähig bin – zum Guten wie zum Bösen. Ich habe versucht, ihn zu bitten, dich zurück zur Erde zu bringen, aber der Bann ließ mich die Worte nicht aussprechen."

Während sie ihm zuhörte, ließ ihr Beben nach. Ruhiger sagte sie: „Du meinst, er weiß nichts von dem Bann, was bedeutet, dass du nicht mit ihm darüber sprechen kannst."

„Ja, das zum einen." Er nahm den Arm von ihrer Schulter, drehte sich und legte sich hin, den Kopf in ihrem Schoß, einen Unterarm über die Augen gelegt. „Und denk auch dran, ich kann Gefangenen nicht bei der Flucht helfen. Du bist zwar nicht mehr in der Zelle dort unten, aber sowohl ich als auch der Bann wissen nur zu gut, dass du hier weiterhin gefangen bist."

„Ja", flüsterte sie. „Das bin ich."

„Er wurde hier sehr lange Zeit sehr schlimm behandelt", sagte er. „Ich wäre überrascht, wenn er es wagen würde, sich in die Burg zu schleichen, aber ich bin auch überrascht, dass er es über sich gebracht hat, überhaupt zurück nach Avalon zu kommen. Sei einfach vorsichtig. Er sagte, er gäbe eine hervorragende Ratte ab, aber er könnte sich genauso leicht in eine Katze verwandeln, in einen Spatz oder in einen der Burghunde."

Oder in einen Troll.

„Ich bin froh, dass du mich gewarnt hast." Ohne nachzudenken, strich sie ihm übers Haar. „Ich werde Ausschau halten."

Denn ich habe diesem herumschleichenden Dreckskerl einiges zu sagen, dachte sie.

Ich habe ihm wirklich einiges unbedingt zu sagen.

Kapitel 14

DER ZAUBERER FING eine ihrer Hände ein und führte sie an seinen Mund. Es gefiel ihr tatsächlich richtig gut, wie er das machte. Es wirkte so altmodisch und höflich.

Sie krümmte die Finger um seine hagere Wange und spürte die kurzen Stoppel an der starken, klaren Linie seines Kinns. Er hatte sich wohl irgendwann früher am Tag rasiert. Was für ein privates Detail, wenn man es bei jemandem spürte, den man nicht kannte.

Aber diese Aussage klang immer weniger wahr, je öfter sie sie wiederholte.

Sie *kannte* ihn. Sie wusste gewisse Details nicht, aber sie erkannte den Tonfall der Aufrichtigkeit in seiner Stimme, wenn er versprach, sie zu unterstützen, zu respektieren und zu verteidigen.

Sie kannte die persönliche Hölle, in der er lebte. Sie wusste, dass ihm Anstand und Sensibilität innewohnten. Er schätzte Musik, er trauerte tief über etwas aus seiner Vergangenheit, und er war stärker, als sie je hoffen konnte zu sein.

„Also, Liebling", sagte er mit einem Lächeln in der Stimme. „Erzähl mir von deinem Tag."

Sie legte den Kopf schief, als würde sie über die Antwort nachdenken. „Weißt du, dafür, dass ich in einer rassistischen, sadistischen Hölle gefangen bin, war heute nicht ganz so alptraumhaft schlimm wie die letzten Wochen. Du sagtest, der Kampfzauber würde vollständig abklingen, aber als ich zum Üben in den Musiksaal gegangen bin, habe ich mich durchaus daran erinnert, wie man Laute spielt. Allein wäre ich trotzdem nicht bereit, morgen Abend vorzuspielen, aber es ist mehr da, als ich gedacht hätte. Ich bin ermutigt."

„Das liegt daran, dass du selbst schon eine versierte Musikerin bist", erklärte er. Seine Stimme war ein Vergnügen, tief, warm und ruhig. „Deine Fähigkeiten passen sich an."

„Danke." Sie seufzte. „Trotzdem vermisse ich meine Vuillaume wirklich schrecklich."

„Deine Geige?"

Ihr war nicht klar, warum es sie überraschte, dass er nicht wusste, was eine Vuillaume war. „Ja."

„Das tut mir so leid", murmelte er, während er mit ihren Fingern spielte.

„Ich muss einfach glauben, dass ich sie entweder wiedersehen oder ansonsten eine andere schöne Geige haben werde, die ich genauso liebe", sagte sie rau. Dann, weil sie das Thema wechseln wollte, fragte sie: „Wie war dein Tag?"

„Er war nicht ganz so hektisch wie meine Tage in jüngster Zeit sonst", erwiderte er trocken. „Ich konnte mich wieder damit beschäftigen, den Bann zu erforschen."

„Oh?" Sie wurde hellhörig. „Wie ist das gelaufen?"

„Es lief ins Leere. Aber ich habe noch sehr viel mehr zu lesen." Er zögerte, dann fügte er hinzu: „Es kann sein, dass ich bald eine Reise zur Erde unternehmen muss."

„Was? Nein!" Die Worte platzten aus ihr heraus, bevor sie sie zurückhalten konnte. Dann fing sie sich. Wie egoistisch sie klang. Sie biss sich auf die Lippe und fügte zögerlich hinzu: „Ich meine, ich schätze, wenn du gehen musst, musst du eben."

„Ich will dich nicht allein lassen, nicht hier, nicht an diesem Ort", erklärte er. „Aber es gibt ein Buch im Louvre, das ich wegen des Banns zurate ziehen sollte, und ich brauche ein paar grundlegende Dinge von der Erde, wenn ich hier weiterhin herumschleichen will, ohne mich erwischen zu lassen. Die Jagdhunde der Königin haben sehr feine Nasen, und ich kann meinen Geruch nur mit einem Jägerspray tarnen, das auf der Erde verkauft wird. Mir geht langsam der Vorrat aus."

Argh! Den Tränen nahe erkannte sie, wie sehr sie sich inzwischen wirklich auf ihn verließ. Der Gedanke, die täglichen Herausforderungen in Avalon ohne ihn zu meistern, war beinahe lähmend. „Ich verstehe."

Er packte ihre Hand so fest, dass es fast schmerzte. Sie spürte die Kraft seiner Finger und die Anspannung, die seinen ganzen Körper erfasste.

„Sidonie", sagte er innig. „Ich will *wirklich* nicht gehen. Ich werde versuchen, es nicht zu tun, aber ich habe vielleicht keine Wahl."

Er hatte so viel für sie getan, während er mit seiner eigenen Verletzung zu kämpfen hatte, und sie heulte ihm hier etwas vor. Sie schluckte schwer und ließ Stärke in ihre Stimme fließen. „Es wird schon gehen. Ich verspreche es. Aber ich werde dich vermissen."

Ich werde dich so schrecklich vermissen. Sie würgte die Worte ab und sprach sie nicht aus.

Er war einen langen Augenblick still. Dann flüsterte er: „Leg dich zu mir."

Liebend gerne.

Ihre innerliche Reaktion war so donnernd laut gewesen,

dass sie einen Augenblick lang nicht wusste, ob sie es laut ausgesprochen hatte, ob sie es telepathisch gesagt hatte oder ob sie es geschafft hatte, es für sich zu behalten. Er reagierte nicht, also hatte sie es wohl für sich behalten.

Langsam ließ sie sich neben ihn sinken, und er breitete die Arme aus, um sie an sich zu ziehen. Das Bett war ziemlich schmal, und er war so groß, dass sie ihren Körper dicht an ihn schmiegen musste, damit sie beide hineinpassten. Als sie sich vorsichtig an ihn legte, um nicht an seine Verletzung zu stoßen, stieß er einen gedehnten Seufzer aus und lotste ihren Kopf an seine Schulter.

Sie ließ ein Bein über seines gleiten, so dass ihr Becken dicht an seiner Hüfte lag. Das schwere Gewicht seiner muskulösen Arme gab ihr ein Gefühl der Geborgenheit und verankerte sie auf eine Art und Weise, von der sie nicht dachte, dass sie sie schon jemals so empfunden hatte.

Keine seiner Warnungen war bei ihr hängen geblieben. Er war für sie zum sicheren, warmen, geschützten Punkt geworden. Wenn sie an seiner Seite ruhte, fühlte sie sich, als wäre sie zum ersten Mal im Leben heimgekommen. Sie konnte sich nicht vorstellen, wie sie so weitermachen sollten, doch gleichzeitig konnte sie sich nicht vorstellen, ihn nicht in ihrem Leben zu haben.

Sie schob eine Hand unter seinen Nacken und barg das Gesicht an seinem Hemd. Wie behaglich es war, so neben ihm zu liegen. Es erschütterte sie. Sie spürte, wie eine Anspannung, derer sie sich gar nicht bewusst gewesen war, sich verflüchtigte, bis ihre Muskeln sich gelockert und entspannt anfühlten.

„Gott, fühlt sich das gut an", murmelte er.

Da sie die überwältigende Kraft ihrer Empfindungen nicht mit Worten ausdrücken konnte, nickte sie einfach. Als sie sich bewegte, um bequemer neben ihm zu liegen, spürte sie wieder den dicken Verband unter seinem Hemd.

Sie legte leicht eine Hand darauf und fragte: „Was ist hier passiert? Ich glaube nicht, dass du mir das je erzählt hast."

Er drehte den Kopf, so dass sein Mund an ihrer Stirn ruhte. „Es ist eine Messerverletzung."

„Was?!" Ihr Kopf fuhr hoch. Obwohl sie sich in den letzten Wochen zunehmend an Gewalt gewöhnt hatte, hatte sie sich noch nicht ganz damit abgefunden. „Das ist schrecklich. Was ist passiert?"

Er lachte leise und strich ihr über den Hinterkopf. „Es ist in Ordnung. Ich habe es selbst getan. Gewissermaßen. Ich habe in London jemanden dafür bezahlt, mich zu verletzen. Ursprünglich war es eine Pfeilwunde."

Sie blinzelte ein paar Mal. „I…ich weiß nicht, was ich sagen soll", murmelte sie.

„Es war alles wegen des Banns. Ich wurde früher diesen Sommer im Kampf verwundet." Seine streichelnde Hand wanderte hinab zu der verspannten Stelle zwischen ihren Schulterblättern. Sanft massierte er den Bereich. „Isabeau war erzürnt über den Ausgang, und sie sagte, sie wolle mich nicht wieder sehen, bis ich vollständig geheilt bin. Das Wesen des Banns lässt zu, dass ich das wörtlich nehme. Ich bin verschwunden, ehe ihr klar wurde, was sie getan hatte, und sie einen weiteren Befehl äußern konnte, der diesen aufhob. Ich durfte die Verletzung durch den Pfeil nicht vollständig heilen lassen. Obwohl ich mir selbst keinen Schaden zufügen darf, hinderte mich der Bann nicht, als ich jemanden anheuerte, um mich mit dem Messer zu verletzen."

Er war seit Wochen schlimm verletzt, und trotzdem war

er nach Avalon zurückgekehrt, um ihr zu helfen. Überwältigt konnte sie einen Augenblick lang nichts sagen. Als sie wieder sprechen konnte, flüsterte sie heiser: „Mir gefällt der Gedanke nicht, dass du solche Schmerzen leidest."

Er berührte mit den Fingerspitzen ihre Lippen, eine federleichte Liebkosung. „Das ist die größte Freiheit, die ich seit Jahrhunderten genossen habe", sagte er. „Ich schwelge darin. Aber um frei zu bleiben, darf ich niemanden sagen hören, dass Isabeau es sich anders überlegt hat und mich zurück will. Verstehst du? Sei sehr vorsichtig bei dem, was du mir über das erzählst, was du womöglich mithörst."

Was für eine tödliche Situation, in der sogar Worte zu gefährlichen Waffen wurden. Sie griff nach seiner wandernden Hand und packte sie fest.

„Ich werde aufpassen", versprach sie. „Ich schwöre es."

„Ich weiß, dass du das tust, jetzt, da dir klar ist, was auf dem Spiel steht." Er drückte ihre Finger.

„Ich bin überrascht, dass du mir das erzählst." Ein Hauch Sarkasmus schlich sich in ihre Stimme. „Das sind weitere Informationen über dich."

„Du musstest es wissen. Wenn ich keinen Weg finde, mich von dem Bann zu befreien, werde ich in ein paar Wochen zu Isabeau zurückkehren müssen, außer ..."

„Außer was?", drängte sie, als er zögerte.

„Außer ich kann dich überreden, mich das nächste Mal zu verletzen", sagte er.

Ein hohler Schrecken breitete sich in ihrem Innersten aus. Es war leider inzwischen ein vertrautes Gefühl. Wie würde es sich anfühlen, ein Messer in jemanden zu stoßen, den man inzwischen so liebgewonnen hatte?

Jemanden, den sie ... liebte? Es nützte nichts, wenn sie sich sagte, dass es helfen würde, seine Freiheit zu erhalten, denn als sie versuchte, sich die blutige Realität vorzustellen, drehte sich ihr der Magen um.

„I…ich weiß nicht, ob ich das tun könnte", flüsterte sie. „Ich habe noch nie jemanden verletzt, nicht einmal in guter Absicht."

„Ich verstehe", erwiderte er sanft. „Aber, Sidonie, du könntest die Einzige sein, der ich genug vertraue, um es zu tun. Jemand anders könnte mich schwerer verletzen als nötig oder sogar versuchen, mich zu töten."

Er vertraute ihr? Das sollte ein warmes, flauschiges Gefühl in ihr aufkommen lassen, abgesehen vom Grund, warum sie überhaupt darüber sprachen.

Als sie versuchte, sich vorzustellen, wie jemand anders auf ihn einstach, wallte eine so entsetzte Schutzreaktion in ihr auf, dass sie sagte: „Wenn du es brauchst, mache ich es. Ich will nicht, dass du zu jemand anderem gehst, um etwas so Gefährliches zu tun."

Sie hatte nicht gemerkt, dass er sich angespannt hatte, bis er sich wieder entspannte. „Danke." Er küsste sie auf die Stirn. „Ich weiß, dass das nicht leicht für dich wäre. Vielleicht brauche ich es nicht. Ich habe immer noch ein paar Wochen vor mir, bis ich geheilt bin. Ich hoffe, bis dahin bin ich weiter vorangekommen und habe möglichst viel über den Bann herausgefunden."

„Gott, ich hoffe es", sagte sie heftig. Je näher sie ihm kam, desto schlimmer fühlte sich diese Gefangenschaft an. „Wie hat sie dich überhaupt gefangen?"

„Sie hat mich mit einem mächtigen magischen Gegenstand verletzt. Sie nennt ihn Azraels Athame oder manchmal des Todes Messer. Es ist ein Messer, das sie an einer Goldkette um die Taille trägt. Ich weiß nicht, woher sie es hat oder woher es stammt, aber als sie mich damit traf, verwandelte es mich in … naja, in das Wesen, das ich jetzt bin. Einst war ich ein Mensch wie du."

Wesen, sagte er. Und sie hatte sein Zögern bemerkt.

Er wollte ihr nicht sagen, was er war. Das bedeutete, dass es wichtig war, entweder eine weitere wichtige Information, die ihr bei seiner Identifikation helfen könnten, oder …

Oder es war etwas so Schreckliches, dass er nicht damit herausrücken wollte.

Aber was für ein *Wesen* konnte so schrecklich sein?

Sie schob sich weg und setzte sich auf. Was war er? Vorher war er nur ein Mensch mit außergewöhnlichen Magiefähigkeiten gewesen. Nun wusste sie nicht, was neben ihr in der Dunkelheit lag.

Würde sie ihn in dieser Sache wirklich drängen? War sie bereit, zu erfahren, was immer er ihr da nicht verraten mochte?

Ruhig sagte sie: „Ich glaube, du erzählst es mir besser ganz."

Er legte eine flache Hand auf ihren unteren Rücken. „Ich will nicht."

Wärme von seiner Hand breitete sich in ihren Muskeln aus. Selbst jetzt schenkte ihr seine Berührung ein beständiges Trostgefühl. „Ich weiß, dass du das nicht willst, aber ich glaube, du tust es besser trotzdem."

Das Bett quietschte, als er sich ebenfalls hinsetzte. „Ich bin ein Lykanthrop, Sidonie. Ich bin einer der Jagdhunde der Königin."

Lykanthrop. Sie drehte und wendete das Wort im Geiste. Wo hatte sie es schon einmal gehört? Sie hatte kürzlich darüber gelesen, in einer Londoner Tageszeitung.

Sie legte den Kopf schief, um den großen Schatten des

Mannes neben ihr zu betrachten, und fragte: „Du bist ein Werwolf?"

„Ja, oder zumindest ein gewisser Typ Werwolf." Seine Antwort war ruhig, was die haarsträubenden Worte irgendwie erträglicher machte. „Die Jagdhunde verlieren nicht bei Vollmond die Kontrolle, und wenn wir uns verwandeln, behalten wir unsere Intelligenz. Wir haben eine enorm verlängerte Lebenserwartung und verfallen nicht in einen geistlosen Wahn. Und wir können uns telepathisch verständigen. Ich denke, das hat vielleicht etwas mit der Tatsache zu tun, dass wir durch das Athame geschaffen wurden – zumindest ich wurde durch das Athame geschaffen. Wenn sie es mir befiehlt, erschaffe ich die anderen."

Ohne dass sein Körper an ihrem Hitze ausstrahlte, fühlte sich die Welt kalt und weniger lebendig an. Zitternd schlang sie die Arme um ihren Leib. „Du machst andere Lykanthropen. Die anderen Jagdhunde."

„Ja."

Sie hörte, wie schwer ihr Atem ging, und versuchte, es zu unterdrücken. „Du machst sie, indem du ... wie? Beißt du sie?"

„Wenn ich in meiner Lykanthropen-Gestalt bin, ja", sagte er wieder. Seine Hand zog sich von ihrem Rücken zurück.

Dann machte es Klick. Das war es, was sie gelesen hatte – in dem Zeitungsartikel war es um die Behandlung von Lykanthropie gegangen. Ein merkwürdig britisches Problem, denn es gab zwar andere Lykanthropen-Clans rund um die Welt, aber der Großteil der Population lebte in Großbritannien.

Wie Vampirismus war Lykanthropie unheilbar. Anders

als beim Vampirismus musste sich eine Person, die nach dem Biss schnell genug behandelt wurde, nicht verwandeln.

Sie rieb sich übers Gesicht. „Wir haben uns geküsst?"

Ziemlich heftig. Erotisch sogar.

Sie wollte keinen Verrat spüren. Sie *glaubte daran*, dass er nichts getan hätte, um sie zu verletzen. Aber sie musste die Worte trotzdem hören.

„Küssen oder Sex sind kein Problem, solange kein Blut im Spiel ist", sagte er sanft. „Geburten sind riskant. Empfängnis ist kein Problem, aber die Mutter gibt die Krankheit oft an das Kind weiter, wenn sie eine natürliche Geburt hat. Die meisten weiblichen Lykanthropen, die Mutter werden wollen, entscheiden sich für künstliche Befruchtung und eine Leihmutter. Ich würde dich nie der Krankheit aussetzen. Lykanthropie wird nur durch eine blutende Verletzung auf Menschen übertragen. Wenn du mich mit dem Messer verletzen müsstest, würde ich darauf bestehen, dass du Schutzausrüstung trägst, damit es keine Möglichkeit gibt, dass du dich ansteckst. Aber irre dich nicht, Sidonie. Ich bin ein Monster, kein Mensch."

Nein. *Nein.*

Sie hatte schon begonnen, den Kopf zu schütteln, bevor diese letzten Worte richtig bei ihr angekommen waren. „Mach dich nicht so runter", sagte sie. „Diese beiden Dinge schließen einander nicht aus. Du bist vielleicht ein Lykanthrop, aber du bist auch ein Mensch."

Nach einem Augenblick sagte er leise: „Viele Leute sehen uns nicht so."

„*Ich* sehe dich so."

Sie streckte den Arm aus, nahm seine Hand und setzte sich so, dass sie sie im Schoß barg. Ein leichtes, beinahe unmerkliches Beben lief durch ihn hindurch. Das fiel ihm schwer. Sie streichelte seine Finger, während sie still da saßen. Die Stille gab ihnen beiden die Gelegenheit, sich von dem zu erholen, was er ihr erzählt hatte.

„Danke, dass du es mir verraten hast", murmelte sie.

„Ich bin froh, dass du das getan hast. Also, das ist es jetzt? Ist das das Schlimmste, was du mir erzählen musst?"

„Nein."

„Erzählst du es mir jetzt?"

„Nein."

Er sprach es so ruhig aus. Wie konnte er das so ruhig aussprechen?

Sie war nicht ruhig, zumindest nicht innerlich. Sie war wieder erschüttert, und sie bemühte sich stark, es zu verbergen.

Sie war absolut davon ausgegangen, dass er *Ja* sagte. Denn was könnte schlimmer sein, als jemandem zu verraten, dass man ein Werwolf war? Alles andere sollte von da an einfacher werden.

Was konnte *so schlimm* sein?

„Du weißt, dass wir im Arsch sind, wenn Isabeau sich entscheidet, mich noch einmal zu verhören", verkündete sie im Plauderton. *Schau einer an!*, dachte sie. *Ich klinge so ruhig und vernünftig. Diese Schauspielkurse haben sich echt gelohnt!*

„Ich weiß", sagte er. „Ich habe dir genug erzählt, dass sie mich mit dem, was du weißt, identifizieren kann."

Sie griff fest nach seinen Fingern. Also war der Grund, weshalb er ihr den Rest nicht erzählen wollte, nicht Isabeau. Es lag an ihr. Es gab noch etwas, von dem er nicht wollte, dass sie es erfuhr. Konnte es womöglich etwas damit zu tun haben, warum Robin solche Angst vor ihm hatte?

„Gerade als ich mit der Vorstellung fertig wurde, dass ich mit einem Werwolf geknutscht habe", murmelte sie.

„Gerade als ich mit der Idee kokettiert habe, vielleicht ... *vielleicht* einen Werwolf zum Sex aufzufordern. Ich versuche mir vorzustellen, wie ich diese Geschichte meiner besten Freundin erzähle. Ich glaube, es würde sich ungefähr so anhören: Hör mal, ich habe ihn nie bei Tageslicht gesehen. So ein Werwolftyp halt, ich kenne seinen Namen nicht. Verdammt, er hat wirklich einige hammerharte Schichten, durch die man nicht durchkommt. Und weißt du, was sie sagen würde? Sie würde sagen: Lauf, Sid. Lauf sehr schnell und sehr weit weg."

Neben ihr war er erstarrt. Ganz leise fragte er: „Sex?"

Sie nahm mitfühlend seine Hand und legte sie ihm in den Schoß. „Ich schätze dich, und du bist mir wichtig – vermutlich wichtiger, als gut für mich ist. Ich habe sehr viel Mitgefühl für deine Situation, und ich werde morgen Abend dankbar deine Hilfe durch einen weiteren Kampfzauber annehmen. Aber was alles weitere angeht: Zeig mir entweder dein Gesicht und sag mir deinen Namen, oder scher dich verdammt nochmal aus meinem Zimmer."

Er lachte tonlos. Es klang zornig. „Du hältst dich wirklich nicht zurück, wenn du mal loslegst, oder?"

„Nein, tue ich nicht." Da sie etwas Abstand gewinnen wollte, richtete sie sich auf und rutschte an den Kopf des Bettes, so weit von ihm entfernt, wie es ihr möglich war.

Er würde gehen. Sie wusste es. Seine Geheimnisse waren ihm zu wichtig. Bei diesem Gedanken tat ihr das Herz weh.

Dann loderte im Zimmer goldenes Licht auf, als der Kerzendocht entflammte. Einen Sekundenbruchteil lang starrte sie es an. Die Flamme brannte unnatürlich kräftig, sie war gut dreißig Zentimeter hoch.

Aus dem Augenwinkel sah sie den hochgewachsenen,

breitschultrigen Mann neben ihr vom Bett aufstehen. Er kam zu ihr, um vor ihr auf ein Knie zu gehen, und stützte die Hände zu beiden Seiten ihrer Oberschenkel auf dem Bett auf.

Sie starrte ihn mit großen Augen an, nahm gierig jede Einzelheit auf.

Er war stark gebräunt und hatte kastanienbraunes Haar, ein intelligentes Gesicht mit starkem Knochenbau und leuchtend haselnussbraune Augen. Leichte Fältchen fächerten an den Augenwinkeln aus und rahmten einen ernsten Mund.

Er sah aus, als wäre er siebenunddreißig. Es gab keinen Hinweis auf sein fortgeschrittenes Alter, außer vielleicht die bodenlose, beherrschte Fassung in diesen strahlenden Augen.

Ihr Blick huschte überallhin gleichzeitig, ihr fielen weitere Einzelheiten auf, als würde sie eine Skizze dieses Moments anfertigen. Er trug ein einfaches schwarzes Hemd und eine schwarze Hose, die Ärmel waren über die muskulösen Unterarme hinaufgerollt, die mit demselben kastanienbraunen Haar gesprenkelt waren. Obwohl die Kleider einen schlichten und robusten Schnitt hatten, keinen eleganten, betonten sie seinen hageren, muskulösen Körperbau.

Er war *umwerfend*.

„Mein Name ist Morgan", erklärte er mit tiefer, angenehmer Stimme. „Man nennt mich Morgan le Fae, und es ist nicht als Kompliment gemeint. Ich habe meinen König im Stich gelassen und ließ zu, dass sein Hof getötet wurde, und es war meine Schuld, dass sein Reich fiel. Ich bin bekannt als Verräter und Mörder, und in beinahe jeder Domäne, die ich betrete, bin ich sofort ein Ausgestoßener."

Tränen wallten in ihren Augen auf, während sie zuhörte. Impulsiv legte sie ihm beide Hände über den Mund. „Stopp."

Aber er hörte nicht auf. Stattdessen verlegte er sich auf Telepathie, und sein steter, haselnussbrauner Blick fixierte ihren, während er ihr mit derselben angenehmen, gemäßigten Stimme erzählte: *Es gibt kein normales Leben für mich. Ich bin ewig auf Abruf der Königin ausgeliefert – ich töte für sie, ich lüge für sie, ich begehe für sie Anschläge auf Staatsoberhäupter und zerstöre Regierungen.*

Stopp, bat sie, strich ihm übers Gesicht.

Sanft schloss er die Hände um ihre und küsste jede. *Wenn sie will, dass ein Land gebrandschatzt wird, tue ich es und säe dort Gift, damit nichts mehr wächst. Wenn sie will, dass ich am Fuße ihres Bettes schlafe, um sie des Nachts zu bewachen, während sie mit ihren Liebhabern scherzt, mache ich es. Wenn sie mir befiehlt, weitere Jagdhunde zu erschaffen, jage ich erfahrene Soldaten, die ich angreifen kann. Sobald sie verwandelt sind, zwinge ich sie dazu, ihren Befehlen zu gehorchen. Ich habe ihr eine Armee aus Monstern geschaffen und befehlige sie. Wenn du dir die Königin zum Feind machst, bin ich dein schlimmster Alptraum. Wenn sie mir aufträgt, etwas zu tun, werde ich niemals ruhen, niemals, bis es getan ist.*

All das sagte er mit derselben ruhigen Stimme und demselben ruhigen, in sich ruhenden Blick, und sie erkannte, dass er davon ausging, völlig, für alle Ewigkeit allein zu sein.

Er hatte ihr nicht verraten wollen, wer er war, weil er sie nicht hatte verlieren wollen. Und jetzt glaubte er eindeutig, dass das passiert war.

„Bitte, um der Liebe Gottes willen, hör auf", sagte sie mit sanfter Stimme. Sie streckte die Hand aus, glitt vom Bett, um sich vor ihm auf den Boden zu knien, legte die Arme um ihn und umarmte ihn, so fest sie konnte.

Er blieb so steif sitzen, dass sie Angst hatte, er würde zerbrechen. Diese gewaltige Selbstbeherrschung hatte einen Preis, und jetzt tat ihr das Herz aus einem ganz anderen Grund weh. Blind rieb sie die Wange an seiner, fuhr ihm mit beiden Händen durch die Haare. *Stopp, bitte stopp.*

Dann brach seine Versteifung mit einer so scharfen Plötzlichkeit, dass es beinahe hörbar war. Er klammerte sich an sie, griff um sie herum, beugte die Schultern, während er sie mit dem ganzen Körper festhielt. Sie konnte jeden seiner Finger spüren, die sich an ihrem Rücken und Nacken festkrallten.

„Du bist mein Freund", sagte sie ihm leise ins Ohr. „Du bist der beste Freund, den ich an diesem elenden Ort habe."

Er legte das Gesicht an ihren Hals, so dass seine Stimme gedämpft war. „Ich bin dein einziger Freund an diesem elenden Ort."

„Stimmt", gab sie zu. Ihr Herzschlag hämmerte in ihren Brüsten. „Trotzdem vertraue ich auf dich, respektiere dich und verlasse mich auf dich."

„Oh, Sidonie", sagte er.

„Auf *dich*, den Menschen, nicht den Bann", beharrte sie. „Ich weiß, dass *du* mich nie verletzen wirst. Ich weiß, dass *du* mich unterstützen, respektieren und verteidigen wirst, und *du* wirst mich nie zu etwas zwingen, wirst nie versuchen, Barrieren einzureißen, die ich errichte." Sie zog sich nur weit genug zurück, um ihm tief in die Augen zu schauen, während sie sagte: „Ich bin so froh, dass ich die Gelegenheit erhalte, dir das von Angesicht zu Angesicht zu sagen, Morgan."

Während sie hinschaute, zerrte eine Flut von Gefühlen an seiner Miene. Rau sagte er: „Deine Musik mag ja transzendent sein, aber bei deiner Klugheit bin ich mir nicht so sicher."

Mit aufgerissenen Augen lächelte sie ihn trocken an und deutete auf den öden kleinen Raum. „Ich weiß, nicht wahr? Wer sonst könnte so in der Patsche landen? Ich meine, schau dir mal diese Klamotten an!"

Zögerliches Lachen blitzte auf seinem gutaussehenden Gesicht auf. Dann, beinahe ebenso schnell, verschwand es wieder, um einem Ausdruck so verletzlicher Hitze zu weichen, dass in ihren Augen Feuchtigkeit funkelte.

„Morgan", flüsterte sie, um sich den Geschmack seines Namens auf der Zunge zergehen zu lassen. „Morgan."

Schatten wuchsen im Raum, als die unnatürliche Kerzenflamme auf ihre normale Größe schrumpfte, das intensive, brennende Gold einem sanften, gedämpften Glühen Platz machte.

Mit einem langsamen, neckenden Lächeln, das die Hitze im Raum um tausend Grad höher schraubte, strich er mit den Daumenkuppen über ihren Mund und murmelte: „Können wir nochmal über die Möglichkeit reden, einen Werwolf zum Sex aufzufordern?"

Sie trug Kleider, aber sie waren kein Hindernis für den tiefen, sonoren Klang seiner Stimme, die über ihre Haut strich. Ein Beben lief ihr über den Rücken hinab.

Sie konnte nicht aufhören, ihn anzustarren. So sah er also aus.

Dies war der Mann, der sie geheilt hatte, sie gehalten hatte, mit ihrem Schmerz mitgelitten, der Kälte und Einsamkeit vertrieben hatte. Dieser Mann mit der sonnengebräunten Haut, den starken Zügen und intelligenten Augen hatte ihr nichts als Freundlichkeit gezeigt.

Dieser Zauberer, dieser Morgan.

Als sie innehielt, lachte er leicht. Es war ein warmer,

akzeptierender Tonfall. „Zu früh?", fragte er, während ein trockenes, selbstironisches Lächeln seine Lippen wölbte.

„Überhaupt nicht." Sie zog seinen Kopf nach unten und küsste ihn.

Sofort passten sich seine festen, wohlgeformten Lippen ihren an. Mit schiefgelegtem Kopf drückte er sie nach hinten und küsste sie mit einem so groben, tierischen Hunger, dass ein Schock durch ihren Körper zuckte.

Er brachte sie dazu, die Lippen zu öffnen, spießte sie mit der Zunge auf, immer wieder, während seine Atmung tiefer und abgehackter wurde. Sie vergrub die Finger in seinen Schultern, hielt sich fest und erwiderte den Kuss.

Er war in ihrem Mund. In ihr, in der intimsten Nachahmung des tatsächlichen Akts.

Das Verlangen, das sie verspürte, war zu groß, als dass ihr Körper es verarbeiten konnte. Es durchlief sie in heftigen Wogen.

Er hob den Kopf und flüsterte an ihren feuchten, bebenden Lippen: „Zu viel?"

War das nicht süß? Bedacht sogar.

Aber nein, kam gar nicht in Frage.

„Nicht genug", keuchte sie.

Es war, als hätte sie ein Schleusentor geöffnet. Wenn sie gedacht hätte, er wäre bisher schon intensiv gewesen, war das nichts im Vergleich zu dem Wirbelsturm männlicher Aggression, der sie nun umfing. Er verzehrte sie heißhungrig, während eine ruhelose Hand ihre Brust umfasste und sie dann am Oberschenkel packte, um sie ganz an sich zu ziehen, so dass sie seinen harten, anschwellenden Schwanz am Becken spürte.

Sie konnte ihn gar nicht genug berühren, und sie musste dichter an ihn heran. Sie wand sich an ihm, versuchte sein

Hemd aufzuknöpfen, aber ihre eigenen Bewegungen standen ihr im Weg. Missmutig knurrend zerrte sie an dem Kleidungsstück.

Er hob sie hoch, legte sie aufs Bett und hielt dann inne, um sich das Hemd vom Leib zu reißen.

O lieber Gott, man sehe ihn sich nur an. Er war überall gebräunt, die Brust von einem leichten Haarflaum bedeckt, der sich zu einem Streifen verschmälerte, der wie ein Pfeil in seiner Hose verschwand. Der Verband, der um den unteren Teil der Rippen führte, war im Kontrast sehr weiß.

Das schwarze Hemd hatte die wahre Breite seiner Brust und Schultern verborgen, und jeder Muskel war wie ziseliert. Er hatte auch Narben, die auf seinem Körper verstreut waren. Im Dunkeln hatte sie nie eine klare Vorstellung davon erhalten, wie er sich so entschlossen und flüssig bewegte.

Seine Gestalt mochte menschlich sein, aber er bewegte sich wie ein gefährliches Tier.

Seine Erektion zeichnete sich deutlich durch die Hose ab.

Sie wollte diesen schmalen Streifen Haar auf seinem langen, muskulösen Bauch unbedingt ablecken.

Plötzlich loderte sie auf. Sie setzte sich und zog sich ihre Tunika über den Kopf. Ihr Sport-BH von der Erde war immer noch feucht und hing in ihrem Schrank, aber sie war so zart gebaut, dass sie sich nicht die Mühe gemacht hatte, herauszufinden, was in Avalon als BH durchging. Die hässlichen Kleider, die Kallah ihr gegeben hatte, waren aus einem Stoff, der dick genug war, dass ihre Nippel unsichtbar blieben, und das war alles, worauf es für sie ankam.

Als sie sich die Tunika über den Kopf zog, stellte sie fest, dass er mit einem Knie auf der Bettkante erstarrt war.

Er starrte sie an.

Sie blickte an sich hinab. Sie hatte Körbchengröße A, aber zumindest waren ihre Nippel spitz.

„Nicht gerade üppige Kurven", erklärte sie trocken.

Sanftheit milderte den Hunger, der sich in sein Gesicht gebrannt hatte. Er berührte eine ihrer Brüste, strich zärtlich über die Unterseite, dann liebkoste er ihren steifen Nippel so leicht, dass es sich anfühlte wie ein Lufthauch auf ihrer Haut.

Innig sagte er: „Sidonie, du bist das Schönste, was ich je gesehen habe."

Ihre Lippen öffneten sich, als sie das aufnahm, und sie brauchte keinen Wahrheitssinn, als sie ihm ins Gesicht schaute. Sie konnte die Aufrichtigkeit in seinem Blick erkennen. Plötzlich kam sie sich schöner denn je vor.

Dadurch fühlte sie sich anders auf eine Art und Weise, die sie nicht ganz verstand. Mutiger, selbstsicherer.

Soweit es ihre Musik betraf, war sie immer selbstsicher gewesen, genährt durch das unablässige, endlose Üben, die Proben und das Feedback, das sie erhalten hatte.

Aber dieses neue Gefühl hatte nichts mit ihrer Musik zu tun. Es hatte alles mit dem Glauben zu tun, in den Augen ihres Liebhabers eine begehrenswerte Frau zu sein.

Als seine Hand sich zu seiner Hose bewegte, nahm sie seine Handgelenke und sagte heiser: „Komm, lass mich dir hier helfen."

Sein Oberkörper spannte sich an, als er keuchend Luft holte, und dann ließ er die Hände fallen.

Sie ging auf die Knie, öffnete den Verschluss. Er trug nichts darunter, und als sie die Hose öffnete, floss ihr seine große Erektion in die Hände.

Er war perfekt in jeglicher Hinsicht. Sein Schwanz war

voluminös, an den Seiten zogen sich dicke Adern entlang, die pilzförmige Spitze war breit. Als sich ihre Finger sanft um ihn krümmten, die samtige Hitze erkundeten, vertiefte sich seine Atmung noch einmal. Sie schaute auf.

Sein Blick war von solcher Leidenschaft und Emotion entflammt, dass sie nicht ganz glauben konnte, denselben in sich versunkenen Mann zu sehen, der all seine Verbrechen mit so unnachgiebiger Selbstbeherrschung aufgelistet hatte.

Eine Regung, die sie noch nie bei einem Liebhaber verspürt hatte, die sich aber völlig richtig anfühlte, ließ sie den Kopf beugen, so dass sie sich seinen Schwanz an die Wange legen konnte, eine von Herzen kommende Geste der Zuneigung.

Er flüsterte ihren Namen, strich ihr über die Haare, die Schläfen, die zarte Haut an der Seite ihres Halses.

Der nächste Schritt schien so einfach und natürlich wie das Luftholen. Rasch küsste sie ihn auf den Schaft, dann öffnete sie den Mund und nahm ihn auf.

Kapitel 15

Als Morgan spürte, wie sich Sidonies Mund über ihm schloss, raubte es ihm den Atem. Vor ein paar Minuten war er noch überzeugt gewesen, dass sie ihn zurückweisen würde.

Der Übergang in diese rohe, offene Sinnlichkeit war erschütternd, erhebend.

Er starrte sie an, während sich die komplexen Muskeln ihres Mundes um ihn spannten. Seine ganze Erfahrung mit ihr beruhte auf Berührung, Geruch und dem Klang ihrer Stimme. Er hatte sie nur gesehen, während sie auf der Bühne gewesen war, oder auf digitalen Bildern auf seinem Handy.

Er hatte gewusst, dass ihr Knochenbau so schlank und anmutig sein würde wie ihre Hände und Handgelenke, aber es war etwas ganz anderes, ihre flügelartigen Schulterblätter zu sehen, die lange Wölbung ihres Halses und die Champagnerglas-Form ihrer wunderschönen Brüste, als sie sich vorzustellen. Ihre Nippel hatten einen intensiven Rosaton und ragten aus den runden, cremefarbenen Hügeln hervor. Er sehnte sich danach, sie in den Mund zu nehmen, sie zu streicheln und zu necken.

Sie leckte ihn sanft. Das samtene Gleiten ihrer Zunge über die empfindsame Haut an der Spitze seines Schwanzes ließ ihn noch härter werden.

„Stopp", sagte er heiser und strich ihr über die Wange.

Sofort zog sie sich zurück, ihre eleganten Augen verdunkelten sich. „Was ist?", fragte sie, leckte sich mit der Zungenspitze über die Unterlippe.

Sie war atemberaubend. Er berührte einen hohen, delikat geformten Wangenknochen, dann schob er sie nach hinten, während er sich auf sie hinabsenkte. Unsicher fügte sie sich, streckte sich auf dem Bett aus. Es fühlte sich unfassbar an, sich über ihr niederzulassen, zu spüren, wie ihr Körper die Position anpasste, um sein Gewicht zu halten.

Er stützte sich auf die Ellbogen und fasste ihren Kopf mit beiden Händen, während er in ihren suchenden Blick starrte. „Ich sollte dich doch zuerst befriedigen", flüsterte er. „Nicht andersherum."

Ein stilles Lächeln breitete sich auf ihren Lippen aus. Ihr Lächeln war so schön wie der Rest von ihr. Während sie mit beiden Händen über die lange Krümmung seines Rückens strich, erwiderte sie flüsternd: „Ich glaube nicht, dass es irgendeine spezielle Art gibt, wie es sein sollte."

„Dann lass mir meinen Willen", murmelte er und erwiderte das Lächeln.

Ihre Augen wurden groß. Auf ihrem Gesicht zeigte sich dieselbe hungrige Faszination, die er auch für sie empfand, als könne sie von seinem Anblick nicht genug bekommen.

Er beugte den Kopf, küsste sie ausgiebig und intensiv. Mit einem kaum hörbaren Murmeln der Lust ließ sie die Finger über die Breite seiner Schultern streichen und erwiderte den Kuss.

Das Vergnügen, wenn ihre Zungen zusammenstießen, ihre Lippen sich immer wieder aneinander anpassten, war so extrem, dass etwas Heißhungriges in ihm wach wurde. Er verlor die Kontrolle und verzehrte sie, als wäre sie das einzige Festmahl, zu dem er je Zugang gehabt hatte, und das war eine Wahrheit, die ihn bis ins Mark traf.

Er war ausgehungert seit Äonen. Äonen.

Ihre schlanken, starken Arme spannten sich um ihn an. Sie hob ein Bein und schlang es um seine Taille, während sie den Kuss erwiderte.

Er brauchte ihren Mund. Aber er brauchte den Rest von ihr genauso sehr. Dieses Gefühl war außergewöhnlich, schrecklich. Er zog sich von dem Kuss zurück, strich mit bebenden Lippen über ihre blütenzarte Haut, ihren schlanken Hals hinab, über die anmutigen Schatten ihrer Schlüsselbeine. Sie schmeckte sauber und feminin. Er *liebte* ihre Haut.

Während er sich hinab zu ihren Brüsten küsste, kam ihr Atem abgehackt. Er knabberte zärtlich an ihr, leckte und streichelte die prallen Wölbungen, nahm erst einen Nippel in den Mund, um daran zu saugen, dann den anderen.

Während er sie bearbeitete, wurde sie ruhelos. Ihr Körper erhitzte sich, und der köstliche, berauschende Geruch der sexuellen Erregung trat auf ihre Haut. Sie wand sich unter ihm, bohrte die Finger in seinen Bizeps, versuchte sich hochzustemmen, aber indem er ihr eine Hand aufs Schlüsselbein drückte, drängte er sie sacht, sich wieder hinzulegen.

Mit einem frustrierten Wimmern fügte sie sich. Eine dunkle, rosige Röte hatte sich auf ihren Wangen ausgebreitet. Auf ihrer blassen Haut ließen die sanften Dinge, die er mit ihr getan hatte, Male hervortreten. Er betastete eines dieser Male, während er es betrachtete, und sein Schwanz pulsierte fordernd.

„Ich will dich auch schmecken", sagte sie. „Dich ablecken und küssen. Beißen … ich will dich beißen."

Gottverdammt, er wollte es auch.

Ein Knurren entwich ihm. Er kauerte sich über sie, ließ eine Hand unter ihren Nacken gleiten und hob sie zu sich hoch. „Tu es."

Ihr Gesichtsausdruck war fast nicht zu deuten, sowohl eine Kapitulation als auch eine klarere Absicht. Als das erotische Verlangen wuchs und sie einnahm, schien es ihm, als würde sie in einen Teich ohne Boden fallen. Sie fletschte die Zähne und kam zu ihm.

Er erhaschte nur einen kurzen Blick – sie war elegant und wild zugleich. Dann vergrub sie das Gesicht an seinem Hals, und ihre Zähne gingen auf die Sehne los, die zu seiner Schulter führte. Mit stetigem, absichtsvollem Druck verfestigte sich ihr Kiefer. Als er den leichten Schmerz spürte, fauchte er vor Vergnügen, und sein Schwanz reagierte zuckend. Als sie sich zurückziehen wollte, drückte er sie an sich.

„Fester", drängte er.

Die Antwort kam sofort. Sie biss fester zu, dann saugte sie an der Bissstelle, und er spritzte ihr beinahe auf den Bauch. Als sie sich nach hinten legte, flüsterte sie: „Das habe ich noch nie gemacht. I...ich habe dich markiert."

„*Gut*", knurrte er.

Als er sie diesmal küsste, verflüchtigte sich seine Sanftheit zu einem heißen, aggressiven Verlangen. Sie erwiderte den Kuss, umfasste seine Erektion mit beiden Händen und pumpte. Ihre starken, begierigen Finger brachten ihn beinahe ans Ziel. Keuchend zog er sich von ihrer Berührung zurück.

„Gib mir das wieder, ich meine es ernst", beschwerte sie sich.

Er murmelte ihr ins Ohr: „Ich bin schon zu dicht dran,

und ich will noch nicht kommen."

„Oh, wunderbar!" Verärgert ließ sie sich zurück aufs Bett fallen, warf die Arme über den Kopf. „Du kannst alles mit mir anstellen, was du willst, aber ich kann das, was ich mit dir anstellen will, nicht tun, ja?"

Er grinste, als er sah, dass sie unter ihm ausgebreitet lag wie ein Festmahl. Er hatte sich an die nuancierten Gefühle in ihrer Stimme gewöhnt, und er war sicher, dass sie nicht wirklich zornig war. „Du willst auch nicht, dass ich schon komme."

Verlangen trat in ihr Gesicht. „Nein", stimmte sie heiser zu. „Will ich nicht. Noch nicht."

Die kurze Unbeschwertheit verflog, wich einem Bedürfnis, das schmerzhaft dringlich wurde. Er zog am Bund ihrer Hose, und sie hob willig die Hüfte, so dass er sie ihr zusammen mit der Unterhose ausziehen konnte.

Der Anblick ihres nackten Körpers ließ so starke Emotionen in ihm aufwallen, dass er einen Augenblick lang nichts sagen und sich nicht bewegen konnte. Sie war überall schön, ihre Beine schlank und muskulös. Ein sehr feiner Hauch dunkler, seidiger Haare lockte sich dort, wo ihre Oberschenkel zusammenkamen. Er nahm eines ihrer Beine, gleich oberhalb des Knies.

Während sie ihn beobachtete, veränderte sich ihr Gesichtsausdruck. Sie legte ihm zärtlich eine Hand auf die Wange und flüsterte: „Alles gut?"

„Besser als gut." Seine Stimme klang tief und heiser. „Wir streifen gerade ‚Ich weiß nicht, was ich getan habe, um so ein Glück zu verdienen'." Er glitt auf das Bett hinab, vergrub das Gesicht in diesem winzigen Flaum.

„So geht es mir auch." Ihre Finger strichen durch seine Haare. „Ich denke, wir sollten vielleicht mal kurz reden. Du hast die Möglichkeit erwähnt, dass Lykanthropen mit Schwangerschaften fertig werden müssen, daher wollte ich dir sagen, ich habe eine Spirale. Ich nehme nicht gern die Pille, und Kondomen traue ich nicht, obwohl Kondome natürlich für Safer Sex gut sind ..."

Während sie etwas atemlos fortfuhr, hob er den Kopf, um sie anzulächeln. So elegant und talentiert sie auch war, sie war immer noch ein kleiner Nerd, irgendwie schüchtern, aber trotzdem entschlossen, zu sagen, was ihr auf dem Herzen lag. Ohne dass sie es aussprechen musste, war ihm klar, dass sie darüber nachgedacht hatte, und sie wollte unbedingt alle wichtigen Punkte zur Sprache bringen.

Er senkte den Kopf und küsste sie entlang ihres Beckens. „Ich kann Schwangerschaften auch verhindern", erklärte er. „Es ist ein einfacher Zauber."

„Natürlich ist es ein Zauber", sagte sie. Humor säumte ihre unsichere Stimme.

„Natürlich." Er drückte die Lippen auf das Gelenk an ihrem Oberschenkel. Ein zartes, feines Beben ging durch den Muskel dieses Beins. „Und ich hatte keinen Sex seit ... vielleicht beschäftigen wir uns lieber nicht so sehr damit, wie lange ich keinen Sex mehr hatte, denn es ist nicht nötig, dauernd unseren Altersunterschied zu betonen. Aber ich bin sauber, und ich habe Respekt."

„Natürlich", flüsterte sie.

„Da du das Thema aufbringst, erkenne ich, dass du ebenfalls auf dich geachtet hast. Und jetzt will ich, dass du deine Beine für mich öffnest." Er strich mit dem Finger über den äußeren Rand ihres Geschlechts, neckte die empfindliche, zarte Haut.

Ihr Atem stockte. Dann fügte sie sich und legte ihre intimste Stelle offen. Das Vertrauen in dieser Geste zielte direkt auf seine Brust, sehr viel exakter als es jeder Pfeil hätte tun können. Während er auf die gerillten Blütenblätter hinabschaute, dachte er daran, wie sehr er sich davor gefürchtet hatte, in ihrem Gesicht Furcht vor ihm zu erblicken.

Mit einem Finger strich er am Rand der Öffnung entlang und sagte beinahe unhörbar: „Danke."

Ihre Hand glitt über ihn, berührte seine Haare, seine Schulter, seine Brust, während sie das Flüstern erwiderte. „Danke dir."

Der drängende Hunger baute sich wieder auf. Er konnte es nicht erwarten, sie in den Mund zu bekommen. Er beugte sich hinab, teilte die Blüten, um die kleine Perle ihrer Klitoris freizulegen. Während er leckte, knabberte und sanft an ihrem Geschlecht saugte, zog sich ihr Körper augenblicklich zusammen.

Sie begann überall zu zittern. Mit geschlossenen Augen richtete er seine ganze Aufmerksamkeit darauf, herauszubekommen, was ihr gefiel. Während er jeden Teil von ihr erkundete, machte die Feuchtigkeit ihrer Erregung seine Finger und seinen Mund glitschig.

Sie schmeckte nach Liebe, nach Lust, nach all den schönen Dingen, von denen er inzwischen angenommen hatte, dass er sie nicht verdiente und nie wieder erleben würde.

Sie schob sich hoch zu seinem Mund und keuchte: „Das fühlt sich so atemberaubend an, ich kann es gar nicht beschreiben. Aber – aber –"

Was ist, Liebste?, fragte er telepathisch.

Ihre bebenden Finger strichen über seine Schläfe. „I...ich bin nicht so gut darin, im Beisein von anderen zum Höhepunkt zu kommen", gab sie zu. „Ich komme allein ganz problemlos, aber ... naja, ich hatte nur zwei andere Liebhaber, also, du weißt schon, ich habe n...nicht so viel Übung ..."

Nur zwei andere Liebhaber?

Ein Sturm aus Reaktionen erfasste ihn, sowohl Triumph als auch Besitzergreifung. Die Narren hatten sie verloren, und wenn er ein Wörtchen mitzureden hatte, würde niemand je wieder die Gelegenheit erhalten, mit ihr zusammen zu sein.

In ihrem Kopf flüsterte er: *Schande über sie.*

„Was?" Sie klang verwirrt.

Ich sagte, Schande über sie. Sie hatten einen einzigartigen Schatz, und sie haben nicht gewusst, wie man sich darum kümmert. Er rieb sich an ihr, dann drückte er ihr Küsse auf die Innenseite der Oberschenkel. *Entspann dich einfach, meine Liebste. Ich werde dich hinbringen.*

„Das wäre – das wäre unglaublich." Ihre Stimme bebte. „Aber wenn es nicht dazu kommt, will ich dir nur sagen, dass das in Ordnung ist. Das fühlt sich so gut an. Du fühlst dich so gut an."

Du bist schön, erklärte er. *Jeder Teil von dir ist so schön, deine Stimme, dein Geruch, deine Leidenschaft, deine Musik, deine Kraft und deine Weiblichkeit. Entspann dich, Sidonie, du bist bei mir sicher. Du schmeckst himmlisch, und ich würde gerne die ganze Nacht so hier verbleiben. Wir haben alle Zeit der Welt. Sssch, ringe nicht darum, entspann dich nur.*

Es war gelogen.

Sie hatten nicht alle Zeit der Welt. Weit hinten in seinem Verstand, wo das Lykanthropie-Virus hauste, spürte er, wie der Mond über den Nachthimmel zog, und er wütete innerlich in dem Wissen, dass er sie vor Tagesanbruch würde verlassen müssen, obwohl er sie nie wieder verlassen wollte. Nie wieder.

Aber seine liebevollen, telepathischen Worte erreichten das, was er mit ihnen hatte erreichen wollen. Er spürte, wie sie sich entspannte, während er zu ihr sprach, und als die Anspannung sich verflüchtigte, öffnete sie sich weiter für ihn.

Er ließ die Zunge an ihre Klitoris schnalzen und dabei zwei Finger in sie gleiten. Sie war eng, so eng, ihre innere Muskulatur umfing seine Finger, und er wollte nichts mehr, als seinen schmerzenden Schwanz in ihre üppige, feuchte Hitze stoßen.

Zunächst begnügte er sich damit, sie zärtlich mit den Fingern zu nehmen, während er sie bearbeitete. Nach und nach intensivierte er den Rhythmus, bis aus ihrem Atem ein Schluchzen wurde.

„Ich kann – spüren, dass es da ist, aber ich kann es nicht ganz erreichen", keuchte sie.

Versuch es nicht so sehr, meine Liebste, sagte er sanft, liebte sie gedanklich, während er den Druck vergrößerte und sie stärker nahm. *Versuch es einfach gar nicht. Lass locker, und lass es dir von mir bringen. Ich will dich so sehr, dass es wehtut. Ich fühle mich dick wie eine Eiche. Als du mich genommen und an mir gesaugt hast, war ich so erschüttert, dass ich beinahe in deinem Mund gekommen wäre. Ich kann nur daran denken, mich tief in dich zu versenken und nie wieder herauszukommen.*

„O Gott", sagte sie im Tonfall völligen Erstaunens.

Ihr Körper bog sich vom Bett empor.

Er spürte, wie ihr Höhepunkt tief im Inneren begann. Sie errötete überall, und Tränen liefen ihr aus den Augenwinkeln. Es wogte nach außen, und die rohen, unartikulierten Laute, die sich von sich gab, als sie kam, waren die schönste Musik, die er je gehört hatte.

Es entfachte in ihm ein Feuer, aber er hielt sich zurück, beobachtete sie genau, während er das unnachgiebige Tempo aufrechterhielt. Er sagte: *Noch einmal, mein Leben. Lass uns erneut dort hingehen.*

„Du machst doch Witze." Sie wischte sich übers Gesicht. Sie wirkte völlig bloßgelegt. „Es ist ein Wunder, dass ich da einmal hingekommen bin."

Ich glaube an Wunder. Zumindest tat er das heute Nacht. Während die Wogen nachließen, saugte er fest an ihr.

Ihre Augen öffneten sich weit. Mit einem erstickten Schrei hob sie sich noch einmal vom Bett, und da war er, ihr zweiter Höhepunkt. *Bei den Göttern, sie war herrlich.*

Er wollte ihr die ganze Nacht zusehen, wie sie kam, aber sein eigener Hunger war ein wilder Stachel, so dass ihm plötzlich klar wurde, dass er sich nicht mehr zurückhalten konnte.

Er erhob sich und sagte durch zusammengebissene Zähne: „Ich muss in dich rein. Jetzt."

Auf ihrem Gesicht flammte Begierde auf. „Ja."

Sie nahm ihn und führte seinen Schwanz an den richtigen Ort, schob ihn vor und zurück, bis die Spitze durch ihre Erregung feucht war. Das Gefühl war unerträglich. Mit zusammengebissenen Zähnen erduldete er es, damit sie für sein Eindringen bereit war.

Dann platzierte sie ihn an ihrer Öffnung, und er schob sich hinein. Er wiegte sich beinahe ganz wieder heraus und schob sich abermals hinein, diesmal etwas weiter. Sie war so eng, so heiß. Er beobachtete sie genau, während Lust ihr Gesicht erhellte.

„Du fühlst dich unglaublich an", erklärte er. Seine Stimme war kehlig geworden.

„Du auch", hauchte sie. Dann blickte sie ihm plötzlich

tief in die Augen, und die sofortige Verbindung zwischen ihnen war so stark, dass ihm war, als hätte sie ihm die Seele halb aus dem Körper gezogen. Sie kratzte ihm mit den Nägeln über den Rücken und zischte: „Hör auf, so verdammt vorsichtig zu sein."

Und das war es. Es war, als hätte sie sein Innerstes geöffnet. Der zivilisierte Anstrich blätterte ab, und heraus sprang etwas Urtümliches, völlig Unbeherrschtes.

Er stieß sich in einer langen, brutalen Bewegung ganz in sie hinein, und sie entflammte. Sein Feuer fachte ihres wieder an, und sie kam jedem seiner ausauernden, harten Schübe begierig entgegen, hob sich zu ihm, wenn er hinabhämmerte, während sie sich fest wie eine Faust um ihn schloss.

Sie fühlte sich an wie feuchte Seide und Lava. Er konnte gar nicht tief genug in sie kommen, hart genug. Mit seinem Schwanz versenkte er sich in sie, und sein Mund vergrub sich in einem strafend harten Kuss in ihrem, und sie nahm alles, nahm ihn ganz, spornte ihn an, wo er nachgelassen hätte, bis er jeglichen Anschein von Beherrschung verlor und sich ekstatisch mit ihr paarte.

Er packte sie an den Oberschenkeln und schob sie weiter auseinander, so dass er tiefer in sie gelangte. Sie schien noch einmal zu kommen, aber sicher war er sich nicht. Ihre Hände waren überall, und ihr Mund – dieser schön geformte, weiche, sittsam wirkende Mund – flüsterte ihm dreckige Dinge ins Ohr.

Wo hatte sie gelernt, so zu reden? Er legte den Kopf schief und starrte sie an, und sie lächelte ein Lächeln, erfüllt von so wilder Freude, dass es war, als hätte sie ihn von einer Klippe gestoßen.

Er fiel ... er fiel so unaufhaltsam in sie wie Ikarus, der

der Sonne zu nahe gekommen war. Der Höhepunkt, in den er stürzte, war etwas völlig Unwillkürliches, außerhalb seiner Kontrolle.

Als er in ihren engen, heißen Korridor abspritzte, bäumte er sich nach hinten auf, weil es so intensiv war. Vage war er sich bewusst, dass sie die Hände flach auf seine Brust legte, um sein Gewicht zu stützen.

Sex war für ihn nie eine transformative Erfahrung gewesen, bis jetzt.

Lieben war nie transzendent gewesen.

Bis jetzt.

Jetzt verstand er endlich richtig, wieso eine Königin ihren Ehemann mit einem Ritter betrügen konnte, der seine Eide aufgab. Warum Helena von Troja, verführt von Paris, alles in ihrem Leben zurückgelassen hatte, um ihm zu folgen.

Warum Liebe ein treibender Zwang werden konnte, stärker als Ehre oder Tod.

Und als sein Höhepunkt nachließ und er wieder zu ihr hinabsank, sie völlig bedeckte, während er sich in der sinnlichen Extravaganz ihrer Lippen verlor, erkannte er, dass er an einen endgültigen Abschlusspunkt dieser gefährlichen Reise gelangt war, die er mit Sidonie angetreten hatte.

Sein Herz hämmerte noch in der Brust, als er ihr die Lippen auf die Stirn drückte und dachte, *Ich werde alles tun, was ich tun muss, um dich zu behalten.*

Alles.

✧ ✧ ✧

SIE LIEBTEN SICH noch zweimal.

Wie besessen.

Unfähig, damit aufzuhören, sich zu entspannen.

Unfähig, locker zu lassen.

Morgans Körper. Das Wogen der Muskeln in seinen langen Gliedern, das Gefühl auf ihrer Haut, als sie ihr Gesicht in seinem Brusthaar rieb. Sein Gesicht, diese tiefe Stimme, die Weisheit, mit der er sie verführte, diese leuchtenden, leuchtenden Augen.

Es war nicht angenehm, dieses brüllende Verlangen nach ihm. Es war nicht ausgewogen. Sie fühlte sich, als wäre sie in eine Krise gestürzt. Die Wirklichkeit hatte sich verändert und sie mit unsichtbaren Flammen entzündet.

An einer Stelle hielt er sie an der Kehle, während er sie von hinten nahm, und *sie genoss es so sehr*. Es war weit jenseits von allem, was sie bisher für akzeptabel gehalten hatte, so dass sie nicht mehr recht wusste, wer sie war.

Schließlich ließ die Erschöpfung sie flach auf das schmale Bett sinken. „Ich brauche mehr", wimmerte sie. „Aber ich kann nicht."

Seine Stimme war heiser geworden. Er hielt sie fest, die Muskeln angespannt. „So geht es mir auch, aber uns läuft die Zeit davon. Der Morgen dämmert beinahe."

Der Gedanke, sich von ihm zu trennen, war, als würde jemand sie mit einem Messer verletzen. Sie vergrub das Gesicht an seiner Brust. „Nein."

„Du musst eine Möglichkeit finden, vor deiner Audienz bei Isabeau in dein Zimmer zurückzukehren", erklärte er, während sein Atem sich beruhigte. „Lass dich von niemandem davon abhalten. Ich werde mir überlegen, wie ich den Kampfzauber hier zu dir bringen kann."

Sie hob den Kopf und musterte furchtsam sein Gesicht. Seine gutaussehenden Züge waren ihr bereits so vertraut – sie sah den Mann, den sie in der Dunkelheit kennengelernt hatte, aus jeder seine Mienen und Gesten scheinen.

Es passte alles nahtlos harmonisch zusammen, wie Schlüssel und Schloss. Wie sie je auf die Idee hatte kommen können, er wäre Warrick, war ihr nicht mehr zugänglich.

„Wie?", fragte sie. „Es ist für dich bei Tageslicht schwerer, umherzuschleichen."

„Ich weiß nicht." Er strich ihr über das kurze Haar. „Aber ich werde mir etwas einfallen lassen. Ich werde heute daran arbeiten. Du darfst vor allem den Spruch nicht auslösen, bevor du bereit zum Spielen bist, denn wenn er aktiviert wird, ist er unaufhaltsam. Du willst ihn bestimmt nicht schon vorher verschwenden, aber damit es niemand spürt, solltest du ihn auch nicht vor den anderen auslösen. Sobald er sich in deiner Haut niederlässt, sollte es in Ordnung sein, und du wirst wissen, wann das passiert. Du wirst es spüren."

Mit den Gedanken bei der einströmenden Offenbarung vom letzten Mal nickte sie. Ihr Bauch spannte sich an, wenn sie an das dachte, was bevorstand.

Aber sie würde ihn nicht sehen lassen, wie sehr sie sich vor all den Dingen fürchtete, die schiefgehen konnten. Sie war vorhin schon selbstsüchtig genug gewesen, als er erwähnt hatte, dass er vielleicht eine Weile fortgehen musste. Sie würde ihm das nicht noch einmal antun, nicht, wenn er doch bereits alles tat, was er für sie tun konnte.

„Es wird schon gut gehen" sagte sie und legte Überzeugung in ihre Stimme. „Ich trete auf, seit ich vier bin."

Er legte den Kopf schief. „Wirklich?"

„Ja." Sie lächelte ihn an. „Das wird einfach nur ein weiterer Auftritt."

Ein Auftritt, von dem ihr Leben abhing. Keiner von beiden sprach es aus.

Er verlagerte seine Position, damit er die Stirn an ihre legen und ihr tief in die Augen blicken konnte. Sie hatte sich noch nie mit jemandem so verbunden gefühlt. Sie berührte seinen Mund und strich mit den Fingern über die hageren Umrisse seiner Kieferknochen.

„Ich werde versuchen, in telepathischer Reichweite zu bleiben, während du spielst", erklärte er. „Aber es kann sein, dass ich es nicht schaffe."

„Das verstehe ich." Sie warf ihm die Arme um den Hals, hielt ihn so fest, wie sie nur konnte. „Oh, Morgan, ich ..."

Ich liebe dich. Ich brauche dich. Mein Körper tut überall weh, aber ich will dich trotzdem so sehr, dass ich kaum atmen kann.

Sie glaubte nicht, dass sie etwas davon aussprechen und trotzdem ihre Arme lockern konnte, um ihn gehen zu lassen. Sie biss sich auf die Lippen und zog sich zurück. Als er sie fragend anschaute, lächelte sie ihm schief zu und schüttelte den Kopf.

„Du gehst besser", sagte sie zu ihm.

Mit einem gemurmelten Fluch rollte er sich vom Bett, sammelte seine Kleider auf und zog sich mit kurzen, heftigen Bewegungen an. Als er sich die Hose zuknöpfte, erklärte er: „Das Geruchstarnungsspray, das ich getragen habe, hat schon vor einiger Zeit nachgelassen. Ich habe Nachschub dabei, aber du darfst niemanden in dieses Zimmer lassen, bevor du nicht die Gelegenheit hattest, es mit irgendeinem anderen Geruch aufzufrischen. Geh zur Kastellanin Preja und sag ihr, das du dein Zimmer putzen willst. Preja ist eine gute Frau. Bitte sie um etwas von der Seife mit Zitronenduft und Zedernstreifen für den Schrank, um die Motten aus deinen Kleidern fernzuhalten. Sowohl Zeder als auch Zitrone duften sehr stark."

„Mache ich, gleich als erstes", versprach sie. Sie warf

einen Blick auf das Bett. Es war an der Zeit, zu überprüfen, was Kallah über die Verzauberung des Stoffes gesagt hatte. „Ich muss auch diese Decken waschen."

Morgan schlüpfte in seine Stiefel, wühlte in seiner Tasche und zog ein Fläschchen heraus. Nachdem er sich sorgfältig eingesprüht hatte, besonders an den Beinen und Stiefeln, steckte er die Flasche weg, dann richtete er sich auf, um sie zu küssen. „Ich würde dir helfen, wenn ich könnte."

Sie berührte sein Kinn. „Du hilfst mir bereits mehr als genug."

Er warf noch einen Blick auf das Fenster, wo die Dunkelheit sich zu lichten begann, und sein Gesicht wurde starr. „Ich muss gehen."

Sie packte sein Hemd mit den Fäusten. „Sei vorsichtig."

Obwohl sein Gesicht grimmig geworden war, trat Wärme in seinen Blick. „Und du auch."

Er küsste sie noch einmal, ein schnelles, brennendes Liebkosen ihrer Lippen, bei dem ihr ganzer Körper pulsierte. In einer raschen Bewegung zog er sich zurück und glitt aus der Tür.

Das Gefühl seiner Anwesenheit blieb ein paar Augenblicke im Zimmer. Dann spürte sie die Kühle des frühen Morgens auf der Haut und bebte.

Ich hasse alles und jeden, dachte sie wild. *Im Grunde werde ich heute für die Gelegenheit leben, jemandem den Kopf abzureißen.*

So müde sie auch war, der Gedanke an die Gefahr für Morgan – für sie beide –, wenn sie ihr Zimmer nicht von seinem Geruch säuberte, trieb sie mit Adrenalin an. Sie schnappte sich die Decke, die Kleider, die sie getragen hatte, und ein sauberes Kleid und machte sich auf den Weg zu den Baderäumen.

Diesmal hatte sie, so früh es auch war, mit der

Privatsphäre nicht so viel Glück. Einige der Burgbediensteten nutzten gerade die Räume, sowohl Männer als auch Frauen. Ziemlich verlegen und vorsichtig holte sie sich die Seife, die sie brauchte, und fand eine Wanne, in der sie arbeiten konnte, aber obwohl sie spürte, dass die anderen ihr neugierige Blicke zuwarfen, ließ man sie allein.

Wie vorher wusch sie zuerst alles andere. Die Kleider und die Decke waren erstaunlich einfach zu reinigen. Nachdem sie sie ins Wasser getaucht hatte, rubbelte sie sie mit Seife ab, um sicherzugehen, und als sie sie herausholte, lief beinahe das ganze Wasser ab, so dass sie nur noch leicht feucht waren. Sie würden trocknen, bis der Tag vorbei war.

Dann wusch sie sich, zog sich an und putzte sich die Zähne. Sobald sie sicher war, dass sie alles gewissenhaft gereinigt hatte, sammelte sie die Sachen auf und begab sich zurück zu ihrem Zimmer.

Als sie aus den Bädern kam, entdeckte sie Warrick, der mit einem anderen Mann an der Kreuzung zweier Gänge in der Nähe stand. Ein weiterer Adrenalinschub traf sie, so dass ihr Herz hämmerte und ihre Hände bebten.

Sie zog den Kopf ein und machte sich auf den Weg zu ihrem Zimmer. Das letzte, was sie brauchte, war eine Konfrontation mit Warrick. Sie wollte jemandem den Kopf abreißen, doch in diesem Fall biss sie vielleicht mehr ab, als sie bewältigen konnte.

Er hatte aber offenbar an diesem Vormittag kein Unheil im Sinn. Stattdessen hörte sie ihn, als sie vorbeiging, zu dem anderen Mann murmeln: „Ich schwöre bei den Göttern, ich habe einen Hauch von Morgans Geruch aufgefangen."

„Aber man hat ihn nirgends gesehen oder gerochen, seitdem wir wissen, dass er Avalon verlassen hat", sagte der andere Mann. Er trug einen Stapel Kleider unter dem Arm und sah aus, als wäre er ebenfalls unterwegs zum Waschraum.

Sids Schritte stockten nicht. Als sie daran dachte, wie knapp sie davor gewesen war, dass die beiden Morgan an ihrem Körper oder ihren Kleidern riechen konnten, schlug ihr das Herz bis zum Hals. Ein paar Meter weiter im Gang hielt sie inne und bückte sich, vorgeblich, um die Ferse ihres Schuhs zu richten.

Verstohlen blickte sie hinter sich, aber keiner der Männer beachtete sie. Sie war keine Bedrohung, und sie war nicht wichtig – sie war nur eine weitere Dienerin, die hier herumwuselte und ihren Aufgaben nachging.

„Ich bin nicht verrückt", blaffte Warrick. „Ich weiß, was ich gerochen habe."

„Ich glaube dir", gab der andere Mann mit einem Schulterzucken zurück. „Aber Morgan ist auch jahrhundertelang durch diese Burg gestreift. Wie bei so vielen anderen ist sein Geruch bestimmt in den Stein übergegangen. Um sicherzugehen, müssen wir eine Runde durch die Burg und die Stadt machen. Das wird die einzige echte Genauigkeitsprüfung sein. Er kann hier keinen frischen Geruch zurückgelassen haben, ohne dass es auch draußen Geruchsspuren gibt, richtig?"

Ein Beben ging ihr Rückgrat hinab, als sie zuhörte. Morgan lebte – als Sklave – seit Jahrhunderten? Sie konnte sich kaum vorstellen, wie es sein musste, so lange zu leben. Was er gesehen und erfahren hatte.

„Ich will nicht warten, bis sich die anderen Jagdhunde versammelt haben", erklärte Warrick dem anderen. „Du und ich sollten gleich losziehen."

Während die beiden Männer durch den Korridor gingen, richtete Sid sich langsam auf. Furcht zog sich in ihrem Magen zusammen. Wenn sie sich entschieden hätten, den Gang zu nehmen, der zu ihrem Zimmer führte, hätten sie womöglich gerochen, dass Morgan dort drinnen gewesen war.

Wenn es nur eine Möglichkeit gegeben hätte, wie sie Morgan warnen konnte ... aber die gab es nicht. Sie musste darauf vertrauen, dass er klüger und gewitzter war als die anderen Jagdhunde und sich vor ihrer Suche verbergen konnte.

In der Zwischenzeit musste sie die Reinigungsutensilien von der Kastellanin holen und ihr Zimmer gründlich putzen.

Als sie fertig war, war ihr Zimmer von den kräftigen Gerüchen nach Zeder und Zitrone erfüllt. Um sicher zu gehen, wischte sie auch den Gang in beiden Richtungen. Schnelles Arbeiten war genauso gutes Training wie fünf Kilometer laufen.

Nachdem sie die Reinigungsutensilien weggeräumt hatte, ging sie los, um sich ein Frühstück zu erbitten, das sie mit in den Musiksaal nehmen konnte. Triddick gab ihr ein Stück Brot, das um Käse und Fleisch gewickelt und dann gebacken worden war. Ihr leerer Magen knurrte bei dem appetitanregenden Geruch.

„Danke." Sie lächelte ihn an.

Er nickte ihr zu. „Ich höre, deine Audienz wird im großen Saal stattfinden. Ich freue mich schon auf deinen Auftritt."

Wirklich? Warum hatte er das gehört, bevor es ihr zu Ohren gekommen war? Sie reckte das Kinn und fühlte sich wieder bereit, jemandem den Kopf abzureißen, aber es war nicht gerecht, ihre schlechte Laune an ihm auszulassen. Sie machte auf dem Absatz kehrt und marschierte zum Musiksaal.

Sobald die Tür sich hinter ihr schloss, war die Einsamkeit des langen, leeren Raums wie ein beruhigender Balsam, und ihre zornige Energie ließ nach. Sie sah diesen Saal inzwischen als „ihren" an, und es würde ihr leidtun, diesen Zufluchtsort aufgeben zu müssen, wenn Isabeaus Musikmeister zurückkehrte.

Sie setzte sich an den Tisch und aß einen Teil ihres Frühstücks, um das hohle Stechen in ihrem Bauch zu besänftigen. Dann schob sie den Rest beiseite und vergrub den Kopf in den Händen.

Ihr Körper schmerzte überall in Erinnerung an die Lust. Sie dachte an die Dinge, die sie und Morgan während dieser hitzigen Nacht miteinander angestellt hatten, und Verlangen pulsierte wieder durch sie hindurch.

Diese Besessenheit von ihm war höchster Wahnsinn.

Aber sie hatte noch nie Erfolg damit gehabt, ihr Besessenheiten zu kontrollieren ...

Müdigkeit brach über sie herein, und sie sank zusammen. Sie sehnte sich danach, sich auf dem Sofa zusammenzurollen und zu schlafen, aber was heute geschehen würde, war noch unvorhersehbarer als an den anderen Tagen. Kallah oder sonst jemand mochte jederzeit kommen und ihr verkünden, dass sie im großen Saal spielen würde.

Sie konnte es sich nie leisten, zu vergessen, dass man ihr Verhalten beobachtete.

Dieses Gefühl, beobachtet zu werden – es steckte in ihren Knochen, ein Prickeln in ihrem Nacken ...

Eine plötzliche Überzeugung fiel über sie her. Plötzlich war sie sicher, dass jemand sie beobachtete, obwohl sie vorgeblich allein war.

Es hatte nichts mit Magie zu tun, nur mit guter alter menschlicher Intuition.

Sie schob sich hoch, drehte sich im Kreis und musterte

den scheinbar leeren Raum. Die gewaltigen, fein verzierten Wandbehänge gaben keine Wölbung preis. Stattdessen hingen sie flach an der Wand, ganz, wie sie sollten.

Die Bücherregale standen gerade an der Wand, daher konnte sich niemand dahinter verstecken. Die Ständer mit den Instrumenten waren kunstvoll geformt, aber keine richtigen Möbelstücke, sondern Konstruktionen aus geschnitzten Holzstücken, beinahe wie Künstlerstaffeleien. Es standen Möbel neben dem Kamin, die Sofas und die Sessel, doch als sie langsam auf diesen Bereich zuging, schienen die Schatten hinter den Möbeln leer.

Sie entdeckte keinen anderen Ort, an dem sich eine Gestalt, egal wie groß, verstecken konnte.

Aber was, wenn die Gestalt nicht nennenswert groß war?

Keiner der Burghunde. Die waren zu groß.

Eine Ratte zum Beispiel hätte sich allerdings sehr gut in einem solchen Raum verbergen können. Oder eine Katze.

Er mochte vielleicht nicht einmal in diesem Raum sein, nur irgendwo in der Nähe. Sie griff nach dem geistigen Abbild ihres Entführers, mit diesem schmalen, merkwürdigen Gesicht, und fragte telepathisch: *Robin?*

Sie spürte nichts, kein Gefühl, ob sie sich mit jemandem verbunden hatte oder zu leerer Luft sprach.

Dann löste sich einer der finsteren Schatten hinter dem Sofa von den anderen. Es war ein schwarzer Kater, und er kam mit flüssiger, schleichender Anmut auf sie zu. Zwischen einem Schritt und dem nächsten verwandelte er sich in eine dünne, aufgerichtete Gestalt.

Die Gestalt sah beinahe aus wie ein menschlicher Teenager. Beinahe ... bis auf diese wilden, uralten Augen.

„Hallo, Sidonie", sagte Robin.

Kapitel 16

EIN PLÖTZLICHER WUTANFALL traf sie wie ein Tornado.

Der Wirbelsturm blendete sämtliche Vorsicht und den gesunden Menschenverstand aus, und er drängte sie, sich vorzustürzen. Sie hatte das Gefühl, aus der Haut zu fahren.

„Du!", fauchte sie.

Sie schlug ihn so fest auf den Kopf, dass er zurückzuckte. Dann schlug sie ihn noch einmal.

Und noch einmal.

Als nächstes wurde ihr bewusst, dass sie ihn mit Fäusten und Füßen traktierte, während ihr Zornestränen über die Wangen liefen.

Er machte keine Regung, um sie davon abzuhalten oder sich zu schützen. Sie ließ Schläge auf ihn niederprasseln, trieb ihn zurück, bis er mit den Schultern an den Rand eines Bücherregals stieß. Er stützte sich daran ab und blieb stoisch unter ihrer Attacke stehen.

„Sie hat mir die Hände gebrochen, du Hurensohn!"

Er wirkte nicht überrascht. Er nickte nur und neigte das Kinn aufwärts, wandte sich ihrem Schlag zu. „Sie hat mir einmal die Zunge herausgeschnitten. Es dauerte Jahre, bis sie wieder nachwuchs."

Diese Aussage schnitt mitten durch ihre geistlose Wut. Sie zögerte einen Augenblick zu lange, nahm die

Merkwürdigkeit und die Barbarei wahr. Als sie wieder zu ihrer vorherigen Wut zurück wollte, war der Feuersturm schon zu glühenden Kohlen zusammengefallen. Er war nicht weg, auf keinen Fall, aber auch nicht mehr außer Kontrolle.

Als er Anstalten machte, sich aus seiner gebeugten Haltung aufzurichten, schubste sie ihn wieder und stieß zwischen den Zähnen hervor: „Ich hasse dich so sehr."

Sein eigenartiger Blick begegnete ruhig ihrem. „Ich verdiene jedes Quäntchen davon."

„Ich kann nicht glauben, dass du die Frechheit besitzt, mir in die Augen zu schauen, ganz zu schweigen davon, dass du dich in der Burg herumdrückst. Morgan dachte, nicht einmal du wärst so verrückt." Sie warf einen Blick über die Schulter, auf die verschlossenen Türen. „Warum bist du hier?!"

„Ich bin gekommen, um die Folgen meines Werks zu bezeugen", erklärte er. „Böse Taten sollten nie ungestraft bleiben."

Von wessen bösen Taten redete er, Isabeaus? Oder seinen?

„Du kannst nie die Angst und den Schmerz wiedergutmachen", sagte sie verbittert, „die du mich hast durchleben lassen."

„Ich bin nicht hier, um es zu versuchen, obwohl ich gern jeden Schlag ertrage, den du austeilen musst", erklärte er sanft. „Manche Taten sind unverzeihlich. Und bevor du fragst, ich werde dich nicht wieder nach Hause bringen."

„Du Narr, ich will nicht nach Hause", zischte sie. Überraschung leuchtete in seinem wilden Blick auf. Das hatte er nicht erwartet. „Aber ich will die Dinge richtigstellen, und wenn ich das mache, versuchst du besser was Vernünftiges beizutragen, um alles in Ordnung zu bringen, oder ich schwöre bei Gott, dass ich eines Tages eine Möglichkeit finde, dich zu einem Häuflein Asche zu verbrennen."

„Ich sehe die Leidenschaft, mit der du sprichst", flüsterte er.

Mit einem weiteren Blick zu den Türen sagte sie rasch: „Ich habe keine Ahnung, wie viel Zeit uns bleibt, deswegen mache ich es kurz. Morgan ist durch einen Bann gebunden. Alles, was du wolltest, dass passiert, als du mich entführt hast, *kann nicht passieren.*"

Diese Worte waren der erste Schlag, den sie austeilte, der dazu führte, dass er entsetzt wirkte. „Wovon redest du?", hauchte er.

„Du wolltest einen Keil zwischen zwei Leute treiben, die gemeinsam Böses bewirken." Wiederaufkommende Wut ließ sie ihm einen Schlag vor die Brust versetzen. Durch zusammengebissene Zähne sagte sie: „Aber dazu kommt es nicht! Morgan ist genauso sehr ein Gefangener, wie du es warst – so, wie ich es gerade bin! Er hätte dir nie davon erzählt. Der Bann hält ihn davon ab, es Leuten zu verraten. Ich weiß es nur, weil ich es mir aus gewissen Dingen zusammengereimt habe, die er sagte. Sobald ich von dem Zwang wusste, hat der Bann nachgelassen, und wir konnten darüber reden."

„Könnte das die ganze Zeit über wahr gewesen sein?", murmelte Robin vor sich hin, während sich sein Blick umwölkte, verdüstert von Zweifeln und Erinnerungen. „Ich sah sie streiten, als würden sie einander verabscheuen, aber Liebende spielen solche Spiele. *Sie* spielt solche Spiele. Das hübsche Lächeln und die tödlichen Wutausbrüche ... beides sind sorgsam entwickelte Darstellungen. Hinter all dem

Lärm und dem Zorn sucht sie mit unnachgiebiger Sorgfalt nach jeder Möglichkeit, das Blatt zu ihren Gunsten zu wenden. Und vergiss niemals Modred. Er ist das willige Schwert in ihren Händen."

„Mach dir keine Sorgen, Modred vergesse ich nie." Sie atmete schwer. „Nicht nach dem, was er mir angetan hat. Aber im Augenblick reden wir nicht von ihm oder Isabeau. Wir reden von *dir*. Es gibt für dich nur einen Weg, zu bekommen, was du willst. Und das willst du noch immer, oder … die Bande brechen, die Morgan und Isabeau zusammenhalten?"

Sein Blick wurde plötzlich wieder klar. „Ich wünsche mir das mehr als mein Gewissen oder meine Seele."

Sie musterte seinen Blick, so seltsam er auch war, und sah nichts als Aufrichtigkeit.

„In Ordnung", sagte sie. „Isabeau trägt ein Messer an einer Goldkette um die Taille. Man nennt es Azraels Athame, oder vielleicht des Todes Messer. Hast du schon mal davon gehört?"

„Nein." Er runzelte die Stirn. „Ich erinnere mich an dieses alte Messer in seiner Scheide. Es leuchtet vor Dunkelheit."

„Wer ist Azrael?"

Er hob die Augenbrauen, wirkte überrascht von ihrem Unwissen. „Azrael ist der Herr des Todes, einer der sieben Götter der Alten Völker. Manchmal nennt man sie auch die Urmächte. Es gibt noch Taliesin, den Gott des Tanzes, den ersten unter den Göttern, weil Tanz Veränderung ist und das Universum niemals stillsteht. Dann gibt es Inanna, die Göttin der Liebe, Nadir, die Göttin der Tiefen oder des Orakels, Will, den Gott der Gaben, Camael, die Göttin des Herdfeuers, und Hyperion, den Gott des Rechts." Er hielt inne, als er ihrer wachsenden Ungeduld gewahr wurde, dann fügte er beinahe tadelnd hinzu: „Anders als die Götter anderer Religionen sind die sieben Urmächte in der Welt sehr wirklich und tätig."

„Bist du dir dessen sicher?", fragte sie zynisch. Sie war nicht in der Stimmung für Bekehrungsaktionen.

„Oh, da bin ich mir ziemlich sicher", sagte Robin mit leiser Stimme, die dennoch in ihrer Überzeugung nicht wankte. „Ich habe das Horn des Herrn des Todes zur Wilden Jagd blasen und seine Hunde in winddurchtosten Nächten bellen hören. Es ist nie weise, einer Zuflucht fern zu sein, wenn Azrael zum Tode des Jahres ausreitet. Das ist ein Geräusch, das ich nie vergessen werde, allerdings ..." Er runzelte die Stirn. „Ich habe die Wilde Jagd inzwischen seit Jahren nicht mehr gehört."

Seine Worte ließen es ihr kalt den Rücken hinablaufen. „Nun, Morgan sagte, das Messer, das Isabeau trägt, ist ein sehr alter und mächtiger magischer Gegenstand." Von einem Gefühl der Dringlichkeit getrieben, sprach sie schneller. Ihr Glück konnte nicht mehr viel länger anhalten. „Offenbar hat sie ihn damit verletzt, und sie hat ihn irgendwie nicht nur mit dem Bann gefesselt, sondern ihn auch noch in eine Art Lykanthrop verwandelt. Er ist derjenige, der die anderen Lykanthropen erschafft." Sie hielt inne und fügte hinzu: „Er nannte sie auch Jagdhunde. Es ist kein gebräuchliches Wort für Lykanthropen in den USA, deswegen habe ich es mir gemerkt."

Robins kniff die Augen zusammen. „Jagdhunde, die von des Todes Messer geschaffen werden", murmelte er. „Ich würde gerne das Körnchen Wahrheit hinter dieser Geschichte erfahren."

„Dann tu es", zischte sie. „Morgan und Isabeau kann

man nur entzweien, indem man ihn von dem Bann befreit. Er versucht es selbst, aber er wird ständig von seiner Forschung weggeholt, um meinen nutzlosen Hintern zu retten, *deinetwegen!* Doch er kann nicht helfen, mich zu befreien, weil es ihm verboten ist, Gefangene zu befreien. Und ihm läuft die Zeit davon."

„Wie das?", fragte Robin rasch.

Stimmen wurden vor den Türen laut. Eine davon gehörte Kallah. Robins Gestalt schimmerte, und er verwandelte sich wieder in einen schwarzen Kater.

Sid hob den Kater auf und verlegte sich auf Telepathie. *Ich kann es dir im Augenblick nicht erzählen. Du wirst mir einfach vertrauen müssen. Um Himmels willen, geh ihn suchen und schau, wie du ihm helfen kannst! Ich verlasse Avalon nicht ohne ihn.* Sie nahm den Kater und starrte in seine großen, grünen Augen. *Du und ich – wir werden nie Freunde, und offenbar kannst du auch gut ohne meine Vergebung leben. Aber ich vergebe dir trotzdem, wenn du mir hilfst, Morgan zu befreien.*

Denn ohne ihre Entführung hätte sie nie ihren Zauberer getroffen. Sie hätte nie die Nacht erlebt, die sie gerade miteinander erlebt hatten. Sie hätte nie in seine Augen geschaut, während er sich so tief, so zärtlich in ihr bewegte, oder die ergreifende Empfindung gespürt, mit der er sie gehalten hatte.

Alles, was sie ertragen hatte, um an diesen Punkt zu kommen, war es plötzlich wert gewesen, all der Schmerz, die Schrecken und die Unsicherheit.

Genau wie Robin sich nicht gegen ihre Schläge gewehrt hatte, hing der Kater schlaff in ihrem Griff und sträubte sich nicht.

Seine telepathische Stimme klang merkwürdig sanft, als er sagte: *Das ist kein geringes Angebot, Sidonie Martel.*

Ich weiß, gab sie knapp zurück.

Während sie sich zur Tür begab, den Kater auf dem Arm, öffnete sich ein Türflügel, und Kallah kam mit einem Bündel Kleidungsstücke herein. Sie hob eine Augenbraue, als Sid den Kater draußen auf den Boden fallen ließ.

Sid beobachtete, wie der Kater durch den Gang rannte, ein schlanker, schwarzer, schneller Streifen. Als er um eine Ecke verschwunden war, schloss sie die Tür, wandte sich zu Kallah um und sagte: „Ich habe keine Ahnung, wie der hier reingekommen ist."

„Katzen sind überall", erwiderte Kallah unbewegt. „Sie halten die Burg von Mäusen und Ratten rein."

„Schade, dass sie das nicht auch im unterirdischen Kerker tun", sagte Sid und ließ jedes Wort mit einem zarten Stich enden. Als Kallah sie finster anschaute, zuckte sie mit den Schultern. Es hätte ihr nicht gleichgültiger sein können, was die Frau dachte.

„Ich habe Neuigkeiten für dich", verkündete Kallah, während sie zum Tisch hinüberging.

Sid folgte ihr. „Lasst mich raten, ich spiele heute Abend im großen Saal."

Kallah blieb stehen. „Ja, wie hast du das erfahren?"

„Triddick hat es mir heute Morgen erzählt, als ich hingegangen bin, um mir bei ihm ein Frühstück zu erbetteln. Ich weiß nicht, wo er es gehört hat."

„Ich muss sagen, du nimmst die Nachricht recht gelassen auf." Kallah warf ihr einen raschen, scharfen Blick zu.

Sid drückte die Lippen zu einem angespannten Lächeln zusammen. Die beiläufige Verachtung in Kallahs Schlussfolgerungen war, als würde man ihr die Haut mit Sandpapier abschmirgeln. Da Sid regelmäßig vor tausenden

Leuten in beinahe jeder vorstellbaren Veranstaltungshalle aufgetreten war, hatte sie nicht groß über den Saal nachgedacht.

Sie *würde* jedoch ernsthaft damit zu tun haben, im großen Saal nicht dreimal vor dem Auftritt proben zu können.

Sie schaffte es, sich das Fauchen zu verbeißen, das sie von sich geben wollte. Stattdessen sagte sie gleichmütig: „Ich mache mir keine Gedanken darüber, wo ich spielen werde. Die Einzige, auf deren Meinung es wirklich ankommt, ist Ihre Majestät."

Kallahs Stimme wurde trocken. „Stimmt schon. Ich wollte dich auch warnen. Wenn du gut genug spielst, ist es möglich, dass du einige der Oberschwingungen auslöst, die in den Saal eingebaut sind."

Sid kniff die Augen zusammen. „Was bedeutet das?"

„An verschiedenen Stellen in der Halle sind Zauber in silbernen Glyphen angebracht, die auf Musik reagieren. Vielleicht zeigen sich Lichter und Farben. Wahre Meister können Bilder erschaffen. Wenn irgendwelche Farben erscheinen, darfst du nicht erschrecken und ins Stocken kommen."

Also hatten die Hellen Fae ihre Version einer Lightshow. Sie schaffte es, nicht die Augen zu verdrehen. „Verstanden."

Kallahs Gesicht wurde neugierig. „Du und Triddick habt euch kennengelernt?"

Sid beobachtete, wie sie die Kleidung auf dem Tisch platzierte. „Ich war zu beschäftigt, um mich an die Essenszeiten zu halten, und er war so nett, mir entgegenzukommen."

„Ich bin etwas überrascht", merkte Kallah an, während

sie die Falten des Kleidungsstücks gerade zupfte. „Er kann launisch sein."

„Wir sind zu einer Übereinkunft gelangt. Er wünscht sich, dass die Königin weiß, dass er ihre Liebe zu den Künsten auf jede ihm mögliche Weise unterstützt."

„Ich werde zusehen, dass ich das weitergebe." Kallah ließ von dem Stoff ab und richtete sich auf. „Dieses Kleid sollst du heute Abend tragen. Deine zwei anderen Garderoben sind nicht geeignet."

Sid legte den Kopf schief und musterte das Kleid. Es war braun, was wirklich ungünstig war. Sie war nie ein großer Fan von schlichten Brauntönen gewesen. Aber trotz der Farbe war es sehr viel hochwertiger und feiner als ihr normales braunes Kleid, aus Seide mit schwarzen Ziernähten an den Handgelenken und dem Saum.

„Ok", sagte sie.

Kallah wandte ihr das Gesicht zu, die Augen zusammengekniffen. „Gibt es etwas, das du mich über diesen Abend fragen willst?"

Sid schüttelte den Kopf und zuckte mit den Schultern, dann überdachte sie ihre griesgrämige Haltung noch einmal. „Eigentlich doch. Wie soll ich mich benehmen, wenn ich in den Saal komme?"

„Du solltest vorher ein leichtes Abendmahl zu dir nehmen", instruierte Kallah sie. „Es wird erwartet, dass du spielst, während die anderen zu Abend essen, daher erhältst du keine Mahlzeit, obwohl du so viel zu trinken haben kannst, wie du möchtest. Du wirst ein paar kurze Pausen bekommen. Ansonsten ist es schwierig, voraus zu planen. Wenn Ihrer Majestät die Musik nicht gefällt, wird der Abend sehr kurz für dich sein."

Wäre das ein Film, dachte Sidonie, *käme hier der Einsatz für ominös anschwellende Musik.* „Verstanden", stieß sie hervor.

Kallah wirkte leicht erstaunt. „Wenn Ihrer Majestät deine Musik gefällt, solltest du damit rechnen, ein paar Stunden zu spielen, also stelle sicher, dass du gut ausgeruht in den Saal kommst. Ich schicke einen Pagen, um dich abzuholen, wenn es so weit ist."

„Gut." Sie verbiss sich ein Seufzen. Dieses ganze drohende Unheil kostete sie noch den letzten Nerv. „Ich werde heute Nachmittag zurück in mein Zimmer gehen. Noch etwas?"

„Nein, ich glaube, das sollte alles sein." Kallah hielt inne, sie kniff erneut die Augen zusammen. Sie murmelte: „Ich erinnere mich nicht, dass du Ohrringe getragen hast, während ich dir die Haare geschnitten habe."

„Ach, um Himmels willen", fuhr Sid auf. „Was wollt Ihr mir denn noch alles wegnehmen? Manchmal trage ich meine Ohrringe, und manchmal habe ich sie in der Tasche. Warum, wollt Ihr sie haben?"

Wenn sonst schon nichts, dachte sie, *dann hat mich dieser Ort eines gelehrt. Ich habe gelernt, meisterhaft zu lügen, während ich die volle Wahrheit sage.*

Die Frau zog sich beleidigt zurück. „Natürlich nicht", fuhr sie Sid an. „Wenn das jetzt alles ist, muss ich zu meinen Pflichten zurückkehren."

„Wir sehen uns im großen Saal", erwiderte Sid knapp.

Die andere Frau wandte sich zum Gehen. Als Kallah sich noch einmal zu ihr umdrehte, hatte sich der Ärger etwas aus ihren einfachen Zügen zurückgezogen. Nüchtern sagte sie: „Ich weiß, dass du gerade einen außergewöhnlichen Stress spüren musst. Viel Glück heute Abend. Ich hoffe, du machst es gut."

Sids steifer Rücken knickte etwas ein, und sie bemühte

sich, bei der Antwort ihre Stimme weicher werden zu lassen. „Das weiß ich zu schätzen, Kallah. Danke."

✧   ✧   ✧

NACHDEM ER GEGANGEN war, kehrte Morgan zu seiner Hütte zurück, aß mechanisch und kümmerte sich um seine heilende Wunde.

Sie sah besser aus als beim letzten Mal. Die schwarzen Streifen, die wie gezackte Blitze nach außen verliefen, waren etwas verblasst, und die Verletzung selbst hatte sich fest verschlossen. Sie fühlte sich auch besser an. Inzwischen war sie ein stumpfer, lästiger Schmerz anstelle des brennenden Dorns der Qual. Nichts, was er und Sidonie in der Nacht angestellt hatten, hatte sie wieder aufgehen lassen.

Nachdem er sich um das Notwendige gekümmert hatte, begann er daran zu arbeiten, das Problem zu lösen, Sidonie den Kampfzauber zu bringen.

Sosehr er gegen den Schluss aufbegehrte, zu dem er gekommen war: Es war einfach nicht die beste Lösung, zu versuchen, den Spruch persönlich zu wirken. Wenn er den Spruch sprach, würde die Wirkung sofort eintreten, und Sidonie musste die Kontrolle darüber haben, wann er sich aktivierte. Er würde den Spruch in einen Gegenstand wirken und sich dann überlegen müssen, wie er diesen Gegenstand zu ihr beförderte.

Obwohl er ein fähiger Magier war und es ihm nicht an einem großen Sack voller Tricks mangelte, bestand die zweite Herausforderung in dem gewagten Versuch, tagsüber unterwegs zu sein. Es gab Bereiche der Burg, in denen er sich freier bewegen konnte, verborgene Winkel und abgeschlossene Räume, die schon vor Jahrhunderten von allen bis auf ihn vergessen worden waren.

Aber der geschäftige Bereich rund um Sidonies Zimmer gehörte nicht zu diesen Orten. Außerdem waren etliche andere Jagdhunde und Höflinge fähige Magier, darunter Isabeau und Modred, und Morgan hatte nicht die Fähigkeit des Pucks, die Gestalt zu verändern, wie es ihm beliebte.

Daher war es nicht der beste Weg, den Kampfzauber persönlich zu überbringen. Das Risiko, entdeckt zu werden, war zu hoch.

Vielleicht konnte Myrrah helfen. Sie war freundlich gesinnt und eine talentierte Heilerin – eine der wenigen, denen Morgan vertraute, zumindest ein Stück weit. Es würde ihr nicht gefallen, nicht zu wissen, warum er Sidonie einen magischen Gegenstand zukommen lassen wollte, doch wenn er sie darum bat, machte sie es vielleicht.

Ihm gefiel allerdings auch daran die Unsicherheit nicht. Was, wenn Myrrah die Bitte zu unangenehm war? Dann hätte er nicht nur seine Anwesenheit verraten, sondern auch seine Verbindung zu Sidonie offenbart.

Nein, Sidonie brauchte den Kampfzauber, da gab es keinen Spielraum für Unsicherheiten. Das war wichtiger als alles andere, sogar die Geheimhaltung seiner Anwesenheit. Er würde freiwillig zurück in den aktiven Dienst bei Isabeau gehen, bevor er riskierte, dass Sidonie heute Abend ohne die Hilfe auftrat, die sie benötigte.

Er schob das Problem zunächst beiseite und machte sich an die Arbeit. Erst nahm er ein Stück Stoff und durchtränkte es mit demselben Verhüllungszauber, den er auch auf den Samtbeutel gelegt hatte, in dem er sein tödliches Arsenal an Angriffszaubern trug.

Als er damit fertig war, öffnete er die kleine Holzkiste, in der sich sein Bestand an nicht verzauberten Edelsteinen befand, und ging diese nachdenklich durch. Der Kampfzauber war ein größerer Zauber, daher brauchte er einen Edelstein von hoher Qualität, um ihn aufzunehmen. Keiner der Halbedelsteine würde genügen.

Schließlich wählte er einen kleinen, perfekten Diamanten. Er stellte ihn auf den Tisch und begann den Prozess, den Spruch in den Stein zu wirken. Es war ein komplizierter Vorgang, einen größeren Zauber zu wirken. Den Spruch in einen Gegenstand zu zaubern war ein zweiter Vorgang, der ebenso kompliziert war.

Darüber hinaus musste er diesen konkreten Zauber mit einem genauen Eindruck der richtigen Fertigkeiten durchtränken, die er an Sidonie weitergegeben wollte. Normalerweise wirkte man den Kampfzauber in der Hitze des Augenblicks, und die Übertragung der Fertigkeiten war sowohl breiter angelegt als auch sofort ersichtlich, basierend auf dem situationsabhängigen Bedarf desjenigen, der den Zauber wirkte.

Es war etwas anderes, diesen Zauber zu wirken. Er befand sich nicht in der Hitze des Augenblicks, und er musste ein akribisches geistiges Abbild einer Laute heraufbeschwören, zusammen mit den Erinnerungen daran, sie zu spielen. Als er sich zurücklehnte, um sein Werk zu begutachten, war er ausgelaugt, und die Sonne war hoch in den Himmel gestiegen und heizte die Hütte allmählich auf.

Es war ein guter, solide gewirkter Zauber, der Spruch war dicht in die Struktur des Edelsteins gewoben, aber er wusste immer noch nicht genau, wie er ihn sicher zu Sidonie bringen sollte, ohne auch seine Freiheit aufs Spiel zu setzen.

Entnervt und zornig rieb er sich übers Gesicht, dann ging er die Fenster der Hütte öffnen, um frische Luft hereinzulassen. Beim Klang von Stimmen draußen sträubten sich ihm die Nackenhaare.

Obwohl die Sprecher ein Stück entfernt waren, erkannte er sie. Es waren Warrick und Harrow.

Er war zwar zuversichtlich, dass die Verhüllungszauber, die er über der Hütte gewebt hatte, halten würden, doch musste er trotzdem herausfinden, was sie hier draußen taten, so dicht an seinem Versteck. Er wickelte den Diamanten in sein verhüllendes Tuch und steckte ihn in seine Tasche, zusammen mit dem Klumpen Bienenwachs.

Dann griff er nach seinen Waffen, besprühte sich wieder mit dem Jägerspray, warf einen starken Verhüllungszauber über sich und schlüpfte aus der Hütte, um die beiden Männer zu verfolgen, während ihre Stimmen sich entfernten.

Warrick und Harrow waren leicht zu finden, da sie sich nicht bemühten, unbemerkt zu bleiben. Vorsichtig folgte er ihnen, als sie einen Pfad benutzten, der zu hoch gelegenem Terrain führte. Der Ort, an den sie unterwegs waren, war ein idealer Aussichtspunkt, denn er ermöglichte einen fast vollständigen Blick auf die Burg, die sie umgebende Stadt und den Hafen, wo die Fischer- und Segelboote vertäut waren.

Sobald sie ankamen, blieben die Männer stehen. Morgan wog das relative Risiko, etwas zu hören, das er nicht hören wollte, gegen die Notwendigkeit ab, ihre Pläne zu erfahren, und schlich sich näher, bis er Fetzen ihrer Unterhaltung im Wind hören konnte. Er betastete die Bienenwachsstücke und formte sie zu Ohrenstopfen, während er lauschte.

„Ich sehe das auch so", sagte Harrow. „Der Geruch war frisch, besonders in den Stallungen …"

Die Erkenntnis traf ihn.

Die Stallungen, in denen Morgan einige Zeit bewusstlos und blutend gelegen hatte. Er hatte vergessen, seinen

Geruch zu verhüllen oder zu eliminieren, nachdem er sich weit genug erholt hatte, um zurück zur Hütte zu gehen. Zornig über sein Versehen fluchte er tonlos.

„Wenn er also von der Erde zurückgekehrt ist", erwiderte Warrick, „wie wir annehmen ... endlos viele Orte, an denen er sich aufhalten könnte ... Außerdem will ich wissen, warum sich der Bastard überhaupt nach Avalon zurückgeschlichen hat, nachdem er sich erst davongemacht hatte ..."

„Scheint mir eindeutig ...", sagte Harrow. „Will nicht gefunden werden?"

„Ja, sieht so aus ... zurück und erzählen es den anderen ..."

Als Morgan die Quintessenz ihrer Unterhaltung klar wurde, stellte er sich verbittert den Fakten.

Die Karten waren neu gemischt.

Da Warrick und Harrow nun argwöhnten, dass er in Avalon sein könnte, würde es nicht viel helfen, sich die Ohren zum Schutz mit Bienenwachs zuzustopfen. Wenn auch nur einer von ihnen auf die Idee kam, sich telepathisch an ihn zu wenden, und Kontakt herstellte – und wenn sie ihm erzählten, dass Isabeau ihn zurückwollte, ob er nun verletzt war oder nicht –, würde er gezwungen sein, zu gehorchen.

Angespannt durchsuchte er sein umfassendes Repertoire an Zaubern, um zu erfahren, was nützlich sein könnte, um Telepathie zu blockieren. Das Offensichtliche wäre ein Annullierungszauber. Damit dieser über einen gewissen Zeitraum hinweg funktionierte, würde er ihn in einen weiteren Gegenstand wirken und diesen tragen müssen. Das würde ihn vor Telepathie schützen, seine Fähigkeiten aber auch massiv behindern.

Während er die anderen beiden Jagdhunde verfolgte, verlegte sich Morgans Verstand auf kalte, skrupellose Logik. Es schien, als hätten Warrick und Harrow noch niemandem von ihrer Entdeckung erzählt. Hatte er das Zeug, sie zu töten, obwohl sie keine konkrete körperliche Gefahr darstellen?

Aber die Gefahr, die sie darstellten, war sehr real. Wenn sie ihren Verdacht zurück zu den anderen Jagdhunden trugen, und zur Königin, würde die Suche nach ihm im direkten Umfeld verschärft werden.

Es war noch nicht dazu gekommen, aber nun, da sie argwöhnten, er könne irgendwo in Reichweite sein, würde irgendjemand sehr bald auf die kluge Idee kommen, telepathisch nach ihm zu rufen.

Wenn er wieder gefangen wurde, würde man ihn aus Avalon wegschicken, um den Angriff auf den Dunklen Hof weiterzuführen.

Wegschicken von Sidonie.

Und vielleicht würde sie ihre Stellung bei Hofe genau heute Abend stärken, aber wenn Isabeau aus irgendeinem Grund felsenfest gegen sie gewandt blieb, war Sidonie weiterhin in Gefahr, und Morgan würde nichts tun können, um ihr zu helfen.

Er beobachtete, wie die Männer in der Ferne den Weg weiter hinaufstiegen und am höchsten Punkt innehielten, um über das Land zu blicken. Nun waren sie zu weit entfernt, als dass er ihre Unterhaltung hätte belauschen können. Harrow deutete nach Westen, und Warrick schüttelte den Kopf.

Es wäre nichts weiter nötig als ein heftiger Windstoß. Mit einem raschen Zauber könnte er einen Schlag wie eine Ramme niedergehen lassen, und die beiden Männer würden über die Klippe stürzen. Sie würden vielleicht nicht beim Sturz sterben, aber sie wären so schwer verletzt, dass er sie erreichen und die Sache beenden konnte, bevor sie sich erholten.

Warrick war ein Grobian, und bei seinem Tod würde Morgan nichts als Erleichterung empfinden, aber Harrow war ein recht anständiger Mann.

Uneins mit sich selbst spannte er sich an.

Im Unterholz neben ihm raschelte es verhalten. Robin merkte mit leiser Stimme an: „Ein schöner Tag für einen kleinen Mord, findest du nicht?"

Morgans Herz pochte. Robin hatte schon immer das Talent gehabt, durch seine besten Verhüllungszauber zu blicken. Er wirbelte herum, packte den Puck an der Kehle und rammte ihn zu Boden. Robin tat nichts, um ihn daran zu hindern.

„Bist du verdammt nochmal irre?", zischte Morgan. „Ich hätte dich vorher töten sollen, als ich die Gelegenheit dazu hatte!"

Robin begegnete seinem Blick. Zum ersten Mal seit sehr langer Zeit sah Morgan eine Art nüchterne Vernunft in den Augen des Pucks.

„Es wäre höchst unglückselig, wenn du dich entscheiden würdest, diese Drohung in die Tat umzusetzen, Hexer, denn ich bin gekommen, um dir Hilfe anzubieten", erklärte Robin. „Zum ersten Mal in der Geschichte bietet ein Mitglied des Dunklen Hofes freiwillig einem Mitglied des Hellen Hofes seine Dienste an."

„Was für einen Unsinn brabbelst du jetzt?", fauchte Morgan, seine Finger spannten sich an.

Robins Gesicht wurde dunkel, da der Druck stieg, aber er zeigte immer noch keinerlei Widerstand. „Ich hatte eine höchst erhellende Unterhaltung mit Sidonie", flüsterte er.

Sofort ließ Morgan locker. Ein rascher Blick hinauf zum Aussichtspunkt verriet ihm, dass die Männer nicht mehr in Sicht waren. Er hatte nicht nur seine Gelegenheit verspielt, sie zu töten, sondern sie auch noch aus den Augen verloren.

„Komm schon." Er riss Robin hoch und zerrte den Puck in seine verborgene Hütte. Dort angekommen, schob er den Puck nach drinnen, folgte ihm und warf die Tür hinter sich zu. Als Robin sich zu ihm umwandte, fauchte er: „Erkläre dich."

„Ich habe sie beobachtet", sagte Robin einfach, während er seine Kleidung richtete. „Ich habe diesen Zwang, den Schaden zu bezeugen, den ich angerichtet habe. Irgendwie hat sie gespürt, dass ich sie beobachte. Statt meine Anwesenheit zu leugnen und mich still zu verhalten, habe ich mich entschieden, mich zu zeigen. Sie war ... immens wütend, wie du dir vielleicht vorstellen kannst."

„Wenn du ihr irgendwas angetan hast ...", knurrte er und spürte, wie sein Gesicht sich veränderte.

Robins Augen wurden groß, und er hob die Hände. „Frieden, Hexer! Deiner Dame geht es gut! Ich habe jeden ihrer Schläge hingenommen, denn ich verdiente sie, und als sie sich so weit beruhigt hatte, dass sie sprechen konnte, erzählte sie mir von dem Bann, unter dem du stehst."

Morgan zögerte, er atmete schwer, und seine Züge glitten wieder in ihre normale Gestalt zurück. Vorsichtig fragte er: „Was also nun, Robin?"

„Sidonie hatte recht", hauchte Robin und starrte ihn an. „Jetzt, da ich weiß, dass der Bann existiert, sehe ich, wie er über dir liegt wie der Schatten des Schicksals. Vorher dachte ich immer, es wäre ein Schatten deiner dunklen Künste. Nun existieren meine Gründe, sie zu entführen, nicht mehr, aber sie hat deutlich gemacht, dass sie meine Hilfe nicht will, um nach Hause zu gelangen. Sie sagte, sie würde Avalon nicht ohne dich verlassen."

Das hatte Morgan nicht kommen sehen. Er wirbelte herum, um zu verbergen, was immer in seinem Gesicht zum Vorschein kommen würde.

Nach allem, was sie durchgemacht hatte – nach allem, was sie immer noch durchmachen könnte –, weigerte sie sich, ihn zu verlassen. Eine Mischung aus Gefühlen wallte in seiner Brust auf, schnürte ihm die Kehle zu.

Als er wieder etwas sagen konnte, war seine Stimme rau. „Wir müssen sie zur Vernunft bringen. Du musst sie zurück zur Erde schaffen."

„Obwohl ich ihre mutige Erklärung und deinen unbegründeten Glauben an meine Fähigkeiten zu schätzen weiß, kann ich mich nur zu meinem eigenen Nutzen verstohlen bewegen", sagte Robin trocken. „Ich kann kein anderes Wesen in eine Maus oder ein Eichhörnchen verwandeln. Obwohl ich mir von ganzem Herzen wünsche, die Dinge lägen anders, habe ich nicht die Fähigkeit, sie an den Wachen des Übergangs vorbei zu schmuggeln."

Daraufhin sagte Morgan heftig: „Du bist nichts als eine Plage."

„Ja. Ich kann nicht ungeschehen machen, was ich getan habe, aber ich *kann* alles tun, was in meiner Macht steht, um ihr zu helfen, dich von dem zu erlösen, was dich bindet." Robin hielt inne. „Wenn du mich lässt. Ich verstehe es, falls du das nicht tust. Aber, Hexer, denke gut nach, bevor du mein Angebot ablehnst. Du hast nicht viele Möglichkeiten, und mit der richtigen Motivation kann ich ein mächtiger Verbündeter sein."

Mächtig, aber chaotisch. Morgan senkte die Lider und

musterte Robin genau, versuchte zu entscheiden, ob es die erhöhte Gefahr und den Ärger wert war, das Angebot anzunehmen. Wäre nur ein Hauch Unaufrichtigkeit oder falsches Spiel bei dem Puck spürbar gewesen, hätte Morgan ihn auf der Stelle getötet. Stattdessen sah er nichts als ein ernsthaftes Verlangen zu helfen.

Werde ich wirklich alles auf das Wort meines Feindes setzen?, fragte er sich.

Aber der Puck war seine beste Wahl. Als Naturgeist roch Robin, wenn er eine Katze war, nach Katze. Wenn er ein anderes Wesen war, roch er nach diesem Wesen. Niemand war besser geeignet, sich durch die Burg zu schleichen, und die Dreistigkeit des Pucks war der Beweis.

Morgan wühlte in seiner Tasche und zog den Diamanten heraus, der in dem Tuch versteckt war. „Sidonie braucht das vor ihrem Auftritt", erklärte er Robin. „Sie weiß nicht, wie man die Musikinstrumente hier gut genug spielt, um aufzutreten."

Robins Gesichtsausdruck wandelte sich zu überraschter Bestürzung. „Keines davon?"

„Nein. Sie ist Expertin mit anderen Instrumenten... Geige, Gitarre, ich weiß nicht, was noch. Sie sagte, sie kann fünf Instrumente gut genug spielen, um damit aufzutreten, aber keines davon ist im Musiksaal vorhanden. Am dichtesten heran kommt die Laute. Sie hat sich extrem schnell eingearbeitet, aber nicht schnell genug für den Auftritt heute Abend."

„Wie kann sie dann die Nacht überleben?" Robins Gesicht wirkte besorgt.

„Mit diesem Kampfzauber." Morgan hielt den in Stoff gehüllten Diamanten hoch. „Ich habe ihn modifiziert, um meine Erfahrung mit dem Lautespielen auf sie zu übertragen. Es wird lange genug anhalten, um sie durch den Abend zu bringen. Sie braucht diesen Zauber, und du musst ihn ihr übergeben." Seine Stimme wurde heiser. „Keine Ausreden, Puck, und es gibt keinen Raum für Fehlschläge."

Als Robin die Hand nach dem Juwel ausstreckte, verdunkelte sich sein Blick vor Aufrichtigkeit. „Ich werde dafür sorgen, dass sie ihn erhält", versprach er. „Ich schwöre es bei meinem Leben."

Ja, das würde er. Morgan würde dafür sorgen.

„Ich habe dir mehr Gnade gezeigt, als dir zusteht", sagte er erbittert, „und im Augenblick zeige ich dir mehr Vertrauen, als du dir verdient hast. Wenn du ihr das nicht bringst, reiße ich dir mit meinen Klauen die Lunge heraus und beobachte jeden Moment deines Ringens um Atem, während du stirbst. Das schwöre ich bei *meinem* Leben."

Ernüchtert nahm Robin den Edelstein. „Ich glaube dir."

„Sag ihr, dass dieser Zauber durch ihre Berührung ausgelöst wird, also sollte sie den Edelstein nicht auspacken, bis sie dafür bereit ist." Er holte tief Luft, seine Gedanken preschten bereits zum nächsten Hindernis vor. „Und sag ihr, dass es ein Versteck in den Balken über dem großen Saal gibt. Ich werde mein Bestes tun, um bei ihrem Auftritt dort zu sein."

Tatsächlich würde er verdammt nochmal sicherstellen, dass er dort war. Wenn es Robin nicht gelang, den Diamanten abzuliefern, würde er einen Plan B brauchen. Er hatte keine Zeit, um einen weiteren magischen Gegenstand von solcher Komplexität zu schaffen, also würde er so nahe heran kommen müssen, dass er den Kampfzauber selbst wirken konnte, trotz der erhöhten Gefahr, entdeckt zu werden.

„Ich werde deine Nachricht übermitteln." Robin ließ

den Juwel in seine Tasche gleiten, dann zögerte er. „Wegen des Banns, der dich bindet ... ich erinnere mich sehr gut an das Messer, das Isabeau an einer Kette um die Taille trägt. Sidonie sagte, man nennt es Azraels Athame, oder manchmal des Todes Messer?"

Morgan hob eine Augenbraue. „Ja, so hat es Isabeau genannt. Ich habe mich gefragt, ob es eine der Deus Machinae ist, daher habe ich nach Hinweisen in verschiedensten Texten gesucht, um Möglichkeiten zu finden, den Bann zu brechen oder zu lösen, aber bisher hatte ich kein Glück. Warum, weißt du etwas darüber?"

„Nein, aber als wir uns vorhin unterhielten, fiel mir auf, dass ich Lord Azrael und seine Hunde schon sehr lange nicht mehr auf seiner Wilden Jagd gehört habe. Wirklich sehr lange nicht. Vielleicht sogar so lange, wie du verhext bist." Robin legte den Kopf schief, und das wilde Glühen lag wieder in seinem Blick. „Ich habe auf die Klänge der Wilden Jagd gelauscht, verstehst du? Ich empfinde einen Nervenkitzel, wenn ich sie höre, selbst wenn ich mich sicher drinnen verstecke."

Morgan kniff die Augen zusammen. „Wie alt bist du denn?"

„Alt, Hexer", sagte er. „So alt, wie du bist, bist du für mich doch nur ein Kind."

Bevor er dem Puck weitere Fragen stellen konnte, glitt Robin aus der Tür und war weg.

Als die Tür hinter ihm zuging, dachte Morgen, *wir haben die Würfel geworfen, Robin, Sidonie und ich.*

Nun können wir nur noch zusehen, wie sie rollen und landen, wie es ihnen beliebt.

Kapitel 17

MORGAN MUSSTE AN diesem Tag noch einen weiteren Spruch wirken, einen einfacheren, der sehr viel zügiger zu erschaffen sein sollte als der Kampfzauber. Müde, wie er war, setzte er sich mit seinen Werkzeugen hin, um die Sache zu erledigen.

Sobald der Annullierungszauber in einen ungeschliffenen Saphir eingelassen war, wickelte er ihn sorgsam in ein einfaches Stück Stoff. Wie der Kampfzauber, den er für Sidonie geschaffen hatte, würde der Annullierungszauber aktiviert werden, wenn er mit Haut in Kontakt kam, also sollte er ihn nicht berühren, solange er nicht unbedingt musste.

Dann gestattete er sich schließlich, auf dem staubigen Bett zu entspannen und zu schlummern, bis das Licht sich veränderte und die Hütte sich am frühen Abend abkühlte.

Augenblicklich und vollständig bei Bewusstsein richtete sich Morgan vom Bett auf. Die Erinnerung, dass er den Edelstein, der Sidonie vor dem Kerker bewahrte, von allen Geschöpfen ausgerechnet *Robin* anvertraut hatte, ließ das Adrenalin in ihm hochkochen, bis seine Muskeln sich anspannten und er sich kampfbereit fühlte.

Es gab nur eine Möglichkeit, an den Ort zu gelangen, den er Robin geschildert hatte, in die Balken, die über dem großen Saal hingen, und zwar, indem man an einer der

Streben außen empor kletterte, um die Oberseite der Fenster zu erreichen. Vor langer Zeit hatte Morgan eines dieser Fenster zerbrochen und die Stelle mit einem kleinen Illusionszauber verhüllt.

Die Herausforderung bestand darin, die Strebe zu erreichen und hinaufzuklettern, ohne entdeckt zu werden. Sobald er die Balken erreichte, würden ihn die Schatten vor den Leuten unterhalb verbergen.

Er leerte seine vorletzte Flasche Geruchstarnungsspray, während er sich auf die Exkursion vorbereitete. Die Sonne ging gerade unter, als er aus der Hütte trat. Auf dem Weg zur Burg rannte ihm ein schlanker, schwarzer Kater entgegen. Die Umrisse des Katers schimmerten und veränderten sich, und plötzlich war es Robin, der den Weg entlangkam.

Morgan blieb stehen, und als Robin ihn erreichte, stieß er hervor: „Nun?"

„Alles lief sehr gut", erklärte Robin. „Ich bin durch die Küche reingekommen, den Edelstein im Maul, und als ich an ihrer Tür ankam, habe ich daran gekratzt, bis sie mich hineinließ." Die Augen des Pucks leuchteten. Trotz aller Risiken ihrer gegenwärtigen Lage wirkte er, als hätte er Spaß. „Sie war höchst überrascht, als ich den Diamant ausspuckte."

„Sie hat ihn nicht berührt, oder?", wollte Morgan wissen. „Du hast ihr gesagt, wie man ihn aktiviert?"

„So war es", erwiderte Robin. „Und so war es. Sie war ruhig, Hexer, und erleichtert zu hören, dass du in Sicherheit bist. Sie wirkte bereit. Sie hat auch einen Plan, wann sie den Zauber aktiviert. Eine nervöse Musikerin darf sich ein paar Augenblicke für sich nehmen, um sich direkt vor dem Auftritt zu sammeln, vielleicht sogar den Abtritt nutzen."

Erleichterung lockerte seine verkrampften Schultern. „Gut. Du hast es gut gemacht."

„Du musst nicht ganz so überrascht klingen." Robin hielt neben ihm Schritt. „Ich bin zu guten Taten genauso fähig wie zu bösen."

„Du hast noch einen sehr weiten Weg vor dir, um das wiedergutzumachen, was du getan hast." Er warf dem Puck einen harten Blick zu. „Werde nicht zu selbstgefällig."

Robins Gesicht spannte sich an. „Verstanden." Nach einem Augenblick fragte er: „Hast du noch weiter über das Athame nachgedacht?"

„Es ist alles, woran ich denke", erwiderte Morgan knapp. „Das, und wie ich Sidonie helfe." *Und wie ich so lange wie möglich frei bleibe.* „Warum, hast du?"

„Ja, ich hatte den einen oder anderen Gedanken. Ich glaube nicht, dass es eine der Deus Machinae ist. Es war zu lange an einem Ort. Die Machinae sind aktive Manifestationen des göttlichen Willens. Sie waren dazu bestimmt, durch die Welt zu trudeln. Wenn sie in jemandes Besitz geraten und von dieser Bewegung abgehalten werden, schaffen sie um sich herum immer mehr Chaos, bis die Person, die sie festhält, irgendeine Krise durchmacht und sie wieder in die Welt entlässt. Ich kann in Isabeaus Leben keine solche Dynamik erkennen."

Zorn und Enttäuschung schlugen ihre Krallen in Morgan. Wenn der Puck recht hatte, waren alle Nachforschungen, die er angestellt hatte, umsonst gewesen. Er hatte so viel wertvolle Zeit verschwendet. „Also glaubst du, das Athame ist etwas anderes?"

Robin warf ihm einen Blick zu, seine wilden Augen leuchteten. „Wenn man an Occams Rasiermesser glaubt, ist die einfachste Erklärung in der Regel die beste. In diesem

Fall hat dir vielleicht Isabeau selbst die Antwort gegeben, und die Klinge ist buchstäblich Azraels Athame – des Todes Messer."

Morgan legte den Kopf schief, während er darüber nachdachte. „Als ich ihr zum ersten Mal begegnete, erwähnte sie Azrael und seine Wilde Jagd. Sie sagte: ‚Wenn Lord Azrael reitet, ist niemand auf dieser Erde bereit.'"

„Sie hatte recht", flüsterte Robin.

„Damals habe ich nicht groß darauf geachtet, aber dieser Augenblick kehrt in meinen Träumen immer wieder." Morgan rieb sich über den Nacken. Er bekam Kopfschmerzen, wo sein Schädel in die Wirbelsäule überging, tief im Hinterhirn, wo die primitivsten Triebe hausten.

Wo das Lykanthropie-Virus lebte.

„Vielleicht weiß deine Seele mehr, als dein Verstand zugelassen hat. Azraels Athame hat bei deiner Schöpfung geholfen, und Sidonie sagte, du erschaffst die anderen Jagdhunde." Robin runzelte die Stirn. „Aber du und die anderen Jagdhunde unterscheidet euch von der Lykanthropie-Seuche, die vor hunderten Jahren in England freigesetzt wurde."

Morgan blieb stehen und wandte sich zu Robin. „Ich hatte schon länger den Verdacht, dass sich dieser Virenstamm durch die Bisse der anderen Jagdhunde ausgebreitet hat. Ich schaffe nur Jagdhunde, wenn Isabeau es befiehlt. Was passiert, wenn diese Jagdhunde andere angreifen, die es überleben?"

„Sie sind eine geschwächte Version dessen, was du bist. Sie haben nicht die Kraft und Beherrschung, über die du verfügst. Sie leiden an Anfällen von Raserei, wenn sie sich bei Vollmond verwandeln, und sie haben eine normale menschliche Lebenserwartung." Robins Blick begegnete seinem. „Du und die anderen Jagdhunde, ihr gebt diesen Laut von euch, bei dem einen das Blut gerinnt, wenn ihr zum Angriff stürmt, so ähnlich wie das Bellen, das ich in jenen fern-vergangenen Winternächten hörte. Was, wenn ihr wirklich des Todes Jagdhunde seid, und Isabeau, solange sie Azraels Athame besitzt, die Wilde Jagd beherrscht?"

NICHT LANGE NACH dieser beunruhigenden Unterhaltung kniete Morgan auf dem riesigen Balken über dem großen Saal, während Robin neben ihm kauerte. Der Puck schlang die dünnen Arme um die Beine, wobei in seinen Augen Interesse leuchtete.

Es war ein geeigneter Aussichtspunkt auf das, was unten vor sich ging. Morgan hatte einen guten Blick auf den Ehrentisch, an dem Isabeau, Modred, der adlige Gast Valentin und andere wichtige Leute saßen.

Er konnte auch den Musikeralkoven sehen, wo Sidonie sitzen würde. Der Alkoven war in einem Zwischengeschoss über dem Boden in der Nähe des Ehrentischs platziert, aber immer noch weit unterhalb der Stelle, an der er und Robin saßen. Etliche Persönlichkeiten aus der Stadt sammelten sich an anderen Tischen, bekannte Händler und Verwalter, zusammen mit weiteren Höflingen, Jagdhunden und jenen aus der Burggemeinschaft, die über dem Gesinde standen.

Obwohl Morgan sehr genau darauf geachtet hatte, mit dem Jägerspray seinen Geruch auf dem Weg in die Burg zu verbergen, wusste er, dass er ohnehin zu hoch oben saß, als dass die Jagdhunde unten seine Fährte hätten aufnehmen können. Er bezweifelte, dass jemand gerade hier bei der Versammlung heute Abend daran denken könnte, sich telepathisch mit ihm in Verbindung zu setzen, aber zur

Sicherheit drückte er einen Finger an den Saphir in seiner Tasche, um den Annullierungszauber aufrecht zu erhalten, während er sich die Ohren mit Bienenwachs verstopft hatte. Er war entschlossen, sich nicht von einem beiläufigen Kommentar festsetzen zu lassen.

Als die Diener begannen, riesige Platten mit Speisen sowie Weinkelche und Bierkrüge aufzutragen, öffneten sich die Vorhänge des Alkovens, und Sidonie trat heraus. Hinter ihr, in den Schatten, reichte ihr Kallah die Laute. Sid nickte der anderen Frau zu, und Kallah ließ den Vorhang zurückfallen.

Stille senkte sich über die Leute unterhalb, als sie den Blick hinauf zu dieser neuen Unterhaltung wandten. Morgan erhaschte einen Blick auf Freya in der Menge. Ihre Miene war begierig.

Er wandte seine Aufmerksamkeit wieder Sidonie zu, die großartig und gelassen wirkte. Das braune Kleid, das sie trug, hätte öde sein sollen, aber stattdessen ließ der üppige Stoff ihre Haut cremig wirken. Das goldene Glühen der Fackeln betonte die Wölbung ihrer Wangenknochen und ihre langen, eleganten Augen, und ihr kurzes, schwarzes Haar schmiegte sich an die anmutige Wölbung ihres Kopfes.

Morgans Kinn spannte sich an, während er sie anstarrte. Sogar so einfach gekleidet sah sie zu außergewöhnlich aus, und es war zu spät, um ihr all die Ratschläge zu geben, die er gerne verteilt hätte.

Spiel nicht zu gut. Zeig nicht dein wahres Genie. Isabeau will nicht, dass andere Sterne heller leuchten als sie.

Während Sidonie sich vor dem hohen Tisch verbeugte, warf er einen Blick auf Isabeau. Sie räkelte sich in ihrem Sessel, wirkte gelangweilt. Neben ihr musterte Modred Sidonie aus zusammengekniffenen Augen, während Valentin sich mit gezügeltem Blick nach vorne beugte.

Die Gespräche im Saal gingen weiter. Isabeau wies Sidonie mit einer Hand an, und Morgan nahm seine Ohrpfropfen heraus. Sidonie verstand Isabeaus Geste als Einsatz und begann zu spielen.

Er hatte nicht daran gedacht, ihr den Rat zu geben, bis es zu spät war, und Sidonie tat nichts, um ihr Talent zu verbergen.

Die Unterhaltung unten kam wieder ins Stocken und verstummte dann, während sie spielte ...

Was spielte sie? Er kannte keines der Lieder.

Plötzlich schlug sich Robin beide Hände vor den Mund. Als Morgan ihm einen Blick zuwarf, schien der Puck vor Lachen zu beben.

Er nahm die Hand von dem Annullierungszauber und fragte telepathisch: *Was?*

Ich glaube, sie hat gerade einen Song namens „Mrs. Robinson" gespielt, erklärte ihm Robin, in seinen Augen tanzte Erheiterung. *Oh, und das hier – ich habe vergessen, wie es heißt. „You're Vain"? Vielleicht auch „You're Very Vain". Nein, jetzt habe ich es: „You're So Vain". Sie hat gerade ein Lied über Eitelkeit für die Königin gespielt, und die wird es nie herausfinden.*

Morgan schnappte nach Luft. Sidonie spielte adaptierte Popmusik, ein Lied nach dem anderen, mit unverkennbar hervorragendem Können.

Er versuchte die Lieder, die sie spielte, zu identifizieren, und er glaubte, ein paar Melodien schon einmal gehört zu haben – er hatte zwar das Interesse an Musik verloren, bevor er an ihrem Konzert teilgenommen hatte, aber er hatte nicht unter einem Stein gehaust –, doch nur einer Sache war er sich sicher.

Er konnte ein Grinsen nicht unterdrücken, als er zu

Robin sagte: *Sie spielt nichts von ihrer eigenen Musik.*

Sie gab ihnen nichts von sich. Stattdessen legte sie den Auftritt hin, den man ihr befohlen hatte, ohne auch nur ein Quäntchen mehr zu bieten.

Die Musik war natürlich genial. Er glaubte nicht, dass sie das Zeug dazu hatte, weniger als genial zu sein. Aber es war das makelloseste, am professionellsten aufgezogene *Ihr könnt mich mal*, das er je erlebt hatte, und sie kredenzte es ihrem xenophoben Publikum allzeit mit einem perfekt beherrschten Ausdruck und einem leichten, madonnenhaften Lächeln.

Nach den ersten paar Melodien aktivierten sich die Oberschwingungen im Saal. Anfangs strömten Bänder aus reiner Farbe durch die leere Luft über dem Publikum. Dann, nach ein paar Liedern, verflochten sich die Farben, gingen ineinander über, und große, durchsichtige Bilder erschienen, fegten durch den Saal.

Eindringlich und plastisch deuteten sie nicht ganz erzählte Geschichten an, Abenteuer an exotischen Orten. Liebende umschlangen sich zu einem Kuss, dann entzweiten sie sich im Zorn. Eine Herde Wildpferde trabte an einer Küste entlang. Eine fremde Stadt stand golden auf einer Anhöhe, und ein wilder Sturm wütete über einer Wüste. Morgan hatte noch nie gesehen, dass die Oberschwingungen schon einmal mit einer so üppigen, lebhaften Komplexität reagiert hätten.

Und sie waren begeistert. Begeistert. Isabeaus Musikmeister Olwen war talentiert und hatte außerdem viele Jahre gehabt, um seine Kunst zu verfeinern, aber er verfügte nicht über dasselbe feurige Genie, das Sidonie besaß.

An einem Ende des Saals ließ jemand den Künstlerhut herumgehen, eine langjährige Tradition, mit der das

Publikum Wertschätzung ausdrückte. Leute warfen Münzen in den Hut, manchmal auch Blumen, Seidentücher, Goldringe.

Sidonies Hut füllte sich schnell, ein Beweis ihres durchschlagenden Erfolgs. Während Morgan zuschaute, wurde ihm klar, dass sie vom Auftritt dieses Abends genug mitnehmen würde, um sich ein paar Monate lang stilvoll über Wasser zu halten. Sie konnte ein Haus in der Stadt mieten und Diener anstellen, falls sie das wünschte ... und Isabeau sie ließ.

Oh, dieses Lied. Robin seufzte vor Vergnügen. *Ich glaube, es ist von den Garfinkels, oder so jemandem. „Scarborough Fair" – das gefällt mir. Das ist eine Abwandlung eines sehr alten Liedes. Sie ist unglaublich.*

Ja, ist sie, stimmte Morgan zu.

„Musikerin, hör auf." Isabeaus Befehl erschallte.

Sidonie erstarrte, ohne ihre Miene zu verändern. Sie wirkte perfekt und beinahe so leblos wie eine Schaufensterpuppe. Die Bilder erstarben, und Stille füllte den großen Saal, während Furcht und Bestürzung über die Gesichter der Leute in der gesamten Halle flackerten.

Modred neigte den Kopf, rieb sich mit dem Daumen über den Rand der Lippe, während sein flinker, abschätziger Blick die Szenerie betrachtete. Auf der anderen Seite von Isabeau schien Valentin wie gelähmt. Sein Mund war geöffnet, und sein Blick löste sich kein einziges Mal von Sidonie.

Isabeau beugte sich vor, ihr Gesicht von mehr Freude belebt, als Morgan dort seit sehr langer Zeit gesehen hatte.

„Dieses letzte Lied", sagte die Königin. „Spiel es noch einmal."

Ansatzlos begann Sidonie noch einmal mit „Scarborough Fair". Erleichterung und Vergnügen wogten durch die Menge, und ein kleiner Applaus erhob sich. Die heftige Anspannung, die Morgan durch die letzten drei Tage getrieben hatte, ließ nach.

Sie hatte es geschafft.

Sie war erfolgreich zu ihrer Audienz bei der Königin erschienen, und die Königin war ziemlich zufrieden.

✧ ✧ ✧

DAS ABENDMAHL WAR für die Speisenden unten vorbei, und Sidonie kam langsam bei den letzten Resten des Kampfzaubers an.

Wie beim ersten Mal begann die Flut der Offenbarung sich zurückzuziehen, aber diesmal spürte sie, dass etwas anders war. Sie spielte die Laute inzwischen lange genug, um sich sicher mit den Zupfmustern zu fühlen, und die Haltung war ihr vertraut, angenehm sogar.

Trotzdem ließ ihre Energie in einem solchen Maß nach, dass sie anfing, sich Sorgen zu machen, bis sich schließlich die Vorhänge hinter ihr teilten und Kallah flüsterte: „Das soll dein letztes Lied sein."

Erleichterung durchströmte sie. Ohne einen Blick nach hinten nickte sie leicht und beendete das Lied sanft. Während sie die letzten Noten spielte, schaute sie sich nach den Bildern der Oberschwingungen um. Als ob die Magie verstünde, dass das das Ende war, erfüllte ein hauchzarter Panorama-Sonnenuntergang über dem Meer den Saal, die Farben verdüsterten sich zur Nacht.

Nachdem sie fertig war, gab es versprengt höflichen Applaus im großen Saal.

Er klang blutleer, beinahe missgönnend, ganz anders als die gewohnte wilde Begeisterung bei ihren Konzerten.

Blinzelnd versuchte sie das Feedback aufzunehmen. Was hatte sie falsch gemacht?

Klar, sie hatte Popsongs gespielt, aber niemand hier sollte diese Lieder einordnen können ... und sie hatte sie so gut gespielt, wie sie nur konnte. Das sollte, zusammen mit Morgans Zauber, alles ganz anständig gewirkt haben, und die magischen Bilder waren toll gewesen. Hatte sie ihr Publikum so schlimm missverstanden?

Das letzte Adrenalin aus dem Kampfzauber verflüchtigte sich, und der Absturz kam. Das Beben fing tief drinnen an, und mit Mühe versteifte sie die Beine, um stehen zu bleiben.

Kallah zog den Vorhang zu und winkte ihr mit strahlendem Lächeln. „Ihre Majestät würde nun gerne mit dir reden."

„Natürlich", sagte sie. Entsetzen zerrte an ihren Füßen. Während sie Kallah über die schmale Treppe hinab folgte, fragte sie mit belegter Stimme: „Wie schlimm ist es?"

„Was meinst du?", Kallah blickte über die Schulter. Was immer sie in Sids Gesicht sah, ließ sie innehalten und sich ganz umdrehen, so dass sie aufschaute, während Sid auf einer Stufe weiter oben stehenblieb. Sanft erklärte Kallah: „Du warst ausgesprochen, aufrüttelnd wunderbar. Ich kann mich nicht erinnern, wann ich zuletzt eine so erhabene Musik wie deine gehört habe. Einige der Lieder haben mich zu Tränen gerührt, und ich habe noch nie gesehen, dass die Oberschwingungen auf einen Musiker so reagiert hätten wie auf dich. Jeder war begeistert – die Königin war begeistert. Dein Leben hat sich enorm verändert, Sid. Du bist hier nun eine ziemliche Sensation."

Ihr Beben verschlimmerte sich, und sie musste sich über die Augen wischen, bevor sie wieder sprechen konnte. Mit belegter Stimme murmelte sie: „Es gab so wenig Applaus, da dachte ich, ich hätte es nicht gut gemacht."

Kallah berührte ihre Hand in einer raschen, impulsiven Geste. „Nichts könnte weiter von der Wahrheit entfernt sein. Es gilt hier als schlechtes Benehmen, den Saal mit unschicklichen Anzeichen der Begeisterung zu überfluten. Die wahre Zurschaustellung der Gunst wartet unten auf dich. Dein Künstlerhut quillt über ... ich kann mich nicht erinnern, dass ein Hut jemals so voll war."

„Ich habe keine Ahnung, was das bedeutet." Sid wäre einfach nur froh gewesen, wenn sie ihr nicht wieder die Finger brachen.

Kallah lächelte sie noch einmal an. Ihre Haltung Sid gegenüber schien sich enorm erwärmt zu haben, als hätte sie nur darauf gewartet, dass sie sich bewies. „Komm und schau. Ich denke, du wirst sehr erfreut sein."

Erst dann fiel Sid wieder ein, dass sie sich mit Morgan telepathisch unterhalten konnte. Sie hatte die Telepathie-Ohrringe noch nicht oft genug genutzt, als dass sie ihr in Fleisch und Blut übergegangen wären. Geistig griff sie nach ihm und fragte: *Bis du da?*

Sofort erfüllte Morgans sonore, warme Stimme ihre Gedanken, und es war ein solcher Balsam für ihre gereizten Nerven, dass sie nach dem Treppengeländer greifen musste, damit ihr nicht die Knie wegknickten. *Ja. Du hast es wunderbar gemacht, Sidonie. Jetzt halte durch. Du hast es fast geschafft. Du hast noch ein bisschen mehr durchzustehen, und dann kannst du dich ausruhen.*

Ihr Atem wurde abgehackt und ihre Augen brannten, aber sie würde sich diesem Piranha auf zwei Beinen nicht unter Tränen stellen. Sie schob die Emotionen beiseite, straffte die Schultern und folgte Kallah zu einem Raum, der sehr viel kleiner war als der große Saal, intimer, mit bequemen Polstermöbeln, die zu einem Sitzbereich gruppiert waren.

Isabeau räkelte sich auf einem Sofa, die Beine untergeschlagen. Zwei Männer leisteten ihr Gesellschaft. Einer war Modred, der sich an eine Kaminecke lehnte, der andere war ein Heller Fae, den Sid noch nie getroffen hatte und der in der Nähe in einem Sessel saß.

Der unbekannte Mann sprach. „Ein ziemlich atemberaubender Auftritt, besonders in Anbetracht ihrer minderwertigen Abstammung."

„In der Tat", bemerkte Modred.

Sids Blick huschte zu ihm hinüber. Sie konnte ihn nicht anschauen, ohne sich an das Lächeln zu erinnern, das er ihr unten in diesem hässlichen, schmerzerfüllten Raum zugeworfen hatte, während sie ihr ihren Existenzgrund geraubt hatten.

Aber anstatt ihre rasch nachlassende Energie zu verschwenden, indem sie sich an Vergangenem aufrieb, wandte sie ihre Aufmerksamkeit der einzigen Person zu, die in diesem Raum zählte.

Als Isabeau sie sah, stellte sie ihren Weinkelch ab, erhob sich und ging mit ausgestreckten Händen auf Sid zu. Sid zog sich aus instinktiver Furcht zurück, dann sah sie Isabeaus warmes Lächeln.

Wenn sie bekommt, was sie will, ist sie ganz die lieblich Lächelnde ...

„Musikerin! Wie lautet nochmal dein Name? Sid? Heute Abend war wunderbar, einfach wunderbar. Ich hatte keine Ahnung, dass du eine so erhabene Musik und Schönheit in mein Leben bringen würdest!" Isabeau nahm sie bei den Händen, den Blick vor Freude geweitet. „Woher hast du eine so erstaunliche Gabe? Ganz besonders dieses eine Lied hat mir Pfeile ins Herz geschickt!"

Ich wünschte, ich könnte mit meiner Musik Pfeile zu dir schicken, dachte Sid. *Na, das wäre mal ein Talent, das auszubauen sich lohnen würde.*

Sie murmelte unbestimmt: "Woher bekommt man denn schon die Talente für Dinge?"

Isabeau drückte ihr die Finger. Ihre Berührung ließ auf Sids Haut eine Gänsehaut entstehen. "Genau!", rief Isabeau, als sie sich zu den beiden Männern umwandte. "Talente sind Gaben der Götter. Wer weiß, wo sie landen mögen, oder aus welchem Grund? Der Himmel kann sogar in einem Gefäß wie ihr wohnen."

Plötzlich kämpfte Sid gegen ein völlig unangemessenes Verlangen zu lachen. Sie dachte: *Gerade, wenn ich glaube, mein Vorrat an "Du kannst mich mal" wäre endgültig erschöpft, schaffe ich es irgendwie, Inspiration für ein weiteres zu finden.*

Ich mag vielleicht mit dem Spielen fertig sein, aber der Auftritt ist noch nicht vorbei.

Sie nahm sich zusammen und erwiderte den Händedruck der Königin. "Eure Majestät, ich kann nicht einmal ansatzweise ausdrücken, was es mir bedeutet, dass Ihr die Musik heute Abend genossen habt."

"Ach, du zitterst ja!", rief Isabeau. "Ich höre, dass Auftritte manche Musiker auf diese Art treffen. Es liegt im Wesen der Künstler. Nimm etwas Wein ... du hast ihn dir verdient, meine Liebe."

"Nein, danke. Es ist nett von Euch, ihn mir anzubieten, aber wenn ich jetzt Wein trinke, falle ich um." Der starre Blick des unbekannten Hellen Fae setzte ihr langsam zu, und Modreds entspannte Anwesenheit verstärkte dieses Gefühl.

Was konnte sie tun, damit dieser Alptraum ein Ende

hatte? Sie wankte und fing sich wieder.

Sie hatte Kallah vergessen, die mit taktvoller Stimme hinter ihr murmelte: „Eure Majestät, vielleicht wäre es eine gute Idee, diesen Besuch kurz zu halten. Sid wollte Euch die Ehre erweisen, und sie hat Tag und Nacht gearbeitet, um sich auf diesen Abend vorzubereiten. Nicht nur das, sie hat auch vorher einige fordernde Tage durchlebt."

Isabeaus Miene kühlte sich etwas ab bei der verhüllten Anspielung auf Sids Zeit im Kerker, aber sie fing sich sofort wieder.

In forscherem Ton erwiderte sie: „Kallah hat ganz recht. Es muss heute erschöpfend gewesen sein, sich auf den Auftritt vor dem ganzen Hof vorzubereiten. Nun, Musikerin, du hast mir heute Abend Vergnügen bereitet. Du hast mir sehr viel Vergnügen bereitet, und ich freue mich darauf, mehr von deiner schönen Musik zu hören. Dein Künstlerhut ist dort drüben, auf dem Tisch. Ich wollte ihn dir persönlich überreichen."

Sids Blick folgte Isabeaus Geste, und sie machte große Augen. Auf einem Beistelltisch stand ein Samthut. Er quoll über vor Blumen, Münzen, Schmuck und leuchtenden Seidentüchern. „Wollt Ihr sagen, dass das mir gehört?"

Die Königin lachte. „Aber natürlich! Mein Hof war begeistert von dir, und so bringt er es zum Ausdruck. Du darfst auch noch etwas von mir erbitten. Überlege es dir gut. Eine Gunst von mir ist keine Kleinigkeit."

Sid holte Luft, während sie versuchte, mit der unerwarteten Großzügigkeit klarzukommen.

Als sie zögerte, beobachtete Isabeau sie genau. Sie fügte hinzu: „Und bevor du auf die Idee kommst, danach zu fragen, nein, deine Freiheit kannst du nicht haben." Sie milderte diese Aussage mit einem raschen, hübschen

Lächeln ab. „Ich könnte es nie ertragen, einen solchen Schatz aufzugeben, nun, da ich dich gefunden habe."

„Aber Ihr könnt mir die Freiheit bis zur Stadt und ins umgebende Land gewähren, oder?", bat Sid. „Frische Luft und neue Aussichten sind gute Musen. Immerhin ist es ja nicht so, als ob ich irgendwie aus Avalon entkommen könnte."

Ein Ausdruck behaglicher Verachtung glitt über Isabeaus Gesicht. „Nein", stimmte die Königin zu. „Es ist nicht so, als könntest du das. Also gut, du hast es dir verdient. Du darfst dich frei in der Burg, der Stadt und dem umgebenden Land bewegen, bis zu zwei Wegstunden von hier entfernt. Aber, komm – das war zu einfach. Dich an eine längere Leine zu legen, war nichts. Du musst um eine Gunst bieten, die es wert ist, sonst könnte ich mich beleidigt fühlen."

Nur Isabeau konnte ein Geschenk wie eine Bedrohung klingen lassen. Sid war plötzlich so erschöpft, sie konnte kaum geradeaus blicken. Alles, was sie wollte, war schlafen, während diese psychotische Tyrannin von ihrer Gunst plapperte, als wäre sie ein gottverdammtes echtes Geschenk.

Wie lange würde sie so leben müssen? Die Erkenntnis, dass sie womöglich Jahre in Avalon als Gefangene verbringen würde, ließ sie die Fäuste ballen. Wie konnte sie hier so lange überleben?

„Ich möchte, dass Ihr mir eine Geige besorgt, und eine Gitarre", sagte sie plötzlich. „So wunderbar die Laute ist, sie ist nicht mein Instrument der Wahl."

Isabeaus Gesicht wurde ausdruckslos vor Überraschung. „Nicht dein Instrument der Wahl?"

„Geige spiele ich sehr viel besser", erklärte Sid. „Gitarre auch."

Isabeaus Lippen öffneten sich. „Besser, als du heute Abend gespielt hast?", hauchte sie. Sie wandte sich an Kallah und befahl: „Wir müssen diese Instrumente sofort beschaffen! Kümmere dich darum, dass sie von bester Qualität sind!"

„Natürlich", murmelte Kallah. „Ich werde mich morgen als allererstes darum kümmern."

„Ich möchte auch eine Woche für mich", sagte Sid heiser. „Ich will schlafen, wenn mir danach ist, essen, was immer ich möchte, und die Sonne auf dem Gesicht spüren."

Und während all dieser Zeit, dachte sie bei sich, *will ich mir keine Sorgen machen, ob man mich tötet oder foltert, oder das Gefühl haben, ich müsse mich auf den nächsten Höllenritt vorbereiten. Ich will eine Woche frei, und ich will, dass ihr mich alle verdammt nochmal in Ruhe lasst.*

Isabeaus aufgehellte Miene verdüsterte sich wieder, und sie verzog den Mund, als hätte sie etwas probiert, das ihr nicht schmeckte. Sie stampfte mit dem Fuß auf und betrachtete Sid.

„Eine ganze Woche ohne deine erhabene Musik, das ist eine zu große Bitte", sagte die Königin schließlich. „Aber ich gebe dir Folgendes: Eine Stunde wirst du täglich zum Zeitpunkt meiner Wahl für mich spielen. Ich werde nicht anordnen, dass du in der Öffentlichkeit auftrittst. Die Stunde wird nur zu meinem Privatvergnügen sein. Bis auf diese eine Stunde täglich darfst du den Rest der Woche für dich haben."

Hinter Sid berührte Kallah sie rasch am Rücken.

Sid nahm den stillen Hinweis an und verbeugte sich vor Isabeau. „Danke, Eure Majestät. Ich bin zutiefst dankbar für diese Pause."

Isabeau wedelte mit der Hand in ihre Richtung. „Jetzt

geh, bevor du umfällst und ich jemandem befehlen muss, dich hinauszutragen. Du bist so teigig weiß geworden, dass es wirklich ganz gefährlich aussieht."

Während sie sprach, ging der unbekannte Helle Fae hinüber zum Künstlerhut. Er zog einen Ring vom Finger und ließ ihn in den Hut fallen. Dann hob er ihn auf und trug ihn zu Sid, die ihn entgegen nahm. Sie hatte nicht erwartet, dass er so schwer sein würde.

„Hier ist deine wohlverdiente Belohnung, Musikerin", sagte der Mann, während er sie mit einem Blick bedachte, der von irgendeiner Bedeutsamkeit aufgeladen schien. „Ich freue mich darauf, bald mehr von deinen Talenten genießen zu können. Isabeau, Ihr müsst mich zu einem dieser Privatauftritte einladen."

„Wir werden sehen, Valentin." Isabeau warf dem Mann unter einem hübschen, katzenartigen Lächeln einen messerscharfen Blick zu. „Ich werde auf mein Vergnügen mitunter sehr eifersüchtig, und ich teile nicht gern."

Da sie plötzlich unbedingt gehen wollte, musste Sid sich davon abhalten, zur Tür zu laufen. Als sie sich abwandte, hatte wohl der Blick, den sie Kallah zuwarf, ihre Verzweiflung durchscheinen lassen, denn diese legte ihr eine Hand auf den Rücken und drängte sie schnell hinaus.

Als Kallah sie zurück zu den Dienerschaftsunterkünften begleitete, rang Sid damit, ihr neues Glück zu begreifen. „Also kann ich die Burg jetzt verlassen", sagte sie heiser. „Ich kann einfach hinausgehen, wann immer ich will?"

„Sobald ich die Anweisungen der Königin an die Burgwache weitergeleitet habe, ja, das darfst du dann", erwiderte Kallah. „Ich werde das heute Abend machen, nachdem ich mich verabschiedet habe. Sorg nur dafür, dass du jemandem mitteilst, wohin du gehst, damit die Wache weiß, wie sie dich findet. Aber es wird einige Tage dauern, bis wir eine Geige und eine Gitarre beschaffen können."

„Das verstehe ich." Vor dem Zimmer wandte sie sich um, um Kallah anzuschauen. „Ich werde Euch das Kleid sauber zurückgeben."

Die Frau lächelte. „Nicht nötig. Das gehört jetzt dir. Du kannst es für zukünftige Auftritte nutzen. Ruh dich gut aus, Sid. Du hast es dir verdient."

Als Kallah ging, kämpfte Sid mit dem Türgriff, um die Tür zu öffnen. Sobald sie drinnen war, schob sie sie mit dem Fuß zu und stellte den Hut und seinen Inhalt auf das Bett. Als sie gerade zur Zunderbüchse griff, flammte ihre Kerze hell auf.

Ihr Herz machte einen Freudensprung, und sie wirbelte mit einem erwartungsvollen Lächeln herum.

Der schwarze Kater lag zusammengerollt an einem Ende des Bettes. Er gähnte ausgiebig, zeigte scharfe, weiße Zähne, die grünen Augen leuchteten.

Enttäuschung zerrte an Sids müden Gliedern. Sie hatte sich so sehr gewünscht, es wäre Morgan.

Ausdruckslos sagte sie: „Du."

Ja, erwiderte Robin telepathisch. *Ich.*

Kapitel 18

„ICH WEIß NICHT, was du willst, aber du musst hier raus", erklärte Sid dem Puck. „Ich bleibe nicht hier."

Sprich telepathisch, warnte Robin. *An diesem Ort gibt es sehr scharfe Ohren.*

Sie wechselte und sagte: *Isabeau hat meine Leine verlängert. Ich kann mich bis zu zwei Stunden von der Burg wegbewegen, und es ist mir egal, wie müde ich gerade bin – ich werde hier keine weitere Nacht verbringen. Wenn ich muss, schlafe ich draußen auf der bloßen Erde oder in einer Gasse.*

Das sind höchst vortreffliche Nachrichten, aber du brauchst dich nicht solchem Unbehagen aussetzen, sagte Robin. *Geh in die Stadt in eines der Gasthäuser.* Die Rose des Seefahrers *ist keine zehn Minuten von hier entfernt. Es gibt dort gutes Essen, frisches Bettzeug, und du hast genug Geld.*

Als würde er seine Aussage unterstreichen, blinzelte der Kater träge zum Künstlerhut.

Sie zögerte, hin- und hergerissen. Das Gasthaus klang herrlich, aber der Gedanke, es ihrem erschöpften Zustand ausfindig zu machen, wirkte herausfordernd. *Ist es leicht zu finden?*

Es ist nicht nur leicht zu finden, sondern der Kater wird dich auf deinem Weg auch begleiten, versicherte ihr Robin. *Solange du noch einen Fuß vor den anderen setzen kannst, kommen wir dort mühelos hin.*

Dann brechen wir lieber auf, denn ich weiß nicht, wie lange ich mich noch auf den Beinen halten kann. Sie breitete ihre beiden Kleider und ihre Erdenkleidung aus, stellte den Künstlerhut in die Mitte und wickelte ihn in die Kleidung ein. Das Bündel steckte sie sich unter einen Arm, blies die Kerze aus und ging nach draußen. *Ich weiß nicht einmal, wie man hier herauskommt.*

Ich sage es dir. Der Kater trottete direkt hinter ihr, den Schwanz hoch erhoben.

Sie folgte den telepathischen Anweisungen des Pucks, pflügte mit schierer Entschlossenheit voran. Sie sollte nicht so enttäuscht sein, dass Morgan nicht im Zimmer auf sie gewartet hatte. Es war ohnehin eine unrealistische Hoffnung gewesen. Die Burg war noch nicht zu nächtlicher Ruhe gekommen, die Hexenlichter glühten überall, und in den Gängen waren noch viele Leute unterwegs.

Einige lächelten sie an und riefen ihr Glückwünsche zu, und ein paar machten Anstalten, sich ihr zu nähern, aber sie nickte ihnen mit einem starren Lächeln zu und blieb in Bewegung.

Sie beachtete Kallahs Anweisung und ließ bei der Wache Nachricht zurück, dass sie im Gasthaus wohnen würde. Die Freude, als sie aus der Burg an die frische Luft trat, trieb ihre Schritte noch einmal an. Der Weg zum Gasthaus führte durch Straßen mit Kopfsteinpflaster und geräumigen Gebäuden mit Bogeneingängen. In der Ferne ergoss sich Licht aus einer Straße, die sich mit ihrem Weg kreuzte.

Woher kommt dieses Licht?, fragte sie.

Der Nachtmarkt hat noch geöffnet, erklärte Robin. *Es ist noch nicht Mitternacht. Das Gasthaus befindet sich am Ende der Straße. Frage nach dem besten Zimmer. Es hat einen Balkon mit Meerblick. Ich verlasse dich hier.*

Sosehr sie auch noch immer verabscheute und ihm übelnahm, was er ihr angetan hatte, war seine Anwesenheit merkwürdigerweise eine Art Trost geworden. Mit gerunzelter Stirn schaute sie sich nach dem Kater um, aber er war bereits fort.

Sie hatte ihn bitten wollen, Morgan wissen zu lassen, wohin sie gegangen war. Sie fühlte sich einsam, unleidlich und unangemessenerweise verlassen, als sie der Straße zum großen Gasthaus folgte. Sie schob sich in das Gebäude hinein und entdeckte, dass der Schankraum belebt und von Hitze und Lärm erfüllt war. Die Gerüche nach Essen, Bier und Holzrauch strömten über sie hinweg.

Die meisten Gäste waren Helle Fae, aber es gab auch ein paar monströse Wesen, die sie nicht identifizieren konnte, außerdem schlanke, ätherische Kreaturen mit spitzem Kinn und vermutlich ein paar Menschen, auch wenn sie sich dessen nicht sicher war. Einige drehten sich nach ihr um, als sie stehenblieb, dann ließ Sid ihren Blick unscharf werden, und die Menge verschwamm und verschwand.

Eine Helle Fae stach hervor. Als sie auf Sid zulief, wischte sie sich die Hände an einem Tuch ab. Strahlend sagte sie: „Willkommen, Musikerin! Ich bin Leisha, eine der Besitzerinnen. Wir sind geehrt, dich hier zu haben. Was kann ich für dich tun?"

„Ich hätte gern euer bestes Zimmer", sagte Sid. „Das mit dem Meerblick und dem Balkon. Ist es frei?"

„Das ist es, und jetzt gehört es dir."

Die Wirtin ging voraus nach oben. Das Zimmer war geräumig und gut ausgestattet, mit einer Badenische hinter einem geschnitzten Paravent. Als Sid ihr Bündel auf das große Bett legte, zündete Leisha die aufgestapelten Scheite im Kamin an und ging zu den Balkontüren, um sie weit zu öffnen. Sid wühlte sich durch die unvertrauten Münzen in ihrem Hut, bezahlte für eine Woche und bestellte für den nächsten Morgen ein Frühstückstablett.

Als die Wirtin sich verabschiedete, breitete die Hitze vom Kamin sich allmählich im Zimmer aus, vermischte sich mit der frischen Meeresluft. Mit geschlossenen Augen atmete Sid tief ein und kam völlig zum Stillstand. Sie glaubte nicht, dass sie noch zu jemandem ein Wort sagen könnte, nicht einmal, wenn ihr Leben davon abhing.

Sie stolperte zum Bett, zog sich aus und kroch unter die Decke, dann schlief sie in dem Augenblick, in dem ihr Kopf auf dem weichen, sauber duftendem Kissen landete, tief ein.

„SIDONIE."

Jemand fasste sie an der nackten Schulter und strich ihr das kurze Haar aus der Stirn.

Sie war müde, so müde, aber sie kämpfte sich aus ihrem tiefen Schlaf an die Oberfläche, denn sie erkannte dieses Flüstern.

Erkannte diese Hände. Sie hätte sie überall erkannt.

Sie stemmte die Lider auf und versuchte sich auf die große, mächtige Gestalt zu konzentrieren, die sich über sie beugte. Das Feuer prasselte noch im Kamin, und draußen war es dunkel. Sie konnte nicht lange geschlafen haben.

Sie blickte in Morgans im Schatten liegendes Gesicht und hob die Arme. Er setzte sich auf die Bettkante und zog sie an sich, und sie vergrub das Gesicht an seinem Hals. Heiser flüsterte sie an seiner Haut: „Wie bist du reingekommen?"

„Die Rückseite des Gasthauses steht sehr dicht an einigen anderen Gebäuden. Sobald Robin mir gesagt hat, wo du bist, wusste ich, wie ich herkomme. Ich kam über die Dächer." Er fasste sie am Hinterkopf, hielt sie fest.

Da sie seine Haut an ihrer spüren musste, zupfte sie an seinem Hemd. „Ich kann die Augen nicht offenhalten. Zieh dich aus und komm ins Bett."

Er glitt nach hinten, küsste sie rasch und stand auf, um sich auszuziehen. Sie legte sich zurück in die Kissen und beobachtete ihn mit halb geöffneten Augen. Sie konnte zwar die Augen nicht ganz aufmachen, doch sie konnte auch nicht aufhören, ihn anzuschauen.

Er war überall muskulös, gebräunt und wunderbar gebaut, und seine starken, muskelbepackten Beine sprenkelte kastanienbraunes Haar. Er zog alles aus bis auf den Verband um den unteren Teil seiner Rippen. Sein großer Penis stand halb erigiert über festen, runden Hoden, aber ihm schien das nicht aufzufallen. Sein Gesichtsausdruck war nüchtern, nachdenklich.

Er beugte einen Arm, um die Decke zurückzuschlagen, und als er neben sie glitt, war das Gefühl seines nackten Körpers an ihrem so sehr das, wonach sie sich gesehnt hatte, dass ihr in einem bebenden Seufzen der Atem stockte.

Er legte sich in die Kissen und zog sie an sich, und sie folgte bereitwillig, kringelte sich wie eine Klette um seinen Körper, schob ein Bein über seine, während er ihren Kopf an seine Schulter führte. Sein Körper entspannte sich, sein Atem war tief, und er schmiegte das Gesicht in ihre Haare.

Sie schob sich fester an ihn, nahm gierig jede Einzelheit auf – das Kitzeln seiner spröden Brusthaare an ihrer Wange, das Gefühl der Wärme, als sein Körper das Bett aufheizte, das Streicheln seiner Finger, als er ihren Oberarm umfing, das Gefühl seiner Erektion, die an ihrem Schenkel lag.

„Ich musste kommen", murmelte er. „Ich konnte nicht

wegbleiben. Ich wollte in dein Zimmer in der Burg kommen."

„Ich bin so froh, dass du das nicht getan hast. Es wäre nicht sicher gewesen." Sie drückte ihm einen Kuss auf den Brustmuskel und liebkoste ihn.

„Es war eine Qual, darauf zu warten, wie dein Treffen mit Isabeau ausging." Seine Worte kitzelten in den Haaren an ihrer Schläfe. „Aber da du in die Stadt gehen konntest, ist es offenbar gut gelaufen."

„Ganz in Ordnung, schätze ich. Ich habe versucht, eine Woche frei zu bekommen, aber sie bestand darauf, dass ich täglich eine Stunde für sie spiele." Sie seufzte. „Ich habe auch um eine Geige und eine Gitarre gebeten. Ich schätze, die werden in den nächsten paar Tagen eintreffen."

„Robin sagte, du hast die Erlaubnis, dich bis zu zwei Stunden von hier zu entfernen." Er verschränkte die Finger mit ihren.

„Ich kann dir nicht sagen, was für eine Erleichterung das ist." Sie schloss die Augen. „Oder was für eine Erleichterung das hier ist. Sag mir, dass du über Nacht bleibst."

„Versuch mich doch aufzuhalten." Er drückte ihr die Lippen an die Schläfe und flüsterte: „Es ist ok, dich erst einmal zu entspannen. Schlaf."

Obwohl sie sich der fortwährend schwierigen Lage bewusst war, in der sie sich befanden, stahl sich in diesem Augenblick ein unbeschreibliches Gefühl des Trostes und der Sicherheit in sie. Sie wusste es besser, aber sie ließ trotzdem zu, dass sie daran glaubte.

Als der Schlaf wieder kam, war er nicht sanft. Stattdessen überrumpelte er sie hart und schnell. Sie stürzte in einen schwarzen See. Dann geschah etwas. Er regte sich, oder sie tat es, und die Merkwürdigkeit, zusammen mit jemand anderem zu schlafen, holte sie wieder heraus.

Bevor sie ganz an der Oberfläche war, wusste sie, dass sie bei *ihm* schlief, und diesmal trieb sie der Hunger vollständig in den Wachzustand. Es dämmerte draußen noch nicht ganz, und im Zimmer war es kühl von der frischen Meeresbrise.

Sie wollte ihn nicht aufwecken. Er brauchte die Ruhe genauso sehr wie sie, aber etwas weckte auch ihn. Vielleicht war es ihre veränderte Atmung oder die Anspannung in ihren Muskeln.

Er neigte den Kopf und schaute auf sie herab, sah, dass sie die Augen offen hatte, und mit einem leisen Knurren richtete er sich auf und legte sie ganz auf den Rücken. Als er das tat, streckte sie sich nach ihm aus, und sein Kopf senkte sich auf sie herab. Seine harten, suchenden Lippen nahmen sich ihre, und er küsste sie mit dem gleichen heißhungrigen Verlangen, das auch in ihrem Körper pulsierte.

Sie bog sich ihm entgegen, küsste ihn mit aller Kraft, während sie mit den Fingern durch sein Haar strich. Er schob ihr ein Knie zwischen die Beine, sein harter Schwanz lag an ihrer Hüfte.

Bereitwillig öffnete sie sich für ihn, und er ließ sich auf ihrem Becken nieder, küsste sie, während er eine Brust umfing. Mit einem schwieligen Daumen rieb er vor und zurück über die Spitze, neckte ihren Nippel, bis er sich unerträglich sensibilisiert anfühlte.

Das Begehren, das sie nach ihm verspürte, summte durch ihren Körper wie der pulsierende Herzschlag einer Bestie. Sie fühlte sich losgelöst. Sie brauchte ihn dringender in sich, als es sie nach dem Vergnügen des Vorspiels verlangte.

Sie griff nach seiner Erektion und drängte ihn näher, murmelte an seinem Mund: „Ich kann nicht warten. Ich will nicht warten."

„Du bist nicht bereit." Seine Stimme war nun kehlig, und er atmete schwer, als wäre er ein gutes Stück gerannt.

„Ist mir egal." Sie strich mit den Fingern gierig über die lange Härte.

Er zögerte nur einen Augenblick. Sie spürte, wie er nachgab. Eine fokussierte Absicht veränderte seinen Körper. Sanft strich er über die gewellten Blütenblätter ihrer intimsten Stelle, dann versenkte er die Finger in sie, holte den Beweis ihrer Erregung heraus, verstärkte ihr Verlangen, bis sie seine Hand wegschob und die breite, dicke Spitze seines Schwanzes an ihre Öffnung brachte.

„Komm jetzt in mir", flüsterte sie.

Er schob sich hinein. Sie war bereits wund und angeschwollen, weil sie sich in der vorigen Nacht geliebt hatten, und als er in sie eindrang, fühlte er sich größer an als je zuvor. Er ließ den Kopf nach hinten fallen, die Zähne zusammengebissen. Sein angespanntes Gesicht schien ihr das schönste, was sie je gesehen hatte. Es stellte die kühnen Linien seiner Züge heraus, die in einer sinnlichen Röte hervortraten.

Mit den Fingern beider Hände berührte sie seinen Mund und flüsterte: „Ich bin so froh, dass es nicht nur mir so geht."

Sein leuchtender haselnussbrauner Blick richtete sich auf sie. „Es geht nicht nur dir so", sagte er an ihren Fingern und schob sich tiefer in sie. „Du hast mich entflammt."

„Ich bin besessen", flüsterte sie zurück. „Meine Haut tut weh, wenn sie nicht deine berührt."

Wiegend schob er sich weiter hinein, bis er bis zum

Ansatz drinnen war. Erst dann zog eine Art Erleichterung über sein Gesicht. Er küsste sie seitlich am Hals abwärts und begann sich in ihr zu bewegen.

„Ich kann nicht genug von dir bekommen", sagte er an ihrem Hals. „Wenn ich von dir fortgehe, fühlte ich mich, als wäre ich von der Atemluft abgeschnitten."

Ja. Ja, so war es.

Alles andere auf der Welt trat in den Hintergrund, als er sich in ihr bewegte, und begierig stemmte sie sich hoch, seinen Stößen entgegen, spießte sich immer und immer wieder an ihm auf. Es wurde stetig hitziger, lustvoller. Während er sie nahm, stützte er sich auf einen Ellbogen, beobachtete sie so eingehend, dass es sich anfühlte, als wäre sie das Einzige auf der Welt, auf das es ankam.

Sein Blick verfolgte ihr gesamtes Mienenspiel, wie ihr der Atem stockte, wie ihr Mund zitterte. Sie hatte sich noch nie so entblößt oder so geschützt gefühlt. Langsam beschleunigte er den Rhythmus, und sie packte ihn fester, hielt ihn in den Armen, während sie ihn mit den Beinen umfing, und der Druck baute sich zu einem solchen Gipfel auf, dass sie es nicht mehr aushielt.

Dann griff er zwischen sie, um sie zu streicheln, und der Druck zersprang in feurige Splitter. Sie schrie heiser auf, dämpfte das Geräusch mit dem Handrücken. Als er ihren Höhepunkt sah, verlor er die Kontrolle. Er stieß mit harten, raschen, wilden Bewegungen in sie hinein und kam ebenfalls zum Höhepunkt. Sie spürte, wie sein Schwanz in ihr pulsierte.

Tränen rannen aus ihren Augenwinkeln und durchtränkten ihre Haare an den Schläfen. Er berührte eine davon und küsste sie auf die Stirn, und sie konnte wirklich nicht sagen, wie etwas so Fleischliches gleichzeitig so emotional tiefgehend sein konnte.

Sie hatte gedacht, Sex wäre ein Spiel, etwas, bei dem man ein Rollenspiel aufführte, das vom Rest des Lebens abgetrennt war. Nun wusste sie, dass sie sich noch nie zuvor mit jemandem geliebt hatte.

Sie hatte Leidenschaften gespielt, als würde sie verschiedene Outfits anprobieren, aber sie hatte immer nur eine wahre Leidenschaft verspürt, die für ihre Musik.

Bis jetzt.

Diese Leidenschaft, die sie für ihn empfand, war wie ein Schmelztiegel, der sie zu etwas neuem schmiedete.

Diese Liebe, die sie für ihn empfand ...

Manche Liebe ließ sich nicht überleben. Ganz gleich, was mit der Affäre geschah, ob sie gedieh oder scheiterte, eine solche Liebe teilte tödliche Hiebe aus, die man den Rest des Lebens zu tragen hatte.

Eine solche Liebe fühlte sie für ihn.

Eine Liebe von dieser Art.

✧ ✧ ✧

SOBALD ER SIDONIES Zimmer erreicht und sie in die Arme genommen hatte, hatte sich Morgan endlich entspannen können. Er konnte sich nicht erinnern, wann er zum letzten Mal so tief geschlafen hatte oder mit einer solchen Dringlichkeit erwacht war.

Nachdem sie sich geliebt hatten, war er immer noch in ihr, als er wieder einschlief, während ihre Arme nach wie vor um seinen Hals lagen. Als er sich das nächste Mal regte, war es weit nach der Morgendämmerung. Er verlagerte sein Gewicht, und sein Schwanz glitt heraus.

Sidonie regte sich kurz und murmelte enttäuscht. Als sie sich auf der Seite zusammenrollte, legte er sich von hinten an sie und zog sie wieder an seine Brust. Die Zeit lief ihnen davon, das wusste er, und es gab Dinge, die erledigt werden mussten, aber sie waren beide erschöpft. Die zarte Haut unter Sidonies Augen wirkte angeschlagen durch die tief violetten Schatten.

Alles andere würde noch ein paar Stunden warten müssen. Er vergrub die Nase an ihrem Nacken und schlief wieder ein.

Das nächste Mal weckte sie ein Klopfen an der Tür. Er drehte sich um und griff nach dem Schwert, das er dabei hatte. Sidonie rollte sich mit ihm herum und fasste ihn an Arm.

Sie begegnete seinem Blick und schüttelte den Kopf, während sie die Stimme erhob, um zu fragen: „Was ist?"

„Ich habe Euer Frühstückstablett, gnädige Frau." Es war die fröhliche Stimme eines Jungen. Morgans Finger um den Schwertgriff entspannten sich. „Es ist schön warm."

Sidonie schmiegte sich an seinen Rücken und liebkoste seine Schulter, während sie rief: „Danke! Stell es auf dem Boden ab, ich hole es mir."

„Ja, gnädige Frau."

Morgan lauschte darauf, wie die raschen Schritte des Jungen verklangen. Er lehnte sich in die Kissen zurück und beobachtete genussvoll, wie Sidonie aus dem Bett glitt. Ihr gesamter Körperbau war perfekt. Als sie sich hinabbeugte, um ihre Tunika vom Boden aufzuheben, wurde sein Blick von der anmutigen Krümmung ihrer Wirbelsäule angezogen. Er konnte sich an der Vollkommenheit ihrer flüssigen Bewegung nicht satt sehen, bis sie sich die Tunika über den Kopf gezogen hatte und der Stoff über ihrem Körper lag.

Sie tappte zur Tür, sperrte auf und brachte das Frühstückstablett herein. Sie hielt inne, um die Tür sorgfältig wieder abzuschließen, und trug das Tablett zum Bett. Es gab Würstchen, Ei und Kartoffeln, heißen Tee und ein brösliges, butteriges Brötchen.

Sie stieg zurück unter die Decke, und sie teilten sich das Essen. Er hielt zwischen den Bissen inne, um sie auf den Nacken zu küssen, was sie vergnügt murmeln ließ, während sie sich an seine Seite schmiegte.

Ein dumpfes, leises Geräusch erklang auf dem Balkon, und ein schwarzer Kater marschierte ins Zimmer. Sobald er die dünnen Vorhänge passiert hatte, verwandelte er sich in Robin.

„Ist aber auch an der Zeit, dass ihr beide mal aufwacht", sagte der Puck. „Ich hatte schon gedacht, ich müsse euch auf den Kopf steigen"

Sidonie seufzte auf und lehnte sich an Morgan. „Ich schätze, ich hatte mir zu viel erhofft, als ich dachte, dass der Frieden noch anhalten würde", murmelte sie.

„Nein, hast du nicht. Wir hätten uns einen Tag nehmen können, bevor wir uns allem anderen stellen. Nur einen verdammten Tag." Er ließ einen Arm um ihre Taille gleiten, während er die Aussicht durch die Balkontüren musterte. Nicht einmal bei Tageslicht konnte er einen Makel in der Zimmerwahl des Pucks finden. Das Gasthaus war so hoch, dass man von keinem der Nachbargebäude hineinsehen konnte. Man würde Morgan nur sehen können, wenn er ohne Verhüllungszauber auf den Balkon trat. „Was willst du, Robin?"

„Hast du es ihr schon gesagt?" Ohne erkennbare Schamgefühle oder Diskretion setzte sich Robin ans Fußende des Bettes und schnappte sich den Rest des Brötchens vom Frühstückstablett.

„Ich hatte keine Zeit dafür." Er goss den letzten Tee in

die einzige Tasse und reichte sie Sidonie, die sie in beide Hände nahm.

„Oh, du hattest Zeit." Die Augen des Pucks leuchteten. „Du hattest nur andere Prioritäten."

„Unsere Prioritäten gehen dich nichts an", fuhr Sidonie ihn an. Sie sah entzückend aus, wenn sie gereizt war. Ihr kurzes, schwarzes Haar war aufgerichtet wie Vogelfedern. Mit finsterem Gesicht vergrub sie die Nase in der Tasse.

Robin schien nicht so verzaubert von Sidonie, wie er es war. „Nein, tun sie nicht", keifte der Puck zurück. „Außer sie stehen dem im Weg, was wir alle erledigt sehen wollen."

„Wovon redet er?" Sidonie drehte sich, um ihn anzuschauen. „Was hast du mir nicht gesagt?"

Morgan seufzte. „Robin denkt, Isabeaus Jagdhunde könnten tatsächlich zu Azraels Wilder Jagd gehören."

Ihr Gesicht wurde ausdruckslos. „Ok. Ich bin sicher, dass das nicht beruhigend ist."

„Ich habe es dir bereits gesagt, Mensch. Du besitzt kein wahres Wissen über die Götter, ihre Mächte und Aspekte, und darüber, wie sie sich in dieser Welt bewegen", erklärte Robin, der ihr einen verärgerten Blick zuwarf. „Lord Azrael führt jährlich die Wilde Jagd an, wenn das alte Jahr stirbt, zumindest hat er das getan. Je mehr ich darüber nachdenke, umso sicherer bin ich mir, dass er schon seit sehr langer Zeit nicht mehr zur Wilden Jagd geblasen hat, vielleicht so lange, wie Isabeau sein Messer besitzt."

„Du warst sehr lange gefangen", erklärte Morgan. „Vielleicht hast du sie verpasst."

„Das ist möglich", gab Robin zu, während er den Rest des Brötchens mit raschen, geschickten Bissen verzehrte. „Aber ich glaube, dass meiner Erklärung eher der Klang der Wahrheit anhaftet. Es gab auch sehr viele Jahre, in denen ich nicht eingekerkert war, und trotzdem habe ich die Wilde Jagd nicht gespürt."

„Was macht diese Jagd, und warum spielt sie eine Rolle?", fragte Sidonie.

Robin wirkte genervt, daher antwortete Morgan. „Manche glauben, mit der Jagd werden unreine Geister aus den irdischen Reichen vertrieben. Andere glauben, Azrael jage Seelen, die aus seiner Domäne entkommen sind. Noch andere Geschichten erwähnen zufällige Beute, etwa eine verirrte Jungfrau oder unvorsichtige Reisende. Soweit ich das verstehe, weiß es niemand genau."

Sidonie schloss die Augen, ließ die Schultern sinken und nippte an ihrem Tee. „Und?", fragte sie. Robins schmales Gesicht sah zornig aus, aber bevor er etwas sagen konnte, öffnete sie die Augen und schaute ihn an. „Ich meine diese Frage ernst. Und? Die Hälfte dessen, was du erzählt hast, ist Spekulation, die andere Hälfte klingt nach Legende. Was daran ist das Nützliche? Gib mir die eingedampfte Version."

Für Robin erklärte Morgan: „Sie weiß nichts von den Deus Machinae." Als Sidonie sich drehte, um fragend zu ihm aufzuschauen, erklärte er: „Es gibt sieben unzerstörbare Gott-Maschinen, die in der Welt aktiv sind, platziert von den sieben Göttern. Eine Zeitlang dachte ich, das Messer könnte eine davon sein. Robin glaubt das nicht."

„Was eine *gute* Nachricht ist", sagte Robin. „Nur keine einfache Nachricht. Falls es buchstäblich des Todes Messer ist, ist es immer noch ein Gegenstand enormer Macht, der von einem Gott geschaffen wurde. Aber wenn es keine der Maschinen ist, kann man es vielleicht zerstören. Und außerdem, anders als bei den Deus Machinae ... würde Lord Azrael sein Messer nicht zurück wollen?"

Morgan spürte, wie ein Schauder Sidonie durchlief.

„Aber er ist ein Gott", flüsterte sie. „Wenn er sein Messer zurück will, warum holt er es sich nicht einfach?"

Morgan drückte ihr einen Kuss auf die Schläfe. „Vielleicht, weil er nicht der einzige Gott ist. Will ist auch eine der sieben Urmächte. Er ist der Gott der Gaben, was alles sein kann von einzelnen Geschenken oder Gaben des Geistes wie deinem Talent für Musik bis hin zu Opferakten und Akten der Menschenliebe. Er ist auch der Hüter des freien Willens, der ein Dreh- und Angelpunkt des Universums ist. Die Götter müssen respektieren, dass wir alle einen freien Willen haben, um so zu agieren, wie wir uns entscheiden. Azrael kann sich das Messer vielleicht nicht zurückholen, wenn Isabeau es ihm nicht geben will."

„Also ...", sagte Sidonie langsam, während sie zwischen den beiden hin- und herschaute. Ihr Blick kam auf Morgan zum Ruhen. „Wir haben auch einen freien Willen. Wir haben die Möglichkeit zu versuchen, das Messer zu zerstören – was du nicht tun kannst."

„Nein, kann ich nicht", sagte er.

„Oder", fuhr sie fort, „wir versuchen, uns das Messer zu nehmen – was du nicht tun kannst."

Wieder erwiderte er: „Nein. Ich kann nur verdeckt handeln, wann immer ich Wege finde, den Bann zu umgehen. Ich kann nichts tun, um direkt gegen Isabeau vorzugehen."

„Du vielleicht nicht", sagte sie und tippte sich mit einem Daumennagel an die unteren Schneidezähne. „Aber ich schon."

Kapitel 19

Ehe Morgan sich dazu äußern konnte, sagte Robin: „Und ich kann es auch. Wir erreichen mehr, wenn wir zusammen vorgehen."

„Die Götter mögen uns helfen", murmelte Morgan. Mit dem Puck auf ihrer Seite brauchten sie womöglich keine Feinde mehr.

„Du, Hexer, kannst Folgendes tun", wandte sich Robin an ihn. „Finde eine Möglichkeit, Lord Azrael zu beschwören. Vielleicht können wir seine Hilfe in Anspruch nehmen. Immerhin agieren wir auch aus unserem freien Willen heraus – zumindest zwei von uns können das."

Es war ein dreister Vorschlag. In all seinen Jahren als Hexer hatte Morgan nie versucht, mit einem der Götter zu kommunizieren. Er rieb sich über den Mund, während er darüber nachdachte. Würde der Bann es gestatten, oder wäre diese Handlung zu direkt?

Er musste die Texte in seiner Hütte durchgehen, um zu sehen, ob einer davon ein Ritual beinhaltete, wie man die Götter kontaktierte. Durch reines Lesen sprang der Bann nicht an. Wenn die Texte nichts Nützliches enthielten, würde er entweder anderswo suchen oder die Beschwörung selbst zusammenstellen müssen. Bei diesem Gedanken spürte er die Schlingen des Banns unruhig wogen und wusste, dass er sehr nahe an der Grenze entlangschlitterte.

Sowohl Sidonie als auch Robin beobachteten seine Reaktion.

„Ich weiß nicht, ob ich es kann", sagte er. „Aber ich werde daran arbeiten. Meine größte Sorge im Moment ist, dass ich nur noch eine Flasche von dem Geruchstarnungsspray übrig habe. Entweder muss ich meine Bewegungen drastisch einschränken, bis wir eine Lösung für dieses Problem finden, oder ich muss rasch zurück zur Erde und mehr davon besorgen."

„Wie groß sind die Flaschen?", fragte Robin.

Als Antwort griff Morgan in seine Vorratstasche, zog die Flasche heraus und zeigte sie dem Puck. Robin kratzte sich das stachlige Haar mit beiden schmalen Händen und betrachtete sie.

Schließlich sagte er: „Ich kann nichts so Großes wie einen Menschen durch den Übergang schmuggeln, aber ich könnte vielleicht ein paar solche Flaschen in einem der Transportwagenzüge verstecken. Leider finden die nicht sonderlich häufig statt."

Sidonie streckte den Rücken und rief: „Kallah wird sich heute Vormittag darum kümmern, dass man mir eine Geige und eine Gitarre besorgt! Es wird also diese Woche irgendeine Art Transport von einem der Übergänge kommen. Aber ... ich schätze, das ist vielleicht keinen Wagenzug wert. Jemand könnte diese Instrumente einfach auf einem Pferd bringen."

Morgan hob die Augenbrauen. „Wissen sie das?"

Ihr überraschter Blick huschte zu ihm. „Nein. Sie haben keine Ahnung, wie groß eine Geige oder eine Gitarre sind."

„Also werden sie einen Wagenzug schicken." Er runzelte die Stirn.

Es gefiel ihm nicht, Robin mit einer so wichtigen

Aufgabe zu betrauen. Wenn der Puck es nicht mit Jägerspray-Nachschub zurück schaffte, würde Morgan in der Hütte festsitzen, oder man würde ihn letztlich erwischen, und er würde zurück zu Isabeau gehen müssen.

Aber der Gedanke, Sidonie allein zu lassen, um hier ihr Leben zu meistern, während er zur Erde reiste, war nicht auszuhalten.

„Was ist los?" Sidonie berührte seinen Handrücken.

Es gab keine wirkliche Wahl. Als er merkte, dass er zu lange still gewesen war, fügte er rasch hinzu: „Nichts. Sie werden den Wagenzug so effizient wie möglich gestalten wollen, also werden sie bestimmt alles mitnehmen, was sie sonst noch bis zur nächsten Reise im Lager verstaut hätten. Es wird vielleicht kein sonderlich großer Transport, aber es wird einen geben. Der Zeitverlust zwischen Avalon und der Erde ist nicht bedeutsam, daher sollte der Wagenzug in vier Tagen zurückkehren, vielleicht in fünf, wenn man die Reisezeit und genug Zeit auf der anderen Seite einberechnet, um die Instrumente zu beschaffen."

Der Puck grinste. „Das ist mehr als genug Zeit. Ich muss nur die Flaschen auf der anderen Seite des Übergangs holen, damit ich das Päckchen bei den anderen Sachen verstauen kann. Sobald alles nach Avalon transportiert wurde, kann ich es zurückstehlen und es selbst ans Ziel bringen."

Ein Schatten zog über Sidonies Gesicht. „Wirst du mir auch einen Gefallen tun, Robin?", fragte sie.

„Wenn es in meiner Macht steht, ja", erwiderte er. „So viel bin ich dir schuldig."

„Ich will, dass du für mich einen Brief aufgibst." Ihr Kinn spannte sich an. „Ich habe Freunde, die sich Sorgen um mich machen, und ein Geschäft, das zum Stillstand gekommen ist. Sie müssen wissen, dass ich lebe, und dass sie ausharren sollen, bis sie wieder von mir hören."

Robins Blick senkte sich vor ihrem. Leise sagte er: „Natürlich. Solange er klein ist, kann ich einen Brief zur Erde bringen."

„Danke." Sie holte tief Luft und wandte sich wieder an Morgan. „Also hat Robin seine Aufgabe, und du hast die deine. Was soll ich tun?"

„Nichts." Morgan nahm ihr Gesicht in beide Hände. „Du machst nichts. Du spielst für die Königin, wenn sie dich darum bittet, und du lauschst jeder Unterhaltung, die du mitbekommst. Wenn es um das Athame ging, ist sie in meiner Gegenwart immer extrem vorsichtig gewesen – sie trägt es immer, wenn ich da bin, selbst wenn sie sonst nichts trägt, und obwohl sie mir oft genug in Erinnerung gerufen hat, dass sie das Athame schon eine Weile hatte, bevor sie mich einfing, hat sie es nur nebenbei erwähnt. Daher besteht immer die Möglichkeit, dass sie in deiner Gegenwart etwas fallenlässt. Aber das ist alles, Sidonie. Du bringst dich *aus keinerlei Grund* in Gefahr. Hörst du?"

Sie verzog das Gesicht, sagte aber: „Ich werde aufpassen, und ich werde nichts tun, was mich einem Risiko aussetzt. Ich verspreche es."

Er entspannte sich. „Das ist dann unser Plan. Wir bleiben in den nächsten Tagen hier in Wartestellung, bis Robin zurückkommt. Sidonie spielt für die Königin, wenn diese darum ersucht, und ich schränke meine Bewegungen ein und sehe, was ich tun kann, um einen Beschwörungszauber aufzutreiben." Bei der aufblitzenden Furcht in Sidonies Gesicht fügte er an: „Wenn ich vorsichtig bin und in der Stadt über die Dächer gehe, sollte diese letzte Flasche ausreichen, sodass ich zwischen der Hütte und diesem

Zimmer hin und her komme. Wir werden nicht die ganze Zeit getrennt sein."

Sie entspannte sich etwas und warf ihm ein schiefes Lächeln zu. „Ok. Aber was ist mit dem Geruch hier in meinem Zimmer?"

„Sag der Besitzerin, dass du das Zimmer auf absehbare Zeit nimmst, und es wird keinen Grund für die Jagdhunde geben, hier herauf zu kommen", erklärte er. „Ich habe genug Geld, wenn du etwas brauchen solltest. Manchmal trinken und essen sie im Schankraum, also musst du wachsam sein, wenn du nach unten gehst. Wenn du gehst, musst du dich auf jeden Fall gründlich waschen und immer saubere Kleidung tragen, und du solltest die Bettlaken selbst zur Wäsche bringen. Ich glaube, es gibt ein hinteres Treppenhaus für die Diener, also würdest du da niemandem aus dem Schankraum begegnen."

Sie nickte. „Das kann ich tun. Ich trage normalerweise kein Parfüm, aber ich könnte etwas Rosenwasser oder ätherisches Öl kaufen. Ich werde mehr Kleidung und etwas Briefpapier brauchen, damit ich meinen Brief schreiben kann."

Er nahm ihre Hand und rieb ihr über die Finger, während er nachdachte. „Es ist schade, dass Isabeau dir nicht etwas Zeit für dich lässt. Es wird schwer für uns beide, wenn ich jeden Tag einen Kampfzauber auf dich wirken muss."

„Ich glaube nicht, dass du das tun musst." Ihre Finger spannten sich auf seinen an. „Als ich gestern Abend gespielt habe, habe ich noch einmal gespürt, wie sich die Fertigkeit mit der Laute verfestigt hat. Als der Zauber nachließ, war ich erschöpft, aber ich hatte nicht das Gefühl, ich hätte sie verloren."

„Bist du sicher?" Er runzelte die Stirn.

„Mach dir keine Sorgen", erklärte sie ihm beruhigend. Sie lehnte den Kopf an seine Schulter. „Ich bin hier in Avalon von so gut wie jedem anderen Thema überfordert, aber zumindest darin bin ich versiert."

„Ok." Er neigte den Kopf und legte die Wange an ihre. „Ich vertraue dir."

Robin erhob sich. „Ich kehre am späten Nachmittag wegen des Briefes zurück. Das sollte dir Zeit lassen, zum Markt zu gehen und zu kaufen, was du brauchst. In der Zwischenzeit viel Glück euch." An Morgan gewandt fügte er hinzu: „Finde diese Beschwörung."

Morgan erzählte ihnen nicht, dass der Bann sich unruhig regte. Es gab keinen Grund, sie in Sorge zu stürzen, außer es ließ sich nicht vermeiden. Stattdessen sagte er: „Ich werde mein Bestes tun."

Ohne ein weiteres Wort schmolz Robin wieder zu einem Kater zusammen. Er blinzelte sie vom Fußende des Bettes aus an, dann trottete er zum Balkon und verschwand.

Sidonie bohrte sich den Handrücken in die Augen. „Ich kann mich nie richtig entspannen, wenn er da ist. Ich kann nicht vergessen, was geschehen ist."

„Das solltest du auch nicht." Er glaubte, dass der Puck womöglich bedauerte, was er getan hatte, aber das minderte Robins Schuld nicht.

Ein scharfes Klopfen erklang an der Tür. Sidonie schaute ihn rasch an, während sie rief: „Ja?"

Eine tiefe Männerstimme sagte: „Burgwache, gnädige Frau. Die Königin erbittet Eure Anwesenheit, so schnell es für Euch machbar ist."

Ihre Miene war furchtsam. Sie sprang vom Bett und lief zur Tür. Ohne sie zu öffnen, rief sie: „Ich habe keine sauberen Kleider!"

„Ihr habt ... keine Kleider?" Der Wächter klang erstaunt.

„Ich habe sie gestern Abend Leisha gegeben, der Besitzerin des Gasthauses, um sie waschen zu lassen, und ich habe sie noch nicht wieder. So viel Kleidung habe ich nicht!" Sie drehte sich um, verdrehte vor Morgan die Augen und sagte telepathisch: *Ich kann das Einkaufen nicht aufschieben.*

„Gnädige Frau, ich werde nach Eurer Wäsche sehen", sagte der Wächter.

Sie erhob die Stimme erneut: „Wenn sie nicht fertig ist, fragt bitte Leisha, ob sie Kleidung hat, die ich mir borgen kann!"

„Ja, gnädige Frau." Der Klang seiner Schritte wurde leiser.

Während Sidonie sich mit dem Wächter unterhalten hatte, hatte Morgan das Bett verlassen und sich rasch angezogen. Als sie sich wieder zu ihm umdrehte, verdüsterte Enttäuschung ihren Blick.

Er ging hinüber, küsste ihren weichen, schmollenden Mund. Sie schlang einen Arm um seinen Hals und erwiderte den Kuss. Das Feuer, das er bei ihr empfand, war immer da. Bei der Berührung ihres Körpers an seinem loderte es heiß und wild auf.

Mit einer enormen Willensanstrengung zog er seine Lippen zurück. Er war vorsichtig, falls der Wächter näher war, als er dachte, und sagte telepathisch: *Das sind gute Neuigkeiten. Eine Stunde wird rasch um sein, und dann hast du den Rest des Tages für dich.*

Sie packte ihn mit beiden Händen vorne am Hemd. *Wann wirst du zurück sein?*

Heute Abend, nach Sonnenuntergang. Ihre Unterlippe wirkte

üppig und immer noch feucht von ihrem Kuss. Er rieb mit einem Zeigefinger darüber, während sein ungehöriger Schwanz steif wurde. Flüsternd fügte er hinzu: *Und ich bleibe die ganze Nacht, wenn du das willst.*

Sie wirkte berauscht, die Pupillen in den eleganten Augen geweitet. *O Gott, ja.*

Sei vorsichtig. Traue nichts und niemandem, besonders nicht ihr. Glaube nichts, was sie dir verspricht. Sie lügt schneller, als sie atmet.

Mach dir keine Sorgen, werde ich nicht.

Aber er machte sich Sorgen. Dass Sidonie zurück zur Burg ging, war, als würde er zusehen, wie sie freiwillig in eine Schlangengrube stieg. Mit einem abschließenden feurigen Kuss und einem fast unhörbaren frustrierten Knurren riss er sich von ihr los. Er nahm sein Schwert und seine Tasche, verhüllte sich und ging hinaus auf den Balkon.

Ein weiteres Klopfen ertönte an ihrer Tür, und er hielt draußen inne und lauschte.

„Ja?", fragte Sidonie.

Eine ihm bekannte Frauenstimme erklang von der anderen Seite. Es war Leisha persönlich. „Musikerin, ich entschuldige mich zutiefst, aber deine Kleider konnten noch nicht trocknen. Ich habe nicht erkannt, dass die Wäsche dringend ist, obwohl ich es hätte erkennen sollen, als du mir gestern Abend gesagt hast, dieses Bündel wäre alles, was du hast."

„Oh, toll." Sidonie sank schwer an die Tür.

„Ich habe ein paar übrige Kleidungsstücke, die Gäste hier vergessen habe … ich denke, einige dieser Kleider könnten gehen? Sie sind nicht neu, aber sie sind in Ordnung und in gutem Zustand."

„Lass sie mich sehen." Sidonie schloss die Tür auf. „Du, Wächter. Warte unten auf mich."

„Ja, gnädige Frau."

Als Leisha mit einem Arm voller Kleider das Zimmer betrat, entspannte sich Morgan. Da es nichts mehr gab, was ihn hier hielt, kletterte an der Mauer hinauf zum Dach.

Er hatte beinahe einen ganzen Tag vor sich, und er musste jeden Augenblick davon nutzen, um herauszufinden, ob er einen Gott beschwören konnte.

Er hatte das Gefühl, dass ihm die Zeit davonlief, wichtige Zeit, die er nie wieder zurückbekommen würde. Mit jedem Augenblick, in dem er heilte, wurde er stärker – und näherte sich der nächsten Verletzung, die ihn wieder bedeutend schwächen würde.

Auch war sein Bewegungsradius jetzt noch eingeschränkter, und wenn der Puck nicht weiteres Jägerspray besorgen konnte, hatte Morgan keinen Notfallplan.

Und es gab zu viele Spielsteine in diesem Spiel, die unvorhersehbar waren.

Isabeau. Robin. Den Bann. Sogar Sidonie hatte ihn mehr als einmal überrascht.

Und niemals vergaß Morgan je Modred.

VON DEN VIER Kleidern, die Leisha dabei hatte, passte nur eines so gut, dass Sidonie ein paar Stunden lang damit zurechtkommen würde. Es war matt golden mit gelber Blumenstickerei, und da es so kurz war, hatte das Kleid vermutlich einer sehr jungen Hellen Fae gehört. Als Sid Leisha sagte, dass sie das Zimmer auf absehbare Zeit mieten würde, bestand die Besitzerin darauf, dass sie das Kleid als Geschenk behielt.

Nachdem sie weg war, riss Sid sich das Kleid vom Leib, hängte es an den nächstbesten Haken und stürmte zum

Badealkoven. Es war zu spät, um sich Gedanken zu machen, ob sie Morgans Geruch auf das neue Kleid übertragen hatte. Sie hatte es hoffentlich nicht so lange getragen, dass es eine Rolle spielte.

Im Alkoven entdeckte sie eine angenehme Überraschung: In einer Schale gab es weiche Seife, die nach Patschuli roch. Die Badewanne war klein, und das Wasser aus dem Hahn kalt. Sie musste sich entweder mit angezogenen Knien hinsetzen oder sich hinstellen, um sich abzubrausen.

Ganz gleich, wie lange sie letztlich in Avalon gefangen sein würde, sie würde sich nie daran gewöhnen, sich mit kaltem Wasser zu waschen. Sie schrubbte sich sorgfältig ab, wusch sich zweimal die Haare, und nachdem sie sich hastig abgetrocknet hatte, zog sie sich an. Als sie sich das Haar mit den Fingern so gut wie möglich gekämmt hatte, schob sie ihre einundzwanzig Sorgensteine in die Tasche.

Dann betrachtete sie ihren kleinen Haufen aus Münzen und Edelsteinen. Sie hatte auch vergessen, Morgan den Diamanten zurückzugeben, der seinen Kampfzauber enthalten hatte. Was machten die Leute hier, um ihre Wertsachen zu schützen? Sollte sie sie einwickeln und mitnehmen, oder sie verstecken?

Sicher würde ein erfahrener Dieb alle Verstecke besser kennen als sie.

Sie hatte keine Zeit, sich darüber den Kopf zu zerbrechen. Sie band die Münzen und Juwelen in ein Seidentuch, das jemand in ihren Künstlerhut gelegt hatte, und stopfte sich das Bündel in die Tasche. Dann brach sie auf und stellte sicher, dass sie die Tür hinter sich abschloss.

Und schloss sie auf. Und schloss sie wieder ab.

Und noch einmal. Und noch einmal. *Argh!*

Sie lief die Treppen hinab und ging mit dem wartenden Wächter, der sie das Stück zurück zur Burg und der wartenden Königin führte.

Sie hielten kurz am Musiksaal, damit sie die Laute holen konnte, dann führte sie der Wächter zu dem Privatgarten mit den Travertinsäulen und dem Fischteich.

Kallah traf sie am Tor. Als sie Sidonie sah, rief sie leise: „Wo warst du?"

„Ich musste baden, und ich hatte nichts anzuziehen!", rief Sidonie zurück. „Meine Kleider werden gewaschen. Ich muss zum Markt und mir mehr kaufen."

Kallah sah an ihrer Gestalt hinab. Sie machte große Augen und wirkte betroffen, aber sie sagte grimmig: „Nun, es ist zu spät, um das jetzt noch in Ordnung zu bringen. Wenn du weitere Kleider kaufst, sorge dafür, dass du etwas wählst, das nicht ganz so reizvoll ist."

Richtig, Sid hatte es vergessen. Vor der Königin nur hässliche Kleider tragen. Wie alt war Isabeau eigentlich, zig Jahrhunderte oder sieben Jahre?

Sie verbiss sich die Anmerkung und fragte: „Was mache ich nun?"

„Geh dort hinüber, um die Rosenbüsche herum." Kallah deutete durch den Garten. „Ich habe einen Holzhocker für dich aufgestellt. Spiele ruhige Lieder, sage nichts und hör nicht auf, bis ich dich abholen komme."

„Ja." Sid machte sich auf den Weg.

Kallah legte ihr eine Hand auf den Arm, um sie aufzuhalten. „Und Sid – sag zu niemandem ein Wort über das, was du vielleicht siehst oder hörst." Kallah blickte ihr hart in die Augen, den Mund verkniffen. „Kein Wort. Du hast erfahren, was passieren kann, wenn Ihre Majestät etwas krumm nimmt, aber du hast noch in keiner Weise erlebt, was passieren kann, wenn sie sich verraten fühlt."

Sids Herz machte einen Satz bei der Möglichkeit, dass sie etwas mithören mochte, was von Nutzen sein könnte. Sie senkte den Blick, um ihre Reaktion zu verbergen, und murmelte: „Ich verstehe."

„Gut."

Sobald Kallah sie los ließ, machte sie sich auf. Um die wuchernden Rosenbüsche herum gab es eine kleine, abgeschlossene Rasenfläche mit einem Hocker. Dahinter befanden sich weitere Rosenbüsche. Durch die Büsche erkannte sie die Umrisse eines niedrigen Diwans, auf dem Kissen verstreut lagen.

Es sah wie der perfekte Ort für eine private Verabredung aus, und einen Augenblick lang bemühte sie sich instinktiv, zu durchschauen, was sie auf der anderen Seite der Rosenbüsche sah. Dann wurde die Bewegung deutlich, und sie erkannte, dass es sich in der Tat um eine private Verabredung handelte. Zwei Körper lagen umschlungen auf dem Diwan. Isabeau und ein Mann. Ringe aus Gold und weißen Perlen waren in Isabeaus Haare geflochten. Es war das Einzige, was sie trug.

Heftige Hitze zog über Sidonies Gesicht. Sie wandte der Szene den Rücken zu, setzte sich auf den Hocker und begann zu spielen, wobei sie sich sehr bemühte, die Geräusche hinter ihr zu ignorieren.

Aber sosehr sie es auch versuchte, konnten ihr einige Einzelheiten trotzdem nicht entgehen. Der Mann war nicht Modred; dessen war sie sich sicher. Vielleicht war es der Mann aus dem privaten Wohngemach von gestern Abend, derjenige, der einen Ring in ihren Künstlerhut hatte gleiten lassen.

Und Isabeau liebte ihn mit einer Hingabe und einem

Mangel an Scham wie eine Katze. Sie schrie auf, manchmal fluchte sie. Einmal fluchte auch ihr Liebhaber, mit einer so heftigen Befremdung, dass Sid sich auf die Lippen beißen musste, damit kein unerwartetes Gelächter aus ihr hervorbrach. Sie war sich ziemlich sicher, dass es kein guter Karriereschachzug war, über das Liebesleben der Königin zu lachen.

Irgendwie riss sie sich zusammen, bis Kallah durch den Garten kam und ihr bedeutete, dass ihre Zeit für diesen Tag um war.

Es war so befreiend wie beim ersten Mal, der Beengtheit der Burg zu entkommen. Anstatt direkt zurück zu ihrem Zimmer zu gehen, schlenderte sie auf der Straße weiter, bis sie den Markt fand.

Dort kaufte sie eine große Tasche aus Segeltuch, um ihre Käufe zu verstauen, dann verbrachte sie in paar Stunden damit, sich genug Kleidung zu suchen, so dass sie immer etwas Sauberes anzuziehen hatte, wenn sie ihr Zimmer verließ. Sie achtete darauf, einfachere Stücke entweder in Schwarz oder einer anderen dunklen Farbe zu wählen.

Sie kaufte auch eine kleine Ledertasche, um die wichtigsten Dinge zu transportieren, ein paar Waschutensilien, einen Kamm, weitere duftende Seife und eine kleine Phiole Rosenwasser, dazu noch einen Füller, ein Tintenfass und zehn Blatt Papier. Ihr letzter Einkauf war Essen und Wein für diesen Abend.

Das Gefühl der Freiheit, das sie empfand, war so berauschend, dass sie auf dem Rückweg zum Gasthof trödelte, den Anblick des Hafens und des Meeres genoss. Optimismus folgte ihrer verbesserten Lage auf dem Fuße. Sie würden eine Möglichkeit finden, Morgan von Isabeaus

Kontrolle zu befreien. Sie war sich dessen sicher.

Zurück in ihrem Zimmer öffnete sie die Balkontüren zur frischen Brise hin und nahm ihren Füller, die Tinte und das Papier mit zum Tisch draußen, um einen Brief an Vincent und Julie zu verfassen. Es war schwerer, als sie erwartet hatte, und Robin hatte sie ermahnt, die Nachricht kurz zu halten. Nachdem sie etliche Ideen bedacht und wieder verworfen hatte, fasste sie sich sehr kurz und schrieb, so klein sie konnte.

Gebt die Hoffnung nicht auf, ich bin am Leben und komme zurecht.

Ich wurde entführt. Ich bin nicht mehr auf der Erde, aber ich arbeite an einer Möglichkeit, zurück nach Hause zu kommen.

Seid vorsichtig mit dem, was ihr tut. Meine Entführer könnten vergelten, was sie als Aggression sehen. Ich melde mich wieder, sobald ich kann.

Alles Liebe, Sid

Nachdem sie die Nachricht mehrmals gelesen hatte, unterzeichnete sie sie und faltete sie so klein zusammen, wie sie nur konnte. Die Nachricht deckte alle relevanten Punkte ab und würde reichen müssen. Als Robin kam, gab sie sie ihm.

Er blieb nicht lange. Sie hatten alles Wichtige schon besprochen, daher steckte er den Brief in die Tasche, verwandelte sich, und der Kater schlich davon.

Morgan hatte gesagt, der Wagenzug würde vier oder fünf Tage für die Rückkehr brauchen. Ihr fiel auf, dass sie vergessen hatte, Robin zu bitten, ihr Nachrichten mit zurück zu bringen. Tja, jetzt konnte sie nichts mehr tun, um das zu berichtigen.

Zum ersten Mal seit Wochen hatte sie den übrigen Tag für sich. Sie war vorerst relativ sicher, die Sonne schien, und das Wasser in der Ferne funkelte in einem herrlichen Aquamarinblau. Eine Weile saß sie auf dem Balkon, wärmte sich in der Sonne und ließ die Wärme die kalten Schatten der Verletzung heilen, die tief in den Winkeln ihres Verstandes geblieben waren, dann begab sie sich zurück in ihr Zimmer, um den Rest des Tages zu verschlafen, bis der Abend hereinbrach und Morgan kam.

DAS WAR DAS Muster für die nächsten paar Tage.

Sid kehrte in die Burg zurück, um zu spielen, wenn die Königin es befahl. Abgesehen davon verbrachte sie ihre Tage mit Schlafen, Sonnenbaden auf dem Balkon sowie Ausflügen jenseits der Stadt, um ihre fünf Kilometer täglich zu joggen.

Die ausgewogene Ernährung, die frische Luft und das Training gaben ihr ein Gefühl der Widerstandsfähigkeit zurück, von dem ihr nicht klar gewesen war, dass sie es verloren hatte. Es waren gute Tage, gewiss gut genug für jemanden, der die Kontrolle über sein Schicksal verloren hatte, und weitaus bessere Tage, als sie vor nicht allzu langer Zeit gefürchtet hatte, je wieder erleben zu können.

Aber sie waren nicht das, was ihre Lebensgeister wirklich weckte.

Das waren die Nächte.

Sie schlug nur die Zeit tot, wartete mit kaum beherrschter Ungeduld auf den Augenblick, wenn sich Morgan durch die dünnen Vorhänge schob. Sobald er auftauchte, entflammte sie, eine Kerze, die aufloderte, und sie stießen mit einer solchen Intensität zusammen, dass sie sich fragte, ob es nicht ganz Avalon spüren musste.

Sie lebte für diese Nächte, für das Gefühl seines Körpers an ihrem. Für die Zeiten, in denen er sie immer wieder nahm, sie vor brennender Lust um den Verstand brachte.

Die Gipfel waren mit ihm so hoch, dass sie manchmal Angst bekam. Sie fühlte sich bisweilen, als würde sie direkt in die Sonne vorstoßen. Sie bearbeiteten einander bis zur Verausgabung, dann nickten sie lange genug ein, um sich noch einmal aufzuraffen, und jede Nacht blieb Morgan, bis die Dämmerung über den Dächern anbrach. Dann verließ er sie, widerstrebend, mit einem anhaltenden Kuss.

Sie unterhielten sich auch, zusammenhanglos, über ihre Tage. Sie erzählte all die kleinen Einzelheiten der Stunden, in denen sie für die Königin spielte, von den Zeiten, die Isabeau alleine lesend verbrachte, oder den Nachmittagen, die sie mit ihren Hofdamen teilte. Sid fiel immer das Messer auf, das Isabeau an einer Goldkette um die Hüfte trug. Nur einmal war es nicht da gewesen, zumindest, soweit Sid gesehen hatte – das eine Mal, als Isabeau im Garten mit dem unbekannten Hellen Fae geschlafen hatte.

Als Sid Morgan nach seinen Nachforschungen fragte, verzog er verärgert und verdrossen das Gesicht. „Ich habe in den Texten noch nichts Nützliches entdeckt", erklärte er. „Und wenn ich versuche, einen Beschwörungszauber zu konstruieren, perlen meine Gedanken an der Aufgabe ab. Ich kann nicht dranbleiben. Meine Absicht ist zu klar und die Handlung zu direkt. Der Bann gestattet mir nicht, sie zu Ende führen, und ich habe keine Möglichkeit gefunden, mich auf Umwegen vorzuarbeiten."

Die Anspannung in seinem Körper, während er sprach, zeigte die Tiefe seines Zorns auf den unsichtbaren Käfig. Sie streichelte ihm den Rücken, ließ das Thema fallen und erkundigte sich nicht noch einmal danach. Er würde es ihr erzählen, wenn er einen Durchbruch hatte.

Sie sprachen nie über die Zukunft, zumindest nicht detailliert. Anschließend fragte sich Sid, warum. Von ihrer Seite aus war es die Furcht, ihnen damit Unglück zu bringen.

Was, wenn sie sich befreiten und dann herausfanden, dass sie nach allem, was sie durchgemacht hatten, nicht zueinander passten? Sie glaubte nicht, dass sie das ertragen könnte.

Oder was, wenn sie sich nie befreiten?

Vielleicht ließ der Bann Morgan auch nicht groß darüber sprechen, sich ein Leben ohne ihn aufzubauen. Die vollen Ausmaße der Bande, in denen er gefangen war, waren ihr immer noch ein Rätsel.

Dann wurde sie eines frühen Nachmittags von einem Wächter abgeholt. Nachdem sie sich fertig gemacht hatte, ging sie zurück zur Burg und nahm sich die Laute. Der Wächter führte sie in den Privatgarten, wo Kallah an den Toren wartete.

Sie winkte Sid weiter, ihr Gesicht verkniffen. „Ich hole dich ab, wenn deine Stunde um ist."

Sid nickte. Sie hatten eine Routine entwickelt. Sie begab sich zu dem halb eingeschlossenen Bereich mit dem Hocker und setzte sich. Auch das war rasch zur Gewohnheit geworden.

Aber dieses Mal war es nicht wie sonst.

Dieses Mal lag Isabeau weinend auf dem Diwan, ihr dunkelgrünes Kleid hob sich kräftig vom Leuchten der sie umgebenden Blumen ab. Ein Mann ruhte bei ihr, den Rücken Sidonie zugewandt. Anfangs erkannte sie nicht, wer er war.

Sie drehte sich, damit sie durch den Garten blicken und dabei den Diwan im Augenwinkel behalten konnte, dann begann sie ein sanftes Wiegenlied zu spielen, dessen zarte Melodie leise durch die Luft drang. Die ganze Zeit lauschte sie, so gut sie konnte.

„Ich kann dir nicht sagen, wie schrecklich es ist", schluchzte Isabeau. „Niemand versteht wirklich, was ich durchmache. Ich schlafe nie, niemals. Er ist immer da, wenn ich zu tief sinke, wandert durch meine Träume. Flüstert mir Dinge zu – hier ist ja das verdammte Mädchen. Wird aber auch Zeit, dass sie auftaucht."

Erschrocken erkannte Sid, dass Isabeau von ihr sprach. Sie neigte den Kopf und hielt den Blick gesenkt, weil sie nicht den leisesten Hauch einer Gelegenheit aufkommen lassen wollte, einem Blick von jenseits der Rosen zu begegnen.

„Du hättest nicht erlauben sollen, dass sie die Burg verlässt, wenn du sie so dicht bei dir zur Verfügung haben willst", sagte Modred. Der Klang seiner Stimme sandte ein eisiges Beben ihr Rückgrat hinab. „Liebling, bist du dir ganz sicher, dass er es ist, und nicht nur ein Alptraum?"

„Nein, er ist es." Isabeaus Stimme bebte. „Manchmal träume ich, dass ich in dieser riesigen Halle bin, mit schwarzweißen Marmorböden und blutroten Rosen. Es ist so still dort. Nichts regt sich. Es gibt nicht einmal einen Lufthauch. Dann höre ich seine Schritte näherkommen, und ... allein das Geräusch dieser ruhigen, stillen Schritte erfüllt mich mit so schrecklicher Furcht, dass ich schreien und schreien will."

„Ja, du hast mir schon früher von diesem Traum erzählt", murmelte Modred. „Hat er sich verändert? Hast du sein Gesicht gesehen?"

Zumindest dachte Sid, dass es das war, was er murmelte. Er sprach zu leise, als dass sie hätte sicher sein können. Sie wechselte das Lied und begann mit „Scarborough Fair".

„Nein, nicht in diesem Traum. Ich höre nur, wie er mich holen kommt. In anderen Träumen sehe ich sein Gesicht. Ich erinnere mich nie, wie er aussieht, aber ich weiß, dass ich ihn gesehen habe. Er hat ganz durchdringend grüne Augen, und ... und wenn er spricht, dann mit einer sanften Stimme, die irgendwie viel schlimmer ist als das Gebrüll eines anderen." In einer plötzlichen Bewegung setzte sich Isabeau hin und drehte sich, um Modred an den Schultern zu fassen, während sie rief: „*Es ist unnatürlich! Wir sollten nichts mit ihm zu tun haben! Sterbliche sind seine Beute – nicht wir! WIR SOLLTEN EWIG LEBEN!*"

Sprach Isabeau vielleicht von Azrael? Sid vergaß sich beinahe und hörte zu spielen auf. Sie fing sich wieder und wechselte das Lied.

„Isabeau", sagte Modred scharf. „Beruhige dich! Du hast diese Träume seit Ewigkeiten, und nichts hat sich verändert. Sie haben dir nicht geschadet. Es gab keine Katastrophe. Du bist makellos, schön und gesund wie immer."

„Aber ich bin so müde", heulte sie. „Niemand versteht, wie müde ich bin. Er will es zurück, und er lässt nie locker, doch ich kann es ihm nicht geben. Wenn ich es zurückgebe, wird Morgan womöglich befreit – und die Erste, die er umbringen will, bin ich."

„Und ich", murmelte Modred. „Ich habe immerhin seinen König getötet."

„Das war in der Schlacht. Im Kampf sterben ständig Leute. Aber ich ... ich habe ihn Jahrhunderte lang gefangen gehalten, und ich habe ihn Dinge tun lassen, die er widerwärtig fand. Oh, ich wünschte, ich hätte es nie gefunden! Und ich kann es nicht mehr in den Kristallhöhlen verbergen, da ich Morgan mit dem Bann fessle. Ich muss es in der Nähe halten, und es ist so kalt, doch zugleich brennt es auch. Mir ist, als würde man mir ständig einen Schürhaken in die Seite drücken. Ich wünschte, ich hätte nie gehört, wie die Jagd über meinem Kopf vorüberzieht, oder ich wäre nie nachschauen gegangen – ich wünschte, ich hätte es nie auf diesem gefrorenen Feld liegen sehen!"

„Wie oft muss ich das noch sagen?", wandte Modred mit ungeduldigem Unterton ein. „Gib es mir. Lass es mich für dich tragen, nur eine kurze Zeit lang, und wir können ein für allemal herausfinden, ob das Messer deine Träume verursacht. Vielleicht findest du dann etwas Ruhe und kannst dein Gleichgewicht wiederherstellen."

Sid nahm im Augenwinkel eine Bewegung wahr, als Isabeau sich vor ihm zurückzog. „Ich weiß deine Opferbereitschaft für mich zu schätzen." Ihre Stimme war kühl und gereizt. Gefährlich. „Der liebste Modred, immer so selbstlos. Aber nein, genau wie die Krone ist das die Bürde, die ich zu tragen habe."

Er seufzte heftig. „Ich werde Myrrah für dich Mohnsaft ansetzen lassen. Ich weiß, das magst du nicht, aber es ist das Einzige, was dich beruhigt, wenn du so bist. Vielleicht kannst du dann etwas schlafen."

„Was täte ich nur, wenn du nicht auf mich achten würdest?", fragte Isabeau weich.

„Ich weiß nicht. Dich an Valentin wenden vielleicht?" Nun war es Modreds Stimme, die kühl und gereizt klang.

Kurz herrschte Stille. Isabeau wandte sich ab und erklärte: „Du weißt, dass er mir nichts bedeutet. Er ist nicht wie du. Du und ich, wir sind seit dem Anbeginn meiner Herrschaft zusammen."

„Und ich werde weiterhin zu dir stehen. Natürlich tue ich das." Modreds Stimme veränderte sich. „Aber behalte ihn im Auge, Izzy. Valentin hat dir sein wahres Gesicht nicht gezeigt. Die Kammerzofen haben gezögert, etwas zu sagen, weil du ihn so verehrst, aber mehr als eine ist zu Myrrah gegangen, um Prellungen und andere Verletzungen behandeln zu lassen."

„Du würdest doch jeden verleumden, den ich liebgewonnen habe." Isabeaus Stimme klang nun belegt. „Meine Kopfschmerzen sind wieder da, und jetzt schlimmer denn je. Hinaus mit dir, Modred. Lass mich allein!"

„Wie du wünschst. Du weißt, wie du mich findest. Ich schicke dir Myrrah mit dem Mohnsaft."

Modred stieß sich hoch und marschierte aus dem Garten, ohne auch nur einen Blick in Sids Richtung zu werfen.

Aber sie war ja auch völlig unbedeutend. Sie hatte keine Macht, keine Verbindungen. Sie erfüllte eine Funktion, das war alles.

Sobald er weg war, warf sich Isabeau ausgestreckt auf den Diwan und begann wieder zu weinen. Sid blendete das Geräusch aus und spielte die Laute auf Autopilot, während sie die Informationsfetzen begutachtete, die sie gewonnen hatte.

Es schien, als ob der Puck tatsächlich richtig lag. Isabeau hatte das Messer eines Nachts gefunden, nachdem die Wilde Jagd vorübergekommen war, und Azrael wollte sein Eigentum zurück.

Aber inwiefern half ihnen das?

Zumindest verfestigte sich dadurch ihr Verständnis des

Problems, doch was konnten sie damit anfangen? Morgans Fesseln setzten ihm täglich mehr zu, und wenn Robin einen Zauber gekannt hätte, um den Gott des Todes zu beschwören, hätte er es ihnen bereits gesagt.

Sid war sich nicht ganz sicher, warum sie überhaupt einen Zauber benötigten. Einfache, magielose Sterbliche wirkten keine Beschwörungszauber, wenn sie mit ihren Göttern in Verbindung treten wollten. Stattdessen beteten sie und hofften, ihr Gott würde sich die Zeit nehmen, ihnen zuzuhören und zu antworten.

Bestimmt war ein Gott jetzt, wenn es je eine solche Zeit gab, womöglich zum Zuhören bereit.

Der Gedanke war furchterregend. Sid war niemand, der betete – sie war in einer säkularen Familie aufgewachsen, und sie hatte ein säkulares Leben geführt –, deshalb war sie nicht ganz sicher, wie sie mit einem Gott sprechen sollte.

Vielleicht war es so ähnlich wie Telepathie.

Sid konzentrierte sich auf die Bilder, die Isabeau Modred beschrieben hatte, griff hinaus und sagte telepathisch: *Lord Azrael, ich bin nicht sonderlich religiös, und ich bin nur ein machtloser Mensch, aber ich hoffe, Ihr nehmt Euch trotzdem einen Augenblick zum Zuhören. Wir wollen eine Möglichkeit finden, Euer Messer von Isabeau zurückzubekommen und Morgan von seinen Fesseln zu befreien. Nach allem, was ich gehört habe, glaube ich, dass Ihr Euer Messer auch zurück wollt. Bitte helft uns, Euch zu helfen. Ich bitte darum aus meinem freien Willen.*

Während sie sprach, schien ein Schatten vor der Sonne vorbeizuziehen, und alles im Garten erschien kühler, verdüstert. Einen Augenblick lang war kein Geräusch zu hören, nicht einmal das eines Windhauchs. Sid schaute auf. Der Himmel war wolkenlos blau.

Hatte der Herr des Todes ihrem unbeholfenen Gebet

gelauscht und es beantwortet? Ein Schauer ging durch sie hindurch, als wäre jemand über ihr Grab gelaufen.

Dann kam Kallah durch den Garten zu ihr und winkte, und Sids Stunde war beendet.

Dankbar wie immer, dass sie diese Zeit hinter sich hatte, eilte sie zum Musiksaal, um die Laute auf den Ständer zurückzustellen. Als sie sich abwandte, fiel ein Schatten in den Eingang, und ein Mann kam herein.

Es war der Helle Fae von der Nacht ihres Auftritts im großen Saal. Der, mit dem Isabeau und Modred im Wohngemach gesessen hatten und der ihr seinen Goldring gegeben hatte.

„Musikerin." Er grüßte sie mit einem Lächeln, als er auf sie zukam. „Ich habe mich gefragt, wohin du nach der erstaunlichen Demonstration deiner Kunstfertigkeit im großen Saal verschwunden bist."

War das Valentin? Der Mann, über den die Kammerzofen nur widerstrebend etwas gesagt hatten?

Mit einem vorsichtigen Lächeln glitt sie auf eine Seite, so dass der Tisch zwischen ihnen war. „Ich wohne nicht in der Burg."

„Nicht?", erwiderte er, während er sich näherte. Seine Haltung war locker und entspannt. „Das ist das erste Mal, dass ich dich ohne Laute in der Hand sehe. Vorher hast du immer für Ihre Majestät gespielt." Er lächelte sie strahlend an. „Deine Musik im Garten hat mir besonders gefallen. Ich habe an dich gedacht, als ich in ihr gekommen bin. Ich kam dadurch so intensiv zum Höhepunkt wie schon lange nicht mehr. Hat dir gefallen, was du gesehen hast?"

Abgestoßenes Entsetzen schlug ihr ins Gesicht. Einen Augenblick lang starrte sie ihn nur an, wusste nicht, was sie sagen sollte. So hatte in ihrem ganzen Leben noch niemand mit ihr geredet.

Dann brach die Wut über sie herein. Sie zog die Hände zu Klauen zusammen und zischte: „Haltet Euch verdammt nochmal von mir fern, oder ich werde Euch wehtun."

„Oh, hübsche Musikerin." Er lachte. „Ich würde wahrhaft gern sehen, wie du das versuchst."

Sie balancierte auf den Fußballen und beobachtete, wie er den Tisch ein Stück umrundete. Dann rannte sie mit aller Geschwindigkeit, die sie aufbringen konnte, zum Ausgang. Der Helle Fae war schnell, aber das war sie auch, und sie war ständig gelaufen, seit sie erwachsen war.

„Du weißt, dass ich dich finden kann", rief er ihr nach, immer noch lachend. „Und das werde ich."

Sie krachte mit voller Geschwindigkeit gegen den Türrahmen, doch ihre Handgelenke fingen das Meiste ab. Sie nutzte den Aufprall, um sich in den Gang zu katapultieren. Sobald sie aus dem Saal war, wirbelte sie zur Tür herum. Als er nicht sofort auftauchte, floh sie durch den Gang.

Die Erinnerung an sein Lachen verfolgte sie wie eine Katastrophe, die immer schlimmer wurde, den ganzen Weg zurück zum Gasthaus.

Kapitel 20

ALS SIE AN ihrem Zimmer ankam, fühlte sie sich, als wäre sie meilenweit gerannt. Ihr Atem ging schnell und flach, als sie die Tür zuwarf und abschloss.

Sie aufsperrte. Abschloss.

Aufsperrte. Abschloss.

Sie hatte ihren eigenen unsichtbaren Zwang, der sie gefangen hielt, ihren eigenen Bann, der ihrem Verhalten Fesseln anlegte. Schließlich legte sie beide bebenden Hände an das Holz der Tür, während sie versuchte, nachzudenken.

Ihrem Aufenthalt in Avalon hatte es wahrlich nur an einem gemangelt, nämlich an der Gefahr eines sexuellen Übergriffs, um den Alptraum komplett zu machen.

Ihre Mutter hatte ihr einst, vor langer Zeit, gesagt: „Wenn Leute dir zeigen, wer sie sind, glaube ihnen." Das Monster hatte gezeigt, wer es war, und Sid glaubte ihm.

Du weißt, dass ich dich finden kann, hatte er gesagt. Und er hatte recht. Das konnte er. Etliche Leute, darunter die Burgwache, wussten, wo sie wohnte. Eine beiläufige Unterhaltung, ein paar sorgsam formulierte Fragen, und er würde genau wissen, wohin er gehen musste.

Ich könnte wegrennen, dachte sie und drehte sich um, um sich an die Tür zu lehnen, während sie sich im Zimmer umschaute. *Ich könnte einfach aus der Stadt verschwinden, die Begrenzung auf zwei Wegstunden ignorieren, und weitergehen.*

Aber dann könnte er mich an einem Ort aufspüren, an dem es keine Zeugen gibt. Und wenn ich es Morgan verrate, wird er ihn umbringen. Das steht für mich außer Frage. Er wird ihn umbringen, und das könnte ihn bloßstellen, und er könnte das bisschen Freiheit verlieren, das er sich so hart erarbeitet hat.

Ich könnte in ein anderes Gasthaus ziehen.

Aber noch während sie darüber nachdachte, erkannte sie, dass auch das keine Lösung war. Valentin konnte sie finden, ganz gleich wohin sie ging.

Plötzlich schaltete ihr Verstand in einen anderen Modus.

Sie dachte: *Ich könnte zurück zur Burg gehen. Mich im Vertrauen an Kallah wenden und ihr erzählen, was passiert ist. Vielleicht würde mich Kallah in ihrem Zimmer wohnen lassen.* Sicher würde nicht einmal Valentin es wagen, Kallah anzugreifen, nicht, wenn sie Isabeau so nahestand.

Aber wenn ich das mache, werde ich immer einen Blick über die Schulter werfen. Ich würde immer Strategien fahren, um dunkle Nischen zu meiden, oder Möglichkeiten suchen, um nicht allein sein zu müssen, und ich kann das nicht ewig so handhaben. Früher oder später werde ich mich in einer verletzlichen Lage befinden.

Oder ...

Ich könnte ihn töten.

Als ihr dieser Gedanke kam, machte es Klick, als würde sich ein Schlüssel im Schloss drehen. Sie ließ den Gedanken sacken, um zu sehen, ob er standhielt oder in einer logischen Folgerung verschwand, während sie hinaus auf das glitzernde Meer starrte.

Er hielt stand.

Rasch stürzte sie sich in Aktionismus. Sie zog die Bettlaken ab und trug sie über die Bedienstetentreppe hinunter. Unten warf sie die Laken auf einen Stapel, der am nächsten Morgen gewaschen werden würde. Dann holte sie sich einen Eimer und Seife von einem der Bediensteten und ging wieder in ihr Zimmer, um jede Fläche abzuschrubben, die sich reinigen ließ. Als letztes wischte sie auf Händen und Knien die Bodenbretter.

Es war früher Abend, und die Sonne begann langsam zum Meer zu sinken, als sie endlich das letzte Seifenwasser in den Abfluss im Alkoven kippte. Sie stellte den Eimer an die Tür, zog sich eine schwarze Tunika, eine Hose und butterweiche Stiefel an.

Sie holte ihren Füller, die Tinte und das Papier heraus und schrieb: *Geh wieder. Ich kann dich heute Nacht nicht treffen.*

Denn wenn sie Morgan traf, würde er erkennen, dass etwas nicht stimmte. Und wenn sie einknickte und es ihm erzählte, würde er etwas dagegen unternehmen wollen. Sie kannte ihren Zauberer gut genug dafür.

Sie klemmte die Nachricht unter eine nicht angezündete Lampe auf dem Balkontisch, dann schloss sie die Balkontüren und sperrte sie ab. Anschließend hielt sie ein paar Minuten inne, nahm die Telepathie-Ohrringe ab und ließ sie in die Tasche gleiten. Sie hängte sich die Ledertasche über den Oberkörper, verließ das Zimmer, schloss es ab und ging die Treppe hinunter.

Der Schankraum voll von Leuten, die zum Abendessen hier waren. Helle Fae und Menschen, manche vermutlich Jagdhunde, zusammen mit einigen Kreaturen, von denen sie herausgefunden hatte, dass es Oger waren, sowie ein paar Kobolde, die von der Geselligkeit angezogen wurden wie Bienen vom Honig.

Auf der anderen Seite des Raums trug Leisha für einige Männer Abendessen auf. Sie sah Sid, nickte ihr zu und lächelte sie an, als sie näherkam. „Wieder unterwegs zur Burg?"

„Ich dachte, ich schaue mir den Nachtmarkt an", erklärte Sid. „Ich habe gehört, dass es am anderen Ende Schmiede gibt."

„Ja." Leisha beäugte sie neugierig. „Suchst du nach etwas bestimmtem?"

Ein gutes, scharfes Messer würde ausreichen. Sid dachte nicht, dass sie so etwas wie ein Kurzschwert anpeilen sollte. Wie eine Schusswaffe, die man kaufte, obwohl man nicht wusste, wie man sie handhabe, würde das Kurzschwert ihr gefährlicher werden als allen anderen, wenn es ihr jemand abnahm, der damit umgehen konnte.

Tae Kwon Do war ein waffenloser Sport. Sie könnte versuchen, einen Schlag zum Immobilisieren zu landen, und dann hoffentlich das Ganze mit dem Messer zu Ende zu bringen.

Man höre sie sich an, wie sie einen Mord plante. Als Leishas Gesichtsausdruck sich veränderte, erkannte sie, dass sie zu lange still gewesen war.

Leisha kam näher und senkte die Stimme. „Alles in Ordnung, Liebes?"

Dass sie die Stimme senkte, war höflich, mehr nicht. Sid wusste, dass viele scharfe Ohren der Hellen Fae immer noch jedes Wort verstehen konnten, das gesagt wurde.

Ach, scheiß drauf. Sie war es leid, immerzu so verdammt vorsichtig sein zu müssen. Sie konnte in dieser vermaledeiten Situation nicht gewinnen, wenn sie vorsichtig war, und es gab für sie kein Versteck.

„Also, weißt du, nein. Jemand hat mich heute bedroht, und ich will mir ein Messer kaufen, um mich zu schützen", erwiderte sie.

Eine kaum merkliche Veränderung ging durch die Leute um sie herum, sie konzentrierten sich stärker. Kühl beobachtete Sid, wie ein paar Wachen die Gabeln ablegten. Zeugen vor der Tat sollten ihr nützlich sein.

Bestürzung verdüsterte Leishas Züge. „Liebe Göttin, doch hoffentlich nicht hier!"

„Nein", erwiderte Sid und schaute sich im Schankraum um. „Dein Gasthaus ist bestimmt einer der sichersten Orte der Stadt. Aber ich muss manchmal hier weg und zur Burg gehen oder mir etwas in der Stadt kaufen. Ich kann mich nicht in deinem Gasthaus verschanzen."

Leisha packte sie am Arm. „Geh zur Königin", flüsterte sie. „Erzähl ihr, was geschehen ist. Sie ist deine Gönnerin. Sie wird dich schützen."

Sid bemitleidete Leisha beinahe wegen ihrer Naivität. Entweder das, oder sie beneidete sie. Isabeau mochte Vergewaltigung in den meisten Fällen nicht dulden, aber auch sie hatte bereits vorhin gezeigt, wer sie war, als Modred versucht hatte, sie zu warnen.

Sid zwang sich zu einem Lächeln. „Das kann ich tun. Es ist deine Hauptgeschäftszeit. Geh wieder zu deinen Gästen." Als Leisha mit gerunzelter Stirn stehenblieb, fügte sie an: „Mach dir keine Sorgen um mich."

„Der Nachtmarkt ist gut beleuchtet und vollkommen sicher", sagte Leisha schließlich. „Spaziere nur nicht hinab zu den Hafenanlagen."

„Danke."

Sie schaffte es, sich loszureißen. Rasch begab sie sich zum Nachtmarkt und schlängelte sich durch die wachsende Menge, auf der Suche nach Waffenschmieden. Sie fand sie am anderen Ende des Marktes alle auf einem Haufen.

Sid begutachtete ihre Stände und betrachtete die Reihen von Waffen. Es gab alles Denkbare zum Verkauf – Schwerter, Streitkolben, Piken, Wurfsterne ... das wäre ja mal praktisch, damit umgehen zu können ... Pfeil und Bogen sowie Messer. Viele Messer, in allen Größen und Formen, verstaut in einer Vielzahl von Scheiden.

Der Verkäufer an einem der Stände beobachtete sie einige Minuten lang, dann kam er lächelnd näher. „Sucht Ihr nach etwas Bestimmtem?"

„Ich will nichts allzu Großes", erklärte sie. Sie hielt ein kleines Messer in einem rechteckigen Stück bearbeitetem Leder hoch. „Was ist das?"

„Es ist für Euren Arm. Seht." Er half ihr, sich das Leder um den Unterarm zu wickeln, indem er einen Lederriemen durch Schlingen fädelte und festzog, bis das Messer eng am Innenmuskel anlag.

„Oh, das gefällt mir." Sie hielt den Arm hoch, um ihn zu mustern. Ihre Tunika hatte lange Ärmel. Als sie den Ärmel über die Scheide herabzog, war das Messer völlig verborgen. Der Griff führte nach unten, nahe an ihr Handgelenk.

Sie griff mit der anderen Hand danach und zog es. Steckte es zurück in die Scheide. Zog es, steckte es in die Scheide. Es gab ein befriedigendes Klirren, wenn das Messer in die Scheide glitt. Sie war gut gearbeitet, so dass das Messer nicht ungewollt herausfallen würde.

Der Verkäufer grinste. „Weich wie Butter, hm?"

„Ja." Sie zog das Messer noch einmal. „Meine einzige Frage lautet, soll ich eins oder zwei nehmen?"

Er nahm sie ernst, so wie es sein sollte. „Könnt Ihr mit beiden Händen gut mit dem Messer umgehen? Denn sonst gibt es keinen Grund, Euer Geld zu verschwenden. Das sind gute Klingen, und sie werden Euch etwas kosten."

Sie kniff die Augen zusammen, während sie nachdachte. Sie hatte mit beiden Händen keine Erfahrung mit Messern, aber die meisten Dinge fielen ihr mit der linken Hand leichter. „Ich bleibe bei einem."

„Aye, eine kluge Entscheidung. Ihr könnt immer noch wiederkommen und Euch ein zweites holen, wenn Ihr es Euch anders überlegt."

„Werde ich, danke. Wie viel kostet es?"

Er nannte einen Preis, der sie schlucken ließ, aber es war eindeutig Qualitätshandwerk, und mit etwas Feilschen brachte sie ihn dazu, den Preis ein wenig zu senken. Als sie zahlte, leerte das ihren Vorrat erheblich.

Wenn sie eine gewisse Zeit überlebte, würde sie bald wieder für Geld spielen müssen.

Falls sie überlebte. Falls sie angegriffen wurde, und falls sie die Wahrheit sagte, nachdem sie ihn getötet hatte.

Falls, falls, falls.

War das alles nur durch ihr Gebet an Lord Azrael gekommen?

Vielleicht. Vielleicht würde sie es nie erfahren. Vielleicht war sie so lange am Rande einer Katastrophe entlanggeschrammt, dass so etwas unvermeidlich war. Sicher wusste sie nur, dass sie genug durchgemacht hatte, und sie würde kein Opfer mehr sein. Nicht, wenn sie ein Wörtchen mitzureden hatte.

Als sie sich von dem Verkäufer abwandte, trug sie bereits ihre Neuanschaffung. Wo sollte sie nun hingehen?

Die Antwort auf diese Frage schien ihr, als sie ihr kam, unvermeidlich. Sie sollte natürlich zurück zum Musiksaal gehen.

Sie nahm die Straße hinauf zur Burg. Am Tor warf ihr der Wächter einen uninteressierten Blick zu. Sie erkannte ihn von einem ihrer vorigen Ausflüge. „Zum zweiten Mal zurück heute?", fragte er.

„Ich muss üben", erklärte sie.

Er winkte sie durch, und sie begab sich zum Musiksaal.

Der Abend war noch nicht so weit vorangeschritten, dass die Bewohner der Burg sich zur Nachtruhe begeben hätten. Sie kam an Trauben von Leuten vorbei, von denen manche sie anlächelten und ihr zunickten, während andere sie nur neugierig musterten.

Zurück in dem großen, vertrauten Raum ließ sie die Türen offen, schürte ein Feuer im Kamin an und entzündete auch etliche Kerzen in nahestehenden Kerzenständern. Sie nahm die Laute von ihrem Ruheplatz, zupfte an den Saiten und passte die Bünde an, bis sie mit der Stimmung zufrieden war.

Würde er kommen? Wagte er es?

Wenn er es tat und sie ihn tötete, würde es geplant wirken. Das Messer, das an ihrem Arm befestigt war, ließ sich nicht verbergen, genauso wenig wie sich das zurücknehmen ließ, was sie im Gasthaus gesagt hatte.

Dann sollte eben es so sein. Das waren nun die Würfel, die sie werfen musste.

Sie setzte sich auf den Schemel und begann zu spielen, locker, sacht, die Art Lieder, die man zum Üben spielen könnte, wenn man Übung brauchte. Sie legte den Kopf schief und lauschte auf Geräusche an der Tür.

Sie hörte Leute zum Zuhören stehenbleiben, miteinander reden und dann weiterziehen. Niemand betrat den Saal, um ihre Musik zu unterbrechen. Das war in Ordnung. Sie hatte es nicht eilig.

Dann kamen die Schritte eines Einzelnen, der draußen vor den Türen stehenblieb. Er bewegte sich nicht weiter.

Wie am Nachmittag zog wieder der Schatten über sie, und das Licht vom Kamin und den Kerzen verdüsterte sich. Eine dunkle, sanfte Stimme flüsterte: *Er wird schneller sein als du, und stärker. Sei bereit.*

Ihr stockte der Atem. Jetzt wusste sie mit Sicherheit, dass Lord Azrael ihr Gebet gehört und es beantwortet hatte.

Sie hatte ihre Telepathie-Ohrringe abgelegt, damit Morgan sie nicht von ihrem Ziel ablenken konnte, falls er sie fand. Trotzdem griff sie zu dieser dunklen Stimme hinaus und flüsterte zurück: *Ich werde bereit sein.*

Die Dunkelheit ließ sich wie ein Mantel aus Schatten um sie nieder. Es war ziemlich überwältigend, wenn man feststellte, dass ein Gott sich die Zeit genommen hatte, einen zu bemerken. Ihre Finger bebten, und sie musste sich fest konzentrieren, um ruhig zu spielen.

Valentin marschierte herein, verschloss gemächlich die Tür hinter sich und sperrte sie ab. Sie holte tief und gelassen Luft und erklärte: „Ihr seid hier nicht willkommen."

„Ich bin willkommen, wo immer ich in dieser Burg hinzugehen gedenke", erwiderte Valentin. „Du sprichst über deinem Status, Musikerin."

Er ging auf sie zu und wirkte wie der Inbegriff von Fae-Anspruchsdenken, selbstzufrieden, arrogant und entspannt.

Vorfreudig.

Ihre Muskeln spannten sich an. Er war nicht der Einzige, der der Begegnung entgegenfieberte. Sie murmelte: „Wenn Ihr jetzt nicht geht, wird es schlimm für Euch enden."

„So viel Frechheit für einen Menschen", sagte er und umkreiste sie. „Wie kannst du nur denken, das hier könne schlecht für mich enden? Ich bin stärker, schneller und weitaus älter als du. Ich bin ausgebildet und erfahren."

Nach kurzem Zögern presste sie die Kiefer zusammen und stellte die Laute weg. Auch wenn sie nicht das Instrument ihrer Wahl war, war sie trotzdem viel zu schön, als dass man zulassen könnte, dass sie zu Schaden kam. Sie stand auf und drehte sich zu ihm um.

„Also vergewaltigt Ihr", sagte sie. „Ihr seid ein Vergewaltiger. Ihr glaubt, dass Ihr das Recht habt, Euch alles und jeden zu nehmen, den Ihr wollt. Ihnen Euren Willen aufzuzwingen. Sie auf Euer Geheiß zu befehligen. Ihnen ihren freien Willen zu rauben."

Er lächelte. Das Licht des Kaminfeuers glitzerte in seinen Augen. „Du widersprichst zu viel, meine Liebe", erklärte er. „Das muss keine unangenehme Begegnung sein. Ich glaube, du wirst das sehr viel mehr genießen, wenn du dich einfach gehen lässt."

Sie neigte den Kopf, während sie ihn musterte. „Wisst Ihr, ich glaube, Ihr habt recht. Kommt und nehmt mich, wenn Ihr könnt."

„Du bist eine wahre Freude." Er lachte. „Und, o ja, das kann ich."

Als er auf sie zukam, ging sie ihm entgegen.

MORGAN WAR FROH, einen weiteren frustrierenden Tag hinter sich zu haben, als er über die Dächer zu Sidonies Zimmer kletterte. An diesem Nachmittag hatte er den letzten der Texte geprüft. Darin hatte sich nichts Brauchbares zum Beschwören von Azrael gefunden, und er scheiterte weiterhin daran, einen eigenen Beschwörungszauber zu erschaffen.

Er hatte verschiedene Tricks probiert, aber nichts funktionierte. Er konnte nicht einmal erfolgreich einen allgemeinen Beschwörungszauber für irgendeinen Gott erschaffen. Der Bann hatte sich verfestigt, störte seine Denkmuster und beschränkte seine Macht.

Trotz ihrer besten Pläne musste er vielleicht doch noch auf der Erde nach einem Zauber suchen. Isabeau könnte etwas Brauchbares in ihrer persönlichen Sammlung haben, aber sie hatte ihm nie gestattet, sich ihre Bücher über Magie anzuschauen, und sie hatte ihm ausdrücklich verboten, die Bibliothek aufzusuchen. Vielleicht konnte Robin sich, sobald er zurückgekehrt war, hineinschleichen, um die Titel zu begutachten und zu sehen, ob es dort etwas gab, das sie benutzen konnten.

Morgan glitt an dem Eisenrohr hinab, das an der Regenrinne des Gasthauses befestigt war, und sprang über das Balkongeländer. Es ging nur ein Halbmond auf, doch das blasse Papierrechteck mit der Nachricht, das auf dem Balkontisch befestigt war, sah er sofort. Er musste nicht hineinschauen, um zu erkennen, dass das Zimmer leer war. Er spürte es von dort, wo er stand.

Er schritt hinüber zum Tisch und griff nach der Nachricht.

Geh wieder. Ich kann dich heute Nacht nicht treffen.

Falschheit kräuselte sich um ihn wie Rauch von einem brennenden Gebäude.

Sidonie schrieb nicht, dass Isabeau spät am Tag um ihre musikalische Unterhaltung gebeten hatte. Sie bat ihn nicht, auf sie zu warten. Stattdessen sagte sie ihm, er solle gehen. Warum hatte sie ihn nicht gebeten zu warten?

Die Balkontüren waren geschlossen und abgesperrt. Als er ins Zimmer schaute, sah er, dass die Bettlaken abgezogen waren, und ein Putzeimer stand neben der Tür auf dem Boden.

Sie hatte das Zimmer von seinem Geruch gereinigt. Sie hatte ihn nicht gebeten zu warten, weil sie nicht damit rechnete, zurückzukehren.

Er legte die flache Hand an die Balkontür, neigte den Kopf, als wolle er erlauschen, was immer drinnen geschehen war, das sie zum Gehen bewogen haben mochte.

Es war nichts, was Morgan getan hatte. Das hätte er geschworen. Wenn er etwas getan hätte, würde Sidonie das Problem durchdenken, dann mit ihm darüber sprechen und sorgfältig alle relevanten Punkte zur Sprache bringen. Außerdem hatte sie verschlafen, entspannt und liebevoll reagiert, als er früh an diesem Morgen gegangen war.

Nein, etwas war während des Tages passiert, doch sie hatte genug Freiraum gehabt, um ihr Zimmer sauber zu machen und die Nachricht zu hinterlassen. Sie hatte sich sicher genug gefühlt, die Nachricht zu schreiben, und war zuversichtlich gewesen, dass er sie finden würde, aber sie hatte trotzdem keine Erklärung für ihn. Warum?

Weil sie nicht wollte, dass er wusste, was sie tun würde.

Seine Hand ballte sich zur Faust, die er an die Tür drückte.

Sie wollte nicht, dass er es wusste, weil sie etwas Gefährliches tun würde. Beinahe alles andere hätte sie ihm gesagt. Sie hätte es ihm gesagt, wenn es etwas gewesen wäre, das sie zusammen tun konnten.

Sie hätte es ihm gesagt, wenn es etwas gewesen wäre, das Morgan in Ordnung bringen konnte, aber es gab zwei Dinge, die ihn zurückhielten – den Bann und den zur Neige gehenden Vorrat an Geruchstarnungsspray.

Und alles, was mit diesen beiden Hinderungsgründen zu tun hatte, führte zurück zur Burg.

Er musste keine Zeit damit verschwenden, ihr nachzuspüren. Er wusste nicht, weshalb, doch er wusste, wohin sie gegangen war.

Wenn er ihr folgte, würde er den letzten Rest des

Jägersprays aufbrauchen, um der Entdeckung zu entgehen. Allein aus diesem Grund hätte sie ihn auffordern können, wieder nach Hause zu gehen. Aber als er noch einmal ins Zimmer schaute und sah, wie ordentlich sie alles hinterlassen hatte, brach erneut dieses Gefühl der Falschheit über ihn herein, und er wusste, dass das nicht stimmte. Auch das war etwas, das sie ihm hätte sagen können.

Und die Rückkehr zur Hütte war keine Option, nicht einmal, wenn er heute Nacht den letzten Rest seiner Freiheit verlor.

Er wühlte in seiner Vorratstasche nach dem Spray, benutzte den restlichen Flascheninhalt, um sich gewissenhaft einzusprühen, dann ließ er den Klumpen Bienenwachs in die Tasche gleiten. Danach warf er die Tasche hoch aufs Dach, schob die Schwertscheide zwischen die Schultern, wirkte einen Verhüllungszauber und stieg hinab auf die Straße.

Er rannte zur Burg und ging im Geiste Möglichkeiten durch.

Wo würde sie sein? Nicht in den Dienerschaftsunterkünften. Wenn Isabeau ihr einfach befohlen hätte, in die Burg zurückzukehren, hätte Sidonie ihm auch das erzählt.

Er würde im Musiksaal anfangen und sich dann durch die Burg vorarbeiten.

Er schichtete einen Ablenkungszauber über die Verhüllung und glitt wie ein Schatten am Torwächter vorbei und durch die Gänge der Burg. Ein Gefühl der Dringlichkeit trieb ihn an. Obwohl er das Bienenwachs dabei hatte, benutzte er es nicht.

Stattdessen lauschte er genau auf alles um ihn herum. Die vorüberkommenden Höflinge wirkten unbesorgt, das entnahm er den Unterhaltungsfetzen, die er von ihnen auffing. Warrick und Johan hingen in der Nähe des großen

Saals herum, wo sie mit zwei Hofdamen flirteten. Auch ihre Haltung war entspannt. Was immer Sidonie zu ihrer Tat getrieben hatte, es war eine Privatangelegenheit.

Als er sich den Doppeltüren zum Musiksaal näherte, hörte er ein dumpfes, lautes Geräusch von drinnen. Er sprang zur Tür und stellte fest, dass sie verschlossen war. Ein rascher Zauber öffnete das Schloss. Als er hineinglitt, sah er, wie Valentin Sidonie eine Ohrfeige gab.

Sie wankte unter dem Schlag, aber statt zusammenzusinken, nutzte sie den Schwung, um herumzuwirbeln, zu springen und ihm aus dem Sprung einen Tritt ans Kinn zu verpassen. Es war eine spektakuläre Bewegung, voller Eleganz und Schnelligkeit.

Valentins Kopf ruckte zurück, und er taumelte.

Mit heftigen Atemzügen zögerte sie.

Es war ein Anfängerfehler, dieses Zögern. Auf dem Übungsplatz hätte Morgan das allen ausgetrieben. Sobald Valentin sich erholt hatte, packte er Sidonie an der Kehle.

Mit gefletschten Zähnen fauchte er: „Es wäre für dich so viel besser gelaufen, wenn du dich einfach untergeordnet hättest."

Zu diesem Zeitpunkt stürzte Morgan bereits in den Raum. Seine Konzentration war nur noch auf eines gerichtet – die Hand, die Valentin um Sidonies blassen Hals gelegt hatte.

Er war so schnell, so viel schneller als Valentin oder Sidonie, doch er war immer noch zu weit entfernt, als er sah, wie sie in den Ärmel griff und ein Messer herausholte.

Sie zog es Valentin über die Halsschlagader.

Mit hervorquellenden Augen ließ er sie los und fasste mit beiden Händen nach seiner Kehle, versuchte vergebens, das hellrot spritzende Blut aufzuhalten.

Morgan kam bei Sidonie an, als Valentin auf die Knie sank. Sie starrte Valentin an, ihr Gesicht war kalkweiß. Als Morgan sie an den Schultern packte, fuhr sie heftig zusammen und reagierte mit einem Kreischen.

Er ließ seine Verhüllung und Ablenkung fallen und fuhr sie an: „Was ist passiert?"

Ihr Gesicht blieb dem Sterbenden zugewandt. Ihre Augen waren geweitet, und die Lippen wirkten blutleer. Tropfen von Valentins Blut stachen auf ihrer weißen Haut hervor. „Er hat gedroht, mich zu vergewaltigen. Er hat es schon mit den Kammerzofen getan. Und ich wollte mich nicht vergewaltigen lassen."

„Du hättest zu mir kommen sollen!", zischte er. Er schäumte vor Wut. Wenn Valentin nicht bereits im Sterben gelegen hätte, hätte Morgan ihn ausgeweidet.

Sids Blick richtete sich auf sein Gesicht. „Du solltest nicht hier sein!", giftete sie zurück. „Ich habe dir geschrieben, du sollst in deine Hütte zurückkehren!"

Er stieß ein zorniges, bellendes Lachen aus. „Dazu wäre es nie gekommen, Sidonie!"

„Ich wollte dich davor bewahren, mit hineingezogen zu werden!", fuhr sie auf. Sie bebte sichtlich. „Du bist sowieso zu dicht davor, entdeckt zu werden!"

Sie war diejenige, die bedroht worden war, doch sie hatte versucht, ihn zu schützen. Das Blut hämmerte in Morgans Schläfen. In seinem Körper war so viel Wut, dass er glaubte, nicht genug Platz in seiner Haut zu haben.

Er packte Valentins Kopf, drehte ihn mit einem heftigen Ruck, um ihm das Genick zu brechen. Dann ließ er die Leiche fallen. Während Sidonie ihn anstarrte, sagte er: „Ich habe ihn getötet, nicht du. Denk daran. Jetzt gib mir dein Messer, und dann raus mit dir."

Sie stammelte: „S…sein Blut ist an mir. Morgan – was immer du zu tun versuchst, es wird nicht klappen."

Dann kam eine neue Stimme ins Spiel.

Hinter Morgan ließ sich Warrick vernehmen: „Teufel auch, Morgan. Du und die Musikerin kennt euch?"

Morgan riss Sidonie das Messer aus der Hand und wirkte einen Todesspruch darauf.

Als er herumwirbelte, fügte Warrick an: „Die Königin will dich sofort sehen. Jetzt, wo du Valentin getötet hast, sollte das ein verdammt glückliches Wiedersehen werden."

Morgan hatte das Messer bereits geworfen, aber es war zu spät.

Noch während die Klinge sich in Warricks Kehle bohrte, flammte der Bann auf, und er war gefangen.

Kapitel 21

Als Morgan zu Isabeau ging, empfing sie ihn zunächst nicht.

Stattdessen befahl sie ihm, im großen Saal zu warten. Er stand in versteinerter Stille da, die Arme verschränkt, und beobachtete, wie die Burgwache die Hexenlichter entzündete und erst Valentins Leiche hereinbrachte, dann die von Warrick.

Der letzte, der eintraf, war Modred, der Sidonie eskortierte. Er hielt sie mit einer Hand am Oberarm fest. Eingeschlossen in die Privatsphäre seiner Gedanken beobachtete Morgan die beiden. Er wollte nichts auf der Welt sehnlicher als Modred auszuweiden und die Hand abzuhacken, die Sid berührte.

Modred wirkte ironisch, wie so oft, wenn die Ereignisse unberechenbar wurden. Sidonies Gesicht war starr, ihre Kiefermuskeln angespannt. Dort, wo Valentins Ohrfeige sie getroffen hatte, verdunkelte sich ihre Wange bereits.

Als Modred neben den Leichnamen stehenblieb, warf Sidonie einen Blick auf die Hand auf ihrem Arm, ehe sie zu ihm aufschaute. In einem Tonfall, der müde und ätzend zugleich war, fragte sie: „Wo, glaubt Ihr, könnte ich wohl hingehen?"

Modreds Kiefermuskel zuckte. Mit einem knappen Neigen des Kinns gab er ihr recht und nahm die Hand weg.

Dann rauschte Isabeau in den Saal. Sie trug ein schwarzes Kleid mit keinem anderen Schmuck als dem Messer an der Goldkette um ihre Taille. Sie hatte sich die Haare zu einem einfachen Knoten zusammengesteckt, und ihr Gesicht war von Kummer verhärmt. Es sah so echt aus, so ergreifend.

Ihr Blick fiel auf die Leichen, und neuerliche Gefühle leuchteten darin. Sie stürzte sich auf Morgan, ohrfeigte ihn und kreischte: „Was hast du getan?!"

Aus dem Augenwinkel sah er, wie Sidonie sich plötzlich regte, aber er konnte sie nicht anschauen. Stattdessen hielt er sein Gesicht starr, während er antwortete: „Ich habe Valentin dabei ertappt, wie er diese Frau angriff, und ich habe ihn getötet. Warrick ist wohl in das Ganze hineingeplatzt."

„Das hätte er nicht getan!", rief sie heiser. „Er hat mich geliebt!"

„Du weißt, dass ich dir gerade die Wahrheit gesagt habe", beharrte Morgan. „Du kannst sie in meinen Worten hören. Er hat sie angegriffen. Ich habe ihn getötet. Ende der Geschichte. Du tolerierst keine Vergewaltigung in deinem Reich."

Sie wirbelte herum, um Sidonie anzuschauen. „Du!" Ihre Stimme war voller Abscheu. „Du hast etwas getan, um ihn zu provozieren, oder? Er konnte *dich* doch unmöglich wollen!"

Mit vor Empörung geweiteten Augen rief Sidonie: „Was hätte ich denn tun können, um ein solches Verbrechen zu begünstigen? *Er wollte mich vergewaltigen.* Er hat davon gesprochen. Ihm hat der Gedanke wirklich gefallen, und er hat sich auf die Tat gefreut."

Unerwartet meldete sich Modred zu Wort. „Erinnere

dich, Izzy. Ich habe versucht dich zu warnen, aber du wolltest es nicht hören. Er hat auch andere Frauen in der Burg verletzt. Du musst nur Myrrah und die Kammerzofen fragen."

Isabeau drückte sich beide geballten Fäuste an die Stirn und schrie wortlos.

Modred ging zu ihr und packte sie an den Schultern. Als sie zu ihm aufschaute, sagte er sanft: „So schwer es für dich ist, das zu akzeptieren, meine Liebe, sind Valentins Verbrechen und sein Tod an dem Ganzen doch das Uninteressanteste."

Das war der Punkt, an dem Morgan klar wurde, dass sie nicht damit durchkommen würden. Isabeau war nervlich überlastet, und wenn sie in diesen Zustand geriet, wurde sie nachlässig und übersah Manches. Aber Modred tat das nie. Modred durchdachte die Dinge immer.

Isabeau wischte sich mit beiden Händen das Gesicht ab und fragte: „Wovon redest du?"

„Frag ihn." Modred nickte Morgan zu. „Frag ihn, warum er gerade rechtzeitig aufgetaucht ist, um Valentin zu töten, wo er doch all die Wochen weg war. Frag ihn, wo er gewesen ist und was er getan hat. Lass dir von ihm genau beschreiben, wie Warrick gestorben ist, und warum. Lass dir von ihm seine Verletzung zeigen, wenn es wirklich das war, was ihn so lange ferngehalten hat, und wenn er sie noch hat, frag ihn, warum sie nicht geheilt ist. Und dann befiehl ihm, dir die ganze Wahrheit ohne Zweideutigkeiten zu erzählen, ohne Irreführung oder Spekulation."

Morgan konnte nicht verhindern, dass er zu Sidonie schaute. Entsetzen höhlte ihren Blick aus. Sie öffnete den Mund. Nur die Götter wussten, was sie sagen wollte.

Er kam ihr zuvor, indem er mit rauer Stimme sagte:

„Ich habe Valentin getötet. Daran ist nichts zweideutig."

„Ich höre, dass du die Wahrheit sagst, keine Frage, und doch gibt es eine Zweideutigkeit, die hier vor uns auf dem Boden liegt." Modred kniete sich neben den Leichnam und bewegte den Kopf vor und zurück. „Sein Genick ist gebrochen", sagte er sachlich. „Oh, doch schaut – seine Halsschlagader ist auch durchtrennt. Was für ein doppeltes Unglück für ihn, und wie ungewöhnlich ineffizient von dir, Morgan. Wenn du tötest, tust du das gewöhnlich geradliniger."

Isabeau reckte das Kinn, während sie sich im Kreis drehte und jedes Detail der Szene inspizierte.

„Was geht hier vor?", zischte sie. Ihre Augen waren schärfer geworden, hatten alles besser im Blick. Modred hatte sie wieder zur Sache gebracht.

Sie marschierte herüber zu Morgan, riss ihm das Hemd auf und zog den Verband weg. Die Verletzung, bedeckt mit dunklem, dickem Schorf, der bereits vernarbte, und den schwarzen Linien, die davon ausstrahlten, brachte sie ins Stocken.

Hinter Isabeau riss Sidonie vor entsetztem Mitleid die Augen auf. Er hatte sie nie sehen lassen, was sich unter dem Verband befand.

Und die ganze Zeit über begutachtete Modred alles mit einem scharfen Blick, dem nichts entging. Seine Aufmerksamkeit heftete sich an Sidonies Gesicht und blieb dort.

Jeder Muskel in Morgans Körper spannte sich an, kämpfte gegen das Bedürfnis, Modred zu töten, diesen hellen, unnachgiebigen Verstand für immer auszuschalten. Seine Macht baute sich auf, während der Bann ihn an Ort und Stelle hielt. Sein Körper erhitzte sich, und Schweiß lief ihm das Rückgrat hinab.

„Fang an, ihn zu verhören, Izzy", drängte Modred, rieb sich über den Rand des Mundes, während sein Blick auf Sidonie gerichtet blieb. „Wollen wir doch mal sehen, was er zu sagen hat. Sorge dafür, dass er dir die vollständige Wahrheit erzählt. Ich bin mir sicher, es muss eine faszinierende Geschichte sein."

„Tu, was er sagt", fuhr Isabeau Morgan an. „Erzähl mir, was du getan hast, seit ich dich wegbefahl. Lüge nicht. Mach keine Ausflüchte, und versuche nicht, mich in die Irre zu führen. Erzähl mir alles."

Alles.

Alles würde enthüllen, wie er Sidonie geheilt hatte, als sie im Kerker gewesen war, und wie Sidonie mit ihm und Robin daran gearbeitet hatte, ihn von dem Bann zu befreien, so dass sie flüchten konnten.

Wenn er alles erzählte, würde Isabeau Sid töten. Morgans Leben besaß für Isabeau einen gewissen Wert, aber sosehr ihr Sidonies auch Musik gefiel, war sie nicht unersetzlich.

Schließlich kam er ans Ende eines sehr langen und einsamen Weges. Es gab keinen Bogen mehr zu schlagen, keine Möglichkeit mehr, zurückzuweichen.

Die Geschichte, die alles erzählte, betraf letztlich nur eines.

Ich habe mich verliebt, dachte er und lächelte. Es war ein Wunder, und trotz allem, was er durchgemacht hatte, fühlte er sich gesegnet, dass er etwas so Wertvolles erhalten hatte.

Als er schwieg, verzerrte Isabeaus Gesicht sich vor Zorn. Sie stürzte sich auf ihn, schlug ihn immer wieder. „Sag es mir! Sag mir, was du getan hast!"

Ihm wurde heißer, seine Macht rieb sich an dem Bann,

und Blut donnerte in seinen Ohren.

Er presste die Zähne aufeinander und sagte: „Nein."

„Du musst es tun!", schrie sie, schlug ihn und ohrfeigte ihn, ins Gesicht, auf die Brust. „Du musst es mir erzählen!"

Er spürte die Schläge kaum. Der Druck baute sich in seiner Brust auf. Es fühlte sich an wie ein Herzinfarkt, strahlte in den linken Arm aus, während der Bann auf seinen Verstand einhämmerte. Als er seinen Mund zwang, sich zu öffnen, erhob sich Morgans Macht, um sich ihm entgegenzustellen, und er hielt den Strom der Worte auf, der herausfließen wollte.

„Nein", keuchte er.

Undeutlich war er sich bewusst, dass Sidonie schrie. Irgendwann hatte Modred sie wieder gepackt, und sie wehrte sich gegen seinen Griff. „Hört auf – ihr tötet ihn!"

Er hatte vorher schon gegen den Bann gekämpft, viele Male, und verloren. Diesmal konnte er es sich nicht leisten zu verlieren. Der Bann versuchte die Worte aus ihm heraus zu zwingen, und er würgte ihn noch stärker ab. Verzweifelt griff er nach allem, was ihm Kraft verleihen konnte, und verband sich mit der Erdmagie.

Er grub tief und zerrte fest daran. Weit unten verschob sich etwas, und mit einem gewaltigen, gähnenden Geräusch tat sich ein Spalt im Boden des großen Saals auf.

„Du musst tun, was ich sage. Ich befehle es dir." Isabeaus Gesicht war rot angelaufen, und Blutgefäße platzten in ihrem Augenwinkel, weil sie so laut brüllte. „*Was war sonst der Sinn hinter diesem ganzen verdammten Alptraum?! Ich bringe dich dazu, es mir zu sagen!*"

Weil ihn widerstrebende Kräfte auseinanderrissen, war er blind für beinahe alles, bis auf Isabeau.

Mit einem qualvollen Schrei zerrte sie Azraels Athame

aus der Scheide und fiel dann auf die Knie, als würde sie versuchen, ein unvorstellbares Gewicht zu heben. Vornübergebeugt schob sie sich hoch.

Tränen strömten. Er konnte nicht atmen. Seine Brust wurde von innen zermalmt.

Trotzdem schaffte er es, zu flüstern: „Nein."

Seine letzte Handlung würde aus freien Willen geschehen.

„Wozu soll ich dich dann noch brauchen?", schrie sie.

Mit vor Anstrengung gefletschten Zähnen stieß Isabeau ihm das Messer ins Herz.

DIE SCHWARZE KLINGE traf ihr Ziel.

Es war eindeutig nichts anderes als ein tödlicher Treffer. Morgans Gesicht veränderte sich, und es war klar, dass auch er es wusste. Isabeau erstarrte, starrte auf das, was sie getan hatte.

Sidonie hörte sich schreien, als wäre sie sehr weit entfernt. Ihr war, als würde man ihr das Herz aus der Brust schneiden.

Dann spitzte sich Morgans Gesicht mit einer solchen Wildheit zu, dass er nicht mehr menschlich wirkte. Er packte Isabeaus Hände, die den Griff des Messers umklammert hielten, fletschte die Zähne und brüllte sie an. Licht fiel aus der Eintrittswunde in seiner Brust, und eine Explosion kochender Hitze fegte durch den Raum. Isabeau kämpfte mit dem Griff und kreischte vor Qual.

Langsam ließen das Licht und die Hitze nach. Als sie schwächer wurden, schwand jeglicher Ausdruck von Morgans Zügen, bis er beinahe friedlich wirkte. Er brach zusammen.

Immer noch heulend stolperte Isabeau zurück, hielt die bebenden Hände hoch. Sie waren verdorrt und geschwärzt wie Klauen.

Modred ließ Sidonie los und stürzte zur Königin. Er nahm sie in die Arme und rannte mit ihr aus dem Saal.

Sid merkte es kaum. Ihre ganze Aufmerksamkeit galt Morgan.

Er lag so still. Sie wusste, dass er tot war.

Trotzdem rannte sie zu ihm, fiel auf die Knie und griff nach dem Messer, das aus seiner Brust ragte. Es war falsch, *so falsch*, und sie musste es aus seinem Körper holen. Jemand schluchzte. Moment, das war immer noch sie.

Als sie das Messer herauszog, verschob sich alles um sie herum und wurde dunkler. Es war der schwerste Gegenstand, den sie je gehalten hatte, eisig und brennend zugleich.

Der Saal verdunkelte sich weiter, und sie schaute auf.

Sie kniete nach wie vor neben Morgans Körper, aber sie waren nicht mehr im großen Saal der Burg in Avalon.

Sie waren in einem ganz anderen Saal. Er schien sich endlos zu erstrecken. Der Boden bestand aus weißem und schwarzem Marmor, und schwarze Marmorsäulen standen aufgereiht. Auf schwarzen Marmorständern zwischen den Säulen befanden sich riesige Onyxvasen mit blutroten Rosen.

Sidonies Atem kratzte über ihre wunde Kehle. Es war das einzige Geräusch, das sie hörte. Völlige Stille erfüllte den Saal. Es gab nicht einmal einen Lufthauch.

Dann hörte sie leise, gemessene Schritte näherkommen.

Eine hochgewachsene, gerade aufgerichtete Männergestalt kam in Sicht. Er trug einfache, elegante Kleidung, und seine Augen waren grün wie Sommerlaub.

Sein Gesicht. Sie sah sein Gesicht.

Sein Gesicht war die Antwort auf Fragen, von denen sie nicht wusste, wie sie sie stellen sollte.

Er kniete sich neben sie und streckte eine Hand aus. Sie dachte nicht einmal daran, zu versuchen, die Klinge zu behalten, sondern bot sie ihm sofort an. Als er sie ihr abnahm, war die Erleichterung gewaltig.

„Ich werde eine neue Scheide dafür herstellen müssen", sagte Lord Tod, als er das Messer in den Händen drehte. Seine Stimme war so sanft wie zuvor.

Sidonie vergrub die Fäuste im Saum von Morgans Hemd, ihre Tränen strömten. Sie hatte noch nie einen solchen Schmerz erlebt. Er zerriss sie.

„Gebt ihn zurück", flüsterte sie.

Azrael hob eine Augenbraue. „Aber das ist die Antwort auf dein Gebet. Morgan ist nun frei von seinen Fesseln. Der erste Stoß, den die Königin ihm versetzte, war unumkehrbar – der Tod war der einzige Weg, ihn zu befreien."

„Ist mir egal." Die Worte schabten in ihrer Kehle. „Ihr seid ein Gott. Ihr könnt einen Weg finden. Gebt ihn mir zurück. Bitte, ich flehe Euch an."

Azraels Miene wurde gleichgültig. Er erhob sich und sprach von seiner hochgewachsenen Gestalt zu ihr herab: „Dieses Flehen habe ich schon oft gehört, unzählige Male. Es hallt zurück durch die Geschichte. Manche flehen um den Tod, andere flehen um mehr Leben."

Die Tränen nahmen kein Ende. Sie wischte sie ab, stand auf. „Dann nehmt mich. Er war so lange ein Sklave. Lasst ihn eine Weile in Frieden leben und nehmt mich."

„Auch dieses Feilschen habe ich schon gehört, und ich werde dich allzu bald besitzen." Der Tod wandte sich zum

Gehen.

Sie verlor ihn. Verzweiflung trieb sie dazu, schneller zu sprechen. „Ihr werdet meinen Tod besitzen", rief sie ihm nach. „Ich biete Euch mein Leben."

Azrael hielt einen Sekundenbruchteil lang inne, den Kopf zur Seite gewandt, das Kinn scharf wie eine Sense.

In diesem winzigen Augenblick rasten ihre Gedanken mit Überschallgeschwindigkeit, während sie verzweifelt versuchte, sich etwas einfallen zu lassen, was sie ihm noch anbieten könnte, etwas, das ihn zum Bleiben bewegen würde.

Aber sie besaß nicht wirklich etwas. Sie war niemand Wichtiges, und sie hatte keine eigene Macht. Ihre Verbindungen waren alle sterblich.

Alles, was sie je gehabt hatte, war ihre Musik.

„Ich werde für Euch spielen", sagte sie. Sie trat über Morgans Körper hinweg und ging zum Tod. „Lasst mich für Euch spielen. Bitte. Meinetwegen habt Ihr Euer Messer zurück. Gewährt mir nur dies: Wenn es mir gelingt, Euch auf irgendeine Weise mit meiner Musik zu rühren, gebt Ihr ihn mir zurück. Wenn die Musik Euch nicht rührt, habt Ihr nichts verloren bis auf ein paar Augenblicke Eurer Zeit. Und was sind ein paar Augenblicke für einen Gott?"

Azrael stand noch mit dem Rücken zu ihr, den Kopf schiefgelegt, während er zuhörte. Seine hagere Wange legte sich in Falten, als er lächelte.

„Also gut, Musikerin", sagte er. Er drehte sich um und warf ihr zwei Raben zu. Mitten im Flug verwandelten sie sich in eine Geige und einen Bogen, die kreisend zu ihr wirbelten. Mit hämmerndem Herzen versuchte sie sie zu fangen, und sie flogen ihr in die Hände. „Spiel für mich. Zeig mir, aus welchem Holz du geschnitzt bist."

Bebend zog sie das Instrument an sich. Was könnte sie spielen, um den Gott des Todes zu rühren? Sie hatte mit aller Macht nur für die Chance zum Spielen gekämpft, aber nun, da sie sich ihr bot, fühlte sie sich ausgehöhlt, klein und unzureichend.

Sterblich. Sie fühlte sich sterblich.

Sie schloss die Augen, schob sich die Geige unters Kinn und legte den Bogen auf die Saiten. Glaube war noch nie so blind gewesen wie jetzt.

Als erstes fiel ihr das Geräusch ein, mit dem ihre Finger brachen. Ihr vertrautes Leben, das verging. Das Entsetzen, der Schmerz dabei, und die äußerste Verzweiflung.

Sie haben mich getötet, dachte sie.

Also spielte sie es.

Als nächstes kam die Erinnerung an warme, starke Hände, die sich ihr in der Dunkelheit entgegenstreckten. Der Unbekannte, der ihre Finger nahm, sie heilte, ihr seine Kraft und Zuversicht lieh. Es war das Einzige auf der Welt gewesen, als sie nichts gehabt hatte. Es war ihr Rettungsanker gewesen.

Und sie spielte es.

Dann kam Vertrauen, ein zögerliches Öffnen, als sie entgegen aller Beweise glaubte, dass derjenige, der in der Dunkelheit zu ihr kam, ihr auf jede erdenkliche Weise helfen würde. Das unfassbar intensive Abenteuer seines Arms, der um ihre Schulter glitt. Das Wunder der Wärme, als sie nichts als Kälte gekannt hatte.

Dieser erste Kuss, oh, die Überraschung dabei! Die quälende Unsicherheit ... war es in Ordnung, das zuzulassen? Wie konnte es sich so unglaublich gut anfühlen?

Ob sie ihn noch einmal küssen konnte?

Oh, wann konnte sie ihn bloß noch einmal küssen?

Das Brennen, das einsetzte, das weißglühende Licht, das leuchtete trotz aller Schatten, die sich um sie ballten. Der unerträgliche, köstliche Hunger, der der süßeste Schmerz war ... dass sie alles, alles geben würde, um ihn nur noch einmal zu spüren ...

Wenn sie gespielt hatte, war sie sich bisher immer der Geige und des Bogens als Instrumente ihrer Kunst bewusst gewesen. Ihre Musik war reflektiert gewesen, sich ihrer selbst gewahr.

Als sie nun spielte, betrat sie einen Ort, an dem sie noch nie zuvor gewesen war. Sie verlor vollständig das Bewusstsein für die Geige.

Sie wurde zur Musik.

Sie war die Geschichte, die Schwingung.

Sie wurde zur Geschichte der Liebe, deren Töne aus Küssen und Liebkosungen auf der Haut entstanden. Sie spürte die Symphonie, die schwellenden Höhen in den Höhenflügen, die schrecklichen Tiefen in den Stürzen, und Hoffnung war der grausamste Ton von allen, die Verzweiflung, die darauf folgte, völlig unerträglich.

Sie ließ alles herausströmen, alle Gefühle, die Erfahrung, die exquisite Freude genauso wie das Grauen. Vor einem Gott konnte man ohnehin nichts verbergen. Das einzige andere Wesen, vor dem sie je so nackt gewesen war, war Morgan, und der war fort.

Fort, während die Liebe, die sie für ihn empfand, zu ihrem Lebenshauch geworden war.

Gebt ihn mir zurück, flehte sie mit ihrer Musik.

Gebt ihn zurück.

Als der letzte Ton durch die Luft schwebte, hatte sie nichts mehr zu geben. Sie senkte die Geige und starrte flehentlich auf den Rücken desjenigen, der ihre Zukunft in

Händen hielt, was immer für eine Zukunft das auch sein mochte.

Als er sich umdrehte, bedeckten Tränen seine Wangen.

Der Tod flüsterte: „Ich kannte einst eine solche Liebe."

Ihre Lippen bildeten Worte, für die sie keine Kraft mehr hatte. *Gebt ihn zurück.*

Azrael ging zu ihr, und sie bereitete sich darauf vor, den Ansturm seiner Nähe auszuhalten.

Er nahm ihr Kinn mit langen Fingern hoch und sagte: „Du hast mich gerührt, Musikerin. Du hast deine Wette gewonnen. Aber wie ich dir sagte, war der erste Stoß, den Morgan von meiner Klinge empfing, unumkehrbar, und Isabeau hat mit diesem Stoß einen Zauber gewirkt, den man nicht ungeschehen machen kann. Nur der Tod entlässt ihn aus diesem Bann."

Verzweiflung hämmerte auf sie herab, beugte ihren Rücken.

Bevor sie zusammenbrach, fuhr er fort: „Die einzige Möglichkeit, wie ich ihm mehr Zeit auf dieser Erde verschaffen kann, besteht darin, jemand anderen seine Kette halten zu lassen, also musst du sie nehmen. Aber du musst mir im Gegenzug dein Leben überlassen. Dein Leben, nicht deinen Tod, der mir bereits gehört. Das ist der einzige Handel, den ich willens bin, einzugehen. Hast du den Mut, ihn anzunehmen?"

Sie wankte, während sie versuchte, die Gewaltigkeit dessen, was der Tod anbot, zu verarbeiten. Morgan würde nie von dem Bann frei sein. Wenn sie eines tun könnte, das er niemals akzeptieren würde, war es das.

„Er wird mir nie vergeben", flüsterte sie.

„Du hast nicht um Vergebung gebeten", sagte Azrael. „Du wirst sein Leben haben, und darum hast du gebeten."

„Mit Euch zu handeln wird noch mein Tod", hauchte sie.

Sein Lächeln daraufhin war wie eine Klinge. „Natürlich."

Zwei Tränen liefen aus ihren Augenwinkeln. „Was wollt Ihr, dass ich für Euch tue?"

„Du wirst Morgans Bann kontrollieren, aber er wird der Anführer meines Rudels bleiben", erklärte Azrael. Sein grüner Blick leuchtete wild auf. „Am Ende jeden Jahres werden er und die anderen Jagdhunde mich auf die Jagd begleiten. Ich fordere immer ein, was mir gehört. Gemeinsam werden wir alle Seelen jagen, die versucht haben, den Tod zu betrügen. Am Ende dieses Jahres werden wir viel Beute haben, denn es ist schon lange her, dass ich zur Jagd geblasen habe. Den Rest des Jahres darf er verbringen, wie er möchte. Was dich betrifft ... du wirst des Todes Musikerin sein. Deine Musik wird mir gehören. Wann immer du allein bist und dich an das erinnerst, was geschehen ist, spiel für mich. Und wo du auch bist, ich werde dich hören."

„Ja", sagte sie. „Ich werde es tun."

Sein Lächeln wurde breiter. „Ein Opfer, das du aus freiem Willen erbracht hast, mit der Gabe des Lebens als Ausgleich. Mein Brudergott wird zufrieden sein. Nun biete ich dir eine weitere Gabe an, falls du sie annehmen willst. Du darfst einer meiner Jagdhunde werden, wenn du möchtest. Die Jagdhunde, die meiner Klinge entspringen, sind keinem anderen Anführer untertan. Der Hexer wird sein Rudel anführen, aber du würdest über dich selbst bestimmen und könntest einen eigenen Weg gehen, wo immer dich die Muse hinführen mag. Es würde dir mehr Zeit gewähren, über die Erde zu streifen, die dir so wichtig ist, und du wärst schneller, stärker und vor menschlichen Krankheiten geschützt. Was vielleicht am bedeutsamsten ist, du wärst nicht mehr machtlos in einer Welt der Macht. Aber sei dir deiner Antwort sehr sicher, Sidonie Martel. Denk daran, der erste Stoß meiner Klinge ist unumkehrbar."

„Ich bin sicher. Ich nehme es an."

Sie schloss die Augen, damit sie den Stoß nicht kommen sehen würde.

Ein dünner, scharfer Schmerz bohrte sich in ihr Herz. Der Schmerz wurde zu einer riesigen Woge der Qual, die ihr Fleisch und ihre Knochen neu formte. Sie hätte geschrien, wenn sie es gekonnt hätte, aber ihr fehlte dazu der Atem. Nach einer Ewigkeit begann der Schmerz nachzulassen, bis sie zumindest wieder sehen und denken konnte.

Keuchend schaute sie sich um. Sie war nicht mehr in der schwarzweißen Halle. Stattdessen war sie zurück im großen Saal, auf Händen und Knien.

Morgan lag in der Nähe. Er wirkte noch immer friedlich, aber das würde sich allzu bald ändern. Die Fetzen seines Hemdes lagen zu jeder Seite seines Oberkörpers. Er hatte eine silberne Narbe, wo Isabeau auf ihn eingestochen hatte, und eine weitere, wo seine andere Verletzung vollständig verheilt war.

Alle Gerüche und Geräusche bildeten eine Kakophonie in ihrem Kopf. In der Ferne hörte sie Schreie und Leute, die wild umherirrten. Aus den Fetzen, die sie aufschnappte, reimte sie sich zusammen, dass das Fundament der Burg zerborsten war, und die Königin hatte eine schreckliche Verletzung erlitten. Der Hof zog sich zurück in den Sommerpalast, wo auch immer der war.

Wankend unter der Flut von Informationen schlug sie sich die Hände auf die Ohren. Sie würde sich daran gewöhnen müssen, ein Lykanthrop zu sein.

Auf dem gesprungenen Boden neben ihr lag ein offener Geigenkoffer. Darin befand sich die Ebenholz-Geige, die sie für den Tod gespielt hatte, zusammen mit dem Bogen. Die goldenen Saiten schimmerten im Fackellicht. Von allen Instrumenten, die als berühmte Kunstwerke galten, war dies das exquisiteste, das sie je gesehen hatte.

Und von allen Instrumenten der Welt würde es keines geben, das sie teurer erkaufen konnte. Sie hatte dafür mit einer endlosen Lebenszeit des Dienens bezahlt.

Sorgsam schloss sie den Deckel und verriegelte ihn, und sie dachte: *Ich wurde gebrochen und abermals gebrochen, bis ich zu jemand anderem wurde.*

Kapitel 22

MORGAN REGTE SICH. Sie ließ sofort die Geige liegen und sprang an seine Seite. Die grenzenlose Macht ihrer Muskeln war im mühelosen Fluss. Auch daran würde sie sich gewöhnen müssen.

Sie beugte sich über ihn und strich ihm das Haar aus dem Gesicht, schaute heißhungrig nach jeder kleinen Regung, jedem verräterischen Zeichen des Lebens.

Seine dunklen Wimpern hoben sich, und seine Augen waren trüb vor Verwirrung. Die Macht, die sein Körper zurückhielt ... Sid kam beinahe ins Wanken. In ihm war ein gewaltiges Inferno der Magie, und es war ihr bisher noch nie möglich gewesen, es zu spüren. Sie hatte gewusst, dass er begabt war, aber so etwas hätte sie nie erwartet.

Während sein Blick sich auf sie richtete, griff er mit gerunzelter Stirn nach der Stelle an seiner Brust, wo Isabeau auf ihn eingestochen hatte.

„Ja", flüsterte sie, legte ihm eine Hand auf die Wange. „Es ist geschehen."

„Ich verstehe nicht." Seine Stimme war heiser, als wäre er gerade erst aus tiefem Schlaf erwacht. „Ich ... bin gestorben."

„Ja", wiederholte sie.

Sie beugte sich hinab und schmiegte sich an ihn. Der

letzte Rest des Jägersprays hatte sich verflüchtigt, und sein warmer, maskuliner Geruch war berauschend. Dieser Augenblick, den sie teilten, war so flüchtig. Sie konzentrierte sich darauf, alles in sich aufzunehmen, damit sie sich daran erinnern konnte.

Als sie die Lippen auf seine drückte, küsste er sie, berührte leicht die Haut neben ihrem Mund, ganz, wie er es immer machte, gleich wenn er morgens erwachte.

Dann zog er sich heftig zurück, seine Nasenflügel blähten sich. Während er sie ungläubig anstarrte, setzte sie sich zurück auf die Fersen. Es fühlte sich an wie eine andere Art des Todes, ihn loszulassen.

„Was ist passiert?", wollte er wissen und sprang auf, um vor ihr in die Hocke zu gehen. „Du bist ein Lykanthrop!"

Diesmal wiederholte sie die Bestätigung gar nicht erst. Der Beweis dessen, was sie geworden war, lag eindeutig vor ihm.

Er fuhr herum und starrte im leeren Saal umher. Die beiden Leichen lagen auf dem gesprungenen, zerstörten Boden und waren ihre einzigen Zeugen. Sein Atem wurde rauer. „Ich hätte schwören können, ich hätte Isabeau zu schlimm verwundet, als dass sie dich noch hätte verletzen können."

„Hast du", erklärte sie. Sie stand auf, ging zu dem Geigenkasten und schlang ihn sich über die Schulter. „Du hast auch das Fundament der Burg zerstört. Der Hof wird evakuiert. Isabeau hat mir das nicht angetan. Das war Azrael."

Daraufhin wirbelte er zu ihr herum. „Du hast mit ... du hast Lord Azrael *getroffen*?"

„Erst habe ich zu ihm gebetet. Ich habe ihm gesagt, dass wir ihm helfen wollen, sein Messer zurück zu bekommen, und ich habe ihn gebeten, dich zu befreien." Es war zu schwer, es ihm ins Gesicht zu sagen, wenn er sie so anstarrte. Sie drehte sich um, ging in irgendeine Richtung, durchquerte ziellos den großen Saal. „Dann hörte ich, wie er zu mir sprach, und ... alles geschah so, wie es geschah. Aber Isabeau hatte den Bann mit Azraels Klinge auf dich gewirkt, und der erste Stoß mit dieser Klinge ist unumkehrbar, also war die einzige Möglichkeit, dich von dem Bann zu befreien, der Tod. Ich wusste das nicht, als ich um deine Freiheit bat. Als ich es erfuhr, war es zu spät. Du warst bereits tot."

„Du sagst, dass ich immer noch unter dem Bann stehe." Etwas Hohles schwang nun in seiner Stimme mit, zusammen mit einem dringlichen Unterton. Er folgte ihr durch den Saal. „Und Isabeau ist nicht gestorben."

„Soweit ich weiß, ist sie das nicht." Sie konnte nicht mehr vor dem weglaufen, was sie sagen musste. Sie drehte sich um, bohrte sich beide Handrücken in die Augen, und sagte weit hinten in der Kehle: „Ich war so egoistisch. Ich habe noch nie im Leben etwas so Egoistisches getan. Aber du warst tot, und ich konnte es nicht ertragen. Also habe ich gebettelt und gefleht, und ich habe Azrael eine Wette angeboten. Ich habe ihn gebeten, mich für ihn spielen zu lassen, und das tat er. Und dann gab er dich zurück."

„Er gab mich zurück in ein Leben als Sklave?", fauchte Morgan. Feste Hände packten sie an den Schultern. „Du hättest mich tot lassen sollen!"

Sie ließ die Hände von den Augen herabfallen und rief: „Ich weiß!"

„Dieser Alptraum wird nie enden", flüsterte er. „Ich werde nie von Isabeau frei sein. Wie konntest du so etwas tun?"

„Du stehst nicht mehr unter dem Bann von

Isabeau." Sie musste die Worte herauszwingen. Es war schwieriger als alles, was sie je gesagt hatte. Die Last dessen zu tragen, was sie getan hatte, war schwerer, als Azraels Messer zu heben. „Azrael hat die Kontrolle über den Bann mir überlassen."

Grauen und Verrat brannten sich in seine Züge. Er starrte sie an, als hätte er sie noch nie gesehen. „Du sagst, ich bin jetzt *dein* Sklave?"

Ihr Gesicht war nass. „Es war die einzige Möglichkeit, dich zurück zu bekommen", flüsterte sie.

„Du hast mich nicht zurück!", brüllte er. „Du hast etwas genommen, das dir nicht zustand!"

Die Worte hallten von den Wänden des Saals wider wie Gewehrkugeln, und jede traf sie, wo sie am verwundbarsten war, unter der Haut.

Er machte auf dem Absatz kehrt und marschierte davon.

Sie rief ihm nach: „Stopp!"

Zu sehen, wie seine mächtige Gestalt erstarrte, brach das, was von ihrem Herzen übrig war.

Sie ging zu ihm, um ihn herum, um ihm gegenüber zu stehen. Nun hatte sich der Verrat in seinem Gesicht zu Abscheu gewandelt.

Genauso, wie sie es schon geahnt hatte.

Sie zwang sich dazu, sich auf das zu konzentrieren, was sie tun musste. Einzelheiten waren wichtig. Wie man die Dinge formulierte, welche Elemente man für einen Zauber oder Handel auswählte, oder was man absichtlich wegließ.

„Hör mir zu", sagte sie. „Das ist das letzte Mal, dass du mich je sehen musst." Gut, abgesehen von der Wilden Jagd, aber das war eine ganz andere Angelegenheit. „Das ist das *allerletzte* Mal, dass du mich sprechen hören musst. Jeder

Befehl, den Isabeau dir je gegeben hat, ist nun bedeutungslos. Ich befehle dir, ein völlig freies und unabhängiges Leben zu führen. Ich befehle dir, niemandes Befehlen zu gehorchen, außer, du willst es. Ich befehle dir, Freude überall zu suchen, wo du sie finden magst, mit jedem, mit dem du sie finden magst – Liebe zu finden, wenn du willst, mit jemand Klugem, Nettem und Gebildetem, während du dir alle Schönheit der Welt anschaust. Ich befehle dir, deinem Herzen und deinen besten Impulsen zu folgen. Ich befehle dir, neu zu entdecken, wie es ist, ein Leben deiner Wahl zu leben. Ich befehle dem Bann, für immer zu ruhen und dich nie wieder zu zwingen, etwas zu tun. Diese Worte, die ich spreche, sind von höchstem Rang. Nichts, was ich womöglich irgendwann in meinem restlichen Leben sage, wird je diese Befehle überschreiben, die ich dir jetzt gebe. Alles andere, das aus meinem Mund kommen mag, wird einfach nur Teil eines Gesprächs sein, und es wird nichts bedeuten."

Ein Muskel spannte sich in seinem Kiefer an. Durch zusammengebissene Zähne sagte er: „Bist du fertig?"

Sie wischte sich übers Gesicht, dachte über das nach, was sie gerade gesagt hatte. Es war so gut, wie sie es hinbekommen konnte. „Ja."

Er ging um sie herum und marschierte zu einem der Eingänge. Sie drehte sich um, um ihm nachzuschauen. Als er sich den Türen näherte, begann er zu laufen. Eindeutig konnte er nicht schnell genug wegkommen.

Nun, genauso ging es ihr.

Sie verließ den großen Saal. Alles war in Aufruhr. Diener brachten Schätze und Kunst auf Karren hinaus, so schnell sie konnten. Kallah war nirgends zu sehen. Vermutlich half sie, sich um Isabeau zu kümmern. Zum

Glück sah Sid auch Modred nicht, oder jemanden, von dem sie sich verabschieden wollte. Niemand hielt an, um mit ihr zu sprechen. Sie war für sie schließlich niemand Wichtiges.

Sie verließ die Burg und folgte der verstopften Straße, die zur Stadt führte. Dann stieg sie die langen, wogenden Hügel hinauf, um den Aussichtspunkt zu erreichen, wo einst der Wagenzug gehalten und ihr einen ersten Ausblick auf die Burg gewährt hatte.

Sie drehte sich um und schaute ein letztes Mal zurück. Wie malerisch und romantisch alles im Mondlicht wirkte. Als sie über die Szenerie schaute, neigte sich einer der Haupterker und brach mit einem krachenden Geräusch wie Donner zusammen.

Mit einem Seufzen wandte sie sich ab. Es war an der Zeit, ihre neue Gestalt auszuprobieren. Zum ersten Mal griff sie nach dem Gestaltwandel, und als sie sich verändert hatte, stellte sie fest, dass der Riemen des Geigenkastens perfekt um ihren Hals passte. Azrael hatte gut geplant.

Sie lief die Straße entlang. Vieles, was sie gehört hatte, sagte ihr, dass es etliche Übergänge zwischen Avalon und der Erde gab, aber sie kannte nur einen. Und diesmal wusste sie, wie sie ihn aufspürte.

Sie lief die Nacht hindurch und in den Morgen hinein, genoss die Unermüdlichkeit ihres Lykanthropen-Körpers. Als sie am Ufer des Flusses ankam, an dem der Wagenzug einst gelagert hatte, hielt sie inne, um ausgiebig von dem kühl strömenden Wasser zu trinken.

Dort sah sie zum ersten Mal ein Spiegelbild dessen, was sie geworden war, das monströse Gesicht, die üblen, langen Zähne und die mächtigen, kauernden Schultern. Das entsetzte sie so sehr, dass sie sich wieder in ihre Menschengestalt verwandelte. Sie schlang sich die Arme um den Leib und weinte um alles, was sie verloren hatte.

Ihre Menschlichkeit.

Morgan.

Als sie fertig war, wischte sie sich das Gesicht ab und trank noch mehr Wasser. Dann holte sie das kleine, in ein Tuch gewickelte Bündel mit den dezimierten Resten ihres Künstlerhutes aus der Tasche.

Sie öffnete es und betastete die letzten Münzen und Schmuckstücke. Sie nahm sich den kleinen, perfekten Diamanten, den sie vergessen hatte, Morgan zurückzugeben, und warf den Rest in den Fluss. Den Diamanten wickelte sie in das Tuch, verstaute es im Geigenkasten, verwandelte sich wieder in den Lykanthropen und fing abermals an zu laufen.

Sie konnte die Magie des Übergangs spüren, als sie näherkam, und sie war zuversichtlich, dass keiner der Wächter, die dort stationiert waren, wissen würde, was geschehen war. Es war keine Zeit gewesen, um aus der Burg Nachricht zu schicken. Als sie auf die Lichtung rannte, auf der man sie einst über Nacht festgehalten hatte, spazierte ein Wächter ohne Eile aus einem Gebäude in der Nähe.

Sobald er Anstalten machte, sich vor den Eingang des Übergangs zu stellen, wurde sie schneller. Sie kam näher, fletschte die Zähne und knurrte telepathisch: *Geh mir aus dem Weg.*

Angst blitzte auf seinem Gesicht auf. Er zögerte nur einen Augenblick lang, aber sie war ein Jagdhund. Nach allem, was er wusste, handelte sie auf Befehl der Königin. Er trat rasch beiseite.

Sie lief in den Übergang und rannte über den magischen Pfad. Der Wald um sie herum veränderte sich, und dann brach sie auf der anderen Seite durch, nach England. Die Wächter am anderen Ende hatten so wenig Ahnung wie der erste. Sie sahen sie durch das Lager stürmen und taten nichts, um sie aufzuhalten.

Sie hielt nicht mit ihrem halsbrecherischen Tempo inne, bis sie ein paar Kilometer zwischen sich und den Übergang gebracht hatte. Dann wurde sie langsamer, blieb stehen und verwandelte sich wieder in ihre menschliche Gestalt. Sie mochte zwar endlich frei von Avalon sein, aber sie hatte keine Ahnung, wo sie war.

So oder so gab es keinen Grund, sich weiter zu überanstrengen. Sie ging durch den im Schatten liegenden Wald, bis sie sich abgekühlt hatte, und versuchte einen der Dschinn zu erreichen, mit denen sie einen Handel abgeschlossen hatte, indem sie telepathisch rief: *Jamael?*

Es verging genug Zeit, dass sie sich fragte, ob es funktionieren würde, ihn so zu rufen. Soweit den Dschinn bekannt war, hatte sie keine Telepathie, und Jamael würde nicht wissen, wie ihre telepathische Stimme klang.

Dann erschien ein wirbelnder Tornado aus Energie. Er verfestigte sich zur Gestalt eines hochgewachsenen, elegant hageren Mannes mit nussbrauner Haut und dunklerem, kastanienbraunem Haar, das an den Schläfen grau gesprenkelt war. Jamael war ein Dschinn der ersten Generation, und die Macht in seinen leuchtenden, diamantartigen Augen ließ sie einen Schritt zurückweichen.

Sein übliches Lächeln zur Begrüßung fehlte. Er blickte sie ernst an und sagte: „Man hat dich schwer vermisst, Sidonie. Ich sehe, dass du auch eine große Veränderung durchgemacht hast."

Sie spannte die Kiefermuskeln an. Sie hatte ihre Tränen schon am Flussufer vergossen. „Habe ich. Wie lange war ich weg?"

„Zwei Monate", erklärte er sanft.

Bei diesen Neuigkeiten zuckte sie zusammen. Morgan hatte gesagt, der Zeitverlust wäre nicht bedeutend, und aus seiner Perspektive hatte er vermutlich recht, aber zwei Monate waren immer noch ein Schock. Sie rieb sich die trockenen, müden Augen und murmelte: „Hätte schlimmer sein können."

„Doch eindeutig", erwiderte Jamael, „hätte, was immer sich zugetragen hat, auch so viel besser sein können."

Sein Mitgefühl berührte Bereiche, die sich wund von nicht verheilten Verletzungen anfühlten. Sie drückte die Lippen aufeinander und streckte sich. „Ich will den Gefallen einfordern, den du mir schuldest."

„Es ist mir eine Ehre, zu Diensten zu sein." Er verbeugte sich. „Was kann ich für dich tun?"

Sosehr sie sich danach gesehnt hatte, heim nach New York zu gehen, war sie dafür noch nicht bereit. Sie brauchte einen Zwischenhalt, irgendeinen Ort, an dem sie mit allem, was geschehen war, ins Reine kommen konnte.

„Ich brauche irgendwo einen Ort", sagte sie. „Irgendetwas Wildes und Windumtostes, mit viel Platz zum Laufen. Irgendwo, wo ich eine Weile sein kann, wo ich mich erholen kann, von –" Sie brach den Satz ab, ohne ihn zu beenden. „Und ich brauche ein Telefon, damit ich meine Leute anrufen kann. Ich – ich habe außerdem kein Geld bei mir. Jamael, ich weiß nicht, wie man das, was ich brauche, zu einem Gefallen eindampft. Soll ich noch die anderen Dschinn herrufen, die mir auch Gefallen schulden?"

Daraufhin kam er mit ausgestreckten Armen zu ihr. „Meine liebe Sidonie, sei unbesorgt. Belaste dich nicht damit, Gefallen zu zählen und Verpflichtungen zu verwalten. Du kannst meinen Gefallen nutzen, um alles zu bekommen, was du brauchst. Ich helfe dir gern nur aus der

Freude heraus, zu wissen, dass du noch lebst und wir deine schöne Musik nicht verloren haben."

Die Dschinn waren normalerweise nicht für solche Großzügigkeit bekannt. Nach allem, was sich zugetragen hatte, war die Erleichterung, als sie sein Angebot hörte, erschütternd. Sie nahm seine Hände und ließ sich von Jamael in Windeseile wegbringen.

✧ ✧ ✧

ALS MORGAN SIDONIE im großen Saal zurückließ, brannte das Gefühl des Verrats wie Säure in seinem Magen. Die Befehle, die sie ihm gab, mochten gut gemeint sein, aber sie bedeuteten nichts – sie musste es sich nur anders überlegen und ihre ursprünglichen Befehle zurücknehmen, und sie hätte ihn wieder an der Leine.

Aber zumindest war er frei von Isabeau und ihren Befehlen. Das war das eine, was ihn weitertrieb.

Diener und Wächter rannten durch die Burg, holten unbezahlbare Wandbehänge von den Wänden und trugen Möbel hinaus. Morgan erhaschte einen Blick auf Harrow und ging zu ihm, um ihn an der Schulter zu fassen.

Der andere Jagdhund drehte sich rasch um. „Morgan! Ich hörte, du wärst tot!"

„Bin ich nicht", sagte er. „Und die Jagdhunde arbeiten nicht mehr für die Königin. Suche Johan und versammelt die anderen und geht zur Erde. Ich will, dass ihr in unserem Lager außerhalb von Shrewsbury auf mich wartet. Ich muss etwas erledigen, dann schließe ich mich euch an."

Mit neugierigem Gesicht erwiderte Harrow: „Ja, Sir."

Harrow war einer der anständigen Jagdhunde. Einst war er Offizier bei der britischen Armee gewesen, und Morgan hatte sich immer schlecht gefühlt, weil er ihm die

Verwandlung aufgezwungen hatte.

Telepathisch fügte Morgan hinzu: *Sag kein Wort zu den anderen, aber wenn ich dort ankomme, werden wird die Reihen säubern. Isabeau kontrolliert nicht mehr, was wir tun, und wir werden so leben, wie es sein soll. So, wie wir wollen.*

Harrows Augen schimmerten plötzlich feucht. *Meinst du, ich kann vielleicht nach Hause zu meiner Familie gehen?*

Morgan spannte die Finger um Harrows Schulter an. *Genau das meine ich, aber wir müssen erst unser Chaos in Ordnung bringen. Ich werde keine Jagdhunde auf die Welt loslassen, die eine Gefahr für andere darstellen. Ich hoffe, du hilfst mir.*

Gerne, Sir!

Er schaute Harrow nach, als dieser wegrannte. Dann verhüllte er sich, um ungewollte Aufmerksamkeit abzuwenden, und ging zu den Stallungen, die bereits halb evakuiert waren. Sein Wallach war noch nicht fortgebracht worden. Das Pferd stand rastlos und unruhig in seinem Verschlag, aber es kam bereitwillig zu Morgans vertrauter Stimme und seiner Berührung.

Morgan sattelte es und ritt zu seiner Hütte, um seinen Samtbeutel mit Angriffszaubern zu holen. Nichts in der Vorratstasche, die er auf dem Dach des Gasthauses gelassen hatte, spielte noch eine Rolle, aber die verzauberten Edelsteine waren zu tödlich, um zurückgelassen zu werden. Außerdem würden sie praktisch sein.

Dann ließ er Burg und Stadt hinter sich.

Er ritt die restliche Nacht hindurch, hielt nicht an bis zur Mitte des nächsten Vormittags, als er in einem Tal ankam, das dicht mit hohen Gräsern bewachsen und von Wiesenblumen übersät war. Als Wind aus dem Westen aufkam, wogte das Gras wie Wellen auf dem Meer.

Er band dem Wallach die Beine zusammen, so dass er

sich ausruhen und grasen konnte, und ging zum ersten Mal seit Jahrhunderten durch das Tal.

Dort befanden sich die Ruinen einer großen Burg, die hier einst Richtung Morgensonne geblickt hatte. Einst war hier eine große, blühende Metropole gewesen, aber inzwischen waren nur noch die moos- und flechtenbedeckten Fundamente der Steinmauern übrig, und das Flüstern längst verflogener Zauber.

Er verbrachte den Nachmittag in den Ruinen, lauschte auf die Geister der Magie, während der einsame Wind in seinen Haaren spielte. Einige der Zauber waren von ihm gewesen. Er erinnerte sich an die Banner und den Prunk eines wohlhabenden, längst vergangenen Reiches, das auf den Prinzipien des Rechts, der Gerechtigkeit, der Ritterlichkeit, des Mutes im Kampf, der Großzügigkeit im Sieg und der Höflichkeit gegenüber Frauen gegründet worden war. Es war ein guter, schöner Traum gewesen, und er war stolz gewesen, daran beteiligt zu sein.

Er war nicht da gewesen, als es geendet hatte, obschon er hätte da sein sollen. Er hätte mit den anderen sterben sollen, die für ihr Königreich und ihre Heimat kämpften, aber er war an einem anderen Ort gefangen gehalten worden, und es war ihm verboten gewesen, zurückzukehren.

Erst als die Sonne langsam zum Horizont sank, erhob sich Morgan, um zu gehen. Er holte seinen Wallach ab und ritt zu seinem nächsten Ziel, dem stillen, silbernen Becken eines glitzernden Sees, der von einem friedlichen Wald umgeben war. Er stieg ab, ging am Ufer entlang und sank auf ein Knie. Den ältesten Mächten der Welt war man solche Höflichkeit schuldig.

Die Oberfläche des Sees blieb ungestört und ruhig, aber die Luft um ihn herum schien sich lauschend zu verdichten.

Er war als Bittsteller gekommen, daher beugte er das Haupt. „Ich möchte Gerechtigkeit in seinem Namen suchen", sagte er. „Würdet Ihr es mir für kurze Zeit leihen, Mylady? Um seinetwillen?"

Auf seine Bitte folgte ein so ausgedehntes Schweigen, dass er beinahe aufgab und ging. Dann, als das düstere Zwielicht sich über die Landschaft stahl, erhob sich ein anmutiger, starker Frauenarm aus dem dunkler werdenden Wasser.

In der Hand hielt sie ein langes Schwert, das in einer mit Edelsteinen und Beschwörungen bearbeiteten Scheide steckte.

Morgan schlug das Herz bis zum Hals. Er erhob sich, als der Frauenarm sich bog und das Schwert warf. Es trudelte wirbelnd auf ihn zu.

Er schnappte es sich aus der Luft und verbeugte sich vor der Herrin vom See. „Danke, Mylady. Ich werde es sehr bald zurückbringen", versprach er.

Der Arm sank unter Wasser, und nachdem die Wellen nachgelassen hatten, war die Oberfläche so glatt und still wie zuvor.

Morgan sah zu und wartete, bis die letzten Wogen verschwunden waren, um der Herrin vom See Tribut zu zollen. Als er sich abwandte, legte sich sein Ziel wie ein dunkler Mantel auf seine Schultern. Er befestigte den Gurt der Scheide an seiner Taille und stieg auf sein Pferd.

Rache und Gerechtigkeit.

Es hatte viel zu lange gedauert, aber nun würde er beides bekommen.

DER SOMMERPALAST DER Hellen Fae war ein helleres, eleganteres Bauwerk als ihre Burg, ein Ort, der für

Tändeleien sowie Kunst- und Musikfeste an der Meeresküste bestimmt war, mit Bootsfahrten am Abend, wenn goldene Hexenlichter von den Seglern auf dem mitternachtsblauen Wasser glitzerten.

Die Stadt rund um den Palast war größer als das Städtchen an der Burg. Morgan ließ den Wallach auf einer nahen Lichtung an einem Bach zurück. Dann marschierte er zu den Stadttoren.

Sie waren verschlossen und verriegelt. Furchtsame Gesichter schauten aus Gucklöchern auf jeder Seite. Der Wachhauptmann rief ihn an. „Wir hörten Gerüchte, dass Ihr vielleicht das Unglück überlebt hättet, das die Burg heimgesucht hat, Mylord."

Unglück war ein ebenso gutes Wort wie jedes andere, schätzte er.

Er deutete auf die Tore. „Öffnet sie."

„I...ich habe Befehle, sie u...um jeden Preis geschlossen zu halten", stammelte der Hauptmann. „Bitte vergebt mir, Mylord!"

Der Name des Hauptmanns war Bruin, wie Morgan wusste. Er hatte Frau und Kinder.

Leise sagte Morgan zu ihm: „Lauf. Trage die Nachricht weiter. Sag allen, dass sie fliehen sollen, solange sie noch können. Ich werde an diesem Ort keinen Stein auf dem anderen lassen. Damit habt ihr mehr Vorwarnung erhalten, als ihr meinem Volk je gewährt habt, und mehr Gnade. Letztlich könnt ihr vielleicht wieder etwas aufbauen, aber heute werde ich jeden töten, der sich mir entgegenstellt. Geh."

Der Hauptmann zögerte, dann verschwand sein Gesicht vom Guckloch, und einen Augenblick später stießen die Wächter beide Tore weit auf, verließen ihre Posten und flohen.

Morgan schritt über die Hauptstraße in die Stadt. Er griff tief nach der Erdmagie und ließ den Boden beben. Entsetzte Leute rannten an ihm vorbei, umklammerten Babys, Kinder und diverse Haushaltsgegenstände. Gebäude begannen um ihn herum einzustürzen.

Als er die äußere Palasttreppe erreichte, tauchten weitere Wächter auf.

Diese standen höher im Rang als die Wächter am Tor, und ein paar von ihnen waren geübte Magieanwender. Sie wirkten dem Untergang geweiht und warfen Sprüche auf ihn – feurige Morgensterne und andere Angriffszauber.

Aber Morgan trug seinen Hass wie einen Panzer, und er hatte ihn mit Magie geschmiedet. Ihre Zauber zischten harmlos auf seinem Schild. Er sparte sich seine persönliche Energie und nutzte im Gegenzug seine zu Waffen geschmiedeten Juwelen, die er rasch hintereinander warf.

Blindheitszauber trafen die Palastgarde, gemeinsam mit Todesflüchen, Fleischzersetzung, Morgensternen, Verwirrungszaubern und Beschwörungen des Chaos, die sie gegeneinander kämpfen ließen, bis sie bald überwältigt waren.

Als er den Palasthauptmann zu Gesicht bekam, wirkte Morgan eine magische Peitsche um die Kehle des Mannes und zwang ihn auf die Knie. „Wo ist sie?", fragte er.

Die Augen des Mannes traten hervor, während er sinnlos nach seinem Hals griff. „Mylord, ich weiß es nicht. Ich schwöre es."

„So lass ihn doch gehen", ließ sich Modred vom oberen Ende der Palasttreppe vernehmen. „Du warst ohnehin nie jemand, der seinen Zorn am Verbrauchsmaterial ausließ."

Morgan schaute auf. Modred kam in gemächlichem

Tempo die Stufen herab. Er trug seine verzauberte Kampfrüstung, die in der Sonne hellsilbern leuchtete. Er wirkte heroisch, gutaussehend und hielt sein gezogenes Schwert locker an der Seite.

Morgans ganze Konzentration verengte sich. Jahrhundertelang hatte er gewartet, darauf hoffend, dass diese eine Gelegenheit kam.

Er ließ die Kehle des Gardehauptmanns los und sagte zu dem Mann: „Ich gebe dir dieselbe Chance wie den anderen. Geh und sag den Palastdienern und -wächtern, sie sollen fliehen, solange sie können."

Hustend krabbelte der Hauptmann die Stufen empor an Modred vorbei, der sich nicht die Mühe machte, ihm nachzublicken.

Als Modred am Fuße der Treppe ankam, drehte sich Morgan zu ihm. „Wo ist sie?"

„In ein Versteck gegangen, von dem du nichts weißt", erwiderte Modred. „Sie hat dich wie ein Werkzeug benutzt, aber sie hat dir nie vertraut. Sie war immer zu klug dafür. Mich hat sie nur für den Fall des Falles zurückgelassen."

„Es war töricht von dir, sie nicht zu begleiten." Morgan begann den Mann zu umkreisen, pirschte sich gemächlich an seine Beute heran.

„Nun, was kann man schon tun." Modred wirkte ironisch, während er sich drehte, um Morgan zugewandt zu bleiben. „Als uns Gerüchte zu Ohren kamen, dass man dich gesehen hätte, wie du lebend die Burg verlassen hast, hat es keiner von uns geglaubt. Sie hat dir immerhin das Messer ins Herz gestoßen, und ich habe dabei zugesehen. Die Jagdhunde hatten desertiert, aber das war keine Überraschung, da du nicht da warst, um sie unter Kontrolle zu halten. Hier sind wir also. Es ist ein langer Weg gewesen bis hierher, nicht?"

„Du hast meinen Jungen getötet." Die rohen Worte brannten in Morgans Mund. „Meinen guten, freundlichen, gerechten König."

„Natürlich habe ich das getan, du Narr", erwiderte Modred. „Was hast du denn erwartet? Damit Isabeau ihren Griff um ihr neues Reich wahrhaft festigen konnte, musste sie die Menschen auslöschen, die hier in Avalon lebten. So kurzlebig ihr auch wart, ihr habt euch vermehrt wie Ungeziefer. Außerdem war er nicht gut genug, um mich zu übertrumpfen. Ich war der bessere Schwertkämpfer."

„Du bist nicht besser als ich." Morgan zog das Schwert aus der Scheide.

Modreds Blick richtete sich starr auf die Klinge, und seine Augen weiteten sich. Er flüsterte: „Na, das ist ein Anblick, den ich in meinem Leben nicht noch einmal erwartet habe."

„Nein?" Morgan trat vor. „Komm, schau es dir näher an. Ich verspreche dir, es wird das letzte sein, was du siehst."

Modred stürzte sich ihm entgegen, hob sein Schwert, um Morgans Angriff zu parieren, und das Klirren der Klingen erklang auf dem leeren Platz. Der adlige Helle Fae war schnell und tödlich effizient.

Bei jedem Schlag, den Modred führte, und bei jedem seiner Manöver stellte sich Morgan vor, wie er dieselben Taktiken in jener letzten Schlacht vor Jahrhunderten angewandt hatte, die makellose Beinarbeit, die elegante Drehung.

Morgan hatte ihn seither genau beobachtet und sich alles abgeschaut.

Als Modred mühelos das Schwert von der rechten Hand in die linke wechselte, war Morgan bereit und passte sich dem Wechsel nahtlos an. Mit einem raschen Sprung wollte Modred ihn zurücktreiben, aber er glich den Angriff aus, fälschte ihn ab, während er sich zurückzog.

Zwei Dinge hatte er gelernt – wie man hasste, und wie man wartete. Er musste nicht zur Vollendung stürmen oder sich sinnlos übernehmen.

Stattdessen ließ er den anderen Mann schuften, bis nach und nach Schweiß auf Modreds Stirn trat und er zu ermüden begann, und Morgan erkannte im Blick des Mannes, dass Modred langsam klar wurde, dass Morgan die ganze Zeit mit ihm gespielt hatte.

„Die Götter sollen dich verdammen." Modreds schöne Lippen verzogen sich zu einem Fauchen. Er explodierte zu einem wütenden Angriff, ließ eine rasche Folge von Schlägen auf Morgans Abwehr einprasseln. „Tänzle verdammt nochmal nicht herum. *Kämpf gegen mich!*"

Nun war es an Morgan, ihm ein ironisches Lächeln zu schenken. „Wie du wünschst."

Er drängte vor, schlug mit der Kraft eines Vorschlaghammers auf Modreds Verteidigung ein. Sein Angriff hatte nichts mit Technik, Eleganz oder Beinarbeit zu tun. Es war reine mörderische Absicht.

Schließlich brach Modred ein. Sein hinterer Fuß glitt aus, der, den er belastet hatte, und als er stolperte, fand Morgan einen Fehler in seiner Abwehr und ließ das Schwert hindurchgleiten.

Es trugen zwar beide Männer magischen Schutz, doch Modreds verzauberte Rüstung hatte einem direkten Treffer von dem Schwert, das Morgan trug, nichts entgegenzusetzen.

Die Spitze von Morgans Klinge glitt durch das Metall, als wäre es nur Leder. Er spürte, wie das Schwert an einer

Rippe kratzte, und dann schnitt es ganz hindurch. Morgan trat näher, schob es tiefer, bis der Griff an die Rüstung stieß und er direkt vor Modred stand, ihm in die Augen blickte, als die Krise seinen Körper übernahm.

„Als du ihn erschlagen hast, hast du wirklich geglaubt, du würdest nie mir gehören?", flüsterte Morgan und beobachtete, ohne zu blinzeln, wie Modreds Blick sich zu verdüstern begann. „Hast du dich im Lauf der Jahre entspannt? Hast du gedacht, ich hätte aufgegeben oder wäre gebrochen worden? Dazu kam es nie. Du hast meinen Jungen getötet. Ich habe dich jeden Tag beobachtet. Ich verabscheute jeden deiner Atemzüge, missgönnte dir jede Mahlzeit, jedes Lächeln, jedes Lachen. Ich wünschte, ich könnte dich zweimal töten."

Das Phantom eines Lächelns hob Modreds blasse Lippen, zusammen mit einem Schwall scharlachroten Blutes. Er keuchte: „Einmal wird völlig ausreichen."

Modreds Knie brachen ein, und als er stürzte, zog Morgan das Schwert heraus, damit der Rest schneller ging. Als Modreds Lider sich zum letzten Mal schlossen, legte Morgan die Hand über das Gesicht des Toten. Es war der einzige Bereich seines Körpers, der nicht von der Rüstung geschützt war.

Er flüsterte einen Feuerzauber, setzte ihn rasch frei und stand über Modreds Leichnam, bis er zu Asche verbrannt war.

Schließlich war es erledigt. Er atmete gleichmäßig und drückte die Schultern nach hinten, dann steckte Morgan das Schwert in die Scheide, während er tiefer grub und fester nach weiterer Erdmagie griff.

Er hatte die Macht noch nie zuvor in einer so unkontrollierten Flut strömen lassen. Sie floss aus ihm heraus, so unaufhaltsam wie eine Springflut.

Er zügelte sie nicht, bis der Sommerpalast völlig geschleift war und die allerletzten Ruinen in das schäumende, aufgewühlte Meer gerutscht waren.

Kapitel 23

JAMAEL BRACHTE SID ausgerechnet nach Scarborough in North Yorkshire.

Als sie den Namen des englischen Städtchens erfuhr, musste sie ein Lachen heraushusten. Das Leben hatte manchmal einen so düsteren Sinn für Humor.

Mit erstaunlicher Effizienz zog Jamael die örtliche Touristeninformation zu Rate und fand ein möbliertes Bauernhaus vor der Stadt, das man mieten konnte, in Laufweite zur Küste.

Mit vier Schlafzimmern war das Haus eigentlich viel zu groß für eine Person, und die riesige Küche war seit den 1960ern nicht erneuert worden. Es war auch nicht sonderlich ansehnlich. Aus Stein und Ziegeln errichtet, kauerte es auf seinem Grund und wirkte, als hätte es viele Jahre ausgehalten und würde noch viele mehr erleben.

Aber es hatte Kamine in beinahe allen Zimmern, und am Ende der langen, schmalen Auffahrt konnte man die Ruinen von Scarborough Castle hoch auf einem Felsvorsprung thronen sehen, wie sie über dem Meer wachten.

„Ich bin neugierig", sagte sie, als Jamael die Tür aufsperrte und sie zum ersten Mal das Innere betraten. „Warum hast du ausgerechnet Scarborough ausgewählt?"

„Die Stadt liegt am Rande des Nationalparks North

York Moors", erklärte der Dschinn. „Du hast gesagt, du willst an einen wilden und windumtosten Ort. Die North York Moors sind eines der größten Wildnisgebiete, die es in Großbritannien noch gibt." Er warf ihr einen scharfen Blick zu, der alles zu sehen schien. „Du wirst hier für dich sein und genug Platz zum Laufen haben."

Die Verspannung zwischen ihren Schultern ließ langsam nach. „Das klingt so gut."

„Ich bringe dir Lebensmittel, ein Auto und ein Telefon", sagte Jamael. „Brauchst du sonst noch etwas?"

Ich brauche Vergebung von Morgan.

Plötzlich war sie so erschöpft, dass es eine bewusste Anstrengung erforderte, sich aufrecht zu halten. „Nein. Was du tust, ist schon mehr als genug."

Der Dschinn hielt Wort. Noch in derselben Stunde fuhr jemand ein Auto zum Bauernhaus vor. Sid war mit europäischen Autos nicht vertraut, aber sie vermutete, dass es ein Peugeot war. Wenig später traf eine Fülle an Lebensmitteln ein, alles von Fertiggerichten bis hin zur Grundausstattung, frischen Zutaten und Wein.

Mein Gott, einfach nur entspannen und ein Glas Wein genießen. Sie wusste nicht mehr, wie sich das anfühlte.

Die Dschinn waren nicht für ihre Freundlichkeit bekannt, doch Jamael erwies sich als Ausnahme. Als er ihr ein Smartphone in die Hand drückte, bekannte sie: „Ich weiß nicht, was ich sagen soll, außer danke. Ich weiß nicht, wann ich wieder ein Konzert gebe, aber wenn ich es tue, bist du immer mehr als nur willkommen."

„Recht so. Das ist genug Dank für mich." Jamael lächelte. „Kann ich sonst noch etwas für dich tun?"

„Nein. Was du bereits getan hast, ist umwerfend."

Er verbeugte sich. „Zögere nicht, mich noch einmal zu

rufen, sollte dir noch etwas einfallen."

„Ja."

Sie sah zu, wie er sich in einem Wirbelsturm aus Energie auflöste.

Als er fort war, zog sie Laken und Bettwäsche aus einem Schrank und machte das Bett im größten Schlafzimmer. Dann kroch sie hinein und schlief beinahe dreißig Stunden durch. Nachdem sie aufgewacht war, aß sie eines der Fertiggerichte, ein Hühnercurry, machte einen kurzen Spaziergang und schlief dann noch einmal vierzehn Stunden.

Bis auf Jamael weiß niemand, wo ich bin, dachte sie, und erfreute sich am Frieden und der Stille des Bauernhauses.

Sie musste kein Radio oder Fernsehen anschalten. Stattdessen unternahm sie in den nächsten Tagen längere und ausgedehntere Spaziergänge. In einer Nacht nahm sie ihre neue Geige mit. Als sie ein offenes Feld erreichte, wo sie über das Land hinausblicken konnte, das aufs Meer traf, erinnerte sie sich an die schwarzweiße Halle und ihren Pakt mit Lord Azrael, und sie spielte für nur einen Zuhörer all den wilden Kummer aus ihrem Herzen.

Am dritten Tag glaubte sie, dass es ihr möglich sein müsste, jemanden anzurufen, schreckte aber beinahe sofort davor zurück. Hatte es Robin geschafft, jemandem ihre Nachricht zu übermitteln?

Sie saß am Küchentisch und starrte auf das Telefon. Anstatt anzurufen, gab sie Vinces Nummer ein – eine von denen, die sie auswendig wusste – und schickte ihm eine Textnachricht.

Hier ist Sid. Ich bin gleich außerhalb von Scarborough, und es geht mir gut.

Gut war natürlich ein relativer Begriff.

Im nächsten Moment klingelte ihr Telefon, und sie

zuckte vor dem schrillen Geräusch zurück. Aber alle auf der Erde hatten zwei Monate der Unsicherheit ertragen, und es war nicht gerecht, einem Gespräch mit ihnen aus dem Weg zu gehen, nur weil ihr das Telefon merkwürdig vorkam und ihre Gefühle sich bereits verletzt genug anfühlten.

Also stützte sie die Stirn auf den Handrücken, ging dran und ließ ihr altes Leben wieder herein.

„Ich bin verändert", warnte sie Vince. Es war einfacher, mit ihm zu sprechen. Er konnte mit dem Geschehen im Stillen klarkommen, ohne sich auf sie zu stürzen, wie es Julie tun würde. „Es war schlimm, ich bin nicht mehr menschlich, und ich habe mit einer Menge Gefühlen zu kämpfen. Ich kann es nicht ertragen, wenn jemand von euch jetzt zu viel Aufhebens um mich macht. Verstanden?"

„Verstanden", sagte er und hielt die Stimme leise. Locker. „Es wird alles in Ordnung kommen. Sag mir nur, wo du bist. Lass mich dein Wachhund sein. Niemand wird nochmal an dich rankommen, ohne vorher an mir vorbeizumüssen."

Bei seinen Worten wurde Sid von einem leisen, unfrohen Kichern geschüttelt. Sie sagte beinahe zu ihm: *Vince, ich könnte jetzt dich bewachen.*

Aber das tat sie nicht. Stattdessen erwiderte sie: „Ok."

Sie erklärte ihm, wo sie wohnte, und wenige Stunden später fuhr er beim Bauernhaus vor. Vince hatte ein provisorisches Büro in London eingerichtet, von wo aus er die Suche nach Sid durchführte, und Robin hatte ihm tatsächlich ihre Nachricht überbracht.

Nachdem sie sich unterhalten hatten, fühlte sie sich bereit, mit den anderen zu sprechen. Zwei Tage später trafen Julie und Rikki zusammen mit Vinces Frau Terri ein, und es stellte sich heraus, dass das Bauernhaus doch nicht zu groß war. Die Ereignisse hatten sie alle getroffen, und dabei ging es nicht nur um verletzte Gefühle, obwohl Sid wusste, dass sie ihnen allen wichtig war.

Aber Vince war seit dem Autounfall nicht daheim in den USA gewesen. Nachdem er sich von seinen Verletzungen erholt hatte, war seine ganze Zeit für die Leitung der Suche nach ihr draufgegangen. Sid war die wichtigste Kundin von Julies spezialisierter PR-Firma, und zwei Monate lang hatte auch Rikki, ihre Managerin, im Ungewissen gelebt. Sie mussten alle durchatmen und herausfinden, wie es weiterging.

Obwohl alle vorsichtig waren, fühlte sich die Luft anfangs dicht und drückend von einem Übermaß an Emotionen an. Sid floh oft und verwandelte sich in ihre Lykanthropen-Gestalt, um meilenweit durch die weitläufigen Moorlandschaften des Parks zu laufen.

Wie sie zu ihnen sagte, hatte ihr Bedürfnis nach Flucht nicht direkt mit ihnen zu tun. Es lag an der PTBS und einer Überlastung ihrer Sinne durch das Lykanthropie-Virus.

Nach und nach gewöhnten sie sich alle ein. Geduld und Ruhe waren die Hausregeln, bis Sid sich genug entspannen konnte, um Julie zu umarmen. Von da an lief alles besser.

Nicht toll. Nicht einmal ok. Nichts linderte das klaffende Loch in ihrer Brust, wo sie darum trauerte, wie die Dinge mit Morgan zu Ende gegangen waren. Aber trotzdem besser.

Innerhalb weniger Tage hatten sie einen groben Plan skizziert, wie sie weitermachen wollten. Julie schrieb Pressemitteilungen zu Sids Rückkehr und ihrer Erholung, ohne im Detail zu erklären, was eigentlich passiert war.

Es gab einige Rechtsfragen, um die man sich kümmern musste. Die britischen Behörden wollten Informationen darüber, wie es zur Entführung gekommen war, aber Vince würde alles bewältigen, was er schaffte, während im Lauf der nächsten Woche die Neuigkeiten an die Presse gingen. Dann würde Sids Vertrag mit seiner Security-Firma bis zur nächsten Konzert-Tournee auslaufen, wann immer die stattfinden mochte, und er konnte endlich nach Hause zurückkehren.

Was den Rest der aktuellen Tournee anging, würde sie abgebrochen, nicht verschoben, und das Geld der verbliebenen Ticketkäufer würde man zurückzahlen. Sid wusste nicht, wann sie wieder für öffentliche Auftritte bereit sein würde. Sie musste sich an die Reizüberflutung in großen Menschenmengen gewöhnen, bevor sie sich dem stellte, und sie wusste nicht, wie lange das dauern würde.

„Irgendwann wird es so weit sein", sagte Sid, als Rikki besorgt dreinschaute. „Aber auf jeden Fall nicht bis nächstes Jahr, das offenbar sowieso nur noch viereinhalb Monate entfernt ist."

Man musste Rikki zugutehalten, dass ihre Antwort sofort und ehrlich erfolgte. „Du darfst erstmal sein, wer du bist. Du spielst, wenn du willst, für wen du willst, und wann du willst. Du warst sowieso etliche Jahre auf Hochtouren unterwegs. Wir machen einfach etwas langsamer, bis du wieder bereit zum Loslegen bist. Ich verspreche dir, nichts davon wird ein Problem, Sid."

Nach dem dritten Tag verabschiedeten sich ihre Hausgäste allmählich. Terri brach in die USA auf, und Vince fuhr zurück nach London, um alle Angelegenheiten abzuschließen, bevor er ebenfalls nach Hause flog. Julie war die letzte, die ging.

„Es geht mir gegen den Strich, dich hier mitten im Nirgendwo sitzen zu lassen!", rief sie.

Sid lächelte. „Mitten im Nirgendwo ist genau, wo ich sein will. Ich komme in einem Monat oder so nach Hause. Vielleicht auch in zwei."

Julie schniefte. „Wenn du so lange bleibst, komme ich in ein paar Wochen wieder her."

„Das wäre gut. Aber nur du. Niemand von den anderen."

Julie musterte ihr Gesicht. „Was wirst du hier ganz allein anstellen?"

„Ich werde es genießen, Zeit für mich zu haben. Ich werde Bücher lesen, die ich schon jahrelang lesen wollte, und fernsehen. Vielleicht schaue ich mir sogar Sehenswürdigkeiten an."

Und irgendwie muss ich einen Weg finden, ohne Morgan zu leben, denn es hat keinen Sinn, mit irgendetwas anderem weiterzumachen, bis ich das nicht kann.

Aber das sagte sie nicht. Sie hatte niemandem erzählt, was in Avalon vorgefallen war, und nach ein paar sanften Versuchen hatten sie es klugerweise aufgegeben, danach zu fragen, zumindest vorerst.

Schließlich ging auch Julie, und willkommene Stille senkte sich wieder auf das Bauernhaus.

Am Ende der zweiten Woche schlief Sid langsam besser. Sie wurde nicht mehr von ausgedehnten Phasen der Erschöpfung niedergestreckt, und ihr Appetit hatte sich geregelt. Sie dachte, sie könnte vielleicht einen Ausflug in die Stadt versuchen.

Immerhin war sie mit einem Haus voller Gäste fertig geworden. Sie musste nicht lange bleiben. Sie plante ihre Exkursion mithilfe des neuen Laptops, den Julie ihr mitgebracht hatte, und entschied, dass sie eine Buchhandlung aufsuchen würde. Sie wollte etwas zum

Lesen, und es gab vor Ort einen Waterstones, oder sie könnte im Book Emporium vorbeischauen.

Wenn dort zu viele Leute waren oder sie von den Sinneseindrücken überwältigt wurde, konnte sie einfach wieder gehen. Keine große Sache, oder?

Am nächsten Tag machte sie sich in die Stadt auf. Sie fuhr vorsichtig, da alles auf der falschen Seite war – die Gangschaltung, das Steuer, die Straße. Als sie auf einen Parkplatz bog, war sie ziemlich stolz auf sich.

Sie betrachtete den Stadtplan auf ihrem Smartphone und ging die Straße entlang. Der Buchladen sollte zwei Blöcke weiter und dann rechts von ihr sein. Es war ein sonniger Spätsommertag, und es waren einige Leute unterwegs, von denen viele wie Touristen aussahen, aber die Gerüche und Geräusche waren nicht zu überwältigend, zumindest noch nicht.

Dann kam weiter vorne eine Gestalt in gemächlichem Spaziertempo um die Ecke.

Es war Morgan.

Er trug eine lange, maßgeschneiderte Jacke aus edel wirkendem schwarzem Leder, ein weißes Frackhemd und eine einfache, dunkelgraue Hose. Das Inferno der Magie, das sie in ihm gespürt hatte, nachdem sie gerade zum Lykanthropen geworden war, war fort. Oder verhüllt. Nachdem sie gespürt hatte, was in ihm brannte, zweifelte sie keinen Augenblick daran, dass er verhüllen konnte, was er war.

Sein leuchtender, haselnussbrauner Blick richtete sich auf sie, und er ging auf sie zu. In ihren ausgehungerten Augen wirkte er lebendiger, anziehender denn je, seine starken, kühnen Züge ruhig, nachdenklich sogar. Seine gebräunte Haut war rund um die Augen von Lachfältchen gezeichnet, in deren Genuss sie nur selten gekommen war. Sein strenger Mund war entspannt.

Er wirkte rundum wie ein gutaussehender, charismatischer Mann im Urlaub.

Panik erfasste sie, kreischend wie ein Güterzug. Sie wirbelte herum und sprintete in die andere Richtung.

Ihr Gehör war scharf genug, dass sie ihn aus einem Block Entfernung fluchen hörte. Als sie über die Schulter blickte, sah sie, wie er ihr nachlief.

Sie raste über den Bürgersteig. Sie konnte nicht schnell genug von ihm wegkommen, und zwischen einem Schritt und dem nächsten verwandelte sie sich in einen Lykanthropen. Schreie erklangen überall um sie herum, und jemand rief eine Warnung.

Von einem Augenblick auf den anderen schimmerte etwas und veränderte sich. Sie *spürte* die Magie, wie sie sie nie in ihrem Leben gespürt hatte. Sie lief in einer Art Blase, und obwohl etliche Leute auf die Stelle deuteten, an der sie gewesen war, schaute niemand direkt dorthin, wo sie sich gerade befand.

Hatte er einen Verhüllungszauber auf sie gewirkt?

Es spielte keine Rolle. Sie warf alle Spekulationen über Bord, senkte den Kopf und lief, so schnell sie konnte.

Und er folgte ihr.

Er folgte ihr aus der Stadt und die Straße entlang, die in den Nationalpark North York Moors führte. Er folgte ihr, als sie in den Park stürmte und durch die wilde, offene Landschaft rannte. Die magische Blase, die sie umfing, löste sich auf. Als sie sich erneut umwandte, sah sie, dass auch er sich in seine Lykanthropen-Gestalt verwandelt hatte.

Sie konnte ihm nicht davonlaufen. Wenn er es wollte, konnte er ewig mit ihr mithalten.

Sidonie, bleibst du stehen?, fragte er telepathisch. *Wir müssen reden.*

Nein. Nein. Die Panik würgte ihren Verstand ab.

Sie änderte den Kurs in einem riesigen Kreis und rannte zurück zum Bauernhaus. Sobald sie dort war, verwandelte sie sich rasch in ihre Menschengestalt. Mit bebenden Händen wühlte sie in der Tasche nach dem Schlüssel, ging hinein, warf die Tür zu und sperrte sie ab.

Sie ging rückwärts, bis sie mit den Schultern an eine Wand stieß, wo sie zu Boden sank.

Mit ihren Lykanthropensinnen konnte sie den Augenblick erkennen, in dem draußen seine Schritte erklangen. Etwas prallte dumpf gegen die Tür. Seine Hände vielleicht, oder sogar sein Kopf.

Sie hörte ihn leise vor sich hin sagen: „Teufel nochmal."

✧ ✧ ✧

ALS MORGAN SAH, wie die Ruinen des Sommerpalastes ins Meer fielen, fragte er sich, wohin man sich wandte, wenn ein Zeitalter zu Ende gegangen war?

Was tat man mit dem Rest seines Lebens, wenn man tatsächlich die Wahl hatte?

An welcher Stelle hörte man auf, Gerechtigkeit und Rache zu suchen und suchte stattdessen ein eigenes Leben?

War es genug, nun, da er Modred getötet hatte? Konnte er aufhören, zurückzuschauen, und beginnen, nach vorne zu schauen?

Isabeaus Königreich war in Aufruhr, und er hatte sie schlimm verletzt.

Sie war nicht tot. Doch der Gedanke, sie zu verfolgen, wirkte unaussprechlich ermüdend. Ihre theatralischen Auftritte waren so geschmacklos. Sie hatte genug Feinde auf der Welt ... sie und Oberons Dunkler Hof gingen einander immer noch an die Kehle. Sie konnten einander umbringen. Er musste sich nicht mehr daran beteiligen.

Außerdem wollte das Schwert, das er trug, zurück zu seiner Besitzerin. Er spürte den Drang, wo es in seiner Scheide steckte. Seine Aufgabe war erfüllt.

Also beließ er es dabei.

Er ritt zurück zum See und bot der Lady das Schwert. Als er es warf und ihr Arm hervorkam, flüsterte er: „Danke."

Sie fing das Schwert am Griff und hielt es gerade. Er erhaschte einen letzten Blick darauf, während sie es hinab ins Wasser zog. Als das Schwert seinem Blick entschwand, wusste er irgendwie, dass er es nie wieder sehen würde.

Was vergangen war, konnte endlich in der Vergangenheit ruhen. Es sank mit einem letzten Seufzen ins Grab hinab. Morgan hoffte, er hatte der Vergangenheit einen gewissen Frieden gebracht. Nun musste er als nächstes Wiedergutmachung für einige andere Dinge leisten, die er getan hatte. Es spielte keine Rolle, ob er sie unter dem Einfluss des Bannes getan hatte. Manche Fehler musste man in Ordnung bringen.

Er ritt zum nächsten Übergang und begab sich zur Erde. In den nächsten paar Tagen reiste er durch die Welsh Marches und entfernte alle Verhüllungszauber, die er auf die Übergänge gelegt hatte, sowohl jene, die nach Lyonesse führten, als auch jene nach Avalon. Er konnte nichts tun, um die Übergänge zu reparieren, die er zerstört hatte, aber er konnte zumindest jene öffnen, die noch benutzbar waren.

Während er mit dem Freilegen des letzten Übergangs beschäftigt war, galoppierte ein riesiger schwarzer Hengst mit feurigen Hufen heran. Das Pferd stieg und verwandelte sich in Robin, der ihn vorsichtig beäugte.

„Das ist eine Überraschung", bemerkte Robin.

Morgan hob eine Augenbraue. „Ich könnte dasselbe von dir behaupten."

„Ich habe dein Jägerspray zu deiner Hütte gebracht, aber natürlich warst du nicht da." Der Puck musterte ihn neugierig. „Ich fand die Burg zerstört vor, und die Stadt so gut wie leer."

„In der Tat." Morgan wandte sich ab, um seine Aufgabe zu vollenden.

Als er fertig war, fragte Robin: „Ich spüre keine Dunkelheit mehr auf dir. Also bist du von Isabeaus Herrschaft befreit?"

„So sieht es aus." Er rieb sich über die Brust, die schmerzte, aber nicht aufgrund der tödlichen Verletzung, die Isabeau ihm zugefügt hatte. Es schmerzte das, was anschließend passiert war.

Nach einem Augenblick fragte Robin: „Wo ist sie? Was ist mit Sidonie geschehen?"

„Ich weiß es nicht", flüsterte er.

Sie ist zu etwas anderem geworden. Sie hat mich in Ketten gelegt und mich zugleich befreit, und ich wurde wütend und ging.

Ich habe dem Besten, was mir je passiert ist, den Rücken gekehrt.

Der Gedanke nagte nachts an ihm. Wo war sie hingegangen? Was machte sie? Die Nachricht von ihrer Entführung war in allen großen Tageszeitungen und auf allen Fernsehkanälen Thema gewesen. Er durchforstete jede Geschichte nach Hinweisen, aber es gab keine, nur eine professionell aufbereitete Pressemitteilung, in der sie ihren Fans dankte, dass sie ihre Privatsphäre respektierten, während sie sich von ihrer Tortur erholte.

Er und der Puck standen verlegen zusammen, mitten

auf einer sonnendurchfluteten Lichtung, wo der Übergang wieder klar und hell leuchtete.

Dann wandte sich Morgan an Robin. „Ich versuche, etwas von dem Unrecht wiedergutzumachen, das ich in Isabeaus Namen begangen habe. Alle Übergänge sind jetzt wieder frei. Dein König ist unter einen Zauber von mir gefallen. Ich würde ihn gern rückgängig machen, wenn sie mich lassen."

Robin lachte. „Sie würden alle, bis auf den letzten Ritter, lieber sterben, als dich irgendwo in die Nähe von Oberon zu lassen. Aber ich werde deine Grüße und die Nachricht weitergeben."

Morgan nickte, nicht überrascht. „Modred ist tot", erzählte er. „Isabeau lebt und versteckt sich. Wo, weiß ich nicht. Ich konnte sie verwunden, und sie befehligt die Jagdhunde nicht mehr. Das mache jetzt ich. Erzähl auch das dem Dunklen Hof – ich will ihnen nicht schaden. Das wollte ich nie, und ich werde nichts weiter gegen sie unternehmen, solange sich mich und die meinen zufriedenlassen. Ich bin fertig, Puck. Hörst du? Ich wasche meine Hände rein von jeglichem Krieg zwischen dir und dem Hellen Hof."

Robin lächelte. „Das war alles, worauf ich je gehofft hatte, Hexer." Dann erstarb sein Lächeln. „Wenn du sie wiederfindest, würdest du ihr bitte etwas von mir ausrichten?"

Morgan musste nicht fragen, wen Robin meinte. „Was?"

„Sie hat mir einmal Vergebung angeboten, obwohl sie, wie sie sagte, wusste, dass ich sie nicht wollte oder brauchte. Könntest du ihr bitte sagen, dass ich jetzt um ihre Vergebung bitte, obwohl sie sie mir bereits gewährt hat?" Unter Morgans Augen verwandelte sich Robin wieder in das Pferd. „Denn was hätten wir schon, wenn wir keine

Vergebung hätten?"

Morgan rieb sich die Augen. "Lebwohl, Puck."

"Lebwohl, Hexer." Das Pferd hielt inne. "Trotz allem, was zwischen uns vorgefallen ist, wünsche ich dir alles Gute."

Vergebung. Vergebung konnte man gewähren, selbst wenn jemand nie darum gebeten hatte.

Morgan hob eine Hand und schaute dem Pferd nach, wie es davongaloppierte. Bald war der Puck in der Ferne verschwunden.

Morgan war immer noch nicht fertig. Er musste die Reihen der Jagdhunde ausdünnen, und als er an ihrem Lager vor Shrewsbury ankam, erwartete ihn diese bittere, hässliche Aufgabe.

Als er, Harrow und einige andere, denen er vertraute, fertig waren, hatten sie die Anzahl der Jagdhunde von beinahe achtzig auf nur zweiunddreißig gesenkt. Sobald die letzten Mörder und Verbrecher tot waren, ging er alleine weg und erbrach sich, bis nichts mehr in seinem Magen war.

Vergebung konnte man sich am wenigsten selbst gewähren. Obwohl er wusste, dass der Bann ihn zu den Taten gezwungen hatte, erinnerte er sich trotzdem daran, sie getan zu haben. Aber niemand konnte diesen Weg der Vergebung für ihn gehen. Er würde ihn selbst finden müssen.

Er entließ die übrigen Jagdhunde und schickte sie weg, damit sie ihr jeweiliges Leben leben konnten, und als er dann nach all den Fehlern, die er sich zu berichtigen bemüht hatte, den Kopf hob, sah er nichts vor sich. Nichts als das, was er selbst wählte.

Ich befehle dir, zu gehen und Freude überall zu suchen, wo du sie finden magst, mit jedem, mit dem du sie finden magst – Liebe zu finden, wenn du willst, mit jemand Klugem, Nettem und Gebildetem, während du dir alle Schönheit der Welt anschaust.

Oh, Sidonie, dachte er, während der Schmerz in seiner Brust bis zum Überquellen anschwoll. *Wie konntest du mich in Fesseln legen und mich dann einfach aufgeben?*

Er konnte es nicht.

Er konnte nicht einfach fortgehen, und seine Unfähigkeit, das zu tun, hatte nichts mit dem Bann und alles damit zu tun, was sie für so kurze Zeit geteilt hatten.

Ich befehle dir, deinem Herzen und deinen besten Impulsen zu folgen.

Also tat er das. Er wirkte einen Aufspürzauber, der ihn durchs Land führte, zu diesem Bauernhaus am Moor. Und was tat sie, als sie ihn sah?

Sie lief weg und lief immer weiter.

Was in Teufels Namen sollte das?

Hatte er sie so sehr verletzt?

Er legte die Stirn an die Tür und sagte: „Ich weiß, dass du mich hörst. Ich weiß genau, wie gut dein Gehör inzwischen ist. Sidonie, bitte lauf nicht mehr weg. Wir müssen reden. Ich muss mit dir reden."

Er hielt inne, um zu lauschen, aber nichts geschah.

Nun, etwas *geschah,* aber es schien nichts mit ihm zu tun zu haben. Er hörte ihre Schritte, als sie wegging. Sie lief eine Treppe hinauf. Sie hatte sich ins obere Stockwerk zurückgezogen.

Verwirrung mischte sich in den Schmerz. Ihr unerklärliches Verhalten war anders als alles, was er sich vorgestellt hatte, als er sich überlegt hatte, nach ihr zu suchen. Er hatte noch nie zuvor einen so vollständigen Verlust gespürt.

Er tat das Einzige, was ihm einfallen wollte. Er redete

weiter.

„Obwohl ich sehr dringend reinkommen möchte, würde ich nie eine Tür mit Gewalt öffnen, die du vor mir geschlossen hast", sagte er. „Aber ich muss mit dir reden, also werde ich hier warten, bis du so weit bist. Es ist ok, wenn es eine Weile dauert. Ich werde geduldig sein."

Ein Fenster öffnete sich über ihm. Als er aufschaute, warf Sidonie ein Papierflugzeug heraus. Es segelte in Schleifen herab, bis es im Sturzflug ins Gras fiel.

Er ging hinüber, hob es auf und faltete es auseinander.

Auf das weiße Blatt hatte sie gekritzelt: *Bitte geh. Ich fürchte mich davor, mit dir zu reden. Ich habe Angst, dass etwas, das ich sage, den Bann auslösen könnte.*

Ah. Das.

Verständnis erhellte alles.

Sorgsam faltete er das Blatt zusammen, steckte es ein, drehte sich um und setzte sich auf den Verandapfosten. Er stützte die Ellbogen auf die Knie, schaute hinaus auf die vielen Morgen grüner Weiden, auf denen eine Schafherde graste.

„Ich liebe dich", sagte er zu Sidonie. „Ich glaube, ich habe mich während eines meiner Besuche bei dir im Kerker in dich verliebt. Es geschah, als du dich an mich geschmiegt hast. Du sagtest: ‚Ich kann dir wirklich nicht vertrauen, oder?' Trotzdem hast du den Kopf an meine Schulter gelegt. Erinnerst du dich?"

Über ihm flüsterte sie: „Ja."

Das einzelne, zögerliche Wort flößte ihm Hoffnung ein. Er verschränkte die Finger ineinander, schaute auf seine Hände hinab und dachte: *Sei locker. Verbocke das nicht.*

„Ich dachte mir, wie konntest du nur? Wie konntest du dich mir annähern, während ich versucht habe, dich zu verscheuchen? Aber du hattest dort unten keine große Wahl, nicht wahr?"

Sie seufzte. „Ich hatte diese Wahl. Niemand hat mich gezwungen, es zu tun. Ich habe verstanden, dass ich dir nicht vertrauen sollte, aber ich habe es trotzdem gemacht."

„Du warst in einer unmöglichen Situation", sagte er. „Sie hätten niemals tun sollen, was sie dir angetan haben."

„Sie hätten auch niemals tun sollen, was sie dir angetan haben." Ihre Stimme war leise und von solcher Traurigkeit durchwirkt, dass er unbedingt die Arme um sie legen wollte, aber er konnte nicht. „*Ich* hätte nicht tun sollen, was ich dir angetan habe. Ich wusste es und habe es trotzdem gemacht. Du warst tot, und i...ich konnte –"

Ihre Worte brachen abrupt ab. Es quälte ihn, sie so zu hören, und er ballte die Fäuste und wartete, aber sie fuhr nicht fort.

Mut, dachte er, war sich dem Unmöglichen zu stellen und zu fragen: Was nun? Und genau das hatte sie getan.

„Wenn ich daran denke, wie du Azrael entgegengetreten bist, bin ich sprachlos", erklärte er. „Und wenn ich daran denke, was du dem Gott des Todes abgetrotzt hast, bin ich ehrfürchtig. Jetzt sage ich dir etwas, meine Liebste. Wenn ich durchgemacht hätte, was du durchgemacht hast – wenn ich gesehen hätte, wie du getötet wirst, hätte ich genau dasselbe getan wie du. Ich hätte alles getan, was ich tun müsste, um dich zu behalten. Alles. Und mir war klar, dass ich das tun würde, als wir uns zum ersten Mal geliebt haben."

„Aber das, was er mir anbot, war genau das, von dem ich wusste, dass du es nicht akzeptieren kannst", flüsterte sie. „Ich habe es trotzdem angenommen, denn ich musste wissen, dass du irgendwo auf der Welt bist, auch wenn es nicht bei mir ist."

Der Schmerz in diesen einfachen, geflüsterten Worten war so deutlich, dass seine Augen feucht wurden. Was für eine verzweifelte Wahl, vor der sie da gestanden hatte.

„Ich bin hier, um dich um Vergebung zu bitten", sagte er.

„Du? Was muss ich dir denn vergeben?"

Er beugte sich vor und legte den Kopf in die Hände. „Als ich aufwachte und du mir gesagt hast, was du getan hast, habe ich schlecht reagiert."

Es war kurz still. „Um Himmels willen, du hattest deine Gründe. Du bist gestorben." Ihre Stimme brach, aber sie fuhr schnell wieder fort. „Bist gestorben und wieder erwacht, nur um festzustellen, dass du immer noch unter dem Bann stehst. Ich würde sagen, du kriegst einen Freifahrtschein, darauf schlecht zu reagieren, Morgan."

Er lachte leise und wischte sich über die Augen. „Ok, aber ich habe dir trotzdem wehgetan, und das kann ich nicht zurücknehmen. Ich wünschte, ich könnte es." Er erhob sich, entfernte sich einen Schritt vom Haus, um zu ihr aufzuschauen. Sie hatte die Arme verschränkt, während sie am Fensterbrett lehnte, und sie wirkte gleichzeitig so verletzlich und schön, dass er sich mit Zähnen und Klauen an der Hauswand hinauf zu ihr durchschlagen wollte. „Es tut mir leid, dass ich ein paar Wochen gebraucht habe, um mich da durchzuarbeiten. Ich hatte ziemlich viel Ballast, den ich erst einmal aus dem Weg räumen musste, und viele Jahre des Kampfes gegen den Bann liegen hinter mir. Diese Jahre haben mich gelehrt, dass ich niemandem vertrauen sollte, der mich unter seiner Kontrolle hat, aber ich vertraue dir trotzdem."

Ihre Augen weiteten sich, und in ihrem Gesicht regte

sich etwas, aber nicht das Gefühl, auf das er so sehr gehofft hatte. „Du – vertraust mir?", wiederholte sie bitter. „Wie kannst du so dumm sein? *Ich vertraue mir selbst nicht!*"

Kapitel 24

ER BRAUCHTE EIN paar Sekunden, bis sich das gesetzt hatte. „Warum nicht?", wollte er wissen.

„Als ich sah, wie du vorhin auf der Straße auf mich zugekommen bist, wollte ich dir als allererstes befehlen, dazubleiben!", rief sie. „Darum bin ich weggerannt! Dieser dumme Gott hätte mir das nie anbieten sollen. Du kannst mir mit dem Bann nicht trauen. Aber ich will auch nicht, dass du mich jemals wieder so anschaust, wie du es dort im großen Saal getan hast."

„Bitte glaube mir, wenn ich das zurücknehmen könnte, würde ich es tun." Enttäuschung und Ärger über sich selbst nagten an ihm. Sie hielt immer noch Abstand. Sie kam immer noch nicht herab, um die Tür für ihn zu öffnen.

Aber sie hatte ein Fenster geöffnet.

Er marschierte weg, drehte sich um und sprang mit Anlauf zum Fenster. Als er das Fensterbrett zu fassen bekam, stolperte sie zurück. Rasch zog er sich nach drinnen. Er richtete sich auf und sah sie auf der Bettkante sitzen. Sie starrte ihn an, beide Hände über den Mund geschlagen.

Er kniete sich vor sie und zog sanft ihre Hände nach unten. „Hör auf zu leugnen, was wir beide wollen. Versuch nicht mehr, mich wegzustoßen. Ich weiß jetzt, dass du mich liebst und dass du mich aus diesem Grund hast gehen lassen. Du dachtest, du tust das Richtige, und zum Teufel, zu dem

Zeitpunkt war es das vermutlich auch. Ich musste verarbeiten, was passiert war. Aber jetzt bin ich hier, und ich will dich mehr, als ich je in meinem Leben etwas gewollt habe."

Sehnsucht erfüllte ihren Blick, zusammen mit einer bleibenden Zurückhaltung. Sie strich ihm über die Wange. „Was, wenn ich den Bann aktiviere? Wenn ich unabsichtlich etwas sage, das er als Befehl auffasst – oder wenn ich dir tatsächlich einen Befehl gebe? Geh Milch einkaufen. Nimm mir auf dem Heimweg ein Sandwich mit. Bestell heute Abend Pizza, ja? Sowas sagen Leute die ganze Zeit."

„Ich weiß nicht. Ich habe nicht alle Antworten." Er tat, was er schon lange hatte tun wollen, und nahm sie in die Arme. Es war eine solche Erleichterung, wie richtig sich ihr Körper an seinem anfühlte, dass er seufzte und den Kopf auf ihre Schulter legte. Ihre Arme spannten sich um ihn an. „Wenn du irgendwie den Bann aktivierst, werde ich dir sagen, dass du das lassen sollst, und du wirst aufhören. Wir können unser Leben nicht in Furcht davor verbringen."

Ihr Atem stockte, und ihre Arme verkrampften sich. „Wir könnten, wenn du gehen würdest. Du könntest die ganze Welt haben – nur nicht da, wo ich bin."

„Ich will nicht die ganze Welt." Er drückte die Lippen an ihren Nacken. „Ich will dich. Ich will dich nicht anlügen, Sidonie. Es wird vermutlich manchmal unschön, und ich weiß, dass wir Fehler machen werden. Keiner von uns hatte ein normales Leben, und selbst wenn man die besten Absichten hat, tut man einander weh. Aber weißt du, was dieser verdammte Puck kürzlich zu mir gesagt hat?"

Sie schmiegte sich an ihn. „Was?"

„Er sagte: ‚Was hätten wir denn, wenn wir keine Vergebung hätten?'" Er schloss die Augen und atmete ihren

Duft ein. Da sie ein Lykanthrop geworden war, hatte er sich verändert. Er war satter, wilder, und er brachte alle urtümlichen Nischen in ihm zum Schwingen. „Wir können das hinkriegen. Wir müssen es hinkriegen. Ich will dich zu sehr, um dich gehen zu lassen, und ich werde alles tun, was ich tun muss, um dich zu halten. Alles."

„Ich will dich auch so sehr", flüsterte sie.

Er murmelte ihr ins Ohr: „Dann nimm mich."

✧ ✧ ✧

NIMM MICH, SAGTE er.

Es war so unmöglich gewesen. Konnte es jetzt wirklich so einfach sein?

Sid zog sich zurück und musterte sein Gesicht. Sie sah nichts als Liebe und Entschlossenheit.

„Diese ganze Wiederbelebung ist meine Schuld", sagte sie. „Aber das hier ist deine."

Gelächter erhellte seinen Blick wie Feuer. „Ich übernehme die volle Verantwortung", versprach er. „Du kannst mir das jedes Mal an den Kopf werfen, wenn wir uns streiten."

„Darauf baue ich." Plötzlich traten ihr Tränen in die Augen. Ihre Trennung lag immer noch zu kurz zurück und war zu schmerzhaft für sie, als dass sie groß zu Scherzen aufgelegt gewesen wäre.

Er sah ihre Tränen, und seine Miene änderte sich. Er nahm ihren Hinterkopf und wiegte sie dicht an sich. „*Schhh*", murmelte er. „Alles gut. Alles ist gut. Es ist so viel besser, als ich es mir erhofft haben könnte."

„Ich liebe dich", sagte sie. „Ich liebe dich."

„Ich liebe dich auch, mein kleiner Schatz. Von ganzem Herzen." Er umfasste ihr Gesicht und küsste sie sanft.

Nicht viele Männer konnten „mein kleiner Schatz" abziehen, dachte sie berauscht, aber wenn Morgan es sagte, klang es irgendwie wahr, natürlich und richtig.

Er zog sich zurück. „So hart die letzten Wochen waren, die Zeit zum Nachdenken hat mir gut getan. Ich habe mich viel mit den Befehlen beschäftigt, die du mir im großen Saal gegeben hast."

Furcht strömte in ihre Miene. „Ich habe es versaut, oder? Habe ich es versaut?"

„Überhaupt nicht." Er drückte ihr die Lippen auf die Stirn. „Je länger ich darüber nachdenke, desto faszinierender finde ich die Art, wie du sie formuliert hast."

Sie berührte die hageren Linien seines Kiefers. „Ich habe versucht, dich ganz zu befreien."

„Ich konnte das erkennen, aber damals war Isabeaus Herrschaft noch zu nahe, um es zu glauben. Ich dachte, alles, was du sagtest, könne zurückgenommen werden, wenn du es dir anders überlegst, aber die Art, wie du es ausgedrückt hast, ist hängen geblieben. Du sagtest: *Ich befehle dir, neu zu entdecken, wie es ist, ein Leben deiner Wahl zu leben. Ich befehle dem Bann, für immer zu ruhen und dich nie wieder zu zwingen, etwas zu tun. Diese Worte, die ich spreche, sind von höchstem Rang. Nichts, was ich womöglich irgendwann in meinem restlichen Leben sage, wird je diese Befehle überschreiben, die ich dir jetzt gebe.*" Er hielt inne, sein Blick bewegt von Neugier und Spekulation. „Und ich kann mich nur fragen – du hast versucht, aus dem Bann etwas zu machen, das in Stein gemeißelt ist und nicht wieder geändert werden kann. Was, wenn du es geschafft hast?"

Sie blinzelte. „Ist das möglich? Ich will so sehr, dass es möglich ist."

„Ich habe keinen Hauch eines Zwangs verspürt, seit du mich davon abgehalten hast, den großen Saal zu verlassen", erklärte er. „Und wenn ich eins weiß, dann wie sich der Bann anfühlt, wenn er anspringt. Also ... werden wir nie wissen, ob du es geschafft hast, wenn wir es nicht ausprobieren. Gib mir einen Befehl, und wir sehen, was passiert."

Ihr Bauch verkrampfte sich, und sie zuckte zurück. „Ich kann nicht."

„Doch, du kannst." Er nahm sie an den Schultern und schaute ihr tief in die Augen. „Wir müssen wissen, womit wir es zu tun haben, damit wir nicht irgendwelche Überraschungen erleben. Und du musst mir zuhören, wenn ich das sage – wenn du mir den Befehl gibst, ist alles, was passiert, in Ordnung."

Was er sagte, klang sinnvoll, aber sie zögerte trotzdem. „Bist du dir sicher?"

„Vollkommen." Er lächelte sie an. „Mit mir ist alles in Ordnung. Mit *uns*. Also los, mach es. Befiehl mir, etwas zu tun. Ich will wissen, was passiert."

„Also gut ..." Sie schaute sich nach etwas um, was sie ihm befehlen könnte, aber sie wollte eigentlich nur mit dem Küssen weitermachen. Mit einem sehr befangenen und seltsamen Gefühl befahl sie: „Küss mich."

Erheiterung blitzte auf seinem Gesicht auf. Er zog sie in die Arme, wiegte sie, während er lachte und lachte. Dann wandte er ihr Gesicht nach oben und küsste sie mit so merklichem Genuss, dass sie nicht wusste, ob sie erschüttert oder angenehm berührt sein sollte.

Sie schlang ihm einen Arm um den Nacken und flüsterte an seinem Mund: „Ist das schlecht? Ich kann nicht sagen, ob es schlecht ist. Hat dich der Bann dazu angestiftet?"

Er hob den Kopf und sagte zu ihr: „Erstmal wollen wir

eines klarstellen – ich werde immer jeden Befehl befolgen wollen, den du mir so gibst. Bitte gib mir so viele Befehle, dich zu küssen, wie du willst. Und zweitens ... ich habe nichts vom Bann gespürt. Verdammt nochmal, nicht das Geringste, meine kluge Liebste."

Aufregung und Hoffnung schossen hoch. „Meinst du, dass er weg ist?"

„Nicht weg. Das würde ich nicht sagen." Er grinste. „Wir können es mit anderen Befehlen testen, um sicher zu gehen, aber ich denke, so lange du den Bann beherrschst, könnte er gut und gerne festgezurrt sein. Und da Isabeau den Bann gewirkt hat, indem sie Azraels Athame nutzte, ergibt es Sinn, dass er der Einzige ist, der den Bann auf jemand anderen übertragen kann. Ich denke, wir sind so stabil, wie wir je sein werden."

Die Erleichterung war riesig. Sie sackte zusammen. „Gott sein Dank."

„Ja, und *dir* sei Dank." Er nahm sie am Hinterkopf, und das Lachen in seinem Gesicht wich Hitze. „Ich glaube, ich muss deinen Befehl noch etwas ausgiebiger befolgen."

Ein Lächeln nahm ihr Gesicht ein. Sie verlor es rasch, als er sie wieder küsste. Ihre Lippen bewegten sich unter seinen, während sie sich so eng an ihn drückte, wie sie nur konnte.

Nichts hatte sich zwischen ihnen geändert. All das wilde Lodern war noch da. Der sanfte, heilende Kuss verwandelte sich schnell in rohes Verlangen. Er schob ihre Lippen auseinander und stieß mit der Zunge in ihren Mund, drang mit der Wucht seines Hungers tief in sie ein.

Das fühlte sich so gut an, so notwendig, und *es war so verdammt lange her*, seit er das getan hatte, dass sie stöhnte und wie im Fieber sein Hemd aufknöpfte, während sie den Kuss erwiderte.

Er zog sich zurück, das Gesicht gerötet und voller Versprechungen, und fuhr aus seiner Jacke. Als er sich anschickte, sein Hemd weiter aufzuknöpfen, stand sie auf, um sich ihres Sweatshirts, der Jeans und der Schuhe zu entledigen. Sie wollte gerade ihren BH ausziehen, als er innehielt. Immer noch kniend schlang er die Arme um ihre Beine, schmiegte sein Gesicht an ihren Bauch und hielt sie fest.

Die Emotionen in dieser wortlosen Geste ließen ihr weitere Tränen in die Augen treten. Sie wurde reglos und streichelte ihm übers Haar. Er drückte die Lippen auf ihre Haut, und sie liebkoste seine Schläfe und die Seite seines Gesichts.

Er drückte ihr Küsse auf den Saum ihres Höschens und murmelte: „Ich vertraue dir. Ich liebe dich. Ich glaube an dich."

Die Worte füllten alle leeren Winkel ihrer Seele. Als auch sie auf die Knie gehen wollte, hielt er sie auf. Er zog ihr Höschen nach unten, drückte ihr weitere Küsse aufs Becken, dann schmiegte er sich zwischen ihre Beine. Lust wand sich in einem Hitzeschwall durch ihren Körper. Als er zwei Finger entlang der Blütenblätter ihres Geschlechts streifen ließ, spürte sie, wie ihr die Kraft aus den Beinen floss.

„Morgan, i...ich kann das nicht, wenn ich stehe", stammelte sie.

Er schaute rasch auf, Erheiterung blitzte in seinem Gesicht auf. „Bist du sicher?", fragte er und streichelte sie.

Sie wiegte sich vor Lust. „Ich bin sicher", keuchte sie.

Er kam auf die Beine, schob sie rückwärts und weiter rückwärts ... bis ihre Schultern an die Wand hinter ihr stießen. „Wie sieht es jetzt aus?"

Sie schaute von einer Seite zur anderen. Es kam ihr schwierig vor, denn es gab gar nichts, worauf sie sich an den Seiten stützen konnte. „Ich weiß nicht."

„Versuchen wir's", lockte er, während er seine Hose öffnete und auszog. Immer noch waren seine Züge erheitert, aber auch zunehmend erhitzt, und die Kombination war so verdammt sexy, dass ihr die Knie weich wurden.

„Ich warne dich, das ist keine stabile Lage", erklärte sie bebend.

„Das sehe ich." Er stellte sich nackt vor sie und rieb ihr über die Arme. „Was kann ich tun, um zu helfen?"

Gierig legte sie die Hände auf seine breite Brust, strich mit unruhigen Fingern durch das dunkle, spröde Haar, das sich auf seinem Bauch zu einem schmalen Streifen zusammenzog, hinab zu seinem steifen Schwanz. Sie nahm seine Erektion in beide Hände und sank auf die Knie.

Mit schweren Atemzügen murmelte sie: „Das hier fühlt sich viel solider an."

Er lachte. „So hatte ich das nicht im Sinn."

„Aber du protestierst auch nicht, oder?" Sie warf ihm einen schiefen Blick zu, öffnete den Mund und nahm ihn auf.

Alles fühlte sich als Lykanthrop viel intensiver an. Sein Geruch, das Kratzen seiner Fingernägel auf ihrer Haut, das Brüllen seiner Magie, die er sich nicht mehr die Mühe machte, zu verhüllen. Sie fühlte sich von ihm berauscht, durch ihn, während sie die Kehle weit öffnete, um ihn ganz aufzunehmen. Sein Schwanz zuckte, als sie an der Spitze saugte, ihn dann ganz nahm und sich zurückzog, um wieder die Spitze zu liebkosen.

„Ich verstehe allmählich deine Aussage über die instabile Lage", murmelte er. Er fasste sie am Hinterkopf und stieß in ihren Mund. Seine Muskeln waren fest, seine Haut heiß.

Sie schloss die Augen und überließ sich dem Augenblick, seinem salzigen Geschmack und dem heißen, harten Gleiten seiner Erektion auf ihrer Zunge. Seine Stöße wurden kürzer, drängender. Willig öffnete sie sich dafür, strich über die lange, angespannte Muskulatur seiner Oberschenkel und umfasste seine festen Hoden an der Wurzel seines Schwanzes.

Plötzlich zog er sich rasch zurück und fluchte. Enttäuscht schaute sie zu ihm auf. „Nein!", beschwerte sie sich. „Du sagtest: Nimm mich. Ich habe dich genommen. Du darfst dich nicht zurückziehen."

Sein Atem stockte hörbar. Er streichelte ihr über die Wange und stieß hervor: „Nichts auf der Welt klingt heißer, als in deinem Mund zu kommen, aber ... diesmal nicht. Ich muss dir in die Augen schauen."

Sobald er es gesagt hatte, wollte sie es auch. Sie musste die Seele sehen, die in seinem Körper wohnte – die lebende Verbindung, um die sie so hart gekämpft hatte.

„Das würde mir gefallen", flüsterte sie.

Sie stand auf, und er nahm sie bei der Hand und führte sie zum Bett. Als er sich am Fußende niederließ, setzte sie sich rittlings auf seinen Schoß, ihm gegenüber. Während sie ihm die Arme um den Hals schlang, schmiegte er sich an ihre Brüste, küsste erst eine, dann die andere. Mit einer Hand streichelte er sie zwischen den Beinen, mit der anderen ihren Rücken.

Sie fühlte sich so geliebt und begehrt, dass das Verlangen sie von innen entzündete, sie zur Glut trieb. Als er seine Erektion nahm und sie an ihrer Öffnung platzierte, schob sie sich nach unten und nahm ihn immer tiefer auf, jedes Mal, wenn sie sich auf ihn zu bewegte. Bald hatte sie ihn so tief in sich, wie es nur ging.

Er packte sie an den Hüften und stieß in ihrem Rhythmus aufwärts. Die Lust wirbelte höher, heißer. Sie konnte ihn gar nicht hart genug nehmen, nicht tief genug. Sie brauchte – sie brauchte …

Mit der Daumenkuppe suchte er ihre Klitoris und rieb, und die Explosion, die sie erschütterte, war so plötzlich und scharf, dass sie laut aufschluchzte.

Er beobachtete sie genau und bewegte sich stetig weiter, sorgte für genau den richtigen Druck und die richtige Penetration, um sie noch höher zu tragen. „Gib es mir noch einmal", drängte er sie an ihren Lippen. „Sidonie, es ist verdammt nochmal Wochen her. Ich war die ganze Zeit angespannt und verletzt, und ich dachte, du möchtest mich vielleicht nie wieder sehen."

Ihre bebenden Lippen bewegten sich unter seinen. „Ich hatte dasselbe Gefühl. Ich brauche dich genauso."

„Es ist jetzt gut, mein kleiner Schatz. Streng dich nicht an. Lass es dir von mir bringen."

Sie vertraute ihm und klammerte sich an seine Schultern, ließ sich von ihm streicheln, während sie sich auf seinem Schoß bog. Er war unendlich erfinderisch, biss sie in die Unterlippe, ließ einen Finger zusammen mit seinem Schwanz in sie hineingleiten.

Sie verlor sich in völliger Sinnlichkeit, trieb im Spiel ihrer Körper dahin, bis er sie packte und hochhob. Ohne sich zurückzuziehen, drehte er sich, um sie aufs Bett zu legen und mit ihr hinab zwischen ihre Beine zu kommen.

Es war die einfachste von allen Stellungen, gleichzeitig vollkommen lustvoll und tröstlich. Sie genoss sein Gewicht, sein Eindringen, während sie seinen Rücken streichelte und wortlos murmelte, wenn er sie küsste. Er erhöhte den Rhythmus und die Kraft seiner Stöße, und sie erwiderte sie, bis er sie hart und stetig weitertrieb, und als er innehielt, um sich an ihr zu reiben, erwischte er sie genau richtig, und sie kam zu einem weiteren Höhepunkt.

Er wiegte sich mit ihren Wogen der Lust, dann stieß er hart zu, und noch einmal. Er beugte die Schultern um sie und erbebte bei seiner eigenen Erfüllung. Sie streichelte ihn an den Schultern, während sie ihm zusah.

Sie glaubte nicht, dass es möglich war, ihn noch mehr zu lieben, aber dann, mitten in seinem eigenen Höhepunkt, als sie ihn immer noch in sich pulsieren spürte, schaute er ihr tief in die Augen.

„Ich gehöre dir", flüsterte er. „Bezweifle das nie. Zweifle nie an mir."

Dieser Augenblick.

Tränen flossen ihr aus den Augenwinkeln, als sie ihn in sich aufnahm.

„Nein", versprach sie. „Werde ich nie."

SIE VERBRACHTEN DIE nächsten paar Monate im Bauernhaus, nahmen sich die Zeit, einander kennenzulernen und die Moore zu erkunden. Als sie genug Zeit zusammen verbracht hatten, dass sie sich etwas hatte entspannen können, erinnerte sie sich daran, dass sie ihn auf ihre jährliche Verpflichtung bei Azraels Wilder Jagd hinweisen musste.

Er nahm es besser auf, als sie erwartet hatte. „Wenn das der Preis dafür war, dass ich zurückkommen und bei dir sein konnte, ist es das vollkommen wert gewesen", erklärte er. Seine Züge waren von der Neugier erfüllt, die sie langsam mit jeder Gelegenheit verband, wenn er auf etwas Magisches und Unbekanntes traf. „Außerdem wird es sicher interessant sein."

Sie schnaubte. „Ich schätze, so kann man es ausdrücken."

Was alltägliche Dinge anging, waren sie beide schreckliche Köche, aber Morgan hatte mehr Geduld bei den Versuchen, Rezepte zu verstehen. Sid konnte man damit nicht belangen.

„Ich koche nicht gern, und ich putze auch nicht gern das Klo", sagte sie. „Ich bin mehr als froh, jemanden dafür zu bezahlen, dass er diese Dinge tut."

Morgan hatte abgesehen von den Nachrichten wenig bis kein Interesse an Fernsehsendungen, aber er war ein unersättlicher Leser. Sid versuchte sich an beidem.

Morgan bestand darauf, dass sie vereinbarten, jeglicher Nachricht über Isabeau und Oberon aus dem Weg zu gehen. „Ich bin fertig", sagte er, als sie an einem trägen Nachmittag im Bett lagen. „Ich bin raus. Ich war schon vor so vielen Jahren damit fertig. Es war überhaupt nicht mein Konflikt, und ich will nichts mehr damit zu tun haben."

„Natürlich", stimmte sie zu, während sie auf seiner Brust lag. „Ein Teil von mir hat das Gefühl, dass du Isabeau blutrünstiger verfolgen solltest, aber weißt du was? Wenn es darauf ankommt, will der Großteil von mir ihr nicht noch mehr von meiner Zeit widmen."

„Ich verstehe." Er legte einen Arm hinter den Kopf. Nach einem Augenblick fuhr er fort: „Aber ich musste Modred töten. Er ist derjenige, der meinen König umgebracht hat, damals, als ich noch ein Mensch war. Ich konnte ihn nicht ... nicht töten."

Sie hob den Kopf und starrte ihn an. Er schaute an die Decke, sein Gesicht nachdenklich.

„Hat es geholfen?", fragte sie sanft.

Er seufzte. „Weißt du, das hat es. Ich hatte Sorge, dass es nicht helfen würde, und dass ich immer auf eine Vergangenheit zurückblicken würde, die unerreichbar ist. Es war schlimmer, als ich an Isabeaus Hof war, denn ich kam nie davon weg. Dass ich gezwungen war, mich mit ihr und Modred auseinanderzusetzen, war wie Salz in einer Wunde, die niemals heilt. Jetzt fühlt sich alles anders an. Sauberer." Mit einem Schulterzucken fügte er an: „Ich weiß nicht, wie ich es besser ausdrücken soll."

Sie drückte ihm einen Kuss auf den Brustmuskel. „Ich bin nur froh, dass du das Gefühl hast, weiterziehen zu können."

Er grinste. „Ich habe langsam solche Gedanken: Was mache ich jetzt mit meinem Leben? Und wie fängt man eine neue Laufbahn an, wenn man schon jenseits des mittleren Alters ist?"

Daraufhin brach sie in Gelächter aus. „Du kannst buchstäblich alles tun, was du willst. Siebenunddreißig ist kein mittleres Alter!"

Er hob eine Augenbraue. „Stell dir vor, du bist siebenunddreißig seit ... Oh, vergiss es. *Diese* Zahl werde ich dir nicht verraten."

„Du könntest immer noch deine alten Instrumente wieder zur Hand nehmen und spielen."

„Nein", sagte er, nachdem er kurz nachgedacht hatte. „Das gehört auch in die Vergangenheit. Außerdem würde ich viel lieber dir zuhören."

„Na, versuche nichts zu erzwingen", murmelte sie. „Du hast alle Zeit der Welt, und dir wird eine Idee kommen."

„Ich verrate dir genau jetzt eine Idee." Er klopfte sanft mit den Handknöcheln an ihren Kopf. „Wann immer du bereit bist, auf Tournee zu gehen, wirst du nicht mehr Vinces Security-Firma nutzen."

„Ach nein?" Sie verbarg ein Lächeln. Sie hatte eine Vorstellung, was als nächstes kommen würde.

„Nein", erwiderte er mit fester Stimme. „Ich werde mich um deine Sicherheit kümmern. Ich, zusammen mit ein paar anderen Jagdhunden."

Obwohl Morgan die zweiunddreißig überlebenden Jagdhunde entlassen hatte, hatten einige bereits darum gebeten, zu ihm zurückkehren zu dürfen. Sie konnten sich nicht mehr in ihr früheres Leben einfinden und vermissten die Struktur und Gemeinschaft des Rudels. Morgan war bis jetzt unverbindlich geblieben, aber nun wusste sie, dass er jeden aufnehmen wollte, der darum bat.

„Sie brauchen dich", sagte sie.

„Und ich brauche dich", erklärte er. „Also können sie mir helfen, dich zu bewachen, und sicherzustellen, dass du geschützt bist."

„In letzter Zeit habe ich davon geträumt, ein eigenes unabhängiges Musik-Label loszutreten", gab sie zu. „Aber ich bin ehrlich, die ganze Vorstellung von der geschäftlichen Seite der Dinge ist überwältigend. Das ist genau das, wofür ich Rikki bezahle, damit sie es übernimmt. Ich will nur Lieder schreiben und Geige spielen."

Er war so lange still, dass sie den Kopf hob, um nach ihm zu schauen. Er blickte immer noch zur Decke, aber nun waren seine Augen zusammengekniffen, und sein Gesichtsausdruck war interessiert und munter.

„Wie würdest du dazu stehen, wenn ich mir das anschaue?", fragte er langsam. „Es klingt nach der Art Herausforderung, die mir gefallen könnte, und mir gefällt die Vorstellung, unabhängige Musiker zu unterstützen. Einige der Jagdhunde sind gute Führungskräfte. Andere könnten sich auf die Sicherheit spezialisieren."

Sie rollte sich auf den Rücken und streckte sich. „Ich glaube, du kannst alles tun, was du willst, sogar das."

Als es Oktober wurde, hatte Sid das Gefühl, dass es Zeit war, die Heimreise nach New York anzutreten. „Wir müssen dort nicht bleiben, wenn du nicht willst", erklärte sie Morgan. „Aber ich habe eine Wohnung, für die ich ein Vermögen zahle, und im Augenblick sammelt sich dort nur Staub. Ich muss herausfinden, was ich damit anstellen will."

„Gehen wir", sagte er sofort. „Ich würde gern etwas Zeit in New York verbringen. Außerdem gibt es dort jemanden, den ich treffen möchte."

„Ok!", erwiderte sie. „Ich bin bereit, wenn du es bist."

Innerhalb weniger Tage trafen sie die Reisevorbereitungen und packten all ihre persönlichen Besitztümer. Sie flogen zum Flughafen Newark und nahmen ein Mietauto zu Sids Wohnung.

Sie starrte während der Fahrt hinaus in einen frühen Abend. Die Bäume veränderten sich bereits, und die Herbstfarben leuchteten. Die Gerüche waren vielschichtig und spannend, und alles fühlte sich zugleich vertraut und fremd an.

Ihre Wohnung befand sich in einem Hochhaus, und sie erwies sich als enttäuschend. Sid hatte sie geräumig und gemütlich in Erinnerung, aber sobald sie durch die Tür ging, war ihr klar, dass sie nicht reichen würde.

„Das ist mir zu eng", sagte sie, während sie ruhelos zur Fensterwand hinüberging, um sich die Aussicht anzuschauen. „Klar, die Aussicht ist toll, aber diese Fenster kann man nicht öffnen. Das wird mich wahnsinnig machen."

Morgan stellte das letzte Gepäckstück auf dem Boden

ab und kam zu ihr. „Dann suchen wir uns etwas anderes", erwiderte er mit einem Schulterzucken. „Es ist ein ganz hübsches Plätzchen, aber ich setze mich schon länger mit dem Dasein als Lykanthrop auseinander als du. Ich glaube, du brauchst mehr Platz zum Herumstreifen."

„Ja", murmelte sie. „Glaube ich auch."

Morgan hatte es eingerichtet, sich an diesem Abend mit der Person zu treffen, die er sehen wollte. Sid hatte Fetzen eines faszinierenden Telefongesprächs mitgehört, während sie geduscht hatte, daher fragte sie, als sie das Gepäck in ihr Schlafzimmer zogen: „Willst du, dass ich verschwinde, wenn deine Bekanntschaft eintrifft?"

„Bitte habe nicht das Gefühl, dass du das tun musst", erklärte er mit einem entspannten Lächeln. „Aber es ist vielleicht angenehmer für dich, einen Abendspaziergang zu machen."

Das blieb hängen. Nun würde sie das Gebäude nicht verlassen, und wenn es dort brannte.

Stattdessen machte sie sich ans Auspacken, während Morgan mit einem Glas Scotch an ihrem Esstisch saß und auf die Stadt hinausblickte.

Bald klopfte es herrisch an der Tür. Sid unterbrach, was sie gerade tat, und stellte sich in den Eingang des Schlafzimmers, um zu beobachten, wie Morgan öffnete. Er trat zurück, hielt die Tür weit auf.

Ein riesiger Mann pirschte herein. Über zwei Meter groß, dominierte er die Wohnung, sobald er einen Fuß hineinsetzte. Er hatte rabenschwarzes Haar, dunkle, bronzefarbene Haut und intensive, goldene Augen, und er trug einen unsichtbaren Strahlenkranz aus Macht, der Sid instinktiv einen Schritt zurückweichen ließ.

Dragos Cuelebre, Herr der Wyr-Domäne in New York,

war auf einen Besuch vorbeigekommen.

„Hallo", sagte Morgan. Er klang immer noch entspannt, freundlich sogar.

Dragos' Augen glitzerten hart wie Goldmünzen. „Was macht Ihr in meiner Stadt?"

„Naja, ich habe inzwischen eine Freundin", erwiderte Morgan. „Außerdem dachte ich, Ihr wüsstet gern, dass ich nicht mehr an den Bann gefesselt bin, Isabeau zu gehorchen."

„Was?", stieß Dragos hervor.

In der Körpersprache des Wyr-Lords lag so viel gezügelte Aggression, dass Sid sich aus dem Schlafzimmer katapultierte. Sie streckte eine Hand aus und eilte ihm entgegen. „Lord Cuelebre, ich bin Sidonie Martel. Es ist mir eine Ehre, Sie zu treffen."

Dragos kniff die Augen zusammen. „Sie sind die Musikerin, die in Großbritannien verschwunden ist. Man hatte Sie entführt."

Er machte keine Regung, um ihr die Hand zu schütteln, und mit einem peinlichen Gefühl ließ sie sie sinken. „Ja, Sir, das stimmt."

Dragos wandte seinen tödlichen Blick wieder zu Morgan. „Habt Ihr das getan?"

„Ich? Nein – oh, nein. Das war jemand ganz anderes." Als Morgan sich zum Esstisch wandte, warf er Sidonie einen impulsiven, ironischen Blick zu. „Trinkt etwas mit mir, Dragos, und gebt mir die Gelegenheit, mich zu entschuldigen."

„Ich verzichte auf den Drink", sagte Dragos. „Kommt zur Sache. Überzeugt mich, warum ich Euch nicht zu einem Ascheflöckchen verbrennen sollte."

Morgan wirbelte wieder herum, aber bevor er etwas

sagen konnte, sprang Sid ein. Sie erklärte dem Wyr-Lord: „Was immer er in der Vergangenheit getan hat, es war nicht seine Schuld. Isabeau hatte ihn in einem Bann festgesetzt. Er konnte sich nicht aussuchen, was er tat."

Morgan rieb sich über den Nacken und sagte zu ihr: „Wir hätten vermutlich einfach Karten ausdrucken sollen, damit wir sie überall verteilen können, wo wir hingehen."

Dragos neigte den Kopf, während er Sidonie betrachtete. Die Wucht seiner Aufmerksamkeit war schwer zu ertragen, und er sah aus ... Er sah aus wie ...

Heißgoldene Augen setzten sie fest. *Sag mir die Wahrheit*, flüsterte der Wyr-Lord in ihrem Verstand. *Lass sie mich in deinen Gedanken sehen.*

Gefangen in seinem Zauber konnte sie die Flut der Bilder nicht aufhalten, die sie ihm überließ. In der Dauer eines Herzschlags gab sie ihm alles. Die Entführung, die Gefangenschaft, die Augenblicke erhitzter Zärtlichkeit mit Morgan, die Konfrontation mit Isabeau.

Ihr Abkommen mit Azrael.

Abrupt brach die Verbindung ab, und sie fühlte sich aufgehoben in Morgans vertrauter Magie.

Erschüttert wankte sie. Irgendwie stand Morgan jetzt neben ihr. Er legte einen stützenden Arm um sie, und als er Dragos anstarrte, wirkte er so gefährlich, wie sie ihn noch nie gesehen hatte.

„Wenn Ihr so etwas noch einmal versucht", knurrte Morgan, „werden wir wahrhaft Feinde."

„Halt", flüsterte sie ihm zu, legte ihm eine Hand auf die Brust. Seine Muskeln waren angespannt, und er war *wütend*, aber sich Dragos Cuelebre zum Feind zu machen, war höchster Irrsinn. „Er hätte das nicht tun sollen, ohne zu fragen, aber er hat mir auch nicht wehgetan. Wenn es irgendwie geholfen hat, meine Erinnerungen zu sehen, belassen wir es einfach dabei."

Dragos' Lider senkten sich über seinen heißgoldenen Blick, verbargen den Ausdruck darin. „Ich nehme doch diesen Drink", sagte er plötzlich. „Während Ihr mir erzählt, warum Ihr hier seid."

„Wir wollen uns irgendwo neu ansiedeln", erklärte Sid, während Morgan einen Kampf gegen sein Gemüt focht. „Ich bin nicht mehr menschlich, seit ich entführt wurde, Morgan ist nicht mehr an Isabeau gebunden, und wir haben ... wie viele sind es inzwischen? Achtzehn Lykanthropen, die früher Isabeaus Jagdhunde waren und Jobs und ein Zuhause brauchen. Das ist meine alte Wohnung. Sie wird nicht reichen – wir passen nicht alle rein ..."

Ihr lahmer Witz landete wie ein Ballon aus Blei, während die beiden Männer einander anstarrten. Dragos nahm die Scotchflasche und kippte sie in das leere Glas aus, das auf dem Tisch stand. Er nahm das Glas, leerte es, stellte es wieder ab.

Zu Morgan sagte er: „In Hollywood habt Ihr meine Gefährtin und meinen ungeborenen Sohn in Gefahr gebracht."

„Unter Isabeaus Zwang", erwiderte Morgan angespannt.

„Ja, ich habe gesehen, dass das die Wahrheit ist." Dragos verschränkte die Arme, und seine Haltung entspannte sich. „Ok, ich lasse es auf sich beruhen."

Morgan warf Sid einen Blick zu, der immer noch launisch funkelte, aber, wie sie sah, etwas weniger als vorher. Er nickte dem Wyr-Lord zu. „Das ist gut zu wissen."

Dragos betrachtete sie, die goldenen Augen zusammengekniffen. „Sagt mir, warum ich Lykanthropie in meinen Hinterhof lassen sollte. Es ist eine ansteckende

Krankheit."

„Ja, ist es." Morgan nickte. „Aber sie ist behandelbar, wenn das Opfer, das gebissen wurde, sofort behandelt wird. Meine Jagdhunde sind anständige Männer. Ihr könnt jeden von ihnen befragen, wenn Ihr wollt, und ich werde mich persönlich für jeden einzelnen verbürgen. Und keiner von uns erlebt bei Vollmond eine geistlose Ekstase. Ich kann nicht behaupten, dass wir uns nicht verteidigen werden, wenn man uns aus irgendeinem Grund angreift, aber wir werden die volle Verantwortung dafür übernehmen, die Lage zu bereinigen – und wir werden das Lykanthropie-Virus nicht verbreiten. Darauf gebe ich mein Wort."

Sids neuer Wahrheitssinn war nur eine winzige frische Knospe an der Ranke, aber sogar sie hörte die felsenfeste Aufrichtigkeit in Morgans Stimme. Sie lächelte vor sich hin. Diese Aufrichtigkeit hatte sie durch die dunkelste Zeit ihres Lebens gebracht.

„Sagen wir, ich nehme Euch in genau dieser Sache beim Wort", sagte Dragos, während er sie beide betrachtete. „Ihr seid kein Wyr, aber ein Gestaltwandler, und Ihr seid sehr gefährlich. Ihr könnt in meiner Domäne leben, wenn Ihr mir Gefolgschaft schwört und nach Wyr-Gesetzen lebt. Das gilt auch für Eure Jagdhunde, die sich neu ansiedeln wollen. Das sind meine Bedingungen."

Sid fühlte sich gezwungen, etwas zu sagen. „Wir schulden einem der Götter Gefolgschaft. Wird das ein Hindernis?"

Dragos schüttelte den Kopf. „Solange Euer Gott Euch nicht veranlasst, bürgerliches Recht zu brechen, ist Eure Gefolgschaft auch nichts anders als ein Dutzend verschiedene religiöse Bräuche, die in New York verstreut praktiziert werden."

Sie wechselte einen Blick mit Morgan, der ihr ein leichtes, intimes Lächeln schenkte. Er wandte seine Aufmerksamkeit Dragos zu. „Einverstanden. Wir nehmen Eure Bedingungen an."

Ein Winkel von Dragos' unnachgiebigem Mund hob sich. „Ich denke, es könnte sehr nützlich sein, einen Hexer deiner Macht und Fertigkeit zu haben, der mir Treue schuldet."

Morgan kniff die Augen zusammen und lächelte. „Ich denke, es könnte nützlich sein", entgegnete er, „einen Drachen zu haben, der mir den einen oder anderen Gefallen schuldet."

Dragos neigte den Kopf und schritt zur Tür. Kurz bevor er die Wohnung verließ, hielt er inne und wandte sich um. Auf jene brüske Art, die ihm eigen war, sagte er: „Ich habe Isabeaus Hof vor langer Zeit einen Besuch abgestattet. Es war, bevor Ihr dort wart."

„Ja, sie hat ein paarmal davon gesprochen", gab Morgan mit einem Stirnrunzeln zurück.

Dragos neigte den Kopf. „Ich bin neugierig. Was hat sie gesagt? Hat sie Euch je erzählt, warum ich dort war?"

Morgan hob die Augenbrauen und erwiderte bereitwillig: „Sie war überzeugt, dass Ihr ein mächtiges Artefakt haben wolltet, das sich in ihrem Besitz befand, Azraels Athame. Sie nutzte es später, um ihren Bann auf mich zu wirken. Sie sagte, sie hätte es immer versteckt, wenn Ihr am Hof wart, aber ich weiß nicht, wo. Sie hätte mir ihre Verstecke niemals verraten. Als sie mich einfing, war sie schon von der Angst besessen, es zu verlieren oder es gestohlen zu bekommen, daher befahl sie mir, eine unzerbrechliche Goldkette herzustellen. Wann immer ich am Hof war, trug sie das Athame an dieser Kette. Ich weiß nicht, was sie damit tat, wenn ich nicht dort war."

Dragos' Lieder senkten sich, verbargen den Ausdruck in seinen Augen. „Was ist nun mit dem Artefakt geschehen, wisst Ihr das?"

Morgans Lächeln enthielt große Zufriedenheit. „Es ist zu seinem ursprünglichen Besitzer zurückgekehrt."

„Ich verstehe."

Damit nickte der Wyr-Lord Sid zu und begab sich nach draußen.

Es war, als wäre eine heftige Wüstensonne hinter Wolken verschwunden. Die Wohnung schien sehr viel kühler und größer als noch eben.

Morgan drehte sich zu Sid um, sein Gesicht von Sorge erfüllt. „Wenn ich geahnt hätte, dass er diesen Trick hervorkramt, hätte ich mich nie in deiner Nähe mit ihm getroffen."

„Vergiss es", murmelte sie abwesend, mit den Gedanken bereits bei anderen Dingen. „Er war grob und aufdringlich, aber wenn du etwas getan hast, was seine Gefährtin und sein Baby in Gefahr brachte, bin ich nicht sicher, ob ich es ihm übelnehme. Er hat sich direkt dem Schwachpunkt in diesem Raum zugewandt, mir – und hat sich geholt, was er brauchte, um sicher zu sein, dass du grundehrlich bist. Außerdem hast du ihn recht schnell aufgehalten." Sie runzelte die Stirn. „Das klingt vielleicht merkwürdig, Morgan, aber ich … ich finde, er sieht aus …"

Sein Gesicht hatte sich entspannt, während er ihr zuhörte. Er rieb ihr über die Arme und fragte: „Wie, meinst du, sieht er aus?"

„Ich finde, er sieht sehr wie Azrael aus", murmelte sie. „Es ist schwer, sich genau zu erinnern. Aber er hat natürlich goldene Augen, und Azrael hat grüne."

„Es fällt mir nicht sonderlich schwer, mir vorzustellen, dass der Drache und der Tod verbunden sind", sagte Morgan trocken. „Auf jeden Fall bin ich froh, dass ich dieses Treffen hinter mir habe. Hinter uns."

Sie trat dichter an ihn heran, damit sie sich an ihn lehnen und ihre Nase an ihre Lieblingsstelle schmiegen konnte, die Mulde, wo sein Hals in die Schulter überging. „*Mmm*", sagte sie. „Was willst du jetzt tun?"

Er drückte ihr die Lippen auf die Schläfe. Sie hörte das Lächeln in seiner Stimme, als er murmelte: „Es gibt so viel Schönes auf der Welt. Was hältst du von etwas Sightseeing?"

Sie atmete tief ein, nahm seinen Geruch auf, während die Freude über ihre Zukunft sich in ihr entfaltete wie eine Blüte. „Ich finde, das klingt absolut perfekt."

Danke!

Liebe Leser,

vielen Dank, dass ihr *Bannknüpfer* gelesen habt! Ich hoffe, es hat euch gefallen, von Morgan und Sidonie zu lesen. Ich wollte schon jahrelang meine Version dessen erzählen, was mit der Merlin-Figur in der Artussage geschah, daher liegt mir diese Geschichte sehr am Herzen.

Würdet ihr gern in Kontakt bleiben und erfahren, wenn etwas Neues herauskommt? Ihr könnt:

- Euch für meine monatliche E-Mail eintragen auf: www.theaharrison.com
- Mir auf Twitter folgen unter @TheaHarrison
- Mir auf meiner Facebook-Präsenz folgen unter facebook.com/TheaHarrison

Rezensionen helfen anderen Lesern, Bücher zu finden, die sie gerne lesen. Ich weiß jede einzelne Rezension zu schätzen, ob sie positiv ist oder negativ.

Viel Spaß beim Lesen!
~Thea

Bald erhältlich

Löwenherz

2018

Suchen Sie nach folgenden Titeln von Thea Harrison

DIE ALTEN VÖLKER-ROMANE

Im Bann des Drachen

Gebieter des Sturms

Der Kuss des Greifen

Das Feuer des Dämons

Das Versprechen des Blutes

Das Lied der Harpyie

Die Versuchung des Vampyrs

Der Kuss der Hellen Fae

Das Ende der Schatten

MONDSCHATTEN-TRILOGIE

Mondschatten

Bannknüpfer

Löwenherz * 2018

DIE ALTEN VÖLKER-NOVELLEN

Das Herz des Wolfes (in: Berührung der Dunkelheit)

Die Stimme der Jägerin (in: Berührung der Dunkelheit)

Die Augen der Medusa (in: Berührung der Dunkelheit)

Die Verlockung der Assassine (in: Berührung der Dunkelheit)

Nachtschwingen

Dragos macht Urlaub (auch in: Familienalbum eines Drachen)

Pia rettet die Lage (auch in: Familienalbum eines Drachen)
Peanut kommt in die Schule (auch in: Familienalbum eines Drachen)
Dragos geht nach Washington
Pia übernimmt Hollywood
Liam erobert Manhattan

RISING DARKNESS

Schattenrätsel
Schicksalsstunde

ROMANCE UNTER DEM PSEUDONYM AMANDA CARPENTER

(nur auf Englisch erhältlich)
A Deeper Dimension
The Wall
A Damaged Trust
The Great Escape
Flashback
Rage
Waking Up
Rose-Coloured Love
Reckless
The Gift of Happiness
Caprice
Passage of the Night
Cry Wolf
A Solitary Heart
The Winter King

Printed in Poland
by Amazon Fulfillment
Poland Sp. z o.o., Wrocław